星球酥 著

我还没护住她

上 册

青岛出版集团 | 青岛出版社

图书在版编目（CIP）数据

我还没护住她/星球酥著. —青岛:青岛出版社,2023.3
ISBN 978-7-5552-9116-9

Ⅰ.①我… Ⅱ.①星… Ⅲ.①长篇小说－中国－当代 Ⅳ.①I247.5

中国版本图书馆CIP数据核字（2021）第112700号

WO HAI MEI HU ZHU TA

书　　名	我还没护住她
作　　者	星球酥
出版发行	青岛出版社
社　　址	青岛市崂山区海尔路182号
本社网址	http://www.qdpub.com
邮购电话	18613853563
责任编辑	郭红霞
特约编辑	程钰云
校　　对	李晓晓
装帧设计	蒋　晴
照　　排	梁　霞
印　　刷	三河市良远印务有限公司
出版日期	2023年3月第1版　2023年3月第1次印刷
开　　本	16开（640mm×920mm）
印　　张	44
字　　数	737 千
书　　号	ISBN 978-7-5552-9116-9
定　　价	69.80元（全2册）

编校印装质量、盗版监督服务电话 4006532017　0532-68068050

我还没护住她

我想邀请你来我的世界，秦渡想。

我让你看一眼，只一眼。

目录 / 上册

第一章　　绿花苞与春雨　　　　1

第二章　　似有故人远行　　　　43

第三章　　梦中求救的人　　　　89

第四章　　草下散落的星　　　　127

第五章　　他向窗外眺望　　　　173

第六章　　暴雨前夜行人　　　　215

第七章　　一大束向日葵　　　　251

第八章　　医院里的你我　　　　298

目 录

下 册

第 九 章　　　绣球花下的雨　　　345

第 十 章　　　夏夜有人偷听　　　384

第十一章　　　一个人的公主　　　429

第十二章　　　星辰下的英雄　　　482

番 外 一　　　仲冬远行　　　533

番 外 二　　　星河渡舟　　　596

番 外 三　　　故事前夜　　　647

第一章　绿花苞与春雨

初春暴雨，四月的天像被捅漏了，暗得犹如锅底。三十岁高龄的校舍在梅雨中漫着股霉味，简直不能住人。

312宿舍里，许星洲捧着笔记本电脑靠在窗边，望着窗帘上灰绿的霉斑发呆。她看着那块霉斑，至少看了十分钟，最终下了结论：这是蓝精灵的脚印——一定是蓝精灵陷害了窗帘。然后她长长地打了个哈欠，把笔记本电脑一合，站了起来。

程雁悠闲地翻了一页书，问："下午三点钟，学生会要开会是不是？"

许星洲揉了揉眼睛道："是，会长换届了，得去看看。"

"新会长是谁呀？"程雁问，"我觉得你还是别在学生会折腾了，整天这么多活动，忙得过来吗？"

"我本来就不怎么去啦……"许星洲笑眯眯地伸了个懒腰，"我觉得学生会蛮好的，还可以混活动分。总之我是不可能辞职的，别的社团我又不想去，只能在学生会混吃等死。"

她说着，往身上披了件红色和风开衫，又将长发松松地一扎，露出一段白皙瘦削的脖颈儿。那一段脖颈儿白得像玉，长发黑得如墨，带着一种无关风月的美感。她的气质干净又明丽，犹如江水与桃花，笑起来格外好看。

"而且，"许星洲得意扬扬地补充，"我们谭部长那么可爱，我当然要一生一世黏着她了！"

许星洲长得好看，但仅限于她不说话的时候——她说起话来实在太无拘束了。程雁死死地忍住了吐槽的欲望。

下午两点半，天光晦暗。春雨噼里啪啦的，砸得行人连头都不敢抬。学生来来往往，有的刚刚下课，还抱着本《大学英语》。

许星洲在倾盆大雨中撑着伞，拿着手机导航，哼着歌儿往学生会走。她五音不全，哼着调子跑到天上去的儿歌，踏着轻快得像在跳芭蕾舞一样的步伐，向每个迎面走来的素不相识的人微笑致意。

有个小学妹的耳根都有些发红，她问："学……学姐，我认识你吗？"

许星洲笑眯眯地答道："我们今天就认识了，我是法学院大二的许姐姐。"

新闻学院的许星洲鬼话连篇，却带着满面春风。脸红到了耳根的小学妹登时不敢再和许星洲对视，连忙跑了。

在学生会里，许星洲平时负责在部里混吃等死，爱好是黏着他们部的萌妹部长，兴趣是调戏小姑娘。除了宣传部的那几个熟面孔，其他的人她一概不认识，包括新上任的学生会主席。

天地间斜风骤雨，远山如黛。檐外长雨不止，乔木在雨中抖下一地黄叶。许星洲走进理科教学楼，将伞一旋，抖落了伞上的水。这所学校处处都是岁月的痕迹，犹如岁月和风骨凝出的碑。

新的学生会主席即将上任，来开会的人不少，许星洲顺便听了一耳朵的八卦。

"这次新上任的主席是外联部的？我好像没怎么见过他……"

"外联部部长，性别男，数学科学学院，大三。最可怕的是他的绩点是满的，我听说去年他差点儿包揽他们院所有的奖学金……"

"居然在数科院拿到 4.0 的 GPA（绩点）？他还是学生会干部，简直什么都没落下啊……"

许星洲听到这里，登时对这位主席肃然起敬。整个 F 大，但凡上过高数课的人，都对数科院的变态程度有着清楚的认知。许星洲高考数学考了143 分，分数颇高，她也从不觉得自己是个蠢货，但上学期修数科院开的线性代数 A 课程，她还是差点儿脱了层皮——她看着他们学院的试卷时甚至怀疑自己的智力有缺陷。更有小道消息说，数科院的专业课挂科率高达40%，每个学生都惨得很，这里却有个绩点 4.0 的……他头上还有头发吗？许星洲苦哈哈地想着，钻进了教学楼。

下午两点五十五分，教学楼五楼，许星洲把自己的小花伞往会议室门口一扔。

走廊里来来往往的学生全都是来开会的。这次会议事关换届，颇为重要，职位在副部以上的都要到场，他们要和新任学生会主席见一面，以防哪天在街上遇见都认不出对方。

会议室里，他们的萌妹部长谭瑞瑞一见到许星洲就笑道："星洲，这里！"

谭瑞瑞应该早就到了，连位子都占好了。她个子不高，一米五五，笑起来会露出两颗小虎牙，是个典型的申城萌妹，特别甜。

许星洲跑过去坐下，谭瑞瑞笑眯眯地对旁边的人介绍："这就是我们传说中的节假日从来找不到人的许星洲，许副部。"

许星洲点点头，冲着那个人笑笑，眼睛弯弯的，像小月牙儿。那人的脸瞬间就红了。

"许副部一到节假日不是跑到这里玩就是跑到那里玩，"谭瑞瑞小声地说，"可潇洒了，我是真的羡慕她。我就不行……"这厢谭瑞瑞还没说完，前主席李宏彬便推门而入。谭瑞瑞竖起手指，嘘了一声，示意安静开会。

前主席一拍桌子，喊道："安静——安静！别闹了！赶紧开完赶紧走！"

他居然让大家赶紧开完赶紧走……许星洲以手撑着腮帮，发起了呆。话说她以前好像从来没见过这个刚当上主席的外联部部长，听说他是学数学的，到底是不是秃头呢？如果他是秃头的话自己千万要忍住，不能笑场，要是自己给他留下坏印象就完蛋了，怕是要被针对一整年……许星洲胡思乱想着。

"秦渡——"李宏彬对门外喊道，"进来吧，和大家问个好！"

秦渡？这是什么名字？她怎么有种不太好的预感……许星洲疑惑地挠了挠头，探头往门口看去。

会议室的前门发出吱呀一声，那个神秘的新主席走了进来。

走进来的那个青年人足有一米八六高，套着件飞行员夹克，肩宽腿长，浑身上下有种硬朗嚣张的气场，周身充满侵略的张力，整个人犹如一头危险而俊秀的猎豹。但下一秒他便收敛了气息，那种危险气息登时荡然无存。

"大家好。"那青年扫了一眼会议室，道，"我是前外联部的部长，数科院大三的秦渡。"

谭瑞瑞看了他很久，赞叹道："真的，我还是觉得他帅。他和我见过的理工男完全不一样……"她向着许星洲的方向小声道，"理工男哪有这种衣品？听说他的成绩也相当好……"

秦渡转身在黑板上写了手机号和名字，示意有什么事可以打电话找他。

谭瑞瑞趁机倾身，小声地问："这么优秀的学长，你有没有春心萌动……咦？"许星洲人呢？她的位子上空荡荡的，人怎么没了？

谭瑞瑞低头一看，许星洲顶着张报纸，装作自己是一朵蘑菇，正拼命往圆桌下躲……谭瑞瑞定了定神，温柔地询问："星洲，你怎么了？"

许星洲往谭瑞瑞的怀里躲，哽咽不已："救……救命……怎么……"

谭瑞瑞不解。

许星洲绝望地哀号："怎么会是这个人哪？！"

这件事情的起因，还要从两周前讲起。

两周前。

三月，玉兰怒放。那个周二下了场雨，风里都带着水汽。

许星洲打听到附近新开了家十分有趣的酒吧。它特别就特别在采用了二十世纪二三十年代 M 国禁酒令时期的风格，连门口都不太好找——外头是平平无奇的副食店，还晒了些腊肉，甚至有个守门的。从外面看起来是副食店，里头却是热闹得很的 Pub（酒吧）。

许星洲一听就觉得好玩，在一个冷雨纷纷的夜里偷偷溜出了宿舍，特地喷了点儿香水，还拖着程雁，美其名曰带程雁体验一下腐败的生活，并表示会买单。

许星洲的人生信条里，第一条就是"生而为人即是自由"，其次是"死前一定要体验一切"——她的座右铭是：活到八十岁就要年轻到八十岁。

去酒吧，在她这儿连事都不算。

酒吧门口那个"1929"的牌子在夜风里摇摇晃晃，刚下了场雨，湿漉漉的石板路上映着灯红酒绿。那酒吧十分好玩，且富有年代感，照明还用的是二十世纪流行的霓虹灯管。"副食店"里挂了一堆香肠，许星洲捏了一下，是货真价实的香肠。"副食店"的柜台后是一扇涂着绿漆的破木门，有点儿像储藏室的门，位置却不对，十分"欲盖弥彰"。

程雁站在门前，十分扭捏："我不想进去……"

许星洲怒道："你就这么没有出息吗？程雁，你都快二十岁了，连个酒吧都不敢进！你是因为害怕你妈吗？"

程雁委屈地说："我妈确实很可怕好吧？！"

许星洲不再看程雁扭麻花，硬是将比她高五厘米的程雁拖进了小破门。

那扇破门里仿佛是另一个世界，里头灯光绚丽，音乐声震耳欲聋。紫蓝色的霓虹灯光下，年轻英俊的调酒师穿着酒保服，拿着调酒杯一晃，将琥珀色的液体倒进玻璃杯。

程雁终于说出底线："我今晚不喝酒。"

许星洲甚是不解："嗯？你来这里不喝酒干吗？"

程雁说："万一断片了不好办。咱俩得有一个人清醒着，起码能收拾烂摊子。我觉得你是打算喝两盅的，所以只能是我滴酒不沾了。"

许星洲笑了起来，快乐地道："雁雁，你真好。"

她们所在的这个酒吧的灯光光怪陆离，许星洲的笑容却犹如灿烂自由的火焰，令人心里咯噔一下。程雁腹诽一句又跟我卖弄风情，随后陪她坐在了吧台边上。

程雁要了杯没酒精的柠檬茶，许星洲则捧着杯火辣的伏特加。程雁打量了一下那个酒瓶子，上面赫然写着"酒精含量48.2%"——许星洲几乎是捧着一杯红星二锅头。

程雁问："你的酒量还行？"

许星洲漫不经心地说："那是，我的酒量可好了，去年冬天去冰川漂流，在船上就喝这个。"她又喝了一口酒，"我一个人就能吹一瓶！"

程雁："真的？"

许星洲怒道："废话！"

她喝了两口伏特加就打死都不肯再喝，毕竟那玩意儿实在辣得让人发慌。她把杯子往旁边推了推，靠在吧台边上发呆。

程雁在旁边打了个哈欠，说："这种酒吧也蛮无聊的。"

许星洲盯着酒杯没说话，沉默得像一座碑。

程雁知道许星洲有时候会滚进自己的世界里待着。程雁打了个哈欠，将自己那杯柠檬茶喝了个底儿掉，到外面站着吹风去了。

紫色的霓虹灯光晃晃悠悠，许星洲坐在灯下，茫然地望着一个方向，不知在想什么。

片刻后，调酒师将一个玻璃杯往许星洲的面前一推，礼貌地道："一位先生给您点的。"

许星洲低下头看那杯冒着气泡的饮料。那是一杯用柠檬和薄荷调就的莫吉托。她又顺着调酒师的目光看过去，吧台外正闹腾着，挤着一群人，角落里有个长得颇高的如同男模的身影，大概就是调酒师嘴里的那个冤大头。

　　灯光使许星洲的视野模模糊糊的，让她看什么都像妖魔鬼怪。她使劲地揉揉发疼的眉心，强迫自己清醒。

　　调酒师用毛巾擦拭酒瓶，说："杯子下面有他的手机号。"

　　许星洲在杯子下面看到一张便笺，上头写了一行电话号码和一个潦草的汉字。她盯着那张纸看了一眼，就将它一卷，扔了。

　　调酒师被这一串动作逗得微笑起来，对许星洲说："祝您今晚愉快。"

　　许星洲嗯了一声，迷茫地看着那群红男绿女。她根本没把那个给她点酒的人当一回事，只漫不经心地扫视全场。她的面孔干净，眼角却微微上扬，眼神里带着种难以言说的、因活着而热烈的味道。

　　调酒师随口问："姑娘，你一个人来喝酒，有什么故事？"

　　许星洲没回答。

　　突然，酒吧那头传来争执声。

　　"让你过来你不来……"一个男人不爽地道，"躲在这里干吗？看你哥我不顺眼是不是？"

　　许星洲的眉毛一动，她朝那个方向看去。

　　调酒师莞尔道："别看了，小情侣吵架而已。"

　　许星洲没有回话。

　　角落里的那个女生十分抗拒，拿着包往那男的身上拍。那男的大概喝得有些上头，牛脾气上来了，直接拉着女生往隔间里扯。那个隔间里恰好就是非常闹腾的那一群人，里头大半是女孩。许星洲盯着那个方向，眯起了眼睛。

　　"在外面这样好看吗？有什么事不能回去说？"那个女生尖叫着拿包抽那个男生，"陈两蛋你是个死流氓吧？！我不想和你们待在一起了！你听到没有？"

　　许星洲没听见别的，只听见了"流氓"二字，登时热血上头。

　　她对调酒师说："你问我有什么故事？我的故事太长了，一时说不完。"她停顿一下，严肃地对调酒师道，"但是你要知道的是，今晚也会成为我的传奇的一部分。"

　　然后她站起了身。

　　时间拨回现在。

　　狂风呼呼吹过，F大理科教学楼，三楼会议室。

会议室里有几十个人，"传奇女孩"许星洲低着头，装作一朵蘑菇。没人会分神关心一个想找时光机的许星洲，大家都在忙着自己的事，新任学生会主席将任务一项项地布置下去，谭瑞瑞在一旁奋笔疾书，记着这周的工作安排。

　　许星洲用头发遮住大半面孔，冒着生命危险偷偷地瞄了一眼——那个叫秦渡的青年人足有一米八六高，目光锐利，有种说不出的野性，整个人像一匹独行的狼。鬼能猜到他是学生，而且是他们学校的。许星洲思及此处，简直悲愤至极。

　　他应该没注意到这里吧？反正先挨过这几分钟，等会儿散了我就要逃离地球……许星洲胡思乱想，他肯定没注意到我，估计第一眼也认不出来我是谁，毕竟那天晚上的灯光下面，人个个像妖魔鬼怪……

　　这头许星洲绞尽脑汁地思考怎么逃脱，那头终于散了会。谭瑞瑞将宣传部的工作内容整理完毕，将本子往桌上一磕，对许星洲说："副部，完事了，走了。"许星洲如获大赦，当即拿了本子站起身。

　　谭瑞瑞将许星洲往旁边一扯，小声地问："你和秦渡有什么恩怨……"谭瑞瑞的声音特别小，秦渡却抬起了头，漫不经心地朝他们的方向看了过来。许星洲立即低头躲开了他的目光。谭瑞瑞见状，越发觉得他们之间一定有什么不可告人的故事。

　　谭瑞瑞又瞥了一眼秦渡，只见秦渡在漫不经心地玩手机，浑不在意这边发生了什么事。她狐疑地道："你到底和他有什么恩怨？你见了他怎么跟耗子见了猫似的？"

　　许星洲道："耗子见了猫不过是见了天敌，我见了他等于见了我不能直面的过去！你每一次提起他的名字都是对我的二次伤害，并且令我身处被凌迟的危险之中，请你不要说了。"

　　谭瑞瑞由衷地叹道："你怕的居然是秦渡！服了，秦渡到底对你做了什么？你什么时候和秦渡结的梁子？"

　　许星洲连着被戳了三次心窝，说："你这个问题问得不对。"

　　谭瑞瑞吃了一惊："哈？秦渡对你用刑了？"

　　许星洲第四次被戳心窝，战战兢兢地说："你得问……"

　　在许星洲身后的教室中，秦渡终于将手机一放，目光沉沉地看了过去。

　　许星洲浑然不觉，小声地和谭瑞瑞咬耳朵："你该问我对他做了什么。"

　　谭瑞瑞的眼神飘忽，她似乎不想再和许星洲扯上关系——许星洲狐疑地看着谭瑞瑞的眼睛，只觉自己平白受辱，压低了声音："我知道你在想什么！我没怎么他！"

谭瑞瑞艰难地道："我不是……"

许星洲气愤地说："我也没给他喂药！"

谭瑞瑞："那个我不是……"

许星洲怒道："你的眼神出卖了你！你在控诉我！我不是无情的人渣！"

谭瑞瑞有口难言："我……"

许星洲轻轻地拭去眼角的鳄鱼泪，捏着兰花指悲伤地说："部长……部长！我的朱丽叶！你明明知道我这一生只钟情于你，你就像我维洛那花园的玫瑰，我如何容忍我的心儿被别的野男人染指……"

谭瑞瑞说："主席，下午好。"然后她摁住许星洲的肩膀，让许星洲转了个身，迫使许星洲面对世界真实的一面。

春雨迷蒙，矗立了数十年的教学楼潮湿昏暗，一位青年站在许星洲的身前。

青年将一头棕发向后梳，穿了双拼色运动鞋，夹克上有一个针绣的虎头，整个人显得极为玩世不恭，桀骜不驯。那个青年人——秦渡一揉眉骨，随便地点点头作为回应，继而朝许星洲走了过来。许星洲的大脑瞬间死机……

许星洲猛然间毫无遮掩地面对秦渡，险些惨叫出声！原本她心里那点儿"自己可能认错了人"的侥幸蒸发得一干二净，那天晚上的人就是他！她此时满脑子只剩求生欲，想要落荒而逃。

"这就是……"秦渡道，"宣传部的副部长啊？"

又一道晴天霹雳将许星洲劈得焦煳漆黑。

那天晚上许星洲虽然喝了酒，却没喝断片，发生的一切仍历历在目——那个羞耻的夜晚给她留下了难以磨灭的印象，以至她这两个星期连"酒"字都看不得。

秦渡以手抵住下颔，还拿着本讲义，没什么表情地问："副部你大几？什么院的？名字叫啥？"

三连问。

许星洲一心想着摆脱他，连脑子都没过就信口胡诌："法学院法学三班，因为是大二……所以名字叫郑三。"

下一秒，讲义啪的一声砸了下她的脑门。许星洲捂着额头，噢呜一声，她头一次被人拿讲义拍脸，疼得她龇牙咧嘴。

秦渡冷漠地抖了抖凶器——他的讲义，抱着双臂道："别以为我不打女的。"

许星洲怒道："打我干吗？自我介绍有错吗？"

"我这儿有学生会成员的资料，"秦渡将眼睛一眯，"你的班级、姓名错一个字，你就被我拿书抽一下怎么样？"

许星洲早料到了秦渡不会买她的账，但没想到是这种程度……

秦渡漫不经心地摸出手机，问："干不干？"

谭瑞瑞在一边很头痛："说实话，否则秦渡真的会抽你。"

许星洲委屈地说："许星洲。"

秦渡一挑眉毛，一双眼睛极具侵略性地望了过来。

"新院新闻学专业……"许星洲憋屈地说，"三班的，大二。"她又问，"要我报学号和 GPA 吗？"

秦渡没说话，只盯着她，挑起眉峰，不置可否。

平常人这时候多半要被吓死，许星洲就不一样了，敏锐地嗅到了秦渡想找她算账却又不知该从何算起的气息——他居然连怎么找碴儿都没想好！我这时候不溜更待何时！

许星洲当机立断，拉着谭瑞瑞溜得没了影儿。

春雨不住地落入大地，秦渡在窗边看着许星洲落荒而逃的背影，摸了根烟叼着。昏暗中他把打火机一拨，火光微微地亮起。他咬着烟，在明灭的火光中看着那背影嗤笑了一声。

许星洲逃命时没拿自己的小花伞，一出楼就觉得不对劲，但又不敢上去再面对秦渡一次，只得冒着雨一路风驰电掣般奔回宿舍，到宿舍时连头发都被淋得一绺一绺地贴在脸上。

程雁茫然地问："怎么了这是？"

许星洲痛苦地抓头："在教学楼见鬼了！天哪！真的过于刺激！雁雁我洗澡的筐呢？"

程雁："厕所里。你要去澡堂？我跟你一起？"

许星洲说："没打算和你坦诚相见，大爷我自己去。"

程雁："……"

"我得冷水冲头冷静一下……"许星洲拧了拧头发里的水，将装着身体乳和洗发水的筐一拎，咚咚咚咚地冲了出去。片刻后她又冲回来拿毛巾，又一溜烟地跑了。

程雁一头雾水，只当许星洲脑子坏了——这种事情并不罕见。程雁在椅子上跷着二郎腿，打开了学校的BBS。

新帖里赫然一条："有没有人认识新闻学院的许星洲？"

程雁更摸不着头脑了，点开帖子看了看。

他们专业的学生个顶个的爱玩BBS，里面回复的几乎都是和许星洲一起上过课的人。一楼就问："是不是那个大一下学期去和熊搏斗的？"

程雁语塞。

二楼的人说："以前一起上过通识课，一个特别好玩的漂亮小师妹。"

楼主回复："妹子是新闻学哪个班的？"

二楼又回："新闻1503班。你应该不会是要去杀她灭口之类的吧？"

楼主道："不会。"

程雁坐直了身子，咬着果汁袋的吸管，又点了一下刷新。

二楼回复道："那就好。去吧少年，许星洲小妹妹算是我院的高岭之花了。"

楼主："好，谢谢。"

程雁关了帖子，觉得一切都透着股诡异的气息，弄不清许星洲到底是春天来了，还是要倒霉了。

两天后，清晨。春雨未歇，满城烟雨。吴江校区仍未放晴，郁金香在雨中垂下头颅，飞鸟栖于六教的檐下。

让当代大学生最痛苦的事就是期末考试，其次就是周一的第一节课。周一的第一节有课就已经十分痛苦，更痛苦的是周一第一节上数学。许星洲打着哈欠，困得眼泪都出来了，拎着应用统计学的书和一杯甜豆浆朝六教206教室走了过去。在路上她看了一眼时间：七点四十分。

谁能想到学新闻居然还要学统计呢？而且应用统计的老师比较"恶毒"——倘若有人在他的课上迟到的话，要站在讲台上唱歌，然后全班起立鼓掌，让人感到羞耻得很。

许星洲爬上二楼，六教的木楼梯发出吱吱嘎嘎的响声，表面有些潮湿。她今天穿了条红裙子，腰细腿长，肌肤白皙，一头黑发在脑后松松地扎起。此刻她站在昏暗的楼梯口，犹如雨雾里的月季。

她的同学笑眯眯地和她打招呼："洲洲早上好哇！"

许星洲开心地挥了挥手，笑得眼睛弯弯的像小月牙儿。

"别迟到，"那个女孩温和地提醒，"早饭不要带进教室，在外面吃完，否则会被骂。"

许星洲挠挠头，笑着说："好哇。"然后她左看右看，见周围的同学来来往往，没人注意这地方，就乐滋滋地蘸着水在玻璃窗上画个略显害羞的笑脸。

她画完一个笑脸还不够，还是觉得手痒，又一口气在旁边画了五个火柴人，火柴人在玻璃窗上蹦蹦跳跳，活生生的五只多动症猴。然后开心地拍手，把指头上的水在裙子上抹了抹，回过头——

那一瞬间，许星洲觉得一切简直是命运的安排。一个她意料不到的人——秦渡，双手插兜站在教室门口，套着件潮牌卫衣，散漫地道："早上好哇！"

许星洲语塞片刻，才问："你来干什么？"

"来看看你呀，"秦渡漫不经心地说，"洲洲。"

许星洲震惊地问："你叫谁洲洲？你这个人？你谁来着？我都快把你忘了……你居然还追到我们教室门口？"

秦渡脸不红心不跳地道："我叫你洲洲，有什么问题吗？"

许星洲差点儿呕出一口心头血。

"你们的课程又不是秘密。"秦渡不甚在意，"应用统计不是？我来旁听。"

那一瞬间，许星洲觉得肾上腺素急速攀升，气得耳朵都红了！"我干了什么？你居然来教室堵我？"许星洲小姐出道多年，终于体会到了被气哭的感觉，"你能不能滚回去睡觉？周一早上的课你都来，你是不是人？"

秦渡："叫师兄。"

许星洲："……"

"要叫秦师兄。"秦渡悠闲地道，"我大三，你大二，见面叫师兄，学校教的礼貌呢？"

许星洲咬着牙："我叫你师兄你就回去？"

秦渡揶揄道："这不行，我还没找够碴儿呢……"他敲了敲窗台，用漆黑的眼睛盯着许星洲，"你可别忘了你干了什么。"

许星洲有口难辩："我……"

"你那天晚上可是抢了我的女伴。"

春花探进木窗，花瓣落在窗台上，窗玻璃上是许星洲以水描画的笑脸和火柴人，有种宁静如诗的春意。

许星洲足足沉默了三秒钟，接着绝望地大叫："我不是！我没有！我没

- 11 -

有成功好吗？少空口白牙地污我清白！"

秦渡咬牙道："你等着就是。"

许星洲几乎是尿巴巴地道："我……我那天晚上真的没想到会再次和你见面，不是说我能接受和你约架……我这小身板不行，打不过你的，没有练过跆拳道……"

"你不是和我叫嚣说你练过跆拳道和柔道吗？"秦渡不以为意，"会柔道也不算我欺负你。"

许星洲绝望地想起，自己的柔道是在幼儿园兴趣班学的，跆拳道只是拿着程雁的黑带自拍过……但是这也太傻了，她怎么说得出口？

许星洲心虚至极："那……那是当然！我可从小就是柔道小公主，西伯利亚大白熊认证过的。约架的事情我不会赖账！你到时候别被我打哭就行，医药费请你自己负责，我这个月穷得很。"

秦渡从善如流地比了个OK（好的）的手势，说："那就约个时间？"

许星洲想了不到半秒，一扯自己的帆布挎包，拔腿就冲进了206教室。老教授刚到教室，正在电脑上拷贝课件。经济学院的这个老教授酷爱板书，黑板上赫然写着一列"参数估计与检验"。

许星洲判断自己已经安全，哼了一声："也不嫌丢脸，"她嫌弃地自言自语，"都这岁数了还和人约架，十年长八岁，岁数都长回娘胎里去了。"

程雁早上痛经没来上课，许星洲另外俩室友则学习积极性非常高，此时就坐在第一排的正中间——敢坐这位子的人都相当有勇气。许星洲解决了人生危机，果断地坐到了最后一排。最后一排没什么人，许星洲懒洋洋地打了个哈欠，翻开统计课本。

雨停后，一缕金光透过云层，窗台上尽是雨水。一只胖麻雀栖息在窗外，把许星洲吸引住了。她好奇地打量窗外的麻雀，那只小麻雀圆润得像只糯米团子，对着许星洲歪了歪头。

麻雀圆滚滚的，好可爱！许星洲的心里顿时乐开了花，她小心翼翼地也对着麻雀歪了歪头。

"你这家伙，"秦渡的声音响起，"连麻雀都撩？"

许星洲："哈？"

接着，她旁边的桌椅板凳一震，秦渡一屁股坐了下来，又一手钩住了她的肩膀，使劲儿拍了拍。

许星洲只觉得像吃了只苍蝇：他居然进来了？他来听这门课干吗？闲得没事做了吗？

秦渡看上去实在不像个国内的大学生——别说大学生，他连学生都不像。这个青年气质颓废，鬈发遮着眼睛，一身潮牌，像个玩世不恭的英俊的流氓。这种人往教室里一坐，说不出的碍眼。

许星洲怒道："别碰我！"

秦渡二话不说，啪地拍了一下许星洲的脑袋："你再说一遍？再说一遍我今晚就叫人守在小巷子里堵你，拿美工刀划你的书包。"

许星洲被打了额头，又被威胁了一把，连吭都不敢吭一声……他到底哪里像学生啊？鬼都猜不到他是个学生好吗？她往旁边一看，胖麻雀已经飞走了，只留下个空荡荡的巢。

秦渡嘲讽道："亏得麻雀有脑子，没跟你私奔。"

许星洲没法解释自己是想和麻雀对话，因为这比撩麻雀还蠢，只能不再胡诌，在心里拿小本本给秦渡记上了一笔。

不是说这个人事很多吗？许星洲心塞地想，这么大的学校，学生会主席能不能滚去忙学生事务，哪怕去和团委书记拍着桌子吵架也比来蹭新闻学院的统计学课要好哇。要知道统计学这种东西，和应统专业的高标准、严要求不一样，他们新闻学院的课程"水"得很，期末考试时平时成绩的占比能到 30%——就为了拯救一群连 t 检验都搞不利索的文科生的 GPA，好让他们要出国的能顺利出国，不出国的能顺利保研，只要他们别在出了问题后把师父供出来就行了。这大概就是一流学校的非重点专业课吧。

许星洲咬了咬笔头，在笔记本上写下："96% 置信区间。"

旁边的数科院牛人："……"

许星洲走着神抄板书。她有点儿近视，坐在最后一排什么都看不清，只能随便写写。还没写过三个字，许星洲就觉得自己对统计学的爱耗尽了。老师在上头拿着粉笔一点儿一点儿地讲："在满足正态分布的前提下，95% 可信区间的计算公式是 $\mu \pm 1.96s/\sqrt{n}$……"

许星洲长长地打了个哈欠，然后从自己的挎包里摸出个 Kindle（电子书阅读器）。那上面贴满了星星月亮的小贴纸，又满是划痕，显然已经被用了很久了。

秦渡挑起眉峰。

许星洲的帆布挎包上印着《塞尔达：荒野之息》的林克，别了许多花花绿绿的小徽章。她身上的每个地方仿佛都五彩斑斓，连细白的小臂上都贴了个幼稚的妙蛙种子的贴画，也难怪她会把 Kindle 贴成那个鬼样子。许星洲身上到处都透着对生活的热爱，犹如吹过世间的缤纷的风。

"看什么？"秦渡问，"什么书？"

许星洲一怔，道："《高兴死了》，是一个有抑郁症、焦虑症、回避型人格障碍、自我感丧失症的乐天派女人的自传。"

秦渡盯着屏幕看了片刻，嘲讽道："乐天派和抑郁症有什么关系？这种书都能出版，还翻译成多国语言，服了！还有人买账。"

许星洲的一腔柔情霎时被一扫而空，她和理工男果然无法沟通！可是命门还被人攥在手里呢，此时她敢怒不敢言。如果小时候我真的学了柔道就好了，许星洲心想，可以立刻就把秦渡这个浑蛋打倒在地。

秦渡感应到什么似的嘲讽道："对师兄尊敬点儿，要不然晚上在小巷子里堵你。"

许星洲又气又怒，都快带哭腔了："你不要欺人太甚！"

"师兄可没欺负过你。"秦渡懒洋洋地往后一靠，盯着许星洲的眼睛说，"是你主动和师兄约架的，师兄我只是提醒你咱有个约定而已。"

许星洲有口难言："我……"

秦渡眯起眼睛，道："不是你说的吗？'这些小姑娘我带走了，'"他漫不经心地道，"'想找爸爸我算账我随时奉陪，爸爸跆拳道黑段、柔道精通！只要你能找到我，约个时间，我一定让你好好出……'"秦渡似乎觉得颇有趣，一字一顿地说完那段羞耻的台词，"'这一口恶气。'"

秦渡一边念，一边意识到这小姑娘生了一双干净执着的眼睛，犹如寒冬长夜中不灭的火光。他看着那双眼睛变得水汪汪的，那小姑娘的眉毛一抽一抽，嘴唇发抖，脸噌的一下涨红——她几乎要被他逗哭了。

"你……你……"许星洲羞耻得想杀人。一早上秦渡用约架、柔道、跆拳道和"师兄"折磨她脆弱的神经，让她无法再逃避她这两周都不愿回想的羞耻的过去……

"你给我滚！"许星洲怒吼着，抄起那本足有一斤半重的应统课本，在课堂上朝秦渡劈头盖脸地砸了过去。

天气放晴，榆树枝头喜鹊啁啾，灿烂的春光洒进二十世纪八十年代建的教室。

"年轻嘛，"老教授宽容且慈祥地说，"我完全理解同学们上了大学之后日益增长的交配需求。"

教室里爆发出哄堂大笑。

许星洲虽然惯于做一个特立独行的人，却从没出过这种洋相：她居然和另一个人，而且是在这个教室里完全没人认识的秦渡，一起站在教室的前排。

许星洲胡思乱想：这位老教授，连学生上课迟到都得让他们站在讲台上高歌一曲，自己在课堂上闹出这种乱子，老教授多半要扒自己一层皮。

"但是使用暴力是不对的。"老教授道，"我强烈斥责许同学诉诸暴力的行为！扰乱课堂秩序尚在其次，在公共场合侵犯同学的人身权利甚至让我觉得我们的教育出了问题。师者教书育人，我希望你在这里对这位……"老教授看着秦渡，让他自报家门。

秦渡道："秦渡。老师，我是数科院大三的。"

许星洲一听，颇想呕血。

老教授说："好。我希望你在这里对你的秦师兄说一声'对不起，师兄，我不应该打你'。"

他是故意的！这个老教授绝对是故意的！许星洲觉得自己眼泪都要流出来了，望向自己的俩学霸室友，试图求救。学霸室友不为所动，甚至举起双手，做好了鼓掌的准备。

许星洲只得认清形势，屈辱地道歉："对不起，我不该打你。"

老教授正准备点头让他们下去，秦渡却告状道："老师，许同学没有叫我'师兄'。"

许星洲无语。

老教授讶异地问："你想让她叫你一声师兄？"

秦渡看了一眼许星洲，继而十分凝重、万分正式地点了点头。

许星洲在前十九年的人生中都担任着食物链顶端的讨厌鬼的角色，堪称混世魔王，却从来没人对她生过气——毕竟她有着充满欺骗性的美貌，大家都对她宽容得很。而如今，这位混世魔王终于遇上了自己的天敌。

老教授沉思片刻，道："确实，要给师兄应有的尊重。"

许星洲道："那个老……老师……"

秦渡立即道："谢谢老师。她对我没大没小很久了。"

教室里登时又爆发出一阵能掀翻屋顶的笑声，甚至有男生大喊道："许星洲，你为什么对他没大没小？"

许星洲在心里给秦渡和起哄的家伙来了一车人身攻击，羞耻得简直想把秦渡的脖子拧断——然而他的脖子是不可能被她拧断的，这辈子都不可能。

她蚊子叫般说了一声："对不起。"

秦渡不置可否地挑起眉头，透过遮眼的鬈发望向那个小姑娘。

然后许星洲屈辱地说："师……师兄。"

秦渡终于满意了，对老师微微欠身，表示感谢。

老教授道："行了，散了吧。下次别在课堂上打架。"

闹剧暂时告一段落，教授重新开始讲课。阳光洒进八点钟的六教，在黑板上投出斑驳的光影。

这下许星洲简直是耗尽了浑身的力气，回自己的位子上就砰地栽进了课本里，不肯抬头了。

秦渡跷着二郎腿，大马金刀地坐在许星洲的旁边。阳光在他的身上镀出明亮的光圈，一枝春花探入窗中，将青年衬得犹如画中人。

三分钟后，许星洲不动声色地挪了十厘米，远离了那幅"画"。秦渡抬起眼皮，看了她一眼。许星洲挪了挪屁股之后，不再动弹，仿佛无事发生过。

秦渡终于出声提醒道："我要是你，现在不会不听讲。"

许星洲趴着，愤怒地一捶桌子："关你什么事？我没有力气听！"

"行。"秦渡闭上眼睛说，"反正我已经提醒过了。"

喜鹊在榆树上驻足，许星洲趴着看窗外的鸟和花。团团簇簇的花犹如被染红的云，又被阳光映照得透明。

楼外的林荫道上，大学生三三两两地去蹭教工食堂的豆浆。

"吃完饭一起玩游戏吧，超哥！"风中传来他们的声音，"反正今天那个老师也不点名……二百人的大课……"他们渐渐远去，世界安静了片刻，只剩风吹过花叶的声音。

片刻后楼下有师生急切地争辩着什么："老师，可是人的社会性决定了其媚世的特征……"他们争论的声音逐渐远去。

过了会儿，有女孩激昂地道："我认为这样评价康德对形而上学的看法是一种谬误……"

许星洲在楼下的人声中闭起眼睛，任由春风吹过。

围着篮球场的铁丝被扯断了，食堂菜香袅袅。讲台上的教授白发斑斑，世上的年轻人热烈而充满希望。

我能活着真好哇！许星洲天马行空地想：这世上大概不会有什么比在春日早晨的应统课上闭眼小憩更舒服的事了。

"下面的这道例题，"教授拍了拍黑板，"还是老规矩，我找个同学告诉我们答案。"

许星洲听得左耳朵进右耳朵出，惬意地把包滚了滚，垫好了，打算正儿八经地睡一觉。

教授翻出花名册，沉吟道："我看看，到底叫哪个倒霉蛋呢？"

大家又开始笑，许星洲也觉得好玩。他们的这位老教授非常能接受新鲜事物，而且确实挺与时俱进的，好像还有微博，在微博上也相当活跃。

"学号53结尾的，"教授念出万众瞩目的倒霉蛋的名字，"许星洲同学。"

许星洲的脸上还都是趴出来的印子，她一脸茫然地抬起头："哈？"

什么？课上还有例题吗？我怎么不知道还有例题？这门课这么喜欢讲例题的吗？例题是什么？例题在哪里？许星洲一时甚至不知该从何问起，简直是又尝到了天打五雷轰的滋味。

秦渡慢吞吞地睁开眼睛，道："许星洲，我提醒过你了吧？"

许星洲语塞。她一早上吃瘪吃到傻眼，简直要怀疑秦渡是挟着她的水星逆流而上三千尺了。

事到如今，她只好凭借聪明才智口算！她眯起眼睛朝黑板上看，终于看到了一行每个字她都认识，但拼凑在一起就变成天书的例题。

那句话怎么说的来着，"在初二的第一节数学课上捡了个铅笔，这辈子就没再听懂过数学课"？当了十年尖子生的许星洲居然在大二这一年深切地体会到了这种痛苦。

老教授严厉地质问："许同学，你不会惹出这种乱子都不听课吧？

许星洲："老师……"老师我没听讲，这句话怎么能说出口？

秦渡欠揍地道："我会，跪下求我。"

滚！许星洲内心的怒火喷涌而出，她简直想要出钱雇喜欢的写手把秦渡写进小作文里欺负一万遍哪一万遍！

秦渡抬起眼皮，看着许星洲，很跩地重复了一遍："跪下求我。"

许星洲又被老教授一斥，彻底没辙了。一早上的周旋以三连败告终，她面色苍白地道："跪求求你。"

秦渡得意扬扬地说："你叫我什么？"

许星洲绝望地道："秦师兄。"

那声秦师兄叫得实在是太绝望了，简直有种卖身求荣的感觉。

秦渡颇为满意地点头："这不是会叫吗？"然后他撕了张便利贴，在上头写了俩数字，用手指点了点字条说，"念。等会儿记得兑现你的诺言。"

他是心算的吗？那么长的公式和已知数据，心算？许星洲头一次见到数科院的"高端操作"，简直惊呆了。

然而她那股震惊劲儿还没过去，秦渡便用两指推着那张便笺，颇为犹豫地道："有点儿后悔，能改成磕头吗？"

许星洲瞬间感觉一股邪火直冲天灵盖！

许星洲拿着那张黄黄的便笺，终于意识到，自己那天晚上惹的是一个比自己恶劣一万倍的人渣。

自许星洲有记忆以来最惨痛的一节课，终于随着刺耳的下课铃声落下了帷幕。她捂着饱受折磨的心口收拾，把夹着笔的课本合上装进包里，桌上满是阳光和花枝的影子。秦渡拿起了她的Kindle，扫了一眼。

"我仍然会连续数周躺在床上，就因为有时候我连起床都难以做到。每当严重的焦虑袭来而我甚至无法站着与它搏斗时，我都会躲在办公室桌底下。"屏幕里那本书这样写道，"可一旦我有力气起床，我会再次让自己疯狂地高兴起来。这样不仅是为了拯救我的人生，更是为了构筑我的生活。"

这是什么书？秦渡懒得再往下看，将它递给许星洲，许星洲嘀咕着道了一声谢谢。

秦渡说："你不是要跪着给我道谢吗？"

许星洲二话没说，将包砰地放下，弯起一只手的两根手指，砰地砸在了另一只手的手心中间。"正式给您下跪，"她情真意切地说，"还能给您磕头。"说着她还让手指小人伸出剩下的爪子，磕了个头，又认真地问，"三跪九叩要吗？"

秦渡盯着那只贱兮兮的手看了一会儿，若有所思地问："你什么时候和我约架？"

许星洲毫不犹豫地说："再说吧，你做好心理准备再来！"

"自报下家门，"秦渡漫不经心地道，"我没你那么厉害，没学过格斗，只是从十五岁开始坚持健身而已，六年。"

许星洲十分冷漠地说："哦。"

她在心里流着面条宽的泪——一看你的体格就知道你很能打啊！她思及此处，又在心里把两周前瞎撂狠话的自己暴打了一万顿。常在河边走，哪有不湿鞋……我没事干吗要去英雄救美呀？！

秦渡想了想，又道："对了……"

许星洲顽强地道："你说吧。"

"我的朋友也都很想找你聊聊。"秦渡慢吞吞地说，见许星洲似乎想要发问，一抬手制止了她，"别误会，不是带你去让他们见嫂子。"

许星洲道："我没有……"

"是我那群……"他打断了许星洲的辩解，简直忍不住幸灾乐祸的笑，"那天晚上和我一样，被你抢了女伴，目送你带着一群妹子扬长而去的朋友。"

秦渡说完，端详许星洲如遭雷劈的表情——她在那一瞬间炸毛了，顶着满头乱糟糟的毛，要哭似的皱起了眉毛。

天，秦渡只觉自己几乎疯了，这女孩有点儿可爱。

暖阳灿烂，将叶子映得发光。人间四月，花和草叶联合昆虫王国"攻占"了人类的城市，而天上的白鸟就是这联盟军的斥候。

许星洲强自镇定地道："你是真的很闲吗？"

"闲倒是不闲，"秦渡闲适地道，"只不过对你格外有耐心罢了。"

许星洲："求求你忙起来吧！大学生当为国为民，请你承担起自己的社会责任好吗？"

她站的位置非常尴尬，阶梯教室的桌椅是一体的，秦渡站在靠走廊的一侧，将许星洲的出口堵得严严实实。

秦渡朝前一步，道："关我什么事？"

许星洲说："鲁迅先生就说了！愿中国的青年都摆脱冷气，只是朝上走，你倒是好……你能不能让一下？你是觉得找我的碴儿很有趣是不是？"

秦渡："是挺好玩的。你再让我折磨一会儿，我兴许就不揍你了，也不找小巷子堵你了。"

许星洲心想：你是变态吧！

然而许星洲接下来还有事情要做——不仅有，还赶时间。目前她的首要任务就是摆脱面前这个烂人学长。于是下一秒，她一撩裙子，单手撑桌，敏捷地翻桌一跃！

许星洲像只泼猴儿一样跳下桌子，拍了拍桌面上的鞋印，抬头看了看监控，双手合十道："老师对不起。"她又对秦渡说："我比你忙多了，我后面还有事呢！"

秦渡眯起眼睛。许星洲将包往肩上一甩，喊道："约架就等下辈子吧！"然后她一提自己的裙摆，转头跑了。

秦渡："你等下……"

许星洲高声喊道："我是傻子吗我等你？做你的白日大美梦去吧！让我们下辈子再见！"

秦渡提高了声音："我说……"

吱嘎一声，许星洲滑下楼梯扶手，跑了。于是偌大的一百二十座的教室里只剩秦渡一个人和他手里那个贴满星星月亮贴纸的 Kindle。

秦渡漫不经心地说完那句话："你的 Kindle 掉了。"

窗外的鸟啾啾叫了两声，无人应答。那一瞬间，窗外的大雁穿过云层，花和蜜蜂以阳光为掩护，嗡嗡地讨论着如何"推翻"人类占山为王。毕竟这是植物和小昆虫"侵略"人类社会的最佳时机了，每个人都放松成一只睡鼠，在风和日丽的天气里准备迎接一场与春天的重逢。

秦渡晃了晃那个被贴得爹娘都认不得的小 Kindle，转身走了。

秦渡那天晚上没住在宿舍。

狡兔有三窟，秦渡有五个。一来他是申城本地人，二来他们学院分到的宿舍实在是太破了——大概是因为院里的领导都是老实人，抢不过其他院的人精。秦渡第一次见到他们院院长时，那位五十多岁的院长的发型极为奇怪，根根朝上，看上去像是对方倒立着睡了一晚上，而且起来忘了梳头。

秦渡在学校三站路外的小区有套改造的复式房，他妈买了上下两套房，把它打通了，秦渡平时就一个人住在这儿。

外头夜色深重，城市里的灯光犹如银河。秦渡懒洋洋地把演算的笔和纸推开，拧开了夜灯，光芒温柔地亮起。秦渡的鬈发遮住了视线，他把头发随意地往后一捋，两脚夹住个靠垫，往后倒在了软凳上。而后他拿起放在长桌上的手机，看了看，没有消息。

这姓许的是傻的吗？秦渡想，现在都没发现自己少了个东西。

过了一会儿，他又有点儿怀疑许星洲是不想再见到他，宁可不要这个小 Kindle 都不打算再见他一面了。而这显然不可行，秦渡还没找够碴儿，她是逃不掉的。

小夜灯的灯光柔和地照亮了这个广阔的客厅，藤萝叶上的水珠停留片刻，滚落了下去。秦渡打了个哈欠，拿起小设备，打开了屏幕。屏幕上仍是那本书，秦渡往后翻了翻，里面的内容不知所云，像是一本不知是哪个文青写出来骗稿费的书，絮絮叨叨，胡言乱语。

"在闹鬼的旅馆里偷偷溜进别人的浴室……"秦渡眯起眼睛念道，"当一个对睡在市政厅里的野猫汇报工作的政治独裁者……"秦渡又翻了两页，确定自己看不懂文青的无病呻吟，冷漠地道，"什么玩意儿。"

然后他退出了页面，回到首页的书柜，Kindle 的屏幕在昏暗里发出荧光。那一瞬间，他的手机屏幕亮起。他看了一眼手机屏幕，那是来自微信的一条好友申请。

"宇宙第一红粥粥"请求加您为好友，您是否同意？

长夜之中，秦渡扑哧笑了一声，拿起了手机。

　　许星洲的头上都要急出汗来了……

事情是这样的，她一摸口袋发现那玩意儿没了，差点儿吓死，晚上八点钟跑回福利院去找院长问有没有捡到它。院长说："没有，你再回去好好找找。"

许星洲在区福利院做了一下午的义工，带着一群或多或少有些残疾的孩子读书认字——认字，那群孩子认字。许星洲心里的焦急无法言说，就冲那群孩子认字这件事，那个 Kindle 就是死也不能落在那群孩子手里。

她在回校的公交车上终于想起了秦渡。当时在教室里，秦渡的手里是不是拿着什么东西？完了！那玩意儿好像在他手里！

许星洲反应过来，心里当即冰凉得犹如寒冬。她倚靠着校门口的路灯，双手发抖地问谭瑞瑞部长要了秦渡的微信名片，发送了好友请求。

所幸秦渡并没有让她等很久。

秦渡的微信头像是个黑白的背影，大概率是他本人——头发微卷，个子一米八多，背景应该是白金汉宫的门口。

秦渡连好友申请都没通过，直接回复，问："你谁？"

"对方还不是你的好友，已开启朋友验证。"屏幕上赫然显示出一句话。他太过分了，起码通过一下好友申请哇！

许星洲放低姿态，打字说："我是今天应统课上坐在秦师兄旁边的新院小师妹。"

过了一会儿，秦渡那边回道："坐我旁边的师妹多了，你是哪个？"

许星洲："抢你女伴的那个。"

秦渡："拉黑了。"

许星洲简直要呕出一口血，连忙打字："你别！！！别！！！"

好在秦渡还没来得及拉黑她，许星洲艰难地道："师兄，师兄是这样的，请你千万原谅我的大放厥词……我没有任何不敬的意思，师兄您看啥时候有空您把我的那个小破 Kindle 送回来？"

秦渡大方地回复："小事。下辈子再见吧。"

许星洲立即在心里把秦渡踩了一千脚一万脚……许星洲觉得，这人真是自己的克星，别人说"你若安好，就是晴天"，到了她这儿多半是"秦渡若在，就是'水逆'"。

温暖的夜风在天地之间掠过，露出云层后的满天繁星。今夜偏知春气暖，虫声新透绿窗纱——这是许星洲在高中一个温柔的夏夜里学的一句诗，现在想来，大约就是形容这样的夜晚。

为了方便，许星洲穿着平底鞋，但毕竟跑了一天，还是累得很——在福利院做义工不仅是和孩子们相处，更要帮那些老师做许多琐碎的事。她在校门口的花坛边坐下，活动脚踝，等脚腕的骨骼发出咯嘣一声弹响，终于放松地叹了口气，摸出了手机。

屏幕上是秦渡的消息——他还是没通过好友申请——他说："白天不在？"

许星洲说："我去年申请了这边的一份儿志愿者工作，今天忙得头都飞了，一整天都没看包包，所以刚刚才发现我把那个落下了。"她犹豫了一下，又道，"你……你能不能……"

秦渡："嗯？"

许星洲绝望地抓住最后一根稻草："你别翻它，算我求你。"

她太累了，发送完消息就往后一仰，栽进了花丛里。

繁星闪耀，路灯下柳絮飞扬，春风吹起女孩的裙角。许星洲抬起一只手比量天上的星星，这是今天一个小男孩教给她的。"牧夫座……"她用手指画了一下，嘀咕道，"应该是它吧。"

秦渡依然没有通过好友申请，只对她说："再说吧，以后我们漂流瓶联系。"

许星洲立即道："别啊呜呜呜——"消息发出，被对方拒收。

这个浑蛋还是把自己拉黑了！许星洲如遭雷劈，简直想拆了秦渡的宿舍楼。

当夜，凌晨时分。

秦渡洗完澡，围着浴巾赤脚走出浴室，拿起手机时又看到了许星洲的头像。她的头像是一个字，黑体加粗的"帅"，但是被拉黑之后，那头像显得挺委屈的……

窗外的风吹过，春夜的风令人心底发痒。秦渡端详了一下她的头像，看着那个端端正正的"帅"字，觉得这家伙厚颜无耻，却又莫名地有点儿喜欢。

秦渡靠在沙发上，半晌，满怀嘲笑地把许星洲从黑名单里放了出来，同意了她的好友申请。

"您已添加了宇宙第一红粥粥，现在可以开始聊天了。"

小夜灯仍亮着，光芒温柔。凌晨一点多，那个在外面做了一天志愿者的家伙多半已经睡了。屏幕上还有拉黑前的聊天记录，其中最醒目的是，许星洲苦苦哀求他别翻那个小阅读器……

秦渡边擦着头发边翻，越想越觉得神奇，一是不理解许星洲为什么要强调一遍，这样反而勾起了他的好奇心；二是不晓得那个小 Kindle 里到底有什么，那个死不悔改的家伙竟然肯乖巧无比地喊他一声师兄。

秦渡不是能压抑好奇心的人，他的实践能力显然不是盖的！他立刻翻出小阅读器，打开看看里头到底有什么。他一打开，里头整整齐齐地码了两排十八禁的电子书……口味还挺全的。

第二天起床之后，许星洲发现秦渡通过了她的好友申请，可见他也不是真的打算和她下辈子再见。她一开始还战战兢兢地想"他到底有没有看我的藏书"，但是在这种念头折磨了自己两分钟之后，她就进入了破罐子破摔模式：看十八禁文学有错吗？她成年了，没有错哇！

但是之后许星洲都没见到秦渡的影子，时间一晃，六天过去了。

清明节前的周五，下午近五点，天阴沉沉的，外头刮着大风，许星洲和程雁坐在一处，苦大仇深地上大众媒体课。

新闻学院终究还是比外头那些"野生的"学院有钱一些——毕竟校友遍布大江南北，不提自身的盈利能力，光是每年知名校友的捐款数额就相当可观。因为有钱，新闻学院的教室里每张桌子上都配了插头，许星洲大一第一次见到这么人性化的设计时感慨了一番，但是等她到了大二，开始上院系的专业课之后，立即就发现了一件事：这些插座没电。

窗外的雨点落了下来，许星洲合上本子，有点儿期待地望向外头细密的春雨。屋里漫着股湿气，荧光灯将讲台上的年轻女专家映得犹如雕像。

"我们这一节课还是讨论自媒体。"那个女专家慢吞吞地道，"以后你们在从业的过程中一定会发现其重要性，所以我现在给你们布置一个课题，清明节回来我要看看进度。"

许星洲摘下眼镜，揉了揉睛明穴。

这门课历来是由外聘专家讲授，每年的授课人选都有变动。今年院长出面聘了一个七年前毕业的优秀校友，2016 年的新锐记者花晓。

这个花晓堪称传奇，今年才二十八岁，但去年一年里，业界没人没听过她的名字，也没人没看过她的深度报道。许星洲在上课之前一直当花晓是个健身系女强人，没想到走进来的居然是个肩不能扛、手不能提的文青。

她穿着条纹衬衫和阔腿裤来讲课，长相犹如温柔的春花，皮肤呈健康的麦色，说话温柔，举手投足间却又有种难言的冷淡气场。看着这种被风一吹都能倒的小体格，谁能想到花晓经历了那么多事情……许星洲边走神边想。

"给你们一周时间，"花晓在灯光下温和地说，"我不管你们用什么方法，给我看一条你们经手的转发破百的微博。"

许星洲对程雁嘀咕道："这还不简单？微博转发抽奖，抽 233 块钱，至少能破 1000 转。"

程雁："投机倒把，滚。"

许星洲不服地道："可是这样不是最简单的吗？老师你这个作业实在是……"

花晓看着许星洲，温和地说："所以我的要求是，转发抽奖除外。"

许星洲："……"

花晓撑着讲台，说："微博内容要求完全原创，字数不限。你们拍视频也好，剪'鬼畜视频'也行，摄影作品、段子、虚构的新闻……"下面的学生笑了起来，花记者温柔地等他们闹腾完，带着笑意说，"我都不管，反正你们都成年了。我只要求你们那条微博转发破百，一周时间，不难吧？"

1503 班的学生拖着长腔喊道："好——的——"

花晓老师笑道："好就行，下课吧，大家假期快乐。"

许星洲出来时，天已近黄昏，春雨携着花瓣细细密密地填满了天地。

程雁和许星洲分道扬镳——程雁去外头吃黄焖鸡米饭，许星洲上次和杨铭宇吃黄焖排骨吃伤了，打死都不肯跟着去，和程雁说了拜拜，就一个人朝宿舍的方向走。

远处的路灯幽幽亮起，灯火昏黄，照亮满地的山樱花瓣。往日静谧的林间小径变得鬼影幢幢，犹如通往恶龙居住的城堡的道路。

许星洲做贼心虚地左看看右看看，确认同学都走光了，路上也没几个人，应该不会有人主动过来英雄救美……许星洲把小星星伞往包里一揣，踩着凉鞋，顶着雨跑了。

前头的华言楼就是恶龙的城堡。路边的法国梧桐正在变成荆棘，白袍巫师立于钢筋水泥铸就的高楼之上，长袍在风中猎猎作响。百年老校摇摇欲坠，年迈力衰的校长苦苦等待着她，以赐予她——斗龙勇士——一把被施了咒语的长剑。

她经过了许多人，可没一个人知道许星洲的脑子里在想什么，所有人只以为她是没带雨伞，正在跑回宿舍。

许星洲不同情这些想象力匮乏的人。

世上的人可以付出无数种代价来长大，变成无数种大人，可这些吃惊地看着她的人不约而同地在无数种代价中选择了"变得无趣"，而许星洲则付出了巨大的代价保留了自己的一颗赤子心。

她仍然想体验一切，尝试一切，对于生活热爱到无以复加。她想在五十岁那年成为一颗星星的拥有者，想在八十岁那年登上月球，她想去宇宙的尽头，想在浩瀚的繁星中寻找小王子和黑洞。

许星洲带着她所有的想象，用尽全力和臆想中的怪物赛跑，犹如雨里跳跃的火焰。

天如同被泼了墨，闷雷阵阵，满地零落的花叶。

许星洲跑到华言楼前时已被淋得湿透了，头发一绺一绺地贴在脸上。她扶着墙往后扒拉头发，只觉得人确实是老了，跑不动了。再年轻点儿的时候她也是能从三站路外跑着回家不带喘气儿的……许星洲气喘吁吁地扶着墙想，现在就不行了。

许星洲叹了口气，擦了擦脸上的水，回头一看，大楼门口来来往往的学生都在用看流浪汉的眼神看她。

华言楼电梯里。

"秦师兄，今天赵老师提的那个泰希米勒空间我没怎么搞懂……"电梯一路往下，张博又困惑地说，"我们的课程还没讲到那里。今天他说的我都没怎么听懂，知识点全都一片一片地散着，师兄你什么时候有空给我讲一讲吧？"

秦渡点头说："大二这样正常，连门都还没入呢。东西不太难，我手头有一本讲义。你看一下就会了。"

电梯叮的一声响，到了一楼，外头的大厅灯火通明，学生来来往往，甚至有研究生穿着拖鞋下来取外卖。

秦渡看了一眼他们的外卖盒子，问张博："食堂怕是没饭了吧？"

张博道："肯定没了，杂粮煎饼的话可能还有。"他话锋一转，"话说刚刚我在门口看到一个特别漂亮的小姑娘在那儿躲雨……挺可怜的，可惜我也没带伞……"

秦渡说："漂亮也得淋雨，你帮不了的人多了。我先回家。"

张博悻悻地说："这倒是……"

一楼的玻璃门外，夜色深重。雨水连绵，亲吻着远处的群山。

张博突然喊了起来："师兄，你看那里，她还在躲雨呢！"

秦渡顺着张博指的方向看了过去，玻璃门外站了一个窈窕的女孩。

张博难过地道："太可怜了吧，这么久都没人给她送伞，可惜我没有伞，要不我不介意送给她让她回宿舍……"

秦渡立即从那句话判断，张博大概会单身到毕业。

张博又说："确实不错吧师兄？从背影都能看出那是个美人儿，正面更是，简直绝了！我怀疑女人都没法抗拒她那模样……"

那个气质很好的小姑娘头发漆黑，人已经被淋得像一只落汤鸡，狼狈得很，却还是有种难言的美感，看上去还挺可怜的。

许星洲在华言楼门口当了十几分钟流浪汉，终于休息够了。在她摸出雨伞打算走的时候，突然听见有人问她："怎么淋成这样？"

许星洲刚在脑海里酣畅淋漓地冒险一通，心情高昂得很，也没听出来是谁，头也不回地说："我在雨里跑了一圈，没事。"

可是声音好耳熟……许星洲思索了一会儿，终于辨认出这是秦渡的声音。然而她此刻的心情简直是晴空万里，连听到秦渡的声音都影响不了她！她回过头对秦渡笑眯眯地道："在雨里跑步还是挺好玩的。"

"我明白了。"秦渡点了点头，伸出手道，"雨伞。"

许星洲一怔，将小星星雨伞拿起来晃了晃，道："我有的，没事，你的自己留着就……"

秦渡漫不经心地重复："把雨伞给我。"

在人来人往的华言楼门口，许星洲不知为什么觉得有点儿羞耻，于是不好意思地说："一定要这样吗？"

秦渡："伞给我。"

许星洲："好……好吧……"她只觉得有点儿头痛，把伞递了过去，小声说，"但是我很不喜欢麻烦人……还是比较想自己走，你要是执意要送我的话也行……但是我们宿舍楼很远的。"

雨伞到手，秦渡终于露出了满肚子的坏水："你的意思是我拿伞送你回去？"

许星洲："哎？"

然后秦渡诚恳地说："想什么呢？许小师妹，我是要回家啊！"

天上轰隆一声响雷，昏暗的夜里，雨水瓢泼而下。

许星洲简直不敢相信，都语无伦次了："你……你这人怎么能这么烂……"

秦渡礼貌地道："过奖，谢谢你的伞。"

檐下灯火通明，许星洲憋屈地看了他片刻，把额头上的湿头发往旁边拨了拨。

"你又不打伞。"秦渡揶揄地说，"我会充分利用的。"

许星洲想了一会儿，自己确实在雨里跑了半天，伞也的确是个摆设。她一时实在想不出什么别的理由反驳他，心塞地说："好吧，回头记得把伞和那个阅读器……我回头去找你拿……一起还给我……"冷风一吹，她下意识地摸了摸自己湿漉漉的胳膊和衣服，初春的天气，还真是有点儿冷。

秦渡说："好，没问题。"然后他撑开伞，走进了无边的雨里。

许星洲愣愣地目送他，看到他单手撑着伞，摸出把车钥匙——接着外头一辆车哔的一声，车灯亮起。

这人有车？他平时开车来上学的？有车还要抢伞？这人也太糟糕了吧，简直不可理喻！许星洲甩了甩头，只得将此归为自己抢人家女伴的报应，然后冲进了雨里。

夜里的春雨犹如冰水，淋在身上颇为要命。许星洲在雨里跑了两步就有点儿想追上去扎秦渡的轮胎——但是她转念一想，那车看上去好像不便宜，还是以后每天在他的挡风玻璃上涂鸦吧。这样是不是不太好？最近还在严打，不会被保安大叔骂一顿吧……许星洲一边想，一边踩进雨里，还有什么方法能报复秦渡吗？

雨水冲走路上的花瓣，下一秒，许星洲身后的雨突然停了。

许星洲回头一看，秦渡撑着伞，道："我送你回去。"

许星洲简直感动得无以言表……可见这人还没这么垃圾！许星洲感动地说："不麻烦你了，学校的夜路没这么不安全，我自己就能回去。"

"哈？"秦渡嫌弃地道，"这和你走夜路有什么关系，别感动自己了吧？我送你回去，好拿你的伞回家而已。"

许星洲也不恼："可是……"可是你不是有车吗，你开车回家不就好了？她终究没把那句话说完，说不定他的车坏了呢？按她以往和直男打交道的经验来看，如果打开了这个话题，估计一路上都得和他聊车了……同撑一把伞，和直男聊车！许星洲想到这个场景，立即打了一个寒噤。

"谢谢你。"许星洲斩钉截铁地说，"那我就恭敬不如从命了。"

雨水敲打着伞面，许星洲被风一吹还是觉得冷。她抱着胳膊抬头看伞面，路灯映着伞上金黄的星星，像是雨夜仅剩的星空。

"你的宿舍在哪里？"秦渡问，"南院？"

许星洲冻得嘴唇都有些发青，点了点头。路灯将雨丝照亮，春夜的雨水让她有些昏沉。

秦渡撑着伞，手指修长有力，妖风吹过时伞都稳如泰山。他将伞交给许星洲，道："拿会儿。"

许星洲嗯了一声，接过伞，秦渡将自己的外套脱了。

"下周还我。"秦渡把外套递给许星洲，威胁道，"不准沾上饭味，尤其是蒜味。"

许星洲也不伸手接，打着哆嗦道："算……算了吧……我浑身都湿透了，不过我不容易感冒。"

秦渡："你当我愿意给你呀？"他把外套丢给许星洲，又威胁道，"弄上蒜味我就揍你。"

许星洲："……"

许星洲一向不喜欢受男生照顾。

以她的色相，本来是可以从小到大都活在异性的簇拥里的——十九岁的许星洲的人生却和这种簇拥没半点儿关系。她常年只和女孩厮混，不谈风月，仍是孩子的心性。

秦渡看了她一眼，只看到那小姑娘眼睫纤长，她嫌弃地看着那件湖蓝的外套。秦渡看着她，只觉心头忽而炽热，像是春夜燃起的簇火。

他们两个在伞下并肩而行，许星洲好奇地张望外头的雨，过了一会儿又伸出手去接，任由冰冷的雨水在手里汇聚。那个幼稚的动作许星洲做得如此自然，丝毫没有媚世的意思，也半点儿不顾忌别人的目光。

许星洲突然道："我还以为你今天晚上会揍我呢。"

秦渡："揍你干吗？"

"你不是一直想和我算账吗？"许星洲满不在乎地说，"我刚刚都想好了，你如果揍我我就撒丫子朝树林里跑。"

秦渡连眼皮都不抬，啪的一声，拍了她的额头一巴掌。

许星洲："你干吗？"

"欠收拾。"秦渡拍完，还在许星洲的衣服上擦了擦手，许星洲毫无反抗的余地。

秦渡一手撑着伞，一手在许星洲的衣服上擦完，还是觉得不干净，就直接去翻她的包找卫生纸，把手擦了。

许星洲只敢小声抗议："可是你有什么资格收拾我！搞清楚这一点好吗？"

秦渡撑着伞，擦着手，漫不经心地道："天地君亲师，师兄占了个师字。"

许星洲简直想打他："谁是我师兄，你？你除了比我高一年级之外，还有什么让我必须尊重你的理由吗？"

秦渡："你可以不叫。不如说，你叫过吗？"

许星洲一时接不上话，只能静静地和他并肩走在雨里。学校里最老的建筑矗立数十年，前方南院公寓区的灯温柔地亮起。

秦渡突然道："我其实挺羡慕你的。"

许星洲："哎？"

"我和你不太一样。"秦渡终于看了许星洲一眼，说，"我没有你这种生活的激情。"

许星洲一愣："我大概是因为……"我大概是因为太珍惜生活了，她想。因为生活于她而言，太容易破碎。

然而还没等她认真回答，秦渡就欠揍道："不用因为了，因为你没我有钱。"

许星洲："你？"你根本就是来找碴儿的吧！她憋都要憋死了……决定不再跟他讨论这个生活激情不激情的鬼问题，甚至都不打算搭理秦渡这个小肚鸡肠的"杠精"了。

过了会儿，许星洲又觉得不能把人想得太坏，要以善意度人。她和秦渡相处中的问题归结起来，终究是她自己挑起的——她不分青红皂白地在酒吧把人说了一通，还拽跑了那群人的女伴，他对自己有意见也正常……可是他还会送自己回宿舍！

她顿时被自己的想法感动了，小声问："实话说，你其实没打算寻仇是不是？"

秦渡挑起眉毛。

许星洲挠了挠头，腼腆地补充："对吧，所以我觉得你人不坏，就是嘴硬。虽然你总说要揍我，但其实心里也没记恨我那天……"

在深沉的黑暗中，秦渡说："许星洲。"

许星洲喊道："在！"

秦渡："你是准备现在被我揍一顿？"

许星洲惨叫一声："你当我没说！"

秦渡一直把许星洲送到她的宿舍楼下。要走到位于南院的许星洲的寝室楼，得穿过一片满是香樟的小树林。林中有一条幽长的小径，下雨时昏暗一片，雨势渐大时树影憧憧，有几分吓人。

秦渡突然问："这里平时情侣蛮多吧？"

许星洲："哈？"

"单身的路过这里估计心里不太舒服，"秦渡意有所指地说，"这里一看就是适合情侣约会的地方。"

许星洲想了想道："有可能，不过我不太清楚。"

秦渡将眉毛微微扬起："你有男朋友？"

许星洲裹着秦渡的外套，感到迷惑："你是怎么得出这个结论的？无论我有没有都和你没什么关系吧。"

秦渡不再回答，雨水敲着伞面，叮叮咚咚的，犹如协奏曲。

在漫天大雨中，许星洲突然说："不过我不谈朋友。"

秦渡砰地一拍许星洲的脑门，恶劣地道："谁问你了吗？你以为我对你有想法？你谈不谈朋友关我什么事？我们连账都没算清。"

又是赤裸裸的羞辱和威胁……许星洲惨叫道："你……！这伞我不借了！话说这把伞本来就是我的啊，你能淋着雨滚回去吗？"

秦渡说："你确定？我很小肚鸡肠的。"

许星洲斩钉截铁地说："伞送您了。"

秦渡十分欣慰："这还差不多。"

秦渡将许星洲送到宿舍楼下，许星洲的身上已经干了大半，她拖着小鼻涕跟他挥了挥手，然后像躲瘟神似的拔腿一溜烟跑了。

秦渡撑着许星洲的伞，站在雨里。

甚至连那把伞都很有主人的特色，漆黑的伞面上印着一颗颗五角星，路灯照在星星上时犹如隔绝了世界，让拿伞的人走在星河灿烂的夜里。

下一秒，秦渡的手机铃声响起。他一怔，把手机摸了出来，是他朋友陈博涛的来电。秦渡接了，问："什么事？"

陈博涛那头道："你今晚咋了？发消息也不回。下雨了，哥们儿几个想聚聚，晚点约个烧烤，你来不来？"

秦渡说："来。我刚没看手机，送那个姑娘回宿舍来着。"

陈博涛语无伦次地说："不会还是那个……你真……你又跟人上课，又……"

秦渡抬起点儿伞檐，在重重雨幕中望向女生宿舍楼。许星洲火红的身影跑过楼梯间，他遥遥望着她。对方有着黑色的长发，颜色鲜艳的裙子，脊背挺直。如果说雨里将有火，那必定是她那样的火焰。

"怎么了？"秦渡看着她的方向说，"我就是抗拒不了这种类型的。"

陈博涛在那头又说了什么，十分义愤填膺，话里话外简直把秦渡当成傻子。

秦渡听了一会儿，尴尬地说："老陈，咱们就别提在酒吧那天晚上，她扔我的联系方式那事了吧……太丢脸了。"

四周前的那天晚上。

那个小姑娘当时靠在吧台边上，只留下一个背影。吧台边的灯光闪得秦渡眼花。他给那女孩点了一杯莫吉托，附了张写着他电话号码的字条。这是经典的搭讪方式。

他清楚地看到那小姑娘拿起莫吉托和字条看了看，继而回头看向他的方向。那一瞬间，说实话，秦渡的呼吸都停了一下。

她对自己满意吗？

秦渡自认是个很能拿得出手的人，他的长相、身材、家世、能力皆无可挑剔。但那瞬间他只觉一阵难言的紧张，甚至想到了今晚自己的香水喷得不对，香味太重了，会留下坏印象。

然后——那个小浑蛋连看都没看，就把字条丢了。

许星洲不怕淋雨，敢在雨里跑，不是因为智商有问题，而是她太皮实了。和那些小说里的女主角不同，许星洲皮糙肉厚耐摔打，堪称"铁人"，绝不可能怕淋一场雨。她连西伯利亚漂流都去了，一场雨算什么？

许星洲回去冲个热水澡，立即满血复活，给自己开了罐奶，修禅似的在宿舍里入定了。

小长假前一天宿舍里的氛围轻松得很，她那两个早五晚十一游荡在外的学神舍友都在插着耳机看电视剧，不时爆出一阵大笑。

许星洲抬起头喊道："青青，你打算做什么课题？"

李青青——学霸之一，从美剧里抬起头，随口道："不晓得，大概整理一下近期做的书摘。"

许星洲："……"

"怎么说也有个三四十本呢，"李青青拿杯子喝了口水道，"挂个格调高点的名字，'××书单不会告诉你的四十五本好书'什么的，投给营销号，应该能满足老师的要求。"

许星洲点点头："这个绝对行得通。"

"你也想点有意思的东西。"李青青说，"我就比较懒，也没什么创意，所以拿了现成的成果。但是老师的意思是，让你去做一些能引人注意的有趣的东西。"

许星洲笑了起来，咬着吸管道："嗯，我明白。"

第二天，天还没亮，许星洲就背着自己的相机出门。

她穿了条缀着木珠的裙子，将头发松松地扎起，钻进地铁和一群早上出工的农民工大叔坐在一处，抱着自己的相机，在车上困得不住地点头。

十里长街，江面漫着雾气。街上的苏式早点摊上蒸着一笼笼热腾腾、暗乎乎的鲜肉韭菜包子和生煎。许星洲路过摊子时才觉得有点儿饿，花了三块五买了个包子吃了。

那摊主阿姨说："小姑娘慢点儿吃，别噎着。"

许星洲笑得特别甜，说："是阿姨做的包子太好吃啦。"

许星洲嘴甜，长得又俊，简直太讨人喜欢了——她在那个摊位前站着吃完早饭不过十分钟的时间，那个阿姨就知道了她是大学生，大早上起来做社会调研，而且特别喜欢吃有妈妈风味的鲜肉包。最后那阿姨硬是给她塞了一块热腾腾的紫米糕和一个茶叶蛋，都装在塑料袋里扎好。

"早上起太早会饿。"那个阿姨说，"拿着垫垫肚子，阿姨看侬（你）可爱才给的。"

江上雾气弥漫，远方的东方明珠影影绰绰。许星洲拎着紫米糕在路边的长凳上坐下，一边调自己的单反，一边开始哼歌。

有不少人在那里拍照，许星洲抬起头时看到那个明珠塔，只觉得旧旧的，不再像她小时候那样巍峨，不禁感慨道："这么多年了。"

这么多年了。

许星洲突然想起她四岁时曾跟着父母来申城旅游，那时她不过一米高，拿着棉花糖，穿着花裙子，对着傻瓜相机比了一个大大的"V"。那时候的东方明珠崭新、形状新奇，在来自远方小城的小星洲眼中简直是神奇的外星建筑。"一定是外星人来建的，"小小的星洲信誓旦旦地对妈妈讲，"妈妈你看，它像 UFO。"

十五年后，长大的星洲举起手机，对着江水和对面的影影绰绰的高塔拍了一张。

"连你也老了啊！"许星洲喃喃地说。

江畔湿润的风吹过，许星洲坐在长凳上。十余年过去，物是人非，街上的行人仍然川流不息。她叹了口气，发了一条朋友圈："岁月不饶人，连它都老了。"

高楼如同雨后春笋，而东方明珠毕竟在江畔受到风吹日晒，十多年前曾经光鲜亮丽的建筑早就不再时尚，只是仍是这座城市的标志。

许星洲看着那座塔，那一瞬间，一种酸楚感油然而生。

还有谁需要它呢？它和自己多么像啊！

"和自己多么像啊！"这个恶魔般的念头一出，许星洲就感到情绪脱离了正轨，情绪小人在一瞬间就滚到了崩溃的边缘。

不行，不能想这么多……许星洲艰难地拽住了自己的裙子。什么都没有发生，她反复告诉自己，不能想了，不要想了，许星洲。

但是她的情绪就像是深渊，许星洲几乎觉得眼前一黑，被情绪小人拖到了绝望之崖上。

"你还真在这儿呢。"那一瞬间，她听见一个人说。

江畔吹过一阵清风，许星洲的思绪猛地被拉回。她转头看了过去，眼眶仍然通红。

秦渡抱着颇为复杂的心情，问："谁欺负你了？"

"没……没有。"许星洲赶紧擦了擦眼睛，"我……"

秦渡想了想，难以理解地问："是共情？"

许星洲憋闷地不发一言。

秦渡站在许星洲的身后，还穿着条运动紧身裤，额头上绑着运动头带，是一副要去健身房的打扮。他嘲弄地说道："真是呀？我倒也想过你的共情能力估计不低，不过没想到居然一座塔……"

许星洲的嗓子都还有点儿哑："喂！"

秦渡从随身背的健身包里摸出毛巾递过去，嫌弃地说道："擦擦。"

许星洲婉拒道："我……"

秦渡："擦擦吧，看东方明珠看哭了，你不觉得丢人吗？"

许星洲："我真的不用……"

秦渡将毛巾丢了过去，道："是新的。"

许星洲觉得心里有种难言的温暖，却又抗拒道："真的不太合适……"

秦渡漫不经心地提醒："你的眼线晕了。"

许星洲立即捡起了他的毛巾，使劲擦了擦，还认真地揩了揩眼角，接着小声道："秦渡，你别打我。"

秦渡："啊？"

许星洲小声说："我一开始不想用的原因是，我刚刚流鼻涕了……"

秦渡："……"

许星洲又补充道："不过我擦干净了！"她诚恳地承认，"在你的……你的毛巾上。"

江风吹过，许星洲捂着被秦渡拍了一巴掌的额头，疼得龇牙咧嘴。她侧过头看了看秦渡，秦渡看上去刚健完身，他的额角还有点儿汗，并没有半点特别之处。

"我有张这附近的健身卡。"秦渡道，"刚做完两组训练，出来买点儿喝的，看到你发的朋友圈，想到你应该在附近，就找了找。"

许星洲说："你家就在这里吧？"

秦渡点了点头，又道："我住在这边，我爸妈不在这儿。"

怪不得那天他说"我比你有钱"，许星洲憋闷地想，鬼知道这地方房价多少钱一平方米。可能他确实是个什么什么公子吧，反正在一流大学里有这么个人也不是不可能。

他年轻、浪荡且聪明，对自己的家庭闭口不谈，想要的一切触手可及。许星洲以前没见过，不代表这种人不存在。真可怕，以后还是绕着点儿这种不差钱的公子哥走吧……许星洲挠了挠头，打算告辞……

秦渡突然道："对了，小师妹。"

许星洲："嗯？"

秦渡说："我那条毛巾一百五十八块钱。"

许星洲都不知道说什么好了……她第一感觉是秦渡就是喜欢找她碴儿，他没事戳她两下就觉得特开心。但她又觉得他可能是真的心疼那条毛巾，不过也不怪他心疼，许星洲憋闷地想，她把鼻涕擦上去也太不合适了，终究还是自己的错。

"那我给你买……"买个新的。

许星洲在脑子里一算这个月的生活费——四月份生活费两千二，买衣服花了八百，吃喝玩乐花了一千多……三下五除二算出本月的生活费就要见底了，怕是马上就得喝西北风，还要给秦渡买毛巾——那一瞬间，许星洲的心都在滴血。

秦渡瞥了许星洲一眼，道："请我吃顿早饭，毛巾的事既往不咎。"

许星洲在那一瞬间想起立跳舞，但是忍住了，乐和地问："你看学校食堂成吗？请你吃好一点儿的，教工餐厅早饭套餐。"

秦渡："……"

"没有那么难吃哟！"许星洲笑眯眯地解释道，"毕竟是给教职工吃的，餐厅那个水平比学生的好多了，早上的免费汤都是真正的豆浆。"

许星洲打量了一下秦渡的表情，秦渡在听到"真正的豆浆"五个字之后，那表情实在不像是能被糊弄过去的样子……

许星洲眨了眨眼睛。她长得好看，出卖起色相来简直连女孩都心动。

秦渡："你还是给我买一条新毛……"

许星洲大喊道："你想去哪里吃，你说就是了！我请！我请！怎么能让您吃教工餐厅？太无耻了！怎么会有人出这种馊主意？！"

秦渡指了指许星洲放在长凳上的已经凉得差不多的紫米糕："那是你的早饭？"

江风唰地把许星洲的头发吹乱，渡船遥遥漂过，周围行人川流不息，喧闹非常。

"这个？"许星洲茫然地挠了挠头，将那两个小塑料袋拿了起来，"不是，我吃过了，这个是别人送我的。"

秦渡眯起眼睛问："谁？"

许星洲不解地道："还能是谁？早点摊阿姨送我的。她说看我可爱，担心我今天一天会很辛苦，让我别饿着自己，还给我装了个小茶叶蛋。"

秦渡想都不想，吧嗒一声，弹了许星洲的额头……"阿姨是无辜的，"他冷酷无情地说，"别乱撩人家阿姨。"

许星洲被弹得蒙了一下，委屈地喊："去你的！我什么都没做！我才不是那种人渣！"

秦渡再度眯起眼睛……

许星洲挫败地道："也……也许是。"

秦渡嫌弃道："人渣。"

许星洲："我没有……"

那个比她大两岁的人停顿了一下，道："不用你请别的了，我饿得很，现在就吃这个。"

十分钟后。

长风吹过，秦渡在长椅上坐着，许星洲又买了杯热咖啡，与他并肩坐在江畔。

江涛声阵阵，外地游客的带着口音的声音此起彼伏。

许星洲突然觉得自己像糟糕的校园文里的小白花倒霉蛋女主角，一不小心砸碎了总裁兼学生的价值五千万元的古董大花瓶，要卖身给他当奴隶。

许星洲："喂。"

秦渡正在慢吞吞地吃茶叶蛋，闻言把眉毛一挑。

许星洲伸出手说："给我点儿水吧。"

秦渡："那是我的。"

许星洲："你那个紫米糕还是我的呢。我不能用咖啡就药吧，刚刚忘买水了。拿来，我不对着嘴喝。"

秦渡漫不经心地道："叫声师兄听听。"

许星洲简直想骂他，但也只是停顿了一下，艰难地补充："我就是吃点儿药……"

秦渡摁住自己的健身包，散漫地道："叫秦师兄。'秦师兄，求求你了，给我点儿水喝吧。'说一遍。"

许星洲简直觉得这句台词是从她的 Kindle 里头的哪篇十八禁读物里抠来的，登时感到羞耻加愤怒，炸开了花："你是变态吧！"

秦渡似乎这才意识到台词的不妥，不说话了，把健身时带的水杯拧开，递了过去。

许星洲接过水杯，开始在自己的包里翻找——她陆陆续续掏出了两个数码宝贝小徽章、一个吐泡泡套环的幼儿园玩具、两三支马克笔和一堆花花绿绿的小玩具，还有过气网红小黄人——开心乐园餐送的，这简直不像大学生的包里装的东西。

许星洲似乎觉得有点儿羞耻，解释道："都是做志愿者的时候孩子送我的。"

秦渡眯起眼睛，问："真的？"

许星洲心虚地道："挺……挺好玩的，我就留下了。"

秦渡："……"

许星洲喃喃地道："在这儿啊，太久没动了。"

然后她摸出一个小小的满是划痕的嫩绿色药盒，里头是一堆彩虹色的小药片，有红有绿有蓝，还有黄色的小球，长得像泡泡糖一般。

秦渡简直不知说什么好，怎么神奇的人吃的药也是神奇的？这一个个看上去都跟糖丸似的……

许星洲打量了一会儿，挑了一枚粉红色的小药片，灌了口水咽下。

秦渡一头雾水，问："这是在吃什么药？"

许星洲艰难地将它吞了下去，说："桃子清口糖，家乐福超市柜台边上卖的那个。"

秦渡以为自己听错了，将眉毛微微挑起。

"糖，真的是糖。"许星洲认真地解释道，"你吃一片就知道了。"

说着，她从药盒里捏了一小片，放进了秦渡的手心。女孩的手指冰凉，指甲修剪得光滑圆润，在他的手心微微一挠时，秦渡只觉心中犹如满江春水泛起了涟漪。

"直接含就可以了。"许星洲认真地说，"不苦，真的是糖。"

秦渡按下满腹疑惑，将那药丸含了进去。下一秒，他就意识到许星洲没有说谎。那小糖片带着股酸甜的桃子薄荷味，清新爽口，也从头到尾，没有半点儿是药的可能性。

清明节假期的第一天，中午十二点钟，程雁仍躺在床上等死——在被饿死之前，她点开外卖软件下了一单鱼香肉丝盖浇饭，接着她的手机叮的一声，来了条微信消息。

微信是许星洲发的。

"雁雁，我今天在外滩偶遇学生会主席了。"

程雁一惊："哇？他没揍你吗？"

宇宙第一红粥粥："外滩人太多，到处都是警察，他不能揍我的，要吃处分。问题是他已经跟着我一上午了。"

程雁一个骨碌爬起来，秒回："我可不信他会这么闲！粥粥，他是不是看上你了？"

宇宙第一红粥粥："是吧，其实我早上也想过这个问题。"

程雁十分亢奋："可以呀许星洲！春天来了许星洲！"她坐在床上，一边挠着头，一边劝，"我觉得吧，大学无论你自己怎么样，恋爱还是可以谈的，对方条件又很好！你又不是真的喜欢女孩子，只是不喜欢和男生一起玩……"

宇宙第一红粥粥："雁儿啊。"

程雁："嗯？"

宇宙第一红粥粥："咱俩都想多了，他连麦当劳都不和我 AA 制，现在是我请他吃麦当劳。"

程雁："……"

许星洲扫码付账，将餐盘端到了窗边的桌上。

外头的天仍阴着，像是又要下雨的样子，这个麦当劳开在这个寸土寸金的地方，套餐却没有比别的地方昂贵多少——穷苦大学生在这金子做的地界上也就只吃得起这个。

月末的穷苦大学生许星洲叹了口气道："您多吃点儿。"

秦渡对她微微点头，仍在和老师打电话。他气场拔群，哪怕身上穿了一身不适合在外头招摇的运动套装，还在做着吃女孩子的霸王餐这种事，还是显得卓尔不凡。

许星洲听了一会儿他们的电话，也听不懂，只知道他们是在讨论一个精算项目。

许星洲开了麦乐鸡，蘸了蘸酱，外头适时地下起了雨。

她出门没带伞！伞在秦渡那里，但是鬼都看得出来这个家伙今天没带……许星洲又感到了憋闷，这是和秦渡扯上关系之后的第二把伞了！上一把被许星洲慌乱之下丢在了教学楼，至今不知所终……话说是不是应该把秦渡命名为"雨伞杀手"？

许星洲一边胡思乱想，一边咬自己的汉堡包，茫然地望向窗外。

秦渡打着电话，突然自然地伸出手在许星洲的唇角一抹，把她嘴角的沙拉酱擦了。

许星洲一蒙："哎？"

秦渡示意那是沙拉，让她自己继续擦干净，继而三两句挂了电话。

那动作带着一种难言的柔情，许星洲觉得脸都有点儿发红，低下头遮掩自己脸上的红晕，不让秦渡看见。

天地间大雨倾盆，玻璃上映出无数个渺小的世界。

"下雨了，吃完饭咱们散了吧，我等会儿就回学校。"许星洲低着头嘀咕

没人知道——甚至连许星洲自己都不知道，她的耳根已经红透了。

外头的雨势丝毫没有变小的意思，许星洲左瞄瞄右瞄瞄，怎么也没找到便利店……就算找到也不行，她的心头在滴血，一次性伞一把十五块钱，终究不算个小数目。她这个月的生活费已经赤字了，劳动节假期她还想去

厦门玩，看来还是逃不过淋雨的命运。

如果去和爸爸说，爸爸大概还是会说"我什么时候亏待过你"吧，许星洲想。毕竟拥有一个自己的爸爸与拥有一个别人的爸爸还是不一样的。

秦渡问："下午不拍了吧？"

许星洲点了点头，说："嗯，我回宿舍。"

秦渡一边拎起外套，一边往麦当劳外走，漫不经心地道："雨这么大，我给你叫车吧。"

许星洲郁闷地道："我不。"

秦渡一挑眉毛："嗯？为什么？"

许星洲简直想撬开他的脑壳看一看，但是又觉得他可能真的理解不了打车回去有多贵。她无法解释自己这个月相比其他的大学生而言到底有多放纵，也无法解释自己有多穷——然而看秦渡这模样，他十有八九也不知道。

许星洲叹了口气，说："我坐地铁回去就可以了，我有公交卡。"

秦渡道："行，我送你去地铁口。"

许星洲莫名其妙："你用什么送？你带伞了吗？"

秦渡闻言，一扬手里的外套。

算了，聊胜于无，外套至少比丝巾靠谱。许星洲刚刚甚至想过把辫子里的丝巾拆出来挡雨，既然秦渡自告奋勇，还贡献出自己的外套，她就不浪费那条法式丝巾了。

秦渡停顿了一会儿，突然问："你到了学校之后怎么回去？"

许星洲："反正不用你送我，我叫我朋友出来接。"

秦渡点了点头，表示知道了，然后将那件轻薄的运动外套往头上一盖，示意许星洲钻进来。

许星洲钻进去的瞬间就觉得气氛不对，秦渡那件外套下的空间太小了，她简直和这个小肚鸡肠的浑蛋呼吸交缠。这远远小于课上讲的1.2米的社交距离，他们都要贴到一起去了。

外套上有一点儿轻微的运动后的汗味和一股香水的味道，许星洲闻得清清楚楚。

秦渡却浑然不觉这场景有多暧昧似的，低头打量了一下许星洲的衣着，散漫地说："出门拍照穿这么花哨干吗？把裙子拎起来点儿，要不然等会儿被雨打湿了会缠腿。"

许星洲："好……好的……"

许星洲撩起裙子，然后秦渡拽着她跑了出去。外头大雨倾盆，天地间白茫茫一片，路边的花耷拉着脑袋，满地的花瓣顺水漂走。许星洲跑起来的那瞬间简直觉得自己的脑子有问题，怎么想都觉得和秦渡这样太不合适了。

在一片寂静之中，秦渡突然问："你那个药是怎么回事？"

那一瞬间，许星洲一愣，仿佛不知道秦渡说的是什么："什么药？"

秦渡的鬓发被淋得湿透了，他说："被你当药吃的糖，你吃它干吗？"

许星洲困惑地想了想，说："没有什么为什么，我从小就吃的。我从七八岁的时候开始吃它，但是一直都不是药，是糖，"她挠了挠头道，"我就随身带着了。吃着玩一样……我叫它七色花小药盒，一个从童话故事书里看来的名字。"

秦渡皱起眉头："七色？"

许星洲笑着道："就是那个童话故事呀，一个老婆婆送了一个善良的小姑娘一朵七色的花，每个花瓣都能许一个愿望，小姑娘用它去了北极，最后治好了一个瘸腿小男孩的腿。"

许星洲跟着秦渡在雨里跑，下午天色阴沉，沿街花草委顿一地，她的头发湿淋淋地贴在脸上。

秦渡冷淡地道："你那个药盒里，只有六种颜色的糖。"

许星洲心想他的眼真尖，连有几种颜色都看到了，随口糊弄道："还有一种颜色吃完了没补。"

她又看了看秦渡，小肚鸡肠地觉得秦渡多半是把外套的大半留给他自己挡雨了，于是故意把遮雨的外套往自己的方向扯了扯。

下一瞬间，许星洲的重心一飘！

她今天穿了双稍微有点儿跟的小皮鞋，带跟的终究和平底的不同，许星洲的小鞋跟一下卡进了路边的排水道。秦渡虽然个儿高体格好，但也没反应过来，没能拉住她，许星洲啪地摔进了雨水里。

秦渡："……"

大雨倾盆，许星洲这下结结实实地摔了一跤，眼泪都出来了……

秦渡得意地说："你知道你为什么会摔跤吗？"

许星洲一边在心里骂脏话，一边呜呜呜。真的不能指望秦渡做个人了！为什么自己还老是对他的人性抱有信心，以前就算得罪了什么人，他们多半也会看自己长得好看而放过自己，可秦渡显然不吃美人计这一套……

他不仅不吃，而且对待自己的美人计的态度非常恶劣。

秦渡说："都是因为你把我往外套外挤。"

许星洲都要流下眼泪来了，觉得今天要完蛋，又觉得疼得钻心，哽咽地说："你怎么这么小气……"

"我用这么贵的外套给你遮雨。"秦渡举着自己的外套，理直气壮地道，"我哪里小气？"

许星洲气得想剁他下酒，抓起旁边的一块石头就丢他……贵有什么用？！外套的主人不还是吃女孩子的霸王餐吗？连一百五十元的毛巾都要讹！贵有什么用？！再贵也是外套，不是伞哪！

秦渡侧身一躲："你不要我扶了？"

许星洲憋屈地喊道："我不要！你是垃圾！我要自己回学校！滚蛋吧你！"

秦渡："OK。"

秦渡说着转身就要走，许星洲使劲儿抹了抹自己的脸，又丢脸地发现自己站不起来……好像真的崴到脚了。她觉得自己多半是个活体倒霉蛋，刚刚那一下可能把骨架都摔散了，等秦渡走了就去打120怎么样……

旁边突然有行人道："小姐，您没事吧？"

许星洲怔了一下，回头看了过去，还是个年轻的男人。

许星洲第一反应就是糟了，这人情还是少欠的好，否则多半会被要联系方式。被要了联系方式就太麻烦了，还不如自己坚强一点儿把骨架拼好站起来。

许星洲正要撒谎说自己没事，雨里却突然传来另一个声音："她有事。"秦渡说。

许星洲："哎？"

他居然没走。

"我是她朋友。"秦渡对那个人礼貌地说道，"谢谢你关心她。"然后，秦渡在许星洲的面前蹲下，示意她趴上来。他那动作十分流畅，许星洲一时间莫名感觉秦渡从一开始就打算背她。

许星洲趴到秦渡的肩上的时候，有点儿说不出的别扭感。她和秦渡认识的时间不算长，自己的防线却在短短一周之内接二连三地被打破，如今她甚至趴在了他的背上，让他背着。但是她没有别的办法，她扭伤了脚踝，方圆十几里可能只有秦渡这么一个她还能相信的人……实在是倒霉透顶，许星洲想。

一片寂静中，秦渡突然道："许星洲，你那个七色花盒子里，没有绿色的糖片。"

许星洲："……"

"绿色的糖应该是最好买的吧。"秦渡漫不经心地道，"青苹果、薄荷，这么多口味，便利店里一抓一大把。刚刚在便利店买伞的时候，柜台旁边就有，我观察了一下，你没有要补的意思。"

许星洲怔了一下。秦渡确实是个聪明人，观察力非常强，但是她实在是不理解，他为什么会盯着一个糖盒子不放。

许星洲叹了口气道："可是，这和你没关系呀！"

秦渡："……"

许星洲趴在他的肩上，认真地说："有可能我不爱吃青苹果味的，也有可能我没找到合适的牌子，也有可能我已经在网上买了，回校就要去领快递——你没有必要纠结这个。"她笑了起来，"理由有很多，你随便挑一个就行。而且，秦师兄，我们不可能替另外一个人生活的。"

"每个人的生活都是独立的，也是无法被别人代替的。"许星洲伸出两根纤细的手指，微笑着说，"我从来不干涉别人的生活，也不希望我的生活被刨根问底。你是个很聪明的人，应该知道我是什么意思。"

秦渡哂笑一声，说："也行，当我没问吧。"

许星洲如释重负地说："谢谢。主要是因为我不知道怎么解释它。"许星洲不好意思地挠了挠头，诚实地说，"不过我想，我们的关系应该也不会发展到要解释它的程度。"

秦渡微微挑起眉，回头望向许星洲。

许星洲喃喃："至少我希望如此。"

雨声敲击伞面。许星洲说完，就趴在了秦渡的肩膀上。她放松的姿势里居然带了点儿难以言说的依赖的味道。

秦渡看见了女孩有点儿发红的耳尖，犹如春天的花苞一般。

那个绿色的糖丸到底是什么已经不再重要，重要的是她的耳尖为什么这么红，是她脸红了吗？

"和你……"秦渡终究把那句话咽了回去。

和你的前男友有关吗？我是说，如果你有前男友的话？

第二章　似有故人远行

清明假期的第三天，春光明媚，许星洲正值上呼吸道感染发作期，在床上挣扎了一下，吭哧吭哧地憋住了一串咳嗽。

程雁估计是睡不着午觉，正跷着二郎腿看网课——量子物理公开课，用来催眠。听到咳嗽声，她问："你劳动节假期也不回家？"

许星洲摇摇头，声音沙哑地道："不回，太远了，坐动车七个小时，回不起。"

程雁："你老实说吧，那天那个学长一路送你回来，你们真的没什么？"

许星洲怒道："有什么！能有什么！你是准备气死我才罢休，我跟你讲，那个姓秦的就是我的灾星……喀……喀喀我的娘啊……"

程雁头都不抬："都送你到宿舍楼下两次了。"

"能有个鬼呀——"许星洲哀号一声，"别搞我了。"

程雁说："行吧，你说没有就没有——我倒觉得那学长人还不错。"

许星洲震惊地问："嗯？"

程雁停顿了一会儿，诚实地道："我觉得他挺绅士的。"

许星洲简直不知道说什么好，秦渡居然都和绅士扯上了关系——许星洲要倒起苦水来估计没有一个小时都打不住，但此刻嗓子发炎，喉咙肿痛，嗓音沙哑，索性闭上嘴不再说话。

在量子物理专业术语的狂轰滥炸中，程雁突然道："许星洲，你要不要考虑一下去追他？"

许星洲终于忍无可忍，怒道："滚吧你！"

然后许星洲艰难地拖着病躯下床，到饮水机那边接了点儿水，把药泡了。

空气里一股小柴胡颗粒的苦味，许星洲裹着小毯子缩在椅子上，瑟瑟发抖地喝药。程雁从抽屉里摸了板复方退烧胶囊丢了过去，许星洲吃了药，咕叽一声栽了桌子上。

"好难受哇！"许星洲趴在桌子上，哑着嗓子道，"外面太阳这么好，我想出去晒晒太阳。"

许星洲拽着程雁的手，一边咳嗽，一边往校医院走。户外阳光普照大地，飞鸟掠过草坪，在地上投下影子。许星洲捂着脑袋看了一会儿，笑了起来："有你一路陪我过来，真好哇！"

程雁叹了口气："我倒觉得不太开心，你太麻烦了。"她伸出手，轻轻地拉住了许星洲的手指。

许星洲说："当时也只有你陪我玩。"

程雁："因为只有我喜欢扶贫。"

发烧时人总是脆弱一些的，许星洲想，一边捏紧了程雁的手指。

许星洲想起七年前自己在初中留级一年，走到那个全新的班级的教室外时，她几乎被吓得不敢朝里看，既害怕自己会因为是留级生而被歧视，也害怕和一群陌生的孩子开始一段全新的关系。

许星洲当时被吓得发抖，同学们友善的目光令她芒刺在背，有些男孩大声调侃这个留级生长得漂亮，引起哄堂大笑。

"星洲，"那个女老师温柔地说，"别怕。你去程雁旁边坐，好吗？"

那一瞬间，犹如天光划破黑夜，一切都明亮了。

七年后的如今，F大皁江校区，篮球场上的男孩们在打球，草坪上的金发留学生被阳光照耀出黄金般的轮廓。

"我一开始都紧张死了，你跟个玻璃娃娃似的……"程雁放松地说，"老师后来跟我讲，这个女孩子有抑郁症，让我好好照顾你，别让班上那些小浑蛋欺负了，还给我塞了盒糖，让我跟你一起吃。"

许星洲感动地道："潘老师人特别好，特别照顾我，我永远喜欢她！"

"而三天之后，"程雁举起三根手指，"仅仅三天，许星洲。那个玻璃娃娃似的有抑郁症的小姑娘把班上男生全欺负哭了，三个哭着回家跟家长告状说你揪他们耳朵，五个连爷爷奶奶都来学校了，来找潘老师理论，说你拿弹珠弹他们孙子的脑袋。"

许星洲："我……我没有……"

"再然后你成了我们班的山大王。"

许星洲一抹眼角的鳄鱼泪："我……我的确对不起潘老师对我的善意。"

程雁心想：你这家伙……

许星洲却突然说："雁雁，抱抱。"

程雁叹了口气，在阳光下，侧过身抱住了比自己娇小的许星洲。

许星洲瘦瘦的，还在闷闷地咳嗽，的确像个小可怜。程雁甚至能摸到许星洲肩膀上凸起的肩胛骨——许星洲仍是那种抱在怀里会惹人心疼的身量。

"抱抱，"许星洲哑着嗓子小声说，"我最喜欢雁雁了。"

许星洲撒起娇来确实能让人骨头一酥。程雁拍了拍许星洲的后脑勺，却突然感到芒刺在背，好像有什么人在盯着她们。

程雁抬起头，和正拎着什么的秦渡四目相对。

秦渡打了个招呼走了过来，在她们的面前站定。程雁盯着秦渡看了一会儿，这个年轻人个子高大，生得英俊而懒散，却又有种难以言喻的侵略感。这也是程雁第一次认真打量他，打量了一会儿也没得出任何结论，只觉得这是个人生赢家，也可能是从小说里挖出来的杰克苏。

秦渡一手拎着个不知是什么的袋子，另一只手自然地摸了摸许星洲的额头。

"感冒了？"他说，"也难怪，连着淋了两天的雨。"

许星洲咳嗽了一声，把他的手拍掉了。

树影斑驳，阳光从树缝里漏了下来，在地上打出明晃晃的光圈。

程雁："学长……"她看到了秦渡那写着"你抢了我的食物"般充满敌意的眼神，努力让自己别跟他计较，问，"你这是买了什么？"

秦渡把那个袋子晃了一下，说："买了点儿吃的，我家旁边新开的猪扒包，排了半个多小时的队，正打算给一个女孩送过去。"

许星洲蒙了："秦渡你逼我请你吃饭，见了别的女孩子，就能专门去买猪扒包送过来？这什么差别待遇……"她说完咳嗽了两声，脸都红了，好像非常愤愤不平。

"人家和你可不一样。"秦渡丝毫不以为然，"那小姑娘长得漂亮，又可爱又有礼貌，见了我就知道叫师兄。"

许星洲闷闷不乐地道："反正差别待遇就对了！你去吧，南院往前走，本部原地折返，东院远，记得骑个共享单车，没了。"

秦渡砰地用袋子拍了许星洲的脑门一下："师兄已经去过回来了好吧。"他用手指点许星洲的脑门，恨铁不成钢地说，"人家小姑娘不在宿舍。"

许星洲说起话来像个小破风箱，嘲讽起来却毫不含糊："活该。"

秦渡："……"

"你不准打我。"许星洲的嗓音哑哑的，她不无委屈地补充，"我感冒了，你打我我就现场大哭，哭到辅导员过来为止。"

她实在是生了副很适合撒娇的模样，平时觉不出，生病时说的话里竟然都带着一股任性撒娇的意味，太可爱了。秦渡闻言哧地笑出了声，在她的额头上微微一揉，道："不打你。"他又揉了揉，亲昵地道，"叫师兄。"

然而姓许的小浑蛋语气像撒娇并不代表人在撒娇，只能说明她现在有鼻音——她骨子里仍是那个威武不能屈、猪扒包不能移的铁血女孩。

她说："我不！"

"凉了就不好吃了。"秦渡也不以为意，像是直接把许星洲那声"我不"屏蔽了似的。他以舌头顶了下腮帮，把袋子丢给了程雁，道："买了不少，你们宿舍里的人分分。"

许星洲睁大了眼睛……

程雁下意识地后退了一步："谢……谢谢师兄？"

许星洲感动地道："呜哇你其实也没这么坏……"

"但是……"秦渡打断了许星洲的真情告白。

阳光明媚，秦渡从袋子里摸出一个猪扒包，包着猪扒包的纸透出里头锃亮的肉排，牛油金黄澄澈，以糖渍过，飘着一股甜蜜的味道。饶是许星洲感冒了没胃口，此刻都觉得胃受到了勾引。

秦渡将那小猪扒包捏了捏，哄小孩般道："没礼貌的许星洲不准吃。"许星洲委屈地点了点头。秦渡看了她一会儿，发现她的眼眶红了。

秦渡："……"

生病让许星洲的眼眶红红的，鼻尖也红红的，她说起话来像个小女孩："秦渡你走吧，我不吃了。"然后她红着眼眶，扑进了程雁的怀里，搂住了程雁的腰。

秦渡："……"

程雁一摊手，示意许星洲如今感冒，心灵脆弱，不给吃猪扒包都会被气哭，而且被气哭时向邻近的人投怀送抱实属正常。

阳光下，许星洲带着鼻音抽抽搭搭："我们讨厌他，呜呜呜。"

程雁故意摸了摸许星洲毛茸茸的脑袋，当着秦渡的面，温柔地说："行……行行，我们不跟他玩了。"

阳光洒在漫漫草坪上，许星洲一头长发在脑后扎着，脑袋毛茸茸的。

秦渡一手捏着那个小东西，走也不是，站在那里也不是。

秦渡心虚地问："真的哭了？"

许星洲还在埋头哭，肩膀一抖一抖的。

程雁点了点头道："不用太在意，她生病的时候就是很娇气的。"

秦渡："……"

"呜……"许星洲拽住程雁的手，声音哑哑的，"我们走，远离这个伤心地。"

程雁一摊手，像是在说：我要是你，我就不在今天欺负她，毕竟后果不堪设想。"而且很喜欢抱抱，"程雁故意说，"被欺负之后很黏人，平时不这样，不用太在意。"

许星洲说："我们走吧，雁雁……"

秦渡用鞋尖踢了踢地上的草，抬起头时许星洲已经拉着程雁跑了。秦渡看着她的背影——许星洲是个特别适合穿红色衣服的人，肌肤雪白，光是站在那里都有种热烈的味道，跑起来时裙角翻飞，像燃烧的火焰。秦渡难堪地停顿了一秒钟，看着自己手里那个小纸包，再抬头看时，许星洲早就跑远了。

下午三点阳光明媚，树荫下的积水仍没干，却有种世界金黄灿烂之感。

程雁说："洲洲？"

便利店里，程雁正在用小勺挖抹茶雪糕吃，而许星洲的面前摆着刚买回来的药和一碗满满的关东煮。许星洲咬着关东煮串串，闻言抬起了头。

"你的手机响了。"程雁指了指许星洲毛衣开衫的口袋，说，"接一下。"

许星洲手忙脚乱地摸出了手机。午后的阳光映着屏幕，手机上显示的是个本地归属的陌生手机号，号码的主人正在坚持不懈地给她打电话。

程雁："你能少吃点儿吗，你真的感冒了？"

许星洲带着鼻音反驳："多吃点儿才能和病魔对抗，我从小就知道，你少说两句。"她在开衫上抹了两下手上的水，在屏幕上一滑，接了。

"喂？"许星洲对着听筒咳嗽了两声，"您哪位？"

许星洲等了两秒钟，听筒另一端的人似乎在一个十分嘈杂的地方，却一句话都没说。

许星洲判断似的道："诈骗电话。"

就在她要把电话挂了的时候，对面终于说出了第一句话："你没存我的手机号？"

这谁呀，谁还得存他的手机号？许星洲咳嗽两声，不爽地问："您哪位？看看有没有打错电话？"

"我……"对面的人简直不知该说什么，"许星洲，我不是让与会的都存一下我的手机号，我可能会找吗？"

许星洲想了足足三秒钟，没想起来到底是什么会议，但是既然参加会议还必须记对方的联系方式，口气还这么糟糕的话……

"老师！"许星洲大声喊道，"老师对不起！老师您有什么事就说，我今天感冒，脑子不太好使！"

电话那头陷入长久的沉默。许星洲一听就知道这位"老师"不高兴，赶紧憋出了一串梨花带雨的咳嗽，希望他看在自己生病的分儿上千万别计较。

哪里来的烦人老师呀，许星洲一边装咳嗽，一边在心里落泪，都大二下学期了，还在假期里找人干活儿，下学期干脆把社团都退了算了……

程雁："星洲哇？我觉得这个声音还挺耳熟的，你听不出来吗？"

许星洲竖起一根指头示意她别说话。

"老师，"许星洲小心翼翼地道，"您还在吗？"

那头的背景音仍然嘈杂，那人长吁一口气，道："我不是你老师。"是秦渡。

许星洲一悚，这才想起来秦渡在开换届会的那天在黑板上写了手机号，并且说了一句"大家都存一下，我可能会有事找你们"。她当时被吓得不敢看他，哪能记得存他的手机号哇？！

许星洲咳嗽了两声，正经地说："怎么了，秦主席？"

电话那头："……"

许星洲挠了挠头，问："找我干活儿吗？哪里的宣传栏？"

秦渡："我……真的生气了？"他憋屈地问，"没别的事，不是找你干活儿。问问你想吃点儿什么，我给你买。"

许星洲看了一眼自己纸碗里的关东煮，随口道："黄金蟹粉包、菠菜蛋糕、北极翅、风琴串、竹笋福袋和萝卜魔芋丝。"

秦渡问："就这些？不要别的？哪里能买？"

许星洲用签子扒拉了一下自己的碗，确定自己把碗里的东西报了个遍，恶狠狠地说："我已经买好了，别打扰我吃东西。"然后她一下把电话挂了。

外头阳光金黄，许星洲咬了一口魔芋丝，然后咬着小签子朝外看去。

程雁说："是谁的电话？"

许星洲想都不想地回："诈骗犯。"

对面的大厦在阳光下显得金碧辉煌，百年老校早已不是最初的模样，年轻的学生和教师坐在楼梯上讨论问题，春风吹过时，风里应都是草香。正是江南春好处，便利店门口叮咚一响，学生刚打完球，进去买水。

许星洲把吃空的关东煮纸碗放在一边。程雁突然说："粥宝，劳动节假期你真的不回去吗？"

许星洲又咳了两声，说："真的不了，我在学校蛮好。"

"是这样，"程雁叹了口气，道，"我就说实话吧，阿姨要结婚了，希望你能回去看看，帮忙撑个门面啥的。"

许星洲嘲讽地笑了笑，说："你和她讲，我劳动节假期要去投暑假实习，问了两个报社，其中一个的社会版主编对我很有兴趣。"

程雁嗯了一声，说："那我晚上就这么回复她好了，我也觉得太不像话了，都这么多年了，她找你干吗？"

许星洲无奈地道："是呀，让她放过我呗。"

外头篮球场上，男孩三步上篮，远处爆发出一阵欢呼。下一秒，许星洲的手机叮的一声，是一条短信，是个本地归属号码——号码的主人在十分钟前给她打过电话。

短信的内容是："手机号存一下。"

许星洲于是规规矩矩地存了。

过了十多分钟，"秦会长"又发来短信，问："看到短信都不回的吗？"

许星洲把手机拿给程雁看，问："你说这人是不是小学生？"

程雁想起秦渡那个把人当情敌看的眼神，充满恶意地火上浇油："确实是你的不对呀，不怪他训你。许星洲，你收到学生会的'通知'都不回的吗？"

程雁把"通知"二字说得格外重，智商正常的人都知道这是什么意思……许星洲立刻表示虚心受教，礼貌地回复了两个万金油似的大字。

秦渡看着"收到"两个字，陷入了令人窒息的沉默。

网红麻花店门口喧闹非常，秦渡坐在车里，外头这条漫长的队已经足足十分钟没动了。他一手拿着手机，屏幕突然又亮起，屏幕上显示是张博的来电。

秦渡接了电话："喂？张博？"他一手握着方向盘道，"这家的你不是吃过吗？我刚每个味道买了一点儿，应该没问题吧？"

张博尴尬地说："我女朋友挺喜欢吃这家的……我之前排队给她买过，但是实在太难排了，每次都得两三个小时，后来我们就吃隔壁食堂的了……"

秦渡头大地问："女孩子到底喜欢吃什么？"

"鬼知道哇！"张博怒道，"你怎么不问男孩子都喜欢穿什么鞋呢？"

秦渡想起自己的鞋架上的球鞋，终于理解了自己的问题有多傻。

张博过了会儿又补充："福安路有一家……你去看看吧，我女朋友刚刚和我说那家的小太阳超级好吃，就是要排的队也很长，她去排过，半个小时才买到。"

秦渡静默。

张博说："网红店哪能不排队呀！师兄你清醒一点儿好吧！话说我连那个学妹是谁，她来自哪里都不知道，我怎么给你建议？"

秦渡想了想，艰难地说："扈……扈北的吧。"

"扈北是吧……"张博在那头和女朋友交谈了两句，又对秦渡道，"师兄，甜辣鸭脖啊！冷吃兔哇！不过甜辣鸭脖偏甜，她可能心里有点儿嫌弃……"张博说完，又好奇地问，"话说师兄，那个妹子到底是谁？我见过吗？"

秦渡想都不想就道："见过。"

张博夸张地大叫一声："哇！在哪里？什么时候？"

"隔的时间也不太长，"秦渡将鬓发往后一捋，道，"就你问我泰希米勒空间那天，华言楼门口。"

张博震惊。

秦渡道："眼睛黑黑亮亮的那……"

张博打断了他，幸灾乐祸地道："被师兄你抢了雨伞的那个是吧，我记得。怎么了？师兄你今天终于下手抢她的吃的了？"

张博终于提起了没开的那一壶。

许星洲是身体底子很好的人。底子很好，感冒就好得特别快，三粒复方氨酚烷胺下去许星洲就变得生龙活虎——至少是能去上课的程度，当然，前提是怀里揣着纸巾。

早上七点二十分。

"换到今天了，"窗帘缝隙内晨光熹微，程雁拽了拽许星洲的被子，"起床上统计课，快。"

许星洲闷在被子里，痛苦地喊道："我要请病假！你们不要叫我了！"

李青青也喊："爱请不请，反正戴老师上课不点名，要我看连给辅导员打电话都不用，顶多也就是这门课吃 D……"

许星洲鲤鱼打挺式起床，十分钟内洗漱完毕，背了包绝尘而去。

李青青喃喃地道："吃D对她这么有杀伤力的吗？"

程雁专心地画着眉毛："当然了，她大一玩过头了，GPA还得靠这些课往上拉呢。"她想了想，补充道，"你别看她是个……可是关键时候还是很拎得清的。"

清明小长假刚刚结束，又是早上第一节课，饶是阳光正好，空气中也弥漫着一股"为什么要上课"的怨气。

许星洲前一天晚上不怎么想睡觉，刷了一晚上的微博，今早素面朝天，头发乱糟糟地披着，还有点儿黑眼圈，戴了副大框眼镜遮了一下，半点儿光鲜靓丽的样子都没有。

应统教室在第六教学楼，几乎要横跨大半个校区。许星洲在假期第一天崴的脚还不太利索，她走得尤其慢，索性连早饭都不吃了，只求不迟到。她顶着满头毛毛糙糙的头发，一路昏昏欲睡地走过去，在六教门口的大镜子上看到了自己的影子，只觉得自己头发乱糟糟的像个鸟窝，耳朵后面都能飞出小鸟来，又把自己逗笑了。如果要飞出鸟来，希望是红嘴蓝鹊，她摸着自己的头发胡思乱想。

下一秒，她听见了一个耳熟的声音。

"许星洲？"那个道貌岸然的人在楼梯上道，"不怕迟到了？"

许星洲一向不记仇，加上昨天晚上看了好几集《摩登家庭》，气早就消了——然而就是因为气消了，她才不想见到秦渡。

教学楼的墙上满是花影，桃花枝从窗台探了进来，秦渡靠在窗边，身形修长。许星洲眯起眼睛看他。秦渡今天早上从头武装到脚，衬衫剪裁合体，连眉毛都修了，看人时目光锐利，极有魅力，还戴了副银框眼镜，从一个浪荡浑蛋摇身一变，成了个斯文败类——反正都不是什么好东西。他长得英俊，连这种风格转换都毫不生硬，往教室门口一站，吸足了目光。

"我那天下午，"秦渡生硬地说，"确实不应该抢你的吃的。"

许星洲隔着镜片面无表情地盯着他看了一会儿，这让秦渡心里咯噔一下，他艰难地说："我……"

许星洲突然把眉眼一弯，笑了出来。春光明媚，花枝柔软。阳光下，她的眉毛细细的，眼睛弯得像月牙儿。她笑着问："秦渡，你居然真的会为了一个猪扒包道歉哪？"

秦渡语塞。

许星洲欢呼一声："耶！我赢了！"她喊完就背着包跑进了教室，里头老教授已经打开了课件。

许星洲钻进了阶梯教室前几排，找了个空位，坐在了学生堆里。这样秦渡绝对就没脸跟进来了，她想。许星洲在教室靠窗的一排坐好，身边全是同学。她把书和笔袋一字排开，托着腮帮发起了呆。

不过那个小 Kindle 是不是还没能拿回来？许星洲胡思乱想着，听见肚子咕噜一声响，拍了拍前面学委的肩膀。

"宝贝儿，宝贝儿。"许星洲小声道，"我好饿，有吃的吗？"

学委想了想道："只有一包橡皮糖，你吃吗？粥宝没吃早饭？"然后学委将橡皮糖丢了过来，许星洲饿得肚子咕咕叫，正准备将包拆了，就听到旁边的椅子吱嘎一响。

"那个……"旁边的女同学为难地说，"这位同学，我不认识你，你是来蹭课的吗？"

秦渡说："我蹭这个课干吗？我全国数学联赛金牌，保送来的。"

那同学简直被这句话活活噎死，尴尬地道："那……那这位同学你来干什么？"

秦渡伸手一指许星洲，道："她欠我钱。"

那个同学和许星洲同时语塞。

许星洲的第一反应是拔腿就跑，但是她坐在靠窗的一排，要逃命大概只能跳窗。秦渡走进来坐定，直接就将她挤得无处逃生。

许星洲憋屈地说："你撒谎，我没欠你钱……"

秦渡眯起眼睛，说："我给你算算？酒吧那天晚上最后的账单都是我付的。"

许星洲一听到"那天晚上"四个字就羞耻至极，捂住耳朵喊道："我听不见！"

上课铃声响起，许星洲又嘀咕道："男人都是大猪蹄子这话诚不我欺，还是女孩子可爱。"

秦渡无语，拿了许星洲的书，作势要拍她，许星洲立刻条件反射般捂住了脑袋。但是秦渡只把她爹起来的毛拍扁了，不轻不重地拍着她的脑袋问："女孩子为什么好？"

许星洲想了想，诚实地说："因为可爱呀！"

秦渡停顿了一会儿，突然问："许星洲，你是不是从小没和爸妈一起生活？"

许星洲闻言愣了一下。春天在地平线外铺展开，春光灿烂，年轻人的笑声穿过风和柳絮。秦渡伸手摸了摸许星洲的脑袋，安抚似的揉了揉刚刚拍的地方。

"一般都这样，"秦渡从她的头发上取下一根柳絮，说，"你应该是从小到大爸妈都不在身边吧？这样一般会有一点儿情感缺失。"

许星洲艰难地道："算是吧。"然后她又小声说，"我是我奶奶一手带大的。"

秦渡摸了摸许星洲的后脑勺儿："怪不得。你这么皮，你奶奶是不是经常忍不住想揍你？"

许星洲啪的一声拍掉了秦渡的手："你别以为谁都和你一样，她最喜欢我了。"她不满地道，"我奶奶小时候给我念小人书，还会给我煎小糖糕，我摔跤哭了会哄我，我奶奶是世界上最喜欢我的人。"

许星洲说最后那句话的时候阳光洒了进来，春风吹动浅绿窗帘。

秦渡哦了一声："她真的不揍你？"

许星洲心虚地说："很……很少的。"

秦渡看着许星洲的眼睛，问："拿什么？"

许星洲的眼神游移，她做贼心虚地说："鸡毛掸……掸子？"

鸡毛掸子，显然还有。秦渡继续盯着她。

许星洲又说："拖……拖鞋、衣架、炒饭大铁锅……奶奶没打上来！我奶奶人可好了，都怪我天天在外面当山大王……"

秦渡哧地笑出了声。身旁的小家伙像朵花一样，耳根都红红的，像是不愿承认如此羞耻的事实，也太可爱了。

"吃不吃东西？"秦渡看到许星洲桌上的橡皮糖，托着下巴问，"空腹吃软糖不行的，胃会泛酸水。"那句话里有种申城男人特有的温柔与细心，与秦渡在许星洲心里的形象格格不入。

许星洲仿佛受到了惊吓："你有吗？而且你居然会给我吃？"

秦渡闻言十分感动，几乎想把自己带的一书包吃的倒在许星洲的头上……秦渡从书包里摸出个昨天排队买的网红星球蛋黄酥，推到许星洲的桌上。

秦渡散漫地戳了戳那个蛋黄酥，说："小师妹——"他停顿了一下，揶揄，"给你个特权吧，这个蛋黄酥你可以先赊账。"

许星洲捂住了脑袋，像是早就想到了秦渡的这句话似的："我居然有特权，真是荣幸……"她接过了那一个小蛋黄酥，撬开盒子，里头的蛋皮被做成了冥王星的颜色，奶味香浓，上头撒着亮晶晶的黑芝麻。她看着那个小酥球，终于憋出了一句："说起来，你家是干吗的？"

秦渡漫不经心地说："也就那样吧，非要说有什么特别的话，我初中的时候我爸的公司在上交所挂牌了。"

秦渡故意问："怎么了？"

"你对我这么抠，"许星洲戳着那个蛋黄酥，挫败地说，"你是不是真的讨厌我呀？"

秦渡沉默了一会儿，没有回答。

许星洲提问时就没想过要得到答案，秦渡还能真的说出"我就是讨厌你"不成？于是她问完，只托着腮帮认真听课。

她高中时学文，数学并不算强项，还是高三时找了一对一家教才将数学补到不拉后腿的程度——而统计这个学科对她而言就过于抽象了，她听了好几个星期，还是觉得云山雾罩。所以这些概念要怎么应用？许星洲听得很茫然，统计数据都要照这个标准来吗？为什么不讲其他标准？

秦渡突然说："有不会的可以问我。"

许星洲谨慎地道："算了吧，我觉得会被嘲笑。"

秦渡心想：这丫头还不算傻……

"秦渡，你高中的时候一定是那种，讲题特别烦人的学霸。"许星洲小声地说，"我们班以前也有，男的，后来保送去光华学院了。我以前找他问数学，他就很讨厌，每次给你讲个题恨不得跳过一万个步骤还觉得特别理所应当……"

秦渡抬起眼皮，带着一丝理所当然的傲慢，慢条斯理地道："我都会，所以不理解为什么别人不会，容易不爽，不喜欢给别人讲题。"

"我猜也是。"许星洲嘀咕道，"不过话又说回来了，那个学霸倒是还在联系我呢……"

秦渡没有回话。

"前几天还问我最近怎么样，三句话不离我的感情生活，问我是不是还天天活在女生堆里……"许星洲哈哈一声，"明明都不在一个城市，也不知道他怎么会对我一执着就是三年，大概是因为我的个人魅力吧……"

秦渡说："我也是被保送的。"

许星洲："啊？被保送怎么了吗？"

秦渡哦了一声，道："当时他们学院很想招我，我觉得金融容易学得水，没去。"

许星洲没跟上他的脑回路……

过了会儿，秦渡又不紧不慢地睁眼说瞎话："我刚刚说我不喜欢给别人讲题，可我只要讲题就很照顾别人。"

许星洲道:"哈?"

秦渡说:"真正的聪明人讲题都是会照顾一般人的思路的。他那种讲法,省略步骤什么的,都是炫技而已,明白没有?"

许星洲的内心有点儿复杂,她道:"明……明白了……吧。"

秦渡赞许地点头,道:"嗯,我讲东西可和他不一样。以后师兄给你讲讲你就明白了。"

许星洲觉得他真的是个小学生,这点儿小事都要攀比。她只得点了点头,糊弄了一句"以后如果考试要挂科了一定找你"。

秦渡哼了一声,表示知道了。

外头阳光正好,快下课时,许星洲望向秦渡,秦渡鼻梁高挺,自带锋芒。有些人天生就是人生赢家,许星洲一边记笔记,一边想。他们衔着金汤匙出生,一生顺风顺水,聪明而锐利,遇见的问题皆会迎刃而解。他们这些天之骄子是如此骄傲,犹如生下来就是为了支配这个世界。

那一瞬间,许星洲有点儿恍惚。别看他们如今坐在同一个教室里,她想,他们终究不是同一个世界里的人。许星洲对自己的人生没有那么高的要求,没什么救国救民的抱负,没什么改变世界的念头,甚至连出人头地四个字都没放在心上,一腔燃烧的热情全给了看不见摸不着的自由。

许星洲理智地看了他一眼,一秒钟之后她就笑着摇了摇头,低下头继续记笔记。阳光洒在方格本上,许星洲握着黑色中性笔,写下的字迹灵气又内秀。

秦渡却突然问:"你下午还去福利院吗?"

"去的。"许星洲一愣,道,"我和福利院院长说的是每周一天……昨天晚上也和院长商量好了。"

秦渡眯起眼睛,问:"怎么去?"

许星洲想了想,道:"地铁转公交吧……毕竟不在市区。"

"我开车送你去吧,地址发我一份儿。"秦渡漫不经心地说,"下午我也去看看,最近想做个相关的 pre(presentation,展示、报告)。"

许星洲觉得他有 pre 这件事不像是真的……但是许星洲最终还是点了点头,毕竟那个福利院实在是太远了,有便车搭为什么不去?她每次转车转得头昏脑涨的,十分难受。

"好,"许星洲认真地提醒他,"去了之后别和小孩子要账。"

下了课之后许星洲就跟着秦渡下了楼。她临走前还觉得不太放心,怕被秦渡拐进小山沟卖掉,专门跟程雁说了一声,说自己今天搭秦渡的便车去社会福利院。

秦渡探头看了一眼她的聊天窗口，莞尔道："不错嘛，有防范意识。"他背着一个与他的气质格格不入的大书包，带着许星洲穿过了绣球花的花圃。

许星洲困惑地道："之前在团委帮老师干活儿，老师就吐槽学校的停车证难办，你怎么能天天开车来上学？"

秦渡漫不经心地道："打个招呼的事罢了。"

许星洲跟着跑了过去，看见一辆银灰色的奥迪 A8 停在车位上——许星洲虽然对车一窍不通，但至少认识四个环是奥迪的标志，也知道奥迪没那么贵。她有点儿开心："我还以为要坐跑车，你比我想象的要低调嘛！"

秦渡："礼仪上什么场合开什么车，我以为你知道。"

许星洲语塞。

秦渡将车门开了，问："想坐什么型号的超跑？"

许星洲道："不了不了……"

超跑我是想坐的，许星洲想，毕竟这辈子还没坐过什么跑车呢，但是怎么想都觉得说出来太尴尬了，自己能不能好好搭一趟普普通通的顺风车，别给自己加戏。而且我为什么老觉得他跟个孔雀似的……许星洲憋闷地想，是因为春天来了吗？他怎么这么花枝招展，是因为那个本来可以吃猪扒包的小姑娘吗？

秦渡拧了拧钥匙，汽车嗡地发动了。许星洲系了安全带，觉得车里有一股令人舒服的皮革和香水混合的味道。她意识到秦渡今天的确喷了些香水，身上带着一丝北非雪松又坏又温柔的味道。他根本就是来勾搭那个小姑娘的吧。许星洲不受控制地想。

"那个，"许星洲点了点秦渡的肩膀，状似不经意地问，"能让你那天来送猪扒包的那个女孩子是哪个院的啊？"

窗外新绿变换，阳光明媚。秦渡一手握着方向盘，一手点开了播放器，放了一首英文慢摇。

"嗯……"秦渡漫不经心地胡诌，"好像是临床医学系的吧，我也想不起来了。"

许星洲闷闷地嗯了一声，抱着胳膊，朝窗外看了过去，心里酸酸的。她将脑袋靠在车窗玻璃上，外头的阳光打在她的脸上。她突然觉得自己没化妆就出来真的太蠢了……素面朝天的，看上去没什么精神。

"人家可和你不一样。那姑娘长得漂亮，又可爱又有礼貌，见了我就知道叫师兄。"许星洲无语，但觉得他送自己过去也很辛苦，道谢还是有必要的。她拼命给自己找了一堆借口张嘴。

过了会儿，许星洲鼓起勇气，羞耻地小声道："今……今天辛苦你了……"她又停顿了一会儿，终于挫败地道，"师……师兄……"

话音刚落，许星洲就觉得自己怕是脑子有病，连这种话都说得出来——她羞耻得撞了一下车窗玻璃。

秦渡把眉毛一挑："撞什么玻璃？"

看样子秦渡根本没把那声"师兄"放到心里，许星洲简直羞耻得想死。

车里香水的中后调又坏又温柔，许星洲一边腹诽秦渡张扬，觉得他简直是一只活生生的雄孔雀，一边又觉得心里有种说不出的酸涩感。

他为什么对那个女孩这么上心？她看着车窗外，无意识地揉了一下胸口，想缓解那种酸涩感。他会为了那个女孩专门排队买猪扒包，送到宿舍楼下，也会喷香水讨女孩子的欢心——也是，秦渡是什么人？他欺负人欺负得得心应手，就不能去哄个女孩子开心了吗？刚刚她为什么要喊那声"师兄"？许星洲越想越觉得羞耻，连耳根都红了。

窗外的阳光碾过马路，路边的法国梧桐遮天蔽日。

秦渡说："小师妹呀，我说的那个临床的小姑娘吧……"

许星洲连耳朵都不受控制地竖了起来："嗯？"

秦渡用两指推了一下下巴，若有所思地说："叫师兄的时候是带着弯儿的。"

许星洲沉默着。

"人家可和你不一样。"秦渡握着方向盘，目不斜视，信誓旦旦地说，"那个小姑娘喊我师兄的时候，都是用撒娇的语气来喊的。学着点儿。"

许星洲只觉得自己比不过……

那所社会福利院的位置相当偏。市区的地皮贵，生活成本高，所以这些公益机构大多开在偏远一些的近郊。福利院周围全是低矮的老楼房，从阳台上伸出去一根根长长的晾衣杆，上头的床单和衣物迎风招展。

秦渡先是一怔，显然没想到这地方会如此冷清。

秦渡将车停在路边。许星洲摸了摸鼻子，不好意思地说："这地方挺穷的……哪有富裕的福利院呢？钱都花到别处去了。"

秦渡不置可否地点了点头。

"进去之后……"许星洲严肃地道，"别表现得太惊讶，不想碰孩子的话可以不碰，别让他们感觉到你嫌弃他们。"

秦渡不解地道："我嫌弃他们做什么？"

许星洲说："第一眼，很难不嫌弃。"

风吹过街道，路边零零星星地开着蒲公英，它们看上去都有点儿营养不良。院落配了一扇生锈的大铁门，从外头依稀能听到一些欢声笑语。

一个阿姨来帮许星洲开了门，许星洲笑眯眯地说："齐阿姨我来了！这次带了一个同学来。"

外来访客皆需登记，秦渡登记完信息，走进了福利院。

正午阳光正好，一群四五岁的小女孩正坐在地上玩过家家，用一个小碗装了石子，兑了些水，用小勺舀着给一个芭比娃娃吃。

许星洲跑去拿了几只小板凳，让那些小女孩坐着，小女孩一看到许星洲就十分开心："星星姐姐！"

"星星姐姐你又来啦！"小女孩说话有点儿漏风，高兴地道，"姐姐等会儿陪我玩过家家好不好？"然后那个孩子转过头看向了秦渡。

秦渡吃了一惊，难怪对方说话有些漏风，原来那小女孩的唇是兔唇。

许星洲回过头看了秦渡一眼，揶揄他道："吓到了？"她温柔地拍了拍楠楠的小辫子，说，"那个哥哥见识短浅，没见过可爱的小兔子。"

楠楠于是对秦渡笑了笑，将头转了过去。

许星洲抱着胳膊，走到秦渡的身边，说："这里的孩子都有残疾，没有例外。"

秦渡："为什么？"

"兔唇还是比较轻微的，"许星洲道，"还有脑积水的、脑瘫的、自闭症的、先天性心脏病的，或者是先天性畸形患儿……只是你现在没看到。"

秦渡望着那群他不太愿意碰的孩子，说："我以为你说的义工就是和孩子玩玩而已。"

"是呀，还能是什么呢？"许星洲笑了笑，"我过不了他们的人生，也过不起他们的人生。我只能陪他们玩，教他们识字，再告诉他们这个世界有多好玩，告诉他们以后会有更多更有趣的东西，让他们不要放弃。毕竟这群被抛弃的孩子……"许星洲怀着一丝歉疚道，"我实在是无法坐视不理。"

秦渡问："为什么？"

许星洲一怔："为什么？"她避开了秦渡的目光，说，"还能有什么为什么……我的同理心比较强吧，大概。"

秦渡察觉到许星洲在撒谎。那根本不是真正的原因，因为她没去看任何人的眼睛。

那天下午，暖阳洒在尘土飞扬的小院落里。许星洲盘腿坐在地上，一头长发披散在脑后。她的身边围绕着一群体弱多病的小朋友，怀里还抱着一个小豆丁。她拿着一沓卡牌，认真地跟他们解释"天黑请闭眼"的游戏规则。

"就是，"许星洲笑眯眯地对那群孩子说，"姐姐我是法官，我们中间会有三个杀手……"她一边说，一边把孩子抱在自己的怀里，她野草一样的长发被风吹起，在阳光下有种年轻而热烈的美感。

许星洲带着笑意说："下面良民来指证……"

秦渡漫不经心地望着她。一个小孩扯了扯许星洲的衣袖，好像说了点儿什么，许星洲回过头看向秦渡。

秦渡见过的人很多。那些人身上或多或少总有些秦渡自己的影子——自命不凡，野心勃勃，嚣张或颓废。他讨厌他们，正如同他深深厌恶自己的一切特质。

神话之中阿波罗爱上月桂女神，冥王爱上珀耳塞福涅，赫菲斯托斯深爱维纳斯，暴风雨爱上月亮女神。于是神说大地会爱上天穹，海洋会爱上飞鸟，飞蛾命中注定爱上火焰。

他们在风中对望，许星洲温暖地对他笑了笑。那个小姑娘笑起来犹如春天凌霄的凤凰花，那一刹那犹如荒野上的花朵怒放，女孩的眉眼弯弯，年轻而温暖，仿佛有着融化世界的力量。秦渡没来由地感到心口一热，无意识地按住了心口，像是心脏被刺穿了一般。

许星洲讲解完游戏规则，坐在地上陪着一群孩子玩"天黑请闭眼"。

秦渡多半是嫌麻烦，他一个正儿八经的公子哥，既不想参与这种幼稚的游戏，也不想陪着一群小孩子闹腾，正坐在楼梯上和他的哥们儿打电话。

许星洲分完牌，自己拿了法官那张牌。她第一次担任法官这个职位，字正腔圆地说："天黑请闭眼。"

许星洲抱着一个尚裹着襁褓的孩子，笑眯眯地将眼睛闭上了。阳光打在许星洲的眼皮上，映出金红的颜色。许星洲的视觉丧失，听觉便格外敏锐，她听见秦渡在远处讲电话说："不去，我陪小姑娘在福利院做义工。"

小姑娘，许星洲想，他是不是管每个师妹都叫小姑娘呢？

"关你什么事？"秦渡对电话说，"我乐意。不去。"

他到底拒绝了什么呢？许星洲又莫名地想，是因为义工活动吗？他乐意的又是什么呢？

怀里的孩子大概是觉得许星洲抱得不太舒服，咿咿呀呀地挣扎了两下，许星洲惦记着游戏规则不能睁眼，手忙脚乱地拍着怀里的小孩。但是小孩还是闹腾，又处在快学走路的年纪，浑身的劲儿大得很。许星洲被沾着口水的小拳头打了两下，正打算呼唤阿姨来救命的时候，秦渡挂了电话，走了过来。他在许星洲的背后弯下腰，那一瞬间许星洲甚至觉得她的耳后有秦渡的呼吸。

那其实是一个非常暧昧的姿势，甚至含着一丝缱绻的意味，而且发生在阳光下，在孩子们的目光里，在正在进行的游戏之中。

许星洲不自然地说："你……"她甚至仓皇得想逃，这个距离实在是太过暧昧了。

"你以为我要干什么？"秦渡晒道，"孩子给师兄抱着。"

午后三点，许星洲的后背感受到了秦渡的体温。

四月初的申城已经颇热，秦渡只穿了件薄 T 恤，结实的手腕上戴着腕表和串珠，散发着一种难言的男性荷尔蒙，甚至连体温都带着一股炙热的味道。

许星洲瞬间从脸红到了耳朵尖。秦渡将那孩子抱了起来，在怀里颠了颠，安抚地摸了摸孩子的头。

"还当你力气有多大呢，"秦渡抱着那个流口水的小孩说，"还不是被小孩折腾？"

许星洲拼命揉了揉耳朵，辩解道："本来就是这样的。"

秦渡嘲笑道："本来就是这样的？他在我怀里就不敢动。"秦渡一捏小孩的后颈，那个小孩立刻屁巴巴地趴在了秦渡的肩上。许星洲觉得秦渡似乎在欺负小朋友，却又挑不出错处，只得回去继续和其他孩子玩游戏。秦渡仍是不参与，抱着那个正在长牙的小孩坐在台阶上。小孩子脏兮兮的，把口水往秦渡的身上抹。

秦渡忽然问道："这个孩子是因为什么被抛弃的？"

许星洲一愣，一个男孩立即道："宁宁是刚出生的时候脑感染，治疗费要两万块钱，爸妈就不要她了。"

许星洲点了点头，伸手在那个男孩的头上摸了摸，道："NICU（新生儿重症监护病房）治疗费两万，那家人嫌她是个女孩，就直接把她丢在医院跑了。医院新生儿科的护士和大夫凑了钱勉强把她救活，还在科室里养了些日子，后来实在照顾不来，就送来了福利院。"

秦渡："……"

许星洲莞尔道："没见过这种事？"

秦渡将眉头拧起，慢慢地摇了摇头。

"秦渡，你没见过也正常。"许星洲笑了笑，"这世上多得是穷人，多得是被父母丢弃的孩子。两万元足够让一个重男轻女的家庭丢掉性命垂危的小女儿……人间的苦难多得很，这只是最普通的。"

秦渡漫不经心地道："你好像很了解？"他那句话里带着一丝探究的味道，锐利的目光隔着阳光朝许星洲看了过来。

那个小男孩说："星星姐姐当然了解……"

这哪能说呢？许星洲当机立断，啪地拍了那男孩的头一下，说："就你话多，洗牌去！"

秦渡不解地望着许星洲，搞不明白她为什么突然拍小孩。许星洲拍完孩子，回头看了秦渡一眼，眼神干干净净。秦渡唏地笑了一声，怀里抱着脏兮兮的孩子，那一瞬间只觉得心里都在开花。

自己像个毛头小子，他想。

他们回去时天色已经颇黑。

许星洲累得腰酸背痛。她锻炼不太够，陪小孩子玩又非常耗费精力，尤其是这群小孩子还与普通的孩子不同，他们格外需要照顾。

社会福利院的孩子与普通的孩子不同，大多数孩子刚出生就患有重病，例如唐氏综合征、先心病、畸胎。这些孩子被他们不配为人父母的父母遗弃，这才被送进了福利院。极少数健康的孩子，会在几周之内被其他无法生育的家庭领养。剩下的那些苦难更为深重的孩子，则将在福利院里待到成年。

许星洲突然道："你说，惨不惨？"

秦渡一怔："嗯？"

"那些小孩呀！"许星洲怅然地闭上眼睛，"在福利院里的这些孩子，他们年纪越大，越清醒，越没有人要。一般家庭领养的时候是不会要三岁以上的孩子的，怕养不出感情来。于是这些三岁以上的孩子一天比一天清醒，一天比一天明白'我没人要'。"

秦渡握着方向盘，随口嗯了一声。

许星洲知道他没听进去，笑了起来，说："你爸妈一定很爱你。"

夜色下，秦渡一边开着车，一边不置可否地点了点头。

他的家庭的确和睦，甚至像是电视剧中的模范家庭。秦家父母如胶似漆，甚至连红脸吵架都不常有。秦渡的父亲在生意场上叱咤风云十数年，换了别人早已是阅尽千帆，他却这一辈子都没让这个家庭被第三者插足。他们给了秦渡最好的父爱和母爱。

"所以，秦渡，你无法理解。"许星洲将头抵在车窗玻璃上，"在这个世界上'没人需要你'是一件多可怕的事情。"

秦渡点了点头，认真地道："可能吧，我没有尝试过。"

许星洲长长地吁了一口气，自嘲地说："不过，我和你说这个做什么呢？"那毕竟是他们无法被分担的人生。

许星洲看着窗外，窗外的落日十几年如一日，圆圆的，被高楼切开又组合，像一个浮在番茄汤里格格不入的熟蛋黄。

秦渡忽然停下车，道："许星洲。"

许星洲一怔，在车水马龙的马路上，在红绿灯下，秦渡将车停下了。他腾出一只手，将她柔软的头发往耳后撩了一下。

"别想太多。"秦渡停顿了一下，道，"回学校给你买杯奶茶，喝点儿甜的，别不高兴了。"

F大校门口检查校外人员出入相当严格，一天二十四小时都实行一车一杆，学生进出得刷一卡通，外来拜访者则全都要登记身份证号才可入内。这是许星洲第一次坐能开进校内的车，开车的人还是校学生会主席，仔细一想还真是有哪里不大对劲。

暮色四合，风在树梢唰唰而过。

秦渡在华言楼前找了个车位停下，示意许星洲下车，剩下的路他俩一起步行。

"你……"许星洲抱着自己的小帆布包，想了一会儿，又纠结地说，"你送我到这里就可以了。"

秦渡："嗯？"

许星洲以为他没听懂，又道："剩下的路我可以……可以自己走回去，不麻烦你了。"

"你也知道自己麻烦。"秦渡漫不经心地道，"师兄难得请你喝奶茶，你不想去算了。"他拍了一下许星洲的肩膀，示意她别磨叽了，跟他一起走。

夜幕降临，四月初春，社团之夜临近。预热早已开始，草坪上有民谣社的男生抱着吉他，在路灯下唱着温柔的民谣。许星洲终究是一个女孩，压抑不住好奇心和对异性的向往，探头探脑地去看那个唱歌的男生。那男生的嗓音清朗，他将头发在脑后梳了一个鬏儿，面前放了顶倒着的鸭舌帽，唱歌时有种难言的迷人意味。

秦渡无语。

周围一群围观的女生，许星洲在女孩堆里挤着，笑着从包里摸出一小把硬币，哗啦啦地倒进了那男生的帽子里。

"你唱歌真好听，是哪个院的呀？"许星洲笑眯眯地对那个男生说，"我是新闻学院的！大二的许……"许星洲生得好看，笑起来时尤其漂亮，像个小太阳似的。

那个男生根本抵不过这种女孩的魅力，青涩地开口："我是微电子……"

少年连说都没说完，秦渡当机立断，麻利地一把把许星洲拽了起来。

秦渡说："她是法学院的，别听她忽悠。"

一切发生得太快，许星洲简直搞不明白发生了什么："可我不是……"

"她在我们学院里臭名昭著，"秦渡直接将她的嘴捂住了，"真诚地"对那男生胡诌，"每个被她盯上的男人都会被她拐跑女朋友。别告诉她联系方式，你会后悔一辈子的。"

这都是什么啊？那个男生简直被秦渡搞蒙了。

秦渡诚恳地一拍那少年的肩膀："小心点儿，学弟。"

许星洲仓皇地道："等等……我不是……"

秦渡对着许星洲的脑袋啪地拍了一下："怎么了负心汉？还想狡辩，嗯？"

接着，这个一看就气宇轩昂的青年，甚至小气地将许星洲丢进那男生的帽子里的一块五抠了出来，在那个男生和围观的路人惊愕的目光中，拽着还没搞明白状况的"小负心汉"扬长而去了。

奶茶店暖黄的灯光洒在柏油路上，夹道的梧桐在夜风中唰唰作响。许星洲恹恹地坐在长凳上。

奶茶店的小哥把纸杯擦干净，笑道："您的鲜柠檬红茶和鲜百香好了。"

初春的夜风吹过，花瓣落入夜色，秦渡站在奶茶店的门口，肩宽腰窄，犹如模特。他对小哥出示了付款码，拎起两杯饮料，回过头一看，身后的许星洲正在百无聊赖地抠长凳上的漆玩。

"得了吧。"秦渡不爽地说，"还给师兄脸色看，都请你喝奶茶了。"

许星洲恹恹地道："我不想喝。"

秦渡作势要抽走纸杯，许星洲立即拼命护住了自己的鲜百香。

许星洲委屈地说："别动我的饮料！你怎么这么小气？我就是想知道他叫什么名字，你为什么过去阻挠我？"

秦渡抬起眼皮，厚颜无耻地问："我那是阻挠？"

许星洲怒道："这还不是阻挠？直接把我说成法学院第一渣女？我都打算今晚回去检查一下 BBS 有没有我的帖子了！"

秦渡："你也感谢一下我吧，我还没发帖挂你呢。"

许星洲咬着吸管，不再和小肚鸡肠的男人辩论了。风呼地吹过，女孩的卫衣鼓起，一头长发被吹得散乱。

秦渡别过头，过了会儿，终于伸手摸了摸许星洲的头。秦渡眯着眼睛说："他唱歌好听怎么了？"

夜里，花都开了，月季含着花苞低下了头。过了很久，在温暖的夜风中，秦渡终于厚颜无耻道："师兄还有钱呢。"

许星洲抱着饮料，踢了踢脚底的花瓣。

夜里宁静无比，虫鸣声声，犹如春夜的吟游诗人在唱着古老的诗歌。许星洲坐在秦渡的身边，捧着鲜百香饮料，夜风吹过她黑色的长发。

秦渡忽然问道："平心而论，你觉得师兄这人怎么样？"

许星洲一愣。

秦渡这个问法其实非常刁钻，在"你会不会考虑我"和"你不要自作多情"的界限上，恰到好处。

许星洲想起那个临床的小姑娘，小声说："还……还好吧。"

"你也觉得还好哇！"秦渡笑了起来，伸手在许星洲的头上摸了摸，"真的不是吃我的嘴软？"

许星洲说："我请你吃麦当劳也没见你对我嘴软好吧？"

"因为天经地义呀！"秦渡厚颜无耻道，"你为什么不能请师兄吃麦当劳？"

许星洲抱着百香果饮料，不打算和他进行一场关于二十七块钱的辩论。

她其实不太喜欢与男孩有身体接触，可秦渡成了一个例外，他摸人脑袋时带着一种难以言喻的温情，令她无法抗拒。

许星洲一扯他的手指，让他适可而止，别把她当小狗摸："你是小气鬼吗？"

秦渡于是故意拽了拽许星洲的头发，然后屈指对着她的发旋儿一弹，闲闲地道："师兄确实不大方。"

许星洲捂着自己的发旋儿龇牙咧嘴："你简直是魔鬼……"

"我小气，一毛不拔，"秦渡伸手揉了揉她的发旋，"睚眦必报，斤斤计较，你骂我一句，我就打你一下。"

这人真的是垃圾吧，许星洲想。

秦渡眯起眼睛，笃定地道："你在心里骂我。"

许星洲立即喊道："没有！"

"师兄小气记仇，"秦渡往长凳上一靠，惬意地说，"小肚鸡肠，格局也不大，但是会疼女人。"

虽然这句话从抠门的秦渡的嘴里说出来等于一句废话，她对这句话持怀疑态度，但申城的确是这么一个城市，许星洲想。她有时会路过附近的菜场，那里树木参天。下午，金黄的阳光洒落时，都是老爷爷推着自行车去买菜，见不到多少老奶奶，他们的车筐里全是卷心菜和小葱。有时会有老奶奶陪着一起来，两个老人手拉手回家。川城男人耙耳朵，申城男人宠媳妇，全国人都知道。

风吹乱了许星洲的头发，她诚实地说："我晓得，但是你估计是例外。"

秦渡味味地笑了出来，散漫地道："你是没见过师兄宠女人。"

许星洲闻言简直想打他，说："是呀，见不到。你还是把那一面留给临床的那个小姑娘吧。"

秦渡突然笑了起来，伸出四根手指："小师妹，四次。"

许星洲愣了一下："啊？"

"师妹，你提这个小姑娘，"秦渡揶揄，"光今天一天，就提了四次。顺便说一下，我一次都没提过。"

许星洲差点儿咬断自己的舌头。

秦渡用两指推着下巴，问："怎么了？这么感兴趣？介绍给你认识一下？"

许星洲想死的心都有了。

他们在长凳上坐了许久，久到程雁都发来微信："你是被抓走了吗？"

一不小心时间就到了九点，许星洲还没喝完饮料，饮料还在手里捧着。

程雁又发来了微信，道："你被妖怪抓走了？被抓走了敲个1。"

确实该回去了，许星洲想，不应该在外头待到这么晚。许星洲回了微信，看到微信上还有几条未读消息，包括那个高中同学。他应该是有事找她，许星洲连看都没看，就将屏幕关了。

人声渐渐地少了，昏暗中的校园变得有点儿可怕。饶是学校门禁严格，挡得了社会人员，也挡不住里头可能会有的坏人。一个大学校区里上万人，谁能保证这上万人个个是正人君子？破事多了去了，上周教学楼那头还抓了个有露阴癖的人，那变态在三楼平台晃荡了半个多小时，才最终有胆子大的学生报警，把对方抓走了。

许星洲想起关于那个露阴癖的传言，终于对秦渡说："那个，秦渡，你能不能……"你能不能送我回去？许星洲想，毕竟现在都九点了，一个人走夜路还是挺可怕的。她知道秦渡十有八九不会同意，他近期的乐趣估计就在欺负自己这件事上，怎么不得多欺负两句再送自己回去哇？许星洲又纠结了一会儿，最终还是挫败地说："算……算了。"

秦渡抬起眼皮，问："让我送你？"

许星洲犹豫着道："其实也不用……"

"不用什么？"秦渡漫不经心地说，"起来，走了。我从来不让女孩自己走夜路。"

秦渡说那句话时没有半点儿揶揄的意味，仿佛那极为理所当然：就算许星洲不提，他也不会让她独自走在黑暗里。

许星洲在那一瞬间有种难言的感动，秦渡虽然坏了点儿，但的确是一个相处起来让她相当舒服的男人。

但是下一秒，秦渡就一本正经地道："正好，我一个人走夜路也害怕，你送我回停车场吧。"

许星洲无语。

夜色浓郁，灯光下飞蛾砰砰地撞着路灯，月季吐露花苞。

下了自习的学生三三两两地往宿舍走，人声尚算嘈杂，小超市里挤着穿睡衣的人。许星洲挤在人群里，拉着自己的小帆布包，跟着秦渡朝宿舍的方向去。春夜的长风吹过，许星洲一个哆嗦，朝秦渡的方向贴得近了点儿。

"妖……妖风真可怕。"许星洲打着战道，"刚刚喝了凉的，果然还是不大行……"

秦渡从鼻子里哼了一声，把外套脱了，丢给了许星洲。

这个动作让许星洲差点儿感动得落泪，她想不到秦渡还有如此绅士的一面。她小心翼翼地裹上了外套，那外套暖和又宽大，里头尽是秦渡的体温。

秦渡突然状似不经意地问道："许星洲，你很少穿男人的外套？"

许星洲被暖意一迷，有点儿晕晕乎乎的，闻言诚实地点了点头。

秦渡冷哼一声，漠然地说："也是，你一看就不太直，哪个男人会喜欢你这种师妹？"

许星洲没听懂："哈？什么喜欢不喜欢？什么直不直？"

"我说你天天在外头撩妹，连麻雀都不放过。"秦渡吧嗒一弹许星洲的额头，带着恶意道，"所以一看异性缘就差到谷底。你就说你这种家伙有没有人追？"

许星洲被弹得捂住额头，委屈地说："有没有人追关你什么事！别打我的脑袋。"

秦渡得意地问："不好意思说是吧，嗯？就你这个小模样，有没有人明确对你表示过好感？"

许星洲简直欲哭无泪，怎么穿他个外套都要被查水表，她有错吗？话说秦渡这个人也太糟糕了吧！而且她有没有人追关他什么事？他去勾搭那个临床的啊……不对，怎么自己又提了一遍？

许星洲发现今天自己脑中第五遍出现"临床小姑娘"时，只觉得要憋屈死了——而且她的确一直单身，说出来都觉得丢脸，也不肯答话了，低下头闷闷地往前走。

秦渡意气风发地拍了拍许星洲的头，道："你早上还跟我说你那个同学惦记你三年，还人格魅力不可抗拒呢，这同学连正式的示好都没有！亏你早上跟我说得信誓旦旦的，结果还是个没人爱的小可怜。"

许星洲不满地攻击他："你怎么比我还意难平？你已经念念不忘一整……"话音未落，她的手机就响了。

花朵垂在枝头，月亮挂于东方的天空，远处的大厦层叠如山峦，在夜幕里犹如沉默的巨人。

许星洲掏出振动的手机，屏幕上幽幽地亮着三个字："林邵凡"。她看到那三个字时，甚至恍惚了一下。

秦渡疑惑地道："这是谁？"

许星洲想了一下，不知道是先从林邵凡的过去开始介绍，还是从她与林邵凡的相识开始讲述。最终她想到了最简单的介绍方法，颇为严谨地说："半分钟之前你还念念不忘的那个。"

"喂？"许星洲微微一停顿，道，"喂，是我。"

秦渡靠近了些，许星洲的通话声音不小，秦渡能听见对面是男人的声音，甚至带着一点儿羞涩的意思，那个男人说："是……是我，邵凡。星洲你最近怎么样？"

秦渡："……"

许星洲疑惑地道："还好吧，算得上一切顺利。怎么了吗？"

春夜的风呼地吹过，那头道："没别的，就问问你最近是不是在申城。我下周要去一趟，方便一起吃……"那头那个男孩似乎又鼓起了勇气，"吃个饭吗？"

许星洲踮脚折了一枝绯红山樱："可以呀！"她笑了起来，"我请你，不过最近比较穷，我们学校的食堂又拿不出手，请你去隔壁吃怎么样？"

那头停顿了一会儿，羞赧地道："怎么能让你请我？你是女孩子。"

许星洲笑弯了眼睛，说："你毕竟是来做客的嘛！我做东道主的，也就是请你吃个食堂而已，我还怕你嫌弃我穷呢——总之来了之后联系我就好。"

秦渡无语。

"那我也请你。就是……"那男孩不好意思地说，"最近有那个小挑，决赛就在你们学校，到时候我去找你！"

秦渡掐指一算，对方说的应该是那个挑战杯决赛。那还算是一个蛮重要的赛事，学校前段时间还给学生会布置了任务。这男的似乎是学经管的吧？秦渡想，能打到决赛说明对方水平不低。

许星洲拿着手机，笑眯眯地说："好哇，我到时候等你的电话。"那头不知又说了什么，许星洲拿着那枝被她折下的花，笑眯眯地挂了电话。

她的确是生了副一笑就让人愿意把世界捧给她的模样——秦渡却只想把许星洲弄哭。还请那个男的去食堂吃饭呢，有没有问过隔壁学校的食堂愿不愿意？

许星洲把手机收了起来，笑着道："我同学要来比赛，我负责请他吃饭。"

秦渡不以为然地道："那个挑战杯？"

许星洲似乎也习惯了秦渡这种逮啥攻击啥的性格，解释道："嗯，决赛来着，挺厉害的吧？"

秦渡只觉得心里的酸水都要溢出来了。

许星洲浑然不觉，笑眯眯地说："我这个同学很厉害的，他从高中的时候就什么都不耽误，学习竞赛两不误……"

秦渡皮笑肉不笑地说："呵呵，让女人请客，"他冷冷地说，"这男的不是个好东西。"

可是你也让我请客了啊！许星洲简直想扯着秦渡的耳朵让他清醒一点儿，但是想到这个畜生的小肚鸡肠程度，又不敢说出口……话又说回来了，他本就不是个好东西，所以应该也不算在骂他自己，只是实话……许星洲停止胡思乱想，跟着秦渡走了。

许星洲回宿舍时已经九点半了。她陪孩子玩了一天，腰酸背痛，爬楼梯时只觉得要死了——回到宿舍，一推门，312寝室里居然弥漫着一股菜香。

李青青正在开一盒麻辣鸭脖，一看到许星洲，极为热情地说："粥宝！粥宝！你回来了！我爱你！"

许星洲艰难地踢掉了鞋子，道："不用表白，我也爱我自己……怎么了这是？谁送的福利？"许星洲又使劲儿闻了闻，分辨出一堆好吃的东西的味道，觉得神奇，"咱们宿舍谁的春天到了？"

李青青说："你那个师兄找人送来的呀，特地另买了一份儿让我们吃，让我们别动你的那份儿。"

许星洲一愣："啊？"

"就是那个，"李青青笑道，"那个在教室门口等了你半个小时的数科院师兄啊！"

许星洲一愣："哈？"

她看了一眼自己的桌子——寝室的灯不算亮，她的桌上摆着一大包各种各样的吃的，还有她爱吃的鸭脖和小甜点。这些秦渡买了两大份儿，一份儿贿赂她的室友，另一份儿整整齐齐地放在她的桌上。

"他找一个师弟送过来的。"李青青戴上塑料手套，抓了一块鸭脖，笑道，"那个男生过来的时候都要被累死了，东西太多。"

许星洲哭笑不得地说："这么多……肯定就放坏了。"

"有钱人嘛！"程雁慢条斯理地扯了一只烤鸡腿，说，"根本没考虑过东西会不会坏，你去隔壁宿舍分分吧，看这模样一个星期都吃不完了。"

许星洲纠结地看了看那一大袋吃的，觉得除了分给别的宿舍之外，没有别的法子——她自己肯定吃不完。

她拿起那个袋子的瞬间，一个小纸包掉在了桌子上。她的脑袋里冒出个问号，她将那个纸包拿起来，纸包油腻腻的，上面贴了一张便笺。

"重新排队给你买了一份儿，别生气了。"落款是一个龙飞凤舞的"秦"字。

许星洲扑哧一声笑了出来。秦渡写字不太好看，歪歪扭扭的，和他本人一点儿也不像。每个字看上去都有点儿笨拙，像帝企鹅。

那个大袋子里骨碌碌滚出四五个星球蛋黄酥，宿舍上方陈旧的灯管灯光冰冷，灯光打在蛋黄酥上时，却有种难言的温柔之感。

许星洲拿出手机，准备给秦渡发微信说谢谢，然而她点开微信时，看到了林邵凡发来的消息。

"星洲，我下周去你们那边比赛，有空吗？我请你吃饭。"

他的另一条消息隔了一会儿："好久没见了，我想和你聚一聚，希望你有时间。"

许星洲望着那两条消息，沉吟片刻……

"雁宝？"许星洲探出头喊道，"林邵凡你还记得吧？他要来这边参加一个什么竞赛的决赛，今晚给我打电话来着。过几天等他来了这边，咱们高中校友一起出去吃个饭吧？"

程雁疑惑地道："林邵凡？就是咱们班保送去 P 大的那个？"

许星洲："嗯，就他。"

程雁："我……"林邵凡显然是想和许星洲单独吃饭吧！程雁腹诽，但是终究是吃人的嘴软，更不用说她手里还拿着那个师兄送的烤鸡腿呢……程雁拿着那个鸡腿，又听得许星洲一席话，只觉得这个师兄实在阴险。

"也行吧，"程雁表情复杂地说，"要吃饭的时候告诉我。"

每个学期都是如此：三月份开学时，一切都还没步入正轨，教授们也对学生尚有一丝怜悯之心，不好意思布置太多作业。但是清明节过后的四月份就不一样了，教授们熟悉了这群新兵蛋子，课程一展开，这群可怜虫便有了写不完的论文和复习不完的随堂小考。

可怜虫之一许星洲在周五交上了最后一篇论文，又把自己转发过百的微博在课上羞耻地展示了一番。

桃太郎坐鸭子游艇，长腿叔叔和路灯的合影……许星洲画了一堆简笔画，然后在下面配了很长的幼稚的童话故事。

花老师抱着胳膊，忍着笑说："这也算是自媒体的套路。"

下头的同学被那些故事逗乐，笑得东倒西歪，花老师又看了一会儿，乐道："你以后要是真的吃不上饭，可以去写段子。"

许星洲笑眯眯地说："我觉得以我的能力怎么也不会吃不上饭吧。"

"你就算吃不上饭也没什么问题，你画得太好玩了，"花老师温柔地说，"看得我心情都很好。我挺喜欢你这种风格的，回头作为粉丝关注一下你。"

许星洲笑着给老师留了名字，回到位子上，看了一眼手机上的未读消息。

林邵凡发来了一张照片，告诉她他到机场了。

许星洲飞快地打字，告诉他："今天天气很好。"

外头阳光明媚，晴空湛蓝，树枝抽出新芽。许星洲突然想起，那些童话故事都是她小时候父母在睡前讲给她听的。

"再讲一遍嘛，妈妈，求你啦。"小星洲趴在妈妈的怀里撒娇，"我还想听星星月亮裙子的故事。"而桃太郎的故事是她在 1999 年的冬夜听的。那天夜里非常冷，红色的塑料闹钟放在床头，她爸爸讲完之后就给小星洲盖上了被子，甚至温柔地掖了掖。

时间过得多么快呀，许星洲模模糊糊地想。记忆中，那个年代的人们喜欢穿阔腿裤，喜欢把衬衫扎进裤子里。二十年一个轮回的时尚都回来了，可是过去的人没有回来。离婚的人，谁会回过头去看呢？那一瞬间许星洲只觉心中的深渊复苏，几乎将她一口吞了进去。

那种感觉其实极为可怕，像是突然被扯离了这个世界，不想对任何东西有所反应，只想把自己关进壳里。那一瞬间这世上的一切仿佛都成了黑洞，一切都在呼唤她，想把她撕成碎片。

不行，不行。许星洲痛苦地喘息，逼着自己睁开眼睛，映入眼帘的是一个绚丽温暖的世界。这个世界多么好哇！许星洲的眼眶有些发红。这世上还有数不尽的未知的与新鲜的事物。

她还没驾车穿越帕米尔高原，还没看过草原上连绵的雨季，还没看过尼亚加拉瀑布与飞越峡谷的藏羚羊，还没有活到一百二十岁，她现在的头发仍然浓密而乌黑，嘴里的牙齿一颗也没脱落。为什么要绝望？她问自己。这世界美好如斯，而她仍然年轻。

许星洲最终也没摸出那个小药盒。

下课之后许星洲将讲义丢给程雁，让程雁先回去，说自己还有事。

程雁："又有什么事？"

"搞校风建设，"许星洲抓了抓头发，把一头长发抓得松松的，在阳光下对着教学楼的窗户补了一下唇膏，"要拿丙烯画石礅子。"

程雁纠结着道："你们校学生会这么闲的吗？"

"你可以问问。"许星洲将头发理顺，用丝巾松松地扎起，说，"确切地说，我们是破事多，不是闲，你这么说我们所有人都会觉得委屈。"

程雁想了想，感慨道："好像也是这么个道理。"

许星洲又从包里摸出一盒散粉……

程雁难以理解："你不是去画石礅子的吗？"

"今天要见人的，"许星洲严肃地说，"不能灰头土脸，就算去画石礅子，也得做个精致的'猪精'。"

程雁："……"

许星洲平时鲜少化妆，却极为手巧，化完妆她简直是桃花的化身。

程雁有点儿不能理解，但许星洲补完妆立即踩着小皮鞋跑了——程雁注意到许星洲甚至穿了新买的连衣裙，背影像只燕尾蝶。

阳光斑驳地落在林荫道上，秦渡看了一眼手机，谭瑞瑞发来微信，说自己和部员在二教前面。

校风建设画石礅子这活儿是秦渡闲得无聊时布置的，也由他来监工——他特意在群里说了自己要来，并且恶劣地点了名，有活动分，原则上不允许缺席。

二教门口，谭瑞瑞正提着一桶水，几个部员正在拿水冲石磴子。在二教门口这么多人中，秦渡第一眼就看到了许星洲。

树荫下许星洲穿了条束腰连衣裙，将长发在脑后绾起，正笑眯眯地和谭瑞瑞聊天。

秦渡只觉得这小丫头挺可爱的，忍不住哧地笑了出来。他一笑就觉得自己像个没谈过恋爱的，又使劲儿把那股笑意憋了回去。

许星洲看到他，眉眼弯弯地挥了挥手。那笑容里带着难言的阳光与暖意，秦渡忍不住也对她笑了笑。

许星洲今天更漂亮了，居然还特意打扮了一番，这么会讨好人的……不就是我来监工吗？秦渡藏不住那点儿笑意——至于让她这么当一回事吗？明明她不化妆也挺好看的。

许星洲放下手中的活儿，跑了过来。她像一枝含水的桃花，眼角眉梢都是风发的意气。

"那个……"许星洲眉眼弯弯地对秦渡说道，"师兄，我四点多的时候请个假可以吗？我晚上要请高中同学吃饭。"

秦渡连想都没想："不可能，高中同学这种虚伪的关系吃什么饭，今天要把三教的都画完。"

许星洲波澜不惊地说："哦，我也就是跟你提一句，我们谭部已经准假了。"

秦渡眯起眼睛望向谭瑞瑞。谭瑞瑞毫不示弱地瞪了回来，问："画到三教？你失心疯了吧？"

"对呀！"许星洲不开心地说，"怎么可能，我们是超人吗？晚上不吃饭了？而且我两年没见这个同学了呀，我们以前关系很好的，放学都一起去公交车站，吃个饭怎么虚伪了？"

秦渡道："呵呵。"

谭瑞瑞说："你不用管他，他犯病的时候不想让周围任何一个人高兴。"

许星洲笑眯眯地道："嗯，这个我早有体会。话说，部长，他们食堂哪里最好吃呀？我嫌远，都没怎么去过……"

谭瑞瑞点点头，笑道："都不错，以前和同学去吃咖喱鸡米饭……"

秦渡冷笑一声，在阴凉的地方靠树站着了。

油菜花在春风中摇曳，二教前，许星洲的背影极有气质。她一手拿着大刷子，另一只手拿着调色板，裙子貌似还是新买的——秦渡恨得牙痒痒，简直想拍她的脑门两下。穿裙子做什么，哪个脑子有问题的人在干这种活儿的时候穿这种裙子？还嫌自己不够招人？

过了不知多久，秦渡终于开了金口："许星洲，过来。"

许星洲正在给石磴子涂黄颜料，太阳把她的脸都晒得发红。秦渡站在树底下，伸手招呼了她一下。

许星洲问："嗯？"

秦渡冷冷地道："你穿成这样，哪有来干活儿的样子？"

那一瞬间，许星洲的一双眼睛里闪过一丝难过的情绪……

秦渡眯起眼睛，问："嗯？"

许星洲不开心地道："穿什么关你什么事？"

"关我什么事？"秦渡不爽地道，"许星洲你穿成这样耽误干活儿，还有没有一点儿身为部员的自觉？"

谭瑞瑞立刻护犊子道："秦渡你别找她事！洲洲别听他的，你今天穿得好看。"

许星洲嗯了一声，打算跑掉。秦渡冷冷地道："反正穿得也不像个干活儿的样子，你去跑个腿吧。"

许星洲："哈？"

"天气这么热，"秦渡刻意地道，"你去买点儿冷饮回来，我出钱。"

许星洲道："好……吧？"

秦渡从靠着的树上起了身，问："拿得动吗？"

许星洲掐指一算，宣传部这次来了八个人，加上秦渡也就是九瓶饮料，一瓶饮料五百毫升，十瓶饮料五公斤，也就沉了点儿，便爽快地道："拿得……"

还没等她说完，秦渡就打断了她："拿不动是吧？"他站直了身子，自然却又像无可奈何地说，"真是拿你们身体孱弱的小姑娘没办法，我跟你一起去。"

许星洲道："嗯？"

许星洲跟着秦渡去了一趟超市，秦渡连拎都没让她拎一下，自己将一堆零食和饮料提了回来。许星洲只负责挑几样自己喜欢吃的东西，其他时候就跟着秦渡，空着手。

秦渡这人小气，又坏，却总是有种让人格外舒服的气场，许星洲想。

金黄的阳光坠入花叶，满地璀璨的光。

许星洲朝秦渡的方向跑了两步，疑惑地问："我今天穿得不好看吗？"

秦渡提着两袋饮料和薯片，漫不经心地胡诌："口红颜色不对，我不喜欢这种。"

许星洲蔫巴巴地哦了一声，过了会儿小心地拿纸巾把口红擦了。那一瞬间，秦渡简直有种自己在犯罪的感觉。

口红颜色不是不好看，他其实相当喜欢。秦渡难受地想，但是怎么能给别的男人看？许星洲这个小浑蛋，这时候都化妆。

阳光落在林荫道上，许星洲的口红没擦干净，稍稍蹭出来一点儿，像散落的玫瑰花瓣一般。

秦渡看着那点儿红色，停顿了一会儿，突然道："你……"

许星洲微微一愣，秦渡抬手，手指在女孩的唇角轻微一揉。

"口红抹出来了。"他轻声说，"自己好好擦擦。"

许星洲结结巴巴地说："好……好的……"然后她低下头，认真地擦拭自己的口红。

她的唇太柔软了，湿润而鲜红，带着一丝艳色。秦渡摸到她的嘴唇的那一瞬间就心神一荡，继而模模糊糊地意识到，那应该是很好亲吻的嘴唇，就像许星洲这个人一样。

下午四点，太阳照耀着大地，树木皆被镀上一层金红的色泽，风吹过时，黄金般的树叶唰唰作响。

许星洲的裙子沾了点儿颜料。她忙了一下午，还出了不少汗，有点儿灰头土脸的，笑眯眯地跟大家说再见。

谭瑞瑞道："你那个高中同学呢？"

许星洲笑着说："他在校门口等我啦，我们等会儿一起坐地铁去！"

秦渡哼了一声，许星洲又道："我走了，大家再见！"

秦渡似乎想说什么，正在这时，谭瑞瑞霍然用刷子直指秦渡！

谭瑞瑞拿沾着红颜料的刷子指着他，把眼睛一眯："星洲今天干活儿一点儿都没偷懒，你要是敢拿活动分卡她，我就举报你。"

秦渡呵呵笑了笑，遥遥地望着许星洲的背影，她已经背着包溜了，跑得飞快。

谭瑞瑞瞅了瞅许星洲，又瞄了一眼秦渡，狐疑地问："你这是什么眼神？怎么看我家副部就跟看劈腿的渣男一样？许星洲是睡了你又跑路了吗？你用这种眼神看她？"

秦渡看了谭瑞瑞一眼，斤斤计较地说："我扣你活动分你信吗？"

谭部长简直无话可说，过了一会儿终于道："你是看上我老婆了？"

秦渡连眼皮都不抬："你说她是你老婆？我宣布你今天活动分没了。"

"你就是看上她了！"谭瑞瑞充满恶意地大喊道，"秦渡你看上我家副部长了！你吃她老同学的醋吃了一下午！你现在跪下来求我，我还能告诉你她那个高中同学是什么人！"

宣传部员都扑哧扑哧地笑，秦渡连眼皮都没动一下。

谭瑞瑞恶毒地说："我再说一遍，你现在跪着求我还来得及……"

其实谭瑞瑞只是揶揄而已，没想过秦渡会做出任何反应，毕竟他与许星洲之间的那种火花非常小，秦渡甚至有意隐瞒，加上他这人半真半假的，否认的可能性居多。然而秦渡连解释都没有，任由这群人解读，连遮掩的心思都没有。谭瑞瑞莫名噎住了……

秦渡突然说："我不关心。我管她这个高中同学啥样儿啊，"他漫不经心地道，"反正肯定没我有钱。"

谭瑞瑞和宣传部众部员同时语塞。

秦渡将头发往后抓了抓，扬长而去，只留他们在后头面面相觑。

时近傍晚，夕阳映得白桦树一层金光。

隔壁 T 大都是一群骑着自行车的工科男。秦渡穿过他们的校园，微风吹过时，地平线的尽头细草摇曳。

饭点刚过，食堂已经没多少人了，但是小炒和盖浇饭等食物依然供应。秦渡在外头一眼就看到了许星洲——她坐在窗边，对面坐了一个男人，那个男人的模样秦渡看得并不真切，只看到对方穿了件灰色的卫衣。

这种暗恋三年都不敢表白的人能有什么魅力？说不定是一个身高不到一米七的小个子，或者是一个油腻腻的男人，秦渡痛快地想，哪个相貌堂堂的男生能唯唯诺诺成这样？许星洲也是傻，遇上这样的同学，难以拒绝邀请的话拉我来当挡箭牌呀，我又不会拒绝……回头一定要把她训一顿，有事找师兄，这点儿道理都不晓得。秦渡挑开食堂黏糊糊的门帘时，得意地想。

然后秦渡看到了在许星洲对面坐着的男孩。

学一食堂稀稀拉拉地坐着人，夕阳染红了落地窗外的天，秦渡站在门口，一手仍挑着门帘。那个叫林邵凡的男孩，头发剪得很短，看上去干干净净的，体格相当好，坐在许星洲的对面，肩宽腰窄，一看就是一个运动系的男孩。

许星洲笑得很温暖，冲他道："谢谢你的糖醋里脊呀！"

林邵凡瞬间连耳朵都红了，连手脚都不知该往哪里放，道："不……不用谢我。女孩子吃饭，"他别别扭扭地补充道，"总是要照顾的嘛！"然后那个干净的大男孩又夹了几块糖醋里脊，放进了许星洲的碗里。

那个林邵凡的个子颇高，甚至不比秦渡矮多少，有种邻家大男孩的腼腆的气质——他穿着卫衣与牛仔裤，似乎也不怎么近视，相貌端正，笑起来相当羞赧。

许星洲坐在他的对面，把糖醋里脊的汤汁往饭里拌了拌，笑着对他说："这次过来很辛苦吧？学业怎么样？"

林邵凡挠了挠头，说："还好，不太难。"

"老林什么时候觉得学习难过吗？"程雁在一旁道，"怎么说他都是咱村里的骄傲。"

于是他们笑了起来，许星洲咬着可乐的吸管，笑起来的模样像个高中生。

没错，秦渡遥遥地站着想，他们不就是高中同学吗？

夕阳之中，许星洲的笑容都是金黄的，像她人生的黄金时代。秦渡甚至没来由地想起了雨中的金雀花，田野中怒放的金丝桃。她对面的男孩，说实话，是与她相配的。

相配又怎样？秦渡思考了三秒钟怎么去砸场子，就与程雁四目相对。

许星洲吃饭不算快，倘若还要在吃饭时交谈，会吃得更慢一些。她将糖醋里脊的酱汁在饭里拌匀了时，对面的林邵凡已经吃得差不多了，看着她时有点儿手脚都不知该往哪里放的模样。

高中同学专门打电话说要来，本来就不能推辞，令人庆幸的是大学期间可以把这个饭局放在食堂。许星洲拼了命地把程雁拉了过来，就是为了避免与林邵凡单独相处。许星洲虽不是人精，但也不是个傻子，起码知道和林邵凡单独吃饭是相当尴尬的。

林邵凡道："星洲，我有时候看你的朋友圈，觉得你活得好精彩呀！"

许星洲笑了笑，说："毕竟我的人生哲学和大多数人不一样，我喜欢做一些没有意义的事情。"

"其实高中的时候……"林邵凡腼腆地说，"我就觉得你一定会过上很有意思的人生。我那时候其实非常羡慕你，觉得我一辈子都没办法像你一样，你总是能有那么多新奇的点子。"

许星洲不好意思地挠了挠头："羡慕我做什么呢？这种点子我也不是总有的。有时候也会很黑暗，"她认真道，"找不到出路的那种。"

林邵凡也认真地说："可是，会好的。"

许星洲望着西沉的落日，放松地说："是呀，会好的。"一切都会好起来，就像太阳终将升起，她想。

然后下一秒，一个餐盘被砰地放在了桌子上。

"真巧哇，"秦渡将这个隔壁学校食堂的餐盘推了推，自然地说，"我也来这里吃饭，拼个桌？"

许星洲和程雁同时语塞。

秦渡打了五份儿小炒，满满当当的，菜儿乎要掉出来。盘子里有苏式红烧肉、鱼香肉丝、糖醋里脊与红烧大排，他又加了一个手撕包菜——素菜只剩这个了。

秦渡拍了拍手，说："我多打了一点儿，要吃的话从我这儿夹吧。"

林邵凡也一惊，没想到还有人来，问："是认识的学长吗？"

"算……"许星洲纠结地道，"算是吧。"

秦渡漫不经心地道："算什么算，是师兄。"

许星洲在那一瞬间简直想撬开他的脑子看看里头到底是什么，为什么他会对"师兄"俩字这么执着，到哪里都是这俩字……

林邵凡友好地伸出手，道："师兄好，我是星洲的高中同学。这几天这边有个竞赛，所以顺便来看看她。"

秦渡说："嗯，是顺便就行了。"他勉为其难地与林邵凡握了一下手。

林邵凡愣住了。

许星洲低头扒拉自己的米饭，林邵凡又没话找话地问："师兄，这边食堂有什么比较好吃的吗？"

秦渡说："我不知道哇，我也是 F 大的。"

林邵凡语塞。

F 大的为什么会来这里，还来食堂吃饭啊？他根本就是来砸场子的吧？程雁头痛地捂住了脑袋，只觉得自己今天跟许星洲来就是自讨苦吃。

林邵凡也不好意思问人家细节，只腼腆地转移了话题："星洲，今年暑假也不回去吗？"

许星洲咬着可乐的吸管，说："不了，我前些日子找了报社实习，回去也没意思。"

林邵凡叹了口气，道："也是，你从高中起就这样了。"

夕阳沉入地平线，秦渡将眉头拧了起来，问："为什么？"

这实在不是一个合适的问题，它带着太强的侵略性和一股不合时宜的探究意味，让许星洲愣了一下。

秦渡拧着眉头，像是认为她没听见一般，重复了一遍："为什么从高中开始就这样了？"他似乎觉得自己的问题不够精准，又补充道，"大学尚且可以说是需要实习来为以后的工作打基础，那高中是为什么？"

程雁为难地道："这个……"

林邵凡挠了挠头，说："就是……她家的一点儿问题吧，她回去不太方便。"

许星洲点点头道："差不多，具体原因比较复杂，不方便在饭桌上解释。"

秦渡极为不爽，这是面前三个人心照不宣的秘密，却唯独把他排除在外。许星洲不愿解释，程雁闭口不谈，这个男孩不仅对许星洲别有所图，连提供唯一的有关许星洲过去的线索也点到即止。秦渡记了两笔账，又道："所以你们今天就是高中同学三个人来聚聚？"

程雁莞尔道："算是吧，毕竟我们难得在这个城市见一面嘛！"

外头渐渐地暗了，许星洲坐在秦渡的斜对面，湖水般的眼睛望着窗外。她没有再抹口红，妆也没有再补，嘴唇上仍有一点儿温润的颜色，像黑暗里的一簇火，又如同落入水中的一枝桃花。秦渡刹那间忘了自己要说什么，任由沉默在空气中流淌。

然后林邵凡温和地笑了笑，开始和许星洲说话。

他讲了自己参加这个竞赛的事，讲那些老师是怎么指导他们的，讲他的几个朋友是如何嫌弃他又是如何帮他的。他叙述的样子极其温和，有种让人忍不住去听的魅力。

许星洲好奇地问："真的吗？"

"真的，"林邵凡笑道，"没有别的地方。自习室不行，他们都嫌我们吵，让我们滚远点儿。所以我们就在宿舍楼外的小桌上通宵讨论，后来组员觉得实在是不行了——这里的冬天太冷，坐在外面也实在不是个事儿。我们就去麦当劳蹲着，每次都只点几个薯条，特别厚颜无耻。"

许星洲扑哧笑了出来，问："那些服务员也不说你们吗？"

林邵凡说："后来有一个女服务员语重心长地跟我说，小伙子，你们这种创业团队不行，连个办公的地方都没有，迟早要散伙的。"

许星洲大笑起来："哈哈哈哈，无论大江南北，大学生是真的都很穷。"

"也不是没有有钱人的，"林邵凡笑道，"我们组里那个叫沈泽的就是个'资产阶级'。但又怎么样？他跟我们待的时间长了，现在比我们还抠。"

许星洲看了一眼秦渡，莞尔道："抠是'资产阶级'的通病吧？"

秦渡用鼻子哼了一声，嫌弃地说："我认识这个人，智商不太高的样子。"

许星洲直接说："关你什么事，吃你的饭去。"

秦渡语塞，继续拿筷子戳鱼香肉丝。

林邵凡大约是觉得不太好，犹豫着道："星洲，你平时都这么怼你师兄吗？"

"有的人就是欠收拾，"许星洲得意扬扬地道，"而我从来不放过这种人！"

秦渡抬起头，看了许星洲一眼。许星洲被秦渡连着欺压数周，其间完全不敢反抗，如今多半是仗着人多势众，开始找场子了。

许星洲嚣张地说道："秦渡你看什么，是不是打算和我打一架？"

"打架？我不做那种事。"秦渡挑着鱼香肉丝里的莴笋，漫不经心地说，"许星洲，脚伸直一点儿。"

许星洲："哎？"她愣了愣，不明所以地把腿伸直，不解地看着秦渡。

秦渡慢条斯理地挑完莴笋，然后一脚踢在了许星洲的脚踝上。那一脚一点儿都不重，但带来的绝不是什么爽利的滋味，许星洲当即呜咽一声，再也不敢大放厥词了。

梅雨季迫近，地面漫着一股潮气，霓虹灯将潮湿的雾染得五颜六色。门口的商业街灯火通明，马路上行人车辆川流不息。他们走出那个校区时，林邵凡连走路都不敢离许星洲太近，像是怕她嫌弃似的。

程雁离他们老远，在接电话，那语气一听就知道非常暴躁。

许星洲："估计又是他们那个事特多的老师……"

程雁接完电话，忍着怒气道："我得去趟临枫校区，那边的老师找我。"

许星洲问："怎么了？"

"没怎么。"程雁道，"申请书有点儿问题，去找他拿材料，得重新写一份儿。"

程雁说完，又看了一眼手机——多半还是那个老师的夺命连环 call（打电话），她气急败坏地挠了挠头，但是又知道不能耽搁，于是立刻拿着手机风风火火地跑了。

这变故发生在五分钟之内，林邵凡感慨道："都七点多了，还得去找老师，大家真是都不容易。"

许星洲笑着点了点头。

"你住在哪里？"许星洲又问，"等会儿我送你回去？"

昏暗里，林邵凡又开始脸红，羞赧地道："怎么能让你送我呢？你明明是个女孩子。"

秦渡闻言，响亮地哼了一声。

林邵凡的脸更红了，他说："那……那个，就是……我有几个同学在外头等我，我们等会儿一起打车回去就可以。星洲，你怎么回去？就是坐地铁吗？"

许星洲笑眯眯地点了点头，说："差不多吧，不用担心我。"

春夜湿润的风呼地吹过，许星洲的裙摆被吹了起来。

秦渡看着她，那条连衣裙将她衬得像花骨朵儿似的，她走在夜幕低垂的道路上，像是千万颗落入水底的行星。星洲，星辰之洲，是一个配得起她的名字，秦渡想。

校门外绚烂的霓虹灯光里挤着一群大男孩，都是林邵凡的队友，都不超过二十岁的样子。他们嘻嘻哈哈地和林邵凡打招呼，用的都是之前给他起的一堆浑名。

"这个就是你那个同学吧？"其中一个人嬉皮笑脸地道，"还真是挺好看的哈哈哈哈——"

林邵凡的脸噌地涨红，他的皮肤本来就白，一红就格外明显。然后他结结巴巴地说："别……别调戏我同学，滚蛋！"

"哥，调戏你可比调戏你同学好玩多了。你这个脸皮是真的不行，"另一个人又调戏他，"你啥时候考虑和姓沈的中和一下？"

什么中和？许星洲的脑袋上冒出个问号，她踮了踮脚，在路灯下看到了那个"姓沈的"。那个"姓沈的"游离于这个群体之外，正在打电话，路灯昏黄的光影落在他的身上，在影影绰绰的雾气中又看不太分明。

"还在跟他国外的女朋友打电话呢。"那个人说，"我要是他女朋友，可能已经隔着电话线杀他下酒了。"

许星洲好奇地竖起耳朵听了听，只听得风里传来几句模糊的话语："求人的时候就得跪着叫老公，懂不懂？你不懂我就得让你明白……"

许星洲只觉得当他的女朋友一定很辛苦。

林邵凡嘟囔道："这都什么话……我和沈泽那种比不了，让他自生自灭吧。"

一群男孩就开始笑，笑完了就向许星洲和秦渡挥了挥手，走了。

这天晚上是许星洲第二次坐秦渡的车。

秦渡相当执着地送她回去。他的车停在校外的马路旁，那地方本来不能停车，可能是天色太晚了，他的车得以免于被贴罚单的命运。

车里弥漫着一股说不出的香气。许星洲抱着自己小小的帆布包坐在副驾驶座上。秦渡注意到，她今天虽然打扮得很精致大方，手腕内侧却又画了一个很幼稚的图案和一只配字"这是脏话小孩子不可以讲"的恐龙图案，还贴了几张妙蛙种子的贴纸……

秦渡被她可爱到了，只觉得心里柔软如春，伸手在她的头上揉了揉。

许星洲啪的一下拍掉他的手，不开心地说："别动我。"

秦渡忍着笑道："哪里不高兴？"

许星洲闷闷地说："你别动我就对了。"

秦渡把手拿开，许星洲抱着自己的挎包靠在车玻璃上，迷迷糊糊地望着窗外车如流水马如龙的景象。橘红色的路灯和一轮混沌的月亮一起映着庸碌的众生。

秦渡握着方向盘，过了会儿，突然问道："你暑假为什么不回家？"

许星洲的呼吸一窒。

"一部分大学生可能不愿意回去，我理解，"秦渡看着马路上红红黄黄的车灯，平淡地说，"毕竟这个城市的机会摆在这里，在这个地方，一个暑假学到的东西可能比一个学期学到的都要多。"

许星洲逃避般道："还能有什么？就是不回去而已。"

远处的信号灯闪烁着数字，隔着大雾，居然有种混沌中天地初开的错觉。

秦渡说："可是你为什么连高中的时候都不回去呢？"

许星洲的语气里带着一丝嘲讽，她说："林邵凡说什么你就信什么吗？我每个假期都回去的，不信你去问雁雁。"她说完，不再看秦渡，茫然地望向窗外，将脑袋抵在了车窗玻璃上。

"许星洲，"秦渡好笑地说道，"你在我的车上都敢说我了？不怕我赶你下车？"

许星洲连想都不想就回戗道："你赶吧，赶我下车，正好我不开心。"

红灯在他们的面前亮起，足足 120 秒钟的长信号。秦渡放开方向盘，顺着许星洲的目光朝外看去。

车窗外是一群不过高中年纪的少年，他们看上去非常平凡，打打闹闹地往前走，一个男孩还抱着篮球，这群孩子大约是刚在附近的篮球场打完球回来。这样的孩子随处可见，却又张扬无比，浑身上下都是青春鲜活的气息。

就在这一刻，秦渡终于带着一丝醋意意识到——林邵凡，甚至这群素不相识的少年，都是比自己更适合许星洲的人。

长信号仍有六十多秒。橘黄色的灯光下，许星洲只觉得情绪又有些不受控制，颤抖着叹了口气，小声地说："秦渡，你还是再说我两句……"她话音未落，就被碰了一下脚踝。

秦渡的手带着点儿茧子，在女孩的脚踝上点了点，他试探地问："今天踹疼了是不是？"

许星洲蒙了一下，都不知道他在说什么。而秦渡过了一会儿又憋闷地道："以后不踢了，别……生气了，师兄对不起你。"

许星洲回想了足足十秒钟，才想起来今天秦渡好像踹了她一脚……

这实在不怪许星洲的记性坏，她本就不怎么记仇，再加上对方又是秦渡这种烂人——如果她是个记仇的人，对上秦渡就不用做别的了，净记仇就是了。

秦渡又试探地碰了碰许星洲的脚踝，问："是不是还疼？"

许星洲立刻理解了这是什么情况，当即杀猪般喊道："嗷嗷哇超疼的！秦渡你是不是人？你不许碰我了！秦渡我恨你一辈子！"

秦渡："……"

许星洲使劲儿挤了两滴眼泪："你不是人！脚要断掉了……"

秦渡屈指在许星洲的额头上吧嗒一弹，不高兴地说："找揍。"但是他这一下没用力，只是响，在小姑娘的额头上都没留下红印。

秦渡从来没使劲儿，毕竟许星洲与他相比简直不堪一击，他第一眼见到这小姑娘时就知道她半点儿都不能磕碰，清清瘦瘦的，像朵红荷花。然而那天晚上秦渡不只见到了她的背影。

长信号灯结束，车流向前驰去，红黄的车灯晃着眼睛，又在雾里虚成一片模糊的颜色。

秦渡说："是你家里的问题吗？"

许星洲捂着额头，小声道："算是吧，家家有本难念的经，我就不说给你听了。"

秦渡上下打量了一下许星洲，她的身上并没有什么受到虐待的痕迹。

许星洲注意到秦渡的目光，似乎也知道他在想什么，莞尔道："和你想的不太一样。从小到大都没人欺负我，生活费都按学期给，钱够花。"

秦渡这才收回了视线，漫不经心地道："自作多情，谁关心你这个？"

"反正……"许星洲不好意思地说，"也不是什么大事，你不用往心里去，也不用同情我。你就当我是'中二病'持续到了十九岁，至今都觉得自己是个没家的人好了。"

秦渡哧哧地笑了半天，冒出一句："许星洲，你才十九岁？"

许星洲一愣，傻乎乎地问："哎，是呀，怎么了？"

"才十九岁，"昏暗里，秦渡忍着笑说，"也没什么，就总觉得挺小的，小到我欺负你都有点儿罪恶感。"

许星洲仿佛看到了新大陆，嘲笑他："你还会有罪恶感吗？"

秦渡不回答，过了会儿，从车里摸出一袋坚果，啪地丢给了许星洲，道："把嘴给我堵上。"

许星洲也不和他计较，拆开那包炭烧腰果，乐滋滋地吃了起来。

F大并不算很远，几个红绿灯的距离而已。秦渡开着车驶进校门的时候，一群男孩女孩正推着单车往里走，像是在外骑行了一天，个个看上去风尘仆仆，疲惫无比。

许星洲看着他们，嘀咕道："他们真好哇！"

秦渡："……"

"骑行好像很好玩的样子。"许星洲笑了起来，"我觉得骑自行车很好，如果能看到更多好玩的东西就更好啦。"

秦渡看了一会儿共享单车，问："坐我的车和共享单车，选哪个？"

许星洲想了不到三秒钟："共享单车！可以吹风。"

秦渡瞥了她一眼："这车一百八十万，还没加税。"

许星洲在那一瞬间简直像是遭受了背叛，难以置信地问道："奥迪这么昂贵的吗？"

秦渡用鼻子哼了一声："哪里贵？许星洲，税前一百八十万和共享单车，你选哪个？"

许星洲想都不想地回："你的车真的很贵，我选择共享单车。"

秦渡语塞。

许星洲嘚瑟地道："车贵有什么用啊，坐一百八十万的车也不会长三斤肉，开一百八十万的车的男人不也是抠门鬼吗？要让我对你的车另眼相待，除非折现给我。"

秦渡沉默了两秒钟，然后说："好，没问题，我十分欣赏你不为物质所动的精神，我这辈子都没遇到过你这样的女人，你引起了我的注意。"接着他痛快地道，"你现在就滚下车。"

许星洲无语。

秦渡开了车锁，准备把许星洲推出去……

许星洲拼命拽住椅子，喊声凄惨："小气鬼！浑蛋葛朗台！不是要送我回宿舍楼下吗？出尔反尔！你不是要送我回去吗？呜呜呜！"

秦渡又将车门合上，指着许星洲威胁道："不下车是吧？你等着。"

话说到这个份儿上，一般就没事了，许星洲这才坐回去吃小坚果。车外白雾弥漫，夜里的吴江校区影影绰绰，在丝丝缕缕的雾中犹如仙境。

许星洲打开自己的小包，在里头掏了半天。那个包里装了各种各样的神奇的东西，秦渡又看到了装糖的小药盒和小黄人风扇，今天她甚至翻出了一个至少玩了十年的 NDS（游戏机）。那个游戏机躺在她的膝盖上，像个老古董。

然后许星洲将那些东西一拢，突然开口："那个……"她又觉得难以启齿，停了口。

秦渡一挑眉，示意她有话快说。

许星洲羞耻地说："我问你一个问题。"

秦渡道："说。"

"师……师兄……"她小声问，"你喜欢什么颜色的口红呀？"

秦渡盯着许星洲看了很久，她的嘴唇上只有一层淡淡的粉色，显然是她下午擦掉了口红后还没涂回来。

要怎么形容他听到这句话时的感觉呢？秦渡只觉得自己的心犹如钱塘江的潮水，又像长夜里的海啸，那一瞬间南极的冰川融化，春风从万里外带来花与春天。她的口红是为我涂的吗？秦渡想。

"我呀……"秦渡只觉得心情好得不像话，忍住了笑说，"随便涂涂就行。"

在他们相遇的那天夜晚，秦渡真正看到的并非那枝红荷花——他所看到的是许星洲的眼神和她眼里燃烧的燎原的山火。那是一个拼命活着的灵魂，带着笨拙与莽撞，满是踟蹰与彷徨，仿佛遍体鳞伤，然而那灵魂拖着肉体顽强不屈地行走在世间。

周五傍晚没什么别的好干，大家都歇着，连最能折腾的许星洲都不想挣扎了。

许星洲回到宿舍后洗了澡，换了衣服，坐在桌前一边擦头发，一边看《摩登家庭》，看了三集之后，被淋得湿透的程雁绝望地冲了进来。

"我真的受够了！"程雁绝望地说，"谁知道今天晚上会下雨啊！一路淋着雨冲回来……"

许星洲也不说话，她的耳朵里塞着耳机，人在椅子上缩成一团，用勺子挖着草莓大福吃——是秦渡送来的，她还没吃完。

程雁看了一眼许星洲，道："妆记得卸干净，你今天要勾搭的到底是谁？"

许星洲头都不抬地说："早卸干净了。"

程雁艰难地把湿透的衣服换了下来，外头传来淅淅沥沥的雨声。

许星洲突然开口："雁雁，今天我的情绪差点儿又崩溃了一次。"

程雁愣了愣。

"我觉得，"许星洲小声道，"应该不是错觉吧，这个月已经三次了。"

程雁安抚道："别想太多，不行就吃药，以前也不是没有过，别这么敏感。"

许星洲看着屏幕，半天冒出一句："还提前吃药呢，程雁你以为是预防接种吗？你高中怎么学的，对得起高等教育吗？"

程雁语塞。

许星洲的心态显然还没崩。她是吃饱了，而且心情不错。

程雁拿着洗衣筐，犹豫着道："那个学长……"

许星洲抬起头："嗯？"

"其实我觉得他人还不错，"程雁说，"你可以考虑一下他。他给我一种还算靠谱的感觉，唯一不合适的一点就是你们差得有点儿远。"

许星洲哧哧地笑道："滚蛋，洗你的澡去。"

周六早晨，许星洲一打开手机就看到了她爸爸的转账和一个好友申请。

她爸一直都用微信给她转生活费，一般是按学期给——每个学期初一口气将钱打过来，但是他也会断断续续地给许星洲转些零花钱，数额从八百到两千不等，总说让她出去旅游散心——她的父亲的确没有亏待过她。

这次爸爸的转账附带的消息是："买几件衣服。你妈让我提醒你，把她的好友申请通过一下。"

许星洲将钱收了，问："爸，你是来当说客的吗？"

"她让我找你。"许星洲的爸爸回道，"至于你加不加她，还是你做决定吧。"

许星洲于是连眼皮都不动一下地把那个发好友申请的人拉黑了。

晨光斜倾入寝室，将上床下桌的四人间映得明亮。许星洲从床上坐了起来，和对面正在玩手机的李青青对视。

许星洲笑眯眯地说："有钱啦！爸爸转了账！晚上回来给你们带好吃的！"

李青青嘀咕道："你是真的乐天……"

许星洲出门前和福利院负责人说了一声，大早上跑去超市买了一大袋好吃的好玩的东西，然后挤公交车去了福利院。

不过一个星期的时间，那个被治好的宁宁已经被领养了，负责的老师说那是一对年纪很大却无法生育的夫妻，家境还算富裕，是很好的人家。

那些医生和护士没有放弃宁宁，哪怕她的父母抛弃了她，白衣天使们也坚持救活了这个当时危在旦夕的婴儿。如今宁宁早早地离开了这座小院，拥有了自己的家，摆脱了泥淖般的原生家庭，那些行动不便的孩子却无人问津。

他们与宁宁这样的孩子不同，他们将日复一日地带着残疾生活在这个小院里，直到长大成人，能够自立，才会到社会上寻找属于自己的一席之地。在这之前的十八年里，他们于这个世界，就像一个个印刷段落后的全角空格，无人知晓他们的存在，也没有人觉得他们有存在的价值，就像是被这个世界抛弃了一样。

春日的暖风吹拂，风中藤萝摇曳，紫藤花吐露花苞。

许星洲给福利院送了东西过去，陪小孩子玩了一会儿，就直接折回了学校。她下午要去报社参加实习的面试，所以还得赶着回去睡个午觉，下午看看能不能正常发挥。

许星洲上了大学之后成绩就有点儿不行，可是她活动参加得多，加上学校的含金量又摆在这里，所以要得到这个实习机会应该不会难。只要得到了，暑假就不用回家了，她想。

她一边打哈欠，一边往回走，拿出手机看时间，现在是中午十二点多，面试在下午三点——还能睡一个小时。这时，她的手机突然叮咚一声，收到了一条消息。

林邵凡发微信问："星洲，晚上有时间吗？我培训结束了请你吃饭。"

许星洲纠结了一下，说："我晚上刚刚面试完……"

林邵凡问："几点结束，在哪儿？我可以去接你。"

许星洲纠结了半天，不知道怎么回，问题就是她不是很想去——分明是大好的周末，她蹦跶也蹦跶完了，下午还有面试，理论上最舒服的就是面试完回去躺着。

她路过学术报告厅的门口，正准备扯个谎说自己被蜜蜂抓走了可能今天没法儿陪他吃饭，就看到了一个熟悉的身影。

树影斑驳，那身影个子相当高，身材结实修长犹如模特，穿着牛仔裤和篮球鞋，看上去散漫却富有侵略性。

是秦渡。

秦渡的手上拎着一袋东西，另一只手拿着手机讲电话，袋子里看上去像是吃的。他就这么站在逸夫楼的门前，连他的车都停在旁边，显然是正在等人。

许星洲看到他，眼睛顿时一亮，朝前跑了两步，正准备喊人呢，就看到了报告厅门口的大牌子，显然这地方在今天有个讲座：

《CD8T细胞功能衰竭与疟疾重症化感染的相关性研究》

举办时间：4月28日14:00 – 16:00

讲座举办单位：第一临床医学系。

秦渡根本没往后看，也没意识到许星洲就在后面。他用一种极其温和的，许星洲连听都没听过的语气对着手机轻声细语地问："你什么时候出来？讲座还要多久呢？"

阳光洒了下来，透过树影，在地上留下斑驳的光影。许星洲在后头愣住了——她的第一反应是，秦渡如果温柔起来，也是挺要命的。

确实，秦渡人生得好，声音也相当有磁性，只是平时他人太烂了。但不可否认的是，他一旦温柔起来，就会是一个相当有魅力且会照顾人的男人。

秦渡又顿了片刻，终于带着一分无奈道："这么晚？那我给你送上去。"

然后秦渡将那一大袋东西一拎，腋下夹着一个文件夹，直接就上去了。许星洲站在原地，蒙蒙的，只能远远地目送秦渡离开，连个打招呼的机会都没有。

他是去找那个临床的小姑娘了吧，许星洲如遭雷劈。你看他拎着那一袋吃的，估计没别的可能了吧。

许星洲站在树荫里。楼梯间用的是半透明的大玻璃，她看见秦渡沿着楼梯走了上去，他的腿特别长，一次上两级台阶。许星洲看着那个背影，只觉得心里酸酸的。

秦渡也是可以很温柔的，许星洲想，这样的男人在追女孩的时候，也是会想方设法讨对方欢心的。他会给那个女孩买好吃的东西专程送过来，在四月中的大太阳下，在学术报告厅外干等着，应该也会送她回宿舍——秦渡会送她回宿舍的吧？

四月中的大太阳晒得人有些蔫蔫的，学术报告厅外的小广场上空无一人，唯有柏油路上残留的树叶。

男人都是大骗子，对待喜欢的人和不喜欢的人差别这么明显的吗？许星洲心酸地想，不过人家也许根本没把我当女孩看呢。

秦渡不知道拍过许星洲的脑门多少下，下雨天她的雨伞他照抢不误，别说买东西讨好她了，连她把鼻涕擦到他的毛巾上他都要索赔，对上秦渡时美人计也不好使……

不过话又说回来了，自己好像也真的没做什么能被当成女孩子看的事情……

毕竟许星洲见人家的第一面，就把人家的女伴抢了，都做到这份儿上了，哪里还有半点儿女孩的样子呀……秦渡把自己当成普通朋友看待，应该也是正常的吧。

许星洲意识到了这件事，有点儿难过。

第三章　梦中求救的人

这座靠着江海的城市已经在为黄梅天做准备了。临江城市一到春夏就潮得很，雾气从江里和地里冒出来，云把太阳一遮，潮气就钻得到处都是。

许星洲坐在便利店里，捧着咖啡的杯子，发着呆。外头云山雾罩，许星洲用脚踢了踢窗玻璃，砰地栽在了桌子上。

下午三点还有面试，许星洲打开手机，打算看看那个帮忙搭线的直系师姐有没有说什么，却看到了秦渡发来的消息。

微信上，秦渡在四十分钟前给她发了张照片——拍的是许星洲站在学术报告厅楼下的样子。他问："是不是你？"

从角度来看，那应该是秦渡爬到报告厅三楼的时候拍的。照片上的许星洲模模糊糊，还被法国梧桐挡了大半身子，也亏秦渡能认得出来……

然而许星洲想到临床医学系的那个小姑娘就有点儿憋屈，干脆没回，直接把对话框退了出去。

然后许星洲看到了林邵凡的消息框。林邵凡的消息在四十多分钟以前，还是那句："几点结束？在哪里？我可以去接你。"

晚饭邀约。

许星洲思考了一下一个成熟的成年人应该怎么拒绝，回复道："让你请吃饭多不好意思，我今天时间也不算太方便，晚上我自己回来就好。面试就是在外滩那边的世纪报社，不算太远。"

林邵凡并不是会强求的人，只道："好，如果回来的时候觉得害怕就告诉我。"

许星洲笑了起来，说："好哇，谢谢你。"

然后她将手机收了起来，茫然地望向便利店的落地窗外那些如山岳般耸立的高楼。雾绕世界，山樱落了，翠绿的月季叶侵占了人间。许星洲看着窗外的月季，只觉得这个地方像通往睡美人的城堡的道路，沿途满是荆棘，荆棘的尖刺插进鸟儿的身体里，鸟儿的歌声穿透云霄。而年轻的王子戴着头套式耳机，手持机械巨剑，一剑劈下，山崩地裂——

"星洲。"谭瑞瑞在许星洲的肩上一拍，"你干吗呢？表情这么狰狞。"

许星洲的想象戛然而止，通往城堡的参天的荆棘树突然缩成一簇簇的月季。许星洲毫不羞愧地说："想象自己去救沉睡百年的公主。"

谭瑞瑞忍着笑问："你什么时候去治治'中二病'？"

"治是不可能了。"许星洲举起手指，信誓旦旦地说，"我就是这么活过来的，将来也会一直这么活下去。"

谭瑞瑞闻言扑哧笑出了声。许星洲也开始笑，眼睛亮亮的，里头像是有万千星辰。

谭瑞瑞一边笑，一边看着许星洲，对方将一头细软的黑发披散在脑后，只露出一截白皙柔软的脖颈儿。谭瑞瑞没来由地想起初中时读老舍的文章的感受，老舍笔下的诗意若有了形体，应该就是许星洲这样的人。

手机屏幕一亮，许星洲拿起来看了看。

秦渡又发了消息："一个小时又两分钟，许星洲，谁教你不回消息的？"

许星洲："……"

三秒钟后，秦渡又是一条："你这次敢回'收到'试试看，我让你跪着道歉。"

许星洲简直对秦渡恨得牙痒痒，又想骂他幼稚，又想斥责他的差别对待，还觉得有点儿难受。他对别人就能温温柔柔的，怎么到自己这里就要她"跪着道歉"？……

许星洲越想越委屈，对谭瑞瑞说："部长，我被狗男人伤透了心，男人都是大猪蹄子。"

谭瑞瑞顿时蒙了："哈？哈？"

许星洲抽了抽鼻子，说："还是女孩子最好，在这个物欲横流的世界，只有你的怀抱还有一丝温度！让我埋一下胸好不好？我最喜欢你了。"

谭瑞瑞从来没想过，报秦渡的一箭之仇的机会会来得这么快……

"粥宝，我这么宠你，怎么会拒绝你呢？"谭瑞瑞大方地一挥手，"只

- 90 -

要你让我拍个照，发个朋友圈就行了。"

面试结束时已是下午六点，许星洲饥肠辘辘——她中午只吃了一个小饭团，又灌了一杯冰美式，小饭团在三点的时候就被她消化完了，肚子里饿得冒酸水。

她为了这次面试在知乎上搜了半天面试技巧——结果到了报社，一推门进去，发现负责面试她的就是教大众传媒的花晓老师。花晓年纪轻轻就当上主任，算得上年少有成，却非常好相处。花老师只问了许星洲几个小问题，看了作品，就让许星洲回去等 E-mail 了。

许星洲摸出手机看了看，秦渡没再发来消息。她看着空空的消息框，突然有点儿负罪感。

接着许星洲点开了朋友圈，她的朋友圈有近三十条点赞和评论，全都是从谭瑞瑞那条朋友圈来的……谭瑞瑞的朋友圈是这样说的："我家副部真的超可爱！我永远喜欢她！"

许星洲也没真的埋胸——她哪里好意思，只照着谭瑞瑞的意思，抱了抱自家的萌妹部长，然后被拍了一张照片。

那条朋友圈下面都是熟人，许星洲看了好几遍，没有秦渡的名字。

秦渡会不会生气了呀？她纠结地想，应该不会吧……不对。就算他生气又怎么了，他算什么？！难道要让我跪着道歉吗？许星洲想到秦渡就有点儿生气，立刻把手机塞了回去。

许星洲从报社里跑了出来，打算先去最近的便利店买点儿东西吃。外头的江面映着黄昏的灯火，余晖中门口的月季花吐露花苞。许星洲在报社门口看到了一个她意想不到的人。

林邵凡正站在报社门口的柱子旁。他穿着灰 T 恤和运动裤，看上去就是一个普通而腼腆的大学男生，却又莫名地带着一种锐气。

他在高中时好像就是这样的，许星洲突然想。林邵凡从来不善言辞，随便说两句话就会脸红，全班男生都喜欢拿他的脸红说事，但他从来都不是一个会被别人忽略的人。

秦渡也好，林邵凡也好……他们这种天之骄子的身上总是带着某种痕迹。这种痕迹很难描述，用"不可一世"形容也不对，用"恃才傲物"形容也不对。然而可以确定的是，即使把他们丢进人群，让他们在泥里滚三圈，再被踩两脚，哪怕找人围殴他们一顿呢，他们都是和别人不一样的。

林邵凡抬起头，腼腆地说："你来啦。我就等了你一小会儿，"他不好意思地找着借口，"因为我们的组员今天来这边玩，我想着好像离你面试的地方挺近的，就过来了……"

许星洲停顿了很久，不知道该说什么，只嗯了一声。

林邵凡说："我就想看看能不能和你见一面，所以过来了，没想到你刚好出来了。走吧？我请你吃饭。"

以林邵凡的性格，说这么多话就是他的极限了。而且他都把话说到了这个份儿上，简直令人无法拒绝。

"好。"许星洲笑了起来，说，"我确实挺饿的，随便吃点儿？"

林邵凡说："好，我在点评软件上看到一家挺不错的，走吗？"

许星洲笑眯眯地点了点头，三步并作两步从楼梯上蹦了下去，然后跟着林邵凡沿着江边走了。

滔滔江水流向天际，岸边的月季吐露花苞，雾气深处传来船舶悠长的汽笛声。

林邵凡没话找话似的说："这个城市很好。"

"嗯。"许星洲点了点头，"我很喜欢这里，好像有种说不出的自由。"

林邵凡沉默了好一会儿，怅然地说："星洲，其实我一直很希望你能去首都。"

"我知道，你和我说过。确切地说，高考填报志愿的时候你就打电话和我说过啦。"许星洲笑道，"可是那不是我的地方。"

林邵凡笑了笑，不再说话。

他本来就是这种有点儿木讷的性格，和他共处一个空间是需要习惯沉默的。许星洲想起林邵凡在高中的晚自习上给自己讲题，那时候他们都穿着蓝白的校服，老师在上头打瞌睡，而林邵凡坐在许星洲的旁边，给她讲 $f(x)$ 的单调性和电场强度。

那时候的风还很温柔，十几岁的少年抬起头时还能看见漫天的云卷云舒。

"你那个学长……"林邵凡突然问，"是什么人？"

许星洲一愣。

林邵凡不好意思地补充道："也没什么，就想问问他是干吗的。"

许星洲想了一会儿，不知道该怎么形容秦渡这个人，总觉得他哪里都挑不出错处，却又哪里都是漏洞。

"那个学长……"许星洲纠结地道，"十项全能？我不知道这么说合适不合适。"

林邵凡抬起头："嗯？"

许星洲中肯地道："他很优秀，很聪明，也很坏。可以确定的是，我从来没见过比他更得上天眷顾的人。"

林邵凡没有说话，像是在思考着什么。许星洲也不再补充，只跟着林邵凡朝前走。

如果硬要形容的话，秦渡是像鹰一样的人，许星洲想。他漫无目的，却所向披靡，犹如栖息在城堡之顶的雪鹰。

"好像是这个方向。"林邵凡温和地说，"是一家蛮有名的日式料理店，我想吃很久了。"

天渐渐黑了，雾气弥漫。老街两边都是红砖建筑，带着点儿二十世纪的风格。风一吹，许星洲禁不住打了个寒战。

林邵凡问："是不是有点儿冷？"

许星洲闻言点了点头。她今天出门时还没起雾，穿得相当薄。

"嗯……"林邵凡挠了挠头，说，"那……我们走快点儿吧。"

许星洲走进那家店的时候，第一反应是她这个月要完蛋了。

林邵凡找的店面就在最寸土寸金的地方，又是一家日料店，之前许星洲大概是太饿了，没考虑到这一层——林邵凡在靠江的老街站定，一推开店门，许星洲就意识到这里至少人均五百元，可能还要更高……

人均八十一百元的还好说，吃了就吃了，反正不是什么大数目……但是人均五百元的怎么能让林邵凡请啊！这个价格距离"合适"也太远了吧！明明亲爹早上刚转了一小笔钱，本来以为这个月不用"吃土"了，大学生到了月末简直就是从角角落落里抠钱往外花！许星洲心塞地想，话说花晓老师好像说实习期一天一百元，所以什么时候才能实习？……

不过，许星洲看了看周围，又觉得这五百元花得不会太冤枉，毕竟饭菜看上去很好吃的样子。许星洲笑了起来，决定就当体验一下了。

她和林邵凡在窗边坐定，林邵凡点了单。温暖的灯光落在木桌上，许星洲托腮看着他——林邵凡注意到她的目光，耳根又有些不自然地红了起来。

"那个，"林邵凡的耳根仍发着红，他突然问，"那天……那个师兄是你的直系师兄吗？"

许星洲一愣："不是，他学数学，我们八竿子打不着的。"

林邵凡："……"

许星洲又想了想，道："他大三，理论上我应该叫他一声师兄，不过我从来不叫。"

林邵凡闷闷地问："那你们怎么认识的啊？"

许星洲听了这个问题简直想死，这就是自己从下午见到秦渡给人送零食之后最大的心结，而林邵凡毫不知情，并一脚踩在了她的痛点上。

许星洲纠结地说道："说……说来话长吧。"

她想起秦渡打电话时的那个温温柔柔的语气，接着又想起他对自己说"这条毛巾一百五十八"和"今天麦当劳还是你请我吧"，只觉有种难以言说的悲愤……这是什么人哪！

林邵凡大约是觉得许星洲的表情太奇怪了，犹豫着唤道："星洲？"

"没什么……"许星洲有点儿挫败，又没头没尾地说，"就是意识到自己不算什么而已。"

很久以前，有个人问了秦渡这样一个问题："渡哥儿，你知道开始在意一个人是什么样子的吗？"这个问题其实来自他的堂兄，提问的时间是秦渡上初中时，距离如今大约有七年。

秦渡初中时相当叛逆，十四岁的他就有了点儿恃才傲物的苗头。他知道自己有资本，他聪明，长得也帅，勾搭小姑娘几乎一勾一个准——后来秦父觉得不行，不能放任秦渡的嚣张气焰，就把秦渡的堂兄叫来，让兄弟俩面对面地谈。

那个堂兄叫秦长洲，在 F 大医学院就读，临床医学的学制七年，秦长洲当时正好读到一半。秦长洲算是家里为数不多的，被十四岁的秦渡认为不是"老古董"的人。

"喜欢一个人的时候到处都是自我求证心理的典例，就像着了魔一样，你在全天下只能看到她的影子。吃饭时在食堂看到她，连走在路上都会觉得路人是她，好像世界上到处都是这个人，就像疯了一样。"秦长洲说，"这种感情，其实是非常认真的。绝对不是你这种……"秦长洲的表情嫌弃，他不再多说，后面的羞辱性词汇让秦渡自行想象。

十四岁的秦渡欣然接受了羞辱，并诚挚地祝福了自己的哥哥："哥，你的深情表白实在是很感人，那个姐和你分手了对吧？我相信你一定会找到更好的。"

七年后，灯火黄昏，最后一线阳光坠入江堤，风将雾吹了过来。

二十一岁的秦渡在外滩旁的日料店的前面停了车，拉开车门，而他的堂兄秦长洲坐在副驾驶座上，十分嫌弃地掸了掸风衣上的细尘。

"别弄了，"秦渡道，"我车里能有多脏？"

秦长洲说："呵呵。我在你车里真难受，下次你给我把窗户打开，我看不起你的香水品味。"

"在五千里开外的战乱国家的枪炮火药下一年多都能活下来的人，"秦渡忍着直冲天灵盖的火气，"我喷点儿香水撩小姑娘你就受不了了？我喷什么关你什么事，你都浪费了我一整天的时间了好吧！我今天本来是打算搂住她让她别跑的。"

秦长洲说："你真肤浅，就知道用肉体勾引。"

秦渡从牙缝里挤出笑："呵呵。"

"算了，说你有用吗？渡哥儿你辛苦了一天，"秦长洲终于友好地说，"哥哥'大出血'，请你吃日料。"

秦渡说："你等着，我今晚就把你吃到破产。"

秦长洲也不恼。秦渡将车停在一旁，跟着自己的哥哥晃着车钥匙朝店面的方向走。

夜风唰唰地掠过树梢，雾中现出一线月光，月下的红砖建筑古老而朴素，仿佛在江畔的夜景中矗立了百年。

路上，秦长洲突然冒出一句："那个小姑娘也挺倒霉的。"

秦渡朝他哥的方向看了一眼。

"你这种人，"秦长洲揶揄道，"没有半点儿能和别人共度余生的样子。"

秦渡漫不经心地道："我自己一个人都活不好，还共度余生。我只知道我现在喜欢她，非常……喜欢。"他茫然地说，"可别的我不晓得，我甚至连我自己的未来都不愿去想……'共度余生'对我来说太超前了。"

秦渡静了片刻。

"毕竟我对活着这件事都觉得索然无味得很。"秦渡在路过一株槲寄生下的那一刻，这样疲惫地说。

秦长洲莞尔道："那个小姑娘是什么人？"

飞蛾绕过这对兄弟，又在月季旁绕了一圈，远处人声鼎沸。兄弟二人一个年轻而不知方向，一个则早已流浪归来。

"挺可爱的，"那个年轻的人眯眯地笑道，"她很喜欢笑，笑起来风都是甜的，活得很认真、很热烈。她那小模样特别讨女孩子喜欢，我简直头顶草原……"

秦长洲也笑了笑。

秦渡又道："哥，我有点儿晓得你的意思了……我现在看哪里都有她的影子。"然后他挠了挠头，颇不好意思地笑了起来，"应该是因为我下意识地在所有的地方寻找她，我带着她可能在那里的心理预期，所以觉得她好像出现得很频繁。"

过了会儿，秦渡突然不爽地冒出一句："这小姑娘还没回我微信。"

秦长洲咂嘴道："了不得，连大魔头的微信都敢不回？"

秦渡道："是吧？下午一点四十二分宣传部部长发了一张自拍，她还在人家怀里蹭蹭呢。"

秦长洲由衷地道："了不得，了不得，小姑娘是做大事的人。"

秦渡简直五内俱焚了，好一会儿，终于道："你别火上浇油了。我们赶紧吃好饭，我回校把零食给她送过去。"

秦长洲觉得不能阻碍自己堂弟的情路，点点头，决定早点儿吃完早点儿各回各家。

许星洲正在纠结地用筷子戳寿司上的牡丹虾。林邵凡就坐在她的对面，也不知是天气热还是芥末辣，他的耳朵都红了。

盘中的大脂肉被火枪炙烤过，入口即化，鲑鱼子鲜美而晶莹，虾肉在灯光下泛着晶莹剔透的光。

许星洲打了个哈欠，心想：好想回去睡觉哇，林邵凡真的很闷。

秦渡是不是也请那个小姑娘吃饭了？许星洲突然憋闷地想，他送完吃的，再顺势请对方吃顿饭，想想也是挺合适的……如果是她的话估计也会这样带小姑娘去吃饭呢。明明对别人就可以这么绅士！许星洲简直要被自己脑补的内容气哭了，被差别对待太难受了，她简直想把秦渡拉来踩儿脚。

身后的店门吱呀一声开了，有两个人走了进来。

许星洲也没回头看，反正肯定是新客人——她在林邵凡面前的盘子里捞天妇罗吃。这里的天妇罗做得还不错，许星洲本来就喜欢吃这种偏甜的东西。

那两个人在门口站了一会儿，也没有落座。许星洲咬着天妇罗，小声问林邵凡："等会儿怎么回去？"

林邵凡想了想，说："等会儿就打车回去好了。"

许星洲掐指一算，打车回去又是五十块钱，只觉得当大学生实在是太苦了……

外头夜色深重，她透过窗户朝外看，天上飞过一颗闪烁着的红星星。

是飞机，许星洲想，但是那尾翼上闪烁的灯光非常像某种流星。许星洲笑了起来，拍了拍林邵凡，指着那架掠过天空的飞机，问："你觉得那个飞机上有多少是回家的人？"

林邵凡一愣，道："啊？我不太明白你说的是什么意思，什么回家的人哪？"

还能是什么回家的人？当然是坐着飞机回家的人了。许星洲觉得憋闷，林邵凡和自己不在同一个频道上……她正要解释，突然听到了熟悉的脚步声。那脚步从门口一转，直冲她的方向而来。许星洲只当是服务员来添饮料，还笑眯眯地道："我这里……"她一回头，看到秦渡朝她走了过来。

"能耐了呀！"秦渡眯着眼睛说，"一下午没回我微信是吧？"

刚才她还正在念叨着他呢，现在正主就送上门来了，许星洲瞬间怒从心头起，恶向胆边生。

秦渡眯着眼睛，居高临下地望着她。

日料店里灯火通明，桌子上还有没吃完的寿司，许星洲的筷子上还夹着没吃完的半只天妇罗——她一看秦渡那充满蔑视的眼神，肚子里的火简直要就地哗的一声燃烧起来。

许星洲握着筷子说："不要打扰我吃饭。"

筷子中间，天妇罗的面包渣咔嚓咔嚓地往下掉。许星洲还注意到秦渡带了个男人过来，那个男人个子瘦高，有种难言的禁欲气质。

秦渡冷笑一声，道："我的微信你都敢不回，胆儿越来越大了。怎么？以前说的那些威胁你觉得我不会兑现是吧？"

许星洲一听就来气，鼻尖都要红了："什么威胁？我出来吃个饭，你就要打我吗？"

秦长洲看热闹不嫌事大，乐和着道："哇，渡哥儿你还打她？小姑娘这么漂亮你也下得去手？"

秦渡："……"

许星洲喊道："我做证！他真的打我，踢我的腿，心狠手辣。"

秦长洲幸灾乐祸地咂嘴道："简直不是人哪！"

秦渡从牙缝里挤出一句："我不会打你。"

然而许星洲一想到他那会儿对别人温柔的语气就难受死了，委屈又咄咄逼人地问："那你要威胁我什么？你踢我，在课上威胁我要我跪着求你，还说要把我堵在小巷子里划我的书包，我摔跤了你在旁边哈哈大笑，现在我不回微信还要打我。"

秦渡简直有口难辩："我没……"

秦长洲喝彩道："厉害呀！"

林邵凡："星洲师兄，你……？"

"你要打就打吧。"许星洲红着眼眶扬起脖颈儿，"打我好了，秦师兄你不就是想揍我吗？"

这句话简直说得诛心，秦渡这人绝不可能戳她一根手指。秦渡明知道许星洲是演的，心里还是咯噔一声。那一刻，他的心都酸了。要如何形容这种酸楚的感受？他只觉自己像是被这个小姑娘捏住了命门，掐住了脖颈儿，这个长在他心尖上的女孩却对此一无所知。

许星洲带着委屈，小声地说："你打吧，打完了我再吃饭。"

秦渡简直被这变故搞蒙了。这个女孩子坐在灯光下，垂着眼睫毛，用一种他从未见过的示弱的模样对着他。

秦渡意识到，对上这个模样的许星洲，他毫无胜算。

秦长洲饶有兴味地摸着下巴，仿佛看到了什么有意思的事。秦渡看到那眼神，简直有十万分的把握——秦长洲回去就会变身为一个插电的喇叭，把今天的新闻尽数告诉亲戚朋友。秦渡绝望地闭上了眼睛……

林邵凡问："怎么回事？他打你吗？"

"我打不打她和你有几毛钱的关系？"秦渡瞬间极为不爽，舔了舔嘴唇道，"我没打过她。"

许星洲都要涌出眼泪来了，她的面上绯红，细眉毛拧了起来，整个人一副下一秒就要落下"金豆子"的模样。

秦渡倒吸一口冷气。她怎么要哭了？我是不是太凶了？她的眼眶都红了。

那一瞬间，灯光直直地落在女孩子笔直纤细的手臂上，将那条手臂映得犹如雪白的藕段。秦渡注意到她的手腕上挂着的玛瑙手串下，似乎有一条古怪的皮肉凸起。

"你……"许星洲泪眼汪汪地道，"可是……可是……"

他毫无胜算。秦渡绝望地想，可至少我还能挽回一点儿面子。他说："可是什么？许星洲，你出来。"

许星洲看着他，眼眶红红的，像是受了什么天大的委屈。她受了什么委屈？谁欺负她了？

秦渡停顿了一下，又道："你出来，别在店里吵，让人看笑话。"

室外的风里带着水汽，江畔的路灯亮起。江风之中，月季花苞摇摇欲坠。

许星洲跟着秦渡从店里走出来，满脑子都是要完蛋了……临床的那个小姑娘对他发火应该没事，人家在秦渡的眼里起码是个女孩子呢。可是自己——自己算什么？算抢他女伴的仇人，那天晚上自己都撂下狠话，要和秦渡干一架的。秦渡这厢呢，连她不回他的微信都作势要揍她，半点儿没有把她当女孩的模样。这次她还当面噎了这超记仇的小肚鸡肠的男人一下，秦渡把她拖出来怕不是打算揍一顿……许星洲一想到这里，只觉得更难过了。她心酸地想，秦渡如果敢动手，她就喊到警察过来为止。

秦渡在门旁站定，外滩仍人来人往，夜风哗地吹过，许星洲的裙角被吹了起来。风很冷，许星洲被吹得下意识地瑟缩了一下。

秦渡问："冷？"许星洲拼命地摇了摇头，秦渡也不再追问。

秦渡沉默了好一会儿。

幽暗的月光落在江面上，树叶在风中簌簌作响，正在许星洲以为自己终于"求仁得仁"，要被秦渡揍一顿的时候，秦渡终于声音沙哑地开了口。

"哭什么？我有说，"他难堪地道，"要揍你吗？"

许星洲一句话也不说，只用鞋尖踢了踢石头缝里的野草。

秦渡等了一会儿，许星洲仍是低着头，坚定地给他看她头顶的小发旋儿。秦渡看着那个小发旋儿，一时间只觉得一股无名邪火直往上蹿。他今天一天什么都没做，却要来看这个小丫头的脸色。

秦渡冷冷地道："我不打你，你到底想让我怎么样？"

许星洲终于仰起头，她的眼眶仍然通红，语气却有种与表情不符的强硬。

"你，"许星洲直直地看进秦渡的眼睛，"你得对我道歉。"

秦渡点头，痛快地道："道歉可以，你先给我个理由。"

许星洲直白地说："我今晚有约，你把我的约会搅和得一团糟。"

秦渡冷笑一声："你说我搅和？这场约会到底怎样你心里没点儿数吗？"

远处人来人往，车辆轰隆作响，犹如雷鸣。

"天冷风大，他给你衣服没有？"秦渡嘲讽地说，"请人吃饭要挑地点和时机，他选的吃饭地点和时机合适吗？许星洲你被我抓出来，你同学他制止没有？你同学连吃饭的时候找个话题都不会。他能找遍所有的理由，可唯独不会实话实说。就算这样，你还觉得我的出现叫搅和？所以这个理由我不接受，你换一个。"

许星洲闻言沉默了一会儿。她的眼眶通红，眼神却清亮，她直直地望着他说："你说得没错。今晚确实很糟糕，"她理智地道，"我不仅不喜欢吃日料，还昏昏欲睡了好几次，一整个晚上的聊天话题都是我找的。"她话锋一转，"但是，秦渡，你想过没有？"

秦渡："哈？"

"虽然我肯定会 AA，但是今天是林邵凡主动请我吃饭的。"许星洲说，"林邵凡其实也没什么钱，他和我一样，都是指着家长过活的大学生。他平时在食堂吃的，刚刚还和我吐槽燕南食堂没地方坐，吐槽食堂里到处都是外来社会人员。他平时在游戏里氪个礼包都要犹豫一下，一到月末就特别想死，买个耳机攒钱攒俩月，发了八千的国奖第一时间计算自己距离首付还有多远……"许星洲始终目光直直地看着秦渡，"但是，他在用自己承受得起的方式最大限度地对我好，只冲这一点，我都会尊重今晚和他相处的时间。而你把这个晚上搅和得一塌糊涂。"

"这就是我的理由。"许星洲说完，冷淡地望着秦渡，"现在你愿意对我道歉了吗？"

秦渡下意识地舔了舔干裂的嘴唇，望着许星洲。时间仿佛过了一个世纪那么久，秦渡看着许星洲的眉眼，看着她水红色的眼尾。

"好。"秦渡终于艰难地说，"师兄接受这个理由，对不起。"

许星洲点了点头，说："好的。"

月光星星点点地落于人间，江水涨落无声。

秦渡声音沙哑地道："许星洲……"他抬起头时前面空无一人，许星洲已经回了店里。

许星洲推开门的时候，正好和坐在门口小桌旁的秦长洲对视了一下。

秦长洲的头发极短，他戴着金边眼镜，眉目冷淡又细致，像个瓷人，此时正在捧着茶水慢条斯理地饮用。他的气质与秦渡的天差地别，但他有着和秦渡极为相像的高挺的鼻梁。

他们是兄弟吗？秦家的遗传基因这么优秀的？许星洲好奇地想，忍不住多打量了他几眼。

秦长洲问："嗯？"

许星洲立刻冲他羞涩地一笑，跑了。

她回到自己的位子上，林邵凡关心地问："那个师兄没有难为你吧？"

"没有！"许星洲豪迈地一挥手，"他被我训得无话可说！洲姐姐的口才不是盖的！现在估计还在外面蒙着呢。老林我跟你讲，拿钱去堵小气鬼是最有效的方法。"

林邵凡的脑袋上飘出个不理解的问号……

"想想啊，"许星洲得意地道，"那个师兄特别抠，对我尤其过分！我就说你一个贫穷大学生居然会大出血来请我吃日料，他立刻不说话了。"

林邵凡不好意思地说："也不是啦，我是本来就想吃的。"

"什么想吃不想吃的，这钱不是个小数目，不是个适合我们之间请客的数字。"许星洲认真地道，"我请你去食堂吃饭，你请我吃这个？怎么想都太不合适了，老林，回头我给你发红包，你不准不点。"

林邵凡无论如何都推辞不了，只得红着耳朵不再说话，专心吃东西。

秦渡不知道什么时候走了进来，在那边与服务员交头接耳了片刻，回位子上坐下了。

许星洲坐在座位上吃寿司，越想越觉得自己拿林邵凡请这顿日料来说秦渡简直是绝了！这种操作简直只存在于打脸爽文和八点档家庭剧里！她短短几句话就透露出了对林邵凡的付出的感动与对这种慷慨的赞美，一招就把小气鬼打得落花流水……落花流水呀朋友们！完胜！

尽管问题没能得到完美的解决——哪怕把许星洲打成笨蛋她都不会把"你为什么去找临床那个小姑娘"拿到面上来说，但这毕竟是许星洲第一次在对上秦渡的时候获得圆满的胜利，许小姐简直乐得红光满面……

在胜利的力量之下，许星洲迅速解决了主食和饭后甜点，最后把一杯去冰饮料喝下肚，感到人生简直再惬意不过了。

许星洲一拍手，对林邵凡说："走吧！我们去结账。"

林邵凡于是伸手招了招服务员，示意买单。

服务员一路小跑了过来。

许星洲摸出自己的卡，说："我来买单吧，你回头把钱转给我就好。"

林邵凡道："啊？啊……星洲，是我说要请你的。"

然而许星洲知道，除非自己买单，否则林邵凡绝不会收这个钱。他不收她的转账，这顿饭就没办法 AA 制，不能令她身心愉悦。于是她立即先发制人，直接将卡递了出去。

"刷这个。"许星洲晃着卡对服务员说，"你别理他，他差不多是个傻子，连话都不会说。"

连话都不会说的林邵凡："……"

服务员为难地道："那个，小姐，您这边的账单已经结过了。"

许星洲一愣："啊？"

服务员犹豫着道："那位结账的先生还留了张字条，托我转交给您。"

服务员说完，从自己的小夹子里摸出了一张便笺，递给了许星洲。

许星洲满头雾水，从服务员手中接过了便笺，便笺上只有一行秦渡的字："你的高中同学不过如此。"

许星洲无语。

酒吧里一片昏暗，窗外是光晕交错的霓虹灯。

灯的银光泼在吧台上，秦渡借酒浇愁，一手晃了晃杯子里的龙舌兰。深夜的酒吧相当安静，杯中酒浸了灯光，犹如琥珀般璀璨。

陈博涛幸灾乐祸地道："你来谈谈感想？"

秦渡无语。

陈博涛火上浇油道："给正在追的女生和追她的男生买了单的感觉怎么样？当老实人爽吗？"

秦渡怒道："去你的。"

陈博涛厚着脸皮道："别骂我啊老秦，我是真不懂，就等你来讲讲。"

"我……"秦渡挫败道，"她就说那个男的对她很舍得嘛，我不乐意。舍得什么呀？一个毛头小子还敢对我看上的人献殷勤？我就把他们的单买了，没了。"

陈博涛友好地问："老秦，明天我能不能把这个八卦传播一下？"

秦渡眯起眼睛，礼貌地说："可以的，我觉得很行，老陈你可以试试。"

陈博涛花了三秒钟评估风险，就道："您老人家就当我没说吧。"

秦渡不再说话，又晃了晃杯子里的酒，却没有半点儿要喝的意思，像是钻进了死胡同。

"掐时间来看——"陈博涛看了看表，说，"那个小姑娘应该到宿舍了吧？看看她回你没有？"

秦渡触电般摸出了手机，屏幕一亮，上头空荡荡的，一条消息都没有，那一瞬间他全身都僵了一下。

陈博涛说："你现在去问她安全到了没有，那个小姑娘被你欺压了这么久都没和你生气，脾气肯定是很好的。你问完记得跟她说对不起。"

秦渡嗤之以鼻："我做错了什么，还得道歉？"

陈博涛说："你等着瞧就是。"

秦渡用鼻子哼了一声，高贵地给许星洲发了一条消息，问："你回宿舍了没有？"

陈博涛："你这是什么语气呀？你兴师问罪呢？"他瞬间服了，"老秦，手机拿来！我来替你道歉。"

陈博涛有过无数前任，深谙女孩子的各种小脾气，平时也称得上是妇女之友，立即试图抢过秦渡的手机补救一下——然而秦渡坚持认为今晚自己的表现无可挑剔，该道的歉他都道了，付账则纯属是为了嘲讽她的高中同学，没有半分折辱许星洲的意思，他的腰杆儿笔直得很。

秦渡坚持道："这个有哪里不行？今天我给这小浑蛋发的消息她一条都没回，她的高中同学也搞得我很生气，我是那种热脸贴冷屁股的人吗？"

陈博涛："……"

幽幽的昏暗中，酒吧里流淌着舒缓的钢琴曲，秦渡只觉心里一阵燥热，想去见见她。

陈博涛指了指秦渡的手机屏幕："她回了。"

312宿舍里有只白蛾绕着灯管飞，应是白天杨韬开窗通风时不小心放进来的。

许星洲的枕头上放着自己的电脑，她半趴在床上，看着秦渡发来的那句"你回宿舍了没有"。

在她看来，那句话是很清晰的质问句，口气相当不善，秦渡简直是来兴师问罪的。

许星洲看完之后沉默了一会儿，终于问："我是不是挺讨人嫌的呀？"

程雁想都不想地回答道："有点儿，比你更讨人嫌的人很少见。"

李青青正躺在床上看杂志，闻言讶异地道："我倒觉得挺可爱的，咱们班的女孩子都没有讨厌你的，都很宠你好吗？"

"是……是吗？"许星洲难过地说，"可我有种感觉，我要是在生活中遇上一个像我这样的人，我会和她扯着头发打起来。"

程雁好笑地道："我说你讨嫌又不是在骂你。你讨嫌也挺可爱的啊，要不然我早剁你下酒了。"

许星洲点了点头，道："嗯。"

"你这次讨谁嫌弃了？"程雁漫不经心地道，"讨人嫌弃大不了咱们不和他来往了呗，多大点儿事。你雁哥还在，放心吧。"

许星洲点了点头，在心里算了一下钱，吃饭加小费，之前坐过秦渡的便车，再之前弄脏的毛巾一百五十八……最后再凑个整，许星洲给秦渡转了一千二过去。

她从一开始就没打算让任何人替她付今晚的饭钱，但是她把钱一转过去就觉得自己好像没什么力气了。

许星洲整个人都发着软，只觉自己像落进深井的小老鼠。人是很怕自作多情的，何况有人从来没有给过情。她只因为与秦渡相处时的那点儿愉快柔软的气息，就袒露出了一点儿心底的柔软，现在想来简直像个笑话。他对她有过半点儿温柔吗？许星洲的眼眶红了。

许星洲蜷缩在自己的床上，过了一会儿把手机关了，不想看秦渡回了什么。她想，就当自己太累了，先睡觉吧。

许星洲那天晚上怎么都睡不着。

那点儿朦胧的、像探出土壤的嫩芽般的喜欢像是被暴雨淋了一通，坠入了泥里，连头都抬不起来了。

她闭上眼睛，就觉得像是有浓厚的雾把自己裹了起来，心脏有种说不出的难受，却又只能告诉自己——会好的，等明天太阳升起，阳光穿透玻璃的瞬间，这种难过就会被永远地留在深夜里了。

自己以后在学生会见到秦渡怎么办呢？干脆辞职吧，许星洲想，这样眼不见心不烦。在秦渡知道这件事的最根本的原因之前，在他嘲笑她之前，在她无法全身而退之前。

其实她这么想有些反应过激，他今天只是去送了一次东西罢了——许星洲并没阻止他去给别的女孩子送东西的权力。晚上他也不过是借题发挥了一番，后面还道了歉。至于他付了账这件事着实是不尊重人，但也只是一件可大可小的事情罢了。毕竟秦渡活得随心所欲，做出这件事大约只是想抬杠而已。

可是，可是，这件事情只是冰山浮在水面上的一角。

许星洲把自己埋在被子里，颤抖着叹了口气。

夜里的人总是格外脆弱，许星洲抱紧了自己床上的布偶，把脸埋在布偶身上。布偶上有一股令人安心的味道，像家又像奶奶身上的甜味，带着一丝烟火的温暖。

她满心酸楚地在被窝里滚了滚，对面的程雁却突然道："洲洲？你是不是还没睡？"

许星洲一愣，程雁就簌簌地穿上了睡裤。另外两个室友仍在熟睡，程雁穿上裤子蹑手蹑脚地下了床，又爬到了许星洲的床上，掀开她的被窝，钻了进来。

许星洲道："你不用……"

程雁蜷在许星洲的被窝里，嘘了一声，说："小声点儿。你心情不好，我陪你躺一会儿。"

许星洲小声道："好。"

"粥宝，"程雁低声道，"其实我一直很担心以后。"

许星洲嗯了一声："你很久以前就和我说过啦。"

两个女孩缩在被子里，程雁和许星洲头对着头，像在高中住校时的无数个夜晚她们曾经做的那样。

"我和你一路走过来，"程雁说，"已经六年了。可是六年之后呢？"

许星洲笑了笑。

程雁道："星洲。"程雁伸手摸了摸许星洲的脑袋，说，"那个学长，他……"

许星洲感到鼻尖一酸，小声道："他不喜欢我的。"

他总是凶我，许星洲难过地想，他不尊重我，和我相处时总是游刃有余。

喜欢一个人是要走出安全区的。对这个比许星洲成熟得多，犹如得到上天眷顾般的青年而言，他的舒适区太广了。秦渡在自己的人生中简直没有做不好的事情，一路顺风顺水。世界就是他的安全区。

对他而言我也许只是一个普通的朋友，许星洲想，否则他也不会对我这么坏。

许星洲与程雁躺在一处，关了机的手机放在一旁。

"我小时候，生病的时候经常想如果有人爱我就好了。我总觉得不被爱的生活好累，总是好想死掉。"许星洲小声说，"不过病好了之后，我就发现不被爱的人生也不算糟糕，至少我有着你们难以想象的自由。"

程雁笑了笑，道："你很久以前就和我说过。睡吧。"程雁喃喃地道，"星洲，我劳动节假期要回一趟家，要我帮你看看你奶奶吗？"

许星洲认真地点了点头，说："当然了……我买点儿东西，你帮我捎回去吧。"

许星洲迷迷糊糊地睡了一觉。

在梦里她和一条从孤山出来的恶龙缠斗了三天三夜，那条恶龙贪恋财宝，不自量力地想要夺走许星洲所保护的那朵七色花。在梦里的许星洲全身的装备都是精炼和强化到满格的，右手多丘米诺斯之剑，左手桑海尔之盾，她遇神杀神，遇佛杀佛，轻易就把那条恶龙剥皮拆骨了。连我的宝贝都敢觊觎，谁给你的狗胆！许星洲"中二病"发作，踩在巨龙的身体上又腰大笑三声……

而正在许星洲把龙筋扎成鞋带的时候，她醒了。

外头天还没亮，许星洲终究是带着心事睡的，一整晚都浑浑噩噩的，睡眠质量很不好，睁眼时，天光只露出一线鱼肚白。

程雁昨晚就睡在许星洲的床上了，两个人头对头地挤着，中间夹着一只布娃娃。

人在晚上总是格外脆弱，想的也多，现在天快亮了，许星洲一觉醒来就觉得情绪好了不少。昨天晚上那几乎令她喘不过气的酸楚感已经所剩无几——人生没什么过不去的坎儿，不就是有好感的学长喜欢别人，把自己当哥们儿看吗？人生哪有什么过不去的坎儿！

许星洲这样安慰自己，但是一生出这个念头，又觉得好想抱着程雁大哭一场……

人生第一次想恋爱，这样也太惨了吧？！许星洲只觉得自己的人生充满惨剧，像是平时喜欢撩妹的报应此时全涌了上来，让她简直想咬着被角哭……

然后，许星洲在熹微的晨光中听见了微微的手机振动声。肯定不是许星洲的手机，她转完账之后就把手机关机了，现在绝不可能有来电。许星洲迷迷糊糊地伸手摸了摸，在枕头下摸到了程雁的手机。程雁的手机正不住地振动，许星洲迷迷糊糊地将手机拿了起来，发现现在是四点二十分，有一个陌生号码在打电话。

许星洲戳了戳程雁："你来电话了，雁宝，尾号零六……"

程雁说："你接，你再说一句话，我就把你的头拧下来当球踢。"

许星洲："可是真的是你的电……"

程雁的起床气上来了，然后一把夺过自己的手机，作势就要把手机砸得稀巴烂！

这程雁也太疯狂了，许星洲不敢正面应对还没睡醒的程雁，无奈地道："好……好……我去接，我去接好吧，你继续睡。"

许星洲正要接，那个电话就超过了一分钟，变成未接来电。她长吁了一口气，正要躺回去呢，那个电话又打来了……

哪里来的神经病啊！许星洲看了一眼熟睡的程雁和其他室友，简直要骂人了，哪个智商正常的人会在凌晨四点二十分打这么多通电话？怕是想被起床气炸死。

许星洲担心吵醒寝室的人，轻手轻脚地下床，拧开了阳台的门。

手机仍在不停地振动，像是快疯了似的。许星洲平时连程爸爸和程妈妈的电话都能替程雁接，接个陌生号码的电话倒不必避讳——许星洲把门关了，以防把一群可怜的室友吵醒，打了个哈欠，又看了一眼那串号码，是申城本地的号码。

东方的天边露出鱼肚白，光破开天际的黑暗，树叶在初升的朝阳中被染得金黄。

许星洲困得眼泪直流，简直想把对面打电话的人大卸八块，然后在晨光熹微之中满怀恶意地按下了接听键。

"喂？"许星洲带着满腔怒火，咄咄逼人地问，"喂？喂喂？谁呀？"许星洲一接起来就忍不住骂人，还不等那头回答就找碴儿道，"喂？早上四点打电话还不说话？神经病吧？"

听筒里沉默了片刻，终于传来了那个神经病的声音。

"你……"秦渡低声道，"小师妹？"

秦渡居然找上门来了。许星洲立刻觉得眼眶发烫，强撑着冷笑一声："谁是你小师妹呀？"

秦渡说："你……你别挂电话。"

许星洲于是慢吞吞地收回了自己准备挂电话的手指。

"小师妹……"秦渡声音沙哑地道，"师兄道歉好不好？昨天不该手贱付账，不该凶你，别生气了……师兄昨天晚上太混账了。"

许星洲一听，眼眶立刻红了。人受委屈时最怕那个人来道歉。

他不道歉的话，许星洲还能撑着一口气不落下泪来，装作自己是个铁人。可他一旦道了歉，那受了委屈的人的眼泪便怎么都止不住了。

秦渡艰难地补充："师兄从来没想过打你。"

许星洲只觉得太难受了，也不说话，就咬着嘴唇落泪。她的泪珠跟断了线的珍珠一般，沿着面颊往下淌，不住地往下掉。

"师兄真的没想过打你，你很乖。"秦渡难堪地说，"我只是说着玩玩……每次都是。吓到你了，你不舒服了，可以揍我，打哪儿都行，师兄……"他艰难地道，"师兄绝不反抗。"

许星洲使劲儿憋着泪水，憋着不哭，但是鼻涕都被憋了出来。

秦渡说："我找了你一晚上……吓死我了，以为你真的生气了……"他低声下气地道，"以后不舒服就和师兄说，我不懂你们女孩子，老是开玩笑没个数……"

许星洲仍然不说话，无声地在电话这头哭得稀里哗啦。

"小师妹……"他哑着嗓子说,"师兄早上四点打电话,吵着你睡觉了是不是? 今天晚点儿师兄去找你,到时候见了师兄想打就打,昨天晚上你的手机关机,我没来得及说,你怎么打都行。"

许星洲终于说了第一句模糊不清的话:"我不见,我不见你。"她生怕他听不清似的,带着鼻音和哭腔重复道,"我不。"

女孩子哭得鼻子都酸了,说话都抽抽噎噎的,简直是受了天大的委屈。

"我放在你那里的东西都送你了,"许星洲抽噎着说,"伞,小书,我都不要了。你丢掉也好怎么也好,反正学生会我也不会再去了。"

秦渡急了:"许星洲我昨天晚上……"

"你昨天晚上怎么了我也不管了。我就是幼稚鬼,我也斤斤计较。"许星洲哭得发抖,"对不起那天晚上抢了你的人,我……我不是故意的。"然后她啪地挂了电话,趴在栏杆上呜呜地哭了起来。

秦渡的一颗心在听到她结巴着道歉的那一瞬间碎得彻彻底底。

那一瞬间,秦渡意识到一件事:什么面子里子,什么下马威不下马威的,他秦渡在这个正在掉眼泪的女孩的面前从来都没有半分胜算。这就是他的劫数。

秦渡一夜没睡,一整晚都在执着地找人。陈博涛劝过他,让他别大晚上的扰人清梦。秦渡只说"我没法让这种矛盾过夜",然后坚持做一个把睡着的没睡着的人全部吵醒的混账。

无论是哪个大学,数科院和新院都是风马牛不相及的,简直是这辈子都难以产生交集的代表。饶是秦渡人脉广,在学校里认识的人也是理工男居多,找人极为吃力,更何况还是以宿舍为单位找人。

陈博涛和他并非同校,因而一点儿忙也帮不上——可这种大戏人生难得一见,陈博涛索性陪秦渡熬了过来。

"她这次反应太大,"陈博涛冷静地说道,"不是因为你昨晚的事儿。那个小姑娘能忍你这么久,平时还笑眯眯的不记仇,脾气软着呢,这次肯定是另有原因。"

秦渡绝望地抓了抓头发,道:"怎么办?"他声音沙哑地道,"我玩脱了,我抱着花去宿舍楼下找她?"

陈博涛说:"我不知道哇,我就想知道你真的问她要了一百五十八块钱的账?"

秦渡语塞。

陈博涛乐道:"老秦你真的这么小气,问人家小姑娘要了?"

半天，秦渡憋闷地点了点头："我……我怎么办？回去把自己的腿打折？"

陈博涛理智地分析："没用，她记的不是你这个仇。"

"之前见面还笑眯眯地和我打招呼，还皮皮的，"秦渡捂住额头，痛苦地道，"现在突然就这样了，我都不知道怎么回事……"

陈博涛简直忍不住幸灾乐祸的情绪："是不是跟八点档电视剧一样有人告状了？说你乱搞男女关系？"

秦渡道："搞个鬼。她哭着和我讲，她就是幼稚鬼，她也斤斤计较，然后把电话一挂，怎么打都不接了。"

陈博涛说了句脏话。秦渡眯起眼睛，狐疑地看着陈博涛。

"还是哭着说的？"陈博涛摸着下巴问，"这也太可爱了吧，老秦你栽得不冤。"

秦渡一句话也不说，沉着脸坐在沙发上……秦渡突然道："我打的是她闺密的电话。"

陈博涛说："厉害呀，所以呢？"

"是她接的，凌晨四点二十分，她接了她闺密的电话来骂我。"秦渡突然想通了这一层，一瞬间就酸得要死。

许星洲身受情伤，一个周日都没开手机，尽管钱都在手机里，而自己已经成了扫码支付的"奴隶"，也坚持保持关机状态——她那天吃饭全靠刷饭卡，订外卖全靠程雁接济。

程雁对此的评价只有四个字：自作多情。

许星洲深以为然，然而打死都不改。

那天下午，程雁道："但是，粥宝，你不觉得有点儿反应过激了吗？"

许星洲哭得一把鼻涕一把泪，说："什……什么反应过激？"

程雁心想：还能是什么？她指了指许星洲，又递了一包纸巾过去，说："别拖着鼻涕和我讲话。"

许星洲也不接，拖着鼻涕嘴硬道："和臭男人没有关系！我是看电影看哭的！"

程雁心想看皮克斯工作室的电影看哭的全世界也只有你一位吧，却又不知道该怎么安慰她，只得道："擦擦鼻涕。"

许星洲还是不接纸，突然不知道想到了什么，趴在桌子上，哭得更凶了……

"那么喜欢他你就去追呀！"程雁无奈地说，"又不是对方不喜欢你天就会塌了，全天下这么多女追男，上天给你的美貌你都不会用吗？"

许星洲立刻开始号啕大哭……

程雁把那包纸巾丢回了自己的桌上："哭什么哭，"程雁道，"多大点儿事，就算他不喜欢你，你也可以追他啊，那个学长看上去对你也挺好的啊！"

许星洲哭得肩膀都在抖，看上去颇为可怜。程雁又是递纸巾，又是哄她。半晌，许星洲突然冒出一句："这不是追不追的问题，"她哽咽着道，"就算他来追我，我都不会同意。"

她停顿了一下，说："程雁，我和他是无法相互理解的问题。"

凤尾绿咬鹃是一种来自远东的飞鸟，色彩绚丽，栖息于山雾弥漫的山崖与峭壁，一生漂泊。它们是阿兹特克文明中神的化身，被人捉住后会飞快地死去。它们一生都寻觅不到可停驻的港湾。可它们振翅高飞时，又如星辰一般，孤独而绝望，温柔又绚烂。

而陆地上的年轻公爵永远无法理解飞鸟漂泊的绝望。

他永远对一切游刃有余。他的脚下有封地与庄园，有愿为他匍匐的臣民，有被献上的金银宝石，还有这世上所有璀璨的花朵和山雀。年轻公爵的目光可以为一切停留，他可以拥有世界上的每一件奇珍异宝，对那些表现出兴趣，可对他而言，无论是女孩子，还是别的什么，似乎都与他脚下的泥土与草别无二致。

温柔的阳光洒进312宿舍，许星洲的笔记本电脑上放着《怪兽大学》，屏幕上，大眼仔砰地掉在地上，摔得七荤八素。许星洲在那种叽里呱啦的外放声里，泪珠如同断了线的珍珠一般往下掉，像是这辈子都没这么伤心过。

确实是头一次，程雁想，自己的朋友——许星洲，与自己拉着手走过了六年的女孩，此前都还没对别人动过心，像一张白纸，还没写就被揉皱了。

"你……你不用管我，"许星洲哭得嗓子都哑了，"我明天就……就好了。明天太阳出来，"许星洲哭得鼻子生疼，断断续续地道，"等太阳出……出来，就好了。"

次日早晨，周一，七点钟。宿舍楼外，熹微阳光之中，女孩子们穿着裙子背着包往外跑，晚春的玉兰晕在了雾里。

许星洲浑浑噩噩地爬了起来，洗脸刷牙一气呵成。她扎了个马尾辫，抓了个T恤套上，然后随便捡了双帆布鞋穿了。

李青青纳闷儿："我粥宝怎么回事？现在开始走土味路线了？"

程雁认真地回答她："都是男人的错，昨天因为人家家里太有钱人还聪明而差点儿哭昏过去，到了今天还不太好。"

程雁的概括能力太差，许星洲也不反驳，揉了揉还有点儿肿的眼睛，一个人蒙蒙地去上课了。

秦渡确实不适合她，许星洲一边走，一边理智地想。

许星洲父母离异，家境平凡，除了一腔仿佛能燃烧自己的火焰般的热血之外，她一无所有。可秦渡不是，他拥有一切，一切许星洲所能想象到的和想象不到的，都是他习以为常的事物。

比如临床的小姑娘和秦渡对那个小姑娘所展现出的温柔。可是，即使他温柔到这个地步，那个小姑娘也没有得到尊重。对他而言，那个小姑娘几乎像是个不存在的人。

他究竟会对什么事情上心呢？秦渡的眼睛里什么都没有。那些在许星洲看来重若千钧的东西，也许在他那里一文不值。

这点让许星洲觉得有种难以言说的难过，并且让她极为不安。

这天早上，许星洲一个人穿过了大半个校区。阜江校区的玉兰褪去毛壳，林鸟啁啾，柏油路上还有前几天积的雨水。

有青年坐在华言楼前的草坪上练法语发音，有戴着眼镜的少年坐在树下发呆，还有更多的人像许星洲一样行色匆匆地去上课。许星洲打了个哈欠，在食堂买了一个鲜肉包和一杯甜豆浆，拎在手里，往六教的方向走。去往六教的路上阳光明媚，老校区里浸透了春天柔软的痕迹。

许星洲叼着包子，钻进六教的二楼。窗外的桃花已经谢了，树叶的缝隙里尽是小青桃，毛茸茸的，相当可爱。

许星洲起床起得早，此时教室里还没什么人。她左右环顾了一下，确定没人看见——然后她踮起脚，试图摘一个桃下来。

我就摘一个，就一个，应该不会被抓。许星洲不道德地想：还从来没吃过这种桃子呢，一个那么小，青青的，会有甜味吗？

然而许星洲的个子只有一米六五，她踮脚都够不到。她挣扎了两下，未果，又看了看周围——周围空无一人。空无一人就好办了！我也不怕丢脸了！不就是爬个窗台吗？

许星洲正准备手脚并用爬上去偷桃呢，身后却突然伸出来一条男人的胳膊，她还以为是鬼，被吓了一跳。

那条胳膊也摘得颇为艰难，隔着窗台摘桃子绝不是一个好看的姿势，甚至相当蠢……那个人好不容易捉住了一个青桃，然后使劲儿连叶子带桃地扯了下来。

"给你。"那个人将那颗桃子连叶带果地递给了许星洲，"喏。"

许星洲眯起眼睛，也不伸手接，对秦师兄说："我不要你摘的。你让开，我自己摘。"

秦渡今天倒是半点儿不招摇，穿得正儿八经，甚至拿了本书，眼眶下有点儿黑眼圈——也是，估计他周一早晨是没课的，现在专程起床来给她摘青桃，一定累得要死。

许星洲说完，干脆半点儿形象都不顾了，直接爬上窗台，拽了一个小毛桃下来。那窗台确实挺高，许星洲站在上头都有点儿害怕，她跳下来的时候还以为自己会脸着地，但是敏捷地落了地。

他来做什么许星洲不知道，也不想关心。她钻进教室，在上次坐的位子坐定，把课本摊开，等待老师来上课。

刚刚七点三十五分，老教授还没来，许星洲打量着自己摘的那个桃子，发现桃子上被蛀了两个洞……禽兽虫子！许星洲如遭雷劈，虫子居然连这种桃子都不放过！

许星洲骂虫子时显然没想过自己也在觊觎那个小青桃，也属于禽兽之一，只将那个小青桃往窗外扔了。外头花鸟鸣啾，许星洲探出头去看了看，那个青青的毛桃坠入乌黑的土壤之中，有种生机勃勃的意味。她觉得明年春天也许能在这里看到一棵新的桃树。

"同学，麻烦让一下。"秦渡的声音在她的身后响了起来。

许星洲无语。

坐在入口处挡住秦渡的女孩正要起身让他进来，许星洲就抬头看着他，口齿清晰地问："你来听这个课做什么？"

秦渡说："我蹭课。什么时候你校连蹭课都不让了？"

那个要让位的女孩子狐疑地说："来蹭新闻学院的应用统计？您上周还和粥宝说您是金牌保送的吧？"

秦渡睁眼说瞎话："统计学难，不会。"

那个女孩子这下无话可说，只得给他让了位子。许星洲又感到鼻尖发酸，简直又要被气哭了，好不容易才忍住。

秦渡直接坐了进来。他还很有诚意地带了教材，此时将教材往桌上一摊——"十二五"规划教材《数理统计》。那绝对是他大二时用过的专业书，书的封面上还用油性笔写着 2016 年秋的上课教室。

许星洲觉得他是来砸场子的。天底下怎么会有这么气人的人哪！秦渡往旁边一坐，许星洲的鼻尖都红了。她现在根本见不得秦渡，一见就想哭，可是那个她见不得的人偏偏就在她的身边，还坐下了。

窗外风吹动树叶，晚春时节，天地间月季绣球含苞，空气清新。

许星洲将甜豆浆放在桌角上，吱吱地嘬了一小口。

"没吃早饭？"秦渡低声问，"一会儿师兄带你去吃好吃的。"

许星洲翻开了一页书，道："不了，谢谢您。"

秦渡说："早茶。"

许星洲抬起头，望向秦渡……秦渡在那一瞬间心都被绞得慌，他看着许星洲，等她点头。

她不爱吃早茶？早点也行，他总归还是知道几家早点好吃的店的……他们的矛盾也不大，吃顿好吃的应该就好了，她说她不爱吃日料……之前自己为什么那么小气，早该带她出去吃饭的……

许星洲面无表情地说："吃过了，学一的鲜肉包子。"

秦渡语塞。

然后许星洲低头开始翻笔记，一头柔软的长发在阳光下仿佛闪烁着金光。

那时的秦渡还不知道，她正在拼命忍着泪水，不让自己在课堂上哭出来。

课上，秦渡戳了戳她，道："许星洲？"

许星洲礼貌地嗯了一声，然后这个数科院传奇将课本推了过来，指着一道课本的例题，厚颜无耻地说："你给我讲讲，我不会。"

许星洲接过来一看，课后习题第一道，理论上的送分题，求证在满足某条件时这个函数在定义域上是严格凹的……什么？求证什么？严格凹是什么？

许星洲一看那道题，简直觉得自己的智商受到了羞辱："不会。"

秦渡一转圆珠笔，露出游刃有余的神情，道："你不会是吧？你不会我给你讲讲。"

许星洲连想都不想地说："你讲给隔壁吧，我不听。"

秦渡说："你……"

许星洲使劲揉了揉眼角，以免自己又哭出来，开始专心听课。

过了会儿，秦渡又戳了戳许星洲，理直气壮地道："你给我讲讲这道，我不会。"

许星洲看了看，发现是一组八十多个数据，要求用计算器求这八十多个数据的中位数……许星洲又觉得自己的智商被羞辱了，怎么说自己的高考数学都考了 143 分，绝对算不上低分，但是被秦渡这么看不起，简直是人生的暴击……

"我不。"许星洲不为所动地说，"你自己听讲。"

刚刚我会不会太心狠了呢？许星洲趴在桌子上时，难过地想。

老师仍在上头讲课，秦渡就坐在她的身边，这个场景犹如这一年春天最不合时宜的那场邂逅。

可是对他而言，哪有什么心狠不心狠呢？

许星洲趴在桌子上，阳光照着她的豆浆杯。许星洲平静了许久，终于敢回头看一眼秦渡了。

她回头一看，秦渡在她的旁边一言不发地坐着，半闭着眼睛，似乎在休息。桌子上摆着他那本数理统计，旁边一团绿油油的，是他在进来之前给许星洲摘的小毛桃。

这个小毛桃，还是有点儿想尝尝……她想。

许星洲的眼眶还红红的。她趁着秦渡还在闭目假寐，小心翼翼地将小毛桃拿了过来，摘了叶子，用卫生纸擦了擦，它上头还挺脏的。她趴在桌上，把小青桃擦得干干净净的，试探着咬了一小口，接着被酸出了眼泪。

这桃子又酸又涩，带着一股草味，和表面上的貌美完全不相符！货不对板！许星洲拼命找卫生纸想把吃进去的吐掉，却找不到，只能硬着头皮往下咽。

秦渡终于抓住了机会似的，问："小师妹，你是不是很想吃桃子？"

许星洲："……"

他似乎根本不知道发生了什么，他从来都不知道。许星洲的视野模模糊糊的，她感到心中酸楚至极，只觉得秦渡是个大坏蛋，他是为了把自己弄哭才出现在这里的。

他为什么要来蹭课呢？他是来道歉的吗，还是因为好玩？许星洲被这个念头一激，又觉得难受得想哭，鼻尖发酸。

秦渡忍辱负重地道："中午师兄带你出去吃？还是带你出去买桃子？都行，你想吃什么都可以，想干什么都行，就……别生师兄的气，师兄坏惯了，做事没有分寸，不要和我置气。"

许星洲沉默了很久，才带着几不可察的一点儿哭腔，小声而理智地说："我不需要。"

这不只是因为那个临床的女孩，这是许星洲在自救，是她不信任秦渡——他表现得太游刃有余。

老师仍在上头朗声讲课，阳光照进教室，在地上打出柔和的光影。花叶的影子落了一地，窗台上的桃叶被风吹得一颤一颤。

秦渡求饶般道："小……师妹。"

那时秦渡的眼神像是在哀求自己，许星洲回想起当时的场景，在阳光下轻轻地闭上了眼睛。

公园里草坪金黄，湖面波光粼粼，白鸟掠过天空。抱着吉他的年轻人三三两两坐在长凳上，老爷爷和老奶奶步履蹒跚地穿过午后温暖的阳光。

这天下午，许星洲没去福利院报到。

毕竟她周六已经去过一次了，而周一与周六只相隔一天，就没必要再折腾一次。谭瑞瑞前段时间报了个班去学吉他，今天那个吉他老师提议去公园路演。许星洲正好恹恹的，做什么都没精神，打算去找点儿刺激，干脆就去蹭他们这一场路演了。

谭瑞瑞背着自己的吉他，忍笑道："星洲，你还不开机？"

许星洲抽了抽鼻子道："不开，我难得体会一下十几年前人们的'原始'生活。"

"关机两天了，"谭瑞瑞忍笑道，"你真的不看看？"

许星洲想了想："最近要紧的事务就一个世纪报社的面试，可他们是用E-mail联系我的。"

谭瑞瑞扑哧笑出了声，道："是吗——你真的不开？打算什么时候看看自己有多少未接来电？"

许星洲不以为意地道："谁还会给我打电话？"

谭瑞瑞十分快乐，道："咱们校学生会主席呀！"

许星洲想了想，觉得谭瑞瑞说得有道理，毕竟这位大早上就追到教室来了，再开机肯定会看到他的未接来电……话说回来了，她关机好像也是为了逃避他……她心想：最多也就两条吧，再多也不可能超过三个未接来电。她只觉得胃里一阵说不出的酸。

"他？"许星洲酸溜溜地道，"他才不会给我打电话呢。"

谭瑞瑞简直要笑死了，也不反驳她，道："你有空看看这几天的朋友圈吧。"

许星洲："怎么了吗？"

公园里晚春的风吹过，带着江南特有的潮气。谭瑞瑞不再回答，带着一张"我看够了八卦"的脸，挎着吉他走了。

阳光在草地上流泻，他们的吉他老师坐在长凳上，手一拨琴弦，刹那间，吉他声响起。

许星洲突然想起很久以前在公交车上见过的大叔。

那是很多年前的事情了，她那时候也就十四五岁的样子，那大叔脸上的皱纹细细的，他戴着墨镜和滑稽的红帽子，上车的时候就在唱歌，唱得相当不好听，五音不全且嗓音沙哑，让人想不出他为什么要唱歌。那个大叔上车之后就拉着扶手，一个人笑眯眯地唱着歌。这个行为实在是有异于常人，有老太太将脸皱成了一团，有年轻的母亲拉着小孩子匆匆走开。他们觉得他精神不正常——但是许星洲抬起头端详他时，她看到了那个在唱歌的中年人清透而痛苦的眼神。

他是自由而浪漫的，那时的许星洲想，他是她的同类。

吉他老师在自己的面前倒放了顶帽子，那些年轻或年迈的人经过时，总有人往里头丢个几块钱，或者毛票。

音乐暂停，吉他老师笑道："钱再多点儿，等会儿请你们每人吃一个麦当当甜筒。"

"要分工合作才行，"谭瑞瑞笑道，"哪能只让老师出力？"

吉他老师笑盈盈地道："也是——我平时教你们就够累的了，还要请你们吃甜筒，世上还有没有天理了？既然要吃甜筒，那就得大家一起使劲儿。"

然后他将乐器取下，莞尔道："谁来弹一弹？就算弹得难听我也原谅你。"

许星洲在初中时短暂地学过一年吉他。

可能每个人小时候都学过一样自己上了高中之后就不会再碰的乐器，对许星洲而言，那个乐器有六弦。初一时许星洲沉迷于 M 国的乡村音乐，极其羡慕别人从小就学乐器，就缠着奶奶给自己找了个吉他老师。

那个小升初的暑假，许星洲就是和一个教吉他的女大学生一起度过的。

她刚开始学的时候那条街上的左邻右舍简直天天都想把小许星洲杀了下酒，但是后来小许星洲成了小胡同的小红人。

尽管十几岁的许星洲唱歌有点儿五音不全，但她学吉他学得非常快。她那股天生的聪明劲儿不是盖的，加上心思格外细腻，因此她很快就学得有模有样。

只是从初二那年的暑假开始，许星洲再没有碰过这样乐器，像是那学吉他的短暂的一年从未在她的生命中出现过一般。

流金般的阳光落进草缝中，在长满月季的小道上，许星洲接过了那个老师的吉他。

"你居然学过？"那个老师笑着问，"怎么之前也没告诉我们？"

许星洲下意识地点了点头，温和地笑道："只在小时候学过一年，没什么好说的。不过可以试试——就是我不会边弹边唱，我五音不全。"

许星洲说着娴熟地接过吉他，她细细的手腕上戴着一个小小的苗银玛瑙手串，接过吉他的动作幅度稍微大了一点儿，手串一动，露出下头一条蜈蚣似的疤痕。

谭瑞瑞看到那条疤痕，一怔："星洲，你的胳膊上……？"

许星洲："啊？"

"就是……"谭瑞瑞纠结着道，"那条疤……"

许星洲似乎知道她想问什么，拨开那条手串给谭瑞瑞看："这个？"许星洲笑道，"没什么，我'中二病'的时候割的而已。申城这边没有这种风气吗？"

谭瑞瑞犹豫着道："倒是也有……"

许星洲笑道："我们初中班上的一个女生每天来校第一件事就是告诉我'我妈昨天晚上骂我，所以我又割了自己一刀'……也不知道现在她再想起来，会不会羞耻得想自尽。反正羞耻的日子大家都有，我可能比较严重就是了。"

谭瑞瑞叹了口气："也是，你的'中二病'现在都还没好利索呢。"

许星洲笑得眼睛弯弯的像小月牙儿，不再回答。

她半身镀着阳光，一手拎着吉他，坐在公园的长凳上，手指一动，拨动了琴弦。

晚春和风吹过湖泊，女孩的手下琴弦一振的瞬间，犹如黑夜之中燃起了燎原的火。

公园的另一侧，树梢闪烁着金光，堇花槐繁密的枝叶投下大片影子。

"老陈，"肖然在陈博涛的肩上一点，道，"你能不能再表演一下那个？"

陈博涛抑扬顿挫地道："你回宿舍没有？"

肖然几乎笑得断气："哈哈哈哈哈哈哈哈哈哈——"她擦着眼角因快乐而生的泪花，说，"老秦我认识你这么多年，你小学的时候就是个狗玩意，还一年比一年狗，我还以为你要自恋地过一辈子呢，谁知道你会栽这么大一个跟头！"

陈博涛乐和道："笑死我了，那天晚上我看着他一个接一个地给那个姑娘打电话，没有一个打通的，人家小姑娘直接关机！嗬，然然你是没见老秦当时那个愁云惨淡……"

秦渡瞪着陈博涛，凶道："胡说，我说我要挽回她了吗？"

肖然幸灾乐祸地问："行，不挽回，恭喜那个小姑娘错过嫁入豪门的机会。"

秦渡从牙缝里挤出一句话："我都求她了，哀求她。你知道她是怎么对我说的吗？"

肖然饶有兴味地问："带上你家的 A 股上市公司滚出我的世界？"

秦渡说："带上你的数理统计，别来蹭我们的课。"

陈博涛："……"

秦渡难受地问："我都做到这份儿上了，我再去追她是不是就不要脸了？"

"和狗都没两样。"肖然评价道，"这种话连我这种人都不敢拿来对付前男友，何况人家还不是我这种人。她就是想和你一刀两断，根本不在乎自己伤不伤人了。"

肖然一米七的高个儿，她涂了大红唇，穿着黑风衣，戴着墨镜，踩着十厘米的高跟鞋，看起来足有一米八，走在林间小道上，一看就是个气势十足的大美女。

秦渡道："我都不知道为什么。"

肖然道："你好好想想吧，没见你这么认真过……老秦，好好想想，到底是为什么。"

陈博涛正要说话，肖然突然竖起一根指头，示意他们安静。从不远处传来了一阵澄澈的吉他声。

陈博涛："嗯？"

肖然眯起眼睛，道："公园路演。"

"公园路演有什么稀奇的？"陈博涛难以理解地问这个和他相识十多年的发小——在维也纳学小提琴的，相当有音乐天分的肖女士。

陈博涛又想了想，奇怪地问："这个人的吉他弹得很好吗？"

肖然连想都不想就道："放屁。很烂，手法都黏着呢，半点儿天分都没有。"

陈博涛咂嘴："您老留点儿口德吧……"

"口德不能当饭吃，这人最多学了一年半，路演水平还行。"肖然分析道，"但是这个弹奏的人，我觉得很特别。"

那个人的确是特别的。

那吉他声犹如在燃烧，带着难言的浪漫和自由，犹如湖面枯萎的睡莲，台灯下相依偎的尘埃——却又像是在宇宙中，在无尽的时间中旋转靠拢的原子核与电子，带着一种生涩而绝望的味道。

肖然心中一动，说："我其实有点儿想见见……"

肖然的话音尚未落下，秦渡就见到了那个抱着吉他的人。

那小姑娘坐在不远处的公园长凳上，穿着火焰般的红裙，跷着腿弹吉他。树叶清透，阳光落在她的身上。

那小姑娘的面前有一顶倒放的鸭舌帽，有个小孩子往里头放了一块钱，她就笑眯眯地和小孩微笑致谢。

"她看上去自由而浪漫。"

许星洲的身边围着一圈人，秦渡看到了谭瑞瑞的身影。她应该是跟着谭瑞瑞来的，秦渡想，谭瑞瑞似乎每周一都会去吉他班。他怎么办才好？

日光犹如被棱镜折射了，远山缥缈，湖光十色。

湖畔，许星洲抱着吉他坐在风里，眼睫纤长，笑着按住琴弦。

她没有看到秦渡所处的那个角落，也没有意识到秦渡就在这里。有小女孩往她的帽子里放了五毛钱，许星洲笑眯眯地对那个小姑娘点了点头，说了一声"谢谢"。

许星洲笑起来的模样非常好看，那个五六岁的小女孩都红了脸，小声道："姐姐，不用谢。"

那温暖的琴弦声中，透出一种称得上是温柔的绝望。

肖然伸手在秦渡的面前一晃："老秦怎么了，又一见钟情？"

秦渡的喉结一动，他没说话。

"真的不打算挽回那个了？"肖然乐道，"真神奇，一个多月一见钟情了俩，真是春天来了挡都挡不住。"

而秦渡看着许星洲，几乎连眼睛都移不开。

许星洲的身上像闪着阳光似的，十分耀眼。她的身边围着一群同样背着吉他的朝气蓬勃的年轻人，她笑眯眯地同他们说了几句话，然后盘腿坐在了长凳上。

"下面弹的这首曲子，"许星洲温暖地对着他们笑道，"可能老了一点儿，不过我挺喜欢的。"然后，她将琴弦一拨。

那一瞬间，阳光落在许星洲的身上，带着一种让人目眩神迷的、犹如烈火燃烧一般的生命的味道。

肖然看着那个小姑娘，由衷地说道："你别说，她确实好看得不食人间烟火，老秦栽得不冤。"她眯起眼睛道，"咱们这一群人，也就是泡妞、泡汉子的时候不挑而已，可要想正儿八经地谈场恋爱的话，谁都想找一个比起钱更爱我们本人的人。"

陈博涛犹豫着道："道理确实是这个道理。不过吧……那个……然儿啊，这不是第二个，这就是老秦去酒吧的那天晚上……"

这头陈博涛还没说完呢，那头秦渡就踩着阳光毫不犹豫地走上前去了。

阳光落在树叶的缝隙里，小孩子吹的七彩肥皂泡飞向天空，穿着花裙子的小姑娘哈哈笑着挥舞丝巾，他们的祖父母拄着拐杖，在一旁慈祥地望着他们。

许星洲许久没弹过吉他，指法生涩，音准都不对，但是在那个吉他老师的鼓励下还是坚持弹完了一首曲子。

和煦的风吹过许星洲的面孔的时候，她觉得心里终于又被填满了。

她盘腿坐在人来人往的公园里，弹自己近七年都没碰过的吉他。她面前的那顶鸭舌帽，里头不过十几二十块钱，帽子里的硬币多到风都吹不动，这种有点儿疯狂的行为里头却又有着难以言说的自由奔放。许星洲突然发现失恋也并不难挨，毕竟人生处处都有着滋生疯狂的土壤。

秦渡在她心里所占的半壁江山仿佛逐渐崩塌，但她心里头的另外半壁江山仍给她留下了一个灿烂夺目的世界——让她自由探索，让她勇敢无畏，让她永保赤子心。

许星洲在众人的目光里，毫不在意地弹着吉他。然后，鸭舌帽的前头出现了一双篮球鞋……

许星洲看着那双鞋，笑容僵硬了一下。她心想：这款运动鞋居然这么多人穿吗？这还真是让人心情蛮不好的，上次好像还看到秦渡穿这双来着……秦渡到底有几双这个牌子的鞋？她认识他这么久，好像至少见到了四双同款不同色的，他到底是有多喜欢这牌子啊？

许星洲也不抬头，手指拨着琴弦，假装没看见那个人。下一秒，那个人弯下了腰，在她的帽子里放了三千五百块钱。

许星洲："……"

吉他班的其他同学："……"

吉他老师："……"

"师兄身上只有这些了，"秦渡站直身子，漫不经心地说，"不够和我说。"

许星洲傻眼了，看着帽子里那三千五百块钱，怎么都没想明白这个人的脑子里都装着什么。

现在扫码支付这么发达，这个烂人居然还带这么多现金，这就是高富帅的习惯吗？不对，他把这么多钱放进来干吗，支持同校同学街头卖艺？根本不可能好吧！这个抠门鬼到底想干什么，是不是打算拐走谁卖器官？拐谁都别拐我，许星洲心虚地嘀咕，我可宝贝着我的心肝脾胃肾呢。

那头，秦渡散漫地道："小孩给一两块钱你都道谢，师兄这种你打算怎么办？"

许星洲："……"

秦渡皮完这一下，又怕许星洲不理人，只得想办法给自己解围："其实不用你怎么办……"

然而，许星洲迟疑着道："给……给您磕个头……？"

秦渡的话立即被堵了回去。

谭瑞瑞："哈哈哈哈哈哈哈！"

许星洲抱着吉他盘腿坐在长凳上，人蒙蒙的，简直不知道刚刚发生了什么。小气鬼突然大方成这样，简直如同天上下红雨一般，一看就知道他别有所图。

许星洲思考了一会儿，问："我是现在磕还是过会儿磕？"

秦渡简直要窒息了，问："师兄给你留下了什么印象？"

许星洲仍抱着吉他，满怀恶意地道："小气鬼。"

秦渡："可能是有一点，但是……"

许星洲想起高中时背的元曲，说："夺泥燕口，削铁针头，刮金佛面细搜求，无中觅有。鹌鹑嗉里寻豌豆，"她盯着秦渡，凭一口恶气撑着继续背诵，"鹭鸶腿上劈精肉，蚊子腹内剜脂油，亏老先生下手。"

谭瑞瑞落井下石般大笑，几乎笑得要昏过去："哈哈哈哈哈哈哈——"

许星洲在心里给自己的好记性和高中背的课外文言文点了十万个赞，然后平静地问秦渡："你看够了吗？"

秦渡连想都不想地说："没有。"

许星洲特别有骨气地学着总裁文里女主角的口气说："拿走你的臭钱！你自己去玩吧！别看我了。"

秦渡咻咻地笑了起来，半天，声音沙哑地问："别看你了？这是不是不生师兄的气了？"

许星洲一愣。

白云淡薄，暖阳穿过其中的缝隙，落在人间。秦渡伸手在许星洲的头上揉了揉。这小姑娘的头发柔软又毛茸茸的，摸起来犹如某种无法被人类饲养的鸟类。

"不生气了？"秦渡简直忍不住笑意，"师兄这是哄好了？"

许星洲沉默了很久，终于嗯了一声。

好像是拗不过他的，许星洲在那一瞬间这样想。

秦渡实在是没做什么坏事儿，他的嘴巴坏是坏了点儿，但他总归是将许星洲视为平等的成年人的。他尊重并且平等地对待这个比他小两岁的女孩，连不合时宜的玩笑都少有。而且连仅有的那点儿不尊重，秦渡都努力弥补了——他凌晨在电话里难堪地道歉，他守在周一第一节课门前的身影，他帮她摘下来的小毛桃。

秦渡在许星洲的头上揉了揉，声音沙哑地说："以后不开那种玩笑了，也不做坏事了。"他停顿了一下，道，"师兄保证。"

她怎么才能不原谅这种人呢？他甚至让她挑不出错处来。许星洲酸涩地想，她实在是太怕这种人了。秦渡什么都不需要，他什么都有，一生顺风顺水，和在他面前的自己是云泥之别。许星洲难过地想，自己控制不住地想原谅他，控制不住对他跳动的心，但是至少能控制自己，让自己不要迈出这一步。

秦渡不是一个能接受自己的人，甚至连接受的念头都不会有。谁会想和一个不定时发病的单相抑郁症患者相处？更不用说他这种被父母和社会悉心养育的人。

这分明是连许星洲的父母都不愿意面对的事情，是只有她奶奶承受过的事。大多数幼年就患上抑郁症的患者的病症会反复发作，而且至今无人知道任何一个抑郁症患者发病的确切诱因。

一旦重度发作，病人就只能成日成日地坐在床上，面无表情地盯着精神病院为了防止病人跳楼而设计的窄小铁窗。大多数病人的身边连指甲刀都不能放一把，因为不知道什么时候他们就会卸了那把指甲剪，划开自己的手腕。

许星洲只觉得难言的难过在心中膨胀，简直是心如刀割，就要令她窒息。她只觉得自卑又难过，为什么必须把自己的病放在天平上呢？为什么它会像个定时炸弹一样随时发作呢——友谊还好，如果想开始一段爱情的话，她就必须反复衡量。这个念头许星洲有过无数次，可每次她都找不到答案，这次亦然。

"好。"许星洲在阳光下抬起头，认真地看着秦渡，正要正式地说出原谅的话的时候……

秦渡脱口而出："你如果原谅了师兄，头就不用磕了。"

许星洲气不打一处来："你滚吧，我不原谅你了！"

后头立刻传来一阵嚣张的大笑。许星洲好奇是谁笑得这么豪放，半搂着吉他，茫然地往秦渡的身后看了一眼，秦渡直接将她的视线挡住了。

"他们有什么好看的？"秦渡不爽地道，"是师兄没他们好看吗？"

"哈？"许星洲简直都不知道该怎么吐槽，却还是看清了他试图挡住的那两个人。

秦渡身后站着两个非富即贵的年轻人，那个男的许星洲那天晚上在酒吧见过，当时他和另一个姑娘拉拉扯扯，直接导致许星洲上去英雄救美；另一个则是戴着墨镜、妆容精致的女孩，这两个人都饶有兴致地望着他们。

那个女孩的个子比许星洲高了至少五厘米，敞着怀穿风衣，里头是丝绸花衬衫和烟管牛仔裤，脚下踩着十厘米的高跟鞋，穿衣和气场都照着时尚杂志的封面来，简直是个天生的衣服架子，一看就和秦渡是一路人。

许星洲心情复杂。

这是她连听都没听过的新人物！有可能是秦渡新勾搭上的，之前怎么不知道他还有这种女性朋友呢？许星洲不无难过地想……会不会是豪门式狗血，什么未婚妻……或者是秦渡家里定的女朋友？她的怀疑不是没有道理，秦渡是什么身份哪？他家里开的那个公司市值都不知几个零呢……上市公司的市值到底是什么概念……

绝不能掺和他们的感情，许星洲在心里告诉自己。

对于想开始一段感情一定要先评估对方能不能接受自己发病的许星洲来说，秦渡的身上没有任何能让她产生信心的地方。他年轻气盛，未来是锦绣前程，是春风得意，是志得意满，人生路是一条康庄大道。

况且……许星洲难过地想，况且他也不喜欢自己吧。

这天下午，许星洲是坐秦渡的这个朋友——陈博涛的车回去的。

其实她一开始没打算蹭这个人的车，毕竟地铁十号线就直达大学，而且陈博涛也算和许星洲有抢女伴之仇……但是陈博涛执意拉她一起走，说他开车一定会路过F大，让她就当搭个顺风车了。

许星洲想了想，认为秦渡不会这么迂回地取自己的狗命，如果车主想杀她的话秦渡多半还是会假惺惺地拦一下的，就没有再推辞。

高富帅的朋友自然也是高富帅，许星洲一看到车的牌子就觉得这车挺贵的——毕竟她没见过。看形状是一个盾牌，有点儿像凯迪拉克，可她上了车的后座之后仔细分辨，才发现车标上写着 Porsche（保时捷）。许星洲终于发现，自己居然能孤陋寡闻到连车标都不认识……

斜阳如火，远山像在风中燃烧，四个人上了车，秦渡坐在后座上，就在许星洲的旁边。

秦渡套着一件刺绣虎头夹克，挽起的袖口下露出一截结实修长的小臂，许星洲用余光掠过他时，突然意识到，秦渡的眼神看上去极其孤独。他的眼神极其迷茫痛苦，他犹如一个在宇宙中孤独漂流的、没有方向的流浪者。

许星洲静了好一会儿，犹豫着道："秦渡……"可她还没说完，就被一个声音打断了。

"星洲是吧？"同行的那个姐姐坐在副驾驶座上，回过头，友好地伸出手，道，"我叫肖然，应该比你大几岁，你叫我然姐就好。"

许星洲笑了起来，礼貌地与肖然握手，说："然姐好。"

秦渡注意到许星洲握手的动作，威胁地瞥了肖然一眼。

肖然丝毫不输阵，剜了秦渡一眼，甚至故意多握了一会儿。许星洲的手又软又纤细，还有锻炼留下的茧子，犹如春天生出的花骨朵。

接着，肖然上下打量了一下许星洲，问："星洲，你的吉他学了多久？"

许星洲一愣："一年半吧？很小的时候学的……怎么了吗？"

"没什么。"肖然摆了摆手道，"只是觉得你弹得很特别。我是学小提琴的，对弦乐器演奏和演奏者比较敏感。"

许星洲不明白肖然为什么会觉得特别——大概是自己弹得太烂了吧。

赤红的斜阳点燃了整座城市，路边的路灯次第亮起，马路被归家的人堵得水泄不通。这世上至少有两件事物是公平的，一是生死，二是上下班高峰期的交通干线。

许星洲看着窗外的漫天红霞，半天，把脑袋磕在了车窗玻璃上。

陈博涛握着方向盘，笑眯眯地问："小妹妹，把你放在哪里好？顺便说一下，秦渡晚上上课的教室在西辅楼308，他们的老师很欢迎蹭课的学生呢。"

秦渡摸了摸脖颈儿，道："胡扯，在309，而且不允许蹭课，除非是家属。"

许星洲想：谁要去听他们数学系的课？！她尴尬地说："我不回学校的，不过是顺路，等会儿在WD广场那边把我放下就好了。"

秦渡不爽地哼了一声。

"我家雁雁劳动节要回家，"许星洲看了看表，解释道，"我去WD广场那边给我奶奶买点儿东西，让雁雁帮我捎回去。"

秦渡拧着眉头看了她片刻，说："那行，老陈你把她丢在WD广场。"

陈博涛怒打方向盘："我是你的司机吗？"

许星洲笑了起来，他们路演的公园离F大相当近，车程不过十分钟，即使交通拥堵也不过用了二十几分钟而已。陈博涛将许星洲放在了WD广场门口，然后许星洲笑得眉眼弯弯地与车上的三个人道了别。

秦渡开了点儿车窗，道："许星洲。"

许星洲仍背着自己的小帆布包，秦渡散漫地道："买完东西，在微信上和师兄说一声。"

夜晚的步行街漫起春夜的雾，霓虹广告牌犹如碎开的细瓣花。

秦渡目送着许星洲挎着包穿入人群，转眼跑没了影儿。

肖然摸出支女式香烟，漫不经心地说："老秦。"

秦渡终于回过神，嗯了一声。

肖然将那支细长的卷烟一点，昏暗中霎时燃起一点儿萤火虫般的火光。

"关于这个女孩，"肖然靠在副驾驶座上，慢吞吞地抽了一口烟，一双眼睛映着火光。"我有事想和你沟通一下。"

秦渡嗯了一声，看进了肖然的眼睛里。

黑夜之中，远处灯盏稀疏，霓虹灯将肖然的眼睛映得清醒又冷淡。

"我完全理解你为什么会对这个姑娘动心。她不只是漂亮，你看上的哪能这么简单？"肖然满不在乎地道，"你挑对象应该不是看颜值的，毕竟老娘这么好看，你从小到大都没对我心动过。"

秦渡简直想打人："您能滚吗？"

肖然咬着烟，笑道："话糙理不糙嘛，我觉得我就长得挺好看的。连老陈十五六岁的时候都暗恋过我呢，不是吗？"

陈博涛羞愤欲死，暴怒道："肖然！什么时候？！"

"老陈，我在你房间里翻出过写给我的情书，"肖然呼地吐出云雾似的白烟，眯着眼，对陈博涛竖起一根手指道，"你再抵赖，我就把那封信给你从头到尾背一遍。"

陈博涛绝望又羞耻，砰地撞在了方向盘上，车喇叭反抗似的响了一声……

"但是老秦不是，人家自恋着呢，和你不一样。"肖然咳嗽了一声，说，"可这个姑娘——我完全理解老秦为什么喜欢她了，那精气神太动人，要不是我不喜欢女的，我也想追她。"

秦渡对肖然的说法嗤之以鼻……

肖然也不恼，咬着烟闷笑道："但是老秦，我有个很不成熟的建议，必须和你说说。"

肖然这烟一抽，秦渡也有点儿犯瘾头儿，忍不住去摸烟，一边摸，一边道："你说。"

"我要是你——"肖然漫不经心地吸了一口烟，道，"我就关注一下她的精神状况。"

秦渡一怔，摸烟的手停在了半空。

一滴雨水啪嗒一声落在车窗玻璃上，将霓虹灯的灯光晕开。

"我也不能说我就知道点儿什么，"肖然摇下点儿车窗，染着蔻丹的指尖夹着烟管，在外头磕了一下烟灰，"但是你们这些狗男人感觉不出来的东西，我作为心思敏感的那一种女人，还是勉强能感受到一点儿的。"

秦渡将眼睛一眯，护食般咬牙道："肖然，你给我把话说清楚。"他在那一瞬间简直像是要和什么人撕咬一般，眼神几乎是一匹狼的眼神。

肖然不以为意，笑了笑，说："好，我能感觉到那个姑娘在无意识地求救。"她闭上眼睛，"救救我吧，那个姑娘在对每个人说。她说，谁都好，来救救我，我被困在这个躯壳里，就像被困在杏核里的宇宙中，又像是被困在花蕊里的蝴蝶。"

"她说，好想死呀……可她还说，可我更想活着。"肖然想起了许星洲的吉他声，在昏暗中叹息般道，"所以，谁来救救我吧。"

第四章　草下散落的星

许星洲提了两个礼盒出来时，商场外头昏暗一片，已经在下雨了。

梅雨季即将来临，这座城市没有一寸地方是干爽的。雨淅淅沥沥，砸在那月季花和绣球花的花瓣上，地面漆黑的石板上全是蜿蜒流淌的五色灯光。

许星洲站在购物商场的门口，看了看手里的两盒粽子，有点儿犯嘀咕，不知道这个东西是不是买得早了一点儿？但是奶奶一向喜欢吃肉粽，尤其喜欢吃加了咸蛋黄的，她应该也算投其所好。

许星洲想起奶奶每年端午节包的粽子，每个都四角尖尖，用高压锅煮半个小时，再一开锅盖，就见满锅有棱有角汗津津的小白粽子，有股迷人的箬叶香气。

那时候她还得去胡同里别的阿姨家讨叶子来包呢，许星洲笑着想，那个给粽叶的阿姨特别疼她，每次都给她多抓一把蜜枣。而现在这个年代，别说粽叶，连粽子都可以直接买真空包装的了。

许星洲想起奶奶和粽子就觉得心里暖暖的，特别开心，忍不住对每个往商场里走的人都甜甜一笑。但是笑终究换不来雨伞，谁会给在购物商场门口的傻子撑伞哪！她该在雨里跑还是得在雨里跑。

许星洲连想都不想，立刻将两个大礼盒顶在脑袋上，跑进了雨里……

毕竟学校也不远，就在同一条步行街上，她从大一到大二来回跑了不知几次了。她跑个十来分钟就能到——本地打车起步费十六元，许星洲在月底不够富裕。

许星洲跑到街口，正艰难地站在雨夜里等红绿灯时，肩膀被重重地一拍。

秦渡撑着伞，站在许星洲的身后，漫不经心地问："你的手机呢？"

许星洲后知后觉地道："我忘了！"

"手机关机两天了啊！"秦渡眯起眼睛道，"是坏了还是在躲我？我不是让你买完东西给我发微信吗？"

许星洲心虚至极，小声撒谎说："我真的忘了。"

秦渡接过许星洲买的那俩大礼盒，单手拎着，屈指在她的脑袋上一弹。那一下简直半分情面都没留，吧嗒一声，许星洲被弹得眼泪都要出来了……

"开机，"秦渡冷冷地道，"这几天给你打电话打了都有几百个了，一个都不接，把你脑袋打坏。"

许星洲在雨里捂住脑袋，委屈地道："可我怕痛，别打。"女孩子的声音里带着点儿柔软的哀求，犹如融化的梅子糖一般。

秦渡沉默了足足三秒钟，许星洲几乎委屈得以为他又要拍她一下的时候，秦渡倒吸了一口气，然后把雨伞罩在了她的头上，伸手在女孩额头上被弹红的地方揉了揉，声音沙哑地道："好。"他又怕尴尬似的补充说，"师兄不打了。"

许星洲："……"

"上车吧，"秦渡单手插兜道，"师兄送你回宿舍。"

许星洲钻进秦渡的车里时，车里还开着冷气。

秦渡将俩大礼盒丢进后座，然后打开了驾驶座的门，长腿一迈上了车。许星洲今天坐了陈博涛的保时捷——那可是保时捷啊！她觉得自己整个人的身价都上去了，不愿意再对秦渡税前一百八十万的奥迪表示任何惊讶。

秦渡指了指后头的俩红色的礼品盒："你买那个做什么？是送礼吗？"

"给雁宝爸妈一份儿，"许星洲笑眯眯地道，"托雁宝给我奶奶送一份儿。"

秦渡发动了车，好奇地问："那你父母呢？"

"他们离婚了，和我没有关系了。"许星洲痛快地说，"我不愿意给他们带任何东西……我顾着我奶奶就够累了。"

秦渡莞尔道："你的想法真奇怪，父母离婚也不会和孩子没有关系呀……你这么黏你奶奶。"

许星洲把眼睛弯成小月牙儿，道："嗯，我最喜欢我奶奶啦。"

"嗯，"秦渡也莫名地想笑，"是个很慈祥的老太太吧？"

许星洲沉思片刻，中肯地说："不算很慈祥。我经常被我奶奶拿着鸡毛掸子追着满街跑……每次我奶奶被叫到学校我都会被揍一顿！从鸡毛掸子到衣架，她都用过……"然后她乐道，"不过没关系！我跑得很快，奶奶很少打到我。"

秦渡哧地笑了出来，只觉她的笑容太甜了。

雨刷器将玻璃窗上的雨水刮了个干净，外头雨夜静谧。许星洲穿着一身红裙子，头发还湿淋淋的，抱着自己的帆布包坐在秦渡的副驾驶座上。

秦渡试了试空调，将暖气拧大了点儿，状似不经意地开了口："小师妹，我问你一个问题。"

许星洲看着秦渡。他提问的样子实在是太平静了，像是要问她"你今晚吃了什么"一般平淡。可是他抬起眼睛时，眼神却是难以形容的锐利。

秦渡看着许星洲的眼睛，问："你是不是瞒了我什么？"

在下雨的夜里，窗外静谧，只有依稀的雨砸玻璃之声。

秦渡问完那个问题后，许星洲微微骇了一下，问："瞒你什么？"

秦渡探究地看了她片刻，他的眼神非常锐利，许星洲有一瞬间甚至觉得他的目光像 X 光一般把她看穿。

"你说呢？"秦渡慢条斯理地道，"许星洲，你说说看，你瞒了什么？"

许星洲心虚地说："我的 GPA 真的有 3，没有骗你。"

秦渡眯起了眼睛。这个青年长得非常英俊，在昏暗中的眼神却透彻得可怕，一看就难以欺骗。

许星洲一看发现自己瞒不过，只得委屈地道："好……好吧，2.94，四舍五入 3.0……"

秦渡："……"

许星洲立即大声争辩："我大一旷课太多！大二才幡然醒悟！这个学期我就能刷到 3.2 了！"

秦渡连想都不想地回："期末复习周跟我泡图书馆。"

许星洲："……"

"亏你还好意思四舍五入，"秦渡漫不经心地道，"别逼我用你们专业课的内容羞辱你。"

你羞辱得还少吗？许星洲腹诽：脑子好了不起呀？有本事你来学……学什么？我们有什么专业课来着？她回想了一下自己的专业课，好像还真没有比数学系那几门课更难的，哪一门都不存在任何秦渡学不好的可能性。顿时，许星洲陷入了极深的自我厌弃之中。

明明当年在高中她也是尖子生啊……但是尖子生也分三六九等，许星洲自认只算有点儿小聪明，处在尖子生食物链的底端，秦渡却是实打实的食物链顶端生物，传说中的金牌保送大佬。所以她到底什么时候才能胜过秦渡……

许星洲一有这个念头，顿时觉得心里发堵，有点儿想暴打秦渡的狗头。但是秦渡她是打不过的，这辈子都不可能打得过，许星洲一想到这点就觉得更心塞了。

秦渡随口问："没有别的了？"

"还能有什么？"许星洲不开心地道，"我瞒你干吗？我顶多就是没告诉你而已。"

秦渡闻言，探究地看向许星洲，许星洲立即堂堂正正地回望。

"我不是在好奇那些你没告诉我的事情，你不可能把从小到大的经历都告诉我，我知道。"秦渡道，"我问这个问题，是因为我有一种感觉……你在和我相处的过程中，刻意瞒着什么。"

秦渡说完，眯着眼看了她一瞬，终于断定许星洲所说的都是事实，而且她的良心半点儿不疼，显然是理直气壮的。他伸手在许星洲的头上安抚地揉了揉，甚至故意揉了揉发旋儿。

车里的灯光落下来。

许星洲莫名地有种错觉——秦渡在那一瞬间是想亲她。

车里安静了很久，雨刷器吱嘎一声划破寂静，许星洲才心虚地说出了那句话："我才没有。"

其实在秦渡问出那个问题时，许星洲心里就咯噔一下。

许星洲是绝不会否认自己是撒谎精的，她对秦渡撒过的谎何止一两个？可是每一个谎言都是假得明显的，开玩笑的，撒出来好玩的，一眼就能看穿的。但在这么多半真半假的谎言里，只有一个是她刻意瞒着他的。

秦渡是怎么知道的，是已经知道了真相来求证的吗？这和他又有什么关系？秦渡会歧视我吗？还是会从此对我格外优待？许星洲的脑子里一时间噼噼啪啪的简直像是电线短路，但是下一秒，她断定了这是不可能的事情。

许星洲的病史，放眼整个申城，只有两个人知道。

第一个是从初中就陪她一路走过来的程雁，第二个是入学时许星洲向其汇报过情况的辅导员。

许星洲信得过程雁——毕竟高中三年程雁没对任何人提过哪怕一句，是许星洲绝对信任的白名单对象。而辅导员则更不可能，毕竟秦渡怕是根本意识不到在这个世界上还有这样一种了解所有新生情况的人。

于是许星洲立刻探了一下秦渡的口风，并且很轻易地证实了自己的猜想。秦渡确实什么都不知道。他没问过程雁，也没问过新院这届的辅导员，于是非常轻易地就被糊弄了过去。而且他确实没有关注这件事的动机，自己在他的面前从未崩溃过，许星洲思至此处，松了口气。

昏暗中，许星洲将脑袋磕在车窗玻璃上，发出轻轻的咚的一声。

天穹如同被捅漏了，连绵的雨水沙沙地落在这个空间外，暖黄的车灯照亮了前路，雨帘外是一个灯红酒绿的城市。

在一片幽幽的昏暗中，秦渡突然道："你前面的那个格子打开有零食，自己拿着吃。"

许星洲："哎？"

秦渡哼了一声，语气相当不爽："哎什么哎？不吃拉倒。"

许星洲纳闷儿地道："你居然还会在车里放吃的？"

秦渡不解地问："小师妹，你不是爱吃吗？我是给你带的。"

许星洲顿时连耳尖都有点儿红……接着她从格子里头拿出了两小包山核桃。秦渡挑零食的眼光颇为精准，放的全都是许星洲最好的那一口儿——又甜又咸，有的还带点儿辣味，完美的解馋零食。

许星洲最爱吃山核桃，在格子里面看到了一大包，眼睛都笑成了两弯小月牙儿："谢谢你呀！"

秦渡漫不经心地道："嗯，不用谢师兄了，都是师兄应该做的。"

一颗颗小山核桃在路灯下油黑发亮，许星洲撕开小包装，捏了一小把，刚要吃，秦渡就补充了一句："不过别吃太多，毕竟快过期了。"

许星洲差点儿把核桃扔出去，气得用核桃打他，秦渡咻咻地笑着躲了两下，她怎么打都打不到，气鼓鼓地把头别了过去。

秦渡说："你打算给我擦车吗？这车清理起来很贵的。"

许星洲悲愤地大喊："清你个头！你滚蛋吧！"然后她蒙上了头，插上耳机听音乐，听了一会儿又觉得哪里不太对劲，就把剩下的一袋小山核桃翻了过来，在灯下一看，生产日期是上周。

秦渡信口胡诌的结果就是他开着车，猝不及防，又被山核桃砸了一下脑门……他揉了揉头，威胁般问："许星洲你丢了几个核桃？我去4S店保养车内皮具的时候你来出钱吗？"

许星洲说："呵呵。"

"很贵的，"秦渡使坏道，"小师妹，你想好了再丢。"

许师妹连想都不想，拿山核桃吧嗒吧嗒就是两下。

秦渡："你……"

"你就是在碰瓷我。有钱有什么用啊，"许星洲恶意地道，"洗车还不是要讹小师妹，连山核桃的瓷都要碰，垃圾。"

秦渡眯起眼睛，问："嗯？垃圾？你什么意思？"

许星洲故意道："攻击你的意思。车贵有什么用，再说你朋友的车比你的贵多了吧，人家可一句话都没说，你就会拿这个压我。"

秦渡："你说陈博涛？"他嗤之以鼻，"那家伙天天开保时捷上学，招摇过市，现在休学回国找工作还开一辆保时捷——你拿他跟我比？"

"随便你怎么说，反正我打网约车的时候打到过奥迪。"许星洲恶毒地道，"可我没打到过保时捷，你弄明白这一点。"

秦渡："……"

和这个浑蛋相处这么久，许星洲终于出了一口恶气，在心里给陈博涛和他那辆招摇的盾牌车点了十万个赞。

秦渡说："师兄比他有钱。"

许星洲连想都不想地回："网约车。"

秦渡这次沉默了很久很久……然后他一开车锁，说："你给我下去。"

许星洲立即拽住车椅，委屈地大声喊道："你这下连网约车都不如了！网约车都知道接了人要送到目的地！"

秦渡把车门锁关了，不爽地道："网约车你个头，安全带系上。"

许星洲点头，抽了抽鼻子："嗯。"

外头仍然在下雨，秦渡居然将车开得出奇的慢，二十多分钟都没到她的宿舍楼下。

许星洲注意到秦渡的车里居然放着一把小雨伞，是白底小红碎花的——特别眼熟，似乎是她开会时落在教学楼的那一把。她伸手去拿。

秦渡将眉峰一挑："那把伞？"

"是我掉在教学楼的那把……"许星洲蒙蒙地道，"居然在你这儿？"

这个女孩看人的时候眼里有光，那黑亮的眼睛令秦渡想起在水中绽放的莲花，他的喉结一动。

他将来该如何对许星洲说起自己？秦渡想。如果有朝一日，许星洲终于能接受这样荒唐的自己，他该怎么对这个女孩说起这满腔温柔的情绪？他该如何讲述他的一见钟情，又该如何描述他从地上捡起她的那把雨伞的瞬间？

他不知道该怎么描述，秦渡想。

"谁说是你的了？"秦渡漫不经心地说，"写你的名字了吗？我捡了就是我的。"

许星洲坐在座位上，不爽地动了动，觉得秦渡不仅抠而且贪，连把小雨伞都想抢，一时之间简直想拿"网约车"的话题再刺激刺激他。

然后她摸出手机，按下了开机键。手机屏幕亮起，关了三天的手机仍是100%电量，屏幕上中国联通的欢迎页面过后，屏幕左下方的电话和短信让许星洲吃了一惊，光是未读短信就有五十六条之多，未接来电多到直接显示成"……"。

许星洲简直难以置信——怎么会有这么多短信？都是谁发的啊？该不会是林邵凡吧……她纳闷儿地想，三天没回，老林是不是已经炸了？

于是，她当着秦渡的面，好奇地点开了信箱。

那五十六条短信，根据许星洲的推测，应该是来自各大APP的推广短信居多——毕竟马上就要到劳动节了，中国联通应该发了不少假期流量包的广告。

但是她连点都还没点开呢，秦渡那头眼皮一跳，他手疾眼快地一把将她的手机捞了过去。

许星洲："……"

秦渡甚至一手还握着方向盘，这么一抢手机，车身都是一晃！

许星洲吓都吓死了……

秦渡将车在路边一停，手指在她的手机屏幕上抹了两下，让屏幕保持亮着的状态。

许星洲被吓出了一身冷汗，怒道："你怎么考过的驾照哇？"

秦渡说："我没有驾照。"

"说谎精。"许星洲眯起眼睛，"你在朋友圈里说你十九岁就考了。"

秦渡似乎有点儿高兴，用手指摸着自己的下巴，饶有兴趣地问："你翻我的朋友圈了？"

"我……"许星洲纠结而茫然地道，"没事做的时候翻过吧，觉得你活得挺精彩的。"

秦渡赞许地道："嗯，是挺精彩，我比较喜欢我去西班牙的那一组照片，你多看看。"

许星洲都不知道他到底在叨叨什么，也不知道他为什么突然兴致高昂了起来，更不知道他为什么劈手把自己的手机抢了过去——她立刻意识到，他是准备删他之前发的短信！卑鄙！

许星洲一把攥住秦渡的手腕，拼命地去够自己的手机，秦渡立刻将手机往高处一举。

许星洲喊道："秦渡你拿来！那是我的手机！我生气了！"

"你生吧，"秦渡故意道，"你生气了师兄再哄你。"

许星洲立刻急了，爬到座位上，整个人扑在秦渡的身上捞自己的手机——这些短信许星洲还准备截图发在朋友圈嘲笑他的，怎么能被删？！

秦渡仍然举着手机，他的胳膊比许星洲的长不少，许星洲拼命够都够不到。

许星洲趴在秦渡的身上，艰难地道："你拿来，那是我的，你这是侵犯我的隐私权……"

下一秒钟，许星洲意识到自己整个人都趴在了秦渡的身上。她一抢起东西来就满脑子都是目标，直到秦渡温热的吐息喷上她的侧脸，她才意识到这个姿势有哪里不对……

许星洲一手捉着秦渡的手腕，他的手腕上戴着木头串珠，遮住了一圈文身。她的脖颈儿抵在秦渡的颈间时，她甚至能闻到他身上香水的味道，相当迷人。这个姿势带着难以言说的暖昧，许星洲几乎立刻就从脸红到了耳朵尖。

秦渡声音沙哑地道："许星洲。"

许星洲浑身都僵住了，连手机都忘了去捞，趴在秦渡的身上，半天才结结巴巴地嗯了一声。

"小师妹，"他停顿了很久，才惬意地眯着眼睛道，"你再不起来，我就举报你性骚扰。"

许星洲脸红得都要哭了，颤抖着道："鬼……鬼才要性骚扰你呀……"

"我可说过了，小师妹。"秦渡的眼睛微眯，他餍足地道，"再趴下去，我会报警的。"

许星洲立即缩了回去，小声道："对不起。"

外头雨水覆盖天地，车里灯光温暖。许星洲抱着自己的小包，耳朵尖都红成了春天的颜色，简直像要滴出血一般。车停靠在华言楼的路边，雨刷器吱吱地刮着挡风玻璃，雨水温柔地落下。

许星洲说："我……我不是故意……"

秦渡咄咄逼人地道："不是故意的，是有意的是吧？"他又故意地道，"师兄身材是好，但也不是给你乱摸的。"

许星洲的眼睛里尽是水光，她闷声看着秦渡，也不好意思去抢手机了。秦渡被看得心里一阵酸软，只觉得自己的一颗心犹如春天里坠地的樱桃一般。然后他点开了自己发的那堆短信，上头的备注是"秦主席"。他将手机屏幕一锁，示意自己不会再碰，盯着许星洲道："这是什么备注？秦主席？"

许星洲其实是有点儿报复秦渡的意思，秦渡拿学生会的职位压她，她就存了他的职位。

许星洲理直气壮地点了点头道："这不就是你想要的吗？"

秦渡说："你换不换？"

许星洲接过手机，一边把备注改成"秦渡"，一边嘀咕："小心眼。"

"通讯录要存名字，"秦渡漫不经心地说道，"这是原则。别按人际关系存，无论是父母还是男朋友，无论关系亲密到什么程度，都只能存姓名。这是保护自己，也是保护他们。"

许星洲小声说："又没爸妈的电话给我存，他们也不会真的担心我。"

是了，她父母离异，这种家庭的孩子抵触父母实属正常。

秦渡又想起她的奶奶，安抚地摸了摸她的头，温和地道："奶奶也不要直接存奶奶，尽量存真名。"

许星洲闻言恍惚了好一会儿才点了点头。奶奶是没有手机的，她想。

许星洲好久都没再说话，在一片沉默中看自己的手机——秦渡只将自己的短信删了，未读短信顿时只剩十几条，他给她发过什么，她也无从得知了。

他怕自己看到的东西到底是什么？应该不是道歉——他早就道过一遍歉，以他的性格，也不会在原谅了他的许星洲看到那些已经达到目的的短信。秦渡是不是发了很过分的话？许星洲想，因为在和好之后怕这些话影响他们的关系，所以执意要将它们删掉？毕竟短信是无法撤回的。

而这件事是不是可以证明，在秦渡的心里，他还是看重自己的呢？许星洲终于怀揣起小小的犹如火苗般的希望。

许星洲忍不住好奇，小声问："你到底删了什么？"

秦渡用余光看了许星洲一眼："没什么。"他这话的尾调上扬。

许星洲回到宿舍，宿舍里一股程雁晚饭吃的烧烤的孜然辣椒味。她一翻邮件，发现 HR 一早就给她发了邮件，说她的面试通过了。

至此，周六那天发生的一切事情都得到了好的结局，许星洲只觉得世界非常美好，生活充满希望。一想到暑假两个月将进账六千元以上，她乐和地躺在床上盘算了半天要怎么花——去日本不够，那得要两万元以上，但是应该能去个新马泰。

这个世界真的太好啦。许星洲笑得眉眼弯弯，探出头对程雁道："我打算期末考试结束出去旅游啦！"

程雁敷着面膜，像尊佛一般坐在床上，问："面试成绩下来了？"

许星洲笑眯眯地点了点头，道："暑假不回去了。"

程雁听完，神情复杂地睁开了眼睛，问："粥宝，你真的不回去了？"

许星洲嗯了一声："没必要回去，你这次回去帮我把东西带给我奶奶就好。"

程雁一边拍着脸让面膜吸收，一边道："你真的……现在买回去的票还来得及，我怕你承受不了你不回去的后果。"

"哎？我有什么承受不起的？"许星洲莞尔道，"他们忘了我多久了？法治社会，她自己放弃的抚养权，都已经十多年了，被放弃的孩子都成年了，她能拿我怎么样？"

程雁犹豫着道："可是你妈……"

许星洲连想都不想地说："我听不得我妈，最好不要和我提她。"

程雁叹了口气，道："行吧。"

许星洲点了点头，轻声道："她如果烦你，你可以直接把她拉黑，麻烦你了。"

程雁："嗯。"

许星洲往床上一躺。一只飞蛾绕着灯管飞舞，程雁看着许星洲的床——许星洲的床帘半开着，上头满是小星星。

许星洲拿着手机，突然喊道："林邵凡又约我！"

程雁撕了一下面膜，问："这不是挺正常的？"

"正常？"许星洲半撑起身，诧异地道，"我都已经这么躲着他了啊，他还不知道我是什么意思吗？"

程雁："你太高估男人。"

许星洲："……"

程雁将脸上的面膜撕撕扯扯，边扯边道："其实我觉得老林真的蛮优秀的，从高中的时候我就觉得他很喜欢你。那个学长如果不能接受你，林邵凡也是个很好的选择。他约你什么时候见面？你打算去吗？"

飞蛾噼啪一声撞上了灯管，程雁和许星洲都怕蛾子，下意识地一个哆嗦。

许星洲叹了口气，不说话，半天才道："我得去，我周四和林邵凡见一面吧。"她自嘲地道,"亲眼看一下对我有好感的人能接受我到什么程度吧。"

那只飞蛾在312宿舍盘旋了许久,作恶多端,把程雁女士吓得四处流窜,终于在十点多时被下了自习回宿舍的李青青用报纸拍死了。

宿舍里没了烦人的撞灯的飞蛾,程雁和李青青讨论劳动节大促销要买什么东西,许星洲听她们讨论,非常心动,点开自己的余额看了一眼……

这个促销活动和自己没关系。许星洲肉痛地算了算钱,下个月还要还花呗,下下个月还要出去旅游……

真羡慕秦渡哇!许星洲算完了钱,咬着被角就想哭,他们真的不是一个世界的人,让她往公园卖艺的人的帽子里放三千五百块钱——除非她的钱包掉了。做有钱人真好,下辈子我也想做秦渡,许星洲抱着自己的熊胡思乱想,话说他是不是还有黑卡?

程雁突然道:"星洲,你有什么看好的吗?"

许星洲肉疼地说:"没有,我这个月要赤字了,别带我。"

程雁使坏道:"你那个师兄不给你买买买吗?"

许星洲:"哈?"

程雁说:"他不是很有钱吗?什么东西都没给你买过?"

许星洲毫不犹豫地说:"买东西?我觉得他会给我放高利贷,利率贼高,利滚利的那种。"她想了想,又补充道,"找他借钱?这辈子都不可能的,那个师兄绝对会逼着我签欠条,摁手印,我指不定这辈子都得给他打工还债呢。"

程雁咂嘴:"这么惨的吗?"

许星洲摆摆手:"这可是资本家公子哥啊!血汗工厂你都忘了吗?不借机发一笔财的怎么能叫资本家?!"

程雁:"……"

然后许星洲回顾了一下今天用"网约车约过奥迪"刺激他的过程,简直觉得可以做一晚上的美梦——然而下一秒,她想起了一件事:他会不会记仇?

周三傍晚。

"下周的课……"新闻学概论的老师看了看日程表道,"下周的课就不上了,我请了年假,大家劳动节假期回来见。"

许星洲打了个哈欠,阶梯教室外天色渐暗,夕阳沉入大厦与树之间,天地昏沉而有风。

程雁说："过了五月就得开始准备期末考试了。"

许星洲懒洋洋地道："然后就大三了，大三就要开始考虑出国，"她望着窗外，觉得没什么意思，"或者是工作、考研，从大三上学期开始就得早做打算。然后大四毕业，大家各自奔向自己的前程，过几年大家各自结婚生孩子，请帖发得到处都是，然后就开始操劳孩子的事。"

程雁说："你是'杠精'吧，不想复习就不想复习呗，怎么这么多破事？"

许星洲恹恹地道："也许吧。我就是觉得很没有意思。"她撑着腮帮说，"大多数人庸庸碌碌一生，就跟那个放羊娃的故事一样。放羊干什么？娶媳妇生娃。生了娃干什么？继续放羊……我们也不过就是高级一点点，不放羊了而已。不知道他们到底想要什么。"

程雁纳闷儿地问："平时活力四射的许星洲呢？"

许星洲连想都不想地说："思考人生的时候一般不活力四射，尤其是在思考人类的命运的时候。"

下课铃响起，许星洲将《新闻学概论》塞进了挎包里，打算去外头吃饭。

程雁笃定地道："你这样，是因为你妈。过了这么久，你还是不想她再婚。"

温暖的风呼地吹过亮着灯的教室，人声嘈杂，同学们各自散去，都去吃饭了。

许星洲眯起眼睛，打量了程雁片刻，说："你胡说。"

"是不是你心里清楚。粥宝，我们这么多年的朋友了，你在想什么我还是知道的。从我几天前和你提起你妈开始，你就有点儿反常。你怨恨她抛弃你，恨她宁可不停地再婚，"程雁眯着眼睛道，"都不愿……"

许星洲连听都不听完，就直接挎上包走了。

新院楼外广袤的草地刚被修剪过，傍晚的空气清新至极。

许星洲走下最后一级楼梯，暮云深紫，外头的梧桐树之间拴着"预祝挑战杯决赛举办成功"的横幅——她才后知后觉林邵凡是真的要走了。

那明明不是什么大事，可那一瞬间，许星洲觉得自己心底的深渊又睁开了眼睛，简直不受控制。那感觉非常可怕，像是地球都熔化了，要把她吞进去，她简直措手不及，几乎脚一软就要从楼梯上摔下去。但是接着，许星洲就在楼下看到了一个熟悉的身影。

秦渡在外头的人群里，昏暗的天光镀在他的身上。他骑着辆小黄车停在路边，低头看了看自己的表，又望向新院教学楼的门口。

他看上去实在有点儿傻，而且许星洲是头一次看到他骑共享单车，只觉得这个场景太蠢了——尤其是和他平时自恋的样子比起来。许星洲忍不住笑，在他的身后偷偷地摸出手机，给他咔嚓拍了一张照片。然后她把手机往兜里一塞，笑着跑了下去。

她心中的深渊闭上了眼睛，在那合上的缝隙之上，长出了一片姹紫嫣红的春花。

许星洲喊道："师兄！"

秦渡："……"

许星洲笑眯眯地跑到他的身边，问："师兄在等谁呀？"

"找你有事。"秦渡看着许星洲道，"晚上有时间吗？整晚的那种，可能要一两点才回来。"

许星洲想了想："你想干吗？"

秦渡只道："今晚的事你来了不会后悔，我保证你在十九年的人生中都没经历过。"

许星洲似乎感应到了什么，狐疑地眯起了眼睛。

秦渡莞尔道："具体做什么我不能说，不是什么糟糕的场合。肖然也去，你如果不放心可以找她。"

许星洲终于认真地说："师兄，你说得很诱人，但是我先说好，我是不会和你开房的。"

秦渡简直要被气死了……

许星洲气完可怜的秦师兄，又好奇地问："到底是什么呀？"

天色渐沉，天际的乌云被染得鲜红，笼罩世界，犹如末日大片的拍摄现场。

秦渡伸手揉了揉许星洲的头："不告诉你。实在不放心先跟你家雁雁说声，就说你今晚去长宁，然后每半个小时报备一次。"

许星洲的头上冒出个问号，她问："什么？我们去长宁那里干吗？"

"你不是要尝试一切新鲜事物吗？"秦渡问。

许星洲："这倒是……"

"我都好几年不参与这种傻活动了，"秦渡敲了敲自行车的把手，"为了你我还去求了老陈，你去不去？你不去我也不去了。"然后他看着许星洲充满了犹豫的眼睛，道，"去的话就去租个自行车，师兄先带你去吃饭。"

许星洲："哈？去也行……话说回来，你居然会骑自行车……"

秦渡反问："什么我会骑自行车？你不是说我开车带你你不舒服吗？"

许星洲一愣，完全没想到秦渡会记得她那句半开玩笑半认真的话。

"放心。"秦渡说。

下午五点五十五分，湿润的风呼地吹过许星洲的裙角。她站在来来往往的下课的人群之中，远方的云被染得血红，而对面的青年桀骜不驯的眉眼中，居然透出一种难言的温和柔软的味道。

"我不可能让你出事。"他说。

在那一瞬间，许星洲的心里开了一朵花。

他是不是这样说的呢？他说了"我不可能让你出事"吗？

我没听错吧？许星洲骑着自行车跟上秦渡穿过校园时，都觉得自己如坠云端。

那个临床的小姑娘和仅在许星洲的脑洞里存在过的秦渡可能会有的未婚妻在那一刻之后都不再重要了。重要的是，许星洲所喜欢的这个嘴很坏、有点儿抠门的、家里的公司在初中时就上市了的、从高中到现在斩获他参与的每一场竞赛的金牌的天之骄子一般的师兄——可能也对许星洲这个人有那么一丝好感。她满怀希冀地想。

谁不想喜欢一个人呢？谁会想得这种病呢？许星洲反问自己。说不定秦渡能接受这样的自己，说不定他可以理解——就算他不能接受，又怎样呢？

好想对他表白呀，许星洲的脑海中突然有了大胆的想法，接着她就忍不住问自己，要表白吗？秦师兄没有女朋友，就连那个临床的妹子也好久没听他提起了！说不定表白了能成的！至于他对自己的喜欢有多深……毕竟喜欢可以后天培养……改天问问瑞瑞姐怎么调教男人好了。

许星洲想到这个，耳尖立刻一红，唾弃起了自己。许星洲，你这个垃圾，什么调教不调教的？

黑夜中，路灯次第远去。秦渡蹬着小黄车，一头微卷的头发被风吹到脑后，而许星洲笑眯眯的，和他并肩骑着车。

夜幕下的校园里都是在约会的情侣，年轻的男女在黑暗中接吻，学校的老教授挽着老伴的手慢吞吞地散步。橘黄的路灯灯光穿过梧桐叶照着这些人，灯光落在地上时，犹如某种鸟类的羽毛。

在温暖的路灯灯光下，许星洲从行人中辨认出教自己应用统计的那位老教授，笑眯眯地和老教授打招呼："老师好哇。"

秦渡骑着自行车，闻言也冲着老师问好，微笑着道："容教授好。"

老教授辨认了一会儿他们两个人，笑了起来，握着自己妻子的手，对自己这两个学生点头致意。

秦渡给许星洲夹了一筷子红烧肉。

许星洲简直都要被喂撑了，艰难地道："我……"

秦渡说："你不用感动，这是师兄应该做的，就是点得有点儿多，你多吃点儿。"

秦渡带许星洲来吃本帮菜，许星洲连价格都没看到，他就噼里啪啦地点了满满当当的一大桌。在灯光下，浓油赤酱的本帮菜散发着一股勾人的肉香。

许星洲一看就暗叫要死，一个小气鬼这么慷慨，十有八九是因为……

她颤抖着道："你该不是想让我把它们都吃完吧？"

"哪能这么说呢？"秦渡扒了一下白灼菜心，又给许星洲夹了一筷子，善意地说，"我们只是不提倡浪费罢了。"

许星洲被秦渡塞了一肚子红烧肉、松鼠鳜鱼、油酱毛蟹、油爆虾，只觉自己今晚可以长胖十斤——没错，本帮菜好吃，确实比林邵凡带她吃的日料好吃多了，但是这个小气鬼真的太能点了……

"多吃点儿，"秦渡似乎感应到了许星洲在想什么，用公筷给她夹了一筷子葱烤大排，善良而慷慨地道，"小师妹，小气鬼难得请你吃饭。"

许星洲："……"

秦渡："怎么了？"

许星洲小声问："今晚你到底打算带我去干什么？喂饱了把我送去屠宰场吗？"

秦渡揶揄地问："你想去吗？"

许星洲心想：你真的是个垃圾，就算我非常喜欢你也不能改变你是个垃圾的事实。

她艰难地扒拉碗里的大排，秦渡看了她的动作一会儿，又憋着笑道："饱了就别吃了，吃了难受。师兄看你瘦才喂你的，没想让你撑死在这儿。"

原来他没打算让自己撑死在这儿，许星洲松了口气——她不用朝秦渡的头上扣碗了。接着她点了点头，无意识地摸了摸自己被喂圆的肚子。秦渡果然还是个坏蛋，她咬着筷子想，还是吃多了，好撑。

秦渡不再逼许星洲吃东西，而是坐在她的对面，解决桌上的剩菜。

"你飙过车吗？"秦渡突然这么问，许星洲讶异地抬起了头。

"我是说那种，"秦渡又盯着许星洲的眼睛，道，"时速超过230，改装车，引擎轰鸣，生死弯道。"

我想邀请你来我的世界。秦渡想。

面前的女孩子看上去很年轻，青春的生命如火般燃烧，还带着成长的温暖，与颓唐的秦渡截然相反。

我让你看一眼，秦渡卑微地想，只一眼。

下一秒，许星洲扑哧笑出了声。她几乎笑得断气，秦渡都不知道她在笑什么，但是直觉告诉他许星洲是在找揍……

许星洲半天憋出了一句："这位网约车司机，你又拓展新业务了？"她抹着快乐的泪花道，"看不出来呀，你居然还有这种心思，现在服务越来越周全了。"

秦渡冷漠地哼了一声。

许星洲觉得嘴里寂寞，又伸筷子去夹糯米糕，秦渡手疾眼快，啪地打了一下她的筷子。

许星洲气闷地说："打我干吗？我要吃。"

秦渡冷漠地道："呵呵。"

许星洲摸了摸可怜的筷子，嘀咕："你这么在意网约车这梗干吗，你该不会真的在意你朋友的车比你的贵吧？"

秦渡漫不经心地道："你直接叫他陈博涛就行，或者叫老陈都可以——我在意这个干吗？"

"你看上去就是很在意……"许星洲小声说，"话说你那个朋友比我大吧，我直呼姓名不合适……是不是应该加个哥哥之类的？"

秦渡眯起眼睛，问："我还比他大三个月呢，那你叫我什么？"

许星洲心想：我叫你老家伙……

许星洲敢在心里这么想，却绝不敢说出来，只得心不甘情不愿地喊了一声："秦师兄。"

秦渡这才看她，应道："哎。"许星洲腹诽了他半天……

灯光温暖地洒了下来，秦渡心满意足地给许星洲夹了一筷子甜糯米糕，问："还想吃点儿什么？"

许星洲一愣："嗯？我吃饱了。就是嘴有点儿馋……想吃两口清淡的，不用再点了。"

秦渡说："那行。"

他起身，许星洲以为他要离开，也跟着去拿自己的包。他制止了许星洲，说："在这儿等我，师兄等会儿来接你。"然后他就拿起外套，走了。

酒店内金碧辉煌，面前就是一幅红牡丹壁画，朱红灯笼悬在上空。落地窗外，有聚光灯照着浓厚的云层。

许星洲托着腮帮望着外头，面前放着杯碧螺春，思考着秦渡所提及的飙车。

许星洲对飙车仅有的印象就是《速度与激情》——确切地说，就连这部电影她也不算太了解，只记得在影片的最后，保罗·沃克在广袤山野之间驰离他的朋友，和最后的那句"See you again（再见）"。飙车从来都是危险和刺激的代名词。

许星洲看了看表，秦渡已经离开了二十多分钟，她心中顿觉有事即将发生，终于抬手召唤了离她最近的服务员。

服务员跑了过来，问："小姐，有什么我可以帮您的吗？"

许星洲问："这桌的账结了吗？"

她对愣住的服务员认真解释道："和我来吃饭的男人，我对他的人品存疑，他有可能打算坑我，让我付账。"

"结了的。"那服务员尴尬地道，"那位男士十几分钟前去前台刷的卡，您要看下账单吗？"

许星洲其实挺想知道这里的人均消费水平的，但是在打量了一下装潢后，又觉得还是不知道的好，于是认真地摇了摇头。她想，看上去好像挺贵的，希望他别打算和自己 AA……

服务员宽慰她道："那位先生不像会做这种事的人，您放心吧。"

许星洲笑了起来："你根本不懂雁过拔毛的资本家。"

服务员扑哧一声笑了，又给许星洲添了点儿茶。

这个女孩一看就是附近大学的学生，长了一副柔和的好相貌，眉眼犹如明月清风，那种美感无关性别也无关风月，又像一只难以碰触的、难以被驯服的飞鸟。

到底是什么样的男人，连带这种女孩吃饭，都有赖账的可能性啊？服务员疑惑不解。

外头的天阴沉沉的，似乎在昭告着即将在凌晨落下的暴雨。下一秒，一阵响亮的、属于改装跑车的引擎声响起。

在这种靠近内环的老街上出现跑车没什么稀奇的，但是这种引擎声……这个人也太能玩了。服务员朝外看了过去。

为什么说许星洲是个遵纪守法的公民？因为她没有案底？不，正确答案是——遵纪守法的公民都默认申城是限号的。

许星洲看着在外头的路灯下那辆黑漆漆的、流线型的、改装了轮毂的碳纤维超跑。

许星洲捧着茶，心想：这世上的有钱人真多，而且一个比一个张扬……接着，路灯下的那辆超跑的车门一动，秦渡在路人的注目中下了车。

这个人简直是天生的人群焦点，一米八六的高个儿，长腿劲腰，眉眼犹如刀刻出来的一般。秦渡将那车一锁，双手插兜，朝酒店走来。

许星洲连茶都倒在桌子上了。

服务员慌张地道："小姐？卫生纸在这儿……"

许星洲手里的那杯碧螺春倒了大半桌子，连她自己的身上都沾了不少。她心想：自己简直倒霉透顶，只希望秦渡赶紧忘记自己的那句"网约车司机"……

许星洲的手机一亮，是秦渡发来消息："出来，网约车在外头等你。"

许星洲："……"

这是许星洲头一回坐超跑。她之前只在坐公交车上下学时见过——那些超跑穿过街道，犹如另一个世界的生物。

秦渡带着她穿过灯红酒绿的商业街，又穿过寂寥的长街，一路奔上高速公路。天色相当晚了，超跑开到偏僻的路段，窗外的人越来越少，高速路两旁的反光板折射着车光。许星洲甚至看到小村庄在夜色中亮着温暖的光。

秦渡看了看手机导航，指着前方道："前面就是了。"

许星洲眯起眼睛，在昏暗中看见路中间停着十余辆各式各样的跑车——她对车牌半点儿不敏感，看不出什么名堂。

秦渡将车一停，车门向上掀起，又来这边绅士地给许星洲开了门。

"我和这里的大多数人不算朋友，"秦渡在开门时低声对她道，"你对他们保持礼貌就行，有事找我，或者找肖然。"

许星洲一愣，然后秦渡握住了她的手，将她拉了出来。

"秦哥，"一个人笑道，"几个月没见你了吧。"

肖然在一旁叼着烟，靠在自己血红色的跑车上，一双眼睛望向秦渡的方向，火光明灭。

秦渡说："我带师妹来玩玩，好久不见。"

"哟！"那人眯起眼睛，用一种令人不太舒服的眼神打量许星洲，"这个就是你小师妹？确实是挺新鲜的面孔。"

许星洲在那一瞬间就觉得极为不适。秦渡牢牢地握住许星洲的手腕，不动声色地将她往自己的方向拉了拉。

许星洲说："你好。"

那个人看了秦渡一眼，半响，嘲弄地哼笑了一声。

许星洲几乎立即意识到了——这个和秦渡打招呼并且愿意称呼他为"秦哥"的人看不起她。

夜风萧索，萤火虫从田埂里飞起，映亮路灯下的一群跑车。

就在那一瞬间，秦渡松开了许星洲的手。

是不是挺没意思的呢？许星洲看着自己的手想。秦渡明显是这群人里的主心骨，就算不是主心骨，至少有很高的地位，每个人都会听他说话。许星洲也是这时候才意识到，秦渡并非只是她一直认识的那个坏蛋师兄，他还有许多别的身份——其他的每一个身份许星洲都不了解，可每个身份都举足轻重，每个身份都仿佛有光环。然而许星洲只是"许星洲"。

肖然走了过来，问："你在看秦渡？"

许星洲认真地点了点头。

"哎哟……"肖然咬着烟，笑着摸了摸许星洲的头，"可爱哟，我们星洲这么诚实的？"

许星洲想了想，认真地道："没有什么好隐瞒的呀，我从来不骗我自己，也没有必要骗你。"

肖然闻言沉默了一会儿，说："星洲，老秦是我发小。"

许星洲一愣。

"秦渡比我小几周吧，"肖然道，"我想我们第一次见面是抓阄的时候。他从小就脾气坏得要命，人生自带光环，一路顺风顺水，我练琴练到哭的时候他在一边大声嘲笑我，我八岁的时候就想拿琴弦勒死这个家伙。"

许星洲闻言，扑哧笑了出来。

肖然又道："介意我抽烟吗？我烟瘾大。"

许星洲笑眯眯地说："然姐你抽吧，我没事。"

肖然于是一按打火机，将烟点了，夜风之中，女式香烟的烟雾被撕扯成缕。肖然抽烟的样子落寞而孤独，辛辣的薄荷香在她的身边散开。

"反正，老秦就是这么个人。"肖然漫不经心地说，"老秦对啥都没有兴趣，却只要一沾手就能学会。他家里又不一般，比我家和老陈家厉害多了，没人敢不买他的账，他到哪里都有人捧。"

许星洲莞尔道："天之骄子嘛！"

"你这么说也行，我本来是想说纨绔二世祖的。"肖然衔着香烟闷声笑道，"但是这种家伙……"

许星洲看着秦渡的背影。他正在那群公子哥中间，背对着许星洲，不知在说些什么，整个人显得游刃有余又嚣张——哪怕直接骂人都有人打哈哈。

"这种家伙，也是有劫数的。"肖然叹息般说，然后望向许星洲。

萤火虫飞舞于天际，这个女孩的眼睫毛纤长，鼻尖还有点儿微微发红，认真而有点儿难过地看着秦渡的背影。

肖然看不得这种小姑娘难过，说："星洲，我认识他二十年了，可从来没见过他……"她还没说完，就被许星洲打断了。

"然姐，"许星洲似乎根本没听到肖然说的话，"我们说的这些话，别告诉他可以吗？"

许星洲没听到肖然说的话，肖然正好也觉得这话不适合由自己来说，便转移话题，失笑道："怎么了？这些话我告诉他做什么？你又为什么不让我说？"

"也……没别的啦。"许星洲揉了揉眼睛，像是揉掉了眼中的水汽，小声说，"表白这种事情，还是要我自己来才行，不能有中间商的。"

江畔涌上白雾，路灯的灯光在雾中晕开，一群人在远处交谈。

许星洲打量了一下秦渡的那辆车，那辆超跑实在是非常招摇，车身是完美的流线型，碳纤维的车身上是层层叠叠的流光，叶形的后视镜抢眼得要命——更不用提一开车门就仿佛掀开了半辆车的竖开门。

许星洲并不认识这个牌子——他那辆超跑的后头嵌着字，Huayra（风神）——她连读都不会读，在路灯下辨认了半天，抬起头时恰好与秦渡的目光相遇。

秦渡揶揄地看了她一眼，又别开了头，回到了那群人里头，伸手在一个人的肩上拍了拍，与对方说了些什么。

许星洲轻轻地叹了口气。

肖然也不说话，一根烟抽了三分之二，直接将烟头摁在了秦渡的车上。

许星洲不解地问："然姐，直接摁在他车上吗？"

肖然又使劲摁了摁，平静地道："不好意思，我仇富。"

许星洲有点儿纳闷儿，这辆车到底值多少钱……

肖然把烟头扔了，又对许星洲道："他们这帮人经常晚上来这儿，探头少，人也少，八车道。老秦以前有一次晚上就开着他家的车来飙，撞过一次护栏。也亏他命大，车撞得稀巴烂，他也只是胳膊上缝了八针。"

许星洲一怔："哎？"

肖然点了点那辆车："以前他无法无天得很，你想得到的想不到的烂事，秦渡都干过。但是，我猜他不想让你知道。"

"他为什么会不想让我知道？我也会做很奇怪的事情。"许星洲不解地道，"我高三毕业的暑假和朋友一起骑行，去了川城，大一的冬天报了俄罗斯的冰川漂流，我在街头卖艺，拉着我朋友在街边乞讨。我的座右铭就是人生永远自由，一定要尝试完所有的东西再去死。"

"所以，在这种层面……"许星洲小声说，"我和他是一样的呀！"

肖然沉默了一会儿，看了一眼许星洲。

这个女孩的脊背挺直，红裙在夜风中如火飞扬，犹如正在燃烧的不屈的火焰。许星洲看起来命如琴弦，犹如明天就会死去，却会全身心地过好每一个当下。

"老秦和你不一样，他也不可能让你知道。"肖然微微一顿，漫不经心地道，"他不敢。"

秦渡被那群人簇拥着，明显是个说什么话都有人捧的主儿。许星洲看着那熟悉的背影，只觉他们仿佛不是一个世界的人。

肖然与许星洲靠在一处，许星洲感到心里难受，酸酸胀胀的，像是被一只手用力捏住了一般。

自己来的时候是怎么想的来着？他对自己也有好感，横竖不过是喜欢，而喜欢都是可以被培养的。可是现在看来，他们之间，好像不是只有喜欢是需要被弥补的——他们之间是真真切切地存在着天堑般的鸿沟。许星洲看到了一架天平，那天平两边分别放着这个坏蛋师兄的一切优点和缺点，而无论怎样两边都达不到平衡。

许星洲攥紧了自己的裙角，低下了头。

夜风骤然而起，阡陌间的萤火虫被吹向天际，犹如叶芝的诗中被吹得四散的繁星。

肖然问："星洲，你想让他回来？"

许星洲几不可察地不太自信地点了点头。

肖然哧地一笑，高声喊道："老秦！你师妹快被冻死了！还聊呢？"

"我……"许星洲难堪地拽了拽肖然的袖子道，"我其实也没这么冷……"

然而许星洲的话还没说完，秦渡就把自己的外套脱了，大步流星地走了回来。

肖然故意俯下身，在许星洲的耳边吹了口气，轻佻地道："下次……"

那个行为由穿了高跟鞋一米八的御姐来做简直是犯规，许星洲感受到那气息喷在自己的耳旁时就红透了脸。她觉得肖然是故意的，秦渡还在拿着外套朝这里走过来呢。

秦渡眯起眼睛，看向他们的方向。

"我只帮你这一次，下次你想让老秦回来，"她咬耳朵般对许星洲说，"你就自己叫他。"

许星洲还没来得及做出任何反应，秦渡就无情地道："肖然，滚蛋。"然后他把外套朝许星洲一扬，开了车门，示意她上车。

许星洲的脸还红着呢，心里也有点儿别扭，她道："不用管我，你去和他们说话就行……"

然而秦渡打断了许星洲，不爽地道："不是说你冷吗？"

许星洲一愣，秦渡直接摁住了她的头，将她摁进了车里。

许星洲挣扎："你……"

秦渡直接砰地关上车门，许星洲像是被摁进笼子里的小狗，挣扎着拍了拍门……秦渡单手撑在车上，狠狠地瞪了肖然一眼，许星洲只能看到他挽起的袖子下一截若隐若现的文身。

他文过身？许星洲眯起眼睛要去看，可是还没等她看清，秦渡就把胳膊移开了。

车窗外是连绵的江水，马路在地面上延伸。

秦渡一开始开得并不快，许星洲看了仪表盘，八十迈而已。

跑车的底盘低，开在路上时令人有种难言的眩晕感，什么速度都让人脊背发麻，尤其是这辆跑车还被秦渡改造过，跑起来风往里灌，格外刺激。

秦渡望着前方的目光仿佛散着。

许星洲只觉得哪里不同寻常，这好像是一个她从未见过的秦渡。

"怎么？"秦渡似乎感受到了许星洲的焦虑，漫不经心地问，"不放心吗？"

许星洲说："有……有点儿……"

秦渡一手揉了揉太阳穴，散漫地道："放心就是，师兄玩车好几年了，今晚带着你也不会开太快。我车技不差。"

不是这个，许星洲在心里想，我觉得不安的原因不是这个。

这辆车很好，许星洲几乎爱上了这种令人脊背发麻的速度。引擎的轰鸣声，公路上连绵又坚实的起伏，席卷天地的狂风……生命仿佛在火焰中燃烧，在天际狂舞。

秦渡问："喜欢？"

许星洲被灌了满嘴的风，刺激得眼泪都要出来了，颤抖着点了点头。

秦渡看了许星洲一眼，玩味地道："师兄还没开快呢，这才八十迈。"

许星洲哆嗦着道："别……别开太快了……"

"嗯？许星洲？"秦渡握着方向盘，故意问，"开快了你会不会在我的车上哭出来？"

许星洲还没来得及回答，秦渡就一脚踩下了油门。

这跑车的0~100迈加速时间估计连四秒都不用，那一瞬间世界仿佛被猛地拉长，路灯呼地掠过，许星洲几乎觉得自己命悬一线，有种在崖边蹦极的感觉。

许星洲的手指都在发抖，她意识到——秦渡就是在享受这种游走在死亡边缘的刺激的感觉。

天淅淅沥沥地飘起了细雨，细雨如织，远处的江岸被路灯温暖的灯光照亮。

许星洲坐在副驾驶座上，死死地拽住秦渡的衣袖，把他的衣服都拉变形了。秦渡不爽地问："你还扯个没完了？"

许星洲抹着眼泪道："我不扯你就开得特别快！"

"真纳闷儿了，"秦渡伸手一戳许星洲的额头，道，"我觉得你很爽啊！"

许星洲怒道："爽是一回事！撞车绝对就是车毁人亡！我明天还要交作业！后天还有报告！你做个人吧！"

秦渡不以为意："我最多允许你再扯我十分钟，再久我就要找你算账。"

许星洲讨价还价道："十五分钟。"

秦渡："七分钟。"

许星洲正要争辩，秦渡就威胁道："否则把你丢在路边。"

许星洲一怔，点了点头，然后松开了他的袖子，抱住了自己的小包。

秦渡说："生气了？"

路灯倏忽远去，橙红的灯光落在女孩的眉眼上，许星洲摇了摇头。

今晚她似乎有点儿逗不得，被随便一逗就生气了。

"十五分钟就十五分钟。"秦渡叹了口气，"二十分钟也行。拉手不可以，开车，怕出事。"

许星洲闷闷地嗯了一声，接着才小心翼翼地把手伸了过去，拽住了秦渡那被她拉皱的袖口。

太甜了，真好哄，她自己都不知道自己在干什么吗？秦渡简直忍不住地想笑。

秦渡把车开回了原本集合的高架桥。他犯了烟瘾，又不便在许星洲的面前抽烟，怕熏到她，正好许星洲想下车去走走，吹吹风。

路面上零零星星地停着几辆车，秦渡微微眯着眼睛，在烟雾缭绕中望向了撑着伞的许星洲，望向那火红的裙角，还有那纤细柔嫩的小腿，那女孩的身上还披着他的外套。

小浑蛋。秦渡惬意地眯起眼睛。

许星洲并不愿意在车上闷着，便下车去呼吸外头的空气。

江边的高架桥上，风还是颇为可怕，许星洲靠在栏杆上往下看，下头犹如万丈深渊，雨丝如针，树叶被风撕扯。

许星洲相当喜欢雨夜。确切地说，她什么天都喜欢——晴天喜欢阳光，阴天喜欢阵风，雨天喜欢五彩斑斓的雨伞和小腿上沾的雨水，大风的天气她甚至喜欢贴在她脸上的头发。

许星洲笑眯眯地摸摸自己刚刚拽过秦渡的衣袖的手指，把自己的头发向后拨了拨，踮脚往桥下看去，然后听见了被风切碎的细碎的声音。

"老秦……"那声音在呼呼的大风里说，"秦渡……今天那个……女孩……"

许星洲的头上冒出个问号，她拽了拽身上秦渡的外套，忍不住走近了，那声音逐渐清晰起来。

"是吧，"一个人说，"我也觉得老秦带来的那姐蛮漂亮。"

另一个人意味深长地道："不知砸了多少钱呢。"

许星洲撑着伞，微微一愣。

风雨如晦，那几个人年纪不算大，都是二十多岁，衣服一看就价值不菲。其中一个穿黑卫衣的人靠在他的车上，撑着伞，同另一群人说话。

"是 F 大新闻学院的大二的学生是吧？之前秦哥朋友圈不是发过吗？要找他们班的联系表。"那个穿黑卫衣的人道，"我早知道他们院里有小美人儿。你估计一下，追这么个妹得花……差不多多少钱？"

另一个人道："谁知道，你去问秦哥啊，我估计十来万？秦哥估计舍得一些。"

"舍得个鬼。"黑衣人嘲道，"那个女孩背的包看到没有？秦哥看上去也不宠她嘛！"

有人试探地问："说不定真是师妹？"

黑衣人冷笑一声："真师妹，带来这个场合，逗傻子呢？他是来泡

150

妞的。"

许星洲在那一瞬间觉得胃里翻江倒海——可是并非不能忍受。

"而且秦渡——"穿黑卫衣的青年拖着长腔道，"他那个脾性，你们谁不知道哇。"

周围的人立刻叽叽喳喳地表示赞同。

"他对什么东西真的上过心？"一个人道，"秦哥花千把万买了辆车都说吃灰就吃灰，这还只是个女大学生而已。"

又有人道："他这辆车落灰一年多了吧，秦渡是真的牛……"

许星洲无意识地掐住了自己的手心。

"那小丫头漂亮倒是真漂亮。"那人道，"但是漂亮有什么用？我们这群人想找漂亮的哪里没有？"

许星洲被说得眼眶通红，几乎想上去打人。

"老秦没别的，"一个人晒道，"就是喜新厌旧得快，喜欢的时候喜欢得捧天捧地，转眼没兴趣了，说丢就丢。之前肖然不是说过吗，他甩他第一个校花女朋友用的理由居然是你和我太像了。"

风雨飘摇，那些人哄堂大笑，许星洲撑着伞，愣在了当场。

"第二个好像还是个校花吧？"

"没错，还是校花，和第一个只隔了几个星期……"

"当时老陈跟我们八卦，说他可疼第二个女朋友了，要什么给买什么，谈了三周花了四五万呢。结果转头翻脸甩人的时候嫌她太娘儿们，有这样的吗？"

"哈哈哈哈哈哈哈……"另一个人笑到打嗝，"嫌一个女的娘儿们！秦渡这人真的可怕哈哈哈哈哈哈——"

"谈的时候可上心了，"黑衣青年嘲道，"甩人的时候，连理由都懒得找。"

大雨倾盆，昏暗的夜里，刀刃般的雨瓣里啪啦地落在许星洲的伞上。

这是她这个学期买的第三把伞了，伞面上印着绿色的小恐龙，小恐龙圆滚滚的，却被雨水打成了黑色。许星洲眼眶通红地站在车后，撑着那把变黑的伞，听他们像评价货物一样评价几个素不相识的女孩和她自己。

"他不总是这样吗？"那个人说，"不可能热衷一件事超过三个月，偏偏每件事都做得好，翻脸了连妈都不认。"

另一个人感慨道："真羡慕哇，我也想要这种人生。"

许星洲茫然地望向远方。是真的吗？——不对，他们说的这一切，是真的吗？那个游刃有余的，仿佛一切尽在掌握的秦渡，真的是这样肆意地对待他曾经愿意付出心血的东西的吗？许星洲并不愿意相信。

可是不愿意相信有什么用呢？秦渡的行为——那些随意的，将一切都视作草芥的，有时甚至毫无尊重可言的行为……秦渡的一举一动都是他们说的话的佐证。

秦渡的确是这么个人，许星洲清楚地知道这一点。

他吊儿郎当地虚度光阴，他对一切都没有半点儿珍惜之意。

毕竟年轻的公爵有封地千里，荣光加身，他的长袍上缀满珠宝，他的花园中开满玫瑰。城堡的大门外百兽来朝，他的黄金鸟架之上群鸟喧闹。某一年，有一只被老鹰撕扯过的凤尾绿咬鹃跨过风暴与汪洋，停留在了拥有一切的年轻公爵的窗台上。秦渡可能会为那只凤尾绿咬鹃驻足，甚至爱抚那只鸟的喙。但是，他会珍爱这只并无什么特殊之处的野鸟吗？这个问题甚至都不需要回答，因为答案本身都带着羞辱的意味。

晚春雨夜，雨水将许星洲的裙子的下摆打得湿透，她的身上还披着秦渡的夹克，那件夹克颇为温暖，里头衬着一圈毛绒。

许星洲的眼角都红了，她强撑着笑了一下，但是那个笑容比哭还难看。她回头看向秦渡的车，那里有一点儿火光。

那些人仍在雨里交谈，有人提及自己谈了个模特。那是许星洲最讨厌的，典型的"men talk（男性谈话）"。

"要我说，"那人一挥手道，"大学生最好了……就是分手的时候麻烦……"

一个人又嘲道："你什么品位，大学生有什么意思，除非长得跟秦哥带来的那个一样。"

那个黑卫衣青年说："那个是F大大二的吧？"

他们还没来得及回答，一个清亮的女声就响了起来。

"对。"许星洲说完，耳边只余天地间唰唰的雨和吞没天地的狂风。

"F大大二新闻1503班，没错。"许星洲充满嘲讽地道，"是不是挺有意思的？"

那群人简直惊讶到说不出话，似乎从来没见过他们诋毁人时本人跳出来回击的。

但是在许星洲这里，这件事格外简单——一是她不可能忍受这种侮辱，二是她不可能等待天上掉下来的男主角来帮她打脸。

她从小就受惯了侮辱，来自同龄的孩子的，还有来自恶劣的大人的。

他们有嘲笑她父母离异的，有嘲笑她没人要的，有嘲笑她奶奶腿脚不便的，许星洲一一骂了回去。

而这，不过是另一次嘲讽罢了。

许星洲嘲道："在你们眼里，是不是什么都能用钱买到？"

狂风将她湿漉漉的红裙子吹得啪啦作响，许星洲将自己的头发往后一捋，如同白杨般堂堂正正地站在他们的面前。

"真可怜哪！"许星洲一步一个脚印地往前走，嘲道，"见到短袖就想起白臂膊，见到白臂膊就想到色情，看到长得好看的女学生就想到情人。怎么了？打算用生命阐释什么叫人与海绵体位置互换的可能性？还情人呢，如果我不是，你们谁跪下道歉？"

为首的那个，一开始看不起许星洲的人随意地辩解道："那个，妹子，我们就是闲聊，你没必要较真……"

许星洲眯起眼睛，劈手一指高架桥下头，道："我把秦渡从车里拽出来，让他当着我的面和你们'闲聊'。要是我收过他一分钱，我从这里跳下去，没收过的话，我也不要你们的命，你们就把刚刚攻击我的话原原本本说给秦渡听。"

这群人霎时静了，连那个人都没胆量将话说完。

居然连这种时候，她都得把秦渡拉出来。许星洲望着所有人，突然感到一种深深的无力感。

这里的这群人，没有哪怕一个是她得罪得起的，许星洲想。无论哪个人，都只要动动手指，就能让她的日子极其不好过。他们有可能会卡住她来之不易的实习机会，也有可能卡她的学位证，如果以后她想留在本地发展，这场对话更是绝不能继续下去了。

只能进行到这里为止，多了绝对不行了。许星洲下决定的瞬间，从未如此深刻地意识到自己与他们，与秦渡的差距。

这些人能肆无忌惮地用这种方式来侮辱她，却生来拥有着显赫的家世与地位。他们用这两样可怕的、像山岳一样的令她无法反抗的东西死死地克住她，让她连下一句话都无法说出口。

可是，他们都怕秦渡。

许星洲一个月两千块钱生活费，住在学校宿舍，目前最大的苦恼是下个月九号要还"花呗"。她一人吃饱全家不饿，没有家，也没有后盾，只有定时炸弹般的心理疾病。

这些公子哥与她如同云泥之别，秦渡和她的距离可能是如隔天地。

许星洲想得出神，一不小心松开了手，那把小伞瞬间被吹向了惊涛翻涌的江面。豆大的雨点噼里啪啦地落了下来，顷刻之间，没了伞的许星洲就被淋得湿透，毛茸茸的头发耷拉了下去，像一只被人从水里捞出的蔫蔫的猫咪。

许星洲开门进来时，秦渡正在嚼口香糖，车里头换过气，烟味很淡，几不可闻。许星洲被淋成了一只落汤鸡，哆嗦着钻进了车里。

"你的伞呢？"秦渡将口香糖吐了，不解地问，"怎么淋成这样？"

许星洲带着一点儿轻微的鼻音，轻声说："风太大，把我的伞吹跑了，抱歉，弄湿了你的外套。"

秦渡哼了一声："你弄脏了你洗，"他故意说，"师兄不穿雨淋过的衣服。"

许星洲点了点头，顺从地将外套脱了，抱在了怀里。她进来之后就坐在了副驾驶座上，外头风夹着暴雨噼里啪啦地砸上挡风玻璃。

秦渡问："冻感冒了？"

许星洲摇了摇头。

"困了是不是？太晚了，师兄送你回宿舍。"秦渡叹了口气，道，"怕的话可以抓师兄的袖子。"

许星洲想着年轻公爵的自由与浪荡，想着他脚下的一切，想着他与生俱来的光环。她想着荒凉山崖上的凤尾绿咬鹃，想着狂风暴雨与拂过面孔的春夜的风。她还想起坠在石板上的山樱。可是美好的岁月下，隐藏着难以调和的尖锐的矛盾。这些矛盾暗藏许久，却在这个夜里被猛地撕开，血淋淋地摆在许星洲的面前。

空调缓慢的气流声中，许星洲冷淡地说："不了，我不要抓了。"

之后许星洲一句话也不说，秦渡只当她是困了。

女孩半闭着眼睛靠在他的车里，头发慢慢地往她的裙子里滴水。秦渡伸手试了一下空调的温度，担心她感冒，将暖风拧大了一些。

许星洲微微动了动，秦渡注意到她的十指被冻得发青，仍抱着他湿淋淋的外套。

秦渡说："外套放在后面。"

许星洲顺从地把外套卡在了后头，仍旧不说话。

"别急，"秦渡看了看表，宽慰道，"十二点半之前师兄一定把你送到，你们宿舍不是没有门禁吗？"

许星洲点了点头，表示没有门禁，茫然地望着窗外。秦渡便不再说话，让许星洲在车上先小憩一会儿。

车里只余夹道的路灯飞速掠过时的光影和呼呼的引擎轰鸣声。他们穿过郊区，车窗外静谧的雨夜里，开始出现霓虹灯的颜色。

彩光之中，许星洲突然道："秦渡，你站在悬崖边上过吗？"

秦渡一愣："悬崖没有，去过蹦极。"

"蹦极我也去过。"许星洲轻声道，"我说的是悬崖，下面有深渊的那种，站在边上往下看，甚至会觉得有一股吸力。"

秦渡说："没去过，对这种景点没有兴趣。"

许星洲笑了笑，道："不要去的好，人的情绪是无法自控的。"她茫然地道，"你可能现在觉得站在深渊边上就想跳下去是件蠢事，但在我看来不是。"

秦渡一怔，望向许星洲。

许星洲自嘲地笑了笑："我是那种真的会受深渊的诱惑而跳下去的人。"

这其实是许星洲一生中为数不多的、愿意直面自己的时刻，可她用最模糊的语言说出了她每天都会有的冲动，犹如一场策划已久，最终却像临时起意的求救。

秦渡沉默了许久。许星洲说出那些话时也没想让他回复——她这一席话说得极为"无厘头"，甚至带着点儿"中二"的味道，她都没指望秦渡听懂。

他应该会当成醉话吧，许星洲茫然地想，或者当梦话也行。

可是秦渡终于慢吞吞地嗯了一声："悬崖有什么怕的，"他眯起眼睛，"以后大不了不带你去。"

秦渡没将他那辆超跑开进校园。

晚春的雨落在绣球花上，剑兰四处生长。秦渡步行送许星洲回了宿舍——宿舍区有个临街的门，秦渡将车停在了那个小门的门口。这时雨已经小了不少，整个南区的宿舍都被笼罩在一片蒙蒙的细雨里。

秦渡看着周遭的环境说："南区这里，确实还是破。"

许星洲点了点头。

"是不是很困？"秦渡莞尔道，"明早有课吗？"

许星洲慢慢地说："第二节。"

秦渡与许星洲撑着同一把伞，雨滴落在伞面上。许星洲走在他的身侧，垂着长长的眼睫毛，她的嘴唇犹如月季花瓣一般，非常适合亲吻。

秦渡说："淋湿了，记得洗个澡再睡。"

"我们澡堂关门了。"许星洲不无嘲讽地道，"秦渡，你果然是没住过宿舍的大少爷。"

秦渡噎了一下。

许星洲慢条斯理地说："我大一入校的时候学姐就告诉我们，澡堂下午开门，晚上十一点关门，要洗的话最好是下午三点到五点之间去。我猜没人告诉你吧？"

秦渡说："我报到的时候……"他想起他报到时连宿舍都没去，直接去见了院长，各类卡和校园网都是辅导员和后勤老师亲自去插队办下来的。

"大一的时候是我第一次去公共澡堂，"许星洲看着秦渡，说，"然后我在那个澡堂洗了两年澡。"

这就是明面上我们之间的差别。许星洲想。

说话间许星洲到了她的宿舍楼下，她从包里摸出自己的一卡通，刷了门禁。

"谢谢你，师兄。"许星洲看着秦渡，说，"谢谢你今天带我兜风，带我吃好吃的，我很开心。"

兜风很开心，油爆毛蟹也很好吃，她想。秦渡从车上走下来的瞬间也很帅。许星洲喜欢秦渡骑着共享单车的身影，就像她喜欢秦渡从车上走下来的模样一般。

我喜欢你的嚣张与锐利，正如我喜欢你的不完美，许星洲想。

可是我自卑又害怕，她想。我为我的一无所有而自卑，为我的无家可归而自卑，为我的身上深渊一般的悲哀而自卑。我害怕你的游刃有余，害怕你的喜新厌旧，害怕一切我认为你会做出来的事。

许星洲不等秦渡回答，就走进了宿舍楼。

深夜雨声连绵，将盛开的月季花打得垂下头颅。秦渡单手撑着伞，夹着手机，靠在许星洲的宿舍楼下。

他从兜里摸出根烟点着，于是在茫茫的黑夜之中，一星火光亮起。

手机那头嘟嘟响了好半天，才传来肖然一声不耐烦的"喂"。

肖然不耐烦地问："老秦你是想进黑名单了是吧，你什么时候才能改掉半夜三更夺命连环 call 的毛病？"

秦渡问："今晚发生了什么吗？"

肖然似乎叹了口气，在那头和一个人说了些什么，过了会儿，听筒里传来雨与风的声音——肖然走到了室外。

"没发生什么吧。"肖然在电话的那头道，"至少我没觉得有什么。"

秦渡说："许星洲下去吹了个风，回来就不太高兴的样子。"

肖然茫然地道："我猜是困了？她看上去作息挺规律的，和我们这种夜猫子不大一样。"

"困了才怪，说我的时候精神得很。总不能有人在她面前胡扯吧？"秦渡烦躁地道，"不可能啊，我身上一个八卦都没有——这都多少年了。"

肖然想了想道："话不能这么说，指不定有人说你不近女色呢？你嘴又毒，又怎么都不谈恋爱……"

秦渡暴怒："别胡说！"他又心虚地问，"她总不能在意我以前谈过的那俩校花吧？我都不记得她俩的脸了。"

肖然说："你觉得她看上去智商很低？在意这种十年前的黑历史是不可能的，你信我。"她又问，"她是怎么和你闹的别扭？"

秦渡羞耻地道："就是旁敲侧击地跟我说什么深渊不深渊的，又是自己会跳下去啊什么的，听得我心惊肉跳……又拿我不知道他们南区澡堂关门了这件事来说我，大概是嫌我和她差距太大了……"

肖然思考了很久，中肯地说："我一个肉食系怎么知道草食系小姑娘的想法？不过人家是真的不想嫁豪门吧？"

秦渡沉默了许久，才羞耻地咬着烟骂道："滚。"

暴雨倾盆，花瓣顺水流向远方。秦渡狼狈地靠在许星洲的宿舍楼下，不知站了多久，裤腿被雨水溅得湿透。

听筒那头也有风雨声，肖然打破了沉默，说："老秦，表白吧。"

秦渡一愣："啊？"

"我让你表白。"肖然平静地道，"都到了这个地步了，你今天专门把我叫到那里照看她还不是这样了？你堂堂正正的一句'她是我女朋友'比十个我都管用。"

秦渡对着话筒犹豫着道："可是……"

肖然："可是什么可是，你还打算让女孩子表白？我跟你说，你要是干出这种事我是真的看不起你。"

秦渡用鞋尖踢了踢地上的水洼，一句话都没说。

听筒里肖然的声音登时高了八度："老秦你还真有这个打算？"

雨声之中，秦渡羞耻地道："只是想过。表白我想过挺多次了，"他叹了口气，不好意思地道，"但是我一直不敢。"

肖然："……"

"她哪儿哪儿都好哇。"秦渡说。

那一瞬间，仿佛连春天都折了回来，与秦渡在同一个屋檐下淋雨。"她怎么都可爱。"秦渡说话时犹如少年，甚至带着一丝腼腆的笑意，"她一笑我就心痒，她捉我的袖子叫我一声师兄，我连心都能化给她看……"这是秦渡在春雨里所能说出的最温暖的诗。

"可是，我怕她拒绝我。"他说。

"我哪里都不差劲，"秦渡对肖然道，"我有钱，长得好，家世相当不错，人也聪明，无论她想要什么样的男人我都可以满足，可是……"

可是，她不吃这一套，秦渡想。在他向许星洲递出搭讪的字条之后，他与许星洲重逢的时候就明白了这一点。那些他引以为傲的，甚至可以所向披靡的外在和内在条件，许星洲通通不曾放在眼里。在她的眼里那些东西甚至毫无特殊之处，她看向秦渡的时候，所看重的是另一些东西。秦渡必须承认，林邵凡也好，那些普通的男孩也好，他们每个人都比自己更适合她。

肖然在电话里说："表白吧。"

秦渡欲言又止："我……"

电话那头，肖然在雨里轻声道："别操心有的没的，去吧，去表白。"

"这是最简单的方法了。"肖然说，"我不知道你们到底怎么了，她怎么会说你，但是在我看来，你去表白是最简单的方法了。"

次日中午。

许星洲一晚上没睡着，快天亮了才稍微眯了一会儿，结果完美翘掉了第二节课。

怎么想，秦渡都是没有错的。许星洲醒来时，空空落落地想。只是以她的脆弱程度，秦渡对她而言是最可怕的暗恋对象罢了。

秦渡是一个喜新厌旧的人，表现出来的那点儿喜欢也实在是少得可怜。他三周给女友花了四五万，都用一个随便的理由把人甩了，那这个叫许星洲的姑娘呢？许星洲扪心自问，自己可以接受分手，却无法接受这种近乎"弃若敝屣"的行为，光是想想都觉得不能接受。

许星洲已经被丢弃过一次，搭进去的是自己的人生，绝不能有第二次了。

李青青发来微信消息，问她："醒了没有，粥宝，要不要给你带饭？"

许星洲躺在床上打字："不了，我不太饿，你们好好吃。"

她看了看消息页面，发现秦渡发了一堆消息——她无力再与秦渡以任何方式沟通，眼眶红红地看了一会儿，把他的消息框删了。然后她从床上爬了起来，打起精神，从程雁的暖瓶里倒了点儿热水冲了杯咖啡。

外头早已不再下雨，劳动节假期将近，程雁已经收拾好了行李，打算翘了周五的课，今天下午一下课就离开，坐六个小时的动车与家人团聚。

许星洲拿着自己的化妆包，踢了踢地上的两大盒粽子，突然觉得自己这样相当没意思。但是，她每次都要给奶奶买东西，这是很久以前就说好了的。

许星洲又踢了一脚那俩礼品盒，把自己的桌上零零散散的东西一推，开始认真地化妆。

她的气色实在不算好，毕竟她一晚上没睡，黑眼圈都出来了——她只得好好地上了底妆，连隔离带遮瑕地上了个全套。许星洲看着自己没什么血色的嘴唇，想了一会儿，还是挑了自己最好用的那支"白莲花"唇釉，涂了上去。

今天是要去见人的，化妆是对那个人最基本的尊重。

许星洲看着镜子里的自己，用力拍了拍自己的脸，尽力让自己显出了点儿气色。

外头的天阴沉沉的，风带着挤不干净的水汽，呼地吹起了许星洲的T恤。

许星洲走到华言楼的门口时刚刚下课，大门门口人来人往的都是下课的学生。门口广袤的草坪上坐了几个神神道道的研究生——他们在打坐。

许星洲路过时瞄了一眼，觉得那几个研究生应该是学数学的，或者学的凝聚态物理，看上去十有八九是课题要due（到期）了，出来打坐调整心态。

许星洲要找的那群人实在是非常好找，毕竟不是每天都有一群人扯着横幅在华言楼的门口拍合照……

那几个P大光华学院的男生聚在一处，一个骑在另一个头上，手拉横幅，另外几个疯狂地拍照片，一边拍，一边狂笑。

"你别动啊老岑！"一个人喊道，"端正你的态度！这可是要上咱学校门户网的！"

那个叫老岑的多半被卡到了什么难以言说的部位，惨叫不已："高岩！放我下来！"

许星洲试探着道："那个……"

另一个个子挺高的男生边拍照边哈哈大笑，说："BBS见吧！"

然后那两个人咕咚一声倒下了，摔得嗷嗷惨叫，周围一群男孩笑得都快喘不过气了……

这个世界上，男生的幼稚程度果然是不分国界、不分学校、不分年龄的。

许星洲点了点那个正在哈哈大笑的青年的肩膀，大声喊道："你好——你好！我找林邵凡，他在吗？"

那青年闻言一愣，把手机放下了。

"我是他的高中同学。"许星洲摸了摸鼻子，不太好意思地说，"今天老林约我见面，我来这儿找他。"

那青年爽朗地笑了起来："你就是许星洲吧？"

许星洲吃了一惊："对的，你认识我？"

"沈泽。"那青年简单地自我介绍，又道，"一个认识的师兄和我提过，很高兴认识你。"

许星洲还以为是林邵凡天天提，没想到居然是一个师兄——许星洲怎么都想不出她在 P 大有什么认识的大三学生，便对沈泽点了点头。

这男生的外貌条件不错，有种直爽而风流的味道，身高甚至和秦渡差不多。许星洲之前听过八卦，这男生貌似正在与他的初恋女友谈异国恋。

"林邵凡在那边。"沈泽指了指华言楼的门口，故意带着一丝要看好戏的语气道，"他以为你在里头上课，正在门口等你呢。"

天色暗淡得像是末日即将来临，华言楼前人来人往。

有人骑着共享单车从大门前经过，风吹过大地与高楼时，许星洲的裙摆被吹了起来。她无意识地拨了一下头发，然后在沈泽的指引下，看到了在玻璃门前等待的林邵凡。

许星洲今天没什么精神，做什么都恹恹的，抬腿朝林邵凡走去时甚至觉得自己的腿粘在地上，就好像踩在一块熔化的硬糖上一般，一抬腿，甚至有种夹起拔丝苹果的感觉。

林邵凡看到许星洲，立刻迎了上来。

"星洲，"林邵凡关心地问，"你没上课吗？"

许星洲没什么表情，说："昨晚出去玩，玩得太晚，一不小心睡过头了。"

林邵凡温和地道："那我今天下午不耽误你太久了。你昨晚去干吗了啊？"

"和一个师兄飙车。"许星洲诚实地回答，"挺累的，回来也很晚。"

林邵凡犹豫了一会儿，终于问："是那个数学系的给我们付账的师兄吗？"

许星洲点了点头，却又摆出一副不想多谈的样子，林邵凡便不敢再问。

理智上，许星洲明白自己不应该这样——她对林邵凡太过冷淡，但是她实在是打不起精神去做任何事情了，不想与任何人解释，也无力对任何人发火。

过了一会儿，林邵凡又问："那我们下午去哪里？"

许星洲几乎想说"你如果想对我说什么你就直接在这里说吧，我今天实在是电量不足无法续航"——可她还没说，余光就看到了秦渡的身影。

秦渡正朝楼外走，臂弯里是两本打印的讲义，封面上夹着两支中性笔和一副眼镜，一副刚上完课的模样。风把他的鬓发吹得凌乱，他把头发抓了抓，抬腕看表，又摸出手机看了一眼。

许星洲看到他的动作的那一瞬间，无端生出了一种酸涩的希冀，他等会儿会不会看到我呢？他看手机，会不会是想看看我回复了没有呢？

但是接着秦渡就接了电话，将手机放在了耳边，背对着许星洲走远了。

许星洲：想得太多了，好羞耻。

许星洲于是对林邵凡说："下午我带你在周边吃点儿好吃的，你买点儿回去给同学当手信，正好我也想买。"

林邵凡红着脸笑了起来，点了点头。过了会儿，他把手在裤子上抹了抹，僵硬地搭在了许星洲的肩上。

那群来参加比赛的少年偷偷对林邵凡比了个大拇指，称赞他上道——林邵凡搭许星洲的肩膀的动作极其僵硬，还带着点儿羞涩和不自信，明显是前一天晚上一群年轻浑球耳提面命的结果。

"我想想——"对于自己的肩上多了一只"蹄子"，许星洲浑然不觉，斩钉截铁地说，"我带你去吃甜食好了。"

正好我需要一点儿甜食救救我自己，许星洲想。

秦渡挂了导师的电话，回头看向华言楼的门口。

铺天盖地的是铁灰色的色调，被风吹乱的头发将他的视野挡了大半，可他还是一眼就看到了一条红裙子。朱红的颜色实在是太适合许星洲了，从第一次见面开始她就穿着各式各样的红裙子，无论怎么身上都带着点儿红色。

许星洲是那种无论天气冷热都会坚持穿裙子的姑娘，穿裙子几乎成了她的执念——好像那是她漂漂亮亮地活着的证明之一一般。

秦渡看到的是，穿着红裙子的许星洲站在台阶上，她的高中同学——林那个啥，以一个极其僵硬的姿势搭着她的肩膀。

秦渡之前发了好多条微信消息约她今晚吃饭，她也没回。秦渡眯起眼睛，正要发作，许星洲和林邵凡说了几句话，就和林邵凡一起跑了。许星洲跑的时候还踩着小高跟，背着她那个万年不变的小帆布包。那对从高中就相识的老同学跑得飞快，转眼之间就跑出了好远。

秦渡的同学好奇地问："秦哥，你看啥？"

秦渡的面色看上去简直像是要去杀人，他答道："非本校的社会流窜人员。"

"秦哥，那叫社会人员，把'流窜'去了。而且这些人和咱们没关系。"他的同学乐和地道，"最近各大高校来参加挑战杯，现在正管得松呢，连身份证都不用登记了。"

秦渡在心里骂了句脏话，看着那两个年轻人，胸中泛起一阵心慌。

许星洲与林邵凡在高中时，从未单独相处过这样长的时间。那时许星洲坐的位子离林邵凡非常近，他们的交集却算不上很多。

许星洲从高中到大学都是个上课经常打瞌睡、看漫画的人，每次老师点她起来回答问题，都是程雁给她打掩护——程雁把答案写在纸上，让许星洲念出来。

而林邵凡则是一个沉默地坐在她前面的大男孩。他上完体育课，打完篮球，连头发都是湿乎乎的，一滴滴地往下滴水，高中的许星洲就会嫌弃地用圆珠笔戳戳林邵凡，让他擦擦汗。高中三年，林邵凡给许星洲讲了一沓厚厚的数学卷子。而作为讲题的报酬，许星洲给林邵凡买了许多罐可乐——但也只是如此而已。

仔细想来，许星洲在上大学前与林邵凡的最后一次见面还是在将近两年前的散伙饭上。

两年前的那个夏天，他们整个班的人都喝了点儿酒，又去 KTV 唱歌。KTV 包厢里四散的彩色灯光照得许星洲的眼睛发花，她和班上的女孩子抱在一处，半醉着又是哭又是笑。

然后，音乐突然变成《那些年》。这首歌非常抒情。钢琴声中闪过"那些年错过的大雨，那些年错过的爱情"。

男生开始发出揶揄的嘘声，许星洲喝酒喝得有点儿上头，抬起头就看到林邵凡拿着话筒，脸色通红地看着自己。许星洲与他大眼瞪小眼地对视了一会儿，音乐都过了大半，周围还有人在嗡嗡地起哄。他是要干吗？许星洲简直摸不着头脑……

许星洲忍了一会儿，试探地问："老林，你拿着麦克风，不唱吗？"

林邵凡立刻从脸红到了脖颈儿，拿着话筒，把那首歌唱完了。

两年后的今日，许星洲带着林邵凡，在 F 大的周围溜达了一下午。天光沉暗，雨迟迟未下，湿润的狂风刮着梧桐，大风席卷天地江河。

在江边的栈道上，许星洲带着点儿笑，道："说实话老林，你保送 P 大，离开学校的时候，我还真有点儿伤心呢。"

林邵凡抬起头："嗯？"

许星洲颇有回忆峥嵘岁月的意味，说："毕竟从此除了雁雁没人给我打掩护了，我只能硬着头皮对付老师了。"

林邵凡羞赧地笑了笑。

"总是要走的。"许星洲看着林邵凡，道，"老林，你是明天的飞机吧？"

林邵凡说："嗯，和同学一起，明天上午。"

许星洲温和地笑了起来："毕竟高中毕业之后，都是要各奔东西的。"

林邵凡道："星洲，你以后来，给我打电话就好。"

许星洲点了点头，目视前方，踩着石板的缝隙往前走。

雨前的天阴沉得犹如末日，狂风大作，江面波涛汹涌。发黄的梧桐叶落在栈道上，在地上逃命般乱窜。在这样的大风中，许星洲的一头长发被吹得四散，凌乱又飞扬。

她什么都没想，整个脑子都有点儿空空的，眼睛茫然地望向远处的水平线。

身后突然传来一个鼓足了勇气的声音："许星洲。"林邵凡的声音还有点儿发抖，"我有话要对你说，已经忍了三年了。"

许星洲一愣，转过头去。林邵凡的手里还提着刚买的伴手礼，头发被大风吹得乱糟糟的。一个身高一米八多的大男生站在江岸栈道之上，身后的背景犹如末日。

林邵凡站在离许星洲两步开外的地方，连耳根都是红的，颤抖着道："我喜欢你。"

"我喜欢你……"林邵凡发着抖重复道，"许……许星洲，从第一面见你的时候，我就特别……特别喜欢你了。你是……"他羞耻地闭上了眼睛，又犹如剖心头血一般，对许星洲说，"你是我见过的最美好的人。"

那一瞬间夹着雨滴的风吹过他们两个人，江畔栈道上几乎没什么行人，树影被撕扯，犹如被攥住了命门。

"我喜欢你，喜欢了许多年。"林邵凡说话时简直像破釜沉舟一般，"从你坐到我的后面的那一天就开始了。星洲，我觉得你是我见过的最美好、最温暖的人，你总是有那么多新奇的点子，就像……"

其实在接受今天的约会时，许星洲就猜到了这次约会的走向。但是当她真的站在这个场景中，听见林邵凡的话时，还是感到了一种深入骨髓的不解和绝望。

许星洲说："老林。"

林邵凡："嗯？"

许星洲抽了一口气，尽力组织措辞道："你再说一遍，为什么？"

林邵凡瞬间从脸红到了耳尖，声音沙哑地道："星洲，你是我见过的最美好、最温暖的人。你在我眼里就是这种存在，又温暖又朝气蓬勃，我想不出你低落的样子，我最难过的时候都靠你支撑。我妈妈见过你，也觉得你很可爱……你每天都像小……小太阳一样……"

他几乎害羞得说不下去，剩下的话被吞没在了狂乱的风里。那的确是他喜欢的许星洲，至少是他眼里的那个许星洲。那个许星洲热情而温暖，活泼又爱动，能得到他父母的认可，犹如一轮温暖的太阳。

"可是如果一个人每天都觉得自己站在深渊上，"许星洲自嘲地说，"每天醒来都想往下跳，床都成了吸住自己的深渊，不想动，连说话的力气都没有，站在高楼上只有往下跳的念头……她觉得这世上没有一个需要自己的人，每个人最后都会把自己抛弃——你觉得这个人怎么样？"

林邵凡怔住了，想了很久，才小心地求证："我不明白。是你朋友吗？这个人是哪里出了问题，是得了绝症吗，怎么会这么绝望？"

"没有。"许星洲冷静地道，"没有任何器质性病变，只有精神垮了。"

林邵凡想了很久，才认真地道："星洲，她和你完全相反，别的我无从评价，但她绝不是一个值得他人喜欢的人。"

大浪猛地拍上堤坝，在铺天盖地的大风中，许星洲以一种极其复杂而难过的眼神看着林邵凡。

林邵凡看不懂许星洲的眼神，茫然地道："星洲，有什么不对的吗？至少我觉得，和这种人在一起绝对不会开心……"

许星洲沉默了许久，眼神里是一种说不出的自卑和悲哀。她终于嘶哑地开口："这个人，是我。"

女孩子的头发被吹得凌乱，雨水落下，可虬结云缝中又隐约透出一丝黄昏的天光。

"老林，"许星洲轻声说，"我就是这种人。大多数时候我觉得活着很好，但是一旦我无法控制自己的情绪，一旦我过不去那个坎儿，就会……"她深呼吸了一口气，哑着嗓子道，"就会……那样。那个可能随时爆炸的定时炸弹，就是我。"许星洲诚实又难过地说。

林邵凡极其吃惊，像是从未认识过许星洲一般。

"你骗人吧？"林邵凡颤抖着道，"星洲，你就是为了拒绝我才编谎话，你怎么可能……"

许星洲说："我虽然经常说谎，但不在这种事情上骗人。"她声音沙哑地道，"老林，你接受不了这样的许星洲。"

接着，许星洲看向林邵凡的眼睛。林邵凡确实接受不了，许星洲想，看他震惊又难以置信的表情就知道了。

"可是这就是真的。"许星洲自嘲地道，"我有单相抑郁症，曾经重度发作，有复发倾向，严重时甚至会出现躯体症状。我因为抑郁症休学，因为抑郁症割腕，整夜整夜地想着怎么才能死得无声无息，我奶奶不搬到楼房去住，就是怕我哪天……"

怕我哪天舍弃我在清醒时如此热爱的生命，许星洲想。

"我说的，都是真的。"她说完，林邵凡一句话都说不出来。

"所以，"许星洲又温和地道，"我希望，你不要为我拒绝你这件事而觉得太难过。"

林邵凡无法接受发病的那个许星洲，许星洲早就知道了。

他只是个出身普通家庭的男孩，生而被世俗桎梏——他被学历制约，被生活推着走，被父母影响。这样普通的男孩，没有那样多的深情可以留给高中时暗恋的人，没有那样多的耐心去忍受一个不完整的许星洲——那个绝望地缩在长夜深处的、尖锐的、灰暗的许星洲。

他的喜欢是真的，他将许星洲视作美好也是真的，却也只是如此而已。林邵凡从来不曾了解过她，甚至连尝试都不曾有，犹如对待一个梦中的幻象，可是许星洲是个活生生的人。

许星洲平静地说："老林，我拒绝你。我……"她忍住心里涌上的悲哀，"我对你没感觉，我也不是像你说的那样好的人，而且，我已经……我……已经有喜欢的人了。"她在呼呼的风声中，这样说道。

许星洲闭上眼睛，耳边传来世界遥远的呼喊。她听见风的求援，听见海的哀求，听见自己心里的那个痛苦挣扎的女孩在拍着门求救。

可是，可是。她眼眶滚烫地想。可是，秦渡分明更加糟糕。他拥有一切，喜新厌旧。他对自己的生命尚且不珍视，对待其他人只会更为挑剔，许星洲平凡得犹如须弥山下的芥子一般，和沧海中的一粟也并无不同。许星洲面对他，连赌一把的勇气都没有。

许星洲是一个人回的学校。

她刚拒绝了林邵凡的表白，总不能再若无其事地和他一路并肩走回学校。许星洲毕竟不是傻子，拒绝完就说晚上要上课——纯粹是找理由先溜。林邵凡像是受到了莫大的打击，连挽留都没来得及，许星洲就钻进公交车逃得无影无踪了。

事实上，许星洲今天晚上没课，明天倒是有两节选修课。程雁的课表也和她的差不多，于是自认为劳动节假期早已开始的自由人程雁，三点多的时候就给许星洲发了短信，说已经取了票，要回家了。

许星洲从公交车里钻出来时，路灯都亮了起来。

那风几乎大得能将人吹跑，蒙蒙细雨呼的一下糊了她一腿，将裙子牢牢地贴在了她的腿上。许星洲的最后一把伞在昨晚也没了，她只得叹了口气，认命地将可怜的小帆布包顶在了自己的头上……

自己今年买了三把伞居然还要淋雨，人生怎么可以这么惨哪？

许星洲顶着小包，被雨淋得湿透，没跑两步就觉得自己受不了这种雨，躲进了旁边的工行 ATM 机区。外头的雨势相当可怕，ATM 机由磨砂玻璃围着，外头犹如被水柱冲刷着，透过玻璃只能看到路灯破碎的光。

许星洲茫然地看了会儿，只觉得鼻尖有点儿发酸。她今天无论怎么都高兴不起来。

许星洲摸出湿乎乎的手机，准备给李青青发短信，让她别上自习了，来工行这儿救救自己这个在一学期内丢了三把伞的倒霉女孩。

然而她刚把手机摸出来，连锁屏都没开，那扇磨砂玻璃门突然就被拉开了。刹那间，大风和雨猛地灌入。而与那大风一同进来的，还有一个个子高大的，裤腿被淋得湿透的青年。

许星洲被扑面而来的冷气激得一个哆嗦。进来的那个人穿着双许星洲白天见过的鞋，许星洲思考了半天，才有些迟钝地想起自己应该是在华言楼的门口见过。华言楼的门口这么多人经过，她为什么会偏偏记住这么一双鞋呢？

其实许星洲平时根本不会思考这些东西，这段时间却莫名其妙地反应缓慢，常常纠结于一些很小的细节，呆呆的，甚至不能思考，像是与世界之间隔着一层凉凉的塑料薄膜，连试图碰触，都会漾起一层阻隔她的雾。

哦，是了，许星洲半天才想了起来，要抬起头才能判断这双鞋是谁的。可她连头都没来得及抬，就听到了熟悉的声音。

"许星洲。"

那个人将那把印着小星星的伞收了，伞面的水哗啦啦地淌在大理石地面上。这个空间其实相当狭窄，许星洲呆呆地抬起头，与他对视。

秦渡居高临下地道："许星洲，我给你发的微信消息你为什么不回？昨天晚上不还好好的吗？"他不爽地道，"不是说了，师兄如果做了让你不高兴的事情，你可以直接指责我吗？"

是了，秦渡似乎是这么说过。他说过，以后她不舒服就要和他说，他不懂，可是会改。

许星洲蒙蒙地道："没有吧。"

我昨天晚上没有好好的，许星洲其实是想这样说的，我从昨天晚上就觉得世界变得糟糕了——可是她连把这句话说完的力气都没有。这些话是不能说给秦渡听的，他又能做什么呢？许星洲想，程雁去哪里了？

秦渡狐疑地问："真的没有？"

"没有。"许星洲笃定地告诉他。

秦渡道："那没事了，师兄发微信是想约你今晚去吃饭。"

许星洲茫然地想了很久，才道："我不太饿。"

"我猜也是。"秦渡眯起眼睛，"在外面吃过了是吧？"

许星洲摇了摇头。她确实没吃晚饭，把林邵凡丢下之后就一路跑了回来。确切地说，她已经一整天没吃饭了。可是，她不太饿也是真的。

外头哗哗地下着大雨，雨珠噼里啪啦地砸在玻璃隔间上。秦渡有点儿不高兴地问："你没回我微信，那今天和你同学去做什么了？"

许星洲想了一会儿，认真地说："我去给他买手信了，他得给他同学带点儿东西。"

秦渡忍不住嘴角上扬："你同学要回去了？"

许星洲认真地点了点头，头发还湿漉漉的，看上去蔫蔫的，像一只被雨淋湿的小猫。秦渡伸手在许星洲软软的发旋上揉了揉，心满意足地道："他早该滚了。"

许星洲看着他，没有说话。

雨噼里啪啦地砸着磨砂玻璃，长夜之中雨水不绝。女孩的口红还残留在唇上，那湿润的颜色极其勾人，犹如夏夜祭典的橘红的灯火。

秦渡盯着那个女孩柔软微张的嘴唇，在那一刹那，几乎像是受了蛊惑一般，伸手抹了抹许星洲的唇上的口红。

许星洲："你……"

秦渡又抹了一下，道："妆晕了。"

许星洲的脸顿时变得红红的，她向后躲了一下，自己用手背把口红擦掉了。

她真的脸红了。秦渡觉得许星洲擦口红的小动作简直可爱死了，又想起了肖然的电话。瞬间，他觉得走进了一个温暖灿烂的春天。

许星洲想了很久，才想起来这里是 ATM 机区，而且是位置很偏的工行——秦渡出现在这里，实在是很莫名……

"师兄，"许星洲问，"你是来取钱的吗？"

秦渡简直抑制不住笑意，伸手在许星洲的头上又摸了摸，问："我取钱干吗？"

许星洲："你不取钱……"你不取钱来这里干吗？

许星洲还没来得及问出这句话，秦渡就揶揄地问："我要是不来的话，你打算怎么回去？"

许星洲连想都不想地回："跪着求我室友来给我送伞，我刚刚就准备发微信的。"

"所以，"秦渡打断了她，道，"师兄是来让你不用跪着求人的，你明白了？"

秦渡说话时，手里还拎着许星洲的那把小伞，伞上的雨水滴了一地。他的裤腿都在往下滴水，显然是一路跑过来的。

秦渡将自己的外套一脱，故意问："想不想师兄送你回去？"

二十四小时内发生的事情太多了，许星洲今天的脑袋又不太好用，以至于她还有点儿蒙蒙的，反应不过来，只下意识地点了点头。

而下一秒秦渡就开了口："也不用多了，你抱师兄一下，以后师兄天天送你回寝室。"

许星洲："啊？"

秦渡笑眯眯的，像哄小朋友一般俯身道："嗯？不愿意吗？过了这个村没这个店。"他得意地道，"师兄这种男朋友在这个世上都不好找，小师妹。"

秦渡刚刚是不是说了男朋友？他也是在表白吗？许星洲愣愣地抬起头，与秦渡对视。她只觉得她与秦渡，与世界之间都隔着一层膜。

晚春雨声不绝，法国梧桐哗哗作响，灯光映着高傲的青年和靠在角落里穿着一身红裙的女孩。

"许星洲，"秦渡难得正经地道，"你试试和我谈恋爱吧，我会对你好的。"

许星洲闻言悚然一惊，仔仔细细地打量了一遍秦渡。秦渡的头发还湿着，这个人生一帆风顺、占尽世间好风水的青年此时意气风发、志在必得，连在提出交往时都有种盛气凌人之感。他看着许星洲，微微眯着眼睛，喉结微微一动。

他第一次看他买来的那辆车时，看他交往过的那些校花时，看那些他几乎不费吹灰之力就得来的奖牌和荣誉时，是不是也是这样的神情呢？许星洲简直控制不住自己的思绪。

可能自己还不如那些吧，许星洲想。毕竟那辆车不算税都值两百多万欧元，而那些校花，外貌不必说，她们还绝对是心理健康且家世清白的。可是许星洲呢？这个现在站在崩溃边缘的，一旦崩溃就会拖累身边所有人的，连一个完整的家庭都没有的许星洲——简直是他的展览柜或他的集邮册里的最低端的一件收藏品。

而许星洲没有任何成为他即将厌弃的收藏品的打算，毕竟喜欢不代表要在一起，更不代表必须将自己最柔软的地方展示出来。

许星洲看着秦渡，冷淡地，一字一顿地道："我不要。"

秦渡浑身一僵。

"我对你没兴趣。"许星洲冷冷地对秦渡说，"也不会和你谈恋爱，连试试都不要。我从来没看重过你身上的任何一样东西，我以为你知道的。"

秦渡："我……"

"说句实话，"许星洲眯起眼睛，"我考虑谁都不会考虑你，和你做朋友倒是可以，但是别的——我希望你能对我有点儿最基本的尊重。"

秦渡背着光，许星洲看向他时，莫名地觉得他的眼眶红了。

错觉吧，许星洲想，这种人还会红眼眶的？

拒绝林邵凡时，许星洲想方设法地照顾他的情绪，可是到了秦师兄这里——到了许星洲真的动了心的秦渡这里，她却只想以最尖锐的话语刺痛他。

他根本不会觉得疼的，许星洲幼稚又难过地想，他哪有可能爱我？

"恋爱？"许星洲强撑着道，"别想了吧，我就算和老林谈也不会和你谈的，师兄。"

秦渡看着许星洲，嘴唇动了动，半天都没说出一句话。

他这副绝望的样子是做给谁看呢？谁还会买单不成吗？

许星洲拔腿就要跑，怕自己再不走就会当着秦渡的面哭出来，那样太没有说服力，也太丢脸了。可是，她刚握住门把手，就被叫住了。

秦渡突然发着抖开口："许星洲。"

许星洲握着门把手的手一顿，回头望向秦渡。

"你当……"秦渡哑着嗓子道,"当我没说行吗?"

许星洲:"什么意思?"

秦渡的嗓音发抖,他道:"你觉……觉得和我做朋友还可以,那我们就继续做朋友。我不是非和你谈恋爱不可……就算只是陪在……"就算只是单纯地陪在你的身边也行。秦渡那语气几乎称得上是哀求。

许星洲连想都不想就问:"你真的是这么想的?"

秦渡背对着她点头,声音都在发抖:"嗯。"

这种人怎么会爱上我?许星洲捏着门把手,这个念头一闪而过。他喜欢我,大概就像喜欢从路边捡来的受伤的鸟儿一样——也可能是路边夹道上的野花。他的世界里应有尽有,他什么都不缺。他只是想把那只鸟据为己有,让她也成为他自己的无数的收藏品之一。

许星洲发着抖说:"秦渡。"

秦渡抬起头,一开始的戏谑与游刃有余消失得无影无踪,也不让她叫师兄了。这个身高一米八六的青年此时眼眶通红,犹如困兽,哀求般看着握着门把手、比他纤细柔软得多的姑娘。

昏暗的夜里雨水铺天盖地,许星洲将那扇玻璃门推开少许,女孩细白的手腕立即被淋得湿透。

"秦渡,"许星洲嘲讽地问,"我把昨天你请我吃饭的钱转给你吧?"

秦渡一怔,不知道她想干什么,接着许星洲就嗓音发抖地拿话扎他:"不就是心疼请我吃饭的钱吗?我回去转给你呀!"

她那句话极具羞辱意味,偏又带着种清亮的柔软。秦渡看见她白皙修长的脖颈儿,和如江上灯火般的清淡俊秀的眉眼。

许星洲说完,推开门,用手捂住头,跌跌撞撞地跑进了风雨之中。

许星洲说什么?她说了什么?秦渡在那一瞬间,脑子都被炸得嗡嗡作响。他这辈子最不心疼的就是钱,何况那还是许星洲——秦渡被她那两句话气得血管突突作响,捏着许星洲的那把雨伞就冲了出去。

许星洲跑得并不快,秦渡在后头暴怒道:"许星洲!"

秦渡咳嗽了两声,直接将那把雨伞朝着许星洲掷了出去:"许星洲!"

秦渡的眼眶几乎赤红得像要滴血,他隔着老远大吼:"算我倒霉,喜欢上你这种神经病!"

许星洲跑都跑不动了,蹲在地上咳嗽,哭得眼泪一道鼻涕一道的,倔强地喊道:"你知道就行!"

然后她抖着手握住掉进水洼里的那把缀着小星星的、秦渡曾经送她回

- 170 -

宿舍时用的小伞，把秦渡留在后头，跑了。

她没撑伞，但是这次旁边没有拔地而起的城堡，只有像荆棘一般耸立的扭曲的法国梧桐和从树缝里落下的路灯冰冷的灯光。雨水汇聚，路面湿滑，许星洲还没跑到南区门口，穿着小高跟的脚就吧嗒一下一歪，让她跌在了地上。

许星洲崴了脚，跑是跑不动了，爬也不可能爬，彻底丧失了移动能力。她终于像个孩子一样，抱着自己的膝盖缩成一团，蜷缩在了树影里头。

正赶上下课，教学楼的门口人来人往，许星洲躲在黑得化不开的影子中，被淋得发抖，泪水吧嗒吧嗒地往下掉。

如果我没有抑郁症就好了，许星洲泪眼模糊地想，如果我有一个能承受得起抛弃的、能承受得起他人过分对待的强大的心理，不会因为被抛弃而绝望到想要去死——这样就可以接受一份儿爱情。如果我有一个完整的家庭就好了，许星洲把脸埋进臂弯里，这样我就会知道如何去爱一个人，就会在人生的每个岔路口都拥有后盾——这样，就可以开心地在那个小玻璃隔间里抱住秦师兄了。

身为一个脆弱的人实在是一件非常痛苦的事情。许星洲抱着自己的膝盖，那把小伞掉在不远处，她连去拿的力气都没有。可是没人注意到许星洲藏身的角落，也没人注意到那把掉在地上的伞。

许星洲赤着脚踩在湿漉漉的泥上，泥里还陷着青翠的小毛桃，是从树上掉下来的。她周末刚洗过的裙子上满是泥点，让她狼狈不堪。上课铃声响起，半个小时的课间终于结束了，路上来来往往的学生都进了教室，狭窄的马路上空无一人。许星洲的眼泪仍像断了线的珍珠一般一颗颗地滚下。

许星洲明白，她与秦渡之间隔着万道江河，千重群山。

这件事应该结束了吧，她想，这样就彻底结束了，以后如果再见到，估计就算仇人了。这种人会因为记仇而在实习的报社给我穿小鞋吗？许星洲有点儿调皮地想，可是她笑着笑着，视野又模糊了。

从狭窄的马路的另一头走来了一个男人。路灯的灯光落在秦渡的身上，一路上的月季的花枝都垂着，被灯照得金黄。秦渡没打伞，浑身被淋得湿透，鬓发贴在额头上，犹如被淋湿的豹子。

明明华言楼在反方向——许星洲不知道秦渡为什么会往这儿走，也不明白为什么都这样了她还会见到他，尤其是在他说了"算我倒霉喜欢上你这种神经病"之后——秦渡应该不是来找她的。

许星洲明知道这一点，却还是哭着往树影里缩了缩。

不要发现我。光影和花充斥在她的眼前，许星洲透过青黄的枝叶，看到秦渡从昏暗里走过来。许星洲看不见秦渡的表情，只能拼命地祈祷，希望他不要发现这个角落。

秦渡一步步地走过来，许星洲连呼吸都屏着，抱着自己满是泥点的裙子和小腿，将自己的存在感降到最低。

我承受不起再丢一次这种脸。她想。

然后，秦渡走了过去。许星洲颤抖着吐了口气，将脑袋埋在了膝盖之间。可是，下一秒，秦渡又折了回来，从地上捡起了那把许星洲摔倒时掉在草丛里的小星星伞。

第五章　他向窗外眺望

雨落进化不开的黑夜之中，枝头的雨珠啪嗒坠入泥土。

许星洲躲在阴影里，雨水顺着她的鼻梁滴了下去，在树的影子里，她看到那把小伞被秦渡捡了起来。那把伞上沾着泥，秦渡的五指捏着伞柄，将伞抖了抖。

泥点被抖得像雨一样坠入大地。许星洲蜷缩着，屏住呼吸，不敢往秦渡的方向看。

人这种生物，对另一个活物的眼神接触是极为敏感的。许星洲丝毫不怀疑以秦渡的敏锐程度，她如果试图去看他的表情，绝对会被发现的。

秦渡站在离她一米开外的地方，许星洲只觉得心口疼得厉害，几乎无法呼吸。

"许星洲？"秦渡声音沙哑地道。

许星洲躲在昏暗里，被吓得不住地哭。她的肩膀都在抖，手拼命地捂着自己崴伤了的肿胀的脚踝，她以为自己被发现了。这个狼狈的、摔得满身是泥的许星洲是不能出现在秦渡的眼里的，这是她最后的骄傲。

如果被发现的话我会沦为笑料吧？许星洲边哭边想。在秦渡不喜欢我了之后，他一定会把这件事当成笑话去告诉别人的。想想看，"那个拒绝了我还羞辱了我的女孩，和我分开之后崴了脚躲在树后哭，浑身是泥"——多好的饭后谈资呀！

秦渡出声唤道："星洲。"他的呼唤里，甚至带着难言的酸涩意味。

他到底想做什么呢？用这种语气说话给谁听呢？他分明是在说给空气

听，谁会为他感动吗？

许星洲拼命地忍着即将落下的泪水，使劲儿捏住了自己的鼻尖，连半点儿气都不敢漏出来，以免被发现。

树叶簌簌作响，秦渡捉住了一枝桃枝，慢慢地往一旁拨去。那一瞬间许星洲紧紧地闭上了眼睛，路灯的光落到她的脚边，留下一道长长的光斑。

冷清的灯光在雨中犹如繁星，六教门口的青桃被雨洗得干净又美丽。枝头的雨水吧嗒吧嗒地砸在许星洲的脑袋上，敲得她晕晕乎乎的。

别让他发现我，求求您，不要让他看见我在这里，许星洲苦苦地哀求上苍。她已经够狼狈了，这垛能焚烧她的柴火已经堆得足够高，不需要最后这一桶油了。

可能是她祈祷得太情真意切，那簌簌的声音一停——在连绵大雨中，秦渡松开了桃枝，那枝丫猛地弹了回去。秦渡拨开了挡住许星洲的树枝，却没有拨到尽头，终究没看见她，差之毫厘。

许星洲终于呼出了那口憋了许久的气，接着听见秦渡淋着雨远去。她看了一眼，在茫茫大雨之中，他拿着那把脏兮兮的伞，也不撑开，一路朝着南苑的方向去了。

许星洲觉得胸口酸痛至极，简直无法呼吸，连流泪的力气都被抽空了。整个世界都蒙上了一层脏兮兮的布，连那些她平时会停下脚步去闻的黄月季都散发着难闻的气味，许星洲恢复了理智，瞬间意识到了问题——她这个状态有些极端了。

从四月份以来，从得知妈妈即将再婚的消息以来，许星洲就觉得情绪开始有一点儿不受控制，但是今晚的情绪简直像是泄洪一般。她像是站在融化的冰川旁，要把身体投进去，任由冰块挤压。

许星洲意识到这一点，摸出手机的时候，连手都在发抖。

她淋了一晚上的雨，手机屏幕湿乎乎的。许星洲把手机在自己湿透的裙子上擦了又擦，将手机擦到能感应自己手指的程度，又拼命地滑了半天，终于解开了自己的指纹锁。

她感到脑子里迷迷糊糊的，求救般翻开通讯录。

许星洲连想都不想就掠过了每个现在在申城的同学、老师和辅导员，哆嗦着给回家过劳动节的程雁拨了电话。

过了至少半分钟——许星洲数了七八声嘟嘟的声音，程雁才将电话接了起来。

"喂？"程雁的声音带着点儿没睡好的烦闷，在动车上毁天灭地的小孩的尖叫声里，她闷闷地问，"许星洲，怎么了？"

许星洲哽咽着说："雁宝，我……我在六教这儿，摔倒了……爬不起来。"

程雁显然没睡好，没好气地道："许星洲你清醒点儿行吗，你知道我在哪儿吗？你在六教摔倒了我也救不了你呀！我还有三分钟到汉口，没吃晚饭，对面还有啃鸭脖的浑蛋——要我说，这些在密闭空间吃鸭脖的浑蛋都应该被乱棍打死……"

接着，许星洲听见电话那头传来"列车前方到站汉口站，请在本站下车的乘客朋友们……"的动车播报声。

程雁的确不在申城，她中午就出发去火车站了。许星洲想起这件事的瞬间，整个人都瘫倒在地上，握着手机，不住地无声地掉着眼泪，一手捂着自己发紫的脚踝。她意识到自己又给程雁添了麻烦，更无从解释打这个电话到底是为了什么。她现在就是这样的，无法思考，反应迟缓。

程雁沉默了一会儿，终于意识到了什么："许星洲，微信上给我发个定位，告诉我你在哪儿，我马上给李青青打电话。"她接着又求证道："你是不是情绪不对？是不是？"

许星洲哭着说："嗯……嗯……"

"你在原地待着，别乱跑。"程雁理智地说，"六教门口是吧，门口哪个位置？你是怎么摔的，现在能不能走路？"

许星洲说起话来简直像个语无伦次的孩子，声音沙哑地道："我在门……门口，就是他们种小桃子的地方，我往下丢过……丢过桃子。在桃树下能找到我，应该。"

程雁怒道："你白天不还好好的吗？"

许星洲哭着道："我不知道哇……我就是，要崩溃了。呜……呜呜，说不好是为什么，就是……"

程雁说："许星洲你给我三分钟，我去找李青青，三分钟之后我把电话给你打回去。"

许星洲哭着点头，小声地嗯了一声，程雁才把电话挂了。

许星洲想起秦渡离开的背影，将脸靠在了树干上，面颊抵着粗糙的树皮。树干粗糙，可她的面孔雪白而细嫩。

M国队长在内战之前咄咄逼人地问钢铁侠，你脱去了这层战衣，还是什么？钢铁侠——托尼·斯塔克说："天才、亿万富翁、花花公子、慈善家，有什么问题吗？"

没有问题，许星洲模糊地想，只不过这种人和她不是一个世界的罢了。

高铁的窗外，荷叶接天，黑乎乎的湖面映着村里的路灯。程雁的效率相当高，她飞速给李青青打完了电话，微信发了位置，又给许星洲打了回去。

这种事程雁经历的次数绝不算少，初高中时她就极有经验。许星洲的情绪很少崩溃，但每次崩溃，程雁都能设法给她拉回来。程雁会持续不断地和许星洲讲话，给许星洲塞点儿东西吃，笑眯眯地摸她的头，甚至会抱抱她。

高铁上，程雁像最没有素质的那种人一样，拿着手机大声地讲电话。

"嗯，"程雁夸张又大声地道，"我回家就帮你看看，你妈生的那个弟弟好像上了咱们原先的初中……你如果看他不顺眼，咱们可是本地的地头蛇，还缺人脉吗？找你当年那群小弟在小巷子堵他啊！"

她说话的声音极其夸张，没说几句就被周围的人白了好几眼。程雁剽悍得很，立即瞪了回去，把白她的人逼得乖乖地戴上了耳机……

许星洲在那头断断续续地又哭又笑，问："打他干吗？"

"不打他？"程雁问，"给他穿小鞋吗？"

许星洲也不回答，断断续续地道："你去打我同母异父……不对，同父异母的那个……不对……"

程雁说："打哪个都行，你想看我录像吗？"

"我不。"许星洲在电话那头带着鼻音，说，"你别打他，两个都不准打，小孩子是无辜的……妈妈不允许。"

程雁知道许星洲现在脑子不太对劲，但是还是很想骂一句神经病……不过程雁听到那句话时，就知道许星洲的情绪稍微稳定了一些——一开始的崩溃劲儿已经过去了，下面只要好好陪着她就行。

许星洲那头好久都没说话，程雁觉得哄得差不多了，正打算换个话题呢，许星洲就哆哆嗦嗦地开了口。

"我……那天看我爸的朋友圈，"许星洲边哭边胡乱地说，"他和我后妈生的那个谁……我不记得名字了，反正是他女儿。他们女儿要小升初了，他们前几天刚刚带女儿去报名，说等她小升初考试结束之后，要带她去欢乐谷玩……"

程雁："……"

许星洲一边哭，一边说："我也想去欢乐谷。"

程雁说："我带你去迪士尼，哭什么？多大点儿事。咱们还比他玩得贵呢，门票五百块，玩完咱们发二十条朋友圈，条条九宫格，气死他们。"

许星洲又哭又笑，对她说："发二十条朋友圈，你怎么能比我还傻啊？"

过了会儿，许星洲又难过地问道："今天他骂我神经病，我是不是真的挺神经病的？"

程雁不知道她说的"他"是谁，茫然地问道："你爸骂你神经病？"

许星洲却没回答，哭得抽抽噎噎，自言自语道："我挺……挺神经病的……不是他骂我的错。"电话那头，她语无伦次地说，"可我也不想做神经病的。"

程雁还是颇为困惑："是谁骂你？"

程雁在等许星洲回答的空当，抬头望向天际的星辰。天上的繁星从来缄默不语，归家的人满怀思绪。列车短暂地停靠在潜江站，小站台上清冷的白灯一晃一晃。

然后程雁在话筒里听到了李青青的尖叫声。

"我的天我的姐姐！"李青青尖叫道，"你怎么能把自己整成这副德行？赶紧的吧，我送你回宿舍你还来得及去洗个澡！不然澡堂都关了！"

程雁终于放松地瘫在了座椅上。一千多公里外，她的朋友终于有了照应。

与一千多公里外正在下雨的申城不同，程雁拉着小行李箱和两盒粽子从铁皮车里走出来时，她所在的城市月朗星稀，微风拂过站台，让人有种难言的惬意。

程雁的父母正在出口处等着，程雁对他们挥了挥手，加快步伐跑了过去。

程爸爸笑道："我家闺女一路上辛苦了。"

"也还好啦，"程雁说，"坐车又不累，就是稍微挤了一点儿……腿有点儿伸不直，就想回家睡觉。"

程爸爸笑眯眯地问："下周周几回学校？"

"周二吧，票已经买好了。"程雁说，"难得回来一次就多待两天……我拜托了星洲帮我答一下统计和新闻学的到，可以在家多住一天的。"

程妈妈眯起眼睛道："你小心挂科。"

程雁大大咧咧地一挥手："我会有这种可能吗？"

程妈妈看了一下程雁，问："哎，闺女你怎么买个粽子都买礼品装？教你的你都忘啦？怎么回事？"

程雁看了看自己手里提着的赤红色的大礼品盒，拎起来晃了晃："洲洲买的，她给咱们家买了一盒，还给她奶奶买了一盒。"

程爸爸叹了口气道："这个小孩啊！"他又说，"雁雁，回头让洲洲不要总浪费钱。她爸每个月给的也不多，那边东西又贵，一个人无依无靠的，让她留着钱给自己买点儿好吃的。"

"对，"程妈妈也说，"下次不要收了，让她留着钱，你们自己去吃好吃的，我们又没有关系。"

程雁笑道："放心啦，许星洲不会饿死自己的。"

"还是老规矩？"程爸爸莞尔，"让你妈今晚煮一煮，你明天顺路给她奶奶送过去。"

程雁点了点头，程爸爸伸手摸了摸程雁的头，不再说话。

月光照亮广阔的平原和荒凉的工地，程爸爸拉着程雁的行李箱，高铁站的出站口外全是黄牛、开黑出租的和发小传单的。

程雁钻进小轿车，她的父母坐在前排，他们一起回家。

"星洲应该挺羡慕我的吧，"程雁茫然地道，"我还能回家，可她暑假都不打算回来了。其实我知道为什么，她觉得自己在这里也没有家。"

程妈妈不平地说："觉得自己有家才怪了。她爸妈那都是什么人哪？我每次想起来都生气，哪有那样为人父母的？"

"星洲她妈还要再婚呢。"程爸爸漫不经心地道，"第三次了吧？是不是这几天就要办婚礼了？"

程雁想起许星洲的妈妈，嗯了一声。

程爸爸说："他爸也是厉害。初中的时候，星洲一说不想去他家住，他就真的不劝了——说白了还是觉得星洲是拖油瓶，她一提就顺坡下驴呗。"

程雁看了看自己的手机，屏幕上是许星洲发的微信，说到宿舍了。

程爸爸一谈那对父母，仍是不平地说个没完，在前头滔滔不绝地骂那两个人不配为人父母。

那对前夫妻确实够倒人胃口，程雁想。

在孩子五六岁的时候闹离婚，谁都不要那个懵懂而幼稚的许星洲，为了放弃抚养权甚至差点儿闹上法庭。那就是许星洲第一次发病的契机。五六岁的小姑娘，第一次意识到自己不被任何人爱，连父母都不爱她，小小的许星洲感到整个世界都崩塌了。

程雁至今不理解那对夫妻为什么都不想要那个小女儿。

程雁理智上明白那是因为自私，毕竟每个人都怕自己的人生被耽误了——可是在生下孩子的时候，他们为什么没有考虑到孩子就是责任呢？

那时候的程雁也年纪小，不懂他们之间的弯弯绕绕，只是后来听父母提过，星洲的父亲重男轻女，不想要女儿，想要儿子，而那时候计生政策还没放开，带着星洲的话连对象都不好找。而星洲的母亲则在离婚后就立刻闪婚，应该是婚内出轨，因此无论如何都不愿意要女儿。

那对夫妻离婚前天天吵闹。程爸爸说过，那对夫妻当着孩子的面就骂得极其难听，什么野种，什么不知是谁生的，什么你不要我就把她从这儿推下去……那场闹剧旷日持久，最后还是病愈出院的许星洲的奶奶出面，说"这个孩子我来养"，然后直接把许星洲领回了自己家。

那时候的许星洲已经病得颇为严重，甚至有些自闭，成日成日地不说话。

而她的奶奶是个风风火火的老太太，声音洪亮，乃是街坊邻居之间吵架的头把好手。老太太其实也没受过什么教育，也不晓得抑郁是什么，但至少知道小孙女非常难过，知道得了病就得去治。许星洲的奶奶悉心照顾那时候不到六岁的许星洲足足大半年，好不容易才将小许星洲从悬崖的边缘拉了回来。

许星洲跟着奶奶生活这么多年，其实学了不少这位老人的坏毛病，譬如牙尖嘴利，譬如吃喝玩乐……程雁搓麻将打牌从来不是许星洲的对手，这个家伙甚至会出千，连出千的手艺都是跟奶奶学的。

但不可否认的是，老太太真的非常爱自己的小孙女。

程雁望着外面连片的田野和路边的细柳，想到许星洲的奶奶就忍不住开始笑。

夜风习习，程妈妈打开手机看了几眼，突然哎哟了一声。

程爸爸一愣："老婆你这是咋了？"

"这……"程妈妈语无伦次地道，"星洲她妈这人到底啥毛病啊？她不是打算后天赶着劳动节的场子结婚吗？我记得酒席都订了吧……"

程爸爸开着车，一头雾水："哈？我其实不太清楚……"

"后天的酒席订好了，她今晚跑了？"程妈妈难以置信地说，"跑去申城了！今晚的票，她能去做什么呀？"

千里之外，申城的天犹如被捅漏了。

312宿舍，灯管悬在许星洲的头顶，宿舍里一股风油精和药酒的味道。

李青青道："姐姐，你今晚能睡着吗？"

许星洲点了点头，抚着胸口道："还行，我撑得住。"

"你摔成这样，"李青青客观地道，"估计也没法儿洗澡了，怎么办？我给你拿湿巾擦擦？"

许星洲："我不要，你大概会嫌我胸小。"

李青青说："你真的抑郁？今晚有什么情绪不对的地方就跟我说，程雁说你发作起来比较可怕，有可能想不开。"

许星洲莞尔道："我现在好一点儿了。"

李青青叹了口气，将药酒放在许星洲的桌上，道："你也太神奇了吧？"

许星洲温温柔柔地笑弯了眼睛，问："怎么啦？"

"这个世界上，"李青青说，"谁能想到你会有抑郁症？"

许星洲笑了起来，可是那笑容犹如硬扯出来的一般，道："我怕你们知道之后会用奇怪的眼神看我。"

"毕竟，"她自嘲地道，"这社会上谁都有点儿抑郁的倾向，我不想让自己显得太特殊，也不想因为这件事而得到什么特殊的对待。而且抑郁的人大多有点儿神经质，就像我一样。"她低声道，"我怕别人知道，我怕他们觉得我是神经病，怕他们用异样的眼神看我，怕在我发病之前他们就不能正常地对待我了。"

李青青说："这个……"

"青青。"许星洲的眼眶里带着泪水，她抬起头，询问道，"我应该没有影响过你们的生活吧？"

这句话有种与许星洲不相配的自卑和难过，像是在她的心中闷了很久。

过了很久，李青青叹了口气道："没有。"她心酸地道，"我们都觉得，星洲你活得那么认真，那么……漂亮，我们都非常羡慕你。"

许星洲茫然地望着李青青，像是不明白她在说什么。

李青青酸涩地说："我们，每个和你接触的人都很喜欢你。"

校园里，雨打剑兰，路灯的灯光昏暗。

秦渡被淋得湿透，与陈博涛一同坐在紫藤萝盛开的回廊里。暮春的雨落在他的身上，他捏着把脏兮兮的雨伞，在昏暗里喘着气。远处月季盛开，雨水滴滴答答地汇入水沟。

打破沉默的是陈博涛："我开车送你回去？"

"嗯，"秦渡声音沙哑地道，"谢了，我淋了一晚上的雨。"

陈博涛说："你淋一晚上干吗？这都十一点多了，你在校园里转了一晚上？"

秦渡哑着嗓子说："我找人。"

陈博涛怒道："我知道你找人！"

"她跑了之后……"秦渡咳嗽了两声道，"我真生气呀，明明都对着我脸红了。我到底哪里差，她看不上我是不是眼瞎？不要我拉倒，我想要什么样的没有……"

陈博涛看着他。

秦渡语调平平地道："可是，我只觉得我快死了。所以我告诉我自己，我步行走到她们宿舍，在路上如果能看到她，就是命运让我别错过这个人。"

风呼地吹过，湿淋淋的叶子啪啦作响。

"喀……然后，"秦渡的嗓子哑得可怕，他将那把伞举起来晃了晃，"我捡到了这把伞，我从星洲手里抢的这把。"

陈博涛不知说什么，只点了点头，示意他继续说。

"人影都没见到半个。"秦渡说话时，声音几乎是破碎的。

远处喧闹的学生早就静了，阜江校区万籁俱寂，雨声穿透长夜，紫藤萝坠于水中。

秦渡拿着那把伞，泣血般说："我只找到了这把伞，所以我没办法，又告诉我自己……我说许星洲今天晚上是有课的，所以肯定会出来上课。我在校园里走走，应该会遇见。"他顿了很久，又狼狈地说，"然后我退而求其次，告诉自己，这么偶遇也算命运。"

陈博涛笃定地道："所以你在学校里面走了三个小时。"

秦渡无声地点了点头。

"没找到，"秦渡将脸埋进手心，声音沙哑地道，"连人影都没有。所以，我又觉得明天再说吧……明天再说。"

陈博涛嘲道："我盼你这种'天选之子'翻车盼了二十年，没想到你跪在一个小姑娘身前了。"

秦渡粗鲁地揉了揉自己的眼眶，抬起了脸："我虽然活不明白，"他背着光道，"但是我……"

然后陈博涛指了一下秦渡的手机，示意有新消息来了。

许星洲躺在床上，就觉得这个世界朝自己压了下来。

李青青和她睡在同一个房间里，但李青青终究不是程雁——程雁其实也不理解那是什么感觉，只是能拉住在崖边摇摇欲坠的许星洲而已。

那种感觉让人窒息。从来没有非抑郁症患者能够理解抑郁症发作状态是什么，无论那个人与患者有着多么亲密的关系。那是从心底涌起的绝望，明明毫无器质性病变，却硬是能用情绪逼出肢体症状来。人会整夜整夜地想去死，觉得活着毫无意义，生活毫无转机，那些曾经喜欢的，无论如何都想要去一次的地方瞬间变成令人痛苦的源泉。

那个想活到八十岁、想去月球的许星洲，想尝试一切、想走到天涯海角的许星洲就这样被死死地扼住了喉咙。

许星洲连哭都只能闷在被子里哭，怕睡着的李青青被吵醒，也怕自己这个样子被别人看见。

我明明没受什么刺激，却还是垮了，不是矫情是什么呢？林邵凡不明白，程雁只是从来都不问。

连许星洲都讨厌这个自己，觉得这样的自己应该被留在黑夜里头。连她自己都不理解自己的时候，谁还会理解她呢？许星洲想到这点几乎喘不上气来，程雁发的消息许星洲一条都看不进去，只按着以前的习惯报了一句平安。

每次许星洲情绪崩溃，程雁都会要求许星洲每隔一段时间报一声自己没事，以确认许星洲没有做傻事。

许星洲点开与秦渡的聊天框，她清空了聊天记录后，他一句话都没和她说过。

她想起秦渡师兄高高在上的表白，想起他被拒绝之后那句称得上卑微的"我们还可以做朋友"，又想起他在月季花中淋着雨，在她的身边捡起那把掉进泥污的小伞。

师兄可能是真的喜欢我吧，许星洲边哭边想。真好哇，居然不是单相思，许星洲闷在被子里哭得泪眼模糊。可是我这一辈子，许星洲哭着想，已经被抛弃过太多次了。

每个我所重视的人——生我养我的父母，育我爱我的奶奶，曾经与我相伴的同学都抛弃了我。而秦渡比父母、奶奶还要危险，他和许星洲没有血缘联系，故乡不在一处。即使不考虑这些，光是秦渡的喜新厌旧和游戏人生的态度都令许星洲害怕得不行。

许星洲甚至都没有把握——他会不会在知道她有抑郁症的瞬间就拍拍

屁股离开。

许星洲扪心自问，自己无力承受这样的抛弃，只能将危险的萌芽掐灭在摇篮里。

那顿饭能有多贵呢？许星洲连思考价格的力气都不剩，把自己的微信钱包里剩下的钱全都给他转了过去，补了一句"饭钱"。接着她按下了转账的确定键，识别了指纹。

许星洲知道这种行为满是对秦渡的羞辱，尽是"你不就是图我的钱吗"的意味，怀着对他最恶意的曲解——她这辈子都没有对人做过这么过分的事，头一次竟是对秦渡。

过了很久，秦渡回了一个字："行。"

然后那个对话框又安静了下来。

黑暗里的手机屏幕亮得犹如长明灯，许星洲觉得有种自虐般的扭曲的快感，求证般发了一句："师兄？你不收吗？"

这条消息带了一个发送失败的红圈圈，和一句"对方已经开启了好友验证"。

那天晚上许星洲在自己宿舍的小床上睡了一觉，做了一个长长的噩梦。

在那个梦里，恶龙踩在她的胸口，许星洲被吓得大哭，那恶龙是她的病的象征，每次在她变得脆弱时都会卷土重来，只不过过去的几年里许星洲都将恶龙打败了，这次她却被恶龙踩在地上。她在梦里害怕地抱住自己的布偶熊，将鼻尖埋进小熊的毛毛里，那里头满是她自己的气息，却无论如何都无法抵御噩梦的侵袭。

然后许星洲睁开眼睛，映在眼里的是现实：她睡在墙皮剥落的老宿舍里，头上是用铁链固定的灯管、网购来的床帘和大一军训时兴高采烈地贴在墙上的墙纸。

许星洲恍惚了一会儿，觉得有种前所未有的安心，仿佛从未遇见过秦渡一般。

秦渡只是掀起了她的心结。许星洲对秦渡的喜欢是真的，那种喜欢和失恋的痛苦却不会搞垮她——因为秦渡从来没有伤害过她，她真正的心结还在别人的身上。

许星洲掀起床帘，和床下的李青青大眼瞪小眼……

李青青试探地问："你……你还好吧？"

许星洲诚实地答道："好一点儿了，就是脚不太好。"

"好点儿了就行。"李青青说，"这几天就别作了，你那个小腿没骨裂吧？"

许星洲看了看自己的脚腕，小声道："不知道，我要不然拍给临床的同学看看吧？"

"不行的话就去校医院。"李青青看了看表，笑眯眯地道，"我今天满课，先走了，中午想吃什么的话给我发微信，顺路的话我就给你买了。"

许星洲浅浅地笑了起来，和李青青挥了挥手，然后自己艰难地挪下了床。

许星洲在床下坐了一会儿，觉得有些饿，就想下楼去外面随便买点儿什么垫垫肚子，于是套了一件外套，跛着一只脚跌跌撞撞地下了楼。

许星洲穿着睡衣跛着脚，挪动起来犹如个残疾人，下三层楼的工夫就引来了无数同情的目光，最终一个小学妹看不过眼，扶老佛爷似的把她扶下了楼……

许星洲瘦瘦的，行动也不算特别受限，小学妹扶着她并不吃力。

于是许星洲微微弯了弯眉眼，对那个小学妹笑道："谢谢你呀，你真好。"

许星洲这么一勾人，小学妹的脸顿时红得犹如苹果一般。接着，小学妹就害羞地说了声再见，逃了……

许星洲此时散着一头乌黑的头发，半点儿都没打理，身上还穿着粉红的小熊睡裤，脸上半点儿脂粉都没有，自我感觉应该是属于一天中比较丑的时候。可是从小学妹的反应可见，许星洲就算不打理也不会太难看。

许星洲刷了门禁卡，一跛一跛地出了门，外头的空气尚算新鲜，月季花怒放，她闻到空气里的水汽时，只觉得自己很快就会活过来了。

毕竟生活的灵魂不是爱情，生活的灵魂是其本身，许星洲想，失恋再令人心痛，爱情也不过是生活的过客。

然而下一秒，许星洲听到了一声熟悉的，甚至让她胆战心惊的声音。

"星洲——"那个女声高声喊道。

许星洲僵在原地，一时间连头都不敢回，只当自己幻听了。

她怎么可能来这儿？她来这里做什么？她不是要结婚了吗？

许星洲回过头，看到了自己的母亲。

王雅兰年近五十岁，仍然保养得当，说她今年三十几岁都会有人信。她显然是赶了一晚上的路，带着一种风尘仆仆的疲惫。

许星洲上一次见到她还是在两年前，王雅兰试图来送考。

"你来这里做什么？"许星洲冷冷地问，"你不是要结婚了吗，酒席不是都订好了？好不容易订的婚宴说翘就翘？"

王雅兰支支吾吾地说："我……我就是想来看看你……"

许星洲嘲讽地道："我初中的时候，你要二婚我就告诉过你，你走出那扇门，我这辈子都不会再正眼看你一眼。"

王雅兰："洲洲，妈妈……"

"洲洲？妈妈？叫出那个你十几年没叫过的称呼，"许星洲难以置信地道，"你就觉得能和我拉近距离了是吗？"

王雅兰的脸上无光，她低声求饶道："这里人太多了，我们到别处去……"

许星洲说："就在这里，十分钟，我最多给你十分钟，超过十分钟我就报警。目的，你说清楚。"

王雅兰低声道："妈妈要结婚了。"

许星洲点了点头："哦。"

"妈妈这么多年都对不住你。"王雅兰说，"说来也是厚颜无耻，但我还是希望你能原谅我。"

许星洲："……"

"虽然你没在我身边长大，但你其实很像妈妈。"王雅兰声音沙哑地道，"我之前听你们高中班主任提起过，洲洲。你像我，是个心动人动的人，想一茬儿做一茬儿……其实妈妈也没想过别的什么，就想……"

许星洲道："就想我祝福你？祝福你和第四个丈夫相亲相爱？因为我和你像？"

那一瞬间许星洲简直要笑出声，心里最深处的恶意都被释放出来。

她居然说这种话？她怎么好意思说这种话？

"我和你哪里像？"许星洲冷冷地道，"你再说一遍，看着我的眼睛。"

王雅兰下意识地躲了一下。

许星洲直视着王雅兰的眼睛道："你出轨，在我五岁的时候闹离婚，把我甩给奶奶，导致我从小就害怕被抛弃，到现在了，我连我喜欢的男孩的示好都不敢接受。到现在了，你快五十了，"许星洲站在来来往往的人潮中道，"你终于觉得良心不安了，就坐个车来这儿找我，让我祝福你。"

王雅兰一句话都说不出。

"祝福什么？祝福什么！"许星洲说着说着就要哭出来，那种崩溃的情绪犹如坍塌的堤坝，她喊道，"你现在能滚多远滚多远！"如果不是你……

许星洲酸涩地想。

王雅兰被戳中痛点，强忍道："洲洲……"

"你不滚我滚，"许星洲哑着嗓子，看着王雅兰，近乎崩溃地重复道，"你不滚我滚，我滚。"

程雁一回家就精神放松，一觉睡到了中午，醒来边看着手机边煮粽子当午饭——她爸妈都去上班了，只剩她一个人在家。窗外与申城乌云密布的天截然不同，是个阳光明媚的好天气。

许星洲一整天都没什么消息，程雁无聊地问了她几句"上课点名了吗"，许星洲可能还在睡觉，一直没回。

昨天星洲的状态太差了，估计闹到很晚，程雁想，星洲今天睡到下午两三点也正常。

程雁又给李青青发了条微信问许星洲的现状，李青青说"洲洲今天早上状态挺好的，还和我笑眯眯地说话呢，估计还在宿舍睡觉"，程雁就没再放在心上。毕竟王雅兰要去申城的预防针她也给许星洲打过了，许星洲既然状态还行，肯定会躲着她妈走，应该不会有大问题。

程雁发现问题是在那天晚上八点钟。她平时很少翻自己的朋友圈，只有无聊时会刷一下。程雁翻了一会儿，突然发现有学姐发了条文字朋友圈："今早南四栋门口居然有母女吵架，惊呆了，简直伦理大剧。"

程雁立刻意识到了不对劲。

南苑四号宿舍楼就是她们住的那一栋，在门口吵架的母女还能有谁？难道世界上还会有第二对母女到大学的宿舍楼门口闹出伦理大剧一样的动静吗？

程雁赶紧给李青青打电话，此时在外头上自习的李青青模糊不清地说："我中午回宿舍的时候星洲不在，应该是吃饭去了，下午我有课，怎么了吗？"

程雁终于意识到李青青极度缺乏照顾人的经验，更不要提让她照顾许星洲一个情绪不好的人了——显然李青青觉得只要把许星洲喂饱了就不会出事。

那一瞬间，程雁意识到事情严重了。

夜里八点十几分，程雁的妈妈在炖排骨莲藕汤，肉香四溢，藕香甜软。

程雁给许星洲的手机打电话，连打了三个都无人接听。程雁发给许星洲的消息仍然没得到回复，她只得向那个发朋友圈的师姐求证白天发生了什么——那个师姐算得上是秒回。

师姐说："不太晓得，我感觉像在节目上逼被弃养的孩子认爸妈一样。那个女生从小就被她妈抛弃，是她妈出轨导致的离婚，现在她妈颠颠地回来找她。"

程雁看着屏幕上师姐发来的消息，简直如遭雷劈。

这种剧情不可能发生在别人身上，绝对是许星洲。程雁千算万算也没算到许星洲她妈居然能做出堵在宿舍楼门口这种过分的事情。

师姐又补充道："我作为旁观者分析了一下，觉得那个妈心机太深了，在人来人往的宿舍楼前堵人，估计是打算用舆论压力让那女生就范。但是那个女生也不傻，没和她妈说几句，人刚刚围上来，就自己走了。"

程雁对师姐道了谢，心里存着一丝侥幸，许星洲兴许是在睡觉才没接电话。

其实许星洲一旦情绪上来，就会变得相当嗜睡——最高纪录是一觉睡了二十六个小时。程雁捏着手机晃了又晃，手心都出汗了。

如果许星洲真的不在宿舍怎么办？

劳动节假期，班上的同学该出去玩的都出去玩了，班里都不剩几个人，让他们通宵找许星洲就太不现实了，毕竟大学同学不过萍水相逢，而且没人猜得到许星洲会去哪里。

程雁在那一瞬间简直想去买回程的票，然而劳动节假期的票极其紧俏，想到自己回程的票还是提前两周抢到的，她紧张得手心冒汗。

片刻后李青青直接打来了电话，程雁抖着手接了。

电话一接通，李青青就焦急地告诉她："星洲不在宿舍，中间应该也没回来过！"

程雁以为自己没听清，无意识地"啊"了一声。

李青青手足无措地道："她的手机就在桌面上！怪不得你打不通——宿舍里和我中午走的时候一模一样，她中间没回来过，雁雁，怎么办？"

程雁觉得，这世上其实是有两个许星洲的。

程雁认识真正的许星洲。那个许星洲曾在初三秋天的一节体育课上，偷偷拉开自己的校服袖口，对程雁说："你看。"

那时候初秋的阳光透过桑树的枝叶洒了下来，落在女孩的胳膊上，那小臂又白又细，上头盘踞着一条毛毛虫一般丑陋的疤痕。程雁凑过去看，被那条伤口骇了一跳——那伤口太狰狞了，就算愈合了许久，也能看出来那地方至少被割过两次。

程雁差点儿尖叫出声。那条疤上至少重重叠叠地缝过二十针，像是伤口愈合后又被割开了一般，毛虫般扭曲的伤口外全是缝合留下的针眼。

但是许星洲是这样介绍那道伤口的："你看，这样我都没死。"

她说那句话时阳光温暖，银喉长尾山雀在树梢上啁啾鸣叫。

程雁所认识的真正的许星洲——她笑眯眯地，眼睛亮亮地对程雁说："所以，雁雁，你不要总觉得我很脆弱。"

可是，毕竟还有第二个许星洲。程雁难堪又无措地拿着手机。

那个失控的许星洲曾经彻夜未眠，或是茫然地望着窗外，悄无声息地在夜晚凋零。她睁着满是血丝的眼睛割过三次腕，偷偷攒过护士配给她的安定，险些被送去医院洗胃，失控的许星洲用尽一切方法想要告别这个世界。然后那个失控的她在初中的一个夏天，被真正的战士一般的许星洲硬是装进了麻袋里，用力拖到了一边。

多么讽刺呀，程雁想，像许星洲这么拼命又认真地活着的生活的战士，心里居然捆着一头这样的怪兽。

谁能想到那个偷偷对程雁说"我八十岁要去月球蹦极"，说"我以后要拥有一颗属于我的星星"并且把这些异想天开的计划认真地写进人生计划书的许星洲，一旦发病，是那么想去死的呢？

李青青在那头颤抖地道："怎……怎么办？雁雁，我们要去哪里找？"

那个失控的许星洲如果卷土重来，要去哪里找才好？要找江畔，要找海边，要找天台的角落和会沾血的黑暗处，那些许星洲会去寻死或是坐着思考死亡的地方。

过了很久，程雁的手指都发着抖，她才对着听筒说出了第一句话："你别急，我去找……找找人。"

江南的晚春又潮又湿，夜晚带着一股被困在罩子里般的闷。满城风絮，梅子黄时雨。落地窗外，万家灯火连绵。

三十多层的公寓的窗户上映着整座城市的光影，陈博涛坐在沙发上晃着自己的马克杯，醉眼惺忪地道："老秦，你还在呢？"

秦渡赤脚坐在地毯上，头发蓬乱，半天也没说话。

"不就是个两条腿的小姑娘吗？"陈博涛漫不经心地道，"长得比她漂亮的又不是没有，别消沉了。哥们儿下周带你去什么吧里看看？你就算想找三条腿的我都能给你找出来。"

秦渡仍是不说话。

陈博涛又出馊主意："找个比她漂亮的，你带去她面前转转也行。"

空气中沉默了很久，秦渡终于哑着嗓子开口："你再给我提一句她的事情试试。"

陈博涛语塞。

窗外的雨沙沙地落下，长夜被路灯映亮。

"我……"秦渡的面孔被笼在昏暗里，表情难以分辨，他道，"这辈子都没遇上过这种……"

陈博涛应道："我知道。"

"我哪里对不起她？我对上她连碰都不敢碰。我怕她在我的车上饿，在车上备零食；"秦渡声音沙哑地道，"我看到她离我不远，拎着包跑了两公里去外滩找她。"

他的声音里带着难言的愤怒之意："我周一起个大早去蹭他们的课，"他暴躁地说，"我……"

陈博涛说："好了老秦，别说了。"

秦渡崩溃地大骂脏话，又说："许星洲——"

秦渡气得发抖，犹如困兽，眼眶通红。陈博涛无从安慰，只得拍拍秦渡的肩膀，犹如青春期里，秦渡安慰看到肖然交第一个男朋友后的陈博涛一般。

秦渡喝了不少酒，眼睛因酒精浮出点儿血丝。他盯着手机屏幕，半晌，愤怒又绝望地道："最后，她就这么羞辱我。"

陈博涛问："怎么羞辱？"

秦渡暴怒，反问："你说呢？"

陈博涛诚实地道："是……是挺过分的……"

窗外雨势渐大，秦渡看了一会儿手机，又把与许星洲有关的朋友圈一条条删了泄愤，删完还觉得不过瘾，又把许星洲的电话号码拉进了黑名单。

陈博涛："也行吧。三条腿的蛤蟆难找，两条腿的女人还不好找吗？拉黑了这个不识好歹的，下一春还在前面等你。"

秦渡不再说话，一双眼睛冷冷地看着屏幕。

陈博涛觉得秦渡是在等消息……他估计还在等那个小姑娘服软，或者道歉。

然而秦渡的手机屏幕由亮转暗，过了很久，连最后那点儿暗淡的光都消失了，却毫无消息。

过了会儿，秦渡的杯子滚落在地的瞬间，他弯下腰，痛苦地用手指插入发间。他那姿态在陈博涛的眼里，犹如被逼入绝境的野兽。

窗外的雨仍然在下，陈博涛开口："要不然让肖然给你介绍……"他的话音尚未落下，秦渡的手机屏幕就猛地亮起。

秦渡抬起头望向自己的手机。

上头亮着的名字也简单，就"程雁"二字。秦渡做事一向靠谱，在要到许星洲班上的联络表时，就把她最好的朋友的联系方式也存了。

秦渡看着那来电联系人，终于哧地一笑，把电话直接挂了。

外头电闪雷鸣，夏雷在他们的头顶轰隆一声炸响。

陈博涛问："她闺密打来的？"

秦渡点头，恶意地道："嗯。"他嘲道，"这么想和我断绝联系，怎么还让闺密来打我电话？她闺密就见过我一面。"

然而下一秒，程雁的电话又打来了。秦渡看着"程雁"那两个字，忍不住心里汹涌的恶意，又挂了。

陈博涛猜测："该不会有什么急事吧？你直接挂了不好。"

"我和她闺密只有过一面之缘。"秦渡漫不经心地道，"我唯一一次给她闺密打电话还是许星洲自己接的，你猜打电话的到底是许星洲还是她闺密？"

陈博涛犹豫了一下："这倒也是……"

秦渡哼了一声，显然在看到来电之后心情好了不少……

陈博涛看了一眼手表道："行了，很晚了——我再在外面留宿我妈就有意见了。我得回家，老秦你晚上别熬了。"

秦渡一挥手，盯着手机道："不送你了老陈，你叫个代驾，回家路上小心点儿。"

陈博涛忍不住腹诽，老秦这社交功能恢复得也太快了吧……他在脑子里这么想，话却绝对不能这么说。据陈博涛所知，秦渡小肚鸡肠得很，目前为止，能让他不记仇的人只有一个——还带着限定条件：没有骂他的许星洲。

陈博涛走后，程雁便没有再打电话来。

秦渡摸着手机，外头是泼天浇地的白茫茫的大雨。

秦渡昨天几乎是跪在了许星洲的面前，将自己的一颗心都捧了出来，但是许星洲将那颗心踩了又踩，将秦渡的骄傲都踩成了碎片。

秦渡想起昨天晚上他看到手机屏幕亮起，发现消息来自许星洲时的放松——和发现那是许星洲的羞辱后的崩溃。他删了许星洲所有的联系方式。

他从小就是被众星捧着的月，想要的一切都在他的脚下。他不再联系

190

许星洲，许星洲也无法联系他——这是秦渡面对许星洲时最后的骄傲。但刚才那两个电话，秦渡虽然还未听到许星洲亲口说什么，他自己的猜测就已经将他的内心填满了。

时钟指向九点，秦渡又靠在窗台上等了片刻，最终还是把那个电话拨了回去，那头接得飞快。

秦渡率先出声道："喂？"

"秦学长，"那头是一个陌生的女声，几乎哭得声断气绝，"秦学长，你怎么不接电话？我找不到星洲了，她……她和你在一起吗？"

秦渡愣住了。

"星洲……"程雁在电话里痛哭道，"是不是和你在一起？学长我求求你了……"

不是许星洲。

秦渡支起身子，冰冷地道："没有。她又不是小孩。"他冷笑道，"你找我做什么？我会知道她在哪儿？"

他向来对别人的哭泣缺乏同理心。秦渡不晓得程雁为什么哭，也并不关心，毕竟那些痛苦都与他无关。

这才九点，连图书馆的普通自习室都没关，何况明天还没课，按许星洲那种性格，她不在外面留宿就不错了，她的闺密居然疯魔到哭着打电话来找人？电话还打到他这里来了，秦渡只觉得胃里恶心得难受。

程雁话都说不完整，显然已经哭了一晚上，哀求道："学长，求求……求求你找一下她……我是说，不在你那里的话……"

"凭什么？"秦渡一边去摸自己的外套，一边问，"凭我和许星洲曾经走得很近？"

程雁哭着道："对。"

秦渡把外套拎着，穿上鞋子，说："连九点都不到你就打电话找我要人，你怎么不打电话问问她另一个高中同学，两个人是不是一起在外面玩？"

然后他把门厅的钥匙拎在手里，声音沙哑地对程雁道："十点她还没回去再给我打电话。"

"你不明白！"程雁在那头崩溃地道，"秦师兄你不明白……"

秦渡拧起眉头："我不明白什么？你告诉我可能的地点，我去找。"

程雁诚实地说："我不知道。"

秦渡觉得这两天他简直要被许星洲折磨死了，许星洲折磨他就算了，连她的闺密都有样学样地来要他一下，他气得发笑，正准备把程雁痛骂一顿——

程雁就哽咽着开了口："我不知道具体方位，我连她什么时候走的都不知道，我猜在江……江边、天台上、轨道边上，她现在肯定还没到那个程度，但是不怕一万就怕万一……"

秦渡闻言一愣。

"一切有可能自杀的地方。"程雁哽咽着将那句话说完。

电话那边，程雁道："我怀疑星洲的抑郁症复发了……"

秦渡难以置信地道："你说什……"

他还没说完呢，程雁便断断续续地说："她自杀倾向特别严重，特别……特别严重。"

程雁在话筒里大哭着，对秦渡讲述她最好的朋友最不愿让人知道的一面。

那一瞬间，秦渡愣了一下。

按电影、电视剧的狗血惯例，他此时应该大脑嗡的一声，接着无论程雁说什么他都听不见。但是恰恰与此相反，连一瞬间的空白都没有，他的大脑格外清醒。

这不是质疑的时候，秦渡想。

电话那头，程雁说完，哭得近乎崩溃，连一句完整的话都说不出来。

"你先别哭，"秦渡冷静地道，"哭解决不了任何问题，失联时间、地点，最后一次是在哪里见的？问题我来解决。"

程雁哽咽着道："监控调了整个南苑的，她往学校的方向去了，但是学校的监控辐射范围不够，目前能确定的是天黑之前她还没离开学校。"

秦渡："最后一次已知现身地点？"

"政严路，上午九点二十八分。"

秦渡记在心里，看了一眼表："没有别的了？"

程雁在那头哭着道："学长我对不起你，这点儿信息和大海捞针也没两样，更多的我就不知道了……"

秦渡一句话都没说。

外头大雨倾盆，闪电将天穹如裂帛般劈开。这与水乡的温柔不符的大雨连续下了数日，几乎带着种世界末日的意味。

墙上的钟表指向九点十二分，大雨冲洗着大地。

秦渡一手拿着手机，另一只手拿着钥匙要锁门，这才发现自己的手抖到连门都锁不上。

秦渡这一辈子都没有试过这样开车。

他飙过很多次车，这一次却是在市里的大雨天，雨雾占领了整条路，前方只有雨和朦胧的信号灯。秦渡一路上闯了无数红灯，意识到自己碰上许星洲时脑子简直就像不能转了一般。

程雁在电话里重复地告诉他："星洲的自杀倾向非常严重。她第一次发作是六岁的那年，我是因为她休学留级才和她认识的。"

秦渡的声音哑得可怕："你别说了。"

但是程雁仿佛刹不住车一般，边哭边道："我认识她的那天，班主任给了我一盒糖，让我好好照顾她。"许星洲的朋友哭着这样说，"班主任告诉我，那个小姑娘抑郁症发作的时候割过三次腕，割得鲜血淋漓，皮肉外翻……让我和她做朋友，是因为那个小姑娘原本是一个很好的孩子。许星洲好到，没人理解她父母为什么会不要她。好到……"

秦渡的车里安静了许久，只有他濒临崩溃的喘息声。

"好到，没人能理解，上天为什么对她这么坏。"程雁说，"我认识她七年，她是真的很喜欢自己的人生，很喜欢她正在做、正在接触、正在学习的每一样事物。"

那一瞬间，秦渡简直像被人摁进了水里。分明周围都是空气，这个高高在上的天之骄子却疼得像是肺里进了水。那句话传来的刹那，这个世界像潮水一样朝他压过来，像是他小时候举着纸船掉进他妈妈在读的剑桥三一学院前的康河的那一瞬间，痛苦和绝望淹没了他，将他压得连呼吸都艰难无比。可是这一切痛苦是他要触碰到许星洲所必须翻过的山岳。

秦渡声音沙哑地说："我到了。"

他挂了电话，将车在学校的正门前随便一停。

狂风吹得人睁不开眼，秦渡连伞都没撑，门卫似乎睡了，秦渡在拦住行人的小栅栏上一翻。

校门旁的法国梧桐上带着一层湿漉漉的光，冷清的春雨落在含苞欲放的花朵之上。

程雁找了他们的辅导员和班主任，设法发动了一群叫得动的学生，然而一是假期，二是深夜突发事件，能叫来的人实在有限。秦渡得到消息，又通知了学生会成员和其他熟识的同学，但是偌大的校园——偌大的世界，连最基本的线索都没有，要找到许星洲无异于大海捞针。

她就像落在海里的月亮一般，秦渡发疯地想。

许星洲钩着秦渡心头的血，缠着他心尖的肉，可她只是水中的倒影，有人伸手去捞就碎了，秦渡捉不住她。

秦渡不明白许星洲的日思夜想，不知道她所爱为何，不了解她的过去，更不晓得她的将来。秦渡对她一无所知。在他颓唐的、拥有一切却心灵空洞得一无所有的人生中，在他潦倒的、自怜自艾的人生中，许星洲是唯一的、能够焚烧一切的火焰，是秦渡所能奢想的一切美好，是他所处的寒冷的长夜里的篝火，是划过天空的苍鹰。

秦渡被淋得浑身湿透，发疯般地在雨中喘息。雨水模糊了他的眼睛，他看不清前路——满脑子都是程雁的那一句"她的自杀倾向非常严重"。秦渡光是想到那个场景，都濒临崩溃。

他眼眶通红地在雨中发疯般地跑过校园里空无一人的马路。教学楼尽数熄了灯，秦渡拍响每扇门让门卫放他进去，他要找人——然后他发着抖开了一扇又一扇的教室门，颤抖着问"许星洲你在不在"，并被满室静谧的黑暗回应。

那天晚上，在这世界上——秦渡连半点儿安全区都没有。

抑郁来临是一件很难受的事情。

人会害怕每个关心自己的人，害怕与人相处。许星洲极度害怕来自程雁、来自同学的所有安慰和"没事我陪你"。因为如果他们这么说的话，许星洲必须告诉他们"我很好，没事"。

可是真的没事吗？明明许星洲觉得世界都坍塌了，连呼吸都觉得痛苦，觉得活着不会有转机了，觉得这世上不会有人需要她了——可她还是要微笑着对他们撒谎"我很好"。

毕竟就算告诉他们也无济于事，他们只会说"星洲你要坚强一点儿""出去多运动一下就好了""出去多玩一下就会变得高兴起来的"……这些轻飘飘的安慰无济于事，许星洲从小就不知听过多少遍，却每次都要为这几句话撒"我很好"的谎。

我不好，许星洲想，可是根本不会有人放在心上呀！

她六岁时父母离婚，为了放弃她的抚养权而差点闹到打官司。小小的许星洲躲在角落里大哭，哭着求妈妈不要走，哭着求爸爸不要丢下自己，哭着问"你们是不是不要洲洲了"——她曾经试图用这样的方式挽回。然后他们走了，甚至把家搬了个精光，只剩一个小小的许星洲站在空空的、满地破烂的房子里。

邻居阿姨同情地说："星洲好可怜呀，你要坚强一点儿。"

坚强一点儿，他们说。

他们只让她坚强，却没有人看到她的心里被撕裂的、久久不能愈合的伤口。她是一个不被需要的人。

真正的伤口从来都与她形影不离，那伤口不住地溃烂。那是许星洲看着东方明珠感到的"还有谁需要它呢"，是她看着福利院的孩子所感同身受的"这些残疾的孩子一天比一天清醒，一天比一天更清楚地认识到自己没人要"，是她的七色花小盒子里缺失了十多年的绿色糖丸，是那些不被需要的，是那些被抛弃的。而这些被世界遗忘、无家可归的，才是许星洲的希望之塔。

程雁是她的朋友，她不能麻烦朋友一辈子。但自己走了，然后呢？

这个世界的天大概都被捅漏了，雨水凉得彻骨，一滴滴地从乌黑的天穹落下来，这场雨可能永远不会停，天可能也永远都不会亮了。

许星洲木然地抱着膝盖，一边的理性小人咄咄逼人地问："然后怎么样？你还想怎么办？"另一边的感性小人说："你应该去死，死了就不用面对这么多问题了。"

许星洲不敢再听两个小人吵架，慢吞吞地抱住了发疼的脑袋。

她浑身是泥，连头发都糊了一片，此时一滴滴地往下掉泥水，毕竟她抓头发的手在地上抓过泥。她原本干净的睡裤上又是摔出的血，又是溅上的泥。崴伤的脚腕青紫一片，她只觉得浑身上下没有一个地方不痛。

许星洲觉得自己应该是从台阶上滚下去过，但是也不太想得起来了。

秦渡疯狂得可怕。

他凌晨两点多时到了华言楼，在二楼的楼梯间里看见了一把沾血的美工刀。那把美工刀不知道是谁留在那里的，看上去也颇有年岁，但是秦渡看到那把刀就双目赤红，几乎要落下泪来。

他把他能想到的、能藏身的地方翻了个遍，但是没人知道许星洲此时是在校内还是在校外，只知道她最后一次在监控下现身是在校内，但那已经是十几个小时前了。别的，秦渡一无所知。

他几乎把整个校区翻了个遍，一边找，一边掉眼泪，心想：许星洲你赢了，你要什么我都答应，想让我不再出现在你的世界里也好，别的什么东西也罢，哪怕你想和林邵凡谈恋爱，只要你出来，只要你没事。

秦渡近乎崩溃。

他意识到他真的赢不了他的小师妹，他的小师妹把他拒绝得彻彻底底，半点儿情面不留地羞辱他，可他还是一退再退，甚至想着如果在这条路上找到许星洲——

那一瞬间，秦渡的脑海中嗡的一声。

第六教学楼。

不知是什么原因，秦渡突然生出一种"许星洲绝对在那儿"的念头。

他剧烈运动了一整晚，肺被冷气一激，又疼得难受至极——他一路冲到了六教的门口，难受得直喘。

六教门口的路灯幽幽地亮着。秦渡刚往里走，就踩到了一个硬硬的玩意儿。他低头一看，是许星洲的小药盒，被来往的人踩得稀烂，糖片全散了。

许星洲缩在墙角，将膝盖抱着。过了会儿，她又觉得额角被雨淋到时有些刺痛，伸手摸了摸，摸到了一手血。是了，她想起来了，她好像真的从哪个楼梯上滚了下来。

明天要怎么办呢？许星洲问自己，就让来上课的人看到自己这副狼狈的样子吗？那还不如死了呢。

片刻后，许星洲又想：如果我今晚死了的话，那天晚上应该就是最后一次见到秦渡了。这样也不坏，他昨晚最终也没有发现躲在树后的自己，没看到自己狼狈不堪的样子——如果她今晚死在这里的话，希望也不要有人拍照给他看，如果要拍照发BBS的话，希望能给她打个马赛克。毕竟昨晚的自己还算是落难女性，今晚完全就是滚了满身泥的流浪汉了……

许星洲遥遥地看见有人朝自己的方向走了过来，从树叶的缝隙之间看不清那是什么人，可能是保安，也可能是社会流窜人员——如果是后者的话，可能她的死相会更狰狞一点儿……

许星洲拼命地往墙角缩了缩，雨声将那个人的声音打得支离破碎。

如果现在被发现，她应该会成为校园传说的吧……会成为传说中F大深夜游荡的女鬼之类的，许星洲想到这一点，咻咻地笑了起来，笑着笑着却又落下了泪。

明明她平时是一个光鲜靓丽的女孩子。

许星洲热衷于打扮自己，喜欢在网店和实体店挑来挑去，也知道怎么打扮自己最好看。她每天都穿着漂亮的裙子，像是坚守一种信念。她出现在人前时总是最漂亮的模样，会在去见喜欢的人之前费尽心思地化妆。

去二教的门口画石磴子的那天，许星洲甚至挑了条丝巾来扎头发，知道秦渡喜欢日系的女孩子就化了个日系蜜桃妆，秦渡那时候说什么来着……

"口红颜色不对，我不喜欢这种"，还是"你穿成这样，哪有来干活儿的样子"呢？

他好像两句都说了。

她分明已经那么认真地活着了。她一直像明天即将死去一般去体验，去冒险，去尝试一切，付出了比常人多几十倍甚至上百倍的努力，试图从泥淖中爬出来，希望能像常人一般生活，像常人一般去爱一个人。然而不是靠努力就能爬出泥淖的，而且她在泥淖中挣扎时爱上的那个人，连她精心打扮后的模样都看不上。

许星洲难受得不住地掉眼泪，抽抽噎噎地咬住自己的手背，不让自己哭出声。不能被发现，如果那个人要拍照的话就咬他，她想。

然后，那个人拽住了许星洲面前的那枝桃枝。

和昨晚那棵树不一样，今天许星洲面前的树枝非常粗。许星洲狼狈地缩成了一小团，那个人拽了两下树枝，似乎意识到拽不动。

许星洲连动都不敢动，眼眶里满是泪水，哆嗦着朝上天祈祷"让他快走吧"。上天大概又听到了许星洲的恳求，那个人的确后退了。许星洲见状，终于放松了一点儿。然而下一秒，那个人抬起脚，啪的一脚踹上那根树枝！

这个人的力气特别大，绝对是常年健身才锻炼出的力道——那一刹那，遮掩着许星洲的枝丫被他踹得稀烂，掉在了地上。

那桃树的树枝被踹断，木质被撕裂般裸露在外。

那个人又踩了一脚，将那段树枝彻底踩了下来，接着蹲下了身——是个浑身被淋得湿透的男人。

许星洲的眼眶里还都是眼泪，她看到秦渡，先是蒙了一瞬。

她在那一瞬间想了很多……譬如秦渡怎么会在这里？他怎么会知道我在这儿？但是接着她就呆呆地想：我一定很难看，我的额头磕破了，到处都是泥巴，也没有穿裙子，脸上也脏脏的。

而秦渡连打扮过的她都不觉得好看。

紧接着许星洲的眼泪就吧嗒吧嗒地往外滚落，和着雨水沾了满脸。

秦渡蹲在她的面前，像一只被淋得耷拉着毛的野狼，看不清表情。许星洲呜咽着乱躲，无意识地寻找能藏身的角落。

秦渡哑着嗓子道："小师妹。"

许星洲没有理他，从喉咙里发出难堪的呜咽，无意识地用头撞了好几下墙。那墙上满是灰和泥，秦渡手疾眼快地以手心护着许星洲的额头："没事了，没事了。"他的声音痛苦而沙哑，"师兄带你回去。"

许星洲发着抖闪躲，秦渡脱了外套，不顾她的躲避，把她牢牢地包在了自己的外套之中，以免她继续淋雨——尽管那外套也湿透了。许星洲的喉咙里发出沙哑的抽噎。她似乎说了些什么，又似乎没有。秦渡的心如同被钝刀子割了一般。

黑夜之中，这个女孩浑身都是泥水，身上脏到分辨不清衣服本来的颜色，狼狈不堪，像一朵被碾碎的睡莲——秦渡跪于落叶上，将她抱了起来。

雨水穿过长夜，灯影憧憧，十九岁的许星洲蜷缩在他的怀里，如小动物一般发着抖。

秦渡知道她在哭，在推搡他，在挣扎着要逃开，她在用自己仅剩的力气表达自己的愤怒和厌恶，可是他牢牢地抱着她，将脸埋在了她的颈窝里。

这是他的劫难。世间的巫妖本不老不死，却在爱上睡莲后，向那朵花交出了自己的命匣。

"没……没事了——"他泣血般告诉许星洲，"别怕。"

许星洲似乎发烧了。也正是因为发烧，她无力反抗，推了秦渡两下之后发现推不动，也挣不开，只好任由他抱着。

五月初的天亮得很早，四点多钟时，天蒙蒙亮起。

秦渡发着抖，一路把许星洲抱出了校门。他的车门一拉就开，他把许星洲塞进后座后，才意识到自己当时一下车就跑了，一晚上都没锁车。

秦渡把裹着许星洲的湿透的外套随手一扔，又从后备厢扯了条浴巾出来擦她的头发，一擦，上面全是灰棕色的混着泥水的血痕。

"你怎么了？"秦渡哑着嗓子问，"怎么回事？"

许星洲不回答。她烧得迷迷糊糊的，额头上发白的皮肉居然是被雨水淋湿的伤口，她浑身伤痕累累，指节上都是被雨水泡白了的刮痕，冰凉的皮肤下仿佛蕴含着一簇燃烧的火。秦渡一摸就知道不对劲，意识到许星洲多半要大病一场。

许星洲缩在后座上，眼泪仍然在一滴滴地往外渗，不知在哭什么，也可能只是在绝望。

秦渡只觉得心都要碎了，低声道："睡吧。"睡吧，他想，剩下的我来帮你解决。

天光乍亮，细长的雨丝映着明亮的光。秦渡微微一揉布满血丝的眼睛，回头看了一眼许星洲。

许星洲脏兮兮的，缩在他的后座上，被包裹在雪白的浴巾里，掺泥的血水染得到处都是。她无意识地抱着自己的肩膀，露出被磕破皮的纤细的指节，难受得瑟瑟发抖——那是一个极其缺乏安全感的姿势，秦渡看得眼眶发酸。

安全感——在这个世界上秦渡最不明白也不了解的东西。

可是，至少她还好好地躺在后面，他难受地想。

彻夜的雨停了，雨后梧桐新绿，一派生机勃勃的模样。

秦长洲从床上被叫起来，开着车来到秦渡在学校附近买的公寓时，也就是凌晨五点半的样子。

秦渡所住的小区里，路旁的月季花花瓣落了一地，小区门口的报刊亭刚开门，大叔睡眼惺忪地将塑料薄膜撕了，把报纸一字排开。秦长洲买了份儿时报，往副驾驶座上一塞，打了个哈欠。他拎着从家里顺来的医药包，乘电梯上楼——秦渡的公寓连门都没关，里头看上去乱七八糟，秦长洲在门上敲了敲才走了进去。

"大早上叫我起来干吗？"秦长洲乐和着道，"我不是二十一二青春靓丽的年纪了，这么大早被叫起来会猝死的。"

秦渡不和他贫嘴，道："你来看看。"

秦渡的公寓装修得极其特别，漆黑的大理石地面，黑皮的亮面沙发，就像吸血鬼的老巢。秦长洲提着医药箱走了进去，在心里感慨这里实在不像个人住的地方。然后他走进主卧，看见秦渡的床上缩着一个瘦削的女孩子。

那女孩不过十八九岁的样子，头发湿着，身上穿着秦渡的T恤和篮球裤，脖颈儿和小腿都白皙又匀称，柔软漂亮。对方趴在他表弟漆黑的床单上，难受得不住地发抖。

"我猜她淋了一天的雨，"秦渡看上去极为狼狈，咳嗽了两声，道，"好像很不舒服，你帮她看看。"

秦长洲怒道："大晚上淋雨干吗？你吃点儿感冒药不就行了，大早上把我叫过来就为了这个？"

秦渡的嗓子都有些发炎："是星洲。"

秦长洲想起和秦渡去吃饭的那天晚上，那个眉眼里都带着笑意的女孩。

秦渡偏爱暗色系的性冷淡风装修，卧室从天花板到地板都暗得可怕，饶是如此，还是有熹微的晨光穿过玻璃，落在了那个在床上发抖的女孩的身上。

秦渡的发梢还在往下滴水，他酸涩地望着许星洲。那一瞬间，秦长洲莫名生出一种念头，觉得秦渡是在凝望某只被折断了翅膀的飞鸟。

秦长洲问："量过体温没有？"

"三十八点四摄氏度。"秦渡揉了揉通红的眼睛说，"刚刚喂了退烧药，身上还有外伤，哥你处理一下吧。"

秦长洲将医药箱放下，摸出听诊器，不解地望着许星洲问："这个小姑娘怎么回事？是病得说不出话了吗？"

秦渡没回答，秦长洲等不到答案，拿着听诊器去听她的心率。

秦渡沉默了很久，才眼眶通红地道："不理我，怎么都不搭理我，难受成那样了都不和我说一句话，不问我要药吃，就像……"就像把自己和世界隔开了一样。

温暖的阳光落在那个女孩子的身上，她湿漉漉的头发带着男士洗发水的清香，像浸透了春天的气息，却提前死去的荷花。她的心跳却真实存在，咚咚咚地响着，犹如雷鸣一般，从那个正茫然落泪的女孩子的胸腔中传来，像是她不死的证明。

"是抑郁症？"秦长洲叼着支烟，又把烟盒朝秦渡一递。

主卧的门在秦长洲的背后关着，冷冷的阳光落在黑色的大理石地面上。秦渡从表白被拒到现在差不多有四十八个小时没睡了，整个人都在成仙的边缘，一放松下来就困得要死，根本抗拒不了秦长洲发出的抽烟的诱惑。

他疲倦地点了点头，诚实地道："我连想都没想过。"

秦长洲漫不经心地道："我专攻外科，没搞过心理这方面的研究，渡哥儿你还是得去找专家。但是听我一句劝，抑郁症的话，等她病情稳定一些了，就甩了吧。"

秦渡："……"

"我见得多了，"秦长洲嘲道，"根本长久不了，你不知道抑郁症患者有多可怕，简直是个泥潭。"

秦渡的眼眶赤红，他连点烟都忘了，一言不发地坐在秦长洲的旁边。

秦长洲说："一是他们大多数会反复发作。二是一旦发作就会把周围的人往深渊里拽，但是你又很难说他们有什么器质性的毛病。三是那些有强烈自杀倾向的——是需要一个大活人时刻在旁边盯着的，连不少孩子的家长都受不了，大多是直接丢进去住院的。"他散漫地道，"听我一句劝，你连自己的人生都过得乱七八糟，就别沾这种小姑娘了，这不是你负得起的责任。"

秦渡冷冷地道："给不了建议就滚。"

秦长洲将眉毛一挑："哟？"

"我现在是问你，"秦渡发着抖说，"我应该做什么？"

秦长洲想了想，道："我选修精神病学已经是很多年以前的事了，我们那时候对抑郁症患者的治疗方案就那几种，但是最关键的一点就是遏制自杀——这个应该还是没变。"

秦渡艰难地嗯了一声。

"真的，我还是那句话，"他的哥哥说，"我不觉得你有能力碰这种女孩子。我不否认有的男人能陪伴另一半到天荒地老，但是我不觉得你能。"

秦渡："我知道。"

"你连自己的人生都过不好，连自己的生活都不珍惜。"秦长洲嘲道，"渡哥儿，你喜欢在生死的边缘麻痹自己，怎么都不觉得生活有趣，无论如何都无法和自己和解，你这种人真的没有资本去碰那种女孩子。我理解那种小姑娘为什么对你有这么强的吸引力，"他在烟雾中眯起眼睛，"那个叫许星洲的小姑娘，性格和你完美互补，你所想要的一切她都有，对'生'的热情，对每个人的善意，自由和热烈，温暖和坚强。"他吐出一口烟雾，"她又是火又是烟。"

她是在水面上燃烧的睡莲，是在雨里飘摇的炊烟。

"可是那不是你的。"秦长洲说，"这样的女孩子不是你所能支撑得起的，渡哥儿，早放手早好。"

秦渡沉默了很长时间，然后道："我让你放手，你愿意吗？"

秦长洲："……"

"哥，我现在劝你，让你别再和花晓在一起了。"秦渡眯着眼睛望向秦长洲，"因为她的家境和你的天差地别，她家穷，你妈讨厌她讨厌得要死。还因为你年轻时比我还懦弱，她面对的问题你都无法帮她解决，所以我让你放手，你干不干？"

温暖的阳光落在秦渡的后背上，他早已换下了淋湿的衣服，换上了家居服——他昨天晚上穿的那堆脏兮兮、染了血又沾了泥的衣服堆在洗手间里，像是在说明往昔已经过去。

秦渡嘲讽地道："你只说许星洲不适合我，你以为花晓就适合你吗？"

秦长洲终于自嘲地一笑，道："既然你都这么说了，那我就不说什么了。"

"我本来就不需要你说什么。回头给我介绍个好点儿的医生，"秦渡道，"最好尽快吧。我是不是还需要把和她关系比较好的亲友叫过来？"

秦长洲问："父母？"

秦渡摇了摇头："那种爹妈不叫也罢，过分得很。星洲还有个奶奶。"

秦长洲感慨道："真是个小白菜呀！"

秦渡嗯了一声："所以我格外难受，她居然可以长成现在这般模样。"不知道她是付出了多少努力，才有一个这样的许星洲，他想。

过了会儿，秦渡又严谨地道："哥，你说，星洲的奶奶很爱她，也有过陪她康复的经历……把老人接来之后，露出点儿希望她定居的意思可行吗？"

秦长洲笑了起来："可行。渡哥儿居然开始盘算以后了？"

秦渡也没有回答，只是笑笑。他望向天际，东方天际一轮朝阳初升，未散的雨云被染出黄金般的色泽。

秦长洲和秦渡并肩坐在一处。抽完了一根烟，秦长洲慢吞吞地道："渡哥儿，你能盘算以后，就是好事。"他散漫地道，"走了，今天医院也没有班，哥哥回家抱媳妇儿去了。你进去陪着些，小姑娘的药先按哥留的吃。"

秦渡说："好。"接着他将烟摁灭了，送秦长洲去电梯口。

电梯旁的窗台上摆了一盆明黄的君子兰，被阳光晒得亮堂堂的。秦长洲拎着医药箱等电梯，却突然意识到了一件事，神情复杂地道："渡哥儿。"

秦渡的手还插在家居裤的裤兜里，他抬了抬下巴，示意秦长洲快说。

"关于那个小姑娘，"秦长洲眯起眼睛，"我就问你一个问题。"

秦渡一挑眉毛。

秦长洲问："谁给她换的衣服？"

秦渡："……"

秦长洲像是发现了什么有趣的事一般，眯起眼睛看着二十一岁的秦渡：以昨晚的雨势，那个小姑娘没淋到雨的可能性实在是太小了，这概率别说0.05，恐怕都小到 0.0001 了——而且她今早还穿着秦渡的衣服。

空气中流淌着令人尴尬的沉默，秦长洲饶有兴味地审视着自己的表弟。

秦渡立刻连送都不送了，直接冷漠地转身回屋。

秦渡连着淋了两夜的雨，饶是身强体壮都有点儿顶不住，说话的声音都有点儿变了。他给自己冲了杯感冒颗粒，端着马克杯，望向楼上的卧室。

整栋公寓都装修得极为冷淡，黑色的大理石、黑镜面、深灰色的布料和长绒毯，一如他本人对世界的看法。他对这所公寓生不出感情，而这里本来也不是他会投入感情的空间。

可是如今，十九岁的许星洲睡在他的床上。

秦渡将感冒颗粒一口闷了，上楼去。许星洲仍然蜷缩在他的床上，连姿势都没怎么变，细软的黑发，白如霜雪的皮肤，指节、额头上的红药水，手指微微痉挛着拽紧秦渡的被子，深灰的被子下露出一截不知什么时候崴了、已经有些发青的脚腕。

秦渡在那一刹那感受到一种近乎酸楚的柔情。

这个女孩紧闭着眼睛，细长的眉毛皱起，像是顺着尼罗河漂来的伤痕累累的婴儿——婴儿应当被爱。

秦渡把卧室里的锐器收起，从剪刀到回形针，指甲剪到玻璃杯。他将这些东西装进了盒子里，然后坐在了床边，端详许星洲的睡颜，端详她被磕破的额角，被泪水泡得红肿的眼尾，毫无血色的嘴唇。

秦渡握住了这个小姑娘的手指。

许星洲大约还是讨厌他的，秦渡想。她那样过分地拒绝甚至羞辱他，数小时前见到他时用尽全力地躲避，无意识地撞墙……无一不昭示着这一点。

秦渡自嘲地一笑，靠在床上，阳光洒在他的身上，窗外掠过雪白的飞鸟。

他不再去碰熟睡的许星洲。

秦渡大约是太累了，本来只是想休息一会儿，没想到还真的一觉睡了过去。毕竟他已经近四十八个小时没睡了，饶是精力充沛都有些受不了，再加上彻夜发疯找人，情绪高度亢奋，精力消耗得彻底——他先是靠在床上睡，后来又滑了下去，半个身体支在床下。

劳动节假期的第一天，秦渡一觉睡到黄昏才被饿醒了。窗外的夕阳金黄，秦渡饿得肚子咕咕叫，怀里似乎抱着什么热乎乎、毛茸茸的小东西。他睁开眼睛一看——退烧药的药效过了，许星洲烧得迷迷糊糊的，整个人软软地贴在他的怀里。

下午温暖的阳光中，许星洲热热的毛茸茸的脑袋抵在秦渡的颈窝里，像一片熔化的小宇宙。那一瞬间，秦渡的心都化了。

他动情地与许星洲的额头相抵，将她整个人抱在怀里，任由金黄的夕阳落在他的后背上。然后他磨蹭了一下许星洲的鼻尖——这个动作带着一种极度暧昧的亲昵的味道，他甚至能感受到这个小姑娘的细软滚烫的呼吸。

秦渡几乎想亲她。

如果亲的话，会是她的初吻吗？秦渡意乱情迷地想。

在她昏睡的时候他偷走她的初吻是不是乘人之危？可他那么爱许星洲，得到这一点儿偷偷摸摸的柔情应该也是无可厚非的。

许星洲的嘴唇微微张开，面颊潮红，一副很好亲吻的模样。然而秦渡最终还是没敢亲，只抱着她偷偷地温存了一会儿，然后起身倒了点儿热水，把许星洲扶起来，先给她喂了不伤胃的退烧药。

许星洲半梦半醒，吃药却十分配合。她烧得两腮发红，眼眶里都是眼泪。

秦渡低声道："把水喝完。"许星洲睁着烧得水汪汪的双眼，顺从地把水喝了。

秦渡问："饿不饿？"许星洲没听见似的不理他。

秦渡清醒时已经向医生咨询过，这种缺乏反馈的情况实属正常，他问那个问题时本来就没打算得到回应。

秦渡说："洗手间在那边，这是我家。"

许星洲仍是一点儿反应都没有，呆呆地捧着空玻璃杯，玻璃杯上折射出温暖的夕阳。

秦渡又说："尿床绝对不允许——师兄下去买点儿清粥小菜，你在这里乖一点儿。"

许星洲这才微不可察地点了点头。

她甚至没有对自己身处秦渡的家里这件事表达任何惊讶之情，只是表情呆呆地坐在那儿，像一个把自己与世界隔开的小雕像。

秦渡生怕许星洲在他不在时跳楼——尽管她没有流露出半点儿自杀的冲动，他还是找了钥匙把卧室的门锁了，这才下楼去买粥。

他临走时看了许星洲一眼。许星洲坐在夕阳的余晖里，身后明亮的飘窗外是整座日暮下的城市。

这个小姑娘曾经在这样的夕阳里，抱着福利院的孩子笑眯眯地陪他们玩游戏，也曾经在这样的光线中抱着吉他路演。她喜欢一切好天气，连下雨天她都能把自己逗得高高兴兴的，像是一个不知疲倦地对世界求爱的孩子。可如今，她对这个世界无动于衷，表情木然地望着窗外，像是整个人都被剥离了一般。

秦渡不得不锁上门的那一瞬间，只觉得眼眶一阵发烫。

秦渡在附近还算可心的粥铺买了百合南瓜小米粥和秋葵拌虾仁，回来时天色不早了，许星洲也已经发汗了。她的额头湿透了，连后脖颈儿的头发都湿淋淋的，让她难受得缩在床上。

床头暖黄的灯光亮起，鸭绒被拖在地上，窗外零落的灯光只让夜更黑了，唯有他们的这个角落有些暖意。

许星洲见到饭，勉强地低声说了句谢谢，而那两个字就像用尽了她所有的力气一般。她只勉强吃了两口粥，就打死都不肯再碰了。

秦渡问："你昨天是不是也没吃饭？"

许星洲没说话。

秦渡坐在床边，端起他走了三公里买来的粥，威胁般道："你给我张嘴。"

许星洲带着眼泪看着秦渡，过了一会儿才把嘴张开。秦渡吹了吹粥，称得上笨拙地动手，开始给她喂饭。

"不想吃也得吃，"秦渡漫不经心地道，"师兄买来的。"

他刚说完，许星洲就使劲儿把勺子咬在了嘴里，虽然不说话，但也表达了她非暴力不合作的态度。

秦渡试图抽出小勺，但是许星洲的牙口特好，他又怕伤着许星洲，只得威胁道："你再咬？"言外之意是，你再咬勺子，我就把粥倒在你的头上。

许星洲于是泪眼汪汪地松开勺子——秦渡在那一瞬间甚至觉得自己喂她吃饭是在欺负她，但他愣是硬着心肠，一勺一勺地把那碗粥喂完了。

不吃饭是断然不行的，何况她已经饿了两天，看这个非暴力不合作的样子，秦渡就算今天不强硬地喂她，明天也得用强硬的手段。

秦渡喂完饭，低声下气地问："是不是师兄买的粥不合胃口？"

许星洲钻进被子里蜷成一团。

秦公子第一次当保姆，以失败告终，被看护对象连理都不理他，他只得憋屈地探身摸了摸许星洲的被子周围，以确定她没有藏什么会伤到自己的东西。

许星洲什么也没藏，只是要睡觉。

她闷在被子里，突然声音沙哑地开了口："我的小药盒……"

秦渡想了想那个七色花小药盒凄惨的下场，道："摔碎了，你要的话师兄再去买一份儿。"

许星洲没回答，把自己闷在被子里，长长地叹了口气。

秦渡在昏暗的灯光中望向自己的床头。

他的大床如今被一小团凸起占据——犹如春天即将破土而出的新生的花种。

一切都还转机。许星洲所需要的——那些会爱她，会理解她的人还是存在的。

在申城安顿一个年迈的老人，在普通人看来可以说是困难无比——在秦渡这里却不是。许星洲应该没有以后回崀北工作的打算，那地方对她而言，除了她的奶奶，毫无值得留恋之处。

毕竟大多数外地的考生考过来，都是抱着要留在申城的打算的。

崀北光是汉城就有八十二所大学，许星洲填满了九个平行志愿，却连一个本省的高校都没有填——她的志愿遍布大江南北，唯独没有一个是本省的。

秦渡咳嗽了一声，拨通了程雁的电话。他的衣帽间里满是熏香的味道，他朝外瞥了一眼，深蓝的帘子后，许星洲还睡在他的床上。

程雁应该是在看手机，几乎是秒接。

"喂？"程雁说，"学长，洲洲怎么样了？"

秦渡又看了一眼，压低声音道："她现在睡了，晚饭我给她喂了一点儿，她好像不太喜欢这家的口味，明天我让我家保姆做了送过来。"

程雁由衷地道："学长，谢谢你，如果不是你……我都不知道怎么办了。"

秦渡烦躁地揉了揉自己的头发，问："谢就不用了，我不是什么正人君子。程雁，你有没有通知星洲的奶奶这件事？"

程雁那头一愣，破天荒地没有马上回答这个问题。

"这样，"秦渡又摸了摸自己的鼻子说，"你如果没买回程票的话，连着星洲奶奶的信息一起发给我，我帮你们买，时间随你们定，我这边买票容易一些。"

秦渡散漫地拿着电话道："是不是联系她奶奶比较困难？电话号码发给我就行，我和老人沟通。"

程雁沉默了许久，才低声问："学长，你说的是她奶奶对吧？"

秦渡说："是呀！要落户我给解决。"他想了想，又道，"要住处我这儿也有，把老人接过来，生活我供。"

毕竟许星洲谈起她的奶奶时，神情是那么眉飞色舞，他想。

秦渡想起许星洲笑着对他说起"小时候奶奶给我念小人书，还会给我煎小糖糕，我摔跤哭了会哄我说话，我奶奶是世界上对我最好的人"，想起她提着给奶奶买的粽子时神采飞扬，眉眼弯弯地对秦渡说"我奶奶最喜欢我了"。

那个在小星洲发病时耐心陪她说话的慈祥的长辈，那个在传闻中让小星洲染了一身吃喝玩乐的坏毛病的脾气泼辣的老人。

秦渡的衣物间里整整齐齐地放着他泡酒吧穿的潮牌、正式场合用的笔挺的高定西装和前些日子买回来还没拆的名牌服饰的纸袋。秦渡用脚踢了踢那个袋子，思索那袋子里的是什么——他花了半分钟，才想起来那是一双条纹皮拖鞋。

而电话里的沉默还在持续。

"学长，"程雁打破了沉默，声音沙哑地道，"你为什么会这么说？"

秦渡又将那个纸袋踢到沙发的下面，说："星洲不是和她奶奶关系好吗？我觉得让老人来玩玩或是怎样的都行，来陪陪她，她需要……"

程雁打断了他："我今天下午把星洲托我送给她奶奶的粽子送了过去，顺便看了她奶奶。"

秦渡："嗯？"

程雁哑着嗓子道："顺便，除了除草。"

秦渡一愣，不理解"除草"是什么意思。

"她奶奶的坟茔。"程雁忍着眼泪道，"都快平了。"

空调的风在秦渡的头顶呼呼作响。许星洲安静地睡在秦渡的床上，大约是退了烧，连呼吸都变得均匀而柔软。

秦渡在那一瞬间甚至以为自己听错了，程雁说话时带着一点儿扈北本地 n、l 不分的口音，但是"坟茔"里哪个字都没有能造成发音干扰的可能。

坟茔？那不是埋死人的地方吗？

秦渡还没开口，程雁就说："她奶奶走了很多年了，我以为你知道的。"她难过地道，"不过星洲确实从来都不提这件事，不会告诉别人她奶奶已经离开她很久很久了。"

秦渡无意识地抱住了自己的头。

"应该是初中的事情吧，初二，早在我认识她以前那个老人就去世了。"程雁说，"我是因为她复学才认识了她，而那时候她就自己一个人住在奶奶的老房子里了。学长，许星洲就是因为奶奶去世才抑郁症复发，导致休学的。"

秦渡张了张嘴，却一句话都说不出来。

"她从来都只提那些好的、金光闪闪的记忆——那些她奶奶宠她的，那些温暖灿烂的。"程雁道。

那一刹那，秦渡犹如被丢进了水里，肺里疼得像是连最后的空气都被挤了出去。那些许星洲眉眼弯弯的笑容——她说"都怪我是个山大王"时，有点儿委屈又有点儿甜蜜的模样。在那些秦渡发自内心地觉得"她一定是被世界所爱的人"的瞬间，那些他所赞叹的瞬间背后，是一个满身是血的女孩正在从深渊中爬出，是她在夏夜暴风雨中的大哭，是无数绝望和挫折都不曾浇灭的生命的火焰在不屈地燃烧。

他只看见了许星洲的笑容，却从未看见过她背后的万丈深渊，悬在她的头顶的长剑，她的希望之塔和方舟。

"学长，"程雁哑着声音道，"你不知道吧，她真的是孤家寡人。"

晚上十点，秦渡洗完澡，看着镜子中的自己。

他生了副极具侵略性的相貌，鼻梁高挺笔直，刚洗完脸，鼻尖往下滴着水，眼周还有一丝生硬的红色。然后他将脸擦了，回了卧室，开门时穿堂的夜风吹过床上的那个小姑娘。

许星洲仍然缩在他的被子里，纤细的手指拽着他的枕头的一角。秦渡一米八六的个子，他穿的衣服对她来说实在是太大了，她的衣领下露出一片白皙的胸脯，换个角度简直就能看光……秦渡尴尬至极，立刻把那衣服的衣领往上拽了拽……

真的挺可爱，他想。

台灯温暖的灯光映着她的眉眼，她仍不安地皱着细细的眉毛，像是在寻找一个安全的角落。

秦渡在床旁坐下，扯开一点儿被子，靠在床头，突然想起许星洲问他"那个药盒怎么样了"。

七色花小药盒。

现在想来，那实在是一个极度冷静又令人心酸的自救方式。

许星洲清楚地知道那药盒里的是安慰剂，只是普通的糖片而已，可是她仍然在用那种方式自我挽救，像是在童话里扯下花瓣的珍妮。

在《七色花》童话中，老婆婆给小珍妮的七色花有红橙黄绿青蓝紫七种颜色的花瓣，她用红色的花瓣修补了被打碎的花瓶，用黄色的花瓣带回了面包圈，用橙色的花瓣带来了无数的玩具，又用紫色的花瓣送走了它们。小珍妮用蓝色的花瓣去了北极，然后用绿色的花瓣回了家。

所以许星洲的小药盒里，什么颜色的糖片都有，唯独没有绿色的糖片。

许星洲真的没有家。

秦渡将这件事串联起来的那一瞬间，眼里都是血丝，几乎疼得发起抖来。

小姑娘的眼睫纤长，她在微弱的灯光里几不可察地发着抖，是极度缺乏安全感的模样，秦渡小心翼翼地与她十指交握。

许星洲的手指破了皮，秦长洲作为一个见惯了院外感染的医生，处理伤口时尤其细致，还给她涂满了红药水。碘伏将伤口染得斑斑点点，衬着皮下的瘀血相当可怕，这只手却是一只又小又薄的手。秦渡从小养尊处优，双手却茧子硬皮一样不少，有力而硬朗，他的指甲修剪得整齐，骨节分明的手指上文了一圈梵文。

许星洲小小的满是伤痕的手被秦渡握着，他像是捏住了一朵伤痕累累的花。

秦渡心中酸楚，他道："小师妹。"

他轻轻地揉捏许星洲的指节，如同在碰触易碎的春天。许星洲舒服地喟叹出声，不再难受得发抖，而是朝他的方向蹭了蹭。

秦渡将灯关了，黑暗笼罩了他们两个人。接着他想起什么似的，一手与许星洲十指交握，另一只手从床头柜里摸出了许星洲那个贴满星星月亮的贴纸的 Kindle。

他还没按开开关，就看到了黑暗中许星洲睁开的眼睛。许星洲那双眼睛水蒙蒙的，眉眼柔软得像初夏的野百合，显然她尚未清醒。

在浓得化不开的夜里，秦渡声音沙哑地问："怎么了？"

许星洲的手心潮潮的，大概是发汗的缘故，他想——是不是应该松开？她会不会反感与自己牵手？

许星洲的声音微弱："师兄。"

秦渡感到心里一凉。她认出来了，他想。

然后秦渡难堪地嗯了一声，不动声色地将交握着的十指松了。

"师兄。"许星洲的声音沙哑又模糊，颤声中带着半梦半醒的意味。

秦渡又嗯了一声。

下一秒，那小姑娘迷迷糊糊地，安心地钻进了秦渡的怀里。

秦渡愣住了。

许星洲像个小孩子一样，在他的颈窝蹭了蹭。

她的动作带着一种本能般的依赖，像是她生来就知道，在这个世界上，这个角落是安全的一般。

秦渡几乎能感受到这个女孩子身上的体温，她的烧已经退了，这是她顽强地活着的证明。

"师兄在，"秦渡的声音低哑，"我在。"

"师兄，我难受……"黑夜中，许星洲带着绵软的哭腔说。

她说这句话的时候还缩在秦渡的被子里，眼眶里都是眼泪，在黑暗中亮亮的。秦渡被她蹭得心里柔软一片，用胳膊环着许星洲的腰，装作不经意地蹭她两口豆腐吃。

许星洲声音沙哑地重复："师兄，我难受，好疼。"

秦渡迷糊地道："疼什么？"

他怕许星洲哪里不舒服，将台灯开了，才发现她难受得不住地哭，面色潮红，手指还扯着他的衣角。他立刻紧张起来，许星洲还处于不愿意说话的情绪低谷，连告诉他难受都像是用尽了全身的力气。

是不是哪里出了问题？是有没发现的伤口吗？还是感染了什么细菌病毒？秦渡简直吓出一身冷汗，把许星洲半抱在怀里，摘了眼镜，以眼皮试她额头的温度。女孩子浑身软软的，任他摆弄，体温却正常。

秦公子作为一个衣来伸手、饭来张口，从小身体倍儿棒的二世祖，从来没遇到过这种情况。他又低声问了两句"到底是哪里不舒服"——而他的星洲只是抽噎，一个字都不愿说，耳朵通红。

她似乎一旦发病，就会有点儿逃避倾向，而且变得极端沉默，平时叽叽喳喳的女孩子突然安静下来，像生长在石头上的青苔，连主动说话都不愿意，更不用说回应秦渡的提问了。

她虽然不愿说话，但难受应该是真的，秦渡想。

然而他怎么都问不出来，简直急得不行——许星洲缩在床上，像一只虾米，眼泪都在被子上洇了一个窝儿。秦渡感觉心疼得要死，却又不能用任何强迫的手段。

他只能给秦长洲打电话，问这位资深外科大夫的意见。

电话嘟嘟了两声，立刻被接了起来。秦长洲显然还没睡，大约正在小区里散步，听筒里甚至传来了初夏的吱吱虫鸣。

秦长洲："怎么了？渡哥儿？"

"星洲在哭，"秦渡难堪地道，"也不说怎么了，只告诉我难受，然后就什么都不愿意告诉我了。"

秦长洲立刻问道："什么体位？有没有抱住肚子？发烧了没？"

秦渡看了一眼许星洲小虾米一般的姿态，斟酌着回答："应该是抱住了吧……没发烧。"

"那就可以先排除感染，应该是腹部的问题。渡哥儿你摸摸小姑娘的肚子，"秦长洲指挥道，"先看看有没有外形变化，再按一按，看看软不软、硬不硬，有没有压痛反跳痛什么的——就轻轻按一下，问问疼不疼就行。"

秦渡掀开被子。许星洲缩在床上，怯怯地道："别……别碰我。"

秦渡道："我就……就碰一下，你不是难受吗？"

"别碰我，"许星洲带着鼻音重复道，"你不许碰我，绝对不许。"她说话的样子带着种与平时截然不同的稚嫩，像个毫无安全感的小孩子。

许星洲看到秦渡在看她，抗拒地别开了红红的眼睛。

秦渡想，这小姑娘实在是太难搞了，明明刚刚还在黑暗中喊着师兄，迷迷糊糊地投怀送抱，钻进他的怀里对他说不舒服，转眼她就变成"你绝对不许碰我"的浑蛋样子，连眼睛都别开了。

秦渡这辈子都没吃过这种闭门羹，又怕许星洲哪里出了问题。医生会因为患者的不配合就放弃用药吗？显然不会——于是他夹着电话，半跪在床上，隔着衣服强迫性地按了按许星洲的小腹。

许星洲反抗不了秦渡在力量上的压迫，哭得面颊和眼睛都变得绯红，简直是一副绝望到想死的模样。

秦长洲在电话里问："肚子软吗？有没有压痛反跳痛？"

秦渡一看她哭都不敢再摁了，安抚地摸着她的头发，道："没有，挺软的。"

许星洲还趴在床上，背对着秦渡，连看都不看他。

"那就奇怪了。"秦长洲疑惑地道，"我早上检查的时候也觉得没什么问题，总不能是吃坏了肚子吧？"

就在秦渡以为许星洲得了什么怪病，想抱着许星洲跑去医院检查一通的时候，秦长洲终于忍着笑意道："其实，还有一种可能。"

秦渡急死了："那你说呀！别卖关子！"

二十分钟后。

秦渡站在货架前，拿着电话，满脸通红地问秦长洲："要买……哪种？"

二十八岁的秦长洲用最像偶像剧男主角的声音轻蔑地轻笑了一声。

大三在读生秦渡："……"

"渡哥儿，没想到哇，当了二十一年'爸妈同事家孩子'的你——"秦长洲毫不留情地嘲讽他，"连这个都不会买。真是风水轮流转哟！"

秦渡："我……"

秦长洲又火上浇油地问："你以前谈的那俩女朋友没让你买过吗？你不是给她们买了一堆包，还给她们换手机，我当时还以为你大包大揽，估计连她们家装修都……"

秦渡愤怒地对着手机吼道："能不能别提了？！我那时候才谈了几天！"

秦长洲漫不经心地道："行了行了，吼我干吗？是男人都有第一次的。"

秦渡忍辱负重地点头表示受教："是的，是的，哥，受教了。"

大约是秦渡憋屈的语气取悦了他，秦长洲终于给出了重要的技巧："诀窍就是旁边阿姨怎么买你就怎么买。"

超市里灯火通明，恰逢假期的第一天，夜里的超市正值高峰期，到处人挤人。秦渡提着篮子茫然无措地站在人堆里，过了会儿，学着旁边的阿姨拿了一包163mm的丝薄棉柔护垫，并且往购物篮里连着丢了五包一样的……

电话里，秦长洲突然问："渡哥儿，你应该知道卫生巾是什么吧？"

秦渡审视了一下手里拿的小塑料包，读到了"护垫"二字，立即转而去拿旁边的卫生巾，并冷静地对着电话嘲讽："你把我当傻子？"

秦长洲惊愕地道："你比我想象的聪明一点儿。"

秦渡："呵呵。"

然后他立刻挂了电话，接着看了一眼购物篮里的五包护垫，又往里丢了十包卫生巾，心想：这总该够用了吧，也不知道女孩子都是怎么消耗这种东西的，用得快不快……不够用的话就再来买好了。

他正想着呢，有个来买东西的老阿姨就笑眯眯地问："小伙子，是给女朋友买卫生巾吗？"

秦渡的耳朵发红，他在面上强撑着道："算……算是吧。"女朋友，他想。

"真害羞哟，"老阿姨笑得眼睛都弯了，操着一口吴侬软语问，"是不是头一次呀？"

秦渡手足无措地点了点头："嗯，怎么看出来的？"

他生得英俊，个儿也高，哪个年纪的女人不喜欢好看的后生？阿姨于是友好地告诉他："小伙子，我们女孩用的卫生巾是分日用夜用的。"她想了想，又补充道，"不过一般男孩第一次来买的时候，都分不清呢。"

秦渡羞耻至极，赶紧对阿姨道了谢，又往购物筐里头丢了七八包超长夜用卫生巾，拎着就跑了。

秦渡推开家门的时候，许星洲看上去颇为厌世……

秦渡想起自己出门前问她"你是不是来月经了"时，她那称得上生无可恋的表情，秦渡只觉得她哪怕生了病都是可爱的。

许星洲仍穿着他宽松的印着公牛的篮球裤，整个人又羞耻又绝望，堪堪忍着眼泪。

秦渡扬了扬手里的超市塑料袋，道："买回来了。"

许星洲死死咬住嘴唇，不让自己哭出来。

也不知道秦渡对女孩子来月经有什么误解，他提来的那个塑料袋里的卫生巾怕是够许星洲用半年——接着他把那一袋卫生巾耀武扬威地朝许星洲的面前一放。

"去换吧。"秦渡忍着笑，朝洗手间示意了一下道，"来个月经而已，怎么哭成这样？"

那一瞬间，许星洲又忍不住落下了眼泪。

他大概根本不懂吧，许星洲绝望地想，这件事有多可怕。她已经以最难看的伤痕累累的样子被秦渡抱回了他的房间，醒来的时候衣服都被换光了，她本来已经想不出自己更丢脸的样子了——没想到屋漏偏逢连夜雨，连月经都来凑了这个可怕的热闹。有多恶心呢？连她自己都觉得经血不堪入目……许星洲难受地缩成一团。秦渡大概已经快被恶心坏了……她又难堪地想。

"你的床上也弄上了。"许星洲声音沙哑地说，"被……被子上也有，裤子上也……不过没事，我明天给你洗掉……"

秦渡不耐烦地道："我让你洗了吗？去垫卫生巾。"

许星洲不敢再和他说话，哆嗦着拆了一包，钻进了洗手间，把门锁了，躲在里面大哭不已。她根本控制不住自己的情绪，一想到秦渡可能会觉得她恶心，心里就涌起一股绝望——那种绝望侵蚀着她所剩不多的神志。许星洲无声地大哭，看着秦渡留在镜子前的刮胡刀，都有种想一了百了的冲动。这种刀片应该是要卸下来用的，许星洲看着自己的手腕上毛毛虫一般的疤痕，这样想。可是，在许星洲无意识地伸手去摸刀片时，秦渡的声音却突然传了过来。

"小师妹，你该不会还没接受过有关月经的性教育吧？"他甚至有点儿没话找话的意思。

秦渡靠在外头的墙上，漫不经心地说："毕竟你妈那么糟糕，让你连妈都不想认，她肯定也不会给你讲经期要怎么做，为什么月经不是一件羞耻的事情。我猜你们学校也没有性教育课吧？师兄刚刚翻了翻入学的时候发的女生小课堂，大致了解了一下，要不要给你上一次课啊？"

"月经这件事呢，说来也简单，"秦渡没话找话地说，"就是女孩子身体做好准备的象征，标志着成熟和准备好做妈妈……"

许星洲简直听不下去了，刀片也忘了摸，挫败地捂住了脸，长长地叹了口气。这还用他讲，她上完初中的生物课也该知道了好吗，而且谁要做妈妈啊？

秦渡却似乎等的就是她的这一声叹息，许星洲听到门口传来一声放松的叹息。那一瞬间，她意识到，秦渡是不放心让她独处，怕她寻短见，才出现在门外的。

"你等会儿开下门，"师兄低声道，"师兄在门口给你留了点儿东西。"

然后秦渡的脚步声远去，他把私人的空间留给了许星洲。

许星洲开门，发现门口放着一个象牙白的纸质手提袋。

她擦了擦眼泪，把那个纸袋拿了进来，里头装着两件内衣和一条舒适的纯棉家居短裤。应该是他刚刚细心地买的，许星洲泪眼蒙眬地想。

第六章　暴雨前夜行人

秦渡将床重新铺了一遍，整套床品都换成了藏青白条纹的，许星洲才从洗手间出来。

她大概哭累了，迎着暖黄的灯光走来，小腿上还都是碘伏的斑点，膝盖上好大一片棕红的痕迹，被白皙的皮肤衬着，秦渡只觉得扎眼。

这时候已经快十二点了，秦渡又被许星洲"奴役"了一晚上，有点儿想睡觉。

许星洲哑着嗓子道："等……等明天，我给你洗，你别生气。"

秦渡眯起眼睛，问："洗什么？"

"床单、被罩……"许星洲红着眼眶说，"衣服什么的，对不起……"她痉挛地拽住了自己的衣角，又对秦渡喃喃地说，"对不起，我给你弄脏了，我会洗干净的。"

秦渡将狭长的眼睛眯起："许星洲。"

许星洲微微一愣，秦渡问："你知道我昨天晚上怎么找的你吗？"

许星洲艰难地摇了摇头。

她的病发作起来其实相当严重，会让她的大脑混沌不堪，甚至直接影响到她现在的思考能力。在昨晚那种情况下，她只能模模糊糊地记得秦渡把自己从泥里抱起来的那一幕。

那一抱之后，天穹才破开一道光，光明降临于世。

"我九点多接到你闺密程雁的电话，她向我求救。"秦渡看着许星洲说，"晚上九点多，然后我花了五分钟，闯了不下八个红灯到了学校正门。"

许星洲的眼眶红红的。

秦渡："我找了无数栋教学楼，无数个树丛，无数个犄角旮旯和楼梯间。昨天下的雨这么大，我怕你听不见，喊得嗓子都裂了，喊得好几个门卫连门都不看了，帮我一起找人。"

许星洲不知所措地嗯了一声。

"我闹得尽人皆知，我认识的人怕是没有不知道我在找许星洲的。然后，在凌晨四点零二分，"秦渡盯着许星洲说，"我终于在六教外头找到了你，那时候你哭得气都喘不匀了，见到我你就用头撞墙。"

床头灯橙黄的灯光流泻一地，犹如被孤山巨龙踩在脚下的万寿菊。

那一刹那，温暖的夜风吹过许星洲的小腿，温柔地抚过她身上的斑斑伤痕。

在那些能渗入骨血的绝望中，在那自己与世界的高墙之中，许星洲突然感受到一丝称得上柔情的意味。

"我把你这么找回来，"秦渡盯着许星洲的眼睛，极度不爽地道，"不是为了让你洗这些东西的。"然后他让了让身子，示意许星洲可以上床睡觉了。

温柔的灯光落在地上，柔软的被子上又出现了一个小小的鼓包。

秦渡戴着眼镜靠在床头，端着笔记本电脑跑程序。他其实有点儿轻微的近视，只是平时不戴眼镜而已——而许星洲就待在他的旁边。许小浑蛋毕竟人在他的家里，又恹恹的不是能说话的状态，老早就睡了过去。

秦渡处理完数据，把电脑合上了，正打算去看看许星洲的小 Kindle，就觉得有什么软软的东西拽住了他的衣角。他低头一看，是许星洲的手，她极其没有安全感地拽住了他腹部的 T 恤，又发着抖把衣服带着人往自己的方向拉了拉。

秦渡感到一丝疑惑。她连着三次在梦中抱他拽他，难道还是偶然？

秦渡把笔记本电脑往地上一搁，又往远处推了一下，推完将身子往许星洲的方向靠了靠，方便小姑娘拽着自己。然后他关了床头灯，取过许星洲的贴满贴纸的小电子书，按开了。

那个小电子书里有好几个分类，为首第一个名字就很劲爆："热爱生活，热爱色情文学"。

秦渡早就见过一次这里头的书名，此时又与这个分类重逢，还是认为许星洲的性癖颇为糟糕……

然后他点开了排在第一的那本《高兴死了》。

卧室里安静至极，黑暗之中仅剩许星洲握住秦渡的衣角之后的均匀轻柔的呼吸声。整间主卧宽广的空间里，只有秦渡面前的 Kindle 幽幽地亮着光。秦渡第一次带着对许星洲的探究，认真地去读那本她在统计课上读的书。

"我看见自己的人生。我看见生活中的悲伤和不幸让幸福和狂喜更加甜蜜。"那本书的作者这样写道。

秦渡看得心里发紧，伸手去抚摸许星洲温暖而毛茸茸的脑袋。她仿佛带着一种顽强的火焰一般的生命力，秦渡想。

她的体温没有再上升，身体却温温的，她依赖地朝秦渡的身侧蹭了蹭，非得贴着他睡。

黑暗中，秦渡哧哧地笑了起来，问："小师妹，你明明不喜欢师兄，怎么还盯着师兄吃豆腐？"

许星洲的精神状况仍旧不好，她睡得并不太安稳，一听见他的说话声就露出了要被吵醒的样子，难受地呜咽起来。秦师兄于是摘了眼镜，躺下去，在静谧的五月的深夜把小师妹搂在怀中。

清晨，许星洲睁开眼睛的那一刹那，立刻被阳光照进了眼底。

阳光就像爆炸的光球般照耀着许星洲，痛经让她的肚子酸痛得厉害，她下意识地往被子里躲——而她一扯被子，就意识到这里不是她的宿舍。

这个被子太柔软了，好像很贵，而且被子里还有一点儿不属于她的温度。她昨天晚上是和谁同床共枕了吗？

许星洲缩在床上，感受着自己的四肢被柔软的被子包裹着，脑袋还迷迷糊糊的，低烧和不佳的情绪忽轻忽重地干扰着她的思考——然后她终于想起自己是被秦渡捡回了家。

下一秒，仿佛为了佐证这件事，许星洲听见了浴室的门被打开的声音。

秦渡趿拉着拖鞋，用毛巾揉着一头湿漉漉的鬓发，从白雾弥漫的浴室里走了出来，阳光透过窗户落在他的身上。

秦渡堪称有着模特身材，肩宽腿长，他穿着件松垮的滑板短袖，懒洋洋地打了个哈欠，伸手撩起衣服的下摆，露出一小部分文身，他的腰型如同公狗，一看就是个常年健身的人。

秦渡昨晚是不是睡在她的旁边了？许星洲难堪地想。

这个场景实在是不能更糟了。

许星洲的第一个念头就是钻进煤气灶，和那些天然气一同被炸成天边的烟花。但被病情拖住的她连动一动的力气都没有，只是动一下手指，都会有绝望的焦虑和窒息感涌现。

秦渡注意到许星洲的目光，漫不经心地擦着头发问："醒了？"

许星洲无力回答。她睁着眼睛，茫然地看着秦渡。秦渡也不觉得这问题值得回答，又问："饿不饿？"

许星洲摇了摇头。

秦渡连看都没看就道："饿了就行，楼下饭厅有稀粥。"

许星洲厌世地把自己埋进被子里，摆明了让他离自己远点儿。本来她在经期的第一天就不爱吃饭，痛经痛得厉害的话她吃多少吐多少，现在还是秦渡在张罗——许星洲连半点儿吃的意思都没有。

她都已经这样了，连这种模样都被秦渡看去了——这个世上的所有人连她温暖的模样都不爱，现在的许星洲只觉得自己像垃圾筐里被团成一团的垃圾，上头淋满了黏糊糊的橙子味汽水，谁都不想碰。

能不能把自己饿死呢？许星洲闷闷地想，小时候看《十万个为什么》，里面似乎提到过人如果五天不吃饭，就可以把自己饿死。人活着真是太累了，许星洲想着，躲在被子里死死地咬着唇落泪。

许星洲在被子笼着的黑暗中，泪眼蒙眬地想起那套《十万个为什么》是奶奶从二手书店抱回来的。她的奶奶小时候只上过两年学，粗略地识得几个字，却有种"孩子一定要好好读书"的执着。

她奶奶应当是看了小学里贴的广告，于是去旧书店搬了八本《十万个为什么》回来。那一套书的每一本都小小的，书皮被磨得有些破旧，第一本是艳紫的颜色，第二本却是绿的，本应该衔接在红色后面的黄色和橙色却分别是第三本和第四本，简直能逼死强迫症。所以小许星洲从来都是把这一套书按彩虹的颜色排好，整整齐齐地放在小小的书架上。

那些流金的岁月，夕阳西下的老胡同，隔着院墙飘来的菜盒子香，春天广袤的原野中的萤火虫，青青的橘子树，用水果刀切开的水地瓜，由奶奶签字的致家长的一封信和学杂费缴费单，还有仲夏夜里她和奶奶坐在街头小肆里剥出的小龙虾……

许星洲哭得鼻尖发酸，却拼命压抑着自己，让自己不要发抖。

发抖的话会被看出来的，许星洲想，虽然秦渡不可能在意她哭不哭，但是她不能承受任何被他人发现自己如此讨人厌的一面的风险，尽管那个人可能早就知道了。

房间里久久没有声音，秦渡可能已经离开了卧室。许星洲缩在被子里哭得眼泪和鼻涕"双管齐下"，明明在拼命地告诉自己"不可以哭了"，身体却没有听半分指令。

为什么自己要活着碍别人的眼，给别人添麻烦呢？

许星洲艰难地抽了抽鼻子——她哭得太厉害了，鼻子被堵得彻彻底底，喘息困难，心口都在发疼，像是心绞痛。

下一秒，盖住她的被子哗啦一声被掀开了。许星洲简直避无可避，被迫暴露在阳光下，任由阳光如烟花般炸了她一身。

在刺眼的阳光之中，秦渡扯着被子，高高在上地端着粥碗问："你吃还是我喂？"

许星洲哭得连气都喘不匀了，浑身沐浴着阳光，身上穿着秦渡的 T 恤，整个人在如白金般流淌的阳光之中瑟瑟发抖。

秦渡叹了口气："许星洲。"

许星洲满脸泪水，嘴唇和鼻尖都是红的。

秦渡把粥碗放在了地上，在床头抽了纸巾，耐心地给那个正在崩溃地落泪的小姑娘擦眼泪。

五月二日，三十层的公寓外碧空如洗，白鸟穿越云层。

秦渡用了好几张卫生纸给她擦眼泪，又抽了一张，示意她擤鼻涕。

许星洲："……"

秦渡嘲笑她："擤鼻涕还要师兄教？"然后他隔着纸巾捏住了许星洲的鼻尖。

许星洲一开始还试图坚持一下，维持自己作为一个"曾经相当有姿色"的姑娘的尊严，但是秦师兄一使劲儿，她霎时连鼻涕泡都被挤出来了……

"哇。"秦渡又使坏，捏了捏许星洲的鼻尖，"许星洲，我以前可不知道，你一哭起来居然这么像幼儿园小班的小朋友？"

许星洲终于声音沙哑地带着鼻音开口："我才不……"

"你才什么？你才不是幼儿园小班的小朋友？可是我在小班的时候，就已经不需要大班的哥哥姐姐帮忙擤鼻涕了啊！"

许星洲："你……"

秦渡坐在床边，端起粥碗，得意地拧了拧她的鼻子："你什么你。许星洲，跟师兄学着点儿。"

许星洲被喂了一肚子的热粥——秦渡还很细心地在粥里加了血糯米和红枣。可是这种土法偏方终究拿痛经没办法，最多能当个心理安慰罢了。她浑身没力气，又肚子痛，还是蜷缩在秦渡的床上，像一朵蘑菇。

秦渡吃过早饭后就靠在许星洲的旁边，把笔记本电脑放在膝头，屏幕上是个许星洲从未见过的软件，她之前听公共卫生学院的同学提起过，应该是 SAS（统计分析软件）。许星洲从来没有离他的生活这么近过。

秦渡的鼻梁上架着眼镜，他的面容有种刀削斧凿般的锐利。他漫不经心地摘下眼镜，揉了揉眉心，然后把自己的手机一捞，丢给了许星洲。

"密码是六个七。"他想了想，又道，"iCloud 密码是六个七，一个大写的 Q、一个小写的 d，想玩什么游戏自己下，充钱不用跟我报备。"

许星洲一怔。

秦渡跷着二郎腿，又眯起眼睛，威胁道："什么游戏都行，就是不准玩那个什么，养野男人的恋与……"

许星洲抱着他的手机，躺在床上，茫然地看着他。

秦渡忍辱负重地说："你玩吧，随便充钱。"

许星洲拿着秦渡的手机，机身很光滑，她看了一会儿，恹恹地把手机塞在了枕头下面，连锁都没解。

秦渡莞尔地问："Steam 呢？该买的游戏我都买了。"然后他把正在跑数据的软件一退，将笔记本电脑递给了许星洲。

许星洲又摇了摇头。

秦渡又笑了笑，耐心地问："PS4？ Switch？最近出的游戏师兄都有，是不是无聊了？师兄陪你玩。"

许星洲经历了差不多两天的情绪低谷，眼睛都哭肿了。她低声道："不是。"她难受地道，"我在想……我……我要怎么办。"

秦渡想用游戏逗她的想法一停。

秦渡问："你是说学校那边还是家里？"

许星洲躺在他的身侧，背过身去。

秦渡说："学校那边需要的话我给你请假，已经开了一周的假条，你好好休养就行。课的话程雁会帮你记笔记，期末考试看状态参加，参加不了就缓考，你走不了程序的话我来。"

许星洲："然后呢？"

秦渡语塞。

"我就是这种状态，"许星洲强撑着道，"无论对谁来说，我都是拖累。我现在无法合群，走在人群里都觉得痛苦，无法上课，无法高兴起来。现在在假期，还没有关系——可是我如果迟迟好转不了，就会拖累所有试图照顾我的人。"

秦渡说："你……"

"连你也是。"许星洲抬起头，望向秦渡。她对着秦渡惨淡地笑了笑，笑得比哭还绝望，犹如晚秋时节凋亡的虞美人。

"你看，"许星洲自嘲地道，"我现在已经很不好看了，还会影响别人的情绪，浪费别人的时间，我甚至不知道我这种状态还要持续多久。"

秦渡拧起眉头："这和你好不好看有……"他还没说完，就被许星洲打断了。

"对不起，"许星洲声音沙哑地道，"你不是我，我不该问你答案的，对不起。"

许星洲说完，不等秦渡回答，就躲进了厚厚的被子里头。

摆在许星洲面前的问题极为现实，而且没有一个能得到解决：许星洲无家可归，因而发病也没有家人能照顾她，在病情过于严重时，她有极大的可能需要选择孤身一人住院疗养——可如果不能住院的话，她也无法住在宿舍里，更不可能回到家乡独居。

她可能不能去那个她拼命争取来的实习岗位了，如果情况过于恶劣，甚至可能需要休学——就像她初中时那样。

许星洲躲在被子里，小口小口地喘气。

为什么活着会这么难呢？她想。她在这个世界上孑然一身，经过重重试炼才活到如今，却还要面对无解的难题。

秦渡伸手在他的身旁那团小凸起上安抚地拍了拍。

那天夜里，他拼尽全力才把许星洲伤痕累累的躯壳从深渊里抱了出来。可是，她的灵魂还在雨夜中，在她六岁时坠入的深渊之中，像个孩子一样，绝望地放声大哭。她等待着勇者的降临，等待着她的英雄的陪伴，等待那个英雄跪在地上，解开那个哭泣的女孩最终的心结。

许星洲抛出那一问之后，秦渡还没来得及交答卷，她就睡了过去……

秦渡其实觉得有点儿憋屈……

许星洲问的"怎么办"是指什么，秦渡的心里其实清楚得很。确切地说，这些问题他在那天晚上找她的时候都已经分析得差不多了，连方案都准备了五套，然而他还没来得及和小姑娘讲，她就呼吸均匀地睡着了。

秦渡无语。

程雁似乎提过许星洲发病后相当嗜睡，发病的许星洲还经常掉"小金豆子"，掉眼泪这件事也很耗费体力。秦渡把被子掀开看了看，发现许星洲还真是哭到睡着的，眼角还噙着泪花。

她小时候是不是个讨人厌的小哭包？秦渡觉得她可爱，又觉得她让人不爽，把她的脸揉了揉，还故意拍了拍。

拍不醒许星洲，他从枕下摸出手机，看到了几条未读消息。

三十三分钟前，秦妈妈在微信上问："儿子，这周也不回来？"

秦渡当时把手机给了许星洲，没看到，因而没回。

十分钟后，秦妈妈又问："你昨天接回家的小姑娘怎么样了？受伤没啦？你不回我我就去问你长洲哥。"

秦渡立即解锁屏幕，打算回复自己的亲妈，就发现秦妈妈又发来了一条消息："秦渡，我光知道你翅膀硬，没想到你居然敢忽视你妈三十分钟。"

过了会儿，她又说："你妈我今天就要查你岗。"

秦渡无语。

下一秒，像是生怕世界不够糟糕似的，楼下的门铃叮咚一声响了起来。

秦渡的家在江湾，但他平时嫌家里有人进进出出的，还有门禁，一旦晚于十一点半回家，他的耳朵就无法消停，因而平日不到万不得已绝不住在里头。而他又是个不可能住 F 大破宿舍的人——那样的话他宁可住在家里——所以他平时就住在自己的这套公寓里，做一个年轻又自由的人。

秦渡两脚把阳台上的烟头踢进角落，又检查了一遍陈博涛待过的地方，确保一个烟头都没有。他妈十分规律地、极其有风度地每五秒钟按一下门铃，在按到第十二下时，秦渡终于把门开了。

秦渡开门就说："不是我不回，我手机不在自己手里。"

秦妈妈年近五十岁，看上去却只有三十几岁，背着一个书包，温和地对秦渡说："我们好几周没见了吧，儿子？"

秦渡："三个星期？"

"说实话，我也不想来你这窝里呀，儿子你都这么大了，"秦妈妈不太好意思地道，"但是我不是来看你的。"

秦渡一愣："啊？"

"哎呀，妈妈是想……"接着，秦妈妈踮起脚，对她的儿子用气声说话，"妈妈是想偷瞄一眼那个小姑娘啦。"

午后暖阳灿烂，下午两点，在秦渡的公寓之中，他和他的妈妈大眼瞪小眼。

秦渡的妈妈笑起来时有点儿像个小孩子，带着一种读了一辈子书的人特有的腼腆，提出要求后还觉得不太好意思，从自己的书包里摸出了两个食盒。

秦渡："这是……"

秦妈妈笑眯眯地说："儿子，你昨天不是让张阿姨给你准备一点儿可口的小菜吗？本来是要让张阿姨来给你送的，但妈妈想看一眼那个小姑娘，所以自告奋勇来了。"

秦妈妈绕进了秦渡身后的客厅，把两个小食盒放在了吧台上，道："张阿姨拌了一点儿凉菜，熬了点儿防风茯苓粥，还准备了一点儿你爱吃的三丝和酱菜，你晚上自己热着吃吧。"

秦渡只得道："好……好吧。"他又颇为羞耻地道，"你见不到她，她还在睡觉呢。"

秦妈妈狐疑地眯起了眼睛……

秦渡尴尬地道："不过我没……"

"据我所知，"秦妈妈打断了他，眼神锐利地看着他说，"你应该还没和这个女孩子交往吧，我希望你没做什么对不起你妈多年教育的事。"

秦渡听了那句话，其实挺想死的……事实是他连偷亲都没敢，做得最出格的事情还是和许星洲蹭了蹭鼻梁。他极度尴尬地说："妈我真没有……"

秦妈妈带着笑意道："妈妈就偷偷瞄一眼，儿子你别紧张。"然后她把自己背着的包往地上一放，蹑手蹑脚地跑了上去。

秦渡倒也没想过隐瞒自己的妈妈，他找人的事尽人皆知，那"尽人皆知"的"人"里还包括他的父母。他跟着上了楼，在卧室的门口靠着，秦妈妈还穿着球鞋，轻手轻脚地进儿子的卧室转了一圈。

许星洲仍然睡在床上。她睡觉时如果秦渡在旁边，她过一会儿就会贴上去——而秦渡不在身旁时，她就毫无安全感地蜷缩成一团。女孩子纤细的十指拽着秦渡的床单，她发着低烧，一副苍白而羸弱的模样。

秦渡就站在门口，自己的妈妈说见许星洲就见，他只觉得尴尬得耳根发烫……

秦妈妈站在卧室里，生怕把许星洲吵醒了，连气都屏着，端详了一下许星洲。

然而许星洲睡得很浅，听到了那一点儿响动后就睁开眼睛，蒙眬地看着房间里模糊的人影。

"谁……谁呀？"女孩的嗓音沙哑，口齿模糊。她的额头上被擦破了一大块皮，用碘伏擦过，长发被秦渡拨到了脑后，以免碰到伤口，额角的发丝汗湿一片。她用手指紧紧地拽着被角，像是一个在等待母亲拥抱的生病的孩子。

秦妈妈静了片刻。

"没事，"秦妈妈温柔地道，"是我，秦渡的妈妈。"

许星洲的眼眶里盈着泪水，她微微点了点头，艰难地闭上了眼睛。

秦妈妈温柔地伸手摸了摸许星洲的额头，道："别哭呀，放心，额头不会留疤的。"

许星洲含着泪水点了点头，秦妈妈又伸手擦了擦她的泪水，温柔地说："乖，不要哭了，一切都会好的。"

一切都会好的，秦妈妈这样对她说。

犹如阳光终将穿透黎明，海鸥伤痕累累地冲出暴风雨，冬天将在春天绽开第一朵迎春花时结束。

秦妈妈身上的气息温柔得不可思议，许星洲几不可察、依赖地在秦妈妈的手心蹭了蹭。秦妈妈细心地给女孩拉好被角，在女孩的肩上拍了拍——许星洲于是乖乖地睡了过去。

然后秦妈妈从儿子的床上直起身，轻手轻脚地出了门，小心地把门关了。

秦渡的耳根发红，他道："妈，那个……"

秦妈妈认真地说："儿子，小姑娘妈妈看完了。现在，你过来一下，我想和你聊聊。"

阳光倾泻，吧台旁，漆黑的大理石地板上映着母子二人的倒影，秦渡去冰箱倒了两杯橙汁，给自己的妈妈递了一杯。

"怎么了？"秦渡漫不经心地坐在自己妈妈的旁边道，"我没想过瞒你们。"

秦妈妈："你的装修品位真的很差。"

秦渡："……"

"我看完啦。"秦妈妈笑了起来，道，"说实话，是个很漂亮的小姑娘。"

秦渡的耳根发红，他不好意思地摸了摸耳朵。

秦妈妈笑眯眯地说："你不和妈妈说说这个小姑娘是怎么回事吗？还是打算和以前一样，妈妈一问你为什么要谈恋爱你就告诉我'因为这几个女孩子非常仰慕我'？"

秦渡绝望地道："你和我哥串通好了是吧？能不能别提了……"

"哎呀，怎么了？"秦妈妈玩味地道，"儿子你就是这么跟妈妈说的呀，你长洲哥后来还跟我透过风，说你以前愿意跟那两个校花表白是因为人家觉得你骑机车很帅，还觉得你出手阔绰，学习成绩也很好……"

秦渡的耳根都红透了。秦妈妈笑得开开心心的，显然下面还要用语言逗弄秦渡。秦渡立刻道："妈，你不是想知道小姑娘的情况吗？"

他的妈妈点了点头，示意他说。

"是……比我低一年级的小师妹，"秦渡为了不听他妈妈的下一句话，只得对他妈妈道，"是学新闻的，人挺可爱，脾气很好。"

接着，秦妈妈点了点头，又认真地问："嗯，你现在对这个小姑娘另眼相看，这个小姑娘也是仰慕你吗？"

秦渡最终还是没能成功阻止……

"算了。"秦妈妈严肃地道，"儿子，你是不打算告诉我那天晚上到底发生什么了吗？"

那一瞬间，秦渡意识到了问题在哪里。

在这件事上，他无法说谎。秦渡不能隐瞒许星洲的病情，同样不能隐瞒她的家庭情况，因为无论怎么样都会让父母对许星洲的印象分下降，而秦妈妈显然早就有了大致的猜测。

"实话实说，"秦妈妈道，"妈妈不觉得那是一个你能触碰的女孩子。"

"秦渡，你从小就是妈妈看大的。"秦妈妈转着装了橙汁的杯子，望着窗外说，"我去英国读博的时候都带着你，知子莫若母，你一向对一切都缺乏兴趣，早些年我就发现你对活着这件事都觉得索然无味。"

秦渡无声地点了点头。

"可是这个女孩子……应该是心理上极度缺乏安全感的。"秦渡的妈妈看着秦渡，这样说道。

她是个相当聪明的人，博士学位都拿了三个，甚至现在还是人类学在读的博士生，她犹如一个传奇——而这样的一位学者不可能拼凑不出许星洲的人生。

"和这种人相处相当累。"秦渡的妈妈分析道，"她的家境如何尚且不提，光是她的精神状况，我就觉得这不是个你能够负担得起的姑娘。"

秦渡的妈妈是个很好说话，很温柔，对各种新事物的接受程度也很高的人，可是她终究是一位母亲，而母亲都带着一点儿自私。

秦渡茫然地问："那你会干涉我吗？"

秦渡妈妈一愣道："我干涉你干吗？"

"秦渡，这么多年，我都没在你人生的大方向上管过你，向来让你自己走自己的人生路。"秦渡的妈妈说，"连你十八岁那年出了那种车祸之后，妈妈都没有干预你买第二辆车的决定。这姑娘的事情才到哪儿？我不过就是看着。"

秦渡难堪地道："可是你刚刚……"可是你刚刚对她流露出了柔情，秦渡想要这么说。

"那是因为她看上去很可怜。"秦渡的妈妈看着秦渡，低声说，"可是你才是我的孩子。我不觉得我的孩子需要去背负这样的重担。It's more than a burden to bear（这不仅仅是个负担）。"她低声道。

在昏昏斜沉的落日之中，残云如火，落地窗外的城市绵延铺展。

陈博涛和肖然坐在吧台旁，肖然晃着杯子里的鸡尾酒，茫然地看着旁边空空的橙汁杯子。

秦渡问："你怎么看？"

肖然没回答，只是喝了口酒，夕阳将她映得橙红。

"你是傻吧。"陈博涛直言不讳，"你糊弄你妈还不简单？你告诉她'她根本没病只是发烧'也行，'她只是情绪低落'也行——为什么不否认你妈的推测？"

秦渡声音沙哑地道："我不能这么做。"

陈博涛："不能骗你妈？你骗她的次数还少吗，多这一次会怎么样？你十三四岁就会晚上十一点翻院墙了。"

"我不能隐瞒星洲的事情。我如果隐瞒的话，"秦渡痛苦地道，"以后怎么办？"他说着，一晃手里的玻璃杯，里头琥珀般的酒液澄澈，映着如血的残阳，碎冰碰壁当啷响。

"我父母不会喜欢一个我连实话都不告诉他们的对象，还不如从一开始就告诉他们实情。他们接受得了最好，接受不了就由我来顶着……尤其是星洲现在还一无所知。"秦渡将那杯酒一饮而尽，"她什么都不知道，可我现在知道了我父母的态度，就由我来顶着。"

陈博涛嘲笑道："老秦你这完全就是要和她结婚的架势——你以前不是还和我们说'结婚是不可能的'吗？"

肖然瞥向秦渡。

秦渡痛苦地说："我没骗你们。实话说，我现在还是对结婚没什么概念，可是我知道，"他声音沙哑地道，"我还想和她一起度过很长很长时间。"

秦渡对未来仍然迷惘，但是他清楚地知道他的未来里必须有许星洲的影子。那个热烈如火焰的，静寂如凋零的花瓣的许星洲；那个曾经在阳光下灿烂大笑的，如今在梦里都会落泪的许星洲；那个在灰烬中不屈挣扎的，在死亡中向往生命的许星洲。

许星洲，他的劫难与责任，他的星河之洲。

陈博涛由衷地道："你牛。"

肖然哧哧地笑出了声，说："前几天失恋到心态崩的也是你，这几天说要和人家度过很长很长时间的也是你，你是她男朋友吗？"

秦渡皮笑肉不笑地说："呵呵。"

肖然火上浇油地说："伟大的秦家大公子连未来都规划好了，对着我们都能真情表白'我想和她在一起很久很久'了——多么感天动地！我都要被感动了！绝对是真爱！然而真爱又怎么样，折腾了这么久连人家男朋友都没当上，太惨了吧？！"

陈博涛嚣张地大笑："哈哈哈哈哈——"

秦渡连眼皮都不抬："每人二百九十五元的酒钱，交了酒钱滚。"

肖然问："你这么有钱，学了三年数学，学的是抠门的学问吗？话说你是怎么心算出这个数的？"

秦渡难以理解地反问："这才几位数？"

那个玻璃杯在秦渡的指间转了转，接着他听见楼梯上传来簌簌的声音。许星洲光着脚，睡得衣服皱巴巴的，白皙的面颊不正常地红了大片，应该是被床单压的。

"我……"许星洲低声道，"是不是打扰到你们了？"

秦渡几乎立刻就意识到，许星洲大概终于趋于清醒了。

她这几天的意识其实都有点儿混沌，秦渡一开始将许星洲抱回来时，她甚至像个孩子，连完整的话都说不好，只会用只有主谓宾的简单陈述句，或者直接用破碎的词语来表达。后来，她用的句子越来越长，思考能力也逐渐恢复了，在这次入睡前，她甚至很理性地分析了一下如今的局势。

秦渡："没有，是饿了？"

许星洲摇了摇头，艰难地跛着一只脚下了楼，右脚上贴了膏药，也不知道她是什么时候崴的，崴得还颇为严重，秦渡甚至想过带她去拍个片子看看。她现在的样子实在是比秦渡想的模样糟糕多了。

肖然友好地对许星洲道："好久不见呀，星洲。"

许星洲勉强地一笑，眼中仍然是一片死水。她困难地下了楼，坐在秦渡的对面，哑着嗓子对他说："师兄。"

秦渡点头："你说。"

"我现在比较清醒，所以想和你聊聊，"许星洲平直地道，"关于我回学校住的事情，还有我想去找医生的事。"

秦渡示意她说。

许星洲温和又绝望地道："我想明天或后天去医院做一个测评，程雁回来的时候会帮我带我的病历过来，我想尽早开始人工干预。"

秦渡望着许星洲的眼睛，说："医生师兄找好了，明天带你去。"

许星洲坐在肖然的旁边，难受地点了点头："谢谢师兄。"

"还……还有……"许星洲忍着眼泪说，"我……我觉得我麻烦你太多了，真的……师兄，我回宿舍住……就好，我都不知道程雁怎么会找到你。"她哽咽着道，"我那天晚上真的非常……非常过分，我现在看到你都觉得很难过……你本来可以不管我的。"

许星洲想到那天晚上，心里仍充满绝望，她都不敢看秦渡，"小金豆子"一颗颗地往外掉，抽抽搭搭地道："我……我真的非常过分，我自己都看不起那天晚上的自己。师兄……"

秦渡哼了一声道："我也就是大人不记小人过罢了，要不然谁管你，对我道歉。"

许星洲用手背揩着泪水，哭得鼻尖通红："对……对不起，师兄……"

陈博涛终于笑了起来："小妹妹，你怕他不管你？"他带着揭穿秦渡的意图，对许星洲道，"你知道他做了什么吗？"

许星洲微微一愣，抬起了头。

"小姑娘你不知道吧？"陈博涛唯恐天下不乱地道，"你师兄那天和我在健身房锻炼，连有氧训练都没结束呢，就看到你发了一条在外滩的朋友圈……"

秦渡眯起了眼睛，道："老陈……"

"他立刻背起包就走人了呢。"陈博涛笑嘻嘻地说，"小妹妹，你去外滩的那天你师兄去找你了，是不是？"

那一瞬间，秦渡从脸红到了耳根……

"许星洲，"秦渡强撑着颐指气使地道，"你和老陈这种家伙说什么话，跟我来厨房，你的饭你自己热……"

肖然嘲笑道："星洲还不舒服呢，你可做个人吧。"

而许星洲听到那句话，眼睛一弯，脸上终于带上了一丝笑意。那一刹那犹如朝阳初升，春日的晨曦洒在冰川之上，路旁的迎春花绽开花苞。

许星洲将眉眼微微弯起，她的眼里仿佛含着情，望向秦渡。秦渡本来还想发作，一看她的眼睛，霎时忘了词……

陈博涛又揭短道："还有呢，小师妹，你不知道，你那次给他转了钱关机，他给你打了一晚上电话。你是不知道他那天晚上后悔到什么地步，"他又带着恶意地说，"我认识你师兄这么多年，没见过他那么要命的样子。"

许星洲的目光柔柔的，她望向秦渡。秦渡张了张嘴……

"他怕你不理他了，"陈博涛又说，"一晚没睡，你看你的手机也知道，他给你发了一堆特别羞耻的短信……"

秦渡的耳根都是红的，他求饶般道："老陈。"

太阳沉入大厦之间，最后一丝光落在楼与楼的缝隙之中，许星洲在那一丝余光和有些枯黄的香水百合中，抬头看向秦渡。

许星洲终于开了口："可是他……"她还带着鼻音，断断续续地对陈博涛道，"他把我手机上的短信删掉了。"

陈博涛思路清晰："老秦的手机上估计没删，你问他要手机看就行。而且这短信都是次要的，最精彩的部分还是下雨的那天晚上……"然后，他探究地望向秦渡，以眼神询问这一部分能不能说出去……

秦渡："……"

许星洲毛茸茸的脑袋上冒出了个问号。她实在是很久都没对任何东西流露出兴致了，无论是对吃的、玩的东西，还是这世界，此时她这点儿探究欲在秦渡看来简直犹如她想要发现新大陆一般。

其实秦渡打死都不愿意让许星洲知道他那天晚上漫无目的、一退再退的寻找，毕竟那实在是太丢脸了，如果被她知道的话，他从此毫无尊严可言。那个丝毫不留情面地拒绝了他的姑娘，如果知道了他在被那样拒绝后还给自己找理由不愿放弃的话，会有多看不起他呢？

秦渡本来是准备让这些秘密跟着自己进坟墓的。他骄傲嚣张了二十多年，不曾面对这么卑微的选择题。可是许星洲正用微微发亮的眼睛看着他。

秦渡的喉咙发干。

"下雨的那天晚上，"秦渡低声道，"就是师兄和你表白的那天，师兄撂完那句狠话之后，又觉得特别后悔，所以又折回去找你。"

许星洲微微一愣，她的嘴唇干裂着，眼睛里却涌现一丝水光。

"老陈说我放不下你，"秦渡舔了舔嘴唇，带着些许自嘲道，"就是这个原因。"

"那天晚上我都把话说到那个份儿上了，"秦渡给许星洲倒了杯橙汁，自嘲地说，"但心里还是觉得我不能放手。"

秦渡放不下这个来自上千公里之外的，可能因为一个一闪而过的念头填写了志愿，才出现在他附近的小师妹；放不下这个与他在一个颓唐又颠沛的夜晚偶然相遇，却在眼神交会的瞬间就仿佛刺穿了他的心脏的，在水上燃烧的红莲；放不下这个犹如永不回归的候鸟的，年仅十九岁就已伤痕累累的灵魂。

秦渡遇见她，这件事本身都已经足够困难。

"所以我告诉我自己，如果我在路上找到你的话，就是命运让我别放手的意思。"秦渡不太好意思地挠了挠头，又补充道，"可是，我只找到了你的伞。可见命运其实也不太看好我。"

落日烧灼了法国梧桐，玫瑰般的夜幕笼罩大地。秦渡说出那句话时，他的朋友还在一旁带着笑意听着。那一瞬间，许星洲的眼眶涌出了泪水。

次日算是个阳光明媚的好天气。

申城的天总是笼着层灰蒙蒙的雾，鲜少能看到那种湛蓝的晴空，但是这一天至少能看出一点儿微弱的蓝色。

玄关处，秦渡给许星洲套上自己的外套，她被裹在他的风衣里，显得小小的。

"今天见的医生是托我哥找的关系。"秦渡摸了摸许星洲的头道，"我哥你见过吧？在日料店里的时候，和我一起去的那个戴眼镜的人。"

许星洲想了想，模糊地点了点头。她的记忆时好时坏，却仍然记得秦渡在报告厅外那一通语气温暖的电话。他那天的那一通电话，究竟是给谁的呢？还有那个学临床的女孩子……到底是怎么回事呢？他是不是喜欢过她？可是又不太像……许星洲又觉得有点儿闷闷的别扭，从秦渡的接触中稍微躲开了些。

"那就是我堂哥。说起来他还算我们的校友呢。"秦渡又亲昵地捏了捏许星洲的脸，"他是 2004 级的学长了，要听学校的老八卦可以找他，别看他道貌岸然的，其实私下非常能八卦。"

许星洲点了点头。

秦渡锁了门，许星洲行动不便，跟在他的身后走了两步。

下一秒，秦渡自然而然地握住了许星洲的手："给你借力。"他与许星洲十指交握，对她道，"扶着师兄就成。"

许星洲点了点头，被秦渡牵着手下了楼。

从外面看这所公寓在太阳下闪着金光，甚至有点儿五星级酒店的味道。许星洲第一次打量这个自己住了三天的，秦渡居住的地方。许星洲看着自己还没消肿的脚腕，又消极地评估了一下自己普通的家庭背景，觉得自己有点儿格格不入。

秦渡开了车，令许星洲坐在副驾驶座上，并且细心地给她扣上了安全带。

许星洲的手心发凉。

"别怕。"秦渡看着许星洲，莞尔道，"医生很好，在治疗这方面是数一数二的专家，我们又是关系户，不用紧张。"

许星洲嗫嚅着道："我……"

秦渡伸手在许星洲的头上揉了揉，低声道："放心，师兄给你的，一定是最好的。"

劳动节假期的最后一天，于典海主任本来是不用出诊的。但是这回他实在是无法拒绝，毕竟是院长直接打的电话，还是两个重要人物来托的关系。

这位叫秦渡的，于典海曾经听几个年纪大的副院长聊起过。

秦渡从小接受的就是精英教育，占尽了先天的和后天的优势，而在副院长们的嘴里，这位叫秦渡的就是申城里的为数不多的"太子爷"中的翘楚。

于主任披上白大褂，进入精神卫生中心时，正好看到一辆尾号888的车穿过宛平南路，开进了院区。他好奇地朝外看了看，那辆车在空位上停下了——接着驾驶座上下来一个一看就带着股骄横味道的青年。青年下车后先是绅士地开了副驾驶座的门，然后扶着一个称得上羸弱的，一看就有些怕光的姑娘下了车。

于主任觉得不忍心，别开眼不再看。

于典海在这里工作了近二十年，吼病人吼得嗓音都高了八度，虽说工作地点叫"精神卫生中心"，但这地方其实是一所精神病院——而它在成为精神病院之前，首先是一所医院。

这世上唯有两个地方将人性的恶展现得淋漓尽致，一是法庭的辩护席，二是医院的病房前。

精神病院作为医院的一个分支，其实是个比一般医院更残忍的地方。在综合医院尚且能看到病人家属在放弃治疗时的挣扎，在做出选择时的大哭，而被放弃的病人也一无所知——可精神病院不是。

在这里，许多病人是在沉默中被放弃的。渐渐地，他们的家人不再出现，只是偶尔来探视，走得也匆匆忙忙。这些神志时而清醒时而模糊的病人，病得不够重——因为这些疾病绝不会直接要了他们的命，但他们又实实在在地病着，这种病折磨着他们，也消耗着亲情。

那个小姑娘让男朋友带她来看病，代表着家人已经与她疏远了。可是那个青年……于主任越想越不舒服，索性不再想，进了门诊室，等着传说中的"太子爷"的降临。

上次和这样的人打交道，好像还是搞司法精神病学鉴定的时候……于主任想了想，又把这个念头甩了出去。

门诊室里洒满阳光，今年带的研究生在桌上养了一盆水仙，此时这水仙活像一棵蔫头耷脑的蒜，正当于主任无聊到准备把那棵"蒜"拎起来拽几根须须的时候，门诊室的门被砰的一声踹开了。

于主任："……"

"抱歉哪，于主任。"一个颇为阳刚的声音道，"路上有点儿堵，来晚了。"

然后那个声音又说："加上病号脚疼，前几天不知怎么崴了。"

于主任抬起头，看到了刚刚从尾号 888 的车上下来的、一看就颇为骄横的青年——这青年把那个羸弱的、还有点儿搞不清状况的小姑娘抱在怀里，踹开了门诊室的门。

"所以只能抱上来，谅解一下。"

那个传说中的"太子爷"——秦渡，将那个看上去还有点儿茫然的小姑娘妥善地安置在了于典海的对面。

"别怕。"秦渡对那个小姑娘说，"师兄在外面等你。"

秦渡靠在二楼走廊的墙上，阳光洒在走廊的尽头，窗外鸟儿啁啾，可他所处的地方尽是阴影。两个小护士从他的面前飞快地跑了过去。秦渡难受地摸出根烟，又看到对面贴的禁烟标志，只觉得心里有种难言的慌乱感。

这里很正常，可是太正常了。

来来往往的人都是平凡的，看不出什么大病，也没有任何不对劲的地方，他们看上去只是普通的上班族或是学生，甚至有一些看上去只是比较沉默的小孩。在这么多人里，秦渡只看见了一个不正常的人——那人目光呆滞而充满仇恨，满脸通红的疖子，一手都是针眼，应该是个瘾君子。

这里有毒瘾戒断中心，秦渡想。

许星洲正在门诊室里和那个主任医师谈话，秦渡只能隔着门板依稀听到一点儿"是的"和"的确"。

"治疗方案……"于主任说。

许星洲沉默了一会儿，又说："可是负担……"

那些破碎的字句甚至都拼凑不成一句完整的话。

秦渡不能打扰，只能在外头站着，过了许久——至少得有一个小时，于主任才从里面开了门，对秦渡说："您请进吧，秦先生。"

秦渡忍不住去看坐在沙发上的许星洲。她还是呆呆地看着窗外，面前的茶已经凉了，茶几上散着数张用 A4 纸打印的测评结果表格。

于典海顿了顿，对秦渡说："秦先生，我想和您沟通一下许星洲患者的病情。"

许星洲并没有避开这个场合。她似乎有些累了，脑袋一点一点的，趴在沙发上就半梦半醒地眯了过去——许星洲一向讨人喜欢，长得也漂亮，连犯病时都透着一股惹人疼的味道。

秦渡半点儿都不奇怪地注意到，于典海和她颇为投缘，还开了一盒曲奇饼干去安抚她。

于典海笑了笑道："许星洲患者非常坚持，我也了解了一下她的大概情况。她家里没有别人能照顾她，所以认为自己得给自己的治疗做主，我也和她商讨了一个方案——尽管我不算认可，但应该也会有效。"

秦渡嗯了一声，示意他说。

"她的情况，其实有点儿严重了。"于典海道，"从量表来看，目前的抑郁程度是重度，单相性，伴随严重的焦虑、强迫和肢体症状，目前就有嗜睡和头痛症状。"

于典海又将那几张表格拿给秦渡看，道："从量表评估的结果来看，她还有严重的自杀倾向，加上之前发病时也是住院的，所以我的建议是住院治疗。"

秦渡舔了舔嘴唇，望向许星洲躺卧的沙发。那个小姑娘昏昏沉沉的，身上还穿着他的外套——那外套里简直像是没人似的，秦渡不禁想起他晚上抱住她时摸到的女孩瘦削、凸起的肩胛骨。

他在那一瞬间酸涩地想——她实在是瘦得可怜。

秦渡哑着嗓子问："她想怎么治疗？"

于典海略一沉吟，道："患者考虑到自己的学业和经济承受能力，不打算住院，想要单纯靠药物解决——其实我是不太认可的，她身边没有专门的陪护人员，容易出事，我们医护人员毕竟经验丰富。"

秦渡："治疗的钱不用她操心。"

于典海犹豫着道："那也可以，药单我也开好了，她以前吃过的帕罗西汀，就还是先用这个药。这都不是问题，问题在住不住院上。秦先生，至少我认为患者是需要住院的，但我也无法保证需要住多长时间。秦先生您怎么看？"

住院，住精神病院。

秦渡的直觉告诉他，不能让许星洲和一群同样处境糟糕的人待在一起，更别说还有处境更糟糕的——情绪这种东西本就有感染的能力，而许星洲又是如此脆弱。而且住院的话有可能需要休学，星洲也是不愿意的。我照顾得来，秦渡想。

"我不觉得需要。"秦渡拿出手机，"方便加个微信吗，于主任？有什么事我再问您。"

于典海失笑道："好的，改变主意了随时和我说就是，您的话床位还是随时可以安排的。"

秦渡笑了笑，没说话。

于是秦渡与于典海互相加了微信。

接着，秦渡轻轻地摇醒了许星洲，低声道："洲洲。"

这个名字实在是太可爱了，秦渡想，就像一只养不熟的小柯基。

许星洲的睫毛微微动了动，她睁开了眼睛。

"回家睡。"秦渡说话时，带着一点儿故意占她便宜的坏水。

那个"家"字，其实是秦渡故意使坏。他蓄谋已久，既不希望许星洲发现她被占便宜，又希望她意识到那个"家"字的存在，最好是默认。当秦渡说出"家"那个字时，他自己还是觉得心头咚的一下被击中，霎时酸软难当。

这天下午，秦渡开着车载许星洲回去。

沿途金黄灿烂的阳光落在驾驶座上，许星洲的膝上放着一塑料袋的处方药。窗外的藤蔓月季姹紫嫣红，坠着沉甸甸的花骨朵，许星洲稍微提起了一点儿兴致，目光追逐着外头的花。

秦渡开着车，漫不经心地开口："喜欢？喜欢的话师兄去小区里剪一点儿。"

许星洲点了点头，嘀咕道："我想要白色的，大花。"

"那就剪白的，大花——"秦渡顺口应了，过了会儿又不爽地道："许星洲，你提的要求怎么回事，怎么老是叫师兄给你摘花摘桃子的？"

许星洲听到"桃子"两个字，微微怔了一下，迷茫地在温暖的阳光中眯起了眼睛，道："对呀……"

什么对呀？秦渡开着车，脑袋上飘出个问号。

"师兄，你知不知道，你那天晚上——就是……你表白被我甩了，然后说'找到就算命运'的晚上……"许星洲看着秦渡，迷迷糊糊地开口，"其实，那天晚上，你找到我了。"

藤月玫瑰绽放于人间，阳光之下，一个秘密终于被揭开，犹如命运女神的恩赐。

"你是不是捡到了那把伞？"许星洲问，"就是……带小星星的，你从我手里抢走的那一把。"

秦渡模模糊糊地嗯了一声。

"我当时就是在那里摔了一跤。"许星洲说。

秦渡怔住了。

许星洲眯起眼睛，温柔地道："我当时走不动了，又觉得很难过，情绪非常非常差，所以一直缩在那棵桃树后面，滚得浑身都是泥巴，非常狼狈。"她看着秦渡，睡眼蒙眬地说，"实话说，那天雨下得那么大，我都在树下，看到你走过来了……"

那天晚上，秦渡穿过了四月末时满城怒放的月季与剑兰，湿淋淋地走在雨里，一步一步地朝许星洲走来，每一步都落在她年轻的心脏上。

"我怕你……"许星洲苍白地道，"我怕你会嘲笑我，因为我当时实在是太狼狈了，而且还在大哭……浑身都是泥，那条裙子脏得不行，估计都洗不干净了，而且妆都淋花了……"

"所以你当时喊了我的名字，我连气都不敢喘，生怕被你发现。"许星洲想起自己当时在树后祈求上天"不要发现我"——那一刻上天似乎聆听了她的愿望。

"可是，谁能想到第二天我居然更狼狈呢？"许星洲自嘲地看着窗外道，"到了第二天，我干脆连形象都没有了。"

秦渡沉默了许久。

许星洲挠了挠头。她自己坦白了这一通，秦渡一点儿反应都没有，许星洲又觉得十分不好意思，缩在副驾驶座上发呆，不想和秦渡说话了。

秦渡过了许久，才声音沙哑地道："师兄开车的时候，别说这种话。"

许星洲点了点头表示知道，觉得有点儿闷闷的难过。他大概没有往心里去吧……或是认可了那句"连形象都没有了"，许星洲想着想着，又觉得心中酸涩，无意识地捏住了自己的衣服下摆。还不如让他一直不知道呢，她模糊地想。

回去的路上，梧桐夹道而生，月季秀丽又茂密。秦渡沉默得可怕，将车停在车位上，从盒子里拎了把瑞士刀下了车。许星洲没有问他要做什么，靠在副驾驶座柔软的皮椅靠上，莫名其妙地又有点儿想掉眼泪。

不能哭，许星洲告诉自己，只要自己清醒着，没有被怪物拖进深渊，就不能真情实感地哭出来。

零零星星的光斑落在她的腿上，许星洲只觉得眼前模糊起来，泪珠一颗颗地往外滚。可是她还没正经开始哭呢，秦渡就开了副驾驶座的门。他小心地捏着五六枝他刚剪下来的藤绿云月季，看到许星洲的泪水，先是愣了一下。

"怎么哭了？"秦渡嗓音低沉地问，"我下去给你摘花。"

原来是摘花啊！许星洲抽抽搭搭，摇了摇头，擦了眼泪，不回答。她刚要下车，秦渡就捏着那些花，往前一倾身，将她打横抱了起来。

被抱起来的许星洲："……"

"你不是脚疼吗？"秦渡理所当然地道，"师兄不抱你你怎么上楼？"

许星洲的眼眶还是泪盈盈的，她蒙蒙地问："可是我不是自己走下来的吗？"

秦渡漠然地道："那是以前。"

什么以前？以前和以后的分界线是什么？许星洲的脑袋上冒出问号，她连哭都忘了。

接着秦渡用手指一抹许星洲眼角的泪花，将车门一关，丝毫不顾忌周围人的眼神，将她抱在怀里，上了楼。

电梯里，许星洲小声问："什么以前？是因为我病得重，所以你才准备抱我上去的吗？"

秦渡哧地一笑，道："就是听了你讲那件事，觉得你崴脚这件事是我的错。"

许星洲的心里霎时重新开出了花，她鼓起勇气，抬手抱住了秦渡的脖子，故意嗯了一声，示意他继续说。

她的心脏都要跳出来了。许星洲抱住秦渡的脖子后，秦渡采来的那几朵又白又大的月季在她的脸边蹭来蹭去，花瓣软而鲜嫩。她的脸偷偷红到了耳根。

"师兄这种男人很有责任感的。"秦渡道，"你这个伤师兄负责了，你现在适应一下，我以后还要抱你的。"

许星洲："哦。"她心想：秦渡能不能多找两个理由，我睡觉的时候也想被抱着……

电梯到了三十楼，秦渡将眉头一皱，故意使坏地问："不过话说回来了，小师妹你得有一百多斤了吧？"

许星洲语塞，心想你才重，你全家都重！她这辈子都没受过这种羞辱，气愤地拼命扭动……

秦渡哈哈大笑，抱着许星洲大步跑了出去。

几片花瓣落在了大理石地板上，被阳光映得金黄。

秦渡找了个他老早前买的花瓶，将那些白月季插了进去，又很有情调地在上头喷了些淡香水。

许星洲抱着那一堆药坐在茶几前，面前是一杯快凉了的水。秦渡擦着湿淋淋的头发从浴室走了出来，不解地问："不吃药吗？"

许星洲又拿着那一小板药端详了一会儿，说："我不太想吃。"

秦渡问："为什么？"

"我不喜欢。"许星洲小声道，"我不喜欢吃药。虽然我不会反抗，但还是不喜欢。"

秦渡笑了笑："谁喜欢吃药哇——对了，安定拿来，这个药物我管着。"

许星洲一愣。秦渡擦着自己湿漉漉的头发，将茶几上的药袋子朝外一倒，把桌面上的复方地西泮片一盒盒地挑了出来——这种药俗称安定，处方药，用于镇静催眠。

"每天两片的量，吃完了我按时拿给你。"秦渡一边挑拣，一边道，"这个药我是不会放在你手里的。"

许星洲嘀咕道："小气。"

秦渡抬起头，睨了她一眼："小气？师兄对你大方得很。"秦渡把安定和一个白色的药瓶捏在手里，"程雁都和我说过了，你初中的时候连自己的药都藏，这位有前科的小妹妹。"

许星洲："……"

然后秦渡一掂药盒，眯起眼睛道："许星洲，少了，拿来。"

许星洲争辩："我没有拿！医生开了三盒，你手里就是三盒，你……"

秦渡眯起眼睛道："三盒，你就藏了一板。你当师兄是傻子吗？这一盒重量不对。"

许星洲眼见糊弄不过去，终于从屁股下面摸出了那一板被藏下的安定。

"我就是……"许星洲难过地解释道，"我没想自杀……只是，我想以防万一……如果睡不着什么的……我睡着了经常做噩梦……"

秦渡将那一板药收了起来，在许星洲的头上揉了揉，声音沙哑地道："没事，师兄没怪你。"

许星洲闷闷地点了点头。

"他们所面对的痛苦，你无法想象。"于典海那时这样对秦渡说，"他们就是身处深渊的人。有些人觉得自己与世界的联系是彻底断绝的，他们身处无人救援的孤岛，那种痛苦我们无法想象。"

"他们发病时，一小部分人连呼吸都会觉得痛苦。那和他们的心境没有关系，那时候再有活力的人满脑子都是寻死的念头，有应激创伤的患者甚至更可怕，他们极度害怕打开开关，一旦打开就会崩溃。

"所以，秦先生，我希望你不要评判她在这种状态下做的任何决定。"

可是，秦渡难受地看着那些药，心如刀割。

秦渡又将药盒拆开检查了一遍，确保没有遗漏之后，将那些处方药锁进了书房的抽屉里。

他从来没做过这种事——秦渡一直身体健康，还坚持锻炼，从小到大连感冒都能靠加蔗糖的中成药解决。他这辈子都没见过这么多药，更不用提照顾别人吃药了。

"小师妹，"秦渡锁完抽屉，把抽屉的钥匙丢进自己的包里，嘲笑她，"还想回宿舍住呢，可别吓唬你室友了，人家的大学生活总不能包括把你送去洗胃吧？"

许星洲呆呆地说："可是……"

她患病之后就不见之前的伶牙俐齿，秦渡想嘲笑她一句，可又实在不舍得这样对她。这世上居然能有这样的女孩，秦渡为她的热烈和闪耀而倾倒，哪怕到了现在，也没有感受到半点儿幻灭——无论是见到她灰败的模样，还是触摸到她冰冷的灵魂。

秦渡坐在许星洲的对面，笑着说："宿舍就算了吧。"

许星洲好像还在发呆，表情十分茫然，问："为什么？"

"师兄这里有位置呀！"秦渡摸了摸许星洲的头发道，"衣食住行都合适，小师妹你说说，你要是没遇上我怎么办？"

许星洲纠结地道："可是……"不合适，她冷静地想。

毕竟孤男寡女的，两个人总不能莫名其妙地同居，而且自己实在无法欠秦渡这么大的人情——看他的意思，他是想要照顾发病的自己的。

这件事甚至无关喜欢不喜欢，别说自己喜欢秦渡了，就算自己不喜欢他，也无法让他处在那么不平等的位置上。

秦渡看了许星洲一会儿，问："你是不是觉得对师兄不公平？"

许星洲无言地点了点头。

"我猜就是，小师妹，你这种和师兄绝交还要转账的性格……"秦渡漫不经心地道，"你是不是还想和师兄算一笔账？"

许星洲只觉得又被看穿了，端正地在茶几前跪好，轻轻地点了点头。

"治疗本身其实不贵，"许星洲认真地道，"我爸会给我钱——他会出的。

如果有不足的部分，我会用我自己的收入解决。暑假我有个实习，如果情况有所好转，我会去的。"

秦渡玩味地看着许星洲。

许星洲总结道："所以，我应该还算有收入能力。"

秦渡撑着下巴，玩味地看着她。

落日余晖镀在许星洲的眉眼上，她想了一会儿，估计是在脑子里算了算账，又有些卑微地说："要不然还是算了吧，想了想房租，总觉得还是住院便宜一些。"

秦渡哧哧地笑了起来："什么住院不住院，住什么院，精神病院很舒服吗？房租不会让你占一毛钱的便宜，等你的情况稳定点儿了师兄再送你回宿舍住。"

许星洲这才稍微松了口气。

是了，这才是许星洲，秦渡想。这才是那个与他平等的，无法容忍自己占别人便宜的……简直欠敲竹杠的小师妹。

这天，许星洲的情绪还不错，感冒的症状也不太明显了，晚上还自己去洗了个澡。

晚上十点多，她擦着头发出来时，秦渡换了家居裤和背心，正戴着眼镜靠在躺椅上，腿上放着他的笔记本电脑，手里拿着削尖了的铅笔在纸上写写画画。他的腿非常长，个子也高，腿屈起时肌肉健美又结实，小臂上有一片杂乱的文身。

对，秦渡是有文身的——许星洲想，他的手指、小臂上都有。他玩得那么凶，身上有文身实在是太正常了。

"那个，"许星洲小心地道，"师兄，我用了你的洗面奶。"

秦渡嗯了一声，从草稿纸里抬起头，问："困不困？"

许星洲第一次如此清醒地面对一个她完全不熟悉的秦渡，他貌似还在做作业——她简直又尴尬又感到脸红，小声道："不……不算很困吧，应该是吃了药的原因。"

秦渡莞尔道："不困的话来这边打游戏或者看看书，找师兄聊天也行。"

许星洲犹豫了一下："好……好的。"头发还没干，她在秦渡的躺椅边的地毯上坐了下来。

小饭厅旁昏黄的灯光有些暧昧，她的头顶还挂着一幅波普风格的广告画。许星洲在旁边的 CD 架上翻了翻，发现除了音乐，秦渡大概什么都玩过。

然后秦渡突然凑了过来……

"你说谎。"他说。

许星洲还在架子上找游戏光盘，被他这句话吓了一跳："哎？什么谎？"

秦渡在许星洲的发间嗅了嗅，漫不经心地道："你还用了我的洗发水。"他说这句话时离她特别近，许星洲甚至觉得他呼吸时有少许气流喷在了她的耳尖上。

许星洲顿时羞得脸红到了耳根……

"没……没有别的了呀！"许星洲羞耻地挣扎着说道，"我只能用你的，虽然是男士的，但是还是可以对付一下……"

秦渡惬意地眯起眼睛，问："嗯，你是不是还用了师兄的沐浴露？"

许星洲羞耻至极，立刻爬开了三米远……

秦渡哧哧地笑了半天。许星洲不爽地找了三个 Xbox 游戏盘出来。他居然很喜欢收集游戏盘，在这个数字版游戏大行其道的时代，他还真有点儿偏执而复古的收集癖。

许星洲回头望向秦渡。秦渡仍然在懒洋洋地做作业，他的面容在灯光下带着种难言的锐利。

许星洲又说："明天……"

明天怎么办？她想，明天假期就结束了，而自己无法去上课。

秦渡仿佛知道她要说什么，道："明天我有作业要交，下课就回家，最多两个半小时，微信会一直在线，电话也会第一时间接。"

许星洲又抱着光盘爬了回去。

秦渡愣住了。

许星洲用了他的洗发水和沐浴露，身上的味道与他的一模一样，还穿着他的 T 恤。

许星洲瘦瘦的，有点儿撑不起来秦渡的衣服——宽松的衣领里露出一截白皙的锁骨，她认真地望着秦渡。

她靠得太近了。那股秦渡闻惯了的凛然的香气此时居然近乎催情香——他几乎立即有了反应，下意识地遮掩，不自然地屈起了腿。

许星洲抱着三张游戏盘，微微皱起眉毛，仰着头看着秦渡。那是个索吻般的姿态，秦渡看得难耐至极，几乎想低头去吻她。

然而，许星洲困惑地开了口："可是你把我拉黑了呀。"

秦渡终于明白了什么叫搬起石头砸自己的脚……

许星洲茫然地说："我没试呢，但你是不是也屏蔽了我的手机号？"她想了想，有点儿难过地说，"我向你道歉，你把我从黑名单里放出来好不好？我不该给你转账，我自己都知道我非常过分，对不起，师兄。"

秦渡哪儿能让许星洲道歉？他立刻把笔记本电脑一放，去拿自己的手机——许星洲抱着膝盖坐在他的旁边，垂着脑袋，看上去是一直知道自己做错了事的。

秦渡在删好友的时候其实气得很，许星洲将他的一颗心踹了又踹，丝毫不把他放在眼里。那时，秦渡甚至生出了"爱一个人实在是太累了"的想法，是准备放弃的——可是如今许星洲就坐在他的身边。这个小姑娘刚刚洗过澡，灯盏将她未干的发丝映得明亮又温暖。所以那时候那点儿难过又有什么要紧呢？秦渡想。

许星洲轻轻地点了点头，然后秦渡揉了揉她的后脑勺，示意她看着屏幕，接着当着她的面，将她从黑名单里放了出来。

对话框里还留着许星洲给他的转账记录，秦渡往上滑了滑，揶揄道："你可真有钱，两千四百三十一块两毛五，嗯？"

许星洲盯着秦渡。

"连毛带分的转账。"秦渡嘲笑她道，"你微信里有多少钱就转给了师兄多少钱是吧？"

许星洲憋闷地问："有问题吗？"

秦渡用手指在她的额头上一戳，道："生怕不把师兄气死。"

"好歹是我一个月的生活费。"许星洲颇为心塞地道，"不要也不用嘲讽我嘛！"

秦渡哧哧地笑了半天，又问她："我要是收了这转账的话，你这个月吃什么？"

许星洲想了一会儿，肯定地说："西北风。"她严谨地实话实说，"因为这些就是我五月的生活费。"

秦渡觉得这个小浑蛋真的是欠敲竹杠，又用手指一戳她的额头，把自己的手机给她。

静谧的夜里，轻风拂过，许星洲坐在秦渡的身边，她的头发没干时有点儿卷卷的，披在后背上。

秦渡漫不经心地道："明天我走了之后会有阿姨来给你送粥，你热一热再吃。"

许星洲一愣："哎？"

"你不是嫌师兄那天去给你买的不好吃吗？"秦渡盯着腿上的草稿纸，

道，"我家那个阿姨熬粥熬得还不错，应该还有点儿小菜什么的，我让她多给你带点儿。"

许星洲好奇地问："阿姨……？你家有几个厨子？"

秦渡看了她一眼，莞尔道："一个，精通粤菜。有时候会另请外头的厨师做菜。"

她家应该没有厨师吧……秦渡又想，毕竟她只是个普通人家的女孩子，这样会不会让她有距离感？要不要解释一下家里养厨师只是因为他的妈妈爱吃粤菜，他爸就聘了……

他侧过头看了她一眼，发现她笑得眼睛像两弯小月牙儿，好像从来没有病过一般，脸色微微发红。

"师兄，"许星洲挠了挠头，又有点儿腼腆，"那天你妈妈是不是来了呀？"

秦渡愣住了。

"我就觉得……"许星洲小声说，"我当时本来觉得好难受哇，哭得鼻子都堵了，整个人窝在床上就像快死了一样。"她喃喃地道，"生是痛苦，不被需要是痛苦，在世上毫无牵挂也是痛苦……"

秦渡手中的铅笔在纸上画出一道长长的浅浅的痕迹。

"我当时如果有力气的话，师兄你别生气，"许星洲揉了揉鼻尖道，"我可能会拉开窗户，变成一只没有翅膀的鸟，大概就是绝望到这个地步吧。"

朦胧的光影之中，初夏的风如海水般灌入。

秦渡望着许星洲。小姑娘在地毯上抱成一团，瘦得肩胛骨凸出，只露出一截苍白的脖颈儿，好似一只双翼断折的凤尾绿咬鹃。一只无法飞翔的，如果出了窗户，就会粉身碎骨的鸟儿。

"然后，我觉得有人来了。"许星洲不好意思地对秦渡说，"我记得不太清楚，就记得好像是一个个子不太高、很温柔的阿姨给我擦了眼泪，告诉我一切都会好起来的。我哭得都看不清那个阿姨长什么样子，只知道那是很暖和的一双手。那个阿姨好像说了，她是你妈妈。"

秦渡点了点头："对。"

许星洲一笑，温暖地道："真好哇。我觉得那个阿姨真的很温暖。"然后她又有点儿憋屈地道，"但是我猜她不会喜欢我了，我见了她光哭了一场……这种初印象也太糟糕了……"

秦渡低下头，漫不经心地道："这个印象不印象的，不用你管。"

许星洲一愣。

"去玩游戏吧，"秦渡疲惫地摘下眼镜，揉了揉鼻梁道，"师兄不喜欢你总想太多。"

他到底是什么意思呢？什么叫"不喜欢你总想太多"，什么叫"不用你管"？

秦渡大概根本不喜欢她和他妈妈提前接触吧，许星洲想，毕竟秦渡今年才二十一岁，见家长这种事情实在是太正式了。

秦渡是非常喜欢我的，许星洲告诉自己——但他不会考虑我的以后，就像他其实也不需要我一样……他会怎么和他的妈妈介绍我呢？"那个我现在挺喜欢的女孩子"，"但是我们不可能走到最后"……？

许星洲倒不觉得难受，只觉得心里有点儿凉飕飕的。这个世界过于现实。她抱着三张光盘，坐在电视机前。

秦渡住的公寓非常宽阔，远处的窗边亮着灯，秦渡就在那灯下的靠椅上做作业。许星洲从抽屉里翻出秦渡买的PS4 Pro，连上电视开机。

4K电视加上PS4 Pro，再加上满架子的游戏，也就是跟着秦渡蹭吃蹭喝才能有这种豪华的体验，她一定得好好珍惜……许星洲这么想着，连握着游戏手柄的姿势都带上了一丝庄严的味道！毕竟她以后回宿舍住的话，哪还能有这种条件？！

她把 *OVER COOKED*（《胡闹厨房》）的盘推了进去——这游戏的画风相当可爱，圆圆的厨师小人，一看就是适合低龄儿童的益智游戏。许星洲对自己的水平认知十分清晰，知道自己也就能玩个不考验操作的低龄游戏……

电视上洋葱国王呼呼哈哈地讲着剧情，许星洲揉了揉眼睛，下一秒，秦渡在她的头上不轻不重地拍了一下。

许星洲怒道："你打我！"

秦渡把拍了许星洲的脑袋一下的草稿纸扔了，道："那叫拍你？小师妹，连'分手厨房'都会玩了？"

许星洲愣愣地问："这个叫《分手厨房》？"

"2017年的年度合家欢游戏，"秦渡又去拿了个手柄，在她的旁边坐下，闲闲地道，"适合情侣大吵一架分手，夫妻怒摔手柄离婚，兄弟割席反目，你倒是挺会挑的。"

许星洲："呵呵。"

秦渡将眉毛一挑，问："不信是吧？"

你就骗我吧，许星洲腹诽，连玩个益智游戏都要恐吓我。我今天非要给你看看，虽然我别的不行，但是玩益智游戏还是可以的！

…………

夜里十一点零四分。

客厅昏暗一片，PS4 的主机发出荧荧的蓝光，电视屏幕上，两个圆滚滚的小人坐在车里，停在关卡的门前。

秦渡漫不经心地道："我说这游戏叫'分手厨房'你还不信。让你切菜你按加速，让你煎肉饼你去给我洗盘子，知不知道分工合作是什么意思？"

许星洲气得要拿手柄砸他："我不懂，就你懂是吧？！"

"师兄连五人模式都全星通关了，"秦渡嘲讽她，"到底是谁懂啊小师妹？"

许星洲愤怒地道："那你动作也慢啊！"

"小师妹，你说师兄慢，也没问题嘛！"秦渡摆弄着手柄，恶意地说道，"但是得用事实说话，这个游戏有记录功能，你要不要看？"

许星洲嘴硬道："如果你敢的话……"

秦渡散漫地道："就让我们用求真务实、唯物辩证的态度，打开游戏记录，看看你切了几棵菜，洗了几个盘子，煮了几锅汤——如果我没记错的话，你做得最多的就是拿灭火器灭火，因为你做的菜煳了。"

许星洲气得摔了手柄……

"怎么了？"秦渡继续嘲笑"手残小朋友"，"你敢说刚刚那两个三星通关的关卡不是师兄的功劳？你还'呵呵'我？"

是可忍，孰不可忍？许星洲气得抄起秦渡的草稿纸打他……

秦渡被揍了两下，捏住许星洲的手腕，使坏道："打人不对，教你统计的老师不是和你说过吗？也就是师兄疼你才不跟你计较罢了。"

许星洲无语。

秦师兄调戏完了小师妹，又觉得小师妹生气的样子也是萌萌的，颇想抱抱"小坑货"。

"得了，"秦渡看了眼表，微笑起来，"不气了，师兄抱你……"

秦渡还没说"上楼"两个字呢，许星洲就气得耳根发红地开了口："你不许碰我。"

许星洲的头发差不多干了，她吃了今日份的安定，往客卧里一钻，秦渡连阻止都来不及，那扇门就咚的一声在他的眼前关上了……

秦渡悔得肠子都青了。本来多好的气氛，说不定都能亲一下占个便宜来着，这一晚上秦渡继"搬起石头砸自己的脚"之后，又明白了"活该"的滋味。他看了看自己的手机，许星洲的手机还不在她自己的手里，发微信消息道歉没用。

肖然、陈博涛和秦渡三个人的小群里刷了超过九十九条新消息，秦渡烦闷地点开一看，群里陈博涛和肖然赌了五千元，就赌秦渡今晚到底能不能有进展。陈博涛很有信心，认为就他和肖然离开时的氛围而言，秦渡今晚要是亲不到就不算男人；而肖然赌的是"他会自己把自己作死"，亲得到才有鬼。

秦渡："呵呵。"

…………

时针指向十一点半。

秦渡已经抱着许星洲睡了两个晚上——许星洲一睡着就非常黏人，娇娇软软的，还会投怀送抱。结果今晚她玩完了游戏，直接去睡客卧了。

秦渡想了一下到底是扔游戏盘还是扔游戏机，最终觉得不行的话把这俩都扔了算了，留着也是祸害……他在门口又等了一会儿，还是说了一句："记得别锁门。"

许星洲在里面生气地大喊："没锁门好吗？！我又不傻！你去玩你的'分手厨房'吧！"

秦渡憋屈地道："不玩了，真的不玩了，师兄把游戏盘掰掉。"

然后他听见窸窸窣窣下床的声音，接着许星洲打开门，眯着眼睛对他说："你知不知道游戏是无辜的？"

秦渡低三下四地说："好，好，好……不掰了，不掰了……别生……"

许星洲不爽地说："有罪的是你，你玩游戏太烦人。"接着她将门咚的一声关上了。

秦渡一个人睡在自己的主卧里。

夜风吹过，二十一岁的天不怕地不怕的秦渡没开空调，躺着思考自己的家庭。

秦渡小时候跟着他的妈妈走南闯北。他是家里的独苗，而他的妈妈姚汝君是个天生的学者。姚汝君与秦海遥相识时，就是无法被拘于一室的性格。她有着旺盛到令人难以置信的求知欲和行动力，那具不到一米六高，甚至有些羸弱的身体里是一个燃烧着求知欲的灵魂。秦渡六岁时跟着她去剑桥读博，在三一学院广袤的草坪上，姚汝君坐在喷泉旁，用英语与教授争论。

姚汝君应该是和许星洲投缘的。可是她在和许星洲投缘之前，是一位母亲。而许星洲在被姚汝君看见之前，是一个因家庭破裂而无家可归的，有时连神志都因抑郁症发作而不清明的十九岁的女孩。

"我觉得那个阿姨真的很温暖。"许星洲对他说。

"可是她不会喜欢我了吧。"

秦渡难受得不行。

他的星洲——那个六岁患病后复发数次，自杀多次未遂的生活家，仿佛感到理所应当，熟悉这个世界在她身上横加的苦难。

秦渡的床头柜上还放着他收起来的锐器，他一摸那个盒子——

下一秒，他听见外头传来簌簌声和呜咽声。

时针指向夜里两点，接着，门上传来两声几乎听不见的嗒嗒声。

那声音小得可怕，像是生怕把秦渡闹醒一般，但是又伴随着被人压抑着的哽咽。门被一下下地敲响。

许星洲做了噩梦。

她惯常梦见恶龙与勇者在荆棘遍布的城堡里厮杀，犹如迪士尼在1959年制作的《睡美人》一般——可是她这次被恶龙死死地踩在了脚底，她手里的七色花被恶龙夺走，连最后的翻盘机会都没有了。

许星洲醒来时就觉得眼前发黑，心口疼得发麻，窒息感真切到无以复加，连安定都无法让她安眠，连阿普唑仑都无法给予她宁静。

许星洲在屋里，难受到无意识地撞墙，又把自己好不容易愈合的额头上的创口磕开了。她丝毫没察觉，眼前发黑，只觉得活着的确痛苦。

那些让她快乐的，让她生出激情的一切都消失得无影无踪。那些让她心动的再也感动不了她，那些令她绝望的却切实地存在于世间。在无边的绝望之中，许星洲只知道这世界上还剩两条路：一条路是跳下去，终结无边的痛苦；另一条是，寻找唯一的篝火。

许星洲拽着自己的被子，跌跌撞撞地跑了出去。

秦师兄的房间关着门，许星洲哭着站在他的门前，哭得连肩膀都发着抖。她怕把秦渡吵醒了，却无论如何都想钻到师兄的怀里，因此轻轻地敲了两下门。

那里没有噩梦，她想。孱弱的勇者是打不过恶龙的，但是英雄可以。

许星洲靠着门板跪坐在地上，难受得不住地发抖，可是那点儿声音连蚊子都吵不醒。

不可以吵醒他，不可以给人添麻烦。久病床前尚且无孝子，更何况这种虚无缥缈的喜欢——秦渡的喜欢是有前提条件的，许星洲不敢挥霍。

白天的好情绪到了晚上便只剩绝望，在浓得化不开的长夜之中，她拼命地憋着呜咽，咬着自己的胳膊，不敢哭出声，不敢打扰秦渡睡觉，也不敢打扰任何人，只敢在月光中蜷缩在心上人的门前。

然而下一秒，她所倚靠的门，开了。

许星洲差点儿摔在地上。

秦渡蹲下来，看着许星洲，声音沙哑地道："不敢开门？"

许星洲哽咽着点头。

她不敢打扰秦渡的睡眠，害怕消耗他对她的为数不多的爱意。这世上的人不需要许星洲，那些给她的爱意只是人家的施舍，她与消遣用的边吃爆米花边看的电影别无二致。

秦渡叹了口气，扯起地上的被子擦许星洲眼角的泪花，那被角沾上了她的额头破皮处的血。

许星洲哭得发抖，极度焦虑不安地说："抱……抱着睡，好不好？"

"好。"于是秦师兄把许星洲牢牢地抱在了怀里，扣住她的膝弯，把还在发抖的小师妹稳稳地抱了起来。

"离得这么远，"秦渡抱着许星洲，嗓音沙哑地道，"晚上还要来找师兄抱抱，你是小色鬼吗？"

许星洲的手心里都是汗，抓在秦渡的衣服上时一抓一个手印，她却如同溺水之人拽住救生圈一般死死地拽住他。

"你不敢敲，"在繁星满天的夜里，秦渡抵着许星洲的额头，声音沙哑地道，"师兄以后睡觉就不关门了。"

许星洲蜷缩在秦渡的怀里，秦渡快心疼死了。这个女孩子如同被拔去翅膀的候鸟，发着抖缩在巨人的胸前。他把许星洲抱到自己的床上，点亮了床头的灯。

许星洲哭得满脸通红，抱着自己的膝盖，似乎还在为打扰秦渡睡觉感到羞愧，秦渡从床头抽了纸巾。

许星洲发着抖道："我……我自己擦……"

秦渡又抽了两张，欺身上去，眯起了眼睛。

"我……"许星洲颤抖着卑微地说，"师……师兄我自己擦……"

秦渡不容抗拒地给许星洲擦了满脸的泪水，她哭得太厉害了，鼻涕都流了出来，狼狈不堪。

许星洲捂着脸不让他看，另一只手哆哆嗦嗦地去抢秦渡的纸巾，秦渡说："别动。"

哭成这样的许星洲绝对称不上好看，眼睛都肿了，鼻尖通红，整个人一抽一抽的，不住地推着秦渡让他不要看。秦渡的心犹如被钝刀割了一般。

"别动。"秦渡声音沙哑地道，"师兄给你擦。"

然后他用纸巾笨拙地擦拭她的眼角和鼻尖，许星洲推又推不开，睁着哭得红红的眼睛看着他，却奇迹般地不再发抖。

秦渡心酸至极。

次日早晨，闹钟还没响，秦渡就醒了。

外头似乎要下雨了，现在大约是早晨六点半，昏暗的光线落在许星洲茸茸的发丝。女孩子的额头上贴了创可贴，昨天晚上秦渡处理得有点儿粗糙，创可贴一边的胶贴在了她的头发上，今天估计要撕下来重贴。

许星洲带着种柔柔的女孩的香气，依赖地抱着秦渡——大约是嫌抱着秦渡睡比较热，她没盖被子，连带着不允许他盖，就这样依偎在他的怀里。天光昏暗，光线暧昧得不像话，别说床铺，连鼻尖的味道都在刺激老秦。

都这样了，这要是没点儿那什么简直不是男人——秦渡感到口干舌燥，忍不住伸手揽住了许星洲。小姑娘仍在睡，秦渡揽着她的腰，迷恋地亲吻小师妹的发丝。

花瓶中的月季别开了脸。

秦渡动情地扣住了许星洲的腰。女孩的腰纤细又柔韧，盈盈一握，骨肉匀称，他甚至故意在她的腰上粗鲁地揉捏。

"小浑蛋……"秦渡吻着她，声音沙哑地道，"连夜袭都学会了，师兄该怎么罚你？"

许星洲翻了个身，嘀咕了一声，迷迷糊糊地抱住了秦渡的脖子，那瞬间秦渡的脑子都炸了，简直想把这小姑娘活活拆开吞下去。

她简直是他的劫难，秦渡想。

秦渡终于冲完澡出来，用毛巾擦着自己的头发，身后的浴室里残留着一股难言的味道。

许星洲还迷迷糊糊地睡在秦渡的床上，没抱着秦渡——秦师兄把小师妹从自己的身上"揭"下来之后，还尽责地团了一团被子塞在她的怀里。

早上七点十五分，秦渡把厕所的灯关了。

这种同居真的要人命，秦渡想。然后他就看见许星洲在被子上滚了滚，仿佛在试探那到底是不是个人。

秦渡发着愣。

接着许星洲大概发现了那团被子超乎寻常的柔软，明白自己被一团被子糊弄了，她的肩膀发抖，鼻尖几乎是马上就红了——秦渡心想：这不是要人命吗？他还没走过去，许星洲就害怕地睁开了眼睛。

这到底是什么魔鬼？秦渡举白旗投降："师兄起床洗了个澡，没走。"

许星洲这才迷迷糊糊地点了点头，睡了回去……

秦渡坐在床边。他刚洗完头，鼻尖还往下滴着水，俯下身用眼皮试了试许星洲的体温，对方没发烧。

秦渡亲昵地问："早饭想吃什么？"

许星洲的鼻尖还红红的，她像个哭着睡着的小哭包。秦渡想起他昨天晚上把许星洲抱到床上时，那个哭得发抖的女孩子居然渐渐平静了下来。

"想……"许星洲嗳嗳着开口，"想吃南食的鲜肉生煎。"

"别的地方的不行吗？"秦渡憋闷地问，"一定得是南食的？"

许星洲显然还没睡醒，嗯了一声，又认真地点了点头。

秦渡无语。

秦渡，学生会主席，本地的地头蛇——这位入学三年没住过一天宿舍，没在学校食堂吃过一顿饭的，在蜜罐里泡大的，上证上市公司集团老总的独子，顿时陷入了深深的迷惘……

许星洲好像确实喜欢吃南区食堂的早饭。谭瑞瑞吃早餐的时候好像经常和许星洲偶遇，谭瑞瑞还每次都要发朋友圈，将自己对自己的副部的宠爱广而告之。

谭瑞瑞，呵呵。秦渡在心里记仇，然后伸手摸了摸罪魁祸首的脑袋。

秦渡道："你自己在家里乖乖的，行吗？"

许星洲乖乖地认真地点了点头。

然后秦渡走出卧室，拿出手机，把电话打给了自己的师弟。

张博迷茫的声音在话筒里响起："师兄？这么早，怎么回事？我给你的结果有问题吗？没问题的话我直接给吴老师看了。"

秦渡用舌尖抵了抵牙床，沉默了一会儿，然后难堪地开口："这个先放一放，师弟，南区食堂能刷一卡通吗？"

"你去南区食堂吃干吗？"张博茫然地道，"那不是学校最垃圾的一个食堂吗？上次我吃一楼的拍黄瓜，他们居然把酱油当醋，吃得我那叫一个'猛男落泪'——师兄听我一句劝，你还是从外头带饭吧。"

秦渡发动了车，说："不行，你就说能不能用一卡通吧。"

张博试探地问："你是玩'真心话大冒险'输了吧？"

秦渡说："'磨人精'要吃，师兄栽了。"

张博语塞，似乎忍了一肚子的吐槽……

"不是南区食堂还不行，"秦渡开车时不便打电话，嘴角上扬地开了免提，"非得要那里的生煎，折腾人得很。师兄还没去过，有什么需要注意的吗？"

张博沉默了许久，由衷地道："没有，您去吧，一卡通OK的。"

在妄想中被奴役的秦渡此时称得上春风得意："谢了，师弟。"然后他又想了想，得意地回答了张博一开始的问题，"你两个问题的运算过程错了一堆，下午提头来见。"

张博那头立刻传来一声惨叫。

秦渡春风得意地利用完了师弟，连对方的惨叫声都不听完，嘚瑟着把电话挂了。

第七章　一大束向日葵

许星洲醒来时，秦渡已经买完了早饭，并且晨练回来了。

外头仿佛要下雨，清晨的小区里弥漫着诗一般的雾气。

秦渡就这么在雾里跑了步，身上套了件宽松的篮球背心，头上戴了条运动头带，英俊的面容上都是汗水，正用毛巾擦着汗。

许星洲赤脚下了楼，茫然地看着餐桌上那一小盒熟悉的生煎。

她说："这该不会是我们那边那个食堂的……"

"对，"秦渡痛快地道，"就是南区食堂的。"

许星洲心里简直要爆炸了，为什么来了这里还要吃这个鬼东西，这玩意儿在宿舍折磨她还折磨得不够，居然跑到秦渡的家里来了！谁想吃呀！你自己吃去吧！

秦渡接着却道："你不是和师兄说想吃吗？"

许星洲："哎？"

秦渡嗫嚅地哼了一声，仿佛在问"师兄疼不疼你"——接着，许星洲意识到，秦渡是为了她专门跑去南区食堂买的。

他并不知道南区食堂的生煎实在不算多好吃，可能连去那里买早饭都是头一次，从这里去 F 大的距离并不近，他却硬是一路开车跑了大老远，就去买了个她"可能喜欢吃"的早饭。

许星洲想了一会儿，笑了起来，对他说："谢谢师兄。"

然后她坐在了桌子的旁边，秦渡给她倒了杯橙汁，又靠在了墙上。

"师兄——"

"许星洲——"

两个人几乎同时开口，许星洲的心情又算不错，于是她笑眯眯地看着秦渡。

秦渡看着许星洲温暖的眉眼，想起自己早上的屈辱，突然觉得极为不平衡……

"你昨天晚上，"秦渡漫不经心地说，"睡觉抱人太紧了，我差点儿被你勒死。"

许星洲脸红了，说："我忍不住……"

秦渡眯起眼睛道："控制不住夜袭师兄是吧？这算耍流氓了你知道吗？许星洲是不是晚上没有师兄抱着就睡不着觉？这么依赖师兄就搬到主卧……"

许星洲羞耻地道："我不要搬到主卧，你那边的浴……浴室里有怪怪的味道。"

秦渡无语。

许星洲说："特别呛，又有点儿苦苦的，我总觉得在哪儿闻过。"

秦渡张了张嘴，但还是没有说话。

许星洲不安地摸了摸自己的鼻尖，问道："师兄，以防万一，问一个问题，你是不是在里面打……"

"打什么？"秦渡冷冷地道，"你懂男人吗，还打？"

许星洲十分憋闷："可是……"

秦渡冷漠地抬头："吃你的早饭去。"

秦渡盯着许星洲把药吃了下去，找了一部他以前用过的手机，让许星洲先用这个联系他。

尽管同居，秦渡还是没给许星洲留钥匙，只给她留了一堆游戏卡带和杂书，算是有可消遣的玩意儿——他不敢把钥匙给她，怕她跑了。尽管许星洲除了夜里的那点儿崩溃情绪，其他时候看上去都极为正常。她吃了药后甚至非常配合地躺在沙发上，抱着秦渡大二时选修的复变函数催眠自己，一副配合治疗的模样。秦渡走时她还平静地对他摆了摆手，可是秦渡还是反锁了门。

他也不想把许星洲关在家里，可许星洲有"前科"。秦渡临走时把厨房也锁了，只开放了几个有限的能让她开心一些的、被他收走了尖锐物品的地方。

秦渡到了 F 大，去许星洲的宿舍楼下拿李青青帮许星洲打包好的行李。他才背上许星洲的粉红色的电脑包，就迎面撞上了谭瑞瑞。

谭瑞瑞估计连想都没想过会在这里见到秦渡，被他吓了一跳："秦渡？你来这里给谁搬宿舍？"

秦渡："星洲。"

谭瑞瑞犹豫着问他："我家星洲现在怎么样了？没事吧？"

秦渡眯起眼睛，问："你家？你再说一遍，谁是你家的？"

谭瑞瑞语塞。她太害怕秦渡记仇了……

她上次放许星洲去和高中同学吃饭，秦渡一个星期给她派了三个制作 PPT（幻灯片）的任务，让她组织了两场会议，还派主席团来和她磨了半天宿舍文化节的细节——而宿舍文化节是下学期的活动。

更可怕的是秦渡还掐准了谭瑞瑞所在专业收作业的时间，谭瑞瑞终于在痛苦中明白了双重 deadline（最后期限）的滋味……

谭瑞瑞斩钉截铁地说："你家的，我为我的莽撞自罚三杯。"

秦渡的心情似乎终于好了些……"不是，"他慢条斯理地道，"是我老秦家的。"

谭瑞瑞在心里腹诽了十句你这个老浑蛋，说你家的还蹬鼻子上脸了，还你老秦家呢，你以为许星洲会放弃自己的人生去跟你当豪门太太吗？不可能！

但是谭瑞瑞敢想不敢说，只能目送着秦渡把许星洲的小熊都绑架了，连着电脑包和小拉杆箱，五花大绑地塞进了他的车后备厢。

秦渡的心情不错。在他夹着自己的演算结果去导师的办公室前，他的手机微微一振，他拿出来看了看，是于典海发来的微信。

"秦先生，患者今天怎么样？"

秦渡看着屏幕上那句话，想了想道："她情绪还可以，吃了药，现在已经睡着了。我在学校，在外面最多逗留两个小时，然后就回家，不会出事。"

于典海说："那就好。"

秦渡不理解他为什么这么说，在人来人往的西辅楼的楼道中，发出了一个问号。

"秦先生，如果您改变主意，"于典海又说，"欢迎随时告诉我。"

走廊的尽头有一扇窗户。

走廊没开灯，昏暗而狭长，有没去上课的教职工子女踩着溜冰鞋嗖地滑了过去，孩子的笑闹声不绝。时间将近正午十二点，教授们敲着办公室的门，呼朋唤友去食堂。

秦渡靠在墙上，给于典海发微信："你什么意思？"他的语气已经不太好了。

秦渡早已明确表达过不愿意让许星洲住院——他不想让许星洲和一群比她状态更不稳定的人住在一起，在一群病人的尖叫声中，靠着吃安定昏睡过去。

秦渡不愿意。

于典海说："病人的情况比较复杂，如果只是单纯的抑郁我是不会建议入院的。问题是她的焦虑倾向和自杀倾向——至少从量表评估的结果来看，我认为她处在一个非常危险的状态，需要专业的、训练有素的看护。"

秦渡："危险的人多了去了，她现在状态很好，早上还能说笑。"

于典海又给他发微信："状态很好的人也不在少数，说笑的人也有很多，可人的情绪就是这么奇怪的东西——它随时都会崩塌，秦先生。"

秦渡道："如果有我控制不了的情况我会告诉你，行了吧？"他的语气极为不善，如果于典海再提一次，秦渡可能就准备换主治医生了。

"好的，"于是于典海识时务地说，"希望患者早日好转，耽误您的时间了。"

秦渡将手机收了起来。

接着，他茫然地望着楼下广袤的草坪。

那草坪上坐着背书的学生，也有社团的学生聚在那里慷慨激昂地辩论着什么——秦渡认为那是马克思主义学院的。他们学院的学生喜欢在草坪上开辩论会，辩论马克思主义，辩论一些在"实干家"们看来太过虚幻的各种"主义"，可这些学生又有种年轻又热烈、朴素又激昂的爱国情。

有女大学生穿着裙子骑着自行车离开大草坪，有人用塑料袋裹着五毛钱一份儿的饭团边吃边看书，更有学生躺在草坪上用专业书盖着脸，呼呼睡觉。

那些十几二十几岁、年轻又莽撞的灵魂中，没有秦渡的存在。

秦渡在八楼俯瞰着那片草坪。

他冷漠，毫无同理心，不觉得自己属于这群人。他以一种天之骄子游离世外的高傲的眼神俯视着这群灵魂，尽管他做到了恰到好处的彬彬有礼，却从始至终无法融入他们。

那些年轻莽撞的人里本应有许星洲。

那个像是怀着执念一般将自己打扮得漂漂亮亮的十九岁的女孩，那个会立下"尝试一切再去死"的志向的病人——那朵穿红裙子的云，那一团热烈而年轻的、仿佛永远不会熄灭的火焰。

她不在这里。

她早上和着温水吃了一大把药片。那些药里有抗焦虑的阿普唑仑，抗抑郁的舍曲林，解痉镇痛的水杨酸，还有催眠的地西泮。

秦渡站在八楼的窗边，摸了摸自己的胸口。

秦渡开车回到家时，钟点工已经做好了午饭。桌上的菜冒着袅袅的热气，花雕醉鸡上头还缀着用小刀削出的胡萝卜花。

秦渡问："那个女孩情绪怎么样？"

钟点工道："睡了一上午。"

秦渡点了点头，钟点工背上包走了。

许星洲安静地睡在客厅里，瘦削的肩上披着一条灰色的绒毯，水红色的嘴唇微微发干，干净柔顺的头发映着天光。

秦渡走了过去，轻轻地在她的额上摸了摸——有一点儿低烧。

接着秦渡又觉得自己昨天晚上创可贴贴得太笨了，居然贴在了她的头发上，许星洲醒来可能会嘲笑他，于是他又把医药箱拎过来，蹲在地上，用剪刀小心地剪开了女孩额头上的小创可贴。

许星洲的眼睫毛纤长，眉眼纤秀，她昏睡时的呼吸炽热地喷在秦渡的腕上，犹如索吻。

秦渡小心地揭开了创可贴的一角。创可贴的胶黏糊糊的，粘着那小姑娘额角的纤细柔软的头发，他生怕把她弄疼了，但又从来没干过这种事，于是愚蠢地用一手按着小姑娘的脑袋，另一只手逆着她的头发撕创可贴。

熟睡的许星洲似乎是觉得疼，皱起了细细的眉毛，带着哭腔哼了一声。

秦渡赶紧安抚她："没事，没事……师兄给你处理一下伤口。"

许星洲开始难受得抽气……

秦渡吓坏了，生怕自己做的蠢事把她弄得不舒服，又不想被小师妹骂，当机立断，一脚踹开了那个医药箱……

外头昏昏沉沉，铅灰色的天穹积着雨。

许星洲蜷在沙发上，睁开了湿润的眼睛，连眼睫上都是水。小姑娘大概被秦渡弄得很疼，连鼻尖都红红的。

"我……"秦渡手足无措地辩解，"师兄就是……贴坏了创可贴……"

许星洲红着鼻尖，显然还没睡醒，清澈的眼睛映着灰暗的世界。她看了一圈，又闭上了眼睛。

秦渡连手脚都无处安放，生怕许星洲哭出来。她清醒的时候肯定不会因为这点儿疼痛就哭——但是现在她是个脆弱的生着病的孩子，而且她似乎连睡都没睡醒，额角还红红的，被愚蠢的秦渡撕了一半的创可贴晃晃悠悠地挂在她的头发上。

"弄疼了你，你打师兄吧，"秦渡憋屈地承认错误，"其实师兄根本不会处理……"

然而，下一秒，迷迷糊糊的小倒霉蛋许星洲向前探了一下身。

秦渡说："小师……"

接着，在如同海浪一般席卷天地的大风之中，在梦与现实的分界线上，许星洲柔软的吻落在了她的师兄的唇角上。

那几乎都不是个吻，那是一轮落入凡间荒草的月亮在向落魄的乞丐求爱。

药效仍在发作，许星洲浑身都没什么力气，连神志都不甚清明——她艰难地仰起头，亲到的还是秦渡的嘴角。

秦渡清晰地感受到女孩子柔软又有些干裂的嘴唇。他僵在了那里。

许星洲在主动亲他，这个事实令秦渡浑身发烫。

他的小师妹生涩地仰起头亲吻他的嘴角，嘴唇柔软。她的身体瘫软，姿态却充满依赖的意味，像是她不太敢碰触秦渡，却又无论如何都离不开这个男人。

许星洲亲完，又揉了揉额头上那团被撕了一半的创可贴，若无其事地缩回了沙发上的毯子里头，睡着了。

秦渡无语。

小浑蛋，这到底是不是一个吻？秦渡想问许星洲。这是这个小家伙的初吻吗？这个撩遍她的身边所有女孩子的，第一次见面就拐跑了他的女伴的，把他写了联系方式的字条团了又团丢进垃圾桶的，这个见谁勾搭谁的……犹如无处安放自己自由的灵魂的，许星洲的初吻？

秦渡感到脑中的血管突突在跳。许星洲为什么要吻他？他难道不是她考虑都不会考虑的人选吗？

她吻过别人吗？她有没有被人吻过？

其实秦渡清楚地知道答案。他知道没有人敢亲吻他爱上的这个女孩。

她带来的是一种甜蜜而沉重的责任,这责任太过可怕,犹如深渊,令人望而却步。因此从来没有人把她从泥泞里抱出来,更遑论如同秦渡这般疼她爱她,将她视为自己的生命。

秦渡将那一团创可贴撕了下来,重新好好地给许星洲贴了一片,然后和她挤在沙发上,扯过她的被子,与她一起盖着。

天地静谧,雨水沙沙地淋了满露台,深色的窗帘被风吹起。

秦渡与他的小姑娘额头相抵。

"蹬鼻子上脸越来越熟练了。"秦渡忍着笑道,"我警告你许星洲,哪天再对师兄耍流氓,师兄就报警。"

然后他惬意地眯起眼睛,动情地亲了亲许星洲的发旋,她的身上暖暖的,此时她依赖地靠在他的怀中。

秦渡将许星洲环在怀里,把从露台渗进来的风雨挡在怀抱的外面。

"不过这次师兄心情好,先放你一马。"秦渡又嘚瑟地亲了亲许星洲的额头。

天黑了,雨水已经将窗帘打得糊在一处,客厅的黑色的大理石地面上湿淋淋的,连地毯都被雨水泡湿了。

那安定的药效相当强,许星洲一觉睡到了下午五点。

许星洲醒来时,发现秦渡牢牢地抱着她。秦渡把许星洲护在怀里,因此许星洲的身上半点儿没湿,秦渡结实的后背却摸上去潮潮的……

这人为什么不关窗户?连客厅地板砖都被雨水泡了,小心漏了水楼下的住户来骂人。许星洲有点儿犯嘀咕,接着她的肚子咕噜一响。

她早上就吃了点儿南区食堂的生煎,还是看在秦渡千里迢迢买来的分儿上才吃了两口——因此她此时饿得很。而秦渡睡在她的身边,似乎睡得也不熟,许星洲的肚子刚咕噜了一声,他就醒了。

秦渡睡眼惺忪地看了看许星洲的肚皮:"小师妹,饿了?"

许星洲点了点头,红着耳朵,从他的怀里钻了出来。

估计又是自己抱的,许星洲羞耻地想……秦渡总不能报警吧?虽然以他的浑蛋程度,哪天心血来潮去报警的可能性也不小……

然而,秦渡不仅没有报警,还看上去相当享受。

许星洲无语。他到底在享受什么?

许星洲瑟瑟发抖,心想他总不能是抱着她做了什么坏事吧?

"桌子上有钟点工做的饭菜,"秦渡揉了揉眉心,起身慢条斯理地道,

"师兄等会儿用微波炉热一下，晚上我哥要来一趟，你把你的东西往卧室收一收。"

许星洲赶紧嗯了一声。秦渡穿了拖鞋，起身去了厨房。

话说他总不能真的……那个啥啥啥了吧？他早上肯定也……是想着自己吗？

许星洲看着秦渡那种"一日看尽长安花"的得意劲儿，心中充满疑惑。

过了会儿，在确定秦渡不在客厅之后，她终于做贼般进了浴室。

"嗯。"许星洲揉了两下自己的胸后，心中就有了数，觉得自己不能侮辱秦师兄。人家一个好端端的"太子爷"，哪能看上这种身材的姑娘呀！这简直是碰瓷。

外头，秦渡喊道："许星洲你到底在干吗？我不是让你吃饭吗？"

许星洲没听见，盯着浴室的镜子里自己的影子。

人生真是一关一关又一关，她都准备接受秦师兄了，还要面对这样的苦难。许星洲又摸了摸自己的胸，在心里对自己发动人身攻击：许星洲你这个没用的女人，没有化妆在人家的怀里睡了好几天就算了，连胸都平。话说不就是发育期没胖起来吗？凭什么就不长胸！好气人……

秦渡不爽地喊道："许星洲你出来吃饭！在浴室里生孩子吗？你不出来我进去找你了！"

许星洲这次终于清清楚楚地听见了秦渡不爽的声音，但还沉浸在 A 罩杯的悲伤之中，无法自拔。

她一出浴室，就看到了自己的熊布偶小黑。小黑已经陪了她将近十年，是一只合格的破熊了。

许星洲看着小黑乖巧的纽扣眼睛，悲观地想，大概也就这只熊能接受主人的平胸了。毕竟秦师兄谈恋爱看脸，而且秦师兄的胸都比她的大。

她的脑子还是不太对劲儿——这点体现在许星洲直接将那只小破熊抱了出去，下楼坐在了吧台边，还把那只破熊放在了她旁边的高脚凳上。

吧台的灯温暖地亮着，细雨沙沙，外面的城市由混凝土浇筑，却散落着星星般的灯光。

秦渡端着在微波炉里转了几圈的番薯薏米粥出来，看到许星洲旁边的那只熊，先是一愣。

"这是什么？"秦渡把碗往许星洲的面前一放，问道。

许星洲认真地说："是小黑，我奶奶给我买的玩具。我抱着小黑睡了很多年，前段时间没有它抱着，我有点儿睡不着觉，谢谢师兄带它回来。"她怕秦渡不喜欢她黏人，小声说，"我以后应该不会再夜袭师兄了，给师兄添麻烦了。"

秦渡语塞。

许星洲说完又生出点儿难过，伸手牵住了小黑毛茸茸的爪子。

秦渡酸溜溜地说："这个熊能顶什么用？你还是来夜袭……"可是他还没说完，门铃就丁零丁零响了起来。

秦渡这边还酸味扑鼻，秦长洲直接刷了指纹，开门进来了。

玄关处的灯光冷冷的，秦长洲站在玄关处，笑着道："哎呀，居然打扰了你们吃饭，真不好意思——"他一边自顾自地换鞋，一边笑着解释道，"渡哥儿托我来看看星洲你恢复得怎么样了，你们先吃，不用在意我。"

秦长洲换好了拖鞋，到吧台处坐着，摸出了秦渡囤的果酒，给自己倒了一杯。

秦渡在一边酸溜溜地道："许星洲，你把那只破熊拿开，我看它不顺眼。"

许星洲倔强至极："我不！"

秦长洲的身上似乎有点儿酒味，许星洲知道临床大夫这职业，应酬有点儿多，什么药代什么器材公司的，恨不得个个都喝出酒精肝来，因此酒量也是个顶个的好。

秦长洲注意到许星洲的眼神，拿起玻璃杯晃了晃，莞尔道："这个度数低，不影响判断。"

许星洲顿时十分不好意思……

她得怎么称呼这个人呢？这是秦渡的堂哥，却不是她自己的，叫他哥哥总归不合适——但是叫秦大夫又太生分，给人的印象不好——许星洲求救般望向秦渡，似乎在征询他的意见……

秦渡却十分不爽地眯着眼睛道："你看我干什么？许星洲，你给我把那只熊送回去。"

许星洲无语。小黑哪里惹到他了呀？她简直想抄起熊揍他，却灵机一动。

天无绝人之路！上天给你关上一扇门，还是会给你留下一扇窗的，有一个合适的称呼！

秦长洲不解地看着她，又问："怎么了吗？我的脸上有东西？"

"没有。"许星洲严谨地道。

秦渡极度不爽地盯着许星洲……

"这段时间给您添麻烦了。"许星洲想了想，这是 2004 级临床医学系毕业的老学长，叫哥哥不合适，叫秦大夫简直就是找碴儿，因为级数差得太多，也不好叫学长。

于是，许星洲不太好意思地摸了摸耳朵，对秦长洲喊道："秦……秦师兄。"

"秦师兄"三个字一说出来，许星洲莫名地觉得空气凝固了一下。

秦渡望着许星洲，将一双眼睛眯起。

许星洲莫名其妙地觉得秦渡可能准备戳她一指头——但是"师兄"这个称呼又不是他专属的，何况真要说的话秦长洲这号老毕业生才是师兄，任你是天王老子都没有强占这个称呼的道理。许星洲思至此处，立刻挺直腰板，用调羹拌了拌自己碗里的清粥，顶着秦渡准备戳她一指头的眼神，堂堂正正地吃了口稀饭。

秦长洲丝毫不在意地笑了起来，说："麻烦什么，不麻烦——渡哥儿托我来的，你吃饭就是。"

许星洲也笑了笑，一手在桌下牵着自己的小熊。

秦长洲又问她："现在心态怎么样？"

"还好。"许星洲认真地道，"这里环境比较陌生，感觉稍微压住了一点儿……现在心情就还可以，也在坚持吃药。"

秦长洲想了想，又问："我听从典海讲，你以前住过院？"

许星洲："是的，在我六岁的时候。那时候小，发作不算严重，也掀不起什么风浪……所以是我奶奶照顾我的。"她想了想道，"但是初中那次，就是我奶奶去世之后，我自己都觉得自己非常难搞。"

秦长洲皱起眉头，神情凝重。

许星洲说："我那时候经常失控，情绪一上来就很绝望……每次一难受，倒也没什么杀伤力，不会破坏周围的东西，但是很需要别人看护。"

秦长洲："什么程度？"

许星洲把手腕翻了过来，给秦长洲看那条毛毛虫般的伤痕。

"很偏执，"许星洲道，"这些都是我在医院割的，那些医生、护士都看不住我。"

秦长洲咂嘴道："我的亲娘啊，你怎么下得去手的？"

"就是……不想活了。"许星洲道，"一旦进入那个深渊，就什么都不能想，无法思考。"

温柔的灯光落在小姑娘瘦削苍白的手臂上，许星洲仿佛感到那凹凸不平的伤口像被光灼烧了一下，触电般将那块伤口遮了起来。

许星洲像是为那条伤疤自卑，连耳根都红了一块，羞耻地小声道："因为我不被父母需要，奶奶也没有了，就算留在这个世上也只是一缕幽魂……当时大概就是这种想法，而且这种想法就像梦魇一样，我完全无法摆脱。所以我那年满脑子想着死，什么事都做得出来。"

那的确是抑郁症病人的状态，尤其是那些在重症发作期间，自杀倾向严重的人。

秦长洲闻言，一句话都说不出来，想起在上精神病学课时老师说过的话。那一瞬间空气中流淌着尴尬的沉默。许星洲的耳根红透，她似乎还在为那条疤疤感到羞耻，不敢看在场的两个人。

打破了沉默的是秦渡，他道："现在还有这种想法？"

许星洲羞耻而又诚实地道："偶尔，很少了。"

秦长洲给她检查了一下。许星洲的脚踝已经只剩一点儿紫黄的瘀青和肿胀，几乎对她的活动没有影响了。给许星洲看完病，秦长洲又留下蹭了点儿中午剩下的花雕醉鸡——他说是女朋友加班不陪他吃饭，让他自己在外头糊弄一顿，他还没吃饱。

许星洲坐在吧台前，问："秦师兄，你的女朋友是花晓老师吗？"

秦长洲哧哧地笑了起来，夹了一筷角瓜，漫不经心地道："是呀，这都叫上老师了，我们确实年纪不小了……"他看着对面的小姑娘，不无怀念地道，"我认识她的时候，也就是渡哥儿认识你的年纪。那简直是最好的时候了。她小，我也小，不懂得珍惜，好在谁都没忘了谁。"

许星洲点了点头，眼巴巴地咬着筷子。

秦渡不让她碰酒精，因此许星洲这倒霉蛋只能吃桌子上的角瓜炒蛋、扣三丝和乳鸽汤。许星洲作为一个无辣不欢的扈北人，嘴里硬是淡出了个鸟来。

秦渡还是一言不发。秦长洲放下筷子，起身道："哥吃完了，回家了。"

秦渡对着秦长洲不爽地道："我今天不想送你，你自己走吧。"

许星洲趁着秦渡不注意，伸筷子去夹醉鸡。

然而还坐着的这位秦师兄显然不是个好糊弄的，许星洲直接被秦渡抢了筷子，他故意夹了条乳鸽腿，连汤带水地丢进了她的碗里。

他是故意的！许星洲悲愤地喊道："秦师兄——"

秦长洲披了外套，极有长辈风范地接了话茬儿，道："师兄在。渡哥儿，你欺负人家小姑娘干吗？"

秦渡语塞。

秦长洲冲许星洲点头，笑道："好好恢复，小师妹，加油。"

许星洲对他挥了挥手，礼貌地笑着说："师兄再见！"

然后秦长洲拎包走了，将门一关，将他的堂弟——"秦师兄一世"和小师妹留在了身后，浑然不知自己拉开了怎样的腥风血雨的序幕。

秦渡到门边插上插销，踩着拖鞋走了回来。

许星洲坐在高脚凳上，赤着脚踩着横栏，苦恼地盯着碗里的饭，颇想告诉秦渡她不想吃了——他到底为什么要找这个碴儿呢？她怎么想都想不明白。

灯光柔和地落在黑玻璃上，许星洲踢了踢横栏，突然感觉身后有一股杀气。

秦渡危险地道："你刚刚叫他什么？"

许星洲还没反应过来："啊……？"

她那一声还没叫出来，秦渡一把将她压在了墙上，让她措手不及。秦渡结实的胳膊搂着她的肩膀——那力道非常大，许星洲本来就连反抗的力气都没有，此刻被压得连胳膊都抬不起来，几乎称得上是被禁锢了。

许星洲哀求般道："师……师兄……"

"谁让你叫他，"秦渡眯着眼道，"许星洲，谁让你叫他师兄的？"

许星洲惨叫道："这俩字是你家注册的商标吗？被我叫师兄的人多了，没有上百也有几十！你干吗？你再这样我就报……"

"报警啊！"秦渡哑着嗓子放狠话，"看看警察抓走谁，你师兄和市里公安局局长的儿子是从小玩到大的，他还偷我作业抄……"

许星洲悲愤至极："我拉横幅实名举报你官商勾……"

"拉吧，记得写上许星洲今天亲了受害人。"

许星洲听完那句话，整个人都蒙了。

那个女孩澄澈的眼睛里映着城市与灯，映着水与花。

"就这样，"他把许星洲的手腕搂在头顶，不允许她反抗，然后低下头，在她的唇角一吻，"就这样。"秦渡又在许星洲的唇上一吻。

他的小师妹腰都是软的，面颊潮红，她用脚踢他，秦渡不为所动地亲吻她的嘴唇，亲吻她的面颊，亲吻她受伤的额头，如坠入火焰前的独腿锡兵虔诚地亲吻他的舞蹈姑娘。

"看清楚，你就是这么对我耍流氓的。"

黑夜之中，秦渡居高临下地看着许星洲。

许星洲的嘴唇红红的，面颊也红得能滴出血来，她羞耻得别开眼睛不敢看他——秦渡于是捏住她的下巴，逼她直视他。

许星洲逃回房间的时候，脸还烧得不像话……她整个人都昏昏沉沉的，回去直接咕咚一声栽在了柔软的长绒地毯上，但是她摔上去时只觉得那是一朵云。

她晕晕乎乎地把自己的手机拽了过来，那手机里积攒了不少短信和微信消息，都是问她的情况的——许星洲无法一一回复，只回了程雁一个人。过了会儿，门外响起敲门声。

许星洲撩遍全世界，却一个人都没亲过，更没试过被人摁在墙上强吻，此时她简直无法面对秦渡，模模糊糊地喊道："你不许打扰我睡觉。"

秦渡站在门外春风得意地说："我就是想让你知道，师兄大人不记小人过，今晚师兄还是不关门。"

"谁管你关不关门哪！你不关门怎么了？"许星洲耳根通红地对着外头喊道，"谁要你陪着睡呀？我有小黑了！"

于是，门外没声了。

许星洲想起自己红着脸逃跑的样子，忍不住把通红的脸埋在了地毯的长绒里头。

程雁回了微信。

她明天回申城，此时在收拾行李，问："这次需要住院吗？"

许星洲的耳根还红着，她羞耻得把身子蜷缩成一团，回复程雁："不知道。"

"我听青青说了，你暂时不住宿舍。"程雁道，"粥宝你一定要听医生的，医生不会害你。"

许星洲诚实地说："秦师兄说要照顾我，让我住在他家里，你不要说出去。"

程雁发来了一个"你脑袋没问题吧"的表情包，问："你觉得合适吗？先不说你们现在到底是什么关系，适不适合住在一起……"她道，"他具不具备照顾你的资质？你自己心里其实非常明白你发作起来是什么样子。"

许星洲愣住了。

程雁："潘老师和我说过，你当时床前挂的标志是带'幻觉妄想'的。"

"渡哥儿，有空吗？于主任让我和你好好聊一下。"

五月中旬，秦渡接起电话时，先是一愣。他刚从团委办公室出来，手里还拎着许星洲的假条和诊断书，正在去提交的路上。

"于主任今天拿到了许星洲以前的病历。"秦长洲那头喧嚣不已，应该是在门诊里头。上午十点，在人声鼎沸中，秦长洲说："他坚定地认为许星洲应该入院治疗。"

秦渡道："我觉得这个问题我应该和他讨论过无数次了。"

"你每次都呛他。"秦长洲拐到僻静处，"搞得人家都不敢和你说。一说详细了你就特别不配合。秦渡，你现在是患者家属，你明白这个身份代表什么吗？"

秦渡拧起眉头："意味着我得对她负责。"

秦长洲叹了口气："你懂什么？病人家属意味着得比病人更客观、更冷静，你是做决定的人，你做到了吗？"

秦渡拧着眉头："我不让她住院，不行的话可以去找护工……"

"如果星洲小妹妹得的是别的病，"秦长洲打断了他，问，"你会不让她住院吗？"

秦渡哽了一下。

电话里，秦长洲道："秦渡，你认为得了别的病住院是很有必要的，你相信我们内外妇儿各科科班出身的医生，也相信我们的护士，但是你不相信精神科的。"

秦渡说："这根本不是……"

"你说你去请护工，"秦长洲又道，"无论哪个三甲医院的护士都是考了护士护师资格证出来的，我们医生一样是一年好多次考试。那护工有什么资质？你能保证你不在家的那段时间，那个没有资质也不受职业道德管辖的人不会虐待你喜欢的小姑娘？"

秦渡霎时眼眶一红。

"秦渡，那是精神病人哪！"秦长洲叹了口气道，"前几天我那个朋友，以一个月三万五的月薪请了个保姆，那个保姆避开监控扇他只有八个月大的女儿耳光。不太会哭的很乖的小女孩尚且被虐待……那么不会说话，发病的时候意识模糊，喂了安定一睡就是一天的病人呢？"

秦渡嗓音沙哑地道："滚。"

秦长洲仍然坚定地道："你觉得你的许星洲只是有时候会崩溃，只要安抚好了就不会有事，只要喂她吃上药，有你陪在身边，她就会乖乖地窝在你怀里睡觉。"

天上冰冷的光落在秦渡的身上，秦渡的心脏像被针扎一样，疼得要发疯了，而手机那头的秦长洲仍在说话："你觉得她只是有时候会超乎寻常地难过，你希望她打起精神来，你根本不觉得自己是患者家属——因为你根本不觉得她是患者。秦渡，我怀疑你连她发病的时候有多痛苦都无法理解。"秦长洲冷淡又漠然地道，"因为你连自己都没活明白。"

许星洲醒来时，外头刮着大风。

梧桐树叶被刮到了三十楼以上，有几片树叶被留在了窗台的外头。许星洲是吃了药睡的，刚睡醒，整个人都处在一种不能思考、浑身瘫软无力的状态之中。

她艰难地睁开眼睛，看到衣帽间的大门半掩着，里头是幽幽的光。

主卧的外头传来钟点工洗碗拖地时模糊的声音。

考完期末考试的六月二十八日，许星洲模糊地想起，那就是她要去实习单位报到的日子了，还能不能顺利地去实习……这个机会是自己未发病时努力争取来的，而在实习之前，自己的状态能不能好起来呢？自己明明已经那么努力地、灿烂阳光地活着了……

许星洲连流眼泪的力气都没有，就这么茫然地想。

那天天很黑。

许星洲躺在床上，茫然地望着天穹。她思考着自己的未来和不确定的一切，想着实习，想着学业，想着以后要怎么办。钟点工拿着拖把走了进来，许星洲看着床上的被单，茫然地回想发生了什么。

秦渡对她非常好，好到她甚至会有些负罪感，她的师兄临走时还给她留了张字条，让她醒了记得去餐厅吃早饭。

这段时间，秦渡从来没有提过交往。事实上，他如果提出的话，许星洲完全无法拒绝。

她在秦渡的家里吃饭，在秦渡的家里睡觉，虽说秦渡明确地说了"房租一分都不会少收"——但她确确实实欠着他的人情。

她每次隔着餐桌看着秦渡时，都有些战战兢兢，有点儿担心他的下一句话就是"你做我女朋友吧"……可是他从来没有提过。

但是秦渡睡觉的时候再也没有锁过门。仅仅就许星洲所知道的秦渡而言，他原来是个夜生活相当丰富的人，派对和聚会不断，他家里那边还有些是需要他正装出席的活动。

连着半个月，他泡在家里，陪她看电视剧，一起打游戏，没事躺在沙发上刷购物软件，有时候拉着她的手出去散步，在小区里看看如瀑布般的藤月、玫瑰，就像一对情侣。

许星洲艰难地伸手去摸自己的手机，她还没什么力气，钟点工正在拖着地，小心地问："您醒了吗？"

许星洲眨了眨眼睛，堪堪嗯了一声。

钟点工拿过许星洲的手机，递给了她，然后继续拖地。

许星洲看了看手机，秦渡早上走前还给她发了两条微信消息：一条拍了许星洲早上抱着秦渡的枕头呼呼大睡的样子——许星洲当时穿了条很短的短裤，但秦渡，一个资深理科直男，硬是把熟睡的许星洲一个九十二斤的"小竹竿"拍成了一百五十斤的样子。

许星洲无语。

然后秦渡发了第二条微信消息："睡相很可爱，师兄走了。"

许星洲盯着屏幕。这哪里可爱了？他到底是从哪里看出了可爱？

许星洲看着那照片都没有脾气了，乖乖地给他发了一条"醒了"。

过了会儿，秦渡回复："起来就去吃早饭。"

许星洲在秦渡的枕头上蹭了蹭，问："在干什么呀？"

秦渡："还学会查岗了？师兄今天有点儿事，在外面买东西，下午三点才能准备回家。"

许星洲又小心地问："什么事？"

秦渡截图自己手机上的提醒事项的页面，上头写着"公司：21楼2108会议室，13:30—14:30"，备注是"正装出席"。

秦渡在微信上和许星洲道："别怕，就是去买条领带。"他又不着调地说，"师兄从来不偷吃。"

许星洲看了那条消息，先是愣了一下，然后将红红的面孔埋进了秦渡的枕头中。

她和秦渡天差地别。这漫长的时间之中，许星洲其实无时无刻不在体会这个事实。可是随着日子的流逝，她渐渐发现，她所恐惧的差别对秦渡来说根本不算什么，他从来没将那些东西放在眼里。

接着，许星洲想起那个发生在夜里的、在她清醒状态下的吻——温暖的灯光，滚烫的嘴唇，在他们呼吸交缠的刹那，秦渡犹如在亲吻他一生的至爱。可是，会有这种东西吗？连父母都不曾给我的东西，许星洲绝望地想，秦渡能给我吗？

许星洲穿着拖鞋下了楼。

桌上有个歪歪扭扭的煎蛋，还有牛奶和烤吐司。

那时候钟点工已经在扎垃圾袋，准备走人了。对方将一头黑发紧紧地扎在后面，扎成一个小丸子，身上穿着短袖的宽松制服，这是个四十多岁的面目和善的女人。

钟点工看到许星洲下楼，笑着道："许小姐，您的早饭我给您热好了，就在餐桌上。"

许星洲看着这个钟点工。

这个人是秦渡聘来的，在家政公司干了许久，动作麻利，做事认真负责。

秦渡估计都没和这个钟点工打过几次照面。他似乎不喜欢家里有外人，因此只聘钟点工给他打扫卫生，有时候做饭——他就每天把要求贴在冰箱上，有时候特别备注一下哪里比较脏，除此之外，没有任何进一步的沟通。

大概是许星洲盯着她的时间太长了，钟点工变得有些不自在。

我在她的眼里是什么样的人呢？许星洲想。借住在有钱而年轻的雇主家里的，时不时在雇主的床上醒来的，令这个毫无生气的复式公寓四处弥漫着一股西药味的，心态脆弱的小姑娘？

"张阿姨，你觉得我是什么人？"

那个钟点工愣了愣，仿佛没想过许星洲会问这么个问题——这问题的确非常突兀。

"挺漂亮的小姑娘啊，"钟点工哄病人般说，"您是秦先生的女朋友吧？"

许星洲闻言笑了笑："算是吧。他刚刚还和我说不会爬墙，我估计我应该是了……张阿姨，您忙吧，我去吃饭。"

钟点工笑了起来："好。许小姐今天要开心点儿噢。"

接着许星洲坐在了桌前，拿起筷子。钟点工和她道了别，走了。

许星洲的手机亮起，秦渡发来了消息，嘚瑟地问："小师妹，吃饭了没？告诉你，今早的鸡蛋是师兄煎的。"

在无人的餐厅里，许星洲看到消息的那一瞬间，泪水决堤。

微弱的阳光落在她的腿上，许星洲的心里难受又酸胀得到了一个不可思议的程度，以至她坐在桌子前一滴滴地掉着眼泪。

她只觉得心里长出了一株参天的马缨花。

他为什么会对我这么好呢？许星洲边哭边想。

这样的自己——这个无能、灰暗、自己一个人就连觉都睡不好的许星洲，这个从小就没人疼爱以致她只能拼命自爱的女孩子，这个不停地向世界求爱却得不到回应的年轻人——配得上这样的喜欢吗？

一切感情的开始都是温柔的。她的父母相遇在下午的公园，父亲的尖头皮鞋，母亲翻飞的裙裾和落在他们肩头的合欢花，他们跨越大江南北的山盟海誓——还有在爱意中呱呱坠地的许星洲。

许星洲听见滚滚春雷，听见穿过峡谷的飓风，听见自己年轻的心脏轰轰作响，犹如雷鸣。

人们只看到了爱开始时的光鲜和温暖。

诗人歌颂这样坚贞似铁的岁月，画师描绘情人金色的、温柔的、犹如绚丽的光影一样的吻。他们抱着朝圣者的心，以荒芜的月亮描述它，给情人以岁月的痕迹，黄金雕就的玫瑰与少年的誓言——却无人看到爱离去时的满地狼藉。

可许星洲见过。

她哭得哽咽，抹着眼泪给秦渡发微信，说："师兄，鸡蛋好吃。"

秦渡发来一条语音消息，许星洲发着抖点开。

"那是当然了，"秦渡的语调嘚瑟地上扬着，"师兄从小就会煎——不用太感动，师兄一向十项全能。中午给你订了外卖，等我回家。"

许星洲一边哭，一边笑。

到底是谁十项全能啊，许星洲一边哭，一边想，我从小就会做了。我不仅会做这个，还会做满汉全席。

奶奶曾经说过女孩子家家的哪能不会做饭，不会做饭嫁不出去的，于是一样样地教小小的许星洲，一边教，一边说"这是当年你老奶奶教我的做法，肉要这样焯才嫩"……然后许星洲在奶奶死后，一边哭，一边做饭给自己吃。

奶奶根本没想过许星洲嫁不出去怎么办，奶奶想的是自己日后走了，自己的孙女会不会饿到。

许星洲一边哭，一边想告诉奶奶，有一个可能没下过厨的手残师兄给我煎蛋了。

尽管我可能不会讨他父母的喜欢，他和我有云泥之别，他还是个无法承受我带来的重担的浑蛋，更重要的是，我认为我很快就要耗光他的耐心了。

但是，至少他现在是爱我的。

如果一切能停在这一刻就好了，许星洲模糊地想，不用看到之后即将发生的一切，也不用和秦师兄说再见。如果故事可以在高潮落幕就好了。

秦渡一手搭着西装外套，在打开公寓的门的时候看了看表，下午两点五十八分。

外头狂风大作，秦渡的时间观念极强，有种从他父亲处继承来的精英式的偏执。他刷了指纹开门，门还没开，他就被"恐怖分子"袭击了……

被袭击的秦渡惬意地眯起眼睛："嗯。"

许星洲在他的怀里蹭了蹭。

小姑娘穿着黄色的小裙子，干净的头发用丝巾扎起，像一只日落时的蝶。她笑得眉眼弯弯，先是在秦渡的脖颈儿处蹭了蹭，又小声道："没喝酒哇，还以为你会喝呢。"

秦渡把许星洲揽进了自己的怀里，狠狠地揉了揉她的头发道："想让师兄喝酒干什么？"

许星洲乖乖地趴在他的脖颈儿处，小声说："师兄你猜呀！"

"小色鬼，"秦渡不爽地道，"酒后乱性也没你的份儿，勾引师兄有用吗？"

许星洲哼唧了一声，语气里带了点儿难过。

秦渡注意到她居然还喷了点儿淡香水，油桃混着蜂蜜的香味，有种盛夏恋歌的味道。

秦渡又抱着她闻了闻，简直想不明白——他并非没闻过这种味道，但他去香水专柜时毫无感觉，可是当这古龙水喷在许星洲的身上时，却令他怦然心动。

秦渡大放厥词完毕，又怕许星洲跑了，赶紧把她扣在怀里。

"今天情绪这么好？"秦渡笑着与许星洲抵了抵额头，声音沙哑地道，"还涂了口红。"

他家的星洲，眼睛里像是有星辰。

"是你喜欢的那种。"许星洲温柔地道，"上次涂的颜色深，你不喜欢——我猜师兄你喜欢这种浅浅的，对不对？"

秦渡还没反应过来，星洲浅浅的吻就落在了他的唇上。

这个吻像是他们相遇时的绯红山樱，又像是灯火辉煌、心火彻夜燃烧的夜晚。

他们的唇一触即分，可秦渡还是被吻得耳朵都红了。许星洲甜得不像话，秦渡注意到她还化了个淡妆，本来有种无关风月的美感的小姑娘此时突然入了世，像一只被驯养的山雀。

"我警告你……"秦渡眯着眼睛道，"许星洲……"

许星洲瑟缩了一下，又难过地问："师兄发火了，是要揍我吗？"

"秦师兄你威胁过我要揍我的，"许星洲装出可怜巴巴的样子，"还说要找人把我堵在小巷子里划破我的书包，下雨的时候抢我的伞，还和我约架呢，约了好几次。师兄现在是要揍我吗？"

那一瞬间，秦渡彻底溃败了。

许星洲硬是装模作样地红了眼圈："你要打就打吧……"

秦渡崩溃地道："许星洲，师兄哪里舍得……"

秦渡发着抖搂住许星洲，大风吹得玻璃隆隆作响，犹如他的心跳声。

他声音沙哑地以一种溃不成军的语气道："师兄宠你都来不及……师兄那天吃醋了，你要去见高中同学，和他吃饭，还打扮得花枝招展的……我忍不住就……不是我家星洲不好看，我家星洲好看得很。"他颤抖着亲吻许星洲的发顶，"谁说你不好看师兄揍谁。"

许星洲抱着秦渡的脖子，大哭着不住地蹭他，像个对他充满依赖的孩子。

秦渡简直见不得许星洲落半滴眼泪，她一哭他就肝胆俱裂。

秦渡抱着大哭不已的星洲去沙发上安抚，抽了纸巾擦她的泪水。

许星洲哭了好半天，才嗫嚅着说："我那天不是为了见林邵凡打扮的。"

秦渡一愣。

"我，"许星洲哆嗦着趴进秦渡的怀里，道，"我以为师兄会喜欢的。"

这是秦渡曾经以为永不会到来的春雨，他的一见钟情，再见倾心，他的满腔爱意，是他的银河之畔，他的星河之洲。

秦渡简直快把许星洲揉进怀里去了。

他早就知道许星洲会撒娇，这位小妇女之友撒起娇来能把谭瑞瑞和一干女性部员哄得团团转，连她的闺密程雁那种教导主任式的女孩都只有哄着许星洲的份儿——那可是女的啊，连女的都顶不住。

以前许星洲对谁都撒过娇，唯独没有沾过秦渡，这是头一回。

许星洲对秦渡坦白之后简直离不得他，秦渡去厨房倒点儿水她都要拽着他的衣角。秦渡想都没想过小师妹会这么甜，搁在平时，以他的浑蛋程度，怎么都得嘲笑两句，这下他居然被甜得一句重话都说不出来。

她的爸妈真是脑子坏了，秦渡发疯地想，这种小姑娘都不要，活该被我捡走宝贝。

秦渡一身的汗，他在浴室里面冲凉，许星洲蹲在外面小声喊："师兄，我想你啦。"

秦渡简直要窒息："三分钟，就三分钟。"

秦渡真的要疯了，小浑蛋连一点儿时间都不给他留，他三下两下冲完，套了背心和长裤就出了浴室。

许星洲抱着膝盖坐在浴室的门前，真的在等他。

秦渡："抱你？"

小姑娘笑得眼睛都弯了，伸出两只手，秦渡立刻任劳任怨地把许星洲拦腰抱了起来。

"我重不重？"许星洲得寸进尺地问，"你说我重我就不要你抱了。"

秦渡想都不想地回："沉。"

许星洲立刻拼命挣扎……

秦渡简直想给许星洲俩脑瓜崩——然后他直接把许星洲摁在了窗前的躺椅上，让许星洲老实点儿。两个人挤在一张椅子上，秦渡从书包里摸出笔记本电脑，开始办公。

外头狂风大作，室内犹如一方港湾。阔叶兰在花盆中生长，生命力旺盛，枯叶落在雪白的地毯之上。

许星洲靠着他的胸口，秦渡摸了摸她的脑袋，在她的头顶一吻。

"我家星洲太乖了吧……"秦渡忍笑道，"心情真的这么好？太黏人了，师兄真的差点儿就办了你。"

许星洲摸了摸秦渡手指上的文身，开心地说："你办嘛！我今天超乖的，怎么欺负都不反抗。"

秦渡展开手指让她摸那圈梵文："不行。"

投怀送抱都被拒绝了，许星洲不敢相信："哎？"

"太早了，"秦渡漫不经心地点点她，"十九岁的小妹妹。"

许星洲听了年纪，也觉得确实不算合适，只得悻悻地嗯了一声，和秦渡挤在一张椅子上。过了会儿，她又好奇地问："秦渡，师兄，你胸口有文身，文了什么？"

秦渡瞥了许星洲一眼："不给你看。"

许星洲无语。

她蹬鼻子上脸早已熟练至极，立刻准备动手扯秦渡的上衣，然而她的手刚一拽住他的衣摆，秦渡就一掀许星洲的小裙子，那意思极为明确：你看我的我就看你的。

许星洲干不过师兄，坏也坏不过，又不想被他看光，只得憋屈地松

- 271 -

了手……

秦渡揉了揉眉心："文身不是不给你瞅，以后再说。"

过了会儿，他又道："星洲，帮师兄拿一下书包里面那本报表，我要用。"

许星洲顺从地嗯了一声，依言去翻秦渡的包。他书包里的东西在直男群体里还算整洁，里头有几本讲义，一些学生活动剩的徽章，一副 HiFi（高保真）降噪耳机——还有一个透明的文件夹，这显然就是秦渡要用的东西。

许星洲将那文件夹抽出来——

那一瞬间，一把小小的抽屉钥匙滚落在了书包的底部，与几支中性笔和一些碎纸屑躺在一起。

她目不转睛地盯着那把被秦渡藏起来的抽屉钥匙，仿佛不敢相信自己这么轻易就找到它了。

片刻后，她对秦渡道："师兄，我好渴，帮我倒点儿水好不好？"她的声音有些发抖。

秦渡嗯了一声，也没想太多，接过文件夹往旁边一放，就极其顺从地去厨房给她倒水了。

秦渡拿着水回来时，许星洲的脸还有点儿红。

他俯下身在许星洲的面颊上亲了亲。狂风刮开乌云，露出一线天，落在许星洲的小腿上的光线短暂而金黄。

许星洲哈哈大笑，继而抱住了秦渡的脖子。

"不是渴吗？"秦渡整个人都要被小浑蛋给弄化了，可是没有一点儿办法，"不喝水抱着师兄做什么？"

许星洲笑眯眯地抱着他说："因为我喜欢你呀！"

女孩的眼神带着全然的依赖和爱意，清澈又炽热，像是二月末在枝头绽开的迎春花。

秦渡惬意地眯起双眼："小姑娘家，羞不羞哇……"然后他把许星洲搂在自己的怀里，把自己的手机塞给她让她玩着，在她的耳畔温情地道，"师兄也喜欢你。"

许星洲眉眼弯弯地道："手机都给我啦？不怕我翻？"

"翻吧，师兄对你没有秘密。你想知道什么……"秦渡声音沙哑地道，"问我就行了，师兄对你没有隐瞒。"

秦渡连想都没想过要瞒她。他的颓唐和自我厌弃，他的野心勃勃和不可一世，他的过去，他的少年时代，那个感到活着或是死了都无所谓的男人，他的自卑和自负，他都不打算瞒她。

许星洲笑了起来，在秦渡的脖子上蹭了蹭，讨好他："这么宠我呀？"

秦渡声音沙哑地嗯了一声，接着他扣着许星洲的腰肢看那张报表，鼻腔里满是女孩身上清甜的香气。

他的书包在一旁敞着，秦渡又不想许星洲太无聊，有一搭没一搭地与她说话："还学会喷香水勾引人了。"

许星洲笑了起来——天知道她为什么这么爱笑，简直能要了秦渡的命。

"师兄，"许星洲温柔地笑着道，"如果有一天我不在了，你会怎么办呀？"

秦渡想了想，相对严谨地表态："得看是什么级别的不在吧。如果你是去楼下买零食，"他漫不经心地道，"我是不会找的，你可别想着用离家出走的方式折腾师兄，师兄不吃这一套。"

许星洲甜甜地亲亲他："把人家当什么了啊？我可一点儿都没有捉弄人的爱好。"

秦渡瞥她一眼："许星洲，你还没有？"

许星洲讶异地皱起眉头："有吗？哪里？"

秦渡示意了一下："小腿。"

许星洲一条白皙的小腿压着秦渡的裤裆，秦渡眯着眼睛道："你是真的很擅长性骚扰我，小师妹。"

许星洲脸红耳热地说："你不就是给我骚扰的吗？"

秦渡简直被这个十九岁的小浑蛋气笑了。

"行。"他说。

许星洲："怎么回事？你怎么不情不愿……"

"有你为这个毛病哭的时候，"秦渡在许星洲的额头上吻了吻，坏坏地道，"你等着吧，啊。"

他没看到许星洲的眼里映出的窗外凛冽的雨。

秦渡第一次知道谈恋爱能甜成这样。

城市被细雨笼罩了，窗上映着流金般的水珠。

他的小师妹又乖又皮，还黏人。他凶不得、训不得，只能把她捧在手心里，连订个外卖她都要赖在他的怀里。

许星洲晚上的胃口也很好，秦渡订了当初她挺爱吃的那家本帮菜，几乎把她夹过两筷子以上的菜全订来了。秦渡在厨房切了点儿饭后吃的水果，许星洲去门口拿外卖，提回来的时候简直有点儿怀疑人生。

许星洲艰难地把那一大袋东西放在桌上，喊道："你到底订了多少哇？"

秦渡说："你爱吃的师兄都订了。"

许星洲把纸袋里的菜一样样地取出来，菜都还热着，装在瓷盘子里头。她取到最后一样时，看到了里面一张被水蒸气泡软了的小票。

秦渡把洗好切好的桃子和杏子拿过来，许星洲捏着湿乎乎的小票，算了半天价格，嗫嚅着道："我那天给你的钱是不是太少了？"

秦渡痛快地点头："嗯。"

许星洲心塞地说："可是那就是我有的全部了。"

一个月两千元的生活费，她的父亲对她其实非常慷慨——据她所知，她那个妹妹都未必有这么多钱花，她的生父给钱时犹如赎罪。

那的确是她的全部，许星洲想，再多就没了。

"师兄问你要全部了吗？再贵也是蛋白质，"秦渡用筷子一敲她的头，"大不了多吃点儿。"

许星洲笑了起来，用筷子去夹油爆毛蟹。

她吃螃蟹的方法特别不靠谱，她把螃蟹从中间斩断，一咬就沾了满脸，简直是愚蠢的吃法——秦渡彻底没辙，用筷子敲了敲许星洲的手，示意她擦擦手。

许星洲满手红酱，委屈地道："可是师兄我想吃……"

"你会吃吗？"

许星洲："螃蟹有什么不会吃……"

秦渡不耐烦地剪了那只毛蟹的八条腿，拽着蟹掩灵活地一抠，把白皮一去，下头尽是金黄鲜亮的蟹黄蟹膏。他又三两下剪了扎嘴的蟹壳，去了三角蟹胃，又在里面添了点儿红亮的汤汁——那一串动作堪称行云流水，一看就知道他精通吃蟹之道。

秦渡剥完，示意许星洲先吃。

"还得供着你吃螃蟹，"秦渡满手的油，又去给许星洲拆那几条蟹腿，不爽地道，"你到底什么比我强？"

许星洲用小勺挖着蟹黄，超级不开心："可你下午还夸我可爱！"

"师兄喜欢你——"秦渡将剥出来的雪白鲜嫩的蟹腿肉喂给许星洲，"和你没师兄厉害，又不冲突。"

许星洲将眉眼一弯，笑了出来。

秦渡觉得许星洲实在是太可爱了，她的眼睛亮晶晶的，像是有小星星一般，鼻尖还沾着酱，她甜得一点儿也不像那个晚上抱着他大哭的病人。

秦渡想着以后要怎么办——他父母处的压力他顶得住，所以不会是大问题。他叛逆已经不是一两年了——反抗父母还是他十三四岁时就精通的项目，如今他差不多自立了，更是无所畏惧。如果许星洲毕业之后没有别的打算，和他领证也不坏……谁还能抗拒嫁入豪门的诱惑吗？何况这还是他二十一年来头一次心动。

说不定一张证就是一辈子了，他一边扒着螃蟹，一边哧哧地笑。

树叶哗哗响，绵密的冷雨落在窗外。城市上空，雷轰隆炸响，室内却弥漫着暖乎乎的甜味。

许星洲笑眯眯地对秦渡说："师兄，一定有很多小姑娘喜欢过你。"

秦渡剥开第二只螃蟹，回答得漫不经心："有的吧，师兄高中也收过不少情书，情人节也有小姑娘扭扭捏捏地送巧克力……表白好像也有过两三次吧，记不清了。"

许星洲亲了他一下。

秦渡耳根发红："星洲……"

"记不清吗？"许星洲撑着秦渡的肩膀，看着他笑着道，"那些喜欢你的人，要记住才行啊，师兄。她们在最年轻最好的时候鼓起勇气对你表白，把最赤诚的喜欢给了你，你忘掉她们实在是太没礼貌了。"

长夜雨声不绝，申城的夏天来临，雷电夹着风雨穿过深夜的天穹。

床上，秦渡单手揽着他的小师妹。

许星洲趴在秦渡的胸口，抱着秦渡的iPad（苹果平板电脑）看新闻，看了半天，慢吞吞地打了个哈欠。

秦渡有些无聊，伸手摸了摸许星洲圆滚滚的后脑勺："看什么呢？"

许星洲将iPad一扣，语无伦次地说："保……保研捷径……？"

"啊？"秦渡皱起眉头，"你看那个干什么？想读研了？说实话我觉得你们专业读研没什么意思……"

许星洲一副做贼心虚的样子，说话都结巴了："不是……是……"

"小师妹你看这种东西干吗？"秦渡点了点iPad的后壳，漫不经心地道，"我刚入学那年，数科院有个玩游戏猝死的男的，住得好像离你们宿舍楼不太远，在六栋。当时学校封锁了消息，代价是他们全宿舍保研——要说保研捷径的话，只有这个。有这时间不如去报个夏令营呢。"

许星洲结结巴巴地说："就就就……是这……"

"什么捷径？好好学习。"秦渡不爽地道，"有什么不会的找师兄。你 GPA 没那么糟糕，申请出国都够用了，就是好学校可能难一点儿，但是如果 GRE 考得好，也能弥补。"

"不是啦……"许星洲难过地道，"我没想读研啦，我是想说，如果……"她把脸埋在了床单里——这个问题令她变得可笑又可悲，像是契诃夫所写的"套中人"。

"师兄，"许星洲羞耻又难过地问，"师兄，你是学生会主席，可能会比较清楚，是不是宿舍里有人死掉，学校就会为了平息事端，给死掉的人的室友保研？"

这又是什么问题？秦渡想了想道："是，不过必须在校内。校外的意外事故统统不算。"

许星洲总有许多天马行空的想法，秦渡只当这是场闲聊，又把小姑娘稍微抱紧了一点儿，又在她的耳朵上亲了亲。室内的空调稍微冷了点儿，他怕许星洲冻着，整个人贴了上去。许星洲一句话都没说，只是微微地叹了口气。

过了一会儿，秦渡附在许星洲的耳边问："宝宝，要不要睡觉？"

他简直太能称呼许星洲了，一会儿"小师妹"，一会儿"我家星洲"，一会儿直呼大名，一会儿"小浑蛋""小家伙"……现在干脆变成"宝宝"。他像是头一次谈恋爱的男孩，要把世界上所有的爱称都送给自己喜欢的小姑娘。

许星洲终于像是关上了开关一样，突然之间瘫软了下来，顺从地点了点头。

秦渡笑了起来："宝宝，我去给你拿药？"

许星洲浑身一僵："不了吧，我今天不想吃，我想再做一次梦。"她转过身，钻进秦渡的怀里，"吃了药，就太黑了。"

安眠药带来的睡眠，称得上是漆黑一片。许星洲是第三次发病，早已受够了这种昏迷式的睡眠，却又打算用这种方式将自己葬送。

她在黑暗中睁着眼睛，泪水一滴滴地往下掉。秦渡在她的身侧躺着，已经陷入了她所不能拥有的深度睡眠。许星洲摸过自己的手机，看着自己订的第二天去苏州的车票，次日十点半，正好卡在秦渡明天上课的时候。

她今晚没有吃药，加上白天的，省下了两片药，许星洲冷静地想。不知道抽屉里还有多少片——于典海医生开药太谨慎了，不过按她小时候的经验，这个量是能够达到目的的。

许星洲看着那车票订单，无声地哭着。

大概是去不了了，许星洲觉得自己像个蠢货，但是如果死也有价值的话，不如让程雁和李青青她们保研……

见到死人是很可怕的，许星洲一边抹眼泪，一边想，但是这害怕只是一时的，保研和生活可是一辈子的事情。系里保研名额僧多粥少，李青青她们为了保研的机会早出晚归，朝五晚十一地泡图书馆，程雁的爸爸妈妈也特别希望程雁读研……希望他们不要恨她。

她本来是打算跑得远一点儿的。

许星洲想起自己曾经宣布过的"我要活到八十岁，去月亮上蹦极"和"我要体验了一切再去死"……那种攥住了心脏的绝望却如附骨之疽一般，无时无刻不在折磨她。

"去死吧，"它说，"这世上没人需要你，许星洲是一座孤岛。"

那声音钻出来，捉住了许星洲往深渊里扯。

你的父母各自结了婚，最疼爱你的奶奶去世，程雁迟早会拥有自己的家庭，而秦渡——

许星洲泪眼蒙眬，发着抖亲亲她的坏蛋师兄。

"嗯，"秦渡抱住怀里的小姑娘，睡眼蒙眬地亲了回去，"小流氓……再亲下。"

许星洲在黑暗中被秦渡亲得满面通红，眼中春水荡漾，却在心里执拗又绝望地想：我不会知道的。

华言楼西辅楼301教室，外面仍刮着狂风，似是有台风即将提前登陆。刚下课，教室里人声鼎沸，秦渡夹着讲义去找助教交课堂小测的题，带他的吴教授看着秦渡，饶有兴味。

"小秦，"吴教授笑道，"怎么今天这么高兴？"

秦渡莞尔道："我有女朋友了算吗？"

吴教授哈哈大笑："改天带来让老师看看——就是那个新闻学院的小姑娘？"

秦渡一笑："还能是别人吗，老师？"

"老树开花。"吴教授拊掌大笑，"我和小张还有个赌约，就看你什么时候谈恋爱。小张赌你追不到，老师就对你有信心——话说小姑娘现在怎么样了？"

秦渡春风得意，也不想和张博计较了，想了想道："应该还在睡觉吧，我觉得她最近状态蛮好的。"

吴教授点了点头。

许星洲醒来时，已经快十点了。她看了看自己的手机，火车票已经不能退了。那张火车票倒也不贵——她此时冷静得可怕，心想：如果秦渡要找她的话，有张火车票在这儿，以他的人脉，他说不定会找到苏州去。

其实许星洲认为最好的死法就是死得无人知晓。最好是在几年后，或者几个月后，在秦渡对她的激情消退之后，他偶然得知"许星洲已经不在人世"——或者永远都不知道。她生时轰轰烈烈，死的时候却不愿意暴露在众人的目光之下。可是，如果她的死还能带来一点儿价值的话，被他发现其实也没什么。

横竖不过一死，许星洲想，既然什么也带不走，身后留着什么也不必去看了。

她从躺椅的缝隙里摸出那把钥匙。

这藏法其实非常讲究，许星洲绝望到极致，思维反而缜密得可怕：此处难以被发现，即使秦渡发现钥匙没了，也可以解释成是他一不小心碰掉的。

十四岁那年，许星洲"早有预谋"，在护士走后吐掉了每一颗安眠药，攒在一小包纸巾里。

十九岁这年，许星洲"即兴犯罪"，偷走了秦渡锁住安定的抽屉的钥匙。

许星洲打开了书房的那个抽屉，里头孤零零地放着一个塑料袋。

她跪坐在地上，耐心地把药丸一颗颗地挤了出来，找了一个小纸袋装着，又把药板塞了回去，最后将药盒上的封条贴回去，天衣无缝——这样的话，秦渡打开抽屉时不会第一时间怀疑安定被偷。

她一边做，一边掉眼泪，只觉得自己是个思维缜密的神经病，不配得到任何人的喜欢。

这次许星洲唯恐打草惊蛇，不敢给秦渡转账了。她把手机的开屏密码取消了，又把自己的支付密码用油性笔写在了手机的背后。

这就是她拥有的全部了：许星洲这个人，她几乎不值一提的钱，她一生唯一一次的喜欢，初吻和第一次抱抱，她十九岁的春天。

这只凤尾绿咬鹃拥有的不多，可是在故事的最后，它愿意把一切都给那个年轻的公爵。

最后许星洲在餐桌上留了张字条，说"我去楼下买个零食"。

窗外细雨绵密，许星洲孑然一身，那扇门无声无息地在她的身后合上了。

秦渡懒洋洋地靠着窗户坐着，梧桐树的叶子在风雨中招展。

"看什么看哪，学弟，"他几个相熟的同学在打趣一个小学弟，"没见过活的拓扑学满分吗？"

传奇的GPA4.0——秦渡很配合地冲小学弟礼貌地点头，灵活地一转手中的中性笔，点在乱糟糟的草稿纸上，姿势随意而目光锐利。

小学弟不好意思地对秦渡说了声"学长好"，赶紧跑了。

秦渡心想这个场景应该让许星洲小浑蛋看看，她的男人是个指不定毕业之后十年都没人能超越的传奇。

他一个同学好奇地问："渡哥，你毕业打算干吗？出去读研？"

秦渡："没想好。"

"真羡慕你，都这时候了还可以'没想好'。"那个同学感慨道，"不好好读书就得回家继承上市公司，不回家继承上市公司也可以去剑桥、牛津硕博连读，希望我也能过上这样的人生——渡哥你耳机借我用用，我下节课不听了，睡一会儿。"

借耳机嘛，小事。耳机就在包里，和钥匙在一块儿，秦渡漫不经心地伸手去掏自己的书包。

牛毛般的细雨落在阶梯教室的窗台上。

秦渡一掏就觉得手感不对。

他怕把那把小钥匙弄丢了，因此平时就将钥匙缠在那团耳机里，如今那团耳机还在，里头的钥匙没有了。秦渡当时就是一身冷汗，立刻把包里头的东西一样样地拿了出来。

其实就一把钥匙而已，可能是他在拿讲义或是拿课本的时候把钥匙弄了出来，也可能是掉在了车里——可是无论是哪个原因，秦渡都承受不住有可能出现的最惨烈的后果。

许星洲昨天骗了他。

于典海主任说的一切犹如诅咒一般在秦渡的脑海中响起，秦渡颤抖着在书包的底部摸了又摸，又想起昨天称得上灿烂的许星洲——她笑眯眯的，甜得不像话，又是撒娇又是要抱抱，温暖的额头抵在他的脖颈儿处。

如果这是个骗局呢？

他的同学茫然地问："耳机没带？"

秦渡将耳机扯了出来，发着抖道："下节课点名的话帮我说一声，家里出事了。"

他的同学一惊："什么事啊？"

秦渡却已经跑了，连书包的拉链都没拉，在长长的楼道里跑得飞快，包里的徽章、红袖套掉了一地。众人回头看着这个几乎是肝胆俱裂的二十岁出头的青年。

砰的一声巨响，秦渡满头是汗，眼珠通红地推开家门。

里头安安静静，正在扫地的钟点工一愣，秦渡声音沙哑地道："许星洲呢？"

钟点工还没回答，秦渡已经冲进了主卧。

里面还没打扫，床上只有一个浅浅的小凹陷，被子在一边团成一团。许星洲晚上又要抱师兄又要抱小黑，此时她的师兄站在床前，那只破破烂烂的小熊被卷在被子里，女孩子的人却没了。

秦渡怒吼："许星洲！"

无人应答。

他的五脏六腑都要炸开了。

秦渡发疯般跑去书房翻那个抽屉——没有了抽屉的钥匙，他奋力拽着那抽屉拉环反复扯，拽不开。于是他把台灯一拉，一桌的书和纸带着笔和笔筒噼里啪啦地掉了一地，秦渡举着钢台灯对着锁扣就是几下狠砸。

他是个锻炼从不懈怠的男人，力气非常大，此时又是拼了命地砸，坚硬的黑胡桃木抽屉连着锁环被砸得稀烂，台灯三两下被砸得变形。秦渡把彻底报废的抽屉和木屑一抚，在昏暗的世界里，拉开了抽屉。

药安然地躺在里面。

他放松了点儿，揉了揉眼睛，难受地跪在了满地狼藉之中。

钟点工估计被吓着了，小声道："许小姐今天不在，她在桌上留了字条。"

秦渡声音沙哑地道："她说什么？去哪里了？等会儿帮我把地板扫一扫。"

钟点工微微一怔，说："就说自己出去买零食了，具体去哪儿了我也不知道。"

秦渡的心凉了一半。她是蓄谋已久。

他发着抖拆开药盒，里头的每板药都被抠干净了，许星洲今早细心地抠完药，还把那塑料板放了回去。

秦渡在那一瞬间连想死的心都有了。

他想起程雁曾经说过许星洲寻死时十分冷酷且神经质，许星洲能在手腕的同一个地方割腕三次，能用一管中华牙膏的铝皮将手腕割得鲜血淋漓，如今她终于在一日极致的温情后骗了秦渡，将钥匙偷走了。

秦渡跪在地上，怔了许久。

他不知道许星洲为什么会这么做。他做得不够好，不够爱她？可是他已经恨不能掏出自己拥有的一切送到她的手里了。

秦渡暴怒，气得眼睛通红，犹如即将死去的人。他想把许星洲活活掐死，却又在想起那个落泪的女孩的瞬间绝望到喘不过气。

他发着抖，又摸到一个重重的药盒。他捏着那个药盒打开，里面是许星洲的手机。

许星洲在手机的背后用油性笔写了两行飞扬又娟秀的数字，是她的支付密码。

这种时候都想着算清账，他的小师妹真的是不气死他不罢休。

雨刷器刮干净雨水，车灯在雾里只透出两团光晕。

陈博涛在前头开车，秦渡坐在后座，外头白茫茫的一片，秦渡呼哧呼哧地喘着粗气。

"真的开不得车？你都有开不得车的一天哪……"陈博涛茫然地问，"手抖成这样？"

秦渡没回答，抖着手解锁手机，接了个来自世中实业助理组的电话。

"小少爷，是我，何助。"

"许星洲小姐昨天 13:53 通过购票软件下单了一张今天 10:34 去苏州北的动车票……"世中助理组的何助理在电话里道，"但就我和火车站票务组沟通的结果而言，她购买的那张票没有检票，近期查得严，没有票的乘客是进不去的。"

秦渡嗓音沙哑地道："有才怪了——没有开房记录？"

何助在那头想了想："没有。如果有的话，公安会第一时间通知我们的。"

"那就好说了，不在旅馆里。"秦渡的声音沙哑，他暴虐道，"十九岁的小丫头，不光学会了骗感情，连反侦查都很溜哇！"

电话里，何助理小声道："我觉得她想不了这么多……"

秦渡从牙缝里挤出一丝冷笑，把电话挂了。

陈博涛："别对员工撒气，你爹忌讳这个。"

秦渡理都不理会，冷冷地道："她会不会就在 F 大里头？"

陈博涛一愣："啊？为什么？"

"她昨天晚上骗我的时候，靠在我怀里，说她喜欢我，我被骗得团团转。"秦渡喘着粗气道，"小姑娘脑筋有问题，问我知不知道保研捷径，我随口说了两句……"

陈博涛："保研捷径？就是有些大学传说的保研路和保研寝？"

秦渡嗯了一声。

陈博涛由衷地道："她到底在想什么？为了让室友保研……"他感到窒息，"这也太……太可怜了，你没有告诉她你爱她吗？"

雨刷器刮过那辆保时捷的车窗，雷声轰隆穿过天穹，倾盆大雨落了下来。

"我求求你，"秦渡近乎崩溃地道，"我求求你快点儿。"

安眠药不同于割腕。

秦渡不知道她为什么会想寻死，同样不晓得昨天甜甜的小师妹到底是不是在骗他。他心如刀割，既觉得她是临时起意，又觉得她是蓄谋已久。像是那个六岁的许星洲，那个小女孩准备去死，不管这世界上这个叫秦渡的二十一岁的男人有多爱她。

其实秦渡在理智上不怕。许星洲一个没背景的大学生，在没人掩护的情况下，在他的手下甚至逃不过三个小时。以他的人脉，手里的天罗地网一张开，只要许星洲没跑到云南，基本上五六个小时他就能找到人。

可是他在心里怕得要死，连手心都在出汗。

秦渡下了车就冲进雨里，南区宿舍在上坡的尽头，狂风吹得他几乎跑不动——好在四栋并不远。

四栋是纯女生宿舍，不是鸳鸯楼，秦渡刷不开门禁，且因为形迹可疑，被胖胖的宿管大妈拦了下来。

"小伙子……"

"有学生出事了，"秦渡发着抖道，"312 宿舍的许星洲，我是她男朋友。"

然后他在宿管大妈惊愕的目光中把自己的身份证和银行卡押在门口，

挤进了女生楼。

那是许星洲在 F 大居住了两年的地方，秦渡却是第一次进学校这老旧的本科生宿舍。

走廊狭窄，采光不好，墙上贴着瓷砖，一条道上尽是潮湿的开放式铁窗，顶上晾着湿漉漉的衣服。有力气小的女孩子洗了衣服拧不干，晾着的衣服还在滴滴答答地往下滴水。

秦渡跑上三楼。

天穹落雨不绝，312 宿舍门前的露天走廊上全是积水和鞋印。窗台上有几双晾了许久的鞋子，橡胶都发灰了，可是其中又有几棵小盆栽，上头端端正正地贴着字条："新闻 1503 许星洲"。

她是那么认真地活着。就在这样逼仄的宿舍里，在这种平凡而绝望的现实里，热烈得犹如水中绽放的莲花。

秦渡发着抖拍 312 宿舍的门，拽着门把手晃，大声喊道："许星洲！"

里头没有半点儿声音，秦渡手足无措地站在那扇门前片刻，才想起要去找宿管大妈拿钥匙。他甚至连自己没有许星洲宿舍的钥匙这件事都忘了，而这扇门无法用暴力破坏。

他刚准备下去，那个拦住他的胖大妈就拿着一大板钥匙，扶着膝盖爬了上来。

"小伙子，"胖大妈气喘吁吁地道，"侬（你）等一下嘛，勿要急，我拿个钥匙。"

秦渡在那一瞬间，觉得肠胃都绞在了一起。

宿管大妈开了门。

初夏梅雨不断，格外潮湿，女孩的宿舍里有一股经久不散的温暖的霉味。

靠窗的那侧，桌子搬空了大半，床上挂着粉色的床帘，桌前贴着宇宙兄弟的海报和 NASA 的贴纸，专业书在桌下堆得高高的。在书和海报中间，许星洲软软地趴在桌上，面色苍白如宣纸，嘴里咬着自己的头发。

秦渡要死了似的拼命把许星洲抱在怀里。

他的星洲身上几乎没有温度了，她是淋了雨过来的，身上的衣服却已干了不少。她的面色白得犹如冰雪，口唇发绀，连眼角都是青的。秦渡声音沙哑地呼唤她的名字，许星洲半点儿反应都没有。

雷电轰隆炸响，穿过连绵的群山。

秦渡发着抖，以手背试他的星洲的呼吸。女孩的呼吸微弱至极，如同下一秒就要没有了一般，人也轻轻软软的，让人怀疑这样的身量怎么才能如此坚强地孤身一人活在世间。

那一瞬间，秦渡几乎以为许星洲会在他的怀里咽气。

什么不紧张，什么五六个小时就能找到，秦渡几乎连气都喘不上来了，感到这世界的风声、周围鼎沸的人声都与他隔着山海。

许星洲是断了线又被他捡回来的风筝。

秦渡抱着许星洲不住地抽气，像是忍着泪水，告诉自己："找……找到了……"

找到了。

他的夏花，他的春日，他一生的柔情。

他沉重而柔软的责任，他一辈子难逃的劫难。

车窗外车水马龙，人间百态。

暴雨之中，急救车呼啸而过。

一个医生将许星洲从担架床上扶了起来，拆了个压舌板，扶着这个瘦削苍白的姑娘的肩膀，强行将压舌板塞进了她的嘴里。

"Babinski 征（巴宾斯基征）阳性……"医生训练有素地道，"瞳孔缩小，光反射迟钝，血压 90/60，典型安眠药中毒。"

另一个护士嗯了一声，然后往板子上记了两笔。

医生低声道："又一个。"然后他压着许星洲的头让她前倾，因她还在昏迷，医生的动作称得上麻利又直接，他将压舌板往里捅了捅，观察她的口腔黏膜。

"黏膜完好。"年轻的医生道，"话说这是这周的第几个了？"

护士想了想道："安眠药的话，是第一个。"

医生微一叹气，给许星洲套上了浅绿色的氧气面罩。

担架床上的许星洲的脸上一点儿血色都没有，全然没了平时的艳丽俏皮。

"一个挺漂亮的小姑娘，"医生感慨道，"怎么就想不开呢？"

秦渡声音沙哑地道："这个姑娘怕疼，医生你等会儿轻……轻点儿。"

那医生一听这话，火气就不小："这还只是给氧你就让我轻点儿？"

秦渡痛苦地说："对不起。"

"患者家属，"医生不忍地道，"这还没完呢，我觉得后面你都不用看了，看了心疼。"

秦渡语塞。

医生莞尔道："提醒过家属了，后面的处理特别幻灭，铁粉看了都要脱粉的。"

小护士拍他一巴掌，怒道："老水你别贫了行吧！上个月的投诉还少吗？"

这些急诊室的医生和护士早已见惯生死，那个"感情骗子"所经历的事情在他们看来或许不值一提。可是对秦渡来说，无异于世界崩塌。

那条线仍在跳，P 波 QRS 波、I 导联 II 导联 III 导联——心电图上的那一条线仍在雨中燃烧。

急诊入口的患者来来往往，家属与病人挤在一处。空调半点儿不管用，室内足有三十多摄氏度，热气腾腾的，秦渡又紧张，汗湿的短袖贴在身上。

那个女孩子被按在病床上，身上铺着治疗巾。

医生问："有抑郁症病史？"

秦渡抹了抹鼻尖，干涩地道："有自杀倾向，没管好药。"

"真难，辛苦了。"医生摇了摇头，"是什么药？量多少？"

秦渡想了想道："那个医生资历老，开药很谨慎，截止到今天早上应该只有三十几片，但她全拿走了，应该是一片都没留。"

医生咂嘴："有药的包装吗？"

秦渡把药盒递给了他。

医生看了看药的包装，道："现在的苯二氮䓬……"他想了想，对着护士点了点头。

外头的雨水冲刷世界，周围传来其他患者家属尖叫哭泣的声音，犹如炼狱。秦渡看着床上小小的凸起，看着这个世界上最恶劣的骗子。

从第一次见面起她就不把他放在眼中，第二次见面她撒了最拙劣的谎，第三次她翻桌子逃跑……她让他失态地找了无数遍，却只要一笑就能把他的命都勾走。

秦渡红着眼看着护士给这个骗子洗胃。

"一遍不够。"那个姓水的医生道，"等会儿静推一毫升氟马西尼，然后过一个小时再洗一次，直到洗出来的东西澄清为止。"

小护士点了点头。那个医生接着就被同事叫走了，对方说是有个大呕血病人，那头人手不够。

外头闷雷轰隆作响，天地间一场茫茫大雨。

胃管是从鼻子进去的，护士训练有素地托起许星洲的后脑勺，令胃管进得更顺畅——五十多厘米的胃管，硅胶坚硬地抵着她的鼻腔，许星洲难受得不住发抖，连鼻尖都红了，泪水一滴滴地往外掉。

活该，不就是洗胃吗？秦渡眼眶通红地想，连自己的命都不要了，洗个胃算什么？

许星洲的血氧不太好，一侧鼻腔用胶带粘着氧气管，洗胃液进入时她难受得不住发抖，泪水一滴滴地渗进枕头里，显得她苍白又羸弱。

活该，秦渡发疯地想，难受死她才好呢，不就是想死吗？

然后许星洲又被抽出去的洗胃液逼得无意识地发出沙哑的哀求般的音节，口水都流了出来，几乎崩溃。

"救……救救……"许星洲求饶般去抓那根胃管，"救救……"

护士连想都不想就把许星洲的手摁住，不让她碰，对着外头大喊道："帮我拿一套约束具过来！"

秦渡的心疼得像碎了一样。

"别拿约束具，"秦渡流着泪道，"我抱着她。"

秦渡捏着许星洲的手腕，不让她碰到胃管。

那两只细细的手腕下是坚强的脉搏，是那个不屈的许星洲存活的证明，证明着她的一颗心脏仍在跳动，证明她未曾离秦渡远去。

许星洲的体温偏低，像是初夏的荷叶。她的眼眶下一片青黑，瘦到凸起的骨头硌着他的胸口，头发乱蓬蓬的一团，嘴唇干裂。

秦渡抱着他的星洲，在嘈杂的急诊室里不住地落泪。

这里大概就是人间了，秦渡想，这大概就是活着。

那个小护士端着治疗盘过来，将治疗盘放在秦渡的旁边，解释道："这是给许星洲患者的拮抗剂，刚刚开的，打了会醒。"

秦渡抹了抹脸，疲惫地靠在床头，松了许星洲的右手。

许星洲仍在浅昏迷，护士扯过她的右臂。

一个声音在他们的身后响起："患者我认识，小姑娘，我替你把针打了，你去忙。"

秦渡抬起头，看见了秦长洲。

秦长洲戴着金边眼镜，穿着本院的白大褂，头发乱糟糟的，似乎是刚下了一台手术，看上去还有点儿疲倦。

秦长洲指了指秦渡，和善地道："他是关系户——我是普外的副主任医生，你放心去就是了。"

护士语塞。

"我和我弟弟、弟媳……"秦长洲对那个护士笑着解释，"有话要说。"

秦长洲长得帅，戴着金边眼镜，显得风趣又和善，饶是穿着 F 大二附院三十六块钱一件的肥肥的白大褂，都显得长身玉立，风度翩翩。

那个小护士不好意思地笑了笑，把位置让给了秦长洲。

躺在床上的许星洲之前还化了淡妆，如今昏睡着，插着胃管，口红晕开了，秦渡给她擦了。

秦渡捏着许星洲细白的胳膊，秦长洲取了止血带，用力地扎住了女孩子的上臂。那止血带扎得颇紧，秦渡怕许星洲疼，下意识地想去松那个带子，被秦长洲一巴掌拍了回去……

短期的静脉创伤性操作与静滴不同，无论是抽血还是静推，大多都会扎静脉，因为它粗，好找。可是此时止血带扎上了，许星洲那青蓝色的血管还是细细的，几乎连下针的地方都难以找寻。

"你家星洲有点儿缺水呢，"秦长洲在许星洲的胳膊上拍了拍，把那块皮肉拍得通红，又仔细地用碘伏擦了擦，"可见情况还是不算乐观，等会儿哥找找人，给你转个科……"

然后秦长洲停下动作，抬起头，看着秦渡，道："你还是趁早感谢一下我给你找的于主任吧。"

秦渡张了张嘴。

"执意不入院，"秦长洲说，"明明是个自杀倾向那么严重的小姑娘，连钥匙都敢偷……这次情况这么严重，是因为她怕自己死不了，又吃了别的药，懂不懂？"

许星洲那一瞬间在秦渡的怀里微微抽搐了一下。

秦渡红着眼死死地咬着牙关。

"于主任连药效稍微重一点儿的药都不敢开。"秦长洲说，"卡着品类，卡着剂量，所以她晚上总是哭着醒过来……"

秦长洲莞尔道："我本科的时候听过他的讲座，那时候就知道他厉害，手下患者康复率特别高，自杀率是最低的。苯二氮䓬中毒预后很好。"他一边说，一边以手绷住了许星洲冰凉的皮肉，将针攮了进去，"别慌了，"他抬起眼睛，看着秦渡，说，"渡哥儿，你是得撑起她的人。"

外头仍在下雨，轰隆隆的雷雨将月季打得七零八落，剑兰在雨中指着天。

急诊室外头起了纠纷，似乎是有小孩的父母想插队，拽着医生和护士吵得天翻地覆。这世上的灵魂大都喧嚣不已，在痛苦而自私地活着。

拮抗药起效极快。

秦渡还在用棉签抵着许星洲的胳膊上的小血点，许星洲的手指就动了一下。那手指细细的，秦渡曾经笨拙地给她包扎过，如今伤口愈合，只有一点儿不自然的白。

然后，许星洲茫然地睁开了眼睛。她还插着胃管，眼角都是红的，看上去极为可怜，一睁眼眼里都是泪水，将睫毛沾得湿透。

她一眨眼泪水就往外掉，一滴滴地渗进她的发丝之中，黑白分明的眼睛里映着雪白的天花板。

那一瞬间，秦渡的火气止不住地上涌。

这个骗子在装可怜给谁看？她想做什么，还想寻死？

秦渡感到五内俱焚，愤怒到想把许星洲掐死在这张床上，那脖颈儿纤细白皙，里头还含着根硅胶胃管，它坚实地抵着这个小姑娘的食道，令她难受得发抖。

"许星洲，"秦渡冰冷地捏着许星洲的手腕道，"你现在就是活该。"

许星洲的泪水止不住地外涌，她哭得面颊都红了，将脸别开。

可是，秦渡如何舍得碰她一根手指？

"我……"秦渡气得太阳穴突突直跳，想把许星洲骂一顿，或是掐死在床上，让这个骗子为她的谎言付出惨痛的代价，但他看到了许星洲翕张的唇。

"抱，"许星洲近乎崩溃地道，"抱抱……"

她的声音破碎又沙哑，秦渡几乎是立刻红了眼眶。

不能抱她，秦渡告诉自己，要给这个小姑娘一点儿教训。她不爱我，一切都是演的，那些亲亲抱抱，那些耳鬓厮磨，全都是蓄谋已久的告别。她连反侦查技巧都用了，我就偏不让她知道我真的发疯一样地找过她。

然后许星洲乖乖地伸出手，声音沙哑地对他说："抱抱呀，"小姑娘像是要碎了般道，"师……师兄抱抱洲洲……"

秦渡坐在旁边的凳子上，冷淡地看着她。

许星洲的药效没过，她还是有些谵妄，说话含混不清，加之仍然抑郁，整个人快要崩溃了。

秦渡给她办完入院手续回去的时候，许星洲就木木的，进入了相当消极的状态。

秦渡："晚上了，吃饭吗？"

许星洲躺在床上，不理他。

"师兄去给你买饭。"秦渡毫无尊严地逗了逗她，道，"不可以饿着，想吃什么？"

许星洲仍然不理他，背对着他，看着那扇小小的窗户，外面是墨蓝色的雨天，璀璨的金色雨滴。

秦渡的心都快碎了。

她大概从来没有爱过我，秦渡想。我可能只是她的一个工具，高兴了就来喊两声师兄，不高兴了立刻踹到桌底。我掏心掏肺地对她好，在雨里发疯般找她，这些在她的眼里——她放在眼里过吗？这个不可一世的骗子。

她换上了病号服，宽松的条纹棉衬衣将她衬得更为娇小，看上去瘦弱又无害，她的心却那么坏。她坏得无师自通，捏着秦渡那颗从未被人拿捏过的心，终于成为他人生的劫难。

"因为我喜欢你呀！"在璀璨的灯火中，小骗子甜甜地对他说，然后，转眼间偷走了抽屉里的药。

师兄对你没有隐瞒，那个青年近乎卑微地对许星洲说。他的骄傲、自尊和放纵、颓唐，他的自恋和自厌，他的人生，他所拥有的一切，他都不曾对她隐瞒。

秦渡眼眶赤红地看着许星洲消瘦的、裹着薄棉被的背影。

"你没有话对我说吗？"秦渡冷漠地道。

许星洲畏光似的背对着他，那根长长的令她痛苦的胃管还戳在她的体内，令她一动不敢动，再过半个小时她还要洗一次胃。她像没听到似的，一言不发。

有什么办法能让她爱上我吗？秦渡绝望地想。

他摸出手机，打算出去给许星洲买些她能吃的，总归不能让她饿着。她现在又瘦又吃不下饭，胃也被弄得难受，不愿意说话也正常，而他实在是不舍得让她吃医院的饭菜。

然而，就在那一瞬间，在昏暗中，传来了许星洲的抽噎声："师……呜……师兄……"

秦渡握着门把手，顿了一下。

"订个外卖？"他转过头问，"不想师兄走？"

许星洲蜷在被子里，难受得语无伦次地说："没有骗……骗人。"

秦渡回到床边，冷冷地道："骗什么？不想师兄走的话师兄订个外卖，没的抱，做了这种事抱什么抱，心里没点儿数吗？"

许星洲抽泣个没完，蜷缩在小床上，伸出只手拽住秦渡的衣角。

雨声穿过长夜，隐约有雷鸣，病房外的灯光暖黄，护士推着推车来来往往。

"没有……"许星洲抽抽搭搭地道，"我没有骗你呀！"

秦渡一怔。

许星洲哭着道："洲洲没有骗你，是……是想……想……师兄有一天也会不喜欢我了，"她发着抖，崩溃地大哭，"那时候就不会……不会对我这么好了，不会抱着我睡觉，不会哄着我吃饭，连抱抱都不会给，晚上会把门关上，让我自生自灭……"

她说话颠三倒四，却每句都像是从心头呕出的血一般。

抑郁症患者是拒绝和外界沟通的，可是许星洲大约是感受到了秦渡那句话中的绝望，生怕他误会她。于是许星洲硬是把自己鲜血淋漓地逼了出去，将自己的一颗心血淋淋地剖开，发疯般捧给秦渡看。

"用鸡咕咕想都知道师兄的妈妈不会喜欢我这种人。"许星洲哭到哽咽，连胃管都在颤抖着，那硅胶管绝对令她十分难受，因为她甚至发起了抖，"师兄的爸爸也不会喜欢，爷爷奶奶也不会。我知道我和师兄天差地别，师兄的朋友觉得我是师兄的情人，你接触过的东西我连碰都没碰过，我从小到大都是最普通的人，我没……没有勇气……"

我没有勇气，看到未来。许星洲想说。

尽管我曾经热爱生命，可是被拖进深渊之下时，我被浸泡在绝望之湖。她在湖中没有氧气，只有最悲观的天平用来衡量深渊外的爱——许星洲一生不曾被需要，因此迷茫而自卑。

"可是，"许星洲大哭道，"我那天真的是为了见师兄才打扮的。因为师兄给我付钱的那天吃醋了，才会删好友的……为师兄哭过好多好多天，"她的泪水止不住地往外掉，像一串断了线的白水晶，她道，"可是师兄来道歉我就很开心，戳我额头也高兴，因为拒绝了师兄的表白难受到睡不着，师兄拉黑了我，我太难受了……"她哭得鼻尖通红，眼眶里都是绝望的泪水，"真……真的没有骗你。"她哭着拽住秦渡的衣角，生涩而难过地道，"所以……所以，别……别生洲洲的气了……"

然后许星洲哭着主动钻进了秦渡的怀里。那姿态带着一种全然的依赖和爱慕，裹挟着窒息感和无望的缠绵——那飞鸟一般的、柔软而热烈的小姑娘依赖着他。依赖。秦渡只觉得自己离疯不远了。

他死死地抱住许星洲，将她摁在病床的床头上，粗鲁地吻她。

胃管有些碍事，许星洲的嘴唇上还咸咸的，口腔里还漱口后的药味。

门外似乎有护士的推车洒了，有小孩在外面追逐打闹，秦渡听见许星洲的心跳，咚的一声，咚咚两声，犹如劈裂黑暗的火种。凡间众生嘈杂，人间庸碌，一切都证明她活着。

那个亲吻发生的三分钟后。

外头仍是雨声不断，病房里的灯亮了起来。单间病房的装修尚算考究，墙上挂了一幅以墨笔挥就的"大医精诚"，落款甲申年十二月，乃是院长的手笔。

护士长拆开一次性医疗用品的包装："算我求求患者家属了，能不能老实一点儿？"

许星洲蒙在被子里装死。秦渡则死猪不怕开水烫，漫不经心地坐在床边的凳子上。

"真没见过这么不配合的患者家属。"护士长的资历颇老——而资历老的护士长在医院里是种鬼见愁般的存在，向来敢从住院医生怼到主任，"小姑娘还插着胃管呢，你就非赶着这一会儿？"

秦渡满面春风，伸手牵住了迷迷糊糊的许星洲的小手指。

护士长语塞。

护士长又给许星洲洗了一次胃。

许星洲还是难受得不行，洗出来的水几乎是澄清的了，秦渡看得心惊胆战，生怕许星洲的胃有什么问题——护士长观察了一下洗出来的胃液，最终还是将胃管拔了。

"患者会有些嗜睡，等会儿有什么问题记得按铃——"护士长和善地道，"提醒患者家属，现在可以亲了，还可以趁睡着了亲。"

秦渡一句话都没来得及说，护士长就闪人了……

秦渡在心里骂了句脏话——坏了我的好事还要嘲讽我。

他低头看了看许星洲，许星洲蜷在被子里，又回到了一句话都不肯说的状态。

秦渡问："饿不饿？"

她的抑郁症还是很严重，加上苯二氮卓中毒，使她思维迟缓。秦渡看着她圆滚滚的后脑勺，掀开被子跟她躺在一处，把她抱在了怀里。

"洲洲，"秦渡亲昵地道，"不理师兄了吗？不就是亲亲被看到了吗？"

许星洲使劲儿推了推他。

秦渡闷声笑道："我家小师妹为了让师兄抱抱，连那么长串的表白都会说了……谁能想到师兄是一个矜持的男人呢？师兄考虑两天再答复你，希望你尊重我，给我这个机会。"

许星洲本来就没缓过来，听到这句话，直接整个人埋进了被子里。

"好乖。"秦渡亲昵地亲亲许星洲的发旋儿，哄道，"小师妹，回答师兄一个问题好不好？"他又忍不住骗她，"不是白回答的，回答的话，师兄和你交往的概率会大一点儿。"

幽暗的灯光中，许星洲一边难过地想着原来他们还不算交往啊，可是明明亲也亲过，抱也抱过了呀……一边又上了当受了骗，嗯了一声。

秦渡把许星洲牢牢地搂在了怀里。

他的力气非常大，许星洲简直都要被搂散架了。她神志不太清明地想，他一定是准备羞辱她吧，毕竟还没消气。可是就算是羞辱，许星洲模模糊糊地想，应该也不会太难回答……

沙沙的雨夜，有叶子打在窗户的玻璃上，马路上传来车碾过水洼的声音。

在静谧和喧嚣的万物之中，秦渡终于开了口："谁——"他的语气里，有种许星洲所不熟悉的暴戾，"说你是我的情人？"

夏雨落进静谧的长夜，路灯映亮世界。

许星洲靠在秦渡的怀里，昏暗之中，他的身上还有股淡淡的烟草的香气，分不清究竟是香水味还是他抽过烟了。

秦渡生怕她跑了，拽着她的手压在两个人中间，然后把她勒得紧紧的。

许星洲模糊不清地道："那……那天晚上……"

秦渡："嗯？"

"就是，"许星洲的语言能力下降得非常厉害，她道，"就……下雨的那天，高架桥，一群人聚在那里聊天。"

秦渡立刻明白了是哪一天，哪一群人。他眯起眼睛，问："记不记得长啥样？"

许星洲想了好久，摇了摇头，道："师兄，他们说真的师妹不会领来这种场合，还说你对我还没有你对……那几个校花好。"

秦渡语塞。

许星洲看不到秦渡的脸，只听得他不辨喜怒地嗯了一声："还说什么？"

"没……没什么了……说，从我背的包来看觉得你不宠我。"

秦渡把许星洲抱得紧了一点儿，许星洲听见他粗重的喘息，其中似乎有悔恨。

许星洲破碎地叙述道："他们还问我这样的要……要多少钱……好像是十万吧，我真的是十万块吗？"

秦渡的眼睛都红了，他发着抖道："胡说。"

"不是十万块吧。"许星洲带着哭腔道，"不是就好，我最喜欢师兄了。"

长夜静谧，风声温柔，窗外大雨滂沱。

秦渡凑过去，与许星洲的鼻尖相抵。

这是个极尽亲密的姿态，他感受到女孩柔软的发凉的呼吸，看着许星洲的眼睛。她的面孔微微发红，眼里盈着泪水，细长的眼尾也绯红着。

你无价，许星洲。我什么都可以给你，连我这颗不值钱的心和我的命都是你的。

一川风絮，梅子黄时雨。

第二天，秦渡醒来的时候，许星洲还在昏睡。

医院的病床实在是不算大，就算是单间也是标准的医院单人床——一米宽的那种。许星洲的个头不大，她睡觉的时候也不乱动，但秦渡一个大男人还是有点儿伸展不开的。

他睡惯了好床，从来没和人挤过这么小的床，加上他从小横行霸道，醒来的时候就发现自己把许星洲挤到了床角。

小姑娘可怜巴巴的，被秦渡抱着，连枕头都没的枕，简直像是受了虐待。

秦渡把许星洲拽了回来，装作无事发生。

他摸出手机，看到陈博涛的消息。看了那条消息一会儿，秦渡下了床，把桌前的手表戴在了手腕上。

他一天没换衣服，也没有洁面，胡楂都出来了，有种颓废又嚣张的英俊。床头还放着电动剃须刀，这些东西还是秦长洲昨天晚上送来的，说是让秦渡注意一下形象，别被小姑娘嫌弃。

秦渡看了看时间，早上七点五十六分。他把那电动剃须刀一收，伸手在许星洲的额头上摸了摸，确定她没发烧，然后将外套一披，走了。

他出门时正好撞上秦长洲。

秦长洲打着哈欠，似乎是准备去叫秦渡一起去吃早饭。

"渡哥儿，"秦长洲刚下手术，困得要死，问，"这么早就起了，不给小妹妹暖被窝，你是出门上课吗？"

秦渡："不上课，出门揍人。"

秦长洲的瞌睡虫都被吓飞了，他喊道："秦渡你初中就和你爸保证……"

"我叛逆期结束的时候，就向我爸保证不随便动手了。"秦渡想了想，道，"但是，我手痒了一晚上。你放心，"他漫不经心地对秦长洲道，"我尽量不揍到他住院。"

许星洲是被一束花的香气勾起来的。

她睁开眼睛，映入眼帘的是一捧卡萨布兰卡和橙黄的大花石竹——那些花争奇斗艳，被牛皮纸包着，又被人以黑白相间的缎带扎了，花瓣上还带着露水。

送花的人正坐在旁边玩手机，穿了件红黄相间的丝绸衬衫，高跟鞋一晃一晃的，低着头，许星洲却能看见对方那深红的唇，犹如火焰。

肖然看许星洲睁开眼睛，将手机收了，温和地问："醒啦？"

许星洲茫然地眨了眨眼睛。

"老秦托我来照顾一下你。"肖然笑了笑道，"你昨天可把他吓死了，他手抖得连车都开不了你信不信？今天说什么都不敢放你独处，就把我叫来了。"

许星洲嗫嚅着道："然……然姐好。"

肖然伸手摸了摸许星洲的头："他紧张你呀！姐姐送你花，要快点儿好起来。"

许星洲的药效还在，安眠药中毒合并水杨酸，她的手背上还连着今天的输液瓶。她感到脑袋昏昏沉沉的，心里却知道自己必须快点儿好，于是认真地点了点头。

安静了片刻，许星洲又控制不住地去看窗外。

现在是上午十点多，肖然咬着棒棒糖缓解烟瘾，片刻后又觉得棒棒糖没什么效果，打破了沉默。

"想不想听老秦以前的故事？"

这个提议实在诱人，毕竟秦渡显然是这辈子都不会和许星洲讲的。

许星洲转了转眼珠，好奇地望向肖然。

肖然微微扬起嘴角，莞尔道："这些事他估计想带进坟墓里，你听完就装作没听到，不准把我卖出去。"

许星洲认真地点了点头。

肖然："你想听什么时候的？"

许星洲摇了摇头表示不知道，过了会儿又试探着小声道："随便，来点儿我不知道的就可以了。"

"那确实蛮多。"肖然咬着棒棒糖，散漫地道，"他不喜欢瞒你，但是绝对不会主动告诉你的。"她眯起眼睛道，"星洲，老秦不喜欢谈恋爱。"

许星洲一愣。

"他真的不喜欢，只有对你才积极。"肖然莞尔道，"以前那种属于小打小闹，说白了他就是喜欢集邮而已——他那个时候觉得应该有个妞，所以谈了两个。"

许星洲语塞。什么叫应该有个妞，就谈了两个？

第一次见面的时候，秦渡的身边就有女孩子陪着，后面还不知从哪里来了个学临床的，会"用撒娇的语气喊他师兄"……这个学临床的小姑娘该不会还来医院实习了吧……话说他们学校本科的临床实习好像都在这个医院！秦渡跑到哪里去了？

显然提错了壶的肖然立刻道："换一个话题。"

"换……"许星洲憋屈地道，"换一个话题吧……他人去哪里了呀？"

肖然来了兴致，故意道："人去哪里了不重要。星洲，你知不知道，老秦十五岁的时候和他爸有过一个约定，老秦答应了以后不对人动手？"

许星洲一愣，莫名地觉得肖然似乎是在暗示什么。

秦渡展现在外的模样其实还挺好相处的，架子不大，做事情效率超群，虽然他有时候喜欢欺负人，但是许星洲还是觉得他的脾气不错，很温柔。

他这种人——自以为是，高高在上，就是一个活脱脱的欠揍的精英。虽然许星洲第一次见到他的时候就觉得他危险，但是她这辈子都想不到秦渡这种一看就喜欢找打手的人……

许星洲试探地问："师兄是……亲自打人的吗？"

肖然眯起眼睛，反问道："你觉得呢？"

许星洲自己也觉得这个问题的答案过于明显，不好意思继续提了。

"老秦把来挑事的那些人打到住院都是常事。"肖然道，"他爸妈当年赔的医药费太多了。"

许星洲语塞。

"最过分的那次好像……"肖然沉思片刻，谨慎地说，"被他打的那个挑货好像住了三周的院……"

许星洲简直被吓蒙了，资深山大王想不到秦渡表面一副衣冠楚楚、遵守社会规章制度的模样，其实是一头猛兽。她挣扎了一下，小声道："然姐放心，我……我以后尽量不惹他。"

肖然语塞。

大雨滂沱，灰暗的天幕拧出雨水，大风将窗户刮得咯吱作响。

许星洲的面孔仍然白得像纸，她安静地睡在床上，以一种缺乏安全感的姿态，肖然支撑般握着许星洲的手。床前是一捧肖然送的花。

秦渡披着件藏青色的风衣，手里握着捧含着露珠的捧花，走进来时鞋上都是雨水。

肖然道："已经睡了。"

秦渡把自己订的那捧向日葵和黄玫瑰放了许星洲的枕边。

秦渡："醒过？"

"醒过，醒了二十几分钟吧……"肖然想了想，"又撑不住，睡过去了。刚刚护士说好像还有点儿缺氧，呼吸抑制什么的……等会儿还不好的话还是要吸一会儿氧。看这模样，估计还得住院观察几天。"

秦渡望着许星洲，心中酸涩。

那小姑娘睡在花中，黄玫瑰落在被单上，太阳花抵在她苍白的唇间。

肖然于心不忍："老秦，她比以前好很多了。"

"你说，"秦渡自嘲地笑了笑，道，"她以前没有我的时候，是怎么过来的？"

肖然沉默着。

"孤家寡人，"秦渡声音沙哑地道，"没有家人……肖然，她爸爸只给她打过一次电话，只问了钱够不够用。"

肖然陷入沉默。

秦渡说："她却活得很好，明明都这样了，还是想体验一切，想做很疯的事情……喝醉了酒就会很有正义感，我怎么欺负她，她都会用最温暖的方式看待我，说不了几句话就开始笑，从她身上的每个地方都能看出她活得有多灿烂。"

肖然的眼眶也红了。

"她像是我的反面。我怎么都活不好，"秦渡忍着鼻头的酸涩道，"所以上天把她送给了我，让我照顾她，让她好起来，给她她所没拥有过的东西。"

肖然说："老秦。"

秦渡："嗯？"

"你打算怎么做？"肖然说，"我是问你以后的打算。"

秦渡："先让她好起来。"

他伸手去抚摸许星洲的眉眼。肖然注意到他的指节破了皮，她相当熟悉这种伤口——秦渡发狠揍人时拳拳着力在指骨。

他估计把那个人揍得不轻。

第八章　医院里的你我

许星洲醒来时，已经快下午三点了。

秦渡坐在她的身边。他已经把自己的电脑搬了过来，靠在她的身边办公。

许星洲蒙眬地透过向日葵花瓣看了他一会儿，小声道："是作业吗？"

秦渡抬起眼睛看了她一眼，道："不是。"那语气，摆明了不太想让她知道那是什么。

新仇旧恨一起涌上心头，许星洲伸了伸手，让他过来。

秦渡不满地道："你是胶带吗？"

许星洲嘴硬地道："我不是！"

秦渡拿着电脑靠到床边，顺从地让她看着，屏幕上是些花花绿绿的饼状图。许星洲看了一会儿，摸了摸秦渡破皮的指节。

"师兄，"许星洲有点儿心疼地问，"今天摔跤了吗？"

秦渡哧地笑出声："师兄都这么大了。"

许星洲心疼地揉了揉秦渡的破皮处，那动作极其轻柔，带着女孩子温暖的体温，简直像挠在了秦渡的心上。

秦渡惬意地道："师兄在看公司上季度的财务报表，暑假要用。"

许星洲："实习？"

"差不多。"秦渡把许星洲抱在怀里，"师兄毕业不出国也不读研，暑假去自家公司学点儿东西，应该比深造实用。"

对呀，人家是可以继承百亿家产的。许星洲想起自己的实习岗位，一个月三千元的实习工资，连个人所得税都不用交，她就又有点儿丧，感慨不同人不同命……

许星洲心塞地问："是不是不读研就只好回家继承百亿家产……你是要当秦总了吗？到时候要叫你总裁？"

秦渡的笑容瞬间凝固……

许星洲却浑然不觉："话说回来了，师兄，其实我有话要和你说……"

秦渡开始嘲讽："话等会儿再说。许星洲，你看你那个 Kindle 里的书看傻了吧？"

许星洲："嗯？"

"男孩子的运动裤下到底有什么呢？"秦渡将电脑合上，眯起眼睛道，"总裁办公室桌子上的钢笔到底有什么名堂？为什么还会嗡嗡地振动？总裁文好看不好看？"

"我……"许星洲的秘密被猝不及防地暴露，她羞耻到想哭，"秦渡你是坏蛋吗？我是真的有话和你说啊！"

她完全不能接受自己的 Kindle 被秦渡翻了个底朝天的事实，脑子混沌一片——这件事实在是超出了她的承受范围。他到底为什么突然翻这个旧账？那时的许星洲还不知道答案。

秦渡终于开口道："你说吧，你到底想说什么？"

许星洲的脸色通红，她小声道："师兄。"

秦渡嗯了一声，把她往自己的怀里揽了揽，在她的额头上微微蹭了蹭。

"我觉得……"许星洲抱住他的脖子，"我还是去住院比较合适。"

那一瞬间，许星洲明显地感到秦渡的肌肉绷紧了。

窗外的雨淅淅沥沥，翠绿的爬山虎被风撕扯下来，湿淋淋地贴在墙外。

许星洲想了想，道："师兄，你以前和我提起过，不想让我去住院。但是其实住院也没有你想的那么可怕，周围也不总是尖叫的人……我以前住院也交了很多朋友，虽然后面复学之后作业太多就失去了联系，但是在我接受治疗的那段时间，他们也给了我许多支持。"

秦渡冷淡地道："许星洲，这个话题我们明天再……"

"我们现在说嘛！"他的小师妹抱住了他，有点儿要哭的意思，"师兄，我们现在说嘛！"

她像是缺乏安全。秦渡几乎能感受到她温暖的呼吸，那气息仿佛穿过遥远的山岗与大海，温柔地抵达他的门前。

"师兄，我知道你为什么不想让我去住院。"

她贴着创可贴的手背上有些发青，是输液速度过快导致的瘀血。那一定很痛，秦渡想，因为她的皮肉那么嫩。

"你怕我在那里难过，怕我觉得自己被抛弃了，你觉得你能看好我，让我不觉得自己太过糟糕。我理解你是在保护……"

许星洲说话时有点儿语无伦次，秦渡竖起一根手指，示意她别说话了。

秦渡道："你理解，然后呢？"

许星洲微微一怔。

秦渡声音沙哑地道："许星洲，说实话，从昨天我找不到你开始，我就在考虑这个问题了。我哥也好，你的医生也好，他们反复和我提起让你住院的事情，只是我一直没有当回事，许星洲。"

然后他便不再说话。

许星洲抬起了头，觉得胃里火辣辣的，像是胃黏膜受损一般，她也怕秦渡生气不爱她了，于是红着鼻尖钻进了他的怀里。

秦渡把她揽进怀中，温暖的掌心按在了女孩的腹部，揉了揉。那小腹摸上去柔柔软软的，却有点儿凉，像是怎么都焐不热一般。

"师兄最终没能照顾好你。"秦渡说这句话时，几乎像是在剜去自己心头的肉。

秦渡应该是有许多事情要做的。

他马上就要大四了——那些要出国的人早就已经考 G（GRE，M 国研究生入学考试）考 T（托福），那些要参加秋招的人也已经在人生的关键时期，他们急需漂亮的履历和丰富的工作经历来让自己的人生更上一个台阶，许星洲却用自己的病把这个天之骄子牢牢地困在原地。

秦渡默认的那一瞬间，许星洲甚至觉得心里有种带着恶意的放松。

你看，他果然觉得你拖累他了。那个黑乎乎的许星洲缩在淤泥里，这样告诉躺在外面的许星洲。没错，他喜欢你，可是那句话你没听过吗？"你能喜欢上一只狗，却不能爱上它。"许星洲你终究是外人，连你的家人都不爱你，秦渡也只是把你当成一个普通的交往对象而已。

许星洲窝在床上，感到肚子一丝丝地疼。秦渡站在昏暗中倒了杯水，一仰脖子，一饮而尽。向日葵隔在他们两个人的中间。

许星洲忍着眼泪想，这就够了啊。

还要什么呢？能有一个叫秦渡的青年喜欢许星洲，他愿意在力所能及的地方给她支持就够了。

这就好比一对情侣在高三报志愿时没有因为所谓的爱情而报同一所大

学，秦渡也不过是在被拖累时，做出了最理智的选择——难道她要为这种正常的事情闹别扭吗？

她高中时，上一级有一个叫丹杨的学姐，那个学姐疯狂迷恋当红的演员何川，为了何川放弃普通高考去学了戏文，那简直是千军万马过独木桥。许星洲当年还劝了对方半天，最终也没有劝动，只得以丹杨学姐为反面教材，教育自己以后绝不能因为男人放弃自己的未来，结果到了现在……许星洲忍不住唾弃自己。

过了一会儿，秦渡道："小师妹，后天就能出院了。"

许星洲乖乖地嗯了一声。

"出院之后……"秦渡想了想又道，"师兄就送你去精神卫生中心，还是于典海主任主治。他确实是很有经验的医生，师兄相信他一定能治好你。"

许星洲揉了揉红红的眼睛，心想：大道理我都明白，可是我还是好舍不得师兄呀！

秦渡大约意识到了许星洲的沉默，道："怎么了？"

许星洲把脸埋在被子里，半晌，带着哭腔闷闷地说："师兄，我肚子痛。"

许星洲身为一个资深人渣，早就练就一身撒谎不脸红的功夫，加上她的肚子确实也有点儿不得劲儿，因此此时那一声"肚子疼"称得上真情实感，极度令人动容……

于是秦渡顺理成章地被吓了一跳，生怕许星洲洗胃后留下什么后遗症，过来用手捂住了她的小肚子。

许星洲演了一会儿肚子疼，有点儿演不下去，又小声加码："师兄，比来月经还要痛。"

秦渡心疼地道："上次……上次疼哭了不是？师兄记得。"

秦渡的手掌温暖，手指修长而坚实，揉按的力度恰到好处。

"嗯……"许小骗子舒服得眯起眼睛，"师兄，肚子还痛。"

秦渡于是翻身上床，给骗子当人肉暖炉。

"知道疼就行，"秦渡一拧许星洲的脸，"还敢吃药吗？"

许星洲不回答，靠着秦渡。

以往她发病的时候，许星洲想，似乎是没什么人来探病的。

那时奶奶的葬礼已经结束了，从此这世间没有杨翠兰这个老人了。

许星洲住院近半年，离开医院都是为了给奶奶扫墓。胡同里的邻居曾经来过，隔壁炸菜丸子炸得很好吃的阿姨也来了，他们给许星洲买了一些水果，尽到了身为邻居的心意，后来他们便不再来。

许星洲的同班同学——那些和她追逐打闹过的，一起回家的，在回家路上一起买炸鸡柳和烤冷面吃的同学被父母明令禁止去精神病院探病。后来他们课业繁忙，也忘了班上那个因为抑郁症而休学的许星洲。

唯一会定期来的人就是许星洲的父亲——他大概一周会来一次。毕竟他是许星洲的法定监护人，因此要来医院交钱，顺带尽一点儿父亲的责任。他会给许星洲买点儿吃的喝的东西，有时候给她捎两本书，有时也会坐着陪她说说话，但大都是"洲洲，我对不起你"之类的。

十九岁的许星洲躺在床上，想起她十四岁那年的下午金黄的夕阳。

她发病时不愿说话，床头挂着防自杀防出走的标签，隔壁床的躁郁症患者是个研究生，将一首《曾经我也想过一了百了》唱得七零八落。许星洲的生父坐在雕像一般的头婚生的女儿的旁边，坐立不安地等待一个瞬间。

十四岁的许星洲清晰地知道他在等待什么：他在等待离开许星洲，回到他自己的家中的时机。

许星洲无法责怪他。

他只是不再需要许星洲这个女儿了而已。

她只是无论如何都无法原谅这个中年人，更无法原谅这对把她抛弃的夫妻。

许星洲拽了拽秦渡的衣角，小声道："师兄。"

师兄，我想和你讲那些阳光灿烂的午后，那些支撑着我一路走来的病友。

睡在37号床的研究生姐姐是W大的高才生，是双相抑郁症患者，低落时能一个星期不说话。可是她和我讲过岛国的樱花线，在人间四月时，漫山遍野的如雪的樱花。她还和我讲过W大的樱花和参天的梧桐树。

她临走前鼓励那个初三的名叫许星洲的女孩走远一点儿，再远一点儿，因为这世上有百年都走不完的远方。

隔壁病房34号床的大叔，在患上妄想性障碍之前，是一名火车驾驶员。

至少他是这样告诉我的，他说他曾经驾驶火车在草原上飞驰。大叔告诉我，他开火车时驾驶室外总有很美的云，美得像他初恋情人的腰窝。他在十八岁离乡的那年永远失去了她，从此他的爱人变成被火燎过的云，永远地飞扬在铁轨之上。

那个大叔临走前告诉小许星洲：你看，这世上哪有孤独？连云都是情人。

秦师兄，许星洲想和你讲起那些在她灰暗的人生中，将她支撑起来的人。

可是，她还有更重要的事情，要和他约好。

许星洲的鼻尖微微发红，她小声道："师兄，住院以后，我如果喊你的话……我是说等你有空了，你一定要来看我呀！"

秦渡想了一会儿，严肃地道："说实话，师兄觉得这个真的没必要。"

那一瞬间许星洲的鼻尖都红透了，她几乎就要落下泪来。

秦渡伸手拧了拧许星洲的鼻尖，揶揄道："你是属年糕的吗，黏着师兄就不放了？看在你这么甜的分儿上，师兄答应你，尽量吧。"

能"尽量"就好了，许星洲被捏出鼻水的时候，这样告诉自己。秦渡至少没有骗人。他如果骗她"师兄保证随叫随到"才是最糟糕的——与其给她一个不打算兑现的诺言，还不如从一开始就把她的幻想戳破。

可是她还是好想哭哇。许星洲拼命地憋着眼泪，钻进秦渡的怀里，并趁着现在还能与他朝夕相对，摸了摸师兄的胸肌。

秦渡愣住了。

许星洲泪眼蒙眬地摸完，中肯地评价：秦渡真的赔本，他的胸肌好像比她的胸大。

程雁来探病时许星洲正在睡觉。

许星洲因为药物残留，如今就算吃阿普唑仑都能睡得很沉，因而她连程雁的一面都没见到，醒来时只看到程雁给她留的一沓课上记的重点，以及为探病专门买来的卤味——的空壳，包装上写着是鱿鱼和鸭翅。

许星洲无语。

秦渡吮了吮塑料手套上的酱，道："以前怕麻烦没吃过，没想到哇，还挺好吃的。"

嗜辣如命的许星洲看着那两个被拆开的盒子，再看看正在扯鸭翅上的肉丝的秦渡，登时如遭雷劈……

他居然能吃？还吃了两盒？一点儿都没剩？说好的申城人不能吃辣呢？！

许星洲最喜欢吃鸭翅和鱿鱼，一看就知道这些是程雁专门给她买的，居然被秦渡吃了个精光。此时，许星洲护食的泪水都要出来了……

秦渡靠在窗边，把鸭翅拆了，片刻后眯起眼睛，问："你要干什么？"

"师兄，"许星洲可怜地搓了搓手，露出恳求的表情，"师兄。"

许星洲这几天只吃医院的营养餐和秦渡订的稀粥小菜——他订的拍黄瓜连蒜都没放，醋里还得兑点儿水，许星洲上次居然看到外卖条子上还有着"淡一点儿，再淡一点儿，不要调味料"的备注——因此，她此时看到卤味，和看到可以随便亲亲的漂亮小妹妹也没有两样。

许星洲可怜巴巴地看着他，尽力使用没什么用的美人计。

秦渡捏着鸭翅过来，高高在上地道："张嘴。"

许星洲乖乖地张嘴，含住了……秦渡的手指。

许星洲："嗯？"

秦师兄用被许星洲含着的手指，恶意地捏了捏小师妹的舌尖："卤味重油重辣，师兄吃和你吃是一样的。"

许星洲无语。

秦渡大约又觉得这女孩子好欺负，故意往她的嘴里戳了戳手指。许星洲像是被欺负蒙了，嘴里含着秦渡的两指，脸上还蹭上了他的手套上的辣油。

蹭上辣油会疼，秦渡正准备给她擦一擦呢——

许星洲想起"临床小姑娘"，又想起那句"我尽量来看你"，说不介意是不可能的，说能原谅简直就是做梦，他居然还敢捉弄她！新仇旧恨一并涌上心头，她毫不犹豫地咬了下去。

医院的走廊的花岗岩地板上流淌着金黄璀璨的阳光，映着来往交错的人影。下班的年轻的住院医生们从便利店买了咖啡，打打闹闹地挤着走了。

单人病房外，秦妈妈疑惑地道："儿子？"

"你的手……"秦妈妈犹豫了一下，问，"你的手怎么了？"

秦渡的两根手指被咬得流血，他尴尬地关上门，道："抢……抢食儿抢的。"

秦妈妈顿了顿，小声道："儿子，不能不给人家东西吃呀！博涛那天还告诉我，你对人家小姑娘特别小气……"

秦渡语塞。

"小姑娘现在怎么样？"秦妈妈担心地问，"睡着了的话妈妈看一眼，没睡着的话就不太合适了……应该没有危险吧？"

"现在没有了，明天出院。"

"那就好。医院的伙食不好。"秦妈妈比秦渡矮了足足两个头，她一边从自己的书包里往外掏东西，一边对秦渡道，"小姑娘又要护胃，又要补充营养，还得镇定安神。我让张阿姨煮了点儿能提味道的病号餐和小点心，别饿着小姑娘了。"

秦妈妈抬起头看着秦渡的眼睛道："可是，儿子，妈妈担心她，不代表妈妈认可她。"

秦渡停顿了一会儿，慢吞吞地道："晓得。"

"好了，东西送完了。"秦妈妈拍了拍自己的包，笑眯眯地说，"妈妈走啦！去图书馆还书，明年三月还要考博，零基础，还有点儿慌。"

"啊？"秦渡莫名其妙地道，"又考……妈，这次考什么？"

"考个人文社科类的吧。"秦妈妈笑眯眯地道，"最近妈妈看了不少书，觉得挺有意思的。人到这个年纪脑袋就不太好用，搞不动自然科学了，怕延毕。"

秦渡无语。

然后秦妈妈把沉沉的包背在肩上，挥了挥手走了。她的身后是满地的夕阳。

秦渡知道，姚汝君根本不可能认可许星洲。

他的星洲甚至都还没有二十岁，他也不过二十一岁。许星洲自幼被父母抛弃，脆弱得可怕，而他的母亲只见过许星洲一面，还是在许星洲最崩溃的时候。

秦渡拿着保温桶开门，许星洲正踩着拖鞋站在床边。

她红着眼眶，愣愣地道："我还……还以为你走了。"

秦渡觉得有点儿好笑："师兄走？做什么？"

许星洲不说话。

秦渡在她的颊上吻了吻，给她示意了一下保温桶，道："吃饭了。"

他是不是忘了呀？许星洲被他抱在怀里时面颊绯红，心里却有种说不出的酸涩。

秦渡应该是忘记了吧，他需要给我一个答复的。可是，这种东西，终究是强求不来的。毕竟我不能指望猫变成乌鸦，也就不能指望秦渡像爱自己的眼珠一样爱我。许星洲被秦渡抱起来时，有点儿难过地想。

秦渡将保温桶打开，里面温着一碗乳白色的人参老鸡汤，佐以蛋丝和竹荪，又以白胡椒提了味，朱红的枸杞漂在高汤上，令人食指大动。主食是沥了水的龙须面，另外还有几个用香油调的小料碟。

许星洲哇了一声，忍不住擦了擦口水。

秦渡："咦？"

许星洲小声问："好好吃的样子……谁给的呀？"

秦渡莞尔道："啊，我妈送过来的。"

许星洲又擦了擦口水："帮我和阿姨道谢哟，鸡汤好香，看在鸡汤的分儿上，原谅你抢我的卤味吃这件事了！"

秦渡忍不住就想捏许星洲两把，道："你胃疼还敢吃？"

许星洲拒不回答，坐在床上，拿了筷子，把鸡汤倒进龙须面里拌了拌。

许星洲尝了一点儿鸡汤，简直要落泪了，道："太好吃了吧——你家阿姨手艺真好。"

秦渡哧地一笑："我家阿姨？"

许星洲一愣："不是你家阿姨做的吗？"

秦渡用勺子舀了点儿汤，喂给许星洲，漫不经心地道："是吗？"他用纸巾给许星洲擦了擦嘴角，一边擦，一边道，"我以前住院的时候，也喝这个。做这个很费时间，要煲很久，火候也很重要，我家阿姨不会。"

许星洲怔了怔。

"多喝点儿吧。"秦渡忍笑道，"那位不愿意透露姓名的姚女士忙着申博，时间宝贵得很。"

许星洲出院时，是个阳光灿烂的好天气。

医院的门诊大楼外车水马龙，大雁长唳，掠过天穹，月季花的花瓣委顿。

秦渡拎着药与肖然和他给许星洲送的花，许星洲慢悠悠地走在他的身后。

近六月的日子，地上明晃晃的都是阳光。

"去了医院呢，"秦渡被大太阳晒得出汗，道，"要乖一点儿，好好吃药，好好治疗，师兄等会儿有事，入院评估就不陪你了。"

秦渡已经寸步不离地陪了许星洲三天，肯定压了不少事。许星洲乖乖地嗯了一声，离开阴凉的门诊大楼，一脚踩进了阳光之中。那感觉陌生而熟悉，像是被温暖的火苗舔舐。

"我……"许星洲恍惚地道，"是不是很久……"我是不是很久没有走在阳光下了？

秦渡像是知道许星洲在说什么："是吧？之前师兄怕你出去不舒服，没带你出去溜达过，这么一算，你还真是蛮久没出门了。"

许星洲点了点头："嗯。"

秦渡用手给许星洲的脸遮住了太阳。

"晒太阳是挺好的。"秦渡嘲道,"但你没涂防晒霜,我可不想回去听你对着镜子哼哼唧唧什么是不是晒黑了——快走,师兄现在等不及摆脱你。"

许星洲酸酸地说:"那你现在摆脱我吧,我自己打车……"

秦渡一把将许星洲摁在了自己的怀里。他在女孩的额头上亲了亲,坏坏地道:"师兄不是开网约车的吗?还想去打车,你就是黏着师兄不放。"

然后他拎着许星洲的行李,一手紧紧揽着自家的小姑娘,拉开了自己的车门。

许星洲被"网约车"三个字堵了许久,费尽心思地想要反击。

功夫不负有心人,她终于找到了秦渡的漏洞。

"可是,你三天没洗澡。"许星洲靠在秦渡的胸口,严谨地说,"我是不会黏你的。"

秦渡一路上安静得很,毕竟那句三天没洗澡给这位师兄带来的打击太大,让他变得极度敏感,甚至把许星洲塞在了自己的车后座上。他和许星洲寸步不离地待了三天三夜,只有买饭的时候会稍微离开片刻,说他三天没洗澡还真没冤枉他。

他们到了精神卫生中心后,于典海主任带着他们办了入院手续,与他们一起买了些能用上的东西,如脸盆、牙膏、牙刷这些洗漱用品。这些物品大多是特供的——他们的病人无法控制伤害自己或他人的倾向,原则上生活用品必须在院内购买。

然后,于主任带着他们穿过长长的洒满阳光的走廊。

"病人要离开医院的话,"在那走廊之中,于主任对秦渡道,"绝对不允许私自离开,至少要通知我一声,由我,也就是主治医生来判断情况,决定权在我手上。"

秦渡抱着一大包东西,有病号服和生活用品。许星洲跟在他的身后,他们身前的阳光金黄灿烂。

于主任直视着秦渡,重复道:"决定权在我这里。"

秦渡牵着许星洲的手,与那个穿着白大褂的医生四目相对。

"秦先生,您把患者交到我手里,"那个四十七岁就已行医二十余年的,戴着眼镜的小个子医生说,"是因为相信我作为医生的专业性,相信我的医德,相信我的判断,愿意将她的健康托付给我。"

秦渡:"是的。"

"但是,"于典海笑了笑,"我学弟告诉我,秦先生您随意惯了,所以我只希望您别带着患者乱跑。"

秦渡笑了笑，晃了晃与他的星洲相钩的手指，表示认可。

许星洲抬起头，不好意思地揉了揉自己的鼻尖。

"我们正经医生，永远不会把'保证治好'这四个字挂在嘴边。"于典海推开临床心理科病区的玻璃门。

"我们正经医生，"于典海道，"考虑的是病人的预后，他们日后的生活质量，他们的复发率和康复率。"

下一秒，于典海被一个橡皮球砸中了脑袋，那皮球正中他的鼻梁，把他的眼镜砸掉了。

秦渡扑哧一声笑了。

许星洲沉默着。

于典海把那副眼镜捡了起来，回头看向这对小情侣。

秦渡："我……"

"秦先生，我忘了说了，我们现在没有单间病房。"于典海打断了他，"许星洲患者入院太晚了，近期特殊病人又多，我们的单间病房完全没有空余。"

秦渡语塞。

谁要住单间啊！许星洲开心地说："好耶！我最喜欢集体……"

"无论如何，"秦渡直接摁住了许星洲的头，简直用上了施压的语气，"无论如何我都要一个单间，不能协调一下？"

许星洲比他还不爽："秦渡你凭什么替我决定？谁要住单间啊！你要住自己住去！"

秦渡不容反抗地摁着许星洲的头道："单间。"

许星洲伸手挠他的手，喊道："病友！"

秦渡："病什么友，单间病房。"

秦渡这人探病"尽量"来，墙则频繁爬，不仅跟临床医学系的学妹纠缠不清，还摁她的头绝不手软，亲亲抱抱倒是积极。许星洲想想就不爽，大喊："单间什么单间！我要病友！要可爱的女孩子！"

秦渡把眉头一拧："许星洲你还敢……"

于典海扑哧一声笑了

秦渡无语。

"单间病房真没有了，许星洲患者入院太晚，单间病房已经住满了。"于典海正经地道，"我以前还试着给您预留了一个……等有出院的病人我再给您协调吧，反正秦先生您还能回家住，病房原则上不欢迎……"

秦渡羞耻地点了头，然后在许星洲的头上一摸，说："师兄先走了，等师兄忙完了再说，在这儿好好吃饭。"

许星洲和护士抱着两捧花和七零八碎的生活用品，推门进入病房。

午后金黄灿烂的阳光落在空空的 15 号床上。这张床靠着窗，怕病人翻窗逃跑，外头架着老旧的护栏。窗外，爬山虎投下浓密的阴影。

许星洲好奇地看了看其他病床，隔壁床是一个穿着病号服的老太太，另一张床空着，床头柜上还有个被咬扁了的吸管，这位应该是出去玩了。

许星洲的病情远称不上严重，因此她被安排在开放病房，理论上这里的病人是可以去遛弯的。

那个老太太一看到许星洲就笑，笑得像个小孩子，问："小朋友，你怎么抱着两捧花呀？"

许星洲笑了起来，道："一捧是朋友送的，一捧是……嗯，应该算是男朋友，他前几天送的。"

"哎呀厉害，"那个老太太开心地说，"小朋友你还有男朋友的？男朋友在哪里？"

许星洲抱着向日葵莞尔道："不晓得，他把我泡到手就不要了，现在说是跟着我的主治医生去办陪护证还是什么的，反正我也不太懂……"然后她深呼了一口气，总结道，"总之，我决定不指望他。网上说得对，男人都是'大猪蹄子'，他也不例外。"

老太太从床上坐了起来。她的头发花白，脸上都是岁月留下的痕迹，身上穿着件被洗得发白的卡通 T 恤，眼睛却犹如孩子一般澄澈。

许星洲把东西放下，身强力壮的护士又把东西拢了拢，还体贴地把肖然送的那一把卡萨布兰卡插在了饮料瓶里。

老太太道："小姑娘。"

许星洲不舍得松开秦渡送的向日葵，把向日葵搂在怀里，茫然地问："嗯？"

"你，睡的那个 15 号床，"老太太神神秘秘地，像讲鬼故事一般道，"病人上周死了。"

"你不知道吧，"老太太笑眯眯地说，"她死的时候我还见到了最后一面……"

护士喝道："够了！别吓唬新来的小姑娘。"

老太太悻悻地闭了嘴……

- 309 -

然后那个护士又转过头对许星洲道："邓奶奶喜欢吓人，你别被吓着。"

许星洲："这有什么好怕的？我还活着呢。"

护士忍俊不禁："什么啊……行吧，反正15床的上一个人已经康复出院了，祝你也早日康复。"

许星洲道了谢，抱着自己的小包裹和向日葵坐在了床上。

那个老太太——邓奶奶，恐吓许星洲未果，可能是觉得无聊，又挑起话头："小姑娘，你男朋友是什么人哪？"

许星洲抱着向日葵，想了一会儿，道："很厉害的，他做什么都超级厉害。"她认真地说，"他拿了全国数学竞赛的金牌，保送到我们学校，家里也很有钱，人长得很帅，个子一米八几我不知道，总之比我高一个头，是我学长。"

邓奶奶："不错嘛，他不陪你来吗？"

许星洲心平气和地说："他忙，可是以后会来看我的。"

这一听就是渣男发言。

"这是什么话？"邓奶奶不高兴地表态，"男人说的话能算数，母猪都能爬上树，网上说得对，男人都是'鸡子棒槌'。"

这比"大猪蹄子"还过分哪！

这个孩子般的老人却有种莫名的让人放松的特质。

许星洲吐槽道："我让他有空了来看我，他跟我说他尽量——'尽量'是什么鬼呀！什么叫'尽量'？好吧，其实我也理解，他要做的事情一堆一堆的……"

奶奶一拍桌子："男人就是靠不住！"

"靠不住！"许星洲大声应和，义愤填膺，"我对男人很失望，他居然还想让我住单间……"

邓奶奶又找碴儿般道："小姑娘，摊上这么个不愿意来看你的对象，是不是不太愿意治了？"

许星洲微微愣了一下。

"我是说，"邓奶奶慢吞吞地摸出自己的图画本和色粉笔，"放弃多轻松啊，反正都摊上那种对象了，出去也是糟心，在里面还有人给你表演尖叫鸡……"

隔壁病房正好响起一声惨绝人寰的尖叫……

许星洲望向窗外金黄的藤蔓，小操场上，单杠在夕阳中闪耀着金光。

有穿着病号服的瘦弱的男孩撑着那根单杠，晃晃悠悠的，片刻后将脸贴在了单杠上，犹如在沙漠中不屈的白杨。那是"活着"本身，是野草焚烧不尽的顽强。

她与世界之间的那层薄纱终于破开了一个洞，漏进了一丝金黄的阳光。

许星洲抱着那捧向日葵，认真地开了口："奶奶，就算没有他，我还是会治下去。"

就像之前的每一次那样，许星洲会跌进深渊，可是只要没有粉身碎骨，她就会抓着岩石攀登。许星洲会攀得满手血口子，总是摔回谷底，摔得满嘴是血——但是当她爬到半山腰时，还是会看到满天温柔的星河。

然后，许星洲就会想起自己的梦想。她要在八十岁去月球蹦极，要拥有一颗自己的星星，要去天涯海角留念，还要去世界的尽头冒险。这宇宙如此广袤，如此值得去爱，因此她要体验了一切，再去死。

有人说："厥词好放，屎难吃。"

许星洲满怀雄心壮志地表达了对自己治疗的期望，下午吃完了病号餐，就有点儿后悔了……

那病号餐比 F 大附院的食堂的饭还难吃，甚至比秦渡订的没有味道的外卖还糟糕，米饭煳成一团，菜倒是被煮得生生嫩嫩，一口咬下去都是草味，里脊则硬得能当凶器。许星洲吃得落泪，想起自己的实习，想起自己的期末考试，又郁郁寡欢了……

13 号床的高中生终于回来了，他抱着个 Switch，看了一会儿躺在床上的许星洲，莫名其妙地问邓奶奶："奶奶，这位是新病友？抑郁症？"

"好像是吧。"邓奶奶一边画画，一边说，"刚来的时候好好的，活力十足，还和我骂了半天男人都是'鸡子棒槌'。"

高中生十分怀疑"鸡子棒槌"的真实性，犹豫着道："那这……这位是因为男人变成这样的吗？"

邓奶奶连头都不抬："不是，是因为一块里脊。"

高中生说："我能理解。"

过了会儿，那个高中生又问，"那……她抱着那个向日葵干吗？"

邓奶奶一边乱涂乱画，一边道："因为男娃儿。"

高中生沉默了。

许星洲抱着被她揉得皱皱巴巴的向日葵，有点儿心塞地想，秦渡到底去哪里了呢？他到底知不知道我在这里已经被病号餐虐待了……

邓奶奶笑嘻嘻地说："向日葵插瓶里吧，小妹妹。"

许星洲倔强地把向日葵往怀里搂："不！"

"瞅瞅。"邓奶奶说，"为了个男娃儿——为什么不插进去？花都蔫了。"

许星洲感到委屈。她一边和自己闹别扭，一边想：凭什么让我把花插进瓶子里？我一定要抱在怀里才行！

话说他到底为什么想让我住单间……

许星洲还没在心里嘀咕完第三句话，病房的门就吱呀一声开了。

爬山虎映在墙上，暖黄的阳光裹着许星洲和她怀里蔫巴巴的向日葵，原先新鲜的黄玫瑰已经被太阳晒了一整天，一动就掉花瓣。

她连头都不想回，想着应该是护士来发药。

然而那并不是护士，许星洲意识到，是秦渡进来了。

他应该是回去洗了个澡，又刮了胡楂，穿了一条宽松的裤子，把头发向后一梳，还扎了个小髻。

秦师兄把行李箱一放，许星洲把向日葵从怀里丢开——太丢脸了。她只以为他是帮她拿行李过来的，不好意思地说："师兄你有没有帮我把小黑带来……"

秦渡："啥都没给你带。"

接着他从拉杆箱里拿出电动剃须刀、洁面泡沫、眼罩、牙刷、牙膏这些生活用品，以及他的家居服、袜子和内裤等合适的换洗衣物，把许星洲的柜子挤得满满当当。

许星洲蒙了："你不是回去给我拿东西了吗？为什么要来我这里走T台？"

秦渡极度愤怒："T什么！"

他环顾了一下周围——靠墙的床上是正在打游戏的有焦虑障碍的高中生，中间的床上则是个病因不明的老奶奶，他们都正直勾勾地看着他。

片刻后，高中生抵不住秦渡这种 top player（顶级玩家）的目光，焦虑得将 Switch 摔了。

秦渡终于高傲地坐在了许星洲的床上。

许星洲无语。

怪不得他非得住单间病房。人活着真好哇，许星洲想，有生之年还能看到秦渡吃这种瘪。

风吹过窗外的藤萝。

许星洲抱着一个装满彩纸的小筐子，怔怔地看着桌子。她这几天没有安眠药吃，此时又困又睡不着。

秦渡的电脑放在床旁的桌上，一沓雪白的打印纸——订书钉被秦渡抠去了，就这么七零八落地散着。

桌上的收音机正放着歌。许星洲把自己叠着玩的"东西南北"放下，向窗外看去。外头的小操场上空空荡荡的，秦渡不在医院，回学校交结课作业了。

考试周悄然来临，许星洲都不确定自己能不能赶得上，如果赶不上大概就要重修——下一学年继续。

她想了会儿，把秦渡的电脑打开，给实习单位的 HR 回了封邮件，感谢他们给了她这个实习机会，并明确地说了自己因为病情突然恶化，无法报到入职了。

我要好好治病，许星洲想，要从情绪的深渊中爬上来，让原本的自己回归。为了这个目标，她将付出她所有的时间和精力，考试和实习的机会都是次要的。

许星洲又坐回床上，闭上眼睛。

于典海医生在许星洲入院后，重新给她开了一张处方。这次药的药效比之前的还强，许星洲吃了药便不能思考，浑身软绵绵的，像是被裹在云里。

邓奶奶说："我要听情感热线。"

许星洲一动不动。

隔壁病房的躁狂症病人开始唱歌，却并不令人讨厌。许星洲不觉得自己清醒，却也不想睡觉，这歌声犹如联结睡梦和现实的桥梁，她昏昏沉沉地听了片刻，护士就推门走了进来。

"许星洲患者，"护士端着治疗盘道，"给你打针。"

许星洲点了点头。

她在这里生活作息极其规律，治疗时间也是固定的。在固定的时间吃下固定的药物，她就能陷入无梦的黑暗的睡眠。

收音机里，一个操着播音腔的男人字正腔圆地推销药酒。许星洲抱着小收音机伸出小臂，那个护士看了一会儿，道："换只手吧。"

许星洲的左手又青又黄，满是红红的针眼。她在附院住院时就没打留置阵，这几天下来，保守估计被扎了五六针，看上去相当凄惨。

"换只手吧，"老护士和善地道，"小姑娘皮嫩，要不然手就被扎坏了，以后不好看。"

怎么能不好看了呢？许星洲在云雾中想。她以后还要用这只手写字，用它牵手，和它一起走遍天涯，拍一堆漂亮的 LOMO（随手拍的）照片，用它按下拍立得的按钮……而且左手是用来戴戒指和手串的。

于是许星洲配合地将病号服拉了上去，露出了右臂。

隔壁病房的那只"尖叫鸡"——那个丝毫不消停的，又是唱歌又是喊叫的躁狂症患者，在许星洲入院的第三天，惹出了大乱子。

下午两点，天却仿佛昏昏欲睡，藤萝也垂下了枝蔓。

那时候秦渡不在医院，导师有事找他，所以他上午就走了。许星洲一个人坐在房间里折小兔子。隔壁床的邓奶奶出去进行电抽搐治疗，就在这时候，许星洲听见了一声惨叫。

"啊啊啊！"隔壁病房的男人暴怒，大吼道，"放我出去！放我出去！我在里面会死的，真的会死——"那声音称得上撕心裂肺。

接着塑料盆被摔在地上，人扭打在一处，年轻的主治医大概被咬了一口，疼得痛呼一声。

摔盆子摔碗的声音足足持续了半分钟，才终于安静了……

对方大概是躁狂症发作，被捆起来了吧，许星洲想。

这种事实在是太常见了。抑郁症患者鲜少需要捆绑，躁狂症患者却正相反，频繁发作时一周被捆好几次都是常事。

躁狂症患者发病时情绪高涨，心情极佳，自我感觉极度良好。他们积极地参与社交，自我评价相当高，却极度易激惹，产生幻觉时极其容易伤害到别人，堪称社会不安定因素。

许星洲在床上抱着自己放折纸的筐，小筐里装着叠得歪七竖八的"东西南北"和兔子。她愣了片刻，还是十分好奇，忍不住趿上了拖鞋，出去一探究竟。

那骚乱实在是惊天动地，在大多数人没什么事好做的开放病区里，至少能让其他病人谈论一下午。许星洲穿着睡衣，刚从自己的病房里走出来，就看到了走廊里的热闹景象，那些尚且清醒着的老老少少在探头朝外看。

走廊中，那年轻的医生的衣领都被扯松了，胳膊被咬出了一个牙印，他疼得龇牙咧嘴，痛苦地道："我迟……迟早要把他送到别的病区……"

那个医生抽了张纸巾，将那个血淋淋的牙印上的血水擦了。

许星洲好奇地看了那医生一眼，然后抱着自己的小纸筐推开了那间病房的门。

被摔的塑料盆有些都裂了，靠窗的那张床上捆着一个年轻的男人——前几天的"尖叫鸡"。

"尖叫鸡"的身量挺小，估计也就一米七三四，然而他的长相俊秀，眉毛精心修剪过，如今已经长得杂了，一头染成熟灰色的短发此时被汗湿了，贴在额头上。许星洲看见他的床边放着一把吉他，那把吉他上贴满了爆炸般的字母贴纸。

许星洲觉得有点儿意思，这是一个在入院时会携带吉他的男人。

他狂乱地抬起头望向许星洲，威慑般吼道："放开我！"

许星洲想了想，镇定地对他说："我做不到。"她看着他的眼睛，说，"你是因为生病了才被捆起来的。"

生病的"尖叫鸡"对这话连听都不听，暴躁地扭动。这动作许星洲见过许多次，可是想要挣脱约束具，大概连大力士都无法成功。

然后许星洲从自己的筐里拿出了一个折好的"东南西北"，放在了"尖叫鸡"的床头。

许星洲喃喃自语："我也是因为生病了，才会在这里的。我们的身上，到底有什么呢？"她在震耳欲聋的吼声中自言自语道，"让我们这么痛苦的东西……"

许星洲的眼眶发红。

"让我们绝望的东西，我们的心结……令我们失控的阀门，通往深渊的钥匙……"

那个人抬起头就要咬她，许星洲的反应有点儿迟缓，她差点儿被咬了手。

"尖叫鸡，我送你一个我折的'东南西北'，"许星洲觉得鼻尖发酸，"等你不打算乱咬人了，可以拿着玩儿。"

晚上六点半，是他们科的病房里固定的看电视时间。

许星洲吃了药，智商都下降了十个百分点，津津有味地看着电视机里的"天雷"现代偶像剧，不时乐得咯咯笑。

考试迫近，秦渡也不像平日那么欠揍了——此时他摊开一部《税务法》，在鼻梁上架了副金边眼镜，靠在许星洲的床上看书。他喜欢用削尖了的铅笔，如今为了迁就本院的规矩，手里转着一支自动铅笔。

许星洲看着电视，药物让她晕晕乎乎的，半天，她又迷迷糊糊地笑了起来。

秦渡有点儿心理不平衡："你不复习？"

许星洲躺在床上，安详地回答："不，我要好好康复。"

秦渡眯起眼睛，道："期末考试……"

许星洲说："都不知道能不能考。只要能康复，"她看着电视，认真地道，"无论是要休学还是放弃实习——付出什么代价我都愿意。"

秦渡笑了起来，莞尔道："很有意志力嘛！"

许星洲模糊地说："我最近觉得好多了，虽然有时候还是不想说话……"她抱着被子，眼里映着五彩缤纷的电视屏幕。

"可是，和以前不一样了。我现在觉得，我是能坚持下去的。"

秦渡放下铅笔，隔着镜片望向许星洲。

许星洲又不好意思地说："所以，师兄，你别担心啦。"

"以前都不愿意和师兄说这种话，现在倒是挺好的。"秦渡伸了个懒腰，朝许星洲一瞥，"如果是迷魂汤的话，师兄就揍你。"

许星洲笑得眉眼弯弯的，嗯了一声，钻进了被子里，乖乖地去睡觉。

秦渡凑过去和她亲了亲，拧上了床头灯，不再看书，躺在她的身边。

她上次发病也是这样吗？在昏暗中，秦渡想。她就这样——自弃、自杀，又从废墟里挣扎着重新站起来，浑身是血地重新生活，逐渐变得乐观又灿烂。然后呢？她又会像他们初见时那样，等待那不知何时会坠落的长剑再度穿透她年轻的胸腔吗？

青梅黄时，碧空万里。夏初时节的清晨六点，许星洲在起床铃中醒来，麻雀在窗台上啄食，窗帘上满是藤蔓的花影。

她在床上挨了许久，好不容易把坏情绪熬走后，先是探头瞅了秦渡一眼。这个年轻的男人憋憋屈屈地睡在陪护床上——要知道医院的病床已经够窄了，陪护床比病床更小，秦渡的个子又高，此时他连脚都伸在外面。他赤着脚，身上盖着薄被，看上去极为憋屈。

他这辈子都没睡过这种破床，也没过过集体生活——室友还是老奶奶与高中生。许星洲前几天没有安眠药，睡不安稳，夜里频频睁眼，每次都会看见秦渡不同的姿势——估计他连睡都睡不着。今天早上他却睡得相当香甜，应是前几天累坏了，疲惫终于打败了娇贵。

许星洲刚睡醒，大脑供血都还不足呢，下意识地伸手去捂秦渡的耳朵，生怕闹铃把他吵醒——她一动手，就发现秦渡钩着她的手指。

许星洲无语。

他怎么这么清纯哪？许星洲意识到，别说限制级，搁秦渡这里，连抱抱都得她主动要……

许星洲，一个十九岁的妙龄少女，睡在师兄的旁边，睡了几个晚上，师兄终于采取了行动——他睡了一晚上，钩住了她的手指。

许星洲偷偷地瞄他的脐下三寸，又觉得好像尺寸也没有问题。

许星洲嘀咕："他该不会不行吧？"

许星洲躺在床上滚了许久，又看了看正在睡觉的秦渡。师兄肩宽腰窄，露出一截结实性感的腹肌，睡得很沉。

许星洲忍不住澎湃的好奇心，终于忍不住偷偷伸手……戳了戳那个让她感到好奇的地方。

尺寸……这是还行的吗？许星洲毫无经验，不懂辨别男人，尤其此时还隔着两层裤子。她只觉得好像是有点儿什么，却对此完全没有概念，头上冒出一串问号……

过了会儿，许星洲又悲痛地告诉自己：不行也没办法，不也有不少中看不中用的吗？就算不行，自己摊上的男朋友，跪着也要谈下去。谁让我许总看上了你！大不了到时候……

秦渡极力反对用 ECT 疗法折腾许星洲。

ECT 疗法，又名电抽搐疗法，简称电击，一开始用于治疗精神分裂症，后来被发现用于治疗女性的重度抑郁症有格外好的疗效，目前在临床上被广泛应用，并有着极为出色的流行病学数据。但是，它也有非常可怕的后遗症。

秦渡早先就在 NCBI（M 国国立生物技术信息中心）上找了半天相关文献，得出的结论是：他宁可许星洲的病反复发作，都不能让她受这种折磨。

秦渡一想到电抽搐就想起戒网瘾中心，打死都不肯让许星洲受半点儿电击，按他的说法就是"吃药能治好的病，为什么要用电电我女朋友"——在于典海提起这事时，秦渡甚至有点儿要生气的意思。于典海不得已，解释了半天这个 rTMS（重复经颅磁刺激）疗法和 ECT 疗法不是一回事。

于典海道："这个是磁刺激，那个是电击，不是一个东西。"

秦渡执意地说："我管它是磁是电，吃药就行了，主任你不能劝劝吗？"

于典海："先生，是患者执意要求的。"

这句话犹如重磅炸弹，当即把秦渡炸得没了话。

"其实我们病区里愿意运用这个疗法的患者还不太多，"于典海解释道，"大家看到电哪磁呀的就害怕。况且我们病区里的患者，病情都还算可控，大家就都觉得能吃药就吃药吧，没有必要用这种疗法。"

秦渡开口："不就是这……"

"秦先生，她想治好。"于典海解释道，"不是治疗到那种让医生帮忙暂时缓解，但之后仍然会复发的程度，她想从此摆脱这个毛病，想当个健康的人。所以除了吃药之外，患者还想用别的方法。"

秦渡松动了。

于典海又憋屈地说："而且我重申一遍！我真的没打算电她……"

这治疗方式比起改良性的电抽搐已经好了不少。但即使许星洲知道这个疗法和电抽搐疗法不同，安全，无痛，可是当那金属板抵在她的头顶的那一刻，她还是感到了一种让她头皮发麻的深深的绝望感。

被它抵上之后，许星洲甚至无法思考，像是坠入了浓厚的云层中。

她只在最缥缈的地方保有着两线意识。

一线告诉许星洲她的现况：你现在几乎不像个人，连大脑都无法思考。它搬来这世上所有的哭声和绝望的哀号，许星洲听见邓奶奶崩溃的尖叫，听见隔壁躁狂症患者的尖声大笑，有人谈起一个因为婆媳关系不睦而跳楼的女人，又有人说那个女人可能是被家暴疯了——人间七苦，这里的人怕是有八苦。

第二线意识在云雾中清晰地说：许星洲，你会好起来。不只是你，他们也都会好起来。尽管你们如今滚落泥地，尊严全无，失控起来犹如坠崖的羚羊，可是你们最终还是会好起来。好起来的话，太阳就会升起来了。

重复经颅磁刺激的后遗症并不严重，却仍然存在。许星洲感觉头晕得难受，几乎想吐。

心理咨询室里，上午九点钟。

金黄的阳光落在长桌上，桌上散着一沓草稿纸，秦渡笔袋里的那块橡皮被他用得又黑又小。

秦渡的电脑亮着，他聚精会神地盯着屏幕，膝盖上躺着一个裹着薄毯子的小浑蛋。

秦师兄期末考试临近，结课作业如同山海，哪怕是他这种厉害的人物也得花费几乎所有的课余时间。此时他在心理咨询室里搬了张凳子，头痛地拄着脑袋，挤牙膏一般往外挤论文。

许星洲头晕目眩，躺在秦渡的腿上，过了会儿委委屈屈地道："师兄，我想吐。"

秦渡头都不抬，用手指了指，道："厕所在外头，别吐我腿上。"

许星洲："哕——"

秦渡连话都不回，膝盖一抖，把许星洲的脑袋抖到一边，手指揉着自己的额头。许星洲一脸蒙地躺在沙发上。

秦渡又拿起自动铅笔，去列细纲——这应该是他修的双学位的结课论文，两千字是硬性要求。理工科出身的秦渡这辈子没学过写社科作业的奥义，从早上七点到现在，两个小时，他写出了九十六个字。

许星洲感觉脑袋还是嗡嗡作响。

"你是不是不会水字数，"许星洲小声说，"也不会强行扣题？"

秦渡揉着额头说："嗯？"

资深文科女孩，高考文综267分的许星洲撑着脑袋爬了起来，坐在秦渡的旁边，好为人师且快乐地道："师兄我教你！这个我擅长呀！你看，你这里要加个介词，这地方可以把定义重新写一……"

"你平时都是这么写论文的？"秦渡冷淡地问，"靠水字数？"

许星洲一愣。

秦渡不爽地道："你怎么这么喜欢糊弄？许星洲，你是不是选修课没上过90分？"

这人有病啊？许星洲被气哭了……

她抽抽搭搭地抱着自己寻死觅活才让秦渡带来的小黑，蜷缩在沙发的另一角上。

rTMS治疗结束后秦渡就频繁地怼她，原因是治疗方针不和他沟通，晚上睡觉连手都不牵了——虽然还是会亲亲抱抱，但是他突然变得富有攻击性，此时掐准了许星洲的GPA这个软肋就拧了两把。

这简直是降维打击，许星洲曾经身为尖子生的自尊被敲得粉碎……

许星洲在沙发的另一角上蜷了一会儿，又觉得很无聊。秦渡显然是要把时间奉献给论文了，可是许星洲又想出去晒晒太阳。她把小黑放在沙发上，趿上拖鞋，摆出要去晒晒太阳的架势——然后，她看了看秦渡。

秦渡看了许星洲一眼，又转回去写结课论文了。

许星洲不再指望他，趿着拖鞋走了。

外面的走廊上明亮又温暖，花枝的影子落了一地。今天的天气不算热，因此没开空调，只开了窗户，任由外面将干燥温暖的世界的呼吸吹进来。

许星洲见到护士，认真地表达了自己想出去透风的意思。

许星洲长得好看，嘴又甜，入院还不给人添麻烦，发病时也只是躺在床上一动不动而已——几乎人人都喜欢她，甚至有新来的小护士偷偷给许星洲辣条吃。

护士笑着点了点头，让许星洲去院子里玩。

看着护士端着治疗盘走开后，许星洲做贼心虚地瞄了瞄长长的走廊——走廊上空无一人，只有开着的窗户。窗外的向日葵盛开了，迎着太阳，花叶宽广又亮堂。那几片向日葵的叶子，在许星洲的眼中，犹如一座叶脉和表皮，栅栏组织与气孔疯狂生长的城市。

许星洲确定了周围没人之后，一脚踩上窗台。

窗台上满是小瓷砖。九十年代中期之前的建筑尤其喜欢用这种雪白的只有大拇指大的小瓷砖，还喜欢在拧成花的栏杆外漆上鲜绿的油漆，如今这种搭配早就不流行了，已经成了岁月的痕迹。

许星洲的小学用的就是这种瓷砖。那时候小小的许星洲还想，那些来贴的人不会觉得累吗？

她踩在窗台上，看见夏天的草叶在徐徐清风中摇摆。她想都不想，就撑着窗台跳了下去。

许星洲折腾自己折腾了许多年，浪的时候连宿舍的水管都敢爬，虽然没有野外生存达人那种级别的生存能力，但她也绝不是个吃素的。

可是如今的许星洲刚刚接受完治疗，脑袋晕晕乎乎的，她还吃了点儿抗抑郁抗惊恐的药，此时共济失调。因此她从一楼的窗户往外蹦，立刻就在地上摔了个狗吃屎……

许星洲又疼又丢脸，脸埋在泥里，浑身是泥巴，连欣欣向荣的向日葵都被她压趴了一棵。

她的膝盖估计破皮了，是不是磕在了石头上？

许星洲穿着自己崭新的睡衣趴在花圃里，连头发里都是土。

她在地上绝望地趴了一会儿，想着以后还是不尝试这种酷炫的登场方式了，还好这里没有人看见。没人看见就等于没有发生过！无事发生！

许星洲安慰自己半天，终于从地上爬了起来，一抬头，就看到一个咬着柠檬茶的吸管的人直勾勾地盯着她。

许星洲不知做何反应。

那个人似乎丝毫没有觉得尴尬，问："妹妹，你也是躁狂症？"

许星洲丢脸地说："我不是。"

那个人一头染白的头发，瘦瘦的，个子不太高。许星洲觉得他看起来有点儿眼熟，便撑着晕晕乎乎的脑袋看了他一会儿，辨认出他是那天被绑起来的、隔壁病房的"尖叫鸡"。

许星洲拍了拍膝盖上的泥土。她的膝盖果然破了皮，脸上估计也有点儿脏。她又把白T恤上的泥弹了弹，把被她压趴的向日葵扶了起来。

"你为什么话这么少？"对方好奇地问，"你自杀过？顺带一提，你可以给我起个名字，妹妹。"

许星洲不爽地道："鸡哥。"

他皱起眉头道："为什么……"

"因为你叫起来像尖叫鸡。"许星洲故意说，"我住在你隔壁病房，你很吵，那天我还给你留了一个东南西北。"

他又问："你是……？"

许星洲刚刚给他起了个极其糟糕的名字，有点儿不太敢回答这种灵魂之问，犹豫着道："我……我叫许星洲。"

"名字很好听哟，那我就叫你星洲妹妹。"他温柔地道，"你以后，可以叫我尖叫鸡姐姐。"

许星洲："什么？"

"尖叫鸡姐姐。"他重复了一遍，字正腔圆的播音腔中带着一丝难言的妖娆，"星洲妹妹，我宣布，以后我们将以姐妹相称。"

许星洲颤抖着道："好……好的。"

大叶冬青的缝隙中落下金黄的阳光，许星洲咝咝地倒吸冷气，扯了片树叶贴在自己的伤口处，觉得自己仿佛拿错了剧本。

尖叫鸡姐姐与许星洲并肩坐着，一起晒太阳。

他突然拍了拍许星洲的头，示意她往前看："星洲妹妹你看，那里有一只猫。"

许星洲看了过去，阳光下有一只胖橘猫耀武扬威地站在古力盖（井盖）上。那猫估计得有二十斤，膘肥体壮，连身上的纹路都被撑圆了，像一个棕色的大西瓜。

许星洲突然觉得极其有趣，这种感觉像是她重新活过来了一样。

"这也太胖了吧，"许星洲坐在洒满阳光的花圃中间，浑身是泥，笑得眉眼都弯了起来，"居然胖成了史莱姆——猫也可以胖成这样啊！"

鸡姐姐愣了一下："史莱姆？那是什么？"

"就是……"许星洲想了想，脑袋还有点儿晕乎乎的，笑着模模糊糊地解释道，"史莱姆嘛，就是RPG游戏（角色扮演游戏）里面的那种，透明的，黏糊糊的，长得有点儿像洋葱，我小时候第一次看到还以为是果冻怪……"

许星洲比画了一个洋葱的形状，又画了一个小尾巴上去，示意那是史莱姆的形状。

"是勇者走出复活点的时候会遇到的那种怪物。"她说。

小勇者曾经被恶龙打空了血槽，头顶的HP（血量条）被清零，爆出无数金币和银河之剑。那位勇者被打得千疮百孔，但还是顽强地走出了复活点。

阳光照在许星洲被磕破的膝盖上。

她和鸡姐姐聊了许久。鸡姐姐的脑洞大得很，不知道是躁狂症导致的还是有什么别的神秘的原因——总之许星洲和鸡姐姐拉上那一只胖成史莱姆的橘猫，拿着三枝开了花的大叶冬青和一截木枝排演了一出宫斗大戏……

鸡姐姐挥手道："小星子，把猫贵妃给我拿下！"

身兼数职的许星洲立刻跑过去，捉住那只肥胖的橘猫，将无辜的喵喵叫的"猫贵妃"拖到了鸡姐姐的面前。

"猫贵妃！"鸡娘娘捏起兰花指，厉声喝道，"你可知罪？"

许星洲在旁陪着演，一边撸橘猫的毛，一边狗腿地喊道："没错！猫贵妃！你可知你犯下了什么滔天大罪？"

胖橘猫："咿呀——"

许星洲坐在医院的花圃里，抱着橘猫大喊："娘娘！鸡娘娘！猫贵妃招了！就是它往娘娘您的饭食里加了猫薄荷！猫薄荷啊！那是什么东西！比那红花还毒！它几次三番令您滑胎……"

胖橘猫暴躁地乱挠，大叫："咪呀！"

许星洲继续悲痛地喊道："那可是龙种啊！猫贵妃你好狠的心！鸡娘娘好不容易才怀上的子嗣……"

鸡娘娘语塞，一巴掌拍在了许星洲的后脑勺上……

许星洲也知道自己的剧本太过雷人，不好意思地摸了摸脑袋，松开了那只胖胖的橘猫。

鸡姐姐又问："你刚刚为什么跳窗？"

许星洲倍感羞耻，连脸都红了："我想着，毕竟是一楼嘛，摔下去也不会有事，所以想试试从窗户闪亮……"

鸡姐姐眯起眼睛，道："哈？"

"闪亮……"许星洲羞耻至极，把话说完了，"从窗户闪亮登场。"

鸡姐姐冷静地问："妹妹，你的诉求到底是什么？"

"没……没办法的嘛！"许星洲感到自己从脸红到了耳根，"我的男朋友今天好像不太爱我，我有点儿难过，就只能自己把自己逗……逗得开心起来……"

鸡姐姐一把捏住许星洲的下巴，问："男朋友不太爱你？你明明长成这样。"

许星洲："唉……哎？"

他伸手点了点许星洲的脸上磕破的皮，怜香惜玉地说："哎哟你看，这脸上磕得姐姐看了都心疼。"他又捏着许星洲的下巴转了转，啧啧两声，"长成这样，还要受男朋友的气，以后姐姐带你飞，可给我争气点儿吧。"

许星洲刚要回答"不是我不争气，是敌方太狡猾"……那扇她刚才翻过的窗户里头就传来了一个气急败坏的声音。

鸡姐姐虽然捏着许星洲的下巴，但这动作其实没什么暧昧，像是牙医检查病人的口腔一般，鸡姐姐做这事的时候其实什么都没想，两个人之间也没有任何暧昧的气息。

然而可以确定的是——许星洲长得确实秀丽，她的体态柔软，脖颈儿纤细，被捏起下巴时肩颈的线条犹如天鹅的颈项。许星洲会脸红也纯粹是因为她被夸好看，和鸡姐姐本人没有半毛钱关系……然而下一秒她就听见了一声称得上气急败坏的叫声。

"许星洲！"秦渡大发雷霆，"你干吗呢？！"

许星洲被吼得一个哆嗦，回头看去。

秦渡一手夹着他的笔记本电脑和草稿纸，连半秒的犹豫都没有，直接从窗户翻了出来。

许星洲看秦渡这模样，她的第一反应是秦渡初高中时绝对没少翻墙，第二反应是我怎么觉得我要完蛋……

许星洲还被鸡姐姐捏着下巴，鸡姐姐刻意地看了秦渡一眼，又轻佻地在许星洲的脸上一拍，道："妹妹的皮肤真好哇。"

许星洲想和他交流使用护肤品的心得，小声说："我……我最近用新出的那个……"

"松手。"秦渡打断了他们的对话，冷淡地道，"谁准你碰的？"

秦渡的身上有种冷硬的压迫感，语气仿佛在下最后通牒。鸡姐姐被他吓了一跳，反而捏了捏许星洲的面颊。

"妹妹真可爱，"鸡姐姐故意道，"皮肤也是真的好，羡慕。"

许星洲小声地解释："他有一点儿人来疯……"

鸡姐姐说："看出来了，哎呀这脸的手感真好哇，再捏……"

秦渡一张脸黑得像锅底，他将鸡姐姐的手扯了下来，拽起许星洲。

他不知道许星洲小浑蛋的手腕上还有道被划破的口子，那口子此时还张着血淋淋的小嘴儿，被秦渡一捏，她立刻就疼得难受。

许星洲发出一声细弱的痛呼，秦渡一怔。他这才看见许星洲膝盖上的创口，她的白 T 恤上满是泥点，被他握着的地方也有血痕。她显然是摔了一跤，还是狗啃泥的那种。

秦渡拧起眉头："你摔跤了？怎么摔的？"

许星洲憋闷地道："我不告诉你，你看不起我。"

秦渡挫败地道："师兄本意是让你别糊弄论文……生气也有，可是只有一点儿……师兄错了。"他又说，"你受伤了，师兄背你回去。"

许星洲撇撇嘴："你凶我，还让我吐在外面。"

鸡姐姐忍不住插嘴："叫师兄到底是什么新情趣哇？"

秦渡冷冷地道："关你何事？"

许星洲其实觉得有点儿尴尬，有种姐妹被误会成出轨对象的感觉——何况宫斗戏是他们两个人一起演的。那只胖橘猫快乐地喵喵叫，看着"星贵人"被"王爷"拖走。

"秦王爷"把"星贵人"横抱起来，抱得牢牢的。许星洲权衡了片刻，在为鸡姐姐辩解和抱住男朋友之间毅然选择了后者，趴在秦渡的肩膀上，乖乖地不再动。

秦渡抱着许星洲，冷酷地对尖叫鸡姐姐说："别动她，她有主了。"

有主的许星洲红着脸从秦渡的肩上探出脑袋，拼命地对"尖叫鸡娘娘"眨眼，表示歉意。

尖叫鸡娘娘对许星洲做了个口型，说：你男朋友是个老浑蛋。

许星洲心塞地想：这我还不知道吗？可是没办法，就是摊上了。他不仅是个老浑蛋，而且抠门，更可怕的是好像还不大行……

师兄真的不大行！在一起睡了这么久，他连她的胸都没摸过。许星洲想到这个就觉得极度难受，并且暗暗地下定决心：回头应该和已婚妇女取取经。

太阳炽热毒辣，大叶冬青的花骨朵朝天生长。

完全不知道自己已经被许星洲编派了好几轮的秦师兄临走时又撂狠话："别动我女朋友。"

尖叫鸡姐姐还没来得及表态呢，许星洲就哇的一声尖叫起来。

秦渡被吓了一跳："怎么了？"

许星洲几乎感动得落泪，动情地说："我太……太激动了！师兄！"

秦渡："嗯？"

许星洲抱住秦渡，开心地说："你终于肯说我是你女朋友了呀！"

许星洲当着他的面和别的男人勾肩搭背，演宫斗剧。这简直是挑战本市"醋王"的底线的行为，然而秦渡死活发不出脾气来。

毕竟许星洲那句"你终于肯说我是你女朋友了"实在是太甜了，简直正中他的心头软肉，秦渡听了之后连色厉内荏都做不到，更别提发火算账了。他看到许星洲就想将这个坏蛋揉进骨血，于是把这笔账记下，留着日后讨要。

秦渡把许星洲抱回护士站，从护士站要了碘酊和创可贴，摁着许星洲，把她的伤口全用碘酊擦了一遍。

她摔得并不严重，就是伤口清洗起来有些麻烦。她的面颊上还有一点儿划痕，秦渡从窗台上的花盆中掰了一小截芦荟，撕开皮，笨拙地给许星洲揉在了面颊上。

许星洲难受地哼唧了一声，想去揉脸上黏腻的芦荟汁。

"别动，"秦渡捏着许星洲的腮帮子，一边抹，一边不爽地道，"许星洲你有多动症吗？"

许星洲："我……"

秦渡抬眼看向许星洲。

"师兄，我妈……"许星洲难堪地说，"她也用……这个。"

秦渡一怔。

"我小时候，在我爸妈离婚之前，"许星洲喃喃地道，"有一次从托儿所的滑梯上摔了下来，脸上摔出了一个大坑，我疼得哇哇哭。我小的时候就怕长得不好看，那次特别害怕会毁容。"

她说这句话时，粗糙而冰凉的芦荟抵在她的面颊上。

许星洲怅然地按住秦渡的手，说："然后，她就掰了芦荟给我擦脸，说这样不会留疤。我还记得她坚持每天早中晚都给我抹，伤口是黑红色的，总是被芦荟浸得很润，也不痛，最后痂掉下来的时候，就是很干净的粉红色新皮。"

秦渡一手拿着芦荟，低着头，许星洲看不太清他的表情。

许星洲看着他，又觉得自己说这些话没什么意义。这毕竟不是秦渡所经历过的，也不是他应该负担的，这只是许星洲的过去。

"没事……"许星洲小声道，"我就是突然想起来的，师兄你不用在意。"

秦渡伸手在许星洲的鼻子上使劲儿一捏。

他的手劲挺大，许星洲被捏得吱的一声，红着鼻尖用控诉的眼神看着秦渡。

秦渡不爽地问："你是觉得我是你妈？"

"等等……？"许星洲简直无从解释，谁会把他当妈啊！这人的阅读理解绝对不及格……

秦渡拿着芦荟又在许星洲的脸上使劲儿擦了擦，许星洲反抗不得。他粗鲁的动作弄得女孩子满脸都是黏糊糊的芦荟汁，许星洲都被他揉得有些生气了。

秦渡捏着许星洲的下巴看了看，随手将芦荟扔了，起身走了出去。

许星洲还没换衣服，匀称的小腿上脏兮兮的，全是斑斑点点的红药水，脸上也黏糊糊的，人坐在护士站的凳子上。

片刻后，秦渡拿了支软膏回来，说："师兄现在简直是个外伤专家。"

许星洲语塞。

"天天摔，"秦渡一边拧开软膏，一边道，"摔的姿势还不同——唯一相同的是每次都摔得很惨。小师妹，没有师兄你可怎么办？"

许星洲茫然地抬起头望向秦渡。

秦渡给她擦了脸，将药膏挤在棉签上，重新擦了擦她的伤口。

"不喜欢抹芦荟你就直说。"秦渡又说，"师兄和你妈不一样，师兄有什么事情不是顺着你的？"

葡萄的枝叶青翠欲滴，沐浴着阳光，孩子的笑声又与茉莉花一起落在了长长的医院走廊里。

许星洲笑着眨了眨眼睛，看着秦渡。师兄是不是脸红了呢？应该是吧。许星洲笑了起来，抱住了秦渡，然后把药膏都蹭在了他的脖子和头发上。

秦渡显然不喜欢她这么做，不爽地道："许星洲你浑身是泥，洗澡了吗，就抱我？"

"没洗。"许星洲趴在他的肩上小声说，"那我洗了再抱师兄吗？"

她说话时特别乖，带着一种讨好的意思。秦渡闻到她身上有点儿呛的药味，又闻到她脸上桃子味的润肤乳的味道。那味道甜蜜而清苦，她还得寸进尺地把药膏蹭了他一身。

秦渡连一秒的犹豫都没有："不了，你现在抱吧。"然后他直接把许星洲摁在了自己的怀里。

到了傍晚，许星洲又发作了一次。

她接受完治疗之后，正常的状态其实维持了相当长的一段时间。那段时间她虽然有点儿头疼，但兴致相当高昂。可是这天傍晚，她还没吃晚饭呢，又一句话都说不出来了。

秦渡从外面给她买了水果和零食回来，许星洲就蜷缩在被子里。

小雨淅淅沥沥，雨水沙沙地落在窗台上，灯火昏黄，映着操场上的积水。

秦渡拎着车厘子和各种各样的零食，轻轻地在女孩的肩上拍了拍。许星洲毫无反应。

邓奶奶招了招手："拍她没用，她现在不理人。小伙子，买了什么？"

秦渡看了看自己提的袋子，觉得买的确实多了，许星洲得留点儿肚子吃点儿正经的粮食——他便在病房里把买来的水果和零食分了分，只把许星洲最爱吃的那些留下了。

邓奶奶拿着红心番石榴，捏了捏："小哥，你买的莲雾……"

"莲雾不行，我家星洲喜欢吃。"

秦渡的袋子里有好几盒红艳艳的莲雾，他把袋子口一扎，礼貌地道："您吃那个就是了。"

邓奶奶无语。

窗外小雨淅淅沥沥，白雾弥漫。

昏暗的灯光中，秦渡坐在许星洲的床旁，一手摸了摸她的额头，又往下摸了摸，摸到了一手的泪水。果不其然，她还在哭。

秦渡抽了纸巾给她擦眼泪，温柔地哄道："宝宝，哭什么呀？师兄回来啦。"

许星洲躺在床上微微发抖，闭上了眼睛，泪水骨碌滚了出来。秦渡的一颗心都被绞紧了。

许星洲伸手拽住自己的枕头，秦渡光是看她发病都难受得不行。

于典海医生应当还没下班，秦渡打算让他开点儿安定，让许星洲先睡过去——她清醒着的模样一看就绝望至极，连喘气都觉得痛苦。

秦渡在于典海主任的办公室门上敲了敲，于典海正准备下班，见到秦渡后先是一愣。

"情绪又不好？"于主任边找药边问，"从什么时候开始的？"

秦渡："我下午四点出去买东西，十分钟前回来就这样了。开点儿药，让她先睡一觉吧。"

于主任点头，回电脑旁开了临时医嘱——两片艾司唑仑。

五月末阴暗的傍晚，雨声悠长，爬山虎委顿下来。

秦渡接过医嘱，犹豫着道："于医生，那个……"

"嗯？"

秦渡声音沙哑地道："她能不能回归正常的生活？"

于主任说："这个你不需要担心，她的社交能力已经恢复得差不多了，要我说的话其实连期末考试都有可能赶得上……期末考试是六月末？"

"我不是这个意思，"秦渡难堪地说，"医生，能治好吗？"

于主任思索了好一会儿。

"这个，我不能保证。"他诚实地道，"但是许星洲患者的康复速度是很快的。"

于主任看了看表："还有一点……也算是希望吧，我认为她有以后不复发的希望。"

秦渡："是什么？"

"其实有先例……"于典海道，"明天我再和您详细说一说吧——我的爱人让我下班的时候顺便接孩子放学，我只能先走了。"

秦渡心里难受得要死。于主任背上包就要离开，却突然想起一件什么事似的折了回来。

"对了，秦先生。"

秦渡抬起头。

走廊长而昏暗，空气里有股潮气，隔着门板能听见有患者开始大哭。秦渡以前从来没有在这种地方居住过。这地方直到去年，对秦渡而言，都是个全然陌生的地方。这里的人痛苦又绝望，崩溃又疯狂。

有女人因被家暴而发疯，有人误入传销，有人吸毒——这里有工作压力大到崩溃的白领，也有不被家人理解的家庭主妇，有模考临近的高中生，也有因为失恋而寻死觅活的女孩，还有无法融入社会的游戏依赖青年，见到人就惊恐，无法和任何人接触。这里是人间最浓烈、最残忍的缩影。

在一片号哭声中，于主任施施然开了口："六月末的期末考试，你劝劝她，让她复习一下吧。"

在漫长的、落雨的夜里。

秦渡抱着许星洲，她像个顺水漂来的婴儿一般依偎在秦渡的胸口，哭得鼻子都堵了。

精神卫生中心的住院部有着极为严苛的作息要求，每晚八点半准时熄灯，秦渡怕许星洲晚上难过，也是八点半上床。

黑夜中，他的手机微微一亮，是微信群的消息。

秦渡有几个玩得还不错的家世相当的朋友，其中一个家里搞文化产业的公子哥在 C 国读书，前几天刚 Final（期末考）完，在赌场玩了好几天，又飞回了国，此时在群里吆喝着要聚一聚。

这群人足有小半年没聚在一起了，此时一提，他们在群里炸了个小锅。

男人的聚会无外乎两种东西：权力与女人。这群人最不缺的就是放肆的权力，地点定在了陈博涛家开的江边酒吧，陈博涛叫了几个熟悉的朋友，秦渡一看就知道他们今晚打算通宵。

有人问："老秦，不来吗？"

那个在 C 国读书的直接 @ 了秦渡。

秦渡躺在床上，懒洋洋地打字："你们去吧，我有事。"

另一个人在群里说："你不来还有什么意思？"

"老秦最近被他们学校的小姑娘勾掉了魂儿，"有人说，"估计是不敢来了哈哈哈！"

秦渡想了想那些交错的灯光，震耳欲聋的音乐，踩着的十五厘米的高跟鞋的模特，水晶杯中琥珀色的洋酒和泡在里头的烟头。他曾经轻佻地摸过那些模特的腰，往她们的衣服里塞钱。她们一个个光彩夺目，红唇犹如烈焰，给钱就笑，廉价又魅力十足。

秦渡太熟悉这些了。这群公子哥连放肆都是跟着秦渡学的，他简直就是他们圈子中放浪的标杆，他做的一切都有人意图效仿却学不来：黑卡、豪华跑车，永远没有女朋友，自由又放肆，父母永远放心。

秦渡曾在酒吧一夜豪掷百万，喝趴了所有来和他拼酒的人，最后睁着赤红的眼睛，瞪着和他一起来的人。

秦渡在凌乱的灯光中，愤恨又绝望地说："活着真无聊。"

周围没有一个人理解他，以为他醉疯了，哈哈大笑。

秦渡那时觉得实在是没意思，活着也太无聊了。

他犹如一根被抻到了最大限度的弹簧，总想看看自己是不是还活着，他痛苦到无以复加，却无法求助，连个精神寄托都没有。

秦渡曾经看过一部 M 国的动画片，片名叫 *Rick and Morty*（《瑞克和莫蒂》）。那里面有一个天才科学家 Rick——他是宇宙中最危险的人，极其聪明，近乎无所不能，口头禅是一串莫名其妙的音节："Wuba luba dub dub。"

后来有个人告诉观众，那句被 Rick 说了无数次，无论他登场时还是快乐地哈哈大笑的时候都会出现的口头禅，真实意义是："我太痛苦了，救救我。"

我太痛苦了，救救我。那是思考的痛苦，是女娲吹给泥人的那口气，是与聪慧相伴而生的，名为清醒的罪孽。

秦渡在人前优秀又锐利，被众星捧月般簇拥着。这位天之骄子却清楚地知道自己永远无法体会别人的情感，他无法生活，是个愧为人类的活物。

于是，这天之骄子用香烟、昂贵的酒精和震破耳膜的音乐，用疾驰的豪华跑车和盘山公路，用机械的浪漫，和那些平凡人想都不会想的疯狂来证明自己活着，让自己痛苦又崩溃，令自己绝望又疼痛。

之后他才会放松地想：我大概没有死吧。如此，他才得以以人的姿态，迎接一干二净的黎明。

群里仍在闹腾，这群放假没有事做的纨绔子弟纷纷猜测这个勾走了秦渡的魂儿的女孩到底是什么人……

"一定长得很漂亮。"那个从 C 国回来的伙计笃定地说，"老秦不是外貌协会的吗？"

另一个人说："肯定是个段位特别高的，能拿下秦渡这种人精的绝对不是普通人。啊，好想被这种段位的姐姐撩一下啊……"

陈博涛试图澄清："不是姐姐，是他师妹，今年才十九岁。"

群里登时炸开了锅，追着陈博涛问："好不好看，是不是美得跟天仙一样？家里是干吗的？"

从 C 国回来的伙计又感慨："秦渡居然会去勾搭自己的学妹，我要嘲笑他一辈子。"

秦渡语塞。

陈博涛在群里艰难地替秦渡澄清，秦渡的心上人长得漂亮，但秦渡看上她不是因为她的外貌，等你们看了就明白了。

昏暗中，秦渡的耳边是人间的雨声，隔壁床的邓奶奶打着鼾，高中生在熄灯之后还抱着 Switch 玩赛车游戏，中年护士穿着软底鞋，轻手轻脚地穿过长廊。

他的星洲会怎么想呢? 秦渡亲昵地蹭了蹭熟睡的许星洲的湿润的鼻梁。

她应该会思考赛车游戏到底好不好玩,会想知道护士姐姐的家里有没有小孩,如果有的话,是在上小学吗? 她会试图伸手去雨里摸湿漉漉的爬山虎的叶子,可能还会告诉秦渡她小时候分不清爬山虎和壁虎——秦渡自己小时候就分不清。

秦渡的手机屏幕不停地亮起,群里的讨论相当激烈……

从 C 国回来的那个伙计猜测:"会不会是在床上征服的?"

"不是没可能啊!" 另一个人发了个蘑菇头的表情包,饶有兴味地道,"女人忘不了自己的第一个男人,我也忘不了我的第一个女朋友嘛! 话说回来谁能想到,老秦都二十一了还是……"

秦渡无语。

陈博涛说:"不要上升到对黑山老妖的人身攻击。"

"难道不是吗?" 从 C 国回来的那个家伙说,"咱们这拨人就剩他一个雏儿。"

"黑山老妖"秦渡终于在群里冒了泡,慢条斯理地说:"你再说一句。"

秦大公子不发言则已,一发言就极为可怕,令人想起他疯狂记仇的模样,但凡和他相处过一段时间的人都被他吓得不轻,群里立刻安静了。

秦渡威胁他们完毕,又给了颗枣,慢吞吞地道:"今晚去不了了,账记我头上,你们随便喝。"

群里的那群家伙立刻疯狂感谢秦老板,并且表态绝不会给他省钱……

秦渡将手机关上,病房里昏暗一片,只有从狭窄的窗格和树影里投进来的摇曳的苍白的光。

病房里一股辣条味弥漫开来,应该是邓奶奶之前吃的豆棍儿的袋口松开了。秦渡坐起身,把那包辣条重新夹好。

他的星洲,眼睫毛上还沾着泪水,她乖乖地躺在窄小的病床上,难受地皱着眉毛,两条纤细匀称的小腿上涂着碘酊,鼻尖还湿润润的。

秦渡又把手机放在床头柜上,倒扣着不让屏幕的光影响大家睡觉,躺回了那张窄小的病床上。

许星洲年轻又美好,眉眼秀丽,像天上闪耀流淌的星辰之河,又犹如映在水上的月亮的倒影。于是拥有一切的年轻的乞丐动情地亲吻她的眉眼。

这晚,在风声穿过世界时,星辰的河流沉睡在乞丐的身侧。

许星洲拿着一包新的彩纸，吃惊地睁大了眼睛："复习？"

一摞厚厚的书咚的一声被掼在了桌上，灰尘飞扬。

秦渡拍了拍最上头的那本《应用统计学》，漫不经心地嗯了一声。

他扛这一摞教材过来其实费了不少力气，许星洲所在的社科类专业的课本格外厚，她还正好在噩梦般的大二，教材从《新闻学概论》到《世界传播学概论》，再到公共课的课本，还有许星洲仇恨的《应用统计学》，一应俱全。

秦渡在那摞书上一拍道："你的课本师兄都看了。你和老师关系好，老师应该不会卡你，现在突击，考个 A 应该没问题。"

许星洲语塞。

她看到顶上的那本四百多页的，有配套习题集的《应用统计学》，下意识地往被子里躲了躲。

"期末考我怕是不可能去的，"许星洲躲在被子里，"这辈子都不可能去，做做选修的结课作业就算了。正式考试可以缓考，还可以补考，总之就不会去考期末考试。"

秦渡将眉头拧起："你确定？"

许星洲以为秦渡是在闹着玩，故意让她连住院都住不舒服，于是审视了一下秦渡的表情……可是秦师兄把眼睛眯起，摆出个难得的正经脸，怎么看也不像是在开玩笑的模样……

他是真的想让我去考试！许星洲在那一瞬间就窒息了，这还有没有半点儿人性？她立刻躲进了被子里，瑟瑟发抖地蒙住了头。

"小师妹，"GPA4.0 的恶霸憋闷地道，"缓考的成绩真的很低，最好还是参加正式考试吧。"

许星洲拽着被子大喊："我的抑郁症复发了！现在好绝望！听不得半句让我复习之类的鬼话，希望你尊重我……"

秦渡使劲儿拽许星洲的被子，语气危险："许星洲你再演？"

"我还在住院呢，呜呜呜……"许星洲躲在被子里，一边哭，一边往自己的方向拽被子，大喊道，"秦渡我要去找匡护士告你的状！你不利于我的病情恢复，你今晚就给我滚出去……"

秦渡拽着被子的力气更大了，他咄咄逼人地问："匡护士？许星洲你给我个解释？"

"对！匡护士！"许星洲死死地拽着被子，用哭腔说，"和师兄不一样，匡护士妹妹是个小甜甜，人家都看不得我哭的，我一哭就哄我！那天她还和我说，她看到我都想找女朋友了，还说如果有我这种女朋友的话我可以说一不二，她连欺负都舍不得……"

秦渡道："你再说一遍？"

那语气真的非常危险了，许星洲一下子就意识到自己即将大祸临头。

小家伙的求生欲熊熊燃烧，她道："不过！虽然匡妹妹很可爱！可……可是我还是最喜欢师兄……"

"许星洲。"秦渡使了蛮劲儿，将许星洲的被子拽了下来，许星洲硬挤出来的两滴眼泪立刻暴露在了阳光下……

"匡护士，上周刚入科，来见习。"秦渡说。他醋意滔天，简直想把许星洲拆了。

"许星洲，你连来见习的小护士都不放过？"

许星洲委屈坏了。

秦渡眯着眼睛居高临下地看着她。许星洲的身上没个遮掩，她难过地在床上蹭了蹭，小声道："可是匡妹妹就是很喜欢我，我又没有刻意勾搭她。"

秦渡："呵呵。"

许星洲感觉自己的泪水都要出来了："师兄。"

秦渡在许星洲的脸上使劲儿一捏，道："你再勾三搭四试试，一会儿看不住你你就出去浪，再浪把你的腿打断。"

许星洲被捏得超痛，可怜巴巴地问："找师兄浪也不可以吗？"

她还眨了眨眼睛。许星洲本就长得极其招人，那行为就是明目张胆的美人计。秦渡十分确定，别说他了，连寻常女孩都不可能扛得住许星洲这色相。

师兄眯起眼睛，道："一会儿不浪就难受？自个儿掂量着做人。"

许星洲于是悻悻地抱住了自己的枕头，滚到一边去了。

医院里的阳光温暖灿烂，爬山虎摇出金黄的光影。

于医生几乎不给许星洲开安眠药，许星洲睡也睡不着，干脆摸出自己的手机玩。

秦渡看了看许星洲。她抱着枕头歪在床上，被他捏过的面颊还红着，背对着他刷微博，显然是不打算学习了。

秦渡道："你自己待一会儿，师兄去见见于主任。"

许星洲也不记仇，笑眯眯地道："嗯，我等你呀！师兄要快点儿回来呀！"

许星洲是在坐起身的时候说的，她的黑发后现出一截纤细如玉的脖颈儿。

秦渡觉得小师妹甜得过分，像盛夏润红的李子。

他几乎想让她再对自己放个电，却又不想助长她这种蹬鼻子上脸、给点儿阳光就灿烂的嚣张气焰，最后不冷不热地嗯了一声，走了。

"咖啡，"于主任站在窗边，抖着速溶咖啡包，问，"还是茶？"

主任办公室里的桌子是二十世纪九十年代的，桌上还有个旧保温杯。窗外的向日葵向着太阳，阳光将脏兮兮的窗玻璃映得十分明亮，室内满是金黄的柔软的光。

秦渡将目光从墙上挂的三面锦旗上收回，随口道："咖啡就好。"

于主任莞尔道："只有速溶的，您喝现磨的喝习惯了，大概不会喜欢这个味道。"他说着将包装撕开，给秦渡冲了一杯咖啡。

这个年轻人带着一种颐指气使的神气，显然天生就是被众星捧月的人。于主任见过被宠爱的孩子，但这年轻人显然和那些被家人宠爱的孩子不是一个世界的——他是被世界宠爱的那种人。

于主任将那小纸杯递给他，寒暄道："今天天气真好哇，秦先生。"

秦渡接过咖啡，礼貌地道："是，阳光很好，连着晴了很久。"

"没错，"于主任祥和地说，"都让人怀疑这是不是申城了？我在申城待了许多年，五月末也都潮乎乎的，不太好挨。"他笑了笑，又问，"秦先生，患者状态怎么样？"

秦渡："昨天发作了一次，睡醒之后状态就好了很多。"

"患者康复得很快。"于主任坦白道，"我前几天还看到她和我们科的护士打成一片，想跟着新来的小护士一起去楼上的封闭病区探险，被我拦下来了。"

得了，事实都有了。秦渡施施然给许星洲记了仇，对于主任说："对不起，给您添了这么多麻烦。"

"关于她的病情。"于典海医生终于切入正题。

秦渡点了点头，示意他说。

于主任说："正如您所知道的，抑郁症的病因并不明确，有家族遗传性的，也有内分泌失调性的。但是许星洲患者的情况是这样的：她没有家族病史，却有极为明确的外因。"

秦渡眯起眼睛，应了一声："嗯。"

"不幸的童年，"于主任道，"父母的不管不问，早逝的监护人……她的童年创伤非常严重，所以我认为她属于应激性的抑郁，并且有一个心结。"

秦渡一愣："心结？"

"对，心结，你没发现吗？"于典海点了点面前的病历本，"她的情绪有一个爆发的点。而那个点，因为那些创伤，她永远跨不过去。"

关于那个点，于医生有一点儿线索，可是他知道的也不多。他和许星洲谈过不少次，精神心理科的医生和外行人不同，许星洲在谈话中对着自己的主治医生吐露了很多她不敢对外人说的，黑暗的，可怕的情绪。

于主任说完，望向那个年轻人。那个年轻人一手拿着纸杯，一手摸着下巴，仿佛在思考着什么。阳光镀在青年的鼻梁上，他的长相极为英俊，衣着不凡。

放在三个月以前，于医生根本连想都不敢想，这种人会为一个女孩做到这种地步。这个青年从许星洲入院以来几乎都是睡在医院里的，而且许星洲住的甚至不是单间病房，世中集团的董事长的独子和一个患有妄想症的老太太、一个患有焦虑症的高中生住在一处，每天晚上挤在窄小的陪护床上。于典海行医多年，这件事几乎超出了他的认知。

秦渡实在是称得上一往情深了。

"您……"秦渡犹豫着道，"您知道什么吗？"

于典海在那一瞬间想起他的病人许星洲谈到她第二次发病时的模样。

她那次发病是五六年前的事情了。

她那时候极度绝望，几乎被自己的情绪彻底压垮，被迫休学一年，连见到人都觉得恐惧，光是自杀就尝试了三次——她发作时极其擅长伪装自己，又天生非常聪明，其中两次差点儿就成功了。

"我承受不了，"十九岁的病人哽咽着道，"那时候我在世界上孤立无援，我承受不了第二次被抛弃了。人要剖开自己的心是很难的。"

许星洲看着于典海，哭得上气不接下气。

"我不想被抛弃了。"

于典海眯起眼睛，重新打量了一下这个二十一岁的青年。

这青年腕上的那块表就抵得上主任医师一年的工资加绩效——这世上真正富有的人往往低调得很，尤其秦渡还是他们的圈子里做事最稳重的一个人。秦大公子还在读书，开的车应该是在他家的车里最普通的一款，而那款最普通的车，于典海去年才终于买到了。

这种人平时会面对什么样的诱惑呢？他会不会辜负这个女孩全身心的依赖？

阳光温暖，面对着那青年探究的眼神，于主任最终还是摇了摇头。

"我不太清楚。"于典海叹了口气道,"秦先生,您在和她的沟通中慢慢发现吧。"他想了想,还是轻声说,"先例证明,如果能找到她的心结,并让她克服的话……我认为一生不复发也是有可能的。"

秦渡点了点头,也不再强求,捏着那个纸杯微微一晃,在阳光中将咖啡一饮而尽。

"我也不是总喝现磨的。"秦渡拿着空杯子,有点儿不好意思地说,"我中考之前经常和同学一起去门口的超市买速溶,在水杯里一口气冲四包,泡得特别浓……那时候其实成绩也不太好,上课都不敢睡觉……算了。"

于典海咧嘴一笑。

秦渡又羞耻地说:"那时候年纪小,怕上不了高中,学习还挺努力的,就怕被我妈没收手机、没收电脑、没收机车……"

于典海将双手交叉,饶有兴味地回答:"想不到还有这种事,我还以为您一直过得挺顺的呢。"

秦渡没在意这句话,继续回忆往昔峥嵘岁月:"十八岁之后经济独立,随便拿了个全国金牌,保送了。"

于典海语塞。

秦渡把纸杯扔进垃圾桶,怅然地道:"谢谢款待,我真的挺喜欢速溶咖啡的。"

于典海:"等等?"

于典海行医二十余年,经手无数的病人。

他大学时的其他方向的同学已经见惯了生死。内外妇儿肿瘤神外——这些科室的人是把生生死死当成一件每日都会出现的事来面对的。

这些科室的医生被医闹折磨,被生死掌控,熟悉黄色的尸体袋,熟悉面对遗体时肃穆的鞠躬动作。这些医生与病人、病人家属打交道时,病人及家属的情绪犹如刀刃一般外露,或是痛苦绝望,或是冷漠冷情。

精神科的医生很少见到生死,见到的绝望却并不比他们少。这里的患者所面对的是自己的家属的不理解,和随时可能迎来的抛弃。

"真的不想哄了,明明身上没有毛病啊,他是不是只是在磨我?"有家属临走时说。

"他还是我所认识的那个人吗?"有女孩迷茫地问,此后她再也没来过。

"矫情","和他待在一起我也要疯了"……明明这些患者的痛苦不比任何人少,可是他们还是被时间以一种十分和缓的速度抛弃在了世界之外。

于典海看到许星洲坐在外面的草坪上时，是下午两点钟。

"在做什么呀？"于典海靠过去，温和地问，"外面这么热，怎么不进屋待着？"

这位病人是个和他的女儿岁数相仿的女孩。

十九岁是如花一般的年纪，许星洲又生得非常好看，笑起来有种灿烂的青春感。她入院以来，来探视她的都是同学，她的室友来得非常频繁，更频繁的是一个上市公司的董事长的儿子，但她的父母从来没来过。

他们怎么忍心呢？于典海有时看到她会很怅然，明明是个这么可爱的孩子。

许星洲眉眼弯弯地回答："于主任，我在等我师兄。"

果然是这样。

"进屋等嘛！"于典海劝道，"你师兄看到你晒黑了还要唠叨你。"

许星洲想了想，灿烂地笑道："可是他挺喜欢我等他回来的！放心啦，他和我说，他两点多就回来啦。"

于典海于是不再劝。

于主任回自己的办公室待着。透过他办公室的那扇灰蒙蒙的窗户能看见那片草坪，外头的大叶冬青绽开花朵，梧桐阴凉如盖，许星洲坐在草坪上，风一吹，蒲公英散了漫天。

他这天下午很忙，晚上估计也会走得晚。他先是例行查房，又是被叫上去会诊。F大附院有个很棘手的病例，一群德高望重的老医生都聚在一处讨论。于主任在会诊的间隙，又好奇地往下看了一眼。

已经下午三点了，天气还挺热的。许星洲还是孤零零地坐在长凳上，穿着人字拖和小短裤，看上去有一点儿可怜。

于主任想起，他之前通知过秦公子，下周她就可以出院了。既然她可以出院了，秦渡松懈片刻也是正常的。

于主任会诊时和二科的那位与他死活不对付的邢主任撕得不可开交，互相侮辱了一通学术水平和近期发表的期刊论文——于主任以一篇SCI二区对战一堆中文核心，完胜，最终得意扬扬地下了楼。

四点多了，于主任回了办公室，又忍不住朝外看了一眼——看看秦渡来了没有，许星洲是不是还在外面。

答案是，没来。许星洲盘着腿坐在长凳上，一头长发披在脑后。

匡护士翘班陪着她，仿佛世间现出的一抹璀璨的红色。匡护士似乎还去买了零食，陪她一起等那个说好会在两点时来的男人。两个人笑笑闹闹的。

于主任突然想起自己的过去，在三十年前他的学生时代——那时候，他有没有让自己的妻子这样等过呢？

于主任走出办公室时，一个带教老师正在到处找人，于主任没如实告诉她，见习的匡护士又翘了班。

"没见到。"于主任驾轻就熟地撒谎，"匡护士？兴许到档案科学习去了吧。"

让匡护士多陪小姑娘坐一会儿得了，于主任心想，毕竟看着一个那样的小姑娘等一个爽约的男人，多难过啊！

五点时，秦渡还没来。

病区里开始发放晚饭。匡护士很机灵地回来帮忙，于主任出门时匡护士正在带教老师的面前认错。

于主任拿了饭卡去食堂打饭，在去食堂的路上又有点儿惦记许星洲小病人有没有饭吃，准备过去看看。如果她还一个人坐在那里的话，于主任就顺便带她去员工餐厅吃一顿。

这位"太子爷"怎么还不来呢？于主任又觉得气愤。许星洲等到现在，这都过去三个多小时了，太阳都要落山了。

于主任推开住院楼的大门。

门外的夕阳金红，映得草坪也如火焰一般。

小病人还是坐在外面，只不过现在是坐在树荫里。隔壁病房那个患有躁狂症的民谣歌手在手舞足蹈，那个患有焦虑障碍的高中生在头上顶了一片树叶，不知在演什么。于主任看了一会儿，稍微放心了一点儿。

他吃完饭回来时，许星洲抱着个吉他，身边已经围了一大圈人。那群人里有和她同病房的邓奶奶，有拿着橡皮球的24号床的病人，有隔壁病房的一大家子，病人的家属也聚在那里，还有几个刚吃完饭的年轻的医护人员，将她围在最中间。

夕阳西下，万物都像在燃烧。小病人抱着吉他弹曲子，弹的是《身体健康》。

于主任对这首歌熟悉得很。

"我不要做弱质病人，"女孩一边弹吉他，一边唱道，"变成负累你不幸，谁想有病，厌恶呻吟……"

于主任感到眼眶发烫。

"我只想身体健康。"那首歌带着夕阳与浓烈的浪漫，像在水底燃烧的火焰。

"要活到过百岁不需拐杖都可跟你相拥。"她唱道。

许星洲患者非常成功的路演在六点半时被强行结束了。

天黑蒙蒙的，医护人员根本负不起哪个病人走丢的责任，便把许星洲和鸡姐姐这两个引起骚动的源头一起带了回去。

晚上，于主任还有学生的论文要改，为了抵御睡意，他去护士站倒热水冲咖啡。科室里的那几个在夜间值班的研究生看了他犹如耗子见了猫，一动都不敢动，并且瑟瑟发抖地收起了开着游戏的手机……

打游戏有什么好藏的，于主任觉得好笑，谁读研的时候还不摸个鱼了？然后他看见许星洲抱着自己的黑熊玩具坐在护士站。

"还在等人？"于主任问，"回去看电视吧，你追的电视剧不是要结局了吗？"

许星洲摇了摇头，道："师兄刚刚和我说，他被抓到岛上去了，不知道什么时候才能回来。"

于主任语塞，心下了然。

这么多年，发生在这里的那些令人绝望的亲友疏离的结局，他已经见过太多了。

秦渡毕竟是一个那样的天之骄子。

"他都被抓到那么远的地方了。"于主任不忍心挑明，劝道，"别等了，回去玩吧。你都等了他这么久了。"

许星洲摇了摇头。

"你一开始说，师兄看到你等他会很开心，"于主任劝孩子似的劝她，"他要是看到你等他等到这么晚，绝对会发火的。你师兄脾气那么坏，你是打算气死他吗？"

许星洲还是摇了摇头。

小病人认真地道："于主任，我现在不是为了让他高兴而等他了。"

于典海微微一怔。

"于主任……"许星洲喃喃地道，"师兄跑到那么远的地方，也不回我的消息……万一出事了怎么办呢？他开车开得那么猛，路上出了车祸怎么办？"

"如果被绑架了呢？"她难过地说，"如果像小说里一样，有人想要他的命可怎么办呀？"

但是，如果是你的师兄不那么重视你了，如果是他有了别的珍爱的东西，你打算怎么办？

可是于主任不忍心说破，他见惯了这种钝刀子割肉的折磨，而这个十九岁的女孩脆弱得可怕。

"所以……"许星洲坐在护士站外的小凳子上，病区的灯光并不太亮。

她一手拽着自己的那只破熊，认真地道："我现在等他，是因为我怕他出事。"

八点半时，病区准时熄灯。

许星洲这段日子表现得不错，病情稳定，人也积极配合治疗，加上大家都喜欢她，她也离出院不远了，所以被允许和值班的护士一起在护士站等人。

于主任走出办公室上厕所时，许星洲孤零零地趴在护士站里。

果不其然。于主任不忍地想。

她在等待一个能依赖的、会把她视为必需之人的人，可是在她的师兄所面对的那些诱惑面前，她应该是够不上"必需之人"的门槛的。

病区安静得连一根针掉在地上的声音都听得见，于主任听见许星洲难受的喘气声，她像是要哭了。

秦渡八点半的时候没来，今晚应该不会来了。

毕竟大家都是八点半睡觉，他就算来了，也只是蹭个不太舒服的床铺而已。

于典海扪心自问，哪怕是在热恋期，如果自己在外忙碌，到医院熄灯的时候都归期未定，他也会在事情结束后回自己家睡觉，回医院太麻烦了。

他又回去给学生改论文，改到十一点二十几分。

四十七岁的人已经不好熬夜了，天天巴不得跟自己的病人一个作息呢。于主任困得要死，索性收了电脑回家。他把包往肩上一背，出了门，看见许星洲已把椅子搬到了病区的门口，正探头往外看。

于典海："别等了，回去睡觉吧，不早了。"

许星洲的眼眶红红的。

"我……"许星洲声音沙哑地喃喃地道，"我再等一会儿，十二点就回去睡。"

于典海："别等了，小姑娘，越等越难过。他不会来的。"

秦渡不会来的，于典海想，他的病人最好是从现在开始放弃幻想。

秦渡以前可能是个二十四孝好男友，能够天天陪床，但是他这样的人总会有腻烦的一天——他可能是把照顾病人这件事当成游戏玩，也可能只是享受感动自己的过程，时间长了，这种拥有全世界的男人总会腻烦这种游戏。

许星洲摇了摇头。

她不愿意回去，于典海也没法儿劝，推门要走。

下一秒，他们听见了引擎的轰鸣声。

接着，车门一开一关，一串属于男人的脚步声响起。许星洲大概听惯了这种声音，难受地揉了揉自己的病号服的下摆。

黑夜之中，外头的走廊上亮着的"紧急通道"的绿灯牌发出的光昏暗，那男人几乎是冲了过来。

于典海抬起头，病区的玻璃门一下子被打开了。

晚上十一点半，那个公子哥满头大汗地冲进病区。

秦渡狼狈至极，衣服都皱皱巴巴的，进门看到他的小师妹坐在凳子上，先是一怔，然后紧紧地把他的小师妹抱在了怀里。

"你怎么现在还不睡……"他抱着女孩子，声音沙哑地开口，"这么晚了，你先上床啊，笨吗？"

许星洲带着几不可察的哭腔抱着他说："可是我担心……"

于典海打断了他们，觉得有些神奇："秦先生，您居然会现在回来？"我还以为这么晚了，您今晚就不会回来了呢。于主任有点儿不好意思，最终也没把后半句话说出来。

"回来了。"昏暗中，秦渡声音低哑地回答，"我怕她睡不好。"

于主任注意到，秦渡的姿态绝望又深情，他几乎称得上是在拥抱一生的至爱。

夜深露重，繁星在枝头闪烁，病区的门口传来呼呼的风声。

许星洲抱着秦渡蹭了蹭，以额头抵在他的脖颈儿处，这是个极其亲昵的姿态。

"你去哪儿了？"许星洲搂着秦渡的脖子，不满地道，"我还以为你不要我了呢。"

秦渡哂笑道："胆大包天，你还敢查师兄的岗？"

许星洲："我还敢掐你呢。"

秦渡伸手在许星洲的脸上使劲儿一捏，道："实习公司那边临时有事，把师兄叫过去了。师兄本来只是去拿材料，那边事发突然，我一路开车过去，把工地现场的事故处理完之后才开车回来。"

许星洲不满地哼唧了一声。

"没发消息，是因为师兄的手机掉进水里了，开不了机。"秦渡把脸埋在许星洲的头发里，"借了别人的手机给你发的短信……"

他的身上有淡淡的汗味和泥味。

许星洲抱住了他的肩膀，又问："你没碰别人吧？"

"碰了我还敢抱你？再说了，"秦渡觉得好笑，"只有你会抱今天被泼了一身泥水的人吧。"

他真的被泼了一身泥水，头发里都有泥沙。许星洲笑了起来，但是死活不松手。

病区昏暗，唯一明亮的便是天上的月亮。

秦渡在门口俯身抱住许星洲，片刻后把她牢牢地抱了起来，动情地闻着她发间的柑橘香气。

"行了，"青年在她的发间吻了吻，"回去睡觉？"

许星洲笑了起来，用力地点了点头。

于是秦渡抱着她穿过幽深昏暗的走廊。

窗上的爬山虎在风中簌簌作响，走廊里贴着医护人员的照片，每个病房都紧闭着门，里面是熟睡的病人。

许星洲趴在秦渡的肩上往他的身上看。秦渡的身上有点儿脏，不知道他今天遇见了什么，可是许星洲觉得他是踩着星星走来的。

然而温馨的情景只持续了片刻。

病房中，晚上十一点五十七分。

月光皎洁，犹如潮汐一般穿过爬山虎，落在许星洲的床上。小破熊被秦渡强行发配到陪护床上，另外两个病人睡得如死猪一般沉。

秦渡眯起眼睛，语气危险地道："许星洲，你什么意思？"

许星洲气喘吁吁地说："别……别！你睡下面。"

秦渡冰冷地说："想得美，我大老远赶回来还得睡陪护床？"

然后他将外套一脱，要强行钻上病床，许星洲当机立断，蹬了他一记窝心脚……

她连脚都用上了。秦渡有点儿怀疑人生，简直以为自己招了她讨厌，可是他想想许星洲刚刚抱着他的样子，怎么也没有看出她有任何要发脾气的模样。

"师兄，"许星洲难以启齿地说，"睡一张床倒是没事，我也不是非要你去睡陪护床。不对，不如说我也挺喜欢抱着你睡的，但是……"

秦渡大概也累得不行，打了个哈欠，问："嗯？"

"但是，"许星洲说，"你去洗个澡再来。"

秦渡想起这里的大洗漱间，憋屈地说："可……"

"我知道只有公用洗手间，"许星洲小声道，"我也知道你不愿意进去洗澡，里面连热水都没有，只有漏水的冷水水龙头，所以你睡陪护床吧。"

秦渡自幼娇生惯养，连大学寝室都睡不得，看到了卫生中心的洗澡条件就发怵，以往都是去上课的时候顺便回家洗澡的。

许星洲直白地总结："师兄，抱抱可以，睡在一起不行。"女孩子话里的嫌弃简直都要溢出来了。

许星洲攻击完他，立刻一卷被子，抱着小黑躺在了床上——并且伸出一只脚示意秦渡赶紧睡陪护床去，别把大家吵醒了。

秦渡在床边站了一会儿，正当许星洲以为他要睡陪护床了，她就听见他拉开柜子的声音。他在柜子里翻出了换洗的衣服和毛巾，又取了许星洲平时洗手用的肥皂，轻手轻脚地走了出去。

许星洲愣住了。她躺在床上发了一会儿呆，看着窗外明亮的月亮和漆黑的树藤。

外面的公用洗手间里传来哗哗的水声。邓奶奶吃了安眠药，正甜蜜地打着鼾。许星洲听见树叶沙沙的声音和护士轻微的脚步声。

温柔的风声浸润长夜，不知过了多久，病房的门被吱呀一声推开。秦渡用毛巾擦着短发，推门而入。

他已经冲过了澡，套着背心短裤，浑身都是许星洲那块肥皂的味道——连头发都是用肥皂洗的。接着他爬上了许星洲窄窄的病床，掀开她的夏凉被。

许星洲迷迷糊糊地道："师兄。"

秦渡困倦地嗯了一声，将小师妹搂在了怀里，说："师兄洗过了，现在很干净。"

于是许星洲翻过身，抱住了他。小姑娘的抱抱又软又娇，他的鼻尖还都是她发间的柑橘花的味道，秦渡被挠得心里发痒。

"师兄，"许星洲还乖乖地问，"你今天怎么了呀？怎么回来得这么晚？"

秦渡惬意地眯起眼睛，道："嗯？也没什么。去公司的时候他们说崇明那边的工地出了点儿事，我得去，正好整个组里只有我有车，就开车带他们过去了。"

"哎？什么事啊？"许星洲头一次听秦渡谈论他家那个公司，迷茫地睁开了眼睛。

秦渡模糊地回答："能有什么事，就是民工的那些纠纷……家里那摊子事而已。现在我要去实习了，我爸就交给我，让我去练练手——结果大概因为我穿得最正式，有人以为我是管事的，对着师兄就是兜头一盆脏水……好在没动手。"

许星洲一愣，敏锐地问："师兄你不是管事的吗？"

他这种人，去了肯定是颐指气使的。

许星洲想了一会儿，又问："现场还有比你级别更高的？"

秦渡把许星洲的脑袋往怀里一摁，冷漠地道："呵呵。"

星球酥 著

我还没护住她

下 册

青岛出版集团 | 青岛出版社

第九章　绣球花下的雨

许星洲睁开眼睛的那一瞬间，看到的就是如同苹果一般金黄的阳光和靠在她身边的秦渡。

秦渡一手拿着自己的专业书，坐在灿烂的暖阳中，结实的腰身为许星洲挡住大半光线。明明应该是色气十足的场景，适合拥抱，适合接吻，适合"羞羞"，可是师兄此时只是牵着许星洲细细的手指。

许星洲沉默地看着秦渡和自己交握的手指。

秦渡别说在被子里偷偷地摸许星洲的胸了——起床的时候他宁可牵她的手都不抱抱她。不对，别说牵手了，这还只是钩着手指呢。

这是什么？这是对许星洲的个人魅力毫不掩饰的羞辱。

秦渡心虚地问："醒了？"

许星洲难过地说："嗯？嗯……醒了。"

"醒了就去洗漱。"秦渡甚至不动声色地放开了她，"现在人应该还不多，师兄再看会儿书，过会儿再去。"

许星洲点了点头，顺从地下床去拿自己的漱口杯，趿上拖鞋走了两步，却还是十分在意……

她心塞地开口："那个……"

秦渡挑起眉头，示意她说。

许星洲其实想问"是不是我的胸太平了你看不上"，还想问"是不是你对这方面的事情都不太行"，但是她最终觉得第一个问题属于自取其辱，第二个问题属于当面找碴儿，容易被记仇的秦渡记在小本本上——她问出哪个问题来，都会送命。

许星洲打死都不想听秦渡说"说实话许星洲，抱着你时我觉得我抱着个男的"，更不想被秦渡记小本本，立刻理智地闭了嘴。

她颤抖着道："没……没事。"

于是秦渡摸了摸自己通红的耳朵，在如同脆苹果般的金黄的阳光中，把脸别了过去。

"九月一日的早晨像苹果一样脆生生、金灿灿的。"

这句话是许星洲小时候从《哈利·波特》里看来的，她对这句话的印象极其深刻。她小时候就是《哈利·波特》的粉丝，至今记得这句话的后面的情节：是十九年后的九又四分之三站台。

也就是说，那"苹果般的早晨"其实是十八岁的哈利与三十七岁的哈利的分界，代表着十九年的跨度。

我看着长大的哈利，孩子都有了……

我呢？好不容易有了男朋友，男朋友还有问题……

自己"全副武装"应该会有效果的，许星洲悲壮地想：大不了自己多拼拼命。

秦渡曾经对那个被许星洲叫作鸡姐姐的民谣歌手的存在感到极为愤怒——许星洲和鸡姐姐关系好得过头，两个人只要状态还行就凑在一起嘀嘀咕咕，一开始时甚至令秦渡以为自己被个一头白毛的酒吧驻唱给绿了。

不就是一头白毛？跟谁没染过似的，秦渡当时恶狠狠地想。秦渡连白蓝渐变都染过，吃醋时简直想把许星洲的脑瓜弹傻，还想把那个酒吧驻唱赶走。

结果他正准备去把许星洲拽过来，教育一通男女有别时，就听见了许星洲和鸡姐姐以姐妹相称。

秦渡："嗯？"

秦渡的迷惘还没散尽呢，他就又看见了鸡姐姐的前任来探病……

鸡姐姐的前任长得相当不错，衣品也好，紧身上衣包着引人注目的胸部，一看就让人觉得他相当受欢迎。对方举手投足间气质十足，温柔又体贴，个子和秦渡一样高。鸡姐姐的前任，一个健身教练，有着八块腹肌的肌肉男。

后来，秦渡撞见许星洲和鸡姐姐坐在一起涂口红，一起挑 2017 年的春夏彩妆，一起聊今年的申城时装周……再后来秦渡听见鸡姐姐对许星洲直言不讳："我要是敢再大胆一点儿，我就抢你的裙子穿！"

弄了半天是交友吗？秦渡不掺和了。

秦渡早上拿着漱口杯去洗漱时，正好看见许星洲披着他的外套，和鸡姐姐头对头地嘀咕着什么。

秦渡凑过去听了听，听到那两个人断断续续的交谈声。

许星洲拿着牙刷嘀嘀咕咕，秦渡只能听见风里传来细碎的声音："不行……我觉得……今天早上……怀疑不行……男人……"

什么不行？秦渡一头雾水，他们买了什么护肤品吗？

"不可能吧？"鸡姐姐拔高了声音，"不是身材挺好的吗？"

身材？什么身材？他们在讨论健身？

许星洲拼命地去捂鸡姐姐的嘴，压着声音说："你不许这么大声！他也有自尊的！"

鸡姐姐："自尊……我跟你说，还是分手最简单……"

秦渡莫名其妙，什么自尊不自尊、分手不分手的？他拿着自己的漱口杯和洗面奶去刷牙洗脸，许星洲和鸡姐姐在护士站的外面继续头对头地讨论着什么不行和身材的话题，秦渡懒得关心。

早晨的阳光很好，公用洗手间里的一排水龙头都被洒上了明媚的阳光。

秦渡去时，偌大的洗手间里只有他一个人。他放着歌，一边刷牙，一边计划自己今天要做什么。

星洲早上有一次磁刺激治疗，他得陪着到治疗结束。下午她大概会因为头晕而睡觉，那时候他再去买部新手机。学校有一门考试。他还得再去公司刷个脸。

其实，秦渡对接手他家的这份产业缺乏兴趣。

他家里搞的那些东西——那些房地产哪建筑哇之类的，在他看来其实没什么意思。但不可否认的是，到这种产业里锻炼真的非常适合积累基层经验，而基层经验正是秦渡这种天生的管理层所缺乏的。

秦渡甚至为这次实习专门腾出了一个暑假的时间，看看这两三个月能不能弄出些新鲜的东西来。

他不缺钱，也不缺谋生的能力。

秦渡对着墙，漫不经心地思考。

他还没思考完，许星洲估计是被鸡姐姐嫌弃了，悻悻地钻进了洗手间……鸡姐姐身处食物链顶端，应该是把许星洲训了一顿。

他们到底在争论什么？

"师兄！"许星洲扒着男厕所的门，悲愤地对里面宣誓，"无论你怎么样，我都对你不离……"

"许星洲，"秦渡窒息地说，"师兄在尿尿。"

一阵尴尬的沉默。

许星洲满脸通红地说："对……对不起。"然后她立刻拔腿逃了……

当天下午。

病房里热浪扑面，邓奶奶不想开空调，整个房间都又热又闷。高中生去外面继续打游戏，许星洲的床头还堆着一摞厚厚的教材，外头万物苍翠，花开得姹紫嫣红。

邓奶奶突然问："你是不是也要死了？"

"您说点儿人话吧。"许星洲躺在床上，捂着发疼的头道，"我现在不太舒服，很想吐……"

邓奶奶说："不如来聊聊男人？"

许星洲懒得搭理她，困倦地在床上滚了滚，摸出了自己的手机。

在医院睡觉并不舒服。

这里随时会有人喊叫起来，或是惨叫，或是扭打成一片。许星洲如果被吵醒的话，心情还是极为不受控——药物和磁干预只能让她的情绪变成一片模糊的云，却很难让她的心情真正好转起来。

她仍然惧怕情绪的深渊。

尽管那深渊已经不像从前那么可怕，会把她活生生地剥离，让她自杀，在她的耳畔不断地喃喃着她最害怕的事，但是这深渊仍然存在，许星洲仍觉得它张着血盆大口。

她不太敢睡，于是从旁边摸出了手机，但是摸到了就觉得手感不对，这个手机似乎是秦渡的。

他的手机进了水，今天就没带走，说是下午去买个新的——许星洲如果遇见手机进水的话，第一反应应该是拿吹风机吹干，而秦渡的第一反应是去买个新的。

许星洲愤愤地咬了咬被子，想了想自己的微信余额和支付宝余额加起来的那一毛两分钱，又想了想自己泡汤的实习……她悲愤地想：我也想当有钱人。

她按了按开关，那手机居然奇迹般恢复了生机，重新开机——"欢迎使用中国联通"的画面之后，那些积压了一整夜的微信消息如潮水般涌来。

有人约秦渡出去玩，还有他实习单位发来的一些消息。许星洲把微信往下滑了滑，发现于主任又想约他谈谈。

他们又要谈什么呢？前几天不是才谈过吗？她明明都要出院了。

她有点儿好奇，却又不敢知道他们究竟要谈什么，便忍住了没翻。那手机的状态还算正常，许星洲对着屏幕模模糊糊地想了一会儿，突然想起秦师兄曾经删过她的短信。

她看他曾经发给她的短信，应该不算侵犯隐私。许星洲想着，点了秦渡手机的搜索框，搜索了自己的名字。

午后阳光灿烂，抖落一地粉蝶般的光斑。

许星洲想起秦渡曾经告诉过她：存手机号时一定要存本名，不能用特殊的称呼，否则万一手机丢了，后果会非常严重——并且他以此为理由，逼着许星洲把"秦主席"三个大字改成了"秦渡"两个大字。

许星洲粗略地翻了一下，秦渡的通讯录也确实是如此，顶多在本名的基础上加个地点，清一色的毕××、财务××、申城××。秦师兄在微信里也是这么备注联系人的，一长串下去全是人名，所以许星洲非常确定，他存的就是"许星洲"三个字。

许星洲把自己的名字输进去，满怀期待地看着屏幕……接着她发现没有对应联系人。

一片空白？不可能吧？

许星洲从小到大被人写错过名字很多次，最后一个"洲"字简直没有人第一次就写对过，从"周"到"州""舟""宙""昼"——错别字一应俱全。许星洲感觉有点儿受打击，又把"洲"字改成了"州"，重新搜索。

还是没有。

许星洲："嗯？"

她又病急乱投医地搜了搜"浪"字，就几个叫韩什么浪、林浪什么的人，好像是秦渡高中时的数学省队的队友。

他该不会没存吧？可能是秦渡那次生气，把她的微信和手机号码都拉黑了之后就再也没存过……许星洲有点儿想哭，鼻尖都酸了，点开拨号界面，把自己的手机号码一个一个数字认真地输了进去。

许星洲刚输完，下头便跳出备注"我家星洲"。

他不是说只存本名的吗？许星洲感觉自己的脸红了。

夏日灿烂的阳光落在床单上，许星洲拿着秦渡的手机脸红了一会儿，心想：谁是你家的呀？如果你被绑架了他们可要给我打电话的，秦渡可真是个磨人精……但是她又觉得有点儿开心。

许星洲红着耳朵搜了搜"秦"字，跳出一串他的本家亲属，秦长洲也在其列，但是全都备注的是本名——许星洲连秦渡爸爸的名字都认不出来，更不用提他那从不出现在公众视线中的妈妈了。

放眼秦渡的手机通讯录，被他备注为"我家"的人也只有许星洲一个而已，而秦师兄从没对她提过半字。

许星洲开心地往床上一躺，抱着熊打滚，只觉得心里的花都开了。窗外的向日葵叶子在风里挥了挥，像是在给她遮阳光。

许星洲的脑袋晕乎乎的，她在自己的额头上使劲儿一拍，让自己清醒一些，接着她点开了秦渡的短信……

那一瞬间，手机黑屏了。

许星洲难以置信地看着秦渡的手机，死活不相信那些短信从此离她远去了。她又不信邪地长按开机键——这次屏幕一亮，苹果标志出现的瞬间，屏幕显示变成乱七八糟的彩色条带。

下一秒，手机发出咔咔两声，从喇叭孔里流出两滴黄色的水，再次关机了。

许星洲颤抖着将手机放回了床头柜。

邓奶奶："小姑娘，咋了？怎么有股怪味？"

许星洲说："手机自爆了。"

邓奶奶不解："又不是三星，苹果也会爆吗？"

许星洲："真的是自爆，不是我动的手。"

她今年到底还要背上多少债务……为什么认识秦渡之后总在赔他钱……话说他应该不会让她赔的吧，毕竟都是他家星洲了——但是许星洲想起秦渡的坏蛋模样，又觉得以他的恶趣味来说，也不是没有可能……这个世界什么时候才能对手无缚鸡之力的大二少女好一点儿啊？许星洲把脸埋在被子里，闷声哀号。

说起那个短信，秦渡当时到底说了什么呢？

许星洲抱着熊，望着窗外明媚的阳光，只觉得这些短信和秦渡承诺好的回应可能都已经坠进了忘川。坠进去就坠进去好了，许星洲想，至少他现在还是我的。这种细枝末节的东西，他忘了就忘了吧。

在这个消费主义盛行的世界上，奢侈品实在是太多了。

许星洲知道花晓老师背来上课的鸵鸟皮铂金包就要二十五万元，这数目几乎是许星洲毕业后的理想年薪的两倍，同样她也知道秦渡的那辆跑车的价格是一个天文数字——这几乎是世间对奢侈品的所有定义。

拥有二十五万元的包很奢侈，拥有一辆那样的超跑也是，有的人认为买房困难，所以房子也是奢侈品，有的人觉得追星很贵，所以追星也奢侈，而有的人觉得吃煎饼馃子加个鸡蛋都算奢侈——总之，这世上昂贵的东西无数。那些东西都是明码标价的。

许星洲认为，这世上最奢侈的还是拥有一个"人"。

其实人们大多无法意识到这一点。因为大多数人从出生的瞬间就拥有父母这种与自己血脉相连的存在——他们身上的亲情是如此紧密，以至他们一生都无法发现，自己已经有了这世上最奢侈的东西。

下午四点，鸡姐姐坐在许星洲的床上，两个人百无聊赖地用 iPad 看电视剧。

鸡姐姐突然问道："妹妹，快出院了是吧？"

许星洲一怔，点了点头。

她的确快出院了。

许星洲的病情已经好转了不少，自杀倾向已不明显，而他们医院的床位本来就相当紧张。像许星洲这种病情的患者乐天得近乎躁狂，前几天有别的科的研究生来探班，看到许星洲在大楼外抱着吉他路演，对方进来就夸："你们的躁狂症患者社交能力很好哇！怎么干预的？"

一片沉默后，他们科的护士尴尬地道："那个 15 号床啊？她是得抑郁症进来的。"

所以于医生最近正在准备把许星洲打包丢出去。

只不过出院只代表病情已经得到了最基本的控制，许星洲回去还是要继续坚持吃药才行。

病房里一片安静，邓奶奶被抓出去谈话了，只有落在床单上的昏黄的日光和 iPad 里的电视剧叽叽喳喳的声音。许星洲看了看表，秦渡还得过好几个小时才能回来。

鸡姐姐问："电视剧看不下去？"

许星洲点了点头，说："我在想事情。"

"你说说看。"鸡姐姐将 iPad 倒扣了，"兴许说出来就有答案了呢。"

许星洲沉默了一会儿。

"你说……"许星洲小声道，"鸡姐姐，人想要拥有另外一个人，是不是挺困难的？"

鸡姐姐拧起眉毛："你说的是什么样的拥有？"

许星洲闻言，不好意思地挠了挠脑袋。

那种不离不弃的，相伴一生的，互相需要的，无法分离的，坚固而认真的，仿佛只存在于童话故事里的……

"没……"许星洲叹了口气道，"没什么。"

鸡姐姐沉默了，许星洲难受地捏了捏自己的病号服下摆。

许星洲小声地说："鸡姐姐，出院之后，我应该会挺想你的。"

鸡姐姐也笑了笑道："姐姐也会想你，姐姐喜欢你这样的孩子。"

许星洲嗯了一声，又想起鸡姐姐讲过的话，只觉得就要落下泪来。

鸡姐姐是出不了院的。

他有药物依赖史，而且他的躁狂症是器质性的。他昨天还和她像两个小学生一样玩了一下午的过家家，到了晚上，他就被捆了起来，起因只是护士送来了一包药让他吃。

"我不想吃药！"昨晚的鸡姐姐绝望地嘶吼道，"我只是情绪高涨，情绪高涨都有错吗？你们为什么不信我呢？我父母不喜欢我的性取向，可是这有错吗？"

他高中时曾经被父母绑到江西，在一个所谓的戒网瘾矫正性取向的机构里度过了三个月——他的父母那时试图"矫正"他的性取向，到各处打听，知道了这么个地方。那里和被曝光的L市四医也没两样，甚至更为夸张。

鸡姐姐说，在那里要四点起床，背《弟子规》，背不对便会遭到一顿拳打脚踢。

他们鼓励互相揭发想逃跑的人，那里发生过极其恶劣的针对性取向的羞辱性体罚，学生被逼着喝烟灰水。鸡姐姐这种驴脾气又特立独行的人，在那里可没少挨揍。他说他被揍疯了，是应激性的，谁打他他就咬谁，后来不打他他也咬人，再后来发展到他忍不住半夜尖叫。而在那种机构里，"寻衅滋事"便会被打个半死——鸡姐姐那时几乎被打死，他的父母再见到他时，他的精神就已经不正常了。

宁折不弯，鸡姐姐谈起那时候的事时，这样对许星洲说："当然不是说姐姐的性取向，姐姐的性取向都弯成九寨沟了。"

昨天晚上，许星洲听着鸡姐姐近乎癫狂而偏执地重复："我是不喜欢女人……可是这有错吗？有错吗？是他们不理解，他们将我遗弃了。"

被捆住的他，说出的每个字都仿佛带着血。

夕阳落在许星洲的小黑熊上，在一片沉默之中，鸡姐姐又说："姐姐给你弹个曲子吧。姐姐大学学的还是音乐呢……"他漫不经心地说，"只是没念完就退学了，念不下去，精神状态不行。"

许星洲红着眼眶点了点头。

鸡姐姐又笑道："怎么了？哭什么？"

他起身走了。许星洲盘着腿坐在床上，抽了纸巾擦眼泪。片刻后鸡姐姐取了自己的吉他回来，在许星洲的床上坐下了。

日暮西山，金红的光芒镀在他染的白发上。

鸡姐姐一拨琴弦，琴声犹如金水般流泻而出，那是正经科班出身的、有天分的人的琴声，和许星洲这种半路出家的完全不同。

许星洲一听前奏就觉得极为熟悉。

这首歌叫 These days（《这些日子》），她在电台听过，调子青春热烈，可是他用木吉他一弹，居然有一种感伤的苦楚。

"I hope someday we will sit down together，"他声音沙哑而颤抖地唱道，"and laugh with each other，about these days，these days……"

我希望我们有一天围炉而坐，与彼此大笑谈起，我们这段过往的日子，过往的日子……

这是个浑身伤痛的躁狂症患者，他不被理解，在大学时因为发病而退学，后来在酒吧当驻唱的民谣歌手。

那一刹那岁月如滚滚洪流逝去，人间沧海又桑田。他坐在许星洲的床上，用生涩到像是新手般的指法为她弹吉他。

他的指法生涩而模糊，这是他吃的齐拉西酮的副作用——他的双手犹如得了帕金森的患者的手，不住地发抖。

其实他唱得也不好听，毕竟昨天晚上才嘶吼过，他本身偏阴柔的声线此时变得混浊沙哑。可是许星洲听得眼眶通红，几乎落下泪来。

"哎，"鸡姐姐把手指一收，道，"我不想弹的，现在手抖，弹了丢脸，但是你都要走了……等以后姐姐好了，再给你弹一次，别哭了啊。"

等以后，我们好了。

许星洲用纸巾擦着眼泪，抽抽搭搭地说："还……还姐姐呢？你明明对自己的性别没有认知障碍……"

鸡姐姐将吉他往身后一背，妩媚地笑道："不想叫姐姐还能叫娘娘啊，鸡娘娘，皇后娘娘，选择还是很多的。"

许星洲也破涕为笑："鸡姐姐，你这么妖，好歹给我们女孩子留点儿活路哇！"

鸡姐姐说："这可不行。姐姐我都这么多年了，矫正也矫正不了，改不掉，打也不可能打得服帖。又香又硬，追求潮流，最喜欢的就是奢侈品，姐姐就是这么一个人。"

许星洲边笑边擦眼泪。

鸡姐姐骄傲地说："这就是老娘。"

他说着，在自己的吉他上点了点。那吉他上贴满了花花绿绿的贴纸，犹如他在过去的岁月中不仅没被磨灭，还依旧张扬的个性。

"觉得没活路，"鸡姐姐高傲地道，"你就多努力一点儿，做个妖娆女孩呀！关我们啥事呀，姐姐可不会对你负责的。"

许星洲终于忍不住被逗得哈哈大笑。

这个男人是用这种方式，宣告自己活着。像是刮过灰烬的狂风，又如同荒山上燃起的烈焰，他叛逆又骄傲，不折不弯。

秦渡回来时，已经快六点了。

他进来时手里还拎着个白色的手提袋。许星洲注意到，是于主任将他送到了病房门口，两个人应该是谈过了话。

不知道他们的谈话内容是什么。许星洲心虚地瞄了瞄床旁桌上的秦渡的坏手机，在心里祈祷师兄可千万别来索赔……她是真的赔不起，可能会赖账。许星洲想想都觉得人生崩塌了，她的暑期实习都没着落呢。

秦渡从白纸袋里摸出个礼品盒，丢给许星洲。

许星洲接住那个盒子，一愣："哎？"

小盒子是薄荷绿色的，质地坚硬光滑，绑着银色的缎带，一看就价格不菲。

"师兄给你买的出院礼物。"秦渡漫不经心地道，"师兄的旧手机呢？"

许星洲斩钉截铁地说："自爆了。"

秦渡语塞。

许星洲怕秦渡追问，抱着盒子比画了一下，说："它真的是一部非常没用的手机！我就是碰了碰它，然后它就吱吱嘎嘎地死掉了，临走前还吐了两口血，非常吓人。"

秦渡眯起眼睛，问："你给师兄弄坏了是不是？"

许星洲忍痛把秦渡丢过来的盒子推了回去，说："好吧，赔……赔你。"

秦渡无语。

病房里没有其他人，只有火红的夕阳，而他的女孩其实还有点儿衣冠不整。

她的病号服极其宽松，却能显出她的锁骨和细柔的腰肢。她还微微地往前倾着身子，真是相当勾人，秦渡对她这模样没有半点儿抵抗力。

秦渡想起每天早晨许星洲还喜欢在他的怀里蹭来蹭去——这还是多人病房，小姑娘睡得衣衫凌乱，秦渡简直要被她活活磨死。

他这辈子都没做过那么不知廉耻的事……

"就赔这个？"秦渡感到新仇旧恨涌上心头，眯起眼睛。

许星洲刚准备大放厥词，突然感到天旋地转——那盒子中滚出了一个亮亮的银白的东西，落在许星洲的枕边，而她还没反应过来，就被牢牢地摁在了床上。

许星洲被他摁着，可怜巴巴地搓手："师兄兄……"

秦渡愤怒地想，这小浑蛋居然已经在他的怀里睡了一个多月了。

许星洲还浑然不觉，可怜兮兮地搓着手说："小师妹没有钱了。亲亲师兄，赊个账，好不好嘛？"

风吹过黄昏，许星洲被师兄摁在病床上，病号服松松垮垮的，露出她细细的锁骨。

那地方，秦渡连碰都没碰过。他不敢碰。许星洲对他而言像某种极其美好而脆弱的东西，他不敢伸手碰触，却又总想玷污。

许星洲似乎又说了什么，秦渡却没听见。

他想起他把许星洲从大雨里捞回来的那天，又想起无数个早晨，许星洲在他的怀里没个安分，睁开眼睛就用极其软糯的声音喊他"师兄"，还要趴在他的胸口，睡眼蒙眬地蹭一蹭。

这个小浑蛋天天在外头勾搭女孩子……靠的就是这小模样吗？那时候，秦渡简直觉得自己做不得人了。

可如今这小浑蛋的眼里都是他，秦渡在她的眼中看见自己的倒影，十九岁的女孩子温温柔柔地对他笑，像某种柔嫩、细长的太阳花。

于是，秦渡动情地低头亲吻她。病房里夕阳无限，秦渡能明显地感受到她的呼吸和温暖的体温。

他想起和许星洲初遇的夜晚，混沌的霓虹灯和其中唯一一个仿佛在燃烧的人。他想起六教前青青的小桃子，印着星星月亮的雨伞，外滩的倾盆大雨，春天里的教学楼。他想起那些曾经来过的诗意，在阳光下红裙飞扬的姑娘。

许星洲几乎被吻得喘不过气来，艰难地推了推秦渡的胸口。

可秦渡不容她反抗，带着几乎要将她拆开吞下去的意味与她接吻。

这里又没有旁人……不，哪怕有旁人又怎么了？这就是他的人，秦渡乱七八糟地想。他的人，就应该让他揉进骨血里，碎进他的灵魂之中。

秦渡几乎发了疯，抱起来没个轻重，令许星洲难受得微微发抖，应该是他把她弄得有点儿疼了。

下一秒，他睁开眼睛，看见小师妹疼得水汪汪的双眼。

"师……师兄……让我用这个还账，"许星洲又乖又甜地，眨着水汪汪的眼睛勾引他，"也可以哟。"

许星洲乖乖地伸出了手，抱住了秦渡的脖子。

十分钟后。

许星洲痛苦地摸了摸自个儿的胸，自言自语："真……真的这么小吗？"

日落西山红胜火，铁窗将光影切出棱角，许星洲坐在病床上，形象半点儿不剩，脑袋像个鸡窝，耳根红红，背对着门，不知道在做什么。

秦渡洗了手回来，皱着眉头问："嘀咕什么呢？什么小不小的？"

许星洲正在摸自己的胸，她摸完左边摸右边，怎么都觉得，不存在任何在短时间内丰胸的可能性……说起来这种东西好像都靠遗传吧……她是不是没戏了，呜呜，居然还可以被这样嫌弃的吗？

许星洲摸了片刻，又回想了一下自己的家人，确定自己成为大胸女孩的希望已经彻底破灭，觉得自己还是得从别的地方找补。

呜呜，许星洲在心里落泪，生活好艰难哪！

秦渡走到枕边，将那个银色的圆环捡了起来，攥在了手心。接着，他慵懒地对许星洲说："伸手。"

于是许星洲立刻又笑了起来，对着师兄伸出左手。

她的左手干干净净，平整的皮肤下是青色的静脉，手腕纤细，指尖绯红，犹如染满春色的丹樱。

秦渡散漫地说："不是这只手，另一只。"

许星洲突然怔住了。

"另……"她小声道，"哦，另一只呀。"

火红的光落在她的病号服上。女孩子踟蹰了好一会儿，终于难堪地伸出了右手。

她右手的手腕上有一道狰狞外翻的旧伤，那是一道经年的伤痕，还有被反复割开的痕迹，缝过八道缝合线。许星洲曾经用一串她旅游时买的小珠子遮挡——可是入院之前几番波折，那串小珠子早已不知所终。

那道伤痕接触到阳光，仿佛被烧得发疼。

那是许星洲曾经被深渊打败的铁证。

十四岁那年，她在人生的最低谷时连痛哭的力气都没有，耳边都是让自己去死的幻听，怀里抱着奶奶的骨灰盒。没有人需要她。

那年她读过一次《小王子》，印象最深的地方就是——以为自己拥有世界上唯一的一朵玫瑰的小王子，在路过地球上的玫瑰花园时，看见了数以千计的玫瑰。

那时他感到迷惑，因为被他养在玻璃罩之中的玫瑰曾经告诉他，她是宇宙之中唯一的那朵花——可是他只花了很短的时间，就重新站在了那一整座花园的玫瑰之前。

"你们很美，但你们是空虚的，"小王子大声说，"没有人会为你们去死。"

"我的那朵玫瑰，过路人可能会认为她和你们是一样的，可是她对我而言独一无二。"他说，"因为她是属于我的玫瑰。"

可是许星洲就在那数以千计的玫瑰之中，没有人需要，无人驯养。她自由又落魄，茫然又绝望。

她面前的秦渡怎么看也不像小王子，他就是个骑马路过的年轻公爵，世俗又恶劣——他不单纯，倔强，心理年龄恐怕早就突破了四十岁，是个货真价实的老浑蛋。

他握住了许星洲的右手，不容拒绝地帮她将那个手镯戴了上去。

"师兄买了宽的。"老浑蛋闲闲地道，"可能沉是沉了点儿，但是比你以前用的那串珠子像样多了。"

那是一个开口宽手镯，铂金月亮嵌着金星星，做工极其精致，分量却不太重，不压人，将许星洲的那道伤痕遮掩得一点儿都不剩。

秦渡看了看，评价道："还行，我的眼光不错。"

许星洲："……"

"不喜欢的话，师兄再去给你买。"秦渡说着伸手在许星洲的头上摸了摸。

许星洲感觉自己的眼泪都要出来了。

盒子里还躺着证书，秦渡买的东西绝对和便宜两个字没有半点儿关系。

许星洲想过秦渡会送自己什么东西，她想过情侣对戒，也想过脑瓜崩，她觉得秦渡是相当喜欢宣誓自己的主权的人——他们这批人就是这样，觉得什么都应该是他们的。

可是许星洲唯独没想过，他送的第一样东西，是用来遮住她的手腕上丑陋的伤口的。

"你不喜欢露着，露出来就觉得不好意思，师兄倒是觉得没事。你觉得你是被打败了，但是师兄觉得呢，"秦渡耐心地抽了纸巾给许星洲擦眼泪，"这样都能活着是值得骄傲的。这是勋章，它证明你的生命力顽强得很。你说，谁能坚持到这个地步？"

她从两次，不，三次自杀中幸存下来。她明明在那样的环境里生活，却还是顽强地挣脱了泥泞，出现在了秦渡的面前。

"师兄送你这个，"秦渡笑着道，"不是因为这个伤口很耻辱，想给你遮住，怕你丢师兄的脸，而是不想小师妹总被问，你怎么割过腕哪？这种问题太讨厌，不想你被问。"

夕阳沉入楼宇之间，最后一丝火红的光都消失殆尽。夜幕降临之时，在城市的钢筋水泥之间，霓虹灯次第亮起。万家灯火里，蒲公英温柔地生长。

许星洲终于忍不住跪坐在床上号啕大哭。她几乎哭得肝肠寸断，像个走丢的小女孩，站在人群中，哭着想牵住信赖之人的手。

秦渡笨拙地把大哭的许星洲搂在了怀里。

"哭什么哭，师兄第一次正经送你首饰呢。"他亲昵地蹭了蹭许星洲的鼻尖，"多戴戴，就当师兄把你捆牢了。"

许星洲出院的那天，天还有点儿潮。

秦渡收拾起东西来简直是个废物。许星洲十分确定他这辈子都没收拾过行李。

秦渡连行李箱都不会收拾，最多会往里面装袜子和洗漱包，在他背着许星洲将她的衣服团成一坨塞进了行李箱后，许星洲终于把鸡姐姐叫了过来，让鸡姐姐看着秦渡，不让秦渡乱动了。

秦渡："……"

"师兄你以后可怎么办？"许星洲嘲讽他，"以后如果出差你就这么收拾行李？ GPA4.0 有什么用啊……"

她的师兄跟鸭嘴兽似的嘴硬："你们女人怎么这么多事啊，能装进去东西不就行了？"

秦渡："有钱人出去谈生意，衣服都是去了买新的，你懂什么？"

许星洲终于没话说了。

秦渡将许星洲大包小包的行李提了起来——她在这里住了三周，东西实在不少。许星洲只拎了两个装瓶瓶罐罐的小袋子，剩下的全都是秦渡提着。

片刻后，许星洲恶毒地说："垃圾。"

秦渡："……"

然后许星洲从他的手里抢了两个大袋子，和病房里的另外两个人道别。

高中生笑眯眯地挥了挥手道："姐姐再见！"

许星洲也笑了起来："再见！希望明年高考之后我能在 F 大迎接你。"

高中生笑得更开心了："我是想去 J 大的，姐姐你忘了吗？"

许星洲还没来得及劝，秦渡就扛着一大堆行李，冷冷地道："J 大什么都没有，我校虽然无用但是自由，T 大好歹还能同舟共济……至于你，你爱去哪儿去哪儿。"

高中生："……"

秦渡又道："呵呵。"然后他一个人拖着行李，先去外面的车里了。

许星洲对秦渡这位幼稚鬼无计可施……

她又对邓奶奶笑了笑道："奶奶，我走了。"

邓奶奶正在床上看《不一样的卡梅拉》，从鼻子里嗯了一声。

"出去之后好好和你对象过日子吧。"邓奶奶随口道，"蛮不错的小伙子，虽然不太会疼人，但是对你挺好。"

许星洲莞尔道："他脾气挺坏的。"

"脾气坏，"邓奶奶抬起头看向许星洲，"可是对你没脾气，你没发现吗？"

许星洲瞬间脸红了。

邓奶奶又翻了一页小人书，说："他对外人又坏又毒，唯独对你一点儿脾气都没有，面得很。"

许星洲面红耳赤："唉……"

"就是，"邓奶奶又评价道，"年轻人的毛病，爱装，你等着瞧。"

许星洲的耳朵都红了，她简直想立刻逃离现场。她知道秦渡好，却不想知道在别人的眼里秦渡有多好。但是她没逃，忍不住想问邓奶奶那个困扰自己许久的问题。

许星洲："奶奶。"

邓奶奶嗯了一声，把小人书放下了。

"我就是想问……"许星洲好奇地道，"您为什么总要说死不死的呢？不是都活得好好的吗？"

邓奶奶想了一会儿，又把小人书拿了起来。

"我见不到了，"邓奶奶漫不经心地说，"对我来说就是死了。我都活了这么多年了，这两者对我来说实在没什么分别。"

外头雾气弥漫，阳光穿过雾气，出现了他们在化学课上学过的丁达尔现象。

秦渡已经帮许星洲走完了出院流程，全程不用她插手。他的车停在住院大楼的门口，后座塞满了许星洲大包小包的行李。

许星洲穿着小红裙子和小高跟鞋，笑眯眯地拉开了前面的车门。

秦渡板着脸："笑什么笑，进来坐下。"

许星洲立刻钻了进来，秦渡伸手揉了揉她的头。

"你凶我。"许星洲威胁道，"我刚出院你就不爱我了……小心我哭给……"

她还没把"哭给你看"四个字说完，秦渡就变戏法一般拿出了一束向日葵。

"出院快乐。"秦渡忍着笑把花塞给她，道，"凶你干吗？"

许星洲终于不说话了，抱着那捧向日葵，笑得眼睛都弯弯的。

"中午怎么吃？"秦渡揉着许星洲的长发，像是揉着小动物的毛，惬意地道，"想吃什么菜，师兄给你订，我们回家吃。"

许星洲笑眯眯地道："我都可以呀！师兄带我吃的我都喜欢。"

她的脑袋被揉过后翘着呆毛，眼睛弯弯的像月牙儿，说出来的话也甜得不像样子。她抱着那捧向日葵，眼睛亮亮的，秦渡觉得自己又被掐住了命门。

"那随便……"他声音沙哑地道，"随便吃点儿吧，我们先回家。"

许星洲点了点头，抱着花，习惯性地将脑袋靠在了窗上。

秦渡在那一瞬间才发现，他有多么想念他的小师妹的这个动作。

他第一次开车带她的时候，许星洲就像个小孩子一样，呆呆地用脑袋抵着玻璃，后来每次她都会这么做，有时候是发呆，有时候是和他吵一架。

可是她复发之后，就再也没坐过他的副驾驶座了。

他开着车，许星洲安静地闭着眼睛，脑袋抵着车窗玻璃。

那些熟悉的景色渐渐离他们远去，许星洲的眼中映着外面的景色，半晌，她叹息道："月季没有了，开完了。"

"明年还有。不行的话师兄给你买。"秦渡开着车，漫不经心地道，"买花还不简单？想要什么颜色就买什么颜色。"

许星洲点了点头，打了个哈欠，用戴着小手镯的手揉了揉眼睛，睡了过去。

她实在是太爱撒娇了，而且这是一种熟悉了之后才会出现的娇柔模样，寻常人见不到——这模样独属于秦渡。秦渡思至此处，简直想不出任何词语来形容她。

"许星洲。"他说。

女孩子迷迷糊糊地嗯了一声。

"好好睡一觉。"秦渡哑着嗓子告诉她，"你做的那些往师兄心头钉钉子的事，师兄只是……只是不和你算账而已。"

单元的一楼，大理石映着明亮的灯光，居然还有点儿酒店的味道。

秦渡按了电梯，许星洲好奇地看了一会儿大理石，半晌，她踢掉了高跟鞋，赤脚在地上踩了踩。

秦渡用电梯卡戳她，嫌弃地说道："许星洲你脏死算了。"

许星洲争辩："我回去会洗脚的！"

过了会儿，许星洲又好奇地抢过秦渡的电梯卡，看了看，感慨道："我以前都没注意过，居然有电梯卡的呀！"

"嗯，这边管理比较严格……"秦渡漫不经心地道，"明天去给你办一张。"

办电梯卡，应该就是……点了头，愿意和自己同居了。许星洲想到这里，脸就有点儿红……她想：我身上连半两能让他惦记的肉都没有，他居然还愿意扶贫，和我同居……师兄人真好哇，许星洲由衷地感慨。

电梯叮一声到了，秦渡牵起许星洲的手，带着她走进了电梯。

秦渡刷完卡，突然疑惑地问道："说起来师兄上次没给你办卡吧？小师妹，你是怎么跑掉的？"

许星洲愣了愣。

秦渡眯起眼睛，问："是有人帮你？"

"我……"许星洲艰难地道，"我好像是自己走下去的。"

她其实已经有点儿记不清了。那时候她病得极为严重，只记得自己按了电梯后电梯迟迟不来，她又怕被突然回来的秦渡发现，就走了楼梯。

整整三十层楼。

许星洲一边向下走，一边想从楼梯间的窗户跳出去，又害怕让秦渡知道她死了，还觉得如果死了人这里就成了凶宅，晦气，她万万不能做这种事。

许星洲刚要说话，秦渡就紧紧地抱住了她。这个拥抱带着一种难言的柔情和酸涩，许星洲几乎都要被抱哭了。电梯往上升。她那一刹那终于意识到了自己究竟对秦渡做了什么。

电梯到了三十楼，许星洲的眼眶都红了。

"师……师兄……"许星洲乖乖地说，"我以后……"我以后不会这样啦，她想说。

可是柔情只持续到了那一刻，因为秦渡下一秒就开了口："对了，你办缓考手续了吗？"

许星洲："……"

秦渡皱着眉头道："我是不是忘了和你说？缓考要在第十七周之前申请，必要的话还要附上医院诊断证明，否则就不允许申请了——你申请了没有？"

许星洲立刻蒙了："什……什么？"

电梯叮一声开了门，秦渡将呆若木鸡的许星洲拽了出去。

"你周围没人申请过缓考？"秦渡莫名其妙地问，"怎么连这个都得我提醒？"

许星洲颤抖着道："不……不是去了就能考吗？跟着补考的一起考，成绩如实记载……"

秦渡拎着大包行李，开了指纹锁，边开门边道："怎么能一样，你入学的时候连学生手册都没看过？缓考要求在第十七周之前下载缓考申请表填写，要有院长签字和任课老师签字。"他头痛地说，"你别告诉我你没填，也没找人签字。"

许星洲："……"

许星洲出院后的这个中午，她本来高高兴兴的，打算跟着师兄蹭吃蹭喝，过过小资生活，还计划着晚上看看能不能把师兄推倒——然而世界崩塌只需要秦渡的一句话。

许星洲颤抖着道："我……我没有。"

秦渡幸灾乐祸地道："厉害。恭喜师妹喜提期末考试。"

"啊啊啊啊啊——"一声惨叫划破午后的寂静。

客厅漆黑的大理石地砖有种极致的质感，许星洲赤着脚踩在上面，绝望得像没头苍蝇似的转了好几个圈。

秦渡坐在吧台边上，亲手磨了杯黑咖啡，面前的电脑屏幕亮着，显示着作业的界面。他今天穿得极其简约，一身的黑白，更显个儿高腿长，赤脚踩在地上。

许星洲就要窒息了："第一门考试在下周五？可是今天周六了啊……"

秦渡的表情毫无波动，他说："我不是让你早点儿复习？连材料都给你打印出来了。"

许星洲把自己的一摞专业书摊开，几乎要落下泪来……

"我想回去住院，"许星洲悲伤地说，"你可不可以给我找找关系？"

秦渡面无表情地说："已经有人怀疑你是躁狂症了。"

许星洲："……"

秦渡戴上眼镜赶论文，片刻后，又问许星洲："你还不开始复习？"

许星洲的第一门考试就是应用统计，她觉得泪水都要流出来了，也知道自己如果再不看书就要完蛋，只得乖乖拿了书，坐在秦渡的对面。

秦渡正在做结课作业，还不紧不慢的——这个人玩归玩，浑蛋归浑蛋，做的一切事情却挑不出半点儿错。同样是迎接考试周，他就把时间分配得恰到好处，当初上课也认真，现在没有半点儿着急复习的模样。

许星洲又受到了来自人生赢家的暴击……

高考能考到六百五十分的学生其实骨子里都带着点儿傲气，但是许星洲在进入大学之后已经被打击了一次，只有一点儿傲气幸存——现在那一点儿傲气也被秦渡挤压得一点儿都不剩，她只觉得自己是个标准的学渣。

秦渡把自己的咖啡推给她，道："提提神吧。"

许星洲斩钉截铁地说："不用，我精神得很。"

温暖的阳光泼洒在他们的中间，黄玫瑰被映得通透。

许星洲翻开《应用统计学》，抢了秦渡的荧光笔和圆珠笔，用十几分钟把第一章看完了。

第一章按照宇宙通用规律，主要出名词解释和简答题——如果有的话。第二章也并不难，介绍了几种特异曲线，其余就是高中数学学过的基本知识，方差、中位数、离散程度、调和均值、切尾均值。

许星洲高考数学一百四十分，线代高数的成绩最差的也是 B——这还是考前突击复习考的成绩，她觉得简直不存在任何自己学不会的可能性，得意地按了一下圆珠笔。

然后，许星洲翻开了第三章。

十分钟后，她如遭雷劈……

她一个学期没听课，这都是什么玩意儿？这课程怎么办？

秦渡那头传来敲键盘的嗒嗒声——他相当随意，突然冒出一句："小师妹，你是不是还在你应统老师那里挂了号？"

许星洲："……"

秦渡说："开学没多久呢，就在课堂上引起骚乱，抄着书殴打来旁听的师兄。"

许星洲的额头上暴出青筋……

秦渡又慢条斯理地说："老师让你起来回答问题你还什么都不会，全靠师兄口算救你。"

许星洲愤怒地道："不是你欺负我吗？"

秦渡咄咄逼人："上统计课的时候是你揍了师兄，还是师兄揍了你？"

许星洲："……"

"那个老教授看上去挺严格，估计平时成绩会卡你一下，"秦渡火上浇油地道，"再加上你出勤率还不高，上课不回答问题，你早就在待挂科名单里待着了，别人考六十分及格，你得考七十五分。"

许星洲气得拿笔丢他……

秦渡乐和地道："你不信？"

许星洲觉得自己现在吵不过秦渡，直接拿起笔开始做题，对着例题写了个"假设 H0"……

过了片刻，秦渡又挑衅她："你会不会呀？"

许星洲气急败坏："我还能学不会吗？"

学不学得会呢？

许星洲的思维是典型的形象思维。

形象思维一般对应作家和画家——是一种思考的时候往往有对应的实物的思维方式。这种思维方式在新闻行业内其实非常吃香，无论是写稿子还是做剪辑，都是非常有利的。

许星洲的幻想和跳脱的思维就来源于这里。

举个例子，许星洲小时候理解 1+1=2，并不是理解算式内在的逻辑，而是理解一根胡萝卜再加一根胡萝卜就会有两根。

拥有这种思维方式的人擅长写作，擅长绘画和设计，但是，像统计这种需要抽象思维的学科让许星洲自学的话，她就会立刻完蛋。

下午五点半，夕阳落在黄玫瑰上。

空气中有一股佛手柑的香气，香薰机冒着雪白的烟雾。

秦渡聚精会神地看着屏幕，敲下小论文的最后一个句号，打了个哈欠，去拿自己装了黑咖啡的马克杯——马克杯没了。他抬起头一看，许星洲正对着课本打哈欠……

她将秦渡那杯黑咖啡喝了一大半，杯沿上还有一点儿咖啡渍。她先前困得不住地点头，草稿纸上画得乱七八糟，解题步骤全部推翻也没写出新的来。最后她睡了个午觉，此时正在百无聊赖地玩手机。

秦渡将咖啡杯捞了回来，问："下午看了多少？"

许星洲诚实地说："看了两集电视剧，国产剧好雷呀！"她又小声道，"师兄，你能不能……给我讲一讲题？"

秦渡想是等这一刻等了很久，他带着种"我早就知道"的欠扁的味道，站起了身。

"应用统计，"秦渡故意使坏地说，"这种非专业课都是送分的，这还是经院开的统计呢，小师妹。"

许星洲满怀期待地望着他。

秦渡问："让师兄给你讲题？"他靠在许星洲的身边，在她的脸上捏了捏，又低头看那道例题。

落日余晖之中，许星洲的眉眼柔和，她带着一丝祈求，拽住了秦渡的衣角。

男朋友学数学那么厉害，拿了三年国奖，许星洲想，别人要这样的男朋友还没有呢，资源一定要合理利用才行。

"师兄……"许星洲狗腿地说，"你给我讲讲嘛，我是真的不会，给你亲亲，讲讲嘛！"

许星洲其实很需要有人给她讲题。

数学本来就是她的短板，她在学习数学上非常依赖别人，高三的时候请家教也只请过教数学的。

高中时林邵凡给她讲过，然而听他讲过几次之后许星洲就不太愿意找他了——林邵凡相当聪明，做数学特别喜欢跳步骤，讲题只讲框架。许星洲听他讲题等于没听，而且有一种找 Ph.D（博士）讲题的感觉——明明用公式就可以解决的东西，他就喜欢用微积分，听完之后，她本来会的地方都会变得云里雾里。程雁讲题倒是朴实很多，有种脚踏实地的学霸感，每个步骤都有理有据，并没有什么特别之处，因此许星洲高中时特别依赖她。

秦师兄讲题的路子和上面这两个人的完全不一样。

林邵凡还有拿不准的时候，可秦渡什么都会。

学工科的歧视学社科人文的，学理科的歧视学工科的，其中屹立于顶端的学科就是数学。秦渡还是这歧视链顶端中的小尖尖，他讲起"送分的应用统计"和"一看就知道是给你们送分的'水课'"时游刃有余，而且，他做题跳步骤比林邵凡还狠……

"这题？"秦渡傲慢地道，"这题你真的不会？这不就是课本例题的变形？让你在这里分析一下这组数据……"

许星洲一个学期都没听课，四舍五入已经两个学期没学过数学了，秦渡讲得她眼冒金星。

许星洲听得晕晕乎乎的："我……"

"你看看——"秦渡握住许星洲拿笔的手，在草稿纸上写了两行步骤，还直接跳过三个等于号后的运算，直接口算出了答案……

秦渡的字写得不好看，还有点儿像小学生写的字——却看上去像某种刀刃一般，极为锋利而充满棱角。

"这不就算出来了吗？"他说。

接着秦渡指着卷子上他口算出的 P 值，又直接默写了卡方检验临界值表格的 a=0.05、v=3 时水平，两相比较，三下五除二，直接在此基础上拒绝了假设 H0。

许星洲："嗯？"

刚刚那短短半分钟内发生了什么？题去哪里了？这是什么？纸上的是什么神秘符号？——我在哪里？我在做什么？

秦渡压低声音问："小师妹明白了没有？有什么问题？"

许星洲悲愤地想：你一道题半分钟讲完，我明白个啥啊？这个和高中时暑假作业答案上的"步骤略"有什么两样？你是不是在炫技呀？

灯光温暖，夜风习习。

客厅的吧台旁，秦渡的电脑被合上了，几本教材摞在一处，风吹得纸张翻动。

秦渡戴着眼镜坐在许星洲的身边——他穿着件白色的长袖，挽起一截袖子，露出锻炼得恰到好处的结实的手臂。

秦渡沉稳地道："怎么？哪里不明白？师兄再给你讲讲。"

许星洲说："你慢……慢点儿讲……"

秦渡转着笔道："已经很慢了啊，师兄做题没这么慢过。给你师兄的参考书看看？题都这么简单了。"

许星洲看着他，突然想起《动物世界》里曾经解说过的雄孔雀开屏求偶的样子……他平时张扬一点儿，她说忍也就忍了，毕竟她看上他的时候他也不是啥好东西，问题是这是"生死攸关"的时刻。

许星洲气得想掐他，却又看在喜欢他的分儿上决定再给他一次机会，忍气吞声地道："能不能……再讲一遍？"

秦师兄惬意地说："没听懂？"他跷起二郎腿，又凑过去在许星洲的面颊上微微一蹭，欠揍地问，"师兄讲得好还是你高中同学讲得好？"

他就是来卖弄的。

许星洲说："林邵凡讲得好。"

许星洲出院第一天，住在秦渡的家里，极其没有礼貌地把秦渡关在了门外。

她一个人窝在客房里。

秦渡又在外面敲了敲门，憋憋屈屈地喊了一声小师妹。

可是许星洲已经被他讲题的方式气到了——他炫技，还和林邵凡比，幼稚得过分，简直欠打。

她坐在窗边做了一会儿题，程雁发来了老师在最后一堂课上讲的重点，只不过那重点不一定会考。许星洲一边做，一边觉得自己真是个倒霉蛋。

过了会儿，她的手机一亮。许星洲好奇地看了看，发现是秦渡发的微信："小师妹，该吃药了。"他没话找话似的说。

抗抑郁的药物，用药必须规范，秦渡给她的用药时间定了闹铃——许星洲最终没回他的消息，去自己的袋子里摸了药，按分量吃了。

许星洲一边吃药，一边为了期末考试复习，觉得自己真的很倒霉……

过了会儿，手机屏幕又是一亮，是秦渡发来的照片。

她点开那张图。

那是一张白纸，纸上是秦渡丑丑的字，背景是他卧室里的桌子——他勤勤恳恳地把练习题的解题步骤写了一遍，连假设检验的"设"字都没偷工减料，还用荧光笔把重点标注了。

许星洲："……"

过了一会儿，秦渡又发来一张图片，这次他把今天他炫技讲过的题从头到尾全部重新解了一遍，还标注了重点题型。

许星洲那时候有点儿闹别扭的意思。秦渡已经嚣张太久了，还时不时地刺她两下，她虽然也不计较，但是并不想让自己显得太好哄了。

她太好哄了，只要秦渡抱抱她，哪怕只是出现在她的面前，她都有点儿控制不住自己。那些让她生气的事情，她转眼就忘了。

许星洲把手机放了回去。

接着，秦渡又给她发了一堆重点，都是对着他自己的教材拍的，那些东西在许星洲看来高深又神秘，有一些许星洲都没学过……他发完照片，又憋憋屈屈地发微信："这是师兄考试的时候觉得重要的地方。"他过了会儿，又有点儿小心翼翼地补充，"是师兄当时考的数理统计的重点……你参考一下。"

许星洲睐着他，自己对着台灯做习题。

大概十一点多，秦渡又给许星洲发了条消息："师兄睡了，你不要太晚。"

然后又过了十分钟，显然没睡着的秦渡又求饶似的补充："师兄以后再也不做这种事了，保证！"

接着他又道："明早去给你买你们南食的生煎包。"

许星洲看了一会儿屏幕，更生气了。谁想吃那里的生煎包哇！这件事还能不能过去了？！

十二点多时，许星洲终于复习不下去，觉得有点儿困了。

灯在许星洲的头顶荧荧地亮着，暖黄的光沿着纸张流淌。许星洲的手腕上还扣着秦渡送她的小手环，仍能隐约看到下面像毛毛虫一般凹凸不平且狰狞可怖的伤口。

许星洲一到晚上，自己一个人待着就有些害怕。深夜对许星洲而言向来难熬，她在屏幕不再亮了之后就觉得难受，甚至喘不上气来。她把灯关了，搂着被子爬上床。

她的抑郁症已经好了很多，却没有好利索。

许星洲在医院时，几乎每晚都要秦渡抱着才能睡得着。今晚他们小吵了一架，又换了个地方，再加上她几乎从来没在他家的客卧里睡着过——

没过一会儿许星洲的额头就沁出冷汗，她感到鼻尖发酸，犹如有什么压在她的身上。

片刻后她看了看表，她躺在床上也不过过去了十分钟。

秦渡多半已经睡着了。

她揉了揉鼻尖。去吧，许星洲告诉自己，尽量别吵醒他。

于是许星洲赤着脚下床。

外头的风呼呼地吹着窗户，壁灯映着墙上的挂画和麋鹿角般的衣服挂钩。许星洲擦了擦眼泪，拖着被子，朝秦渡的卧室走了过去。

他应该睡了吧。

孤独的世界之中，许星洲只觉得自己的世界在不受控制地变灰。她想起自己逃离这所房子的那一天，又想起秦渡不在时，自己和安眠药一起度过的那些白昼，想起他和自己的父母。那一瞬间，她觉得连踩在脚下的地毯都成了即将把她吸进去的沼泽。

许星洲的眼眶发红，她拼命告诉自己要坚强，不能被自己的抑郁打败，因为还有那么多事情等待她去做。

许星洲强撑着告诉自己，她还没活到八十岁去月球蹦极，还没拥有一颗星星，也还没吃到世界上所有的好吃的——她没看到师兄的短信，他所承诺的回应也还没有兑现，还有那么广袤的世界等待着她，所以她要活下去。

许星洲泪眼蒙眬地站在秦渡的卧室门前，看不太清东西，便像盲人一样探出手去推门。

她没推到。

许星洲微微一怔，风呼呼地朝里灌，卧室里黑咕隆咚的，可是门开着。

她在那一瞬间意识到，哪怕是在这种晚上，秦渡都是开着门睡的。

风吹过女孩的小腿，深夜温柔而湿润——那个瞬间世界的颜色归位，她看见暖黄的灯、墙上高级而灰败的颜色，以及秦渡在门前贴的小贴纸。

许星洲说不出自己是感动还是想哭，却因此镇定下来。

深渊止步，勇者临于恶龙的城堡之前，许星洲擦了擦眼泪，推门走了进去。

卧室里黑咕隆咚，秦渡睡在大床的中间。她看见秦渡结实的上身，接着小心翼翼地爬上他的床，生怕把他弄醒了。

刚刚说过他一顿，现在又睡不着了要来爬他的床，许星洲觉得自己有点儿厚颜无耻……但是，许星洲又告诉自己，她只是睡他的床而已，又不是要占他的便宜。

她小心翼翼地爬了上去，拉开一点儿秦渡的被子。秦渡在一边发出熟睡时的、匀长深重的呼吸声。

许星洲喟叹一声，躺进了被窝。

秦渡的被窝里面凉凉的，还有股他的身上特有的味道。这味道令人有种难言的安心感。

许星洲放松地吁气，乖乖地在他的身边躺好——秦渡连动都没动。

"秦渡……"许星洲嘀咕，"我可不是在占你的便宜呀！"

然后她小心翼翼地去摸秦渡的手，想和他手拉着手睡觉。

秦渡的手温温热热的，手心干燥，指节修长，中指上长着笔茧。许星洲捏着熟睡的师兄的指头微微掰开，刚准备让他摆个"中二"的动作，世界就猛地天旋地转。

"呜哇！"许星洲吓得颤抖了一下。

秦渡把她牢牢地抱在了怀里，惬意地在她的脖颈儿间一嗅。

"以为师兄睡了？"秦渡声音沙哑地道。

他将许星洲摁在床单上，姿态极具侵略性，眼睛狭长，闪着犹如捕猎者的光。

"师兄等你呢。"他说。

那一刹那许星洲仿佛看到了深夜停泊于港湾的客船，又像是看到了十万大山之中的春藤绕树。

江水滔滔而来，冷雨裹挟着风，穿过万里长空、千仞冰雪。在冰冷的长夜之中，秦渡将面孔埋在了她的脖颈儿处，滚烫炽热地呼吸着。

"终于等到了，"他声音沙哑地道，"师兄没你也睡不着。"

上午九点半，F大理科图书馆。

今天是个阳光明媚的好天气，期末季的理科图书馆相当拥挤，门口全是人，简直称得上人声鼎沸。秦渡单肩背着两个包——一个自己的，一个许星洲的——带着许星洲穿过人潮。

许星洲打了个哈欠，揉了揉布满血丝的眼睛。

晨光之中，大三的学长眯起眼睛："怎么了？想睡觉？昨晚想哪个男人了？"

昨晚也推倒师兄失败的许星洲绝望地说："我想着，我要是有女明星的身材……"

但是大多女明星的身材好像也没比我好多少……这就是差别对待……许星洲越想越觉得心塞。

秦渡连听都不听，伸手在许星洲的后脑勺上一拍，把她拍得差点儿滚出十里地，接着在门口栅栏处刷了下学生卡，把她带了进去。

F大的理科图书馆比文科图书馆新得多，还有落地大玻璃窗——许星洲只在大一年少无知的时候挤过期末月的文科图书馆，差点儿被挤得呕吐，六点半就得等着图书馆开门。九点半的理科图书馆里已经人来人往了，一楼大厅里就有人在拿着文献讨论。

"昨天晚上我看的关于Advanced Material（先进材料）的那篇新文献很有意思……"

"OLED（有机发光二极管）的热点都快过去了吧？现在就是跨专业吃香，咱导师近年有想做应用生物的意思，你不如去借本分子生物学……"

许星洲听得云里雾里，只觉得理工科的世界好可怕，不知道他们在聊什么，也不明白为什么做材料的还要去学生物，材料科学不是工程类的吗……她瑟瑟发抖。她的头发还被秦渡拍得翘着两根呆毛，看上去乱糟糟的。许星洲任由秦渡拉着她的手上了楼。

许星洲按下那两根呆毛："已经这么晚了，我们还是去找空教室……"

秦渡说："张博和他的女朋友来得早，师兄让他们占的位子。"

许星洲问："嗯？"

秦渡又笑了笑，解释道："张博是我的师弟，你以前见过的。"

许星洲怎么想都想不起这个人来，秦渡亲昵地揉了揉她的头发。

"就是……"他温和地道，"师兄抢你伞那天，和我一起的那个男生。他是我导带的学生。"

阳光明媚，自习室的大玻璃窗里透进金黄的光。

一排排书桌上摆满水杯和各色卷角的课本，有人甚至提着暖瓶来，对着电脑不住地打哈欠。

秦渡背着自己的和许星洲的包，闲散地走了进去。窗边坐着一个穿着格子短袖衬衫的人和一个戴着眼镜的、胖胖的女孩，秦渡在穿格子衬衫的人的肩上拍了拍。

那个叫张博的人在转过头看到许星洲的瞬间，惊得差点儿从椅子上掉下去。

许星洲疑惑不解。

张博连桌子上的水杯都碰掉了，手忙脚乱地将地上的纸笔归拢，手指发抖地指着许星洲，又指向秦渡。

张博颤抖着摸眼镜，一边摸，一边道："这……这都……可以？"

许星洲试探着道："你……你好？"

秦渡危险地眯了眯眼睛："指什么指？想挨呲儿了是吧？"

张博立刻将手压在了屁股底下。

许星洲颇为好奇秦渡到底平时都是怎么蹂躏师弟的，怎么才能把好端端的一个青年吓成这样，更好奇张博为什么看到自己一副这么惊讶的表情。而那个女孩友好地和许星洲说了一句"学姐好"，就把她用来占座的集成电路制程设计教材和水杯收了起来。

这是物理学院的吗？许星洲觉得自己实在格格不入。

"开始复习吧，"秦渡把书包放在桌上，闲散地说，"有什么不会的问我。"

张博绝对是个二十四孝好男友。

他对面坐的女孩——他的女朋友——戴着眼镜，对人和气，像个胖胖的小面团，和他有一点儿夫妻相。张博过了会儿就隔着电脑给她传字条，问她想吃点儿什么。女孩子把字条传了回去，张博就颠颠地出去给她买，十几分钟之后提着饮料和小点心回来，把零食分了分。许星洲看着他们就觉得挺羡慕的。

秦渡不吃零食，坐在许星洲的身边，拿着铅笔在她的演草纸上写写画画。许星洲一边啃着小麻薯，一边羡慕地看着那对非常有夫妻相的情侣。

对面的女孩子小声地说："天哪！好难哪！我觉得我这科要完蛋了……"

张博小声地安慰道："没事，茜茜我给你补习，不会挂的……"

许星洲咬着麻薯，心里想：你看看人家。

"看什么？"秦渡皱着眉头，"我给你讲题呢，你打算挂了应统算了？"

许星洲的心里别别扭扭的："挂一科就挂……"

秦渡眯起眼睛，道："许星洲，你敢挂科，我就把你的腿打折。"

许星洲无语。

张博小声地劝道："师兄，挂科又不是什么大不了……"

"敢替我惯人了是吧？"秦渡冷冷地说，"你别以为我不知道你们这拨人在想什么。"

张博立刻闭上了嘴。

秦渡伸手捏了捏许星洲的耳垂，示意她看自己的演草纸，然后压低声音把题讲了一遍。许星洲流着宽面条泪听他讲题。那头情侣头对头咬耳朵，自己这边有一个她挂科就会把她的腿打断的师兄……这真是人比人气死人……

秦渡："怎么了？累了？"他说着伸手摸了摸许星洲的额头。

许星洲没回话。

"好好看书，"秦渡漫不经心地说，"师兄还没给人辅导过这么简单的科目呢。"

许星洲觉得有点儿生气。

她真的是有锐气的。

她本来就是个尖子生，而且所在省份的高考是地狱级难度的。她高三那一年又要和自己的情绪斗争，又不能落下学习，再加上本来在高中时就是出名的放浪不羁的人：全校师生几乎都知道许星洲的名字——从周一升旗仪式的例行通报批评名单中。

可是就算这样，也没人敢对她的学习说半个不字。

好就是好，文科前十名就是文科前十名。

秦渡昨晚作过一次死之后，今天讲题讲得特别详尽，势必要把这门学科给许星洲讲会讲透，可是似乎真的控制不住自己话里话外透露出的、对这个学科的嫌弃，好像觉得世界上没有比这一学科更简单的东西了。

可是许星洲是真的觉得这门学科挺难的。

秦渡问："你明白没有？"

许星洲心塞地道："所以题干不是说了是这种……什么鬼样本了吗？为什么还要用单总体 t 检验？"

秦渡语塞。

许星洲是真的搞不明白，也觉得确实不好理解，但是秦渡挫败地叹了口气。

许星洲委屈得要哭了。

好想我家雁雁哪，她委屈巴巴地想，雁雁就不会嫌弃我，就算知道我一个学期没听讲也会耐心地给我讲题，我干吗要招惹数学系的直男来给我讲？题还没讲完我就气死了……好端端的前尖子生怎么能沦落到这个地步……

许星洲不会和喜欢的人吵架，嗫嚅着道："我……我先去上个厕所。"

秦渡沉默了一会儿，而后嗯了一声，没有抬起头，示意她去。

许星洲立刻逃离了现场。

外头天变得有点儿阴，只余几缕淡薄的阳光，光线映着窗外被风吹得横七竖八的梧桐。

张博说："师兄你……"

秦渡的面色不太好看，片刻后他叹了口气，垂下了头。

那个叫茜茜的小胖妞看了一会儿，说："我也去上厕所。"然后她拿了桌上的纸巾，把桌子留给那对脑子不太好使的师兄弟，走了。

一点多时，图书馆外刮起了大风，云雾聚集，于天空中聚成一团。一场倾盆大雨仿佛正在酝酿。

许星洲自然不想上厕所。她在二楼的走廊游荡了一会儿，靠在栏杆上俯视一楼来来往往的人。

许星洲心里知道，秦渡是对她好的。

毕竟一个人真的关心另一个人并不意味着事事顺着她，秦渡深明这一点。在他什么都无所谓的欠揍的外表下，秦渡其实是个非常成熟而优秀的人。他不想许星洲挂科，想让她考个好成绩，可是许星洲十分羡慕平凡而温暖的张博和茜茜。

他讲个题都能讲成这样……

许星洲的眼眶发红。她揉了揉眼眶，看见周围有人拿着校园卡去吃饭。她赌气地想：我等会儿就要去找我家雁雁，再不济找李青青也行，真的不行的话还能去发邮件问老师……

"许同学？"身后传来一个陌生的声音，"许同学，聊聊吗？"

许星洲一愣，回头一看，茜茜站在她的身后。

茜茜面容和气，自带三分笑意。她和许星洲一起靠在了栏杆上。

许星洲丢脸地擦了擦眼泪。

"真的哭了呀……"茜茜好笑地抽了纸巾递给她。

许星洲慌张地道了声谢，接过纸巾擦了擦眼角。茜茜笑眯眯地问："女孩子为什么要和男朋友计较哇？"

许星洲没有回话。

"张博……"茜茜道，"刚和我谈对象的时候也是个傻子。"

许星洲一愣。

茜茜说："他大一的时候，跟着秦师兄去丘成桐竞赛之前，和我一起上自习，我拉他去吃饭他都不会去的。"

"他说浪费时间，"茜茜道，"让我自己去吃饭。我当时等他等到很晚，到的时候食堂里也没几个菜了，就一个人坐在食堂吃残羹冷炙……"

许星洲道："都不容易。"

"后来我和他说我饿，"茜茜不好意思地挠了挠头，"我上自习就是容易饿嘛，一用脑子肚子就空得特别快……再后来，张博就知道中间要出去给我买零食，也慢慢地知道我喜欢吃什么。知道哪里有了什么网红店我特别想去吃，他就会排很长时间的队给我买。"

许星洲眼眶红红地道："他上心。"

茜茜道："秦师兄更上心。"

"说真的，学不好数学就是学不好，"茜茜莞尔道，"我的数学也是短板。我觉得我这个学期的线代就要挂，要不然才不会和张博这种学习狂约自习呢——他晚上送我回宿舍之后还要去通宵自习室的，我和他在一起上自习超焦虑。"

许星洲没接话，心里顿时有种被戳穿的羞耻感。

"可是，秦师兄入学以来的成绩你也是知道的。"茜茜又想了想，好笑地道，"秦师兄在丘成桐大学生数学竞赛的成绩，连张博这种学习狂都念念不忘……要不然他怎么能连着拿到两年的国一？"

"因为没有争议，"茜茜认真地说，"如果不给，就像黑幕了。"

许星洲的耳根微微发红："嗯……嗯……"

茜茜笑道："可是师兄愿意给你讲题。"

"张博他们遇上不会的，"茜茜道，"想拿去和秦师兄讨论，他如果觉得没有价值的话，都是直接甩运算步骤的，如果遇上讲过还不会的就直接羞辱，嘴特别毒，要多气人就有多气人。我猜这个你见识过。"

许星洲沉默，而后破涕为笑，鼻涕泡儿都要笑出来了："见识过。"

"他就是个浑蛋。是男是女，在他眼里都是萝卜白菜，没什么区别。我认识他两年了——他连半个暧昧对象都没有，身边也没有过有好感的人。

"可能你现在觉不出来，觉得他不会疼人，没事都会怼你两句，讲个题都能气到你想用水杯砸他的矢状缝。

"可是秦师兄从来没对女孩子这么好过。"

许星洲微微地怔住了。

茜茜笑道："同学，第一次谈恋爱的男人都是这样的。"

"张博这种天生缺根筋的笨蛋也好，"茜茜说，"估计是人生头一次动心的秦师兄也罢，管他们智商有没有一百八十五呢，反正都笨得要命，不会疼人。可是他喜欢你的心是真的。"

许星洲哈哈大笑，茜茜和她相对而笑。

外头渐渐沥沥地下起小雨，梧桐更兼细雨，点点滴滴。

许星洲突然道："他之前排队半个小时，就为了给一个临床的小师妹买猪扒包。"

茜茜一愣："哈？有这么个师妹吗？"

许星洲又委屈巴巴地说："然而他的猪扒包没送出去，因为小师妹不在宿舍。他退而求其次把猪扒包送到我们宿舍来了，还不让我吃，把我的猪扒包抢走了。"

茜茜语塞。

许星洲一说就委屈："他抢走了，真的抢走了！猪扒包……就因为我不愿意用他要求的声音叫他师兄……而且他给那个小师妹打电话时也超级温柔，给我打电话就怼我……"

茜茜好一会儿都没说话，然后突然开了口："我作为一个过来人，个人建议你——现在别去问。"

茜茜的眼中闪烁着搞事的光芒："等你和他吵架的时候，再提这个小师妹的问题，过程一定特别精彩！"

许星洲闻言微微一怔。

茜茜又笑道："进去看看秦师兄吧。"

"他们很聪明没错，"茜茜认真地说，"可是某些时候也真的很笨。我相信他是真的不明白为什么需要跟我们讲得这么细，也是真的……"

茜茜叹了口气，搓了搓手指，说："他也是真的第一次这么耐心地讲题。"

许星洲知道茜茜下一句想说什么：这也是他第一次这么耐心地对待一个人。

那个天之骄子，那个生而锐利的青年，从小被众星捧月般捧着，占尽了好风好水，有种令人难以置信的聪明劲儿。世界为他开启。

许星洲心里明白，自己只是个有点儿聪明劲儿的普通人。

许星洲没有过目不忘的能力，天性思维跳脱，看见一道数学题要思考半天才能理解，别说秦渡有点儿嫌弃的张博，恐怕连面前的茜茜都有着比她更强的数学能力。

"顺便说一下，"茜茜笑道，"秦师兄去年拿了两个金奖、一个银奖，分别是微积分的、几何与拓扑的和统计与应用数学的……最后还把奖杯带回来了。"

丘成桐大学生数学竞赛的赛制有点儿像《哈利·波特》中的三强争霸赛，荣誉也有点儿像高中时的流动红旗，赛事每年一度，唯一的奖杯由获得唯一金奖的学校保管，是一种至高无上的荣誉。

许星洲吓了一跳："他的履历怎么可以这么可怕……"

茜茜开玩笑道："可怕吧？你怎么捡到的这种男朋友哇？哪个胡同捡的？我也去遛遛。"

许星洲认真地思索了很久，回答道："不是我捡的他，是他把我从垃圾堆里捡回去的，六教那里。所以都是靠命。"

茜茜闻言哈哈大笑。许星洲也笑了起来，拿了纸擤了擤鼻涕。外头的雨水落在大玻璃窗上，冲刷着一切。

茜茜突然道："他抢了你的猪扒包之后，到处求人，问怎么哄女生的事你知道吗？"

许星洲一呆："哎？"

"他买了一大堆东西。"茜茜说，"是张博替他打听的，到处问女孩子喜欢吃什么。最后秦师兄买了两大袋是不是？"

许星洲一惊："哎……是呀！"

"那是我出的主意。"茜茜笑着问，"零食好吃吗？"

许星洲忍俊不禁，又去厕所洗了洗脸，把哭过的痕迹洗了，用纸巾擦干净，回了自习室。

外面下着雨，自习室里的光昏暗了不少。中午去吃饭的人走了个七七八八，自习室里只有零星几个人还在，秦渡就是其中一个。

许星洲回来时张博和茜茜已经手拉手去加餐了，只见暗淡的光笼在秦渡的身上，那位数科院的学神孤零零地坐在窗边，低着头——

他正在小师妹认为的"水课"之一的应统的书上，慢慢地画重点。

许星洲偷偷地从后面袭击了他，一把握住了秦渡的后脖颈儿。她手上都是水，凉凉的，秦渡被激得一个哆嗦，回过头准备训人，然后看到了许星洲将手背在背后，若无其事的模样。

秦渡沉默。

许星洲笑眯眯地问："师兄，眼眶怎么红红的呀？"

秦渡欲盖弥彰地道："没什么，你坐下吧。"

许星洲拖着凳子，挨在秦渡的身边。

秦渡问："怎么去了这么久？"

"嗯？茜茜在厕所和我聊天来着。"许星洲笑眯眯地说，"她对我拼命夸你，说我有你这种小灶很幸运。师兄，你真的把奖杯捧回来了？"

秦渡唬地笑道："今年没了，被P大带回去了。"

然后秦渡又伸出手指在许星洲的眼角揉了揉，不太爽利地问："哭过？"

许星洲只要哭过脸上的痕迹就特别明显，此时眼尾都是红色的，连耳朵都红了，整个人看上去有点儿可怜。

可是她张嘴就骗人："别动我，是眼影。"

秦渡无语。

他又使劲儿在她的眼尾搓了搓，眯起眼睛："眼影的质量挺好哇，搓都搓不掉。"

许星洲继续骗直男："你不懂，要用卸妆液。"

秦渡的眼睛危险地一眯，手使劲儿一捏："许星洲，你当我傻呢？"

许星洲不回话。

"你骗我多少次了？"秦渡眯起眼睛时，有种极其危险的感觉，"因为是法学院大二所以叫郑三，师兄我最喜欢你了，师兄我没有出去勾搭女孩子。你今天非得逼着师兄和你算总账是吧？"

许星洲吓了一跳，立刻装哭："呜呜……"

"还装哭？"秦渡恨铁不成钢地用笔敲了敲许星洲的脑袋，"你说实话，是不是被师兄讲题讲哭了？"

许星洲呆了一呆，安静了一会儿，终于嗫嚅着诚实地点了点头。

秦渡这次沉默了很久。

许星洲连耳根都红了，半天后栽在了桌上。

"对……"许星洲丢脸又难过地说，"对不起……我听不懂。你对我生气也是正……正常的，可是我就是……就是有点儿别扭……"

她说那句话时，只觉得又羞耻又难受，耳尖通红。

她觉得自己折磨了师兄。

"许星洲……"秦渡沙哑着声音道，"师兄……我哪里舍得你……"

许星洲一听他的语气，登时眼泪都要流出来了，愧疚地、求饶般道："对……对不起呜呜——"

杀鸡焉用宰牛刀，一门统计也用不上这种大神，许星洲现在就想背着书包逃回文科图书馆，寻找程雁的身影。程雁虽然也没怎么听，但是最基本的题肯定都是会的。

秦渡突然说："许星洲，你再信师兄一次。"

许星洲一愣，小声道："别吧，我还是别折磨你了……"

"再信一次，"秦渡保证似的道，"师兄重新把你的课本看了一遍，不把你教到九十分以上算我废物。"

许星洲扭捏地说："别了吧……"

他都发这种毒誓了，许星洲实在不敢真的把他变成废物……她觉得让这位大佬给她辅导这种"水课"太过刺激。她只不过想考八十五分以上，好拽一拽GPA（平均学分绩点），秦渡却冲着九十分去了。

但是秦渡说："你信不信？"

许星洲不敢回话。

"你的男朋友，"秦渡慢条斯理地道，"这辈子还没遇到什么做不到的事，你等着瞧。"

许星洲做完传播学概论的习题，困得打了个哈欠。

外头仍然在下雨，秦渡在一边复习他自己要考的科目，许星洲也得匀一点儿时间给别的课程。

秦渡第三次拿起许星洲的应统课本，这次居然教得像模像样——他这种人做题时会疯狂跳步骤，讲题时也会。他觉得很多被跳过的步骤是理所当然的，这就像他能口算七位数字和根号下某数字的乘积的近似值一样。

许星洲需要认真地思索一下为什么要拒绝H1才能给出结果，秦渡却能立刻就写出答案。

但他这次没省略任何一个他觉得理所当然的部分。

于是许星洲发现：因为逻辑清晰、解题步骤干净果断，所以秦渡讲题讲得特别清楚。

除了有时候喜欢说她两句"我怎么就没你这么多破事"之外，他简直是个模范老师。

许星洲做完传播学概论的习题，总算觉得回到了自己的主场，心情特别好。于是她撕了一张便利贴，给秦渡写了一张字条，贴在了他的书上。

秦渡拿起来一看，上头写着："秦总，暑假可以去打工吗？"

秦渡沉默片刻，在上头写了句话，贴在了许星洲的脑门上。

许星洲把字条拿下来看。秦渡写道："秦什么总？你记不记得你没交房租？"

许星洲笑得眼睛都弯了。

我还真没交，她想。

许星洲其实还是有点儿担心她出去兼职的话秦渡会不高兴的，毕竟很多女生的男朋友都不会喜欢女友出去打工，有些人甚至会觉得那是自己无能的表现——秦渡恰好是这种。

如果他拒绝的话，许星洲觉得自己会和他吵一架。

许星洲坚定地认为自己那点儿可怜巴巴的存款不能受秦渡的影响。其实她本身不算缺钱，父亲虽然不爱她，却也不亏待她，她打工纯粹是为了攒小金库，外加觉得好玩而已。

虽然许星洲嘴上喊想当秦渡这种有钱人，可是秦渡如果真的要逼她当金丝雀，当阔太太，许星洲绝对会反抗。

她相当喜欢和人打交道的工作，暑假做过大型活动的志愿者，也去便利店做过收银员。收银员的工资不高，但是许星洲拿到工资后就出去旅游了。

今年暑假实习泡汤，但她总还能有点儿别的安排。

秦渡问："想去哪里兼职？"

许星洲想了想道："图书馆吧，我今年不想做太累的活儿。"

秦渡痛快地道："行，图书馆就图书馆，你去吧，打工赚我的房租去。"

许星洲笑了起来。

秦渡不会干涉自己。

他们对面的张博在和茜茜计划暑假去哪里玩，茜茜似乎打算先回老家，张博也得先回去一趟。张博的家在江市，小情侣分离在即，但约好了暑假一起去旅游。

许星洲想：自己兼职有收入之后，如果邀请秦渡出去旅游，他应该也会去的。

看着秦渡的这对师弟师妹，许星洲还是很羡慕。张博人特别"面"，极其软弱可欺，此时似乎说了什么不太讨喜的话，茜茜掐了他的大腿一把，他嗷嗷告饶。

茜茜是不是靠打张博才把张博教育成这样的？许星洲的头上莫名冒出个问号。

难道男人就像孩子，不打不成器？

许星洲思考着这个问题，无意识地伸手摸了摸秦渡的大腿的内侧。

秦渡一僵。

许星洲隔着裤子捏了捏那块嫩肉，只觉得不像肥肉，好像挺结实，不好下狠手捏，只得又拍了拍，松了手。

被摸了大腿的人伸手在许星洲的头上弹了一下："乱摸什么？真当师兄是你的人了？"

许星洲又觉得好气呀……

秦渡说话是真的不好听，这张狗嘴注定吐不出象牙，他怎么不会和自个儿的师弟学学呢？

下午五点多，许星洲饿了。

吃饭对许星洲而言算得上头等大事，秦渡宽宏大量地点头，表示可以散了。

外头天色颇暗，雨点隔着玻璃，模模糊糊地穿林打叶。张博和茜茜边收拾边说要去南区食堂吃饭，秦渡拎起许星洲的包，又装上了自己的电脑和教材。

许星洲不好意思地说："我背着吧，也不重。"

秦渡把包背在自己的肩上，不让她经手。

茜茜一边收拾包，一边痛苦地道："一天的自习已经过去了，可是我还是什么都不会呀！线代怎么会这么难……听说我们院还特别爱挂这科……"

张博安慰道："挂不了的啦，挂了也没事，挂了哥也喜欢你。"

许星洲听得十分羡慕，扯了扯秦渡的衣角，踮起脚偷偷地和他卖萌："如果我挂科，师兄你会打我吗？"

秦渡没回话。

许星洲撒娇似的道："虽然师兄你嘴上很凶，说要把我的腿打折，但其实我如果挂科的话，你还是很心疼我的对不对？"

秦渡眯起眼睛看着她，说："许星洲。"

许星洲卖乖地眨了眨眼睛。

秦渡道："你放心，师兄和你保证的，都会做到。"

秦渡拍了拍许星洲的头，背上了两个大书包。

许星洲语塞。

许星洲推倒师兄失败，以美色劝服也失败，连撒娇都失败了。她不仅失败，还收获了一句"你挂科的话师兄保证打折你的腿"，整个人顿时有点儿怀疑人生。

他居然对我的撒娇无动于衷。许星洲悲伤地捏了捏自己的脸，觉得自己不难看哪，不至于打动不了秦师兄……

然而秦渡浑然不觉，握住十分心塞的许星洲的手，拽着她下了楼。

从理科图书馆出来后，许星洲才意识到今天的雨有多大。

季夏大雨倾盆，天地间茫茫一片灰色。

昏暗的天穹上滚着闷雷，古老的图书馆的檐下飞流如注。青翠的法国梧桐被刮得东倒西歪，学生们躲在檐下给室友或同学打电话，让他们送伞来救命。

六月的天，孩子的脸，上午还艳阳高照呢，到了傍晚居然就大雨倾盆了……谁能想到呢？许星洲想到秦渡的车还停在华言楼那边呢，觉得自己有点儿倒霉。

茜茜摸了摸肚子，小声道："张博，我好饿呀！"

张博将手里抱着的外套一抖，靠谱地说："这还不简单吗？走哇！"

然后他冲许星洲和秦渡挥了挥手，将外套蒙在自己和茜茜的头顶。茜茜将书包抱在胸前，两个人顶着同一件薄外套，嗒嗒地冲进了茫茫大雨之中。

黑暗之中，路灯次第亮起，大雨哗哗地溅在了许星洲的脚踝上。

许星洲有些羡慕地看着那对小情侣。他们披着外套，那外套遮不住两个人，因此张博和茜茜显然都暴露在倾盆大雨之中——可是他们一点儿都不介意，在雨里一边跑，一边笑着，像是在讨论晚上吃什么。

他们吃饭，而许星洲今天来上自习，基本就是吃了一天他们两个人的狗粮。

如果雨里的是秦渡，他会做什么？

答案是，他会抢伞……

许星洲想到这个就觉得憋气。

于是她也学着茜茜，可怜巴巴地说："师兄我好饿……"

秦渡说："在下雨。"

许星洲有点儿难过地想：我知道哇。可是我也想和你披着同一件外套在雨里跑，一起去食堂吃饭也好，去外面吃也好……你也和你的师弟学一学嘛！你可以学着对我温柔一点儿，偶尔也回应一下我的撒娇，虽然不允许我挂科，但是也不能动不动就要打断我的腿……

其实许星洲知道，她这是在无理取闹。

秦渡不想她挂科是对的，不吃她撒娇那套也不是什么多么糟糕的事情。

可是许星洲从来都没有过这样的亲密关系，因此将满怀的温情和对爱情的期待都放在了秦渡的身上。

"这还不知道什么时候才能停呢，"许星洲又星星眼地道，"师兄，我们也冒雨跑回去吧，好不好？"

秦渡看了许星洲一眼，然后勉强地说："行吧。"

见他从书包里摸出自己的外套，许星洲顿时乐滋滋地问："我们也披着跑？"

秦渡奇怪地道："啊？外套就这么点儿，两个人怎么披？"

那件薄外套是他早上随手拿的训练连帽衫，秦渡早上说自习室的空调会冷，随手塞了进来，结果一天也没用上。那件外套看上去就不是很能挡雨的样子……

许星洲顿时有点儿心塞，想起他连她的伞都抢，更不用说这外套还是他的呢，绝对和自己一点儿关系都没有。她已经打算顶着自己的书包跑了。

暴雨倾盆，秦渡抖了抖外套，把许星洲裹在了外套里面。

许星洲顿时感动坏了："师兄……"

"自己揽紧点儿。"他说。

下一秒，他将被裹紧的许星洲以公主抱的姿势抱了起来。

许星洲大惊失色。

图书馆的门口人来人往，来借书、还书、上自习的人中有老师，也有同学，称得上形形色色、络绎不绝。

他们在那一瞬间简直是人群的焦点。

秦渡将女孩小心地抱着，让她趴在自己的肩上。许星洲反应过来后就开始哈哈大笑，抱住秦渡的脖子，跟着他冲进了倾盆大雨和绣球花之中。

在夏天的倾盆大雨之中，耳边有隆隆的、如同雷鸣一般的声音。

校区里有剑兰和云朵般的绣球。秦渡的身上有清淡的沐浴露的味道。

这一切美好的东西尽数包裹着她。

那件训练衫丝毫不挡雨，没一会儿雨水便流了许星洲一后背，可是秦渡连那件训练衫都没有，一头鬓发淋得透湿。

许星洲就在秦渡的怀里，被裹在他的外套中，抱着他的脖子，连心脏都与他的在咫尺之间。

他不吃自己的美人计也没关系了。许星洲在雨中迷恋地蹭了蹭师兄的脖子，小小地、舒服地喟叹一声。

第十章　夏夜有人偷听

秦渡和许星洲到家的时候都被淋成了落汤鸡。

门厅昏暗，秦渡的头发湿漉漉的，眉眼挂着水，许星洲看着他笑个没完。

虽然是秦渡一路将她抱着跑回来的，可是她其实没比秦渡好多少，一头长发湿淋淋地贴在自己的衣服上。但她笑眯眯的，身上还套着秦渡的外套。

"师兄，"许星洲笑眯眯地说，"我给你做饭吃好不好哇？"

外头仍在下着雨。许星洲开开心心地开了灯，将秦渡的外套脱了，踢了鞋子赤脚上楼，似乎是要去换衣服。

"你不知道吧？我做饭可好吃啦。"许星洲仍旧笑眯眯地说。

"你还没吃过对不对？"她一边说，一边钻进了秦渡的房间。女孩浑身湿着，红裙子贴着纤细的腿和腰肢，宽松的白衬衫此时裹着胸腹，衣服下透出深色的肩带。

秦渡在那一瞬间呼吸都有些发烫。

以前秦渡的一个朋友告诉他：同居就是这么回事，两个人没遮没掩的，生活空间高度重合。

许星洲钻进秦渡的房间换衣服，因为她的宽松 T 恤和家居服都在秦渡的屋里。

而秦渡靠在墙上看着自己的房间的那扇门——他的星洲的防范意识并非真的差得过分，她至少知道把门关上。片刻后他听见哗哗的流水声，显然是她拿了衣服之后去洗澡了。

秦渡的呼吸滚烫，眼眶都似乎烧了起来。

他摸了支烟，去阳台抽。外头雨下个没完，许星洲毫无防备心地在浴室冲澡——那还是秦渡的浴室。

秦渡沉默着将烟点了，烦躁地靠在露台旁抽烟。

过了会儿，他听见门铃响了一声，叼着烟去开门，门外站着陈博涛。

外头的灯光洒了进来，陈博涛提着堆吃的问："多久没见了？"

秦渡咬着烟道："一两个星期吧，你这么想我？"

说完他将陈博涛让了进来。陈博涛看秦渡咬着烟也犯了馋，刚取了一根也要抽，秦渡一脚就踹在了他的腿弯处。

"要抽去阳台。"秦渡不爽地道，"我的房子里从五月一号那天开始就没有二手烟了。"

陈博涛一时语塞，而后难以置信地道："你疯了吧？还二手烟？五月一号？你……"

秦渡不理他，甚至身体力行地将自己手里的烟摁灭了，又开窗通风。外头湿漉漉的夜雨和风涌了进来，将窗帘吹得呼呼作响，烟味儿散得一干二净。

秦渡指了指楼上，说："注意点儿形象。"

陈博涛无语。

楼上传来隐约的水声，陈博涛暧昧地看了秦渡一眼。

秦渡漫不经心地道："哥没碰过。"

陈博涛又一次无语，心想：您真的厉害……

接着两个老朋友在客厅坐好。秦渡用遥控器开了电视，将游戏手柄递给陈博涛，陈博涛将手柄接了，两个人坐在客厅开了一盘《使命召唤》。

昏暗的客厅里，屏幕上亮起一片刀光剑影。

他们从小就经常凑在一处打游戏，有时候肖然也会加入。他们玩过很多种类，小肖然喜欢收集精灵宝可梦，小秦渡和小陈博涛则经常玩这种操作类的游戏，《使命召唤》是秦渡的长项，他几乎每次都将陈博涛摁在地上摩擦。

秦渡一边摆弄着手柄，一边道："老陈，单身真好哇。"

陈博涛也道："谁说不是呢？单身就是自由。"

"卧室是自己一个人的，"秦渡晒道，"浴室也是自己的，上自习也不用给人讲题，一个人独来独往，晚上连床都是自己的——说来你也许不信，小浑蛋天天夜袭我。"

陈博涛难以置信地朝后一退:"天天夜袭?这也太不是人了吧?"

秦渡挠了挠下颌,盘腿坐在沙发上:"她还真干得出来。"

陈博涛沉默了一会儿,问:"老秦,早上可还行?"

秦渡语塞。

陈博涛又说:"我记得你十来岁的时候不是和我说过,你经常晨……"

秦渡羞耻地说:"闭嘴吧,话这么多干吗?"

于是他们两个人又安静地打游戏。

随着科技进步,《使命召唤》的游戏画面已经又好了许多。他们小时候第一次玩,秦渡就被第一代游戏精致的画面震撼得不轻。

陈博涛突然揶揄地问:"老秦,你说人干什么非得谈恋爱呢?对生活有什么不满意的?"

楼上伸手看不清五指的黑暗中,水仍在哗哗地流。秦渡哧地一笑,没回答。

陈博涛安静了一会儿,又聊家常似的问:"你上次把罗家那个谁,那个以前跟你去飙车的,揍得鼻青脸肿,他爸气得不轻。"

秦渡连眼皮都不动一下:"我打轻了。"

"打轻了?他缝了好几针好吧。"陈博涛莫名其妙地道,"你好端端的,干吗非得打他?"

秦渡说:"他当着许星洲的面谈养一个像她那样的大学生要多少钱。"

陈博涛沉默了。

秦渡看着屏幕,漫不经心地道:"老陈你看,单身的人真的挺好,可以在客厅里抽烟,不用天天早上被小浑蛋磨醒,上自习的时候也只需要顾着自己就行了,不用为了一个人牵肠挂肚的,怕她受了欺负,没有软肋,浑身是铠甲,周末跟着你们出去玩。"

"可是……"秦渡摆弄着手柄,眼里映着电视里在蓝天上划过的飞机。

"好又怎么样?没有许星洲。"他说完,顺手将手柄丢了。

电视屏幕黑了,任务失败。陈博涛在那一瞬间意识到,秦渡根本没有玩,只是在等楼上的女孩子出来。

客厅里仅剩的那点儿烟味被风散得一干二净。秦渡倒了粒口香糖嚼着,冲淡嘴里的那点儿烟味,又试图给陈博涛递一粒,结果惨遭拒绝。

陈博涛奇怪地道:"你身上都没什么烟味儿……还吃呢?"

秦渡嚼着口香糖,得意地说:"等会儿她要亲亲的,你渡哥从来不让她闻烟味。"

陈博涛无语，顿时有点儿后悔，为什么自己今晚要来找秦渡喝酒？

楼上传来咔嗒一声响，浴室的门被推开了，许星洲洗完了澡，揉着还有点儿湿的头发走了出来。她见到陈博涛笑了笑，跑下了楼梯。

"陈哥好。"许星洲笑眯眯地说，"好久不见啦。"

那天晚上，陈博涛是来找秦渡喝酒的。

他似乎只是因为觉得孤独，就像汪曾祺的挚友在雪天带着酒看来拜访一般——他就这样带着酒，带着下酒菜，还给许星洲带了小礼物：一本原版的 *Furiously Happy*（《高兴死了》）。接着他和秦渡在餐厅将门一关，嘀嘀咕咕地喝起了酒。

许星洲没有打扰他们，坐在客厅一个人啃原版的书籍。

外头的雨声如诗又如诉，许星洲在雨声和昏暗的灯光中看了一会儿书，又想起陈博涛带的是烧酒，担心那点儿下酒菜不够，他们会喝坏胃，就起身去了厨房。

许星洲很会喂自己。

她的奶奶经常教她做饭，像是怕自己走了之后会饿着自己的宝贝孙女，因此许星洲从小就被奶奶摁在厨房里教了一堆菜的做法。此时她从冰箱里找了些牛肉，放在锅里在火上炖了。

餐厅里传来两个青年压低了声音的交谈，许星洲听见了一点儿，又好像没有听见。

他们应该是在谈论他们的人生吧，许星洲想。

她坐在厨房里听着雨声看书，锅里的牛肉被八角和酱汁煨着，咕嘟咕嘟地冒着泡。

过了会儿，秦渡拉开了餐厅的门，吃惊地看着许星洲。

许星洲挥了挥手，对他笑了起来。

"怎么在这儿？"秦渡的面颊有些发红。他似乎喝酒喝得有点儿上头了，就这么蹲下来与许星洲对视。

许星洲揉了揉眼睛，迷糊地道："怕你们准备的东西不够吃……"

秦渡和许星洲亲了亲，道："那师兄帮你……"

灯光昏暗，青年的唇上还带着一点儿淡淡的酒气。

许星洲被亲得面颊发红。好在秦渡只是白酒上头，看上去像是有点儿醉了。他又在许星洲的额头上小心地吻了吻，乖乖地等在一边打下手。

许星洲莞尔道："这个……只要等着炖好就行了。"

秦渡执意道："那不行，你再炒一个，师兄给你打下手。"

许星洲无语，心想：师兄真作呀！

许星洲觉得自己应该宠宠他，就去给师兄炒鸡蛋。

秦渡在一边给她打下手，有点儿黏着她不撒手的意思，非得贴着她，过了会儿成功地把鸡蛋和青椒连着鸡蛋壳，扔进了锅里。

许星洲无语。

秦渡大怒，骂了句脏话，然后就要伸手去锅里捞……许星洲被这种自杀式做菜法吓了一跳，赶忙拉住了他的手，秦渡就要得寸进尺地亲她抱她。陈博涛似乎是听见了外头的骚乱，出来看了看。

许星洲的脸都红透了。灯光昏暗，厨房里的牛肉咕嘟响着，秦渡借酒装疯。

他刚刚在里头还是个清醒的好人，说话做事都条理分明，现在就在耍流氓的边缘试探，明明有一斤白酒的酒量却喝了两盅就开始装醉欺负自家女孩。

"你为什么不亲我？"借酒装疯的秦渡把女孩抵在料理台的拐角，在昏暗的灯光下显得又痞又俊，有点儿诱哄地道，"你亲亲师兄啊！"

陈博涛愣住。

许星洲看到陈博涛也在，登时羞耻得几乎要上吊……

陈博涛开口："老秦，别闹人家。"

秦渡装疯装个没完："关你什么……"

陈博涛实在看不下去，直接将秦渡拽走了。

许星洲又一个人坐在厨房里，一边看书，一边等牛肉。

过了会儿，她的手机闹铃响了，提醒她去吃药。

许星洲去拿了药，又倒了杯温水，对着窗外的冷雨一口闷下。

餐厅里的两个人似乎开始喝闷酒了，不再说话。许星洲想起她的奶奶以前也喝醉过，甚至经常约了好姐妹一起喝，那个时候自己还小，经常和喝醉酒的老奶奶们一起跳舞，扭屁股扭腰，她的奶奶还会鼓掌说"洲洲跳得真好"。如今那个爱她的老人已经离她而去多年了。

许星洲看着手里的药瓶。

世间那些那么爱她的人，最终都离她而去了。

她的病还会复发吗？

在铺天盖地的雨水中，在世间如今她唯一拥有的温暖的港湾里，许星洲这样问自己。

也许吧，许星洲想，不对，她的病肯定会复发的。

许星洲仰头望着玻璃外的雨滴。下雨的夜里雨滴映着灯光，像是沿着玻璃运动的彗星。

眼前的幸福多半是短暂的，那些时光犹如流星汇聚时璀璨的光。平面上的两条直线有且只有一个交点，许星洲想不出她和秦渡的未来在哪里，却知道他现在非常爱她。

可是爱都是有时效的。

每段旅程都有终点，这场迷恋也会落幕，就像山谷将止于广袤的平原，月季的盛放将止于花期结束，时间开始并停止于宇宙的爆炸和坍缩。

这一切在许星洲看来，是总会结束的盛宴。

秦渡说不定哪一天会发现他和许星洲不合适，说不定会遇上更门当户对的女孩子，指不定还会遇到来自他父母的阻挠。来自华中小城的、家境平凡的许星洲，连心智都算不得健全的许星洲和他实在算不上合适。

可是……许星洲窝在角落里擦了擦泪水。

她的泪水里映着万千世界，有阑珊的灯火和窗外的芸芸众生。许星洲看见云层和它背后的广阔孤独的宇宙，听见呼呼的风声。

无论秦渡最后会不会离她而去，许星洲想，他在当下都爱着自己。

无论将来发生什么，那些温暖的爱意都能支撑着那个病弱的许星洲前行，令她探索世界，看见角角落落的被遗落的花朵，令她活到八十岁牙齿掉光——尽管那时身体已残缺不全，但那是连物理定义都无法扭转的力量。

复发也好，分手也罢，无论前方是什么，许星洲都不再脆弱。

许星洲擦了擦眼角的泪水，朝餐厅看了过去。

两位男同胞其实并没有喝太多。

秦渡简直清醒得不能再清醒，在厨房只是借酒耍流氓，毕竟陈博涛不可能在他家里当着他家姐的面儿把他灌得烂醉。因此秦渡喝了四盅，刚刚填了个牙缝，倒是吃了不少下酒菜。

陈博涛就不一样了，喝得比秦渡高，面色煞白，说话都有点儿颠三倒四的。

秦渡扯着陈博涛，给他叫了个代驾，和许星洲粗粗打了声招呼，说要送一送陈博涛。

许星洲应了，秦渡就拽着陈博涛下了楼。

陈博涛醉眼蒙眬地问："谈……谈恋爱真的这么好吗？"

秦渡语塞。

陈博涛痛苦地道："她说……说谈就谈……不是说要游戏花丛吗……"

秦渡道："按肖然的性格，她对这段感情不会认真的，只有你和她较真，老陈。"

陈博涛痛苦地说："我不明白，谈恋爱到底有什么……什么好的……"

秦渡想了想，终于中肯地说道："这我就没法安慰你。老陈你跟我说有什么意义呢？我是不会为单身站街的，这恋爱我不可能不谈哪！"

陈博涛沉默片刻，而后衷心地说："老浑蛋东西，我走了。"

秦渡也不恼，刷卡将陈博涛带了出来，把他拖到他的车边，陪他等代驾。

外头淅淅沥沥地下着雨，绣球花怒放，秦渡撑着许星洲的那把小花伞，老陈则扶着自己的水淋淋的车，半天后突然带着一丝醉意揶揄道："老秦，你真的不打算碰你的小女朋友哇？"

"星洲的年纪太小。"秦渡揉了揉鼻梁，带着一丝难耐道，"才十九岁呢，随便动一下我都觉得挺要命的，不太舍得，等她过了二十岁再说吧。"

陈博涛回道："还真有你的风格。"

"说实话，我之前就觉得你不会下手，"陈博涛说，"就算同居都能忍着。但是我先跟你说好……"

秦渡挑了挑眉峰，漠然地嗯了一声。

"你看看我的前车之鉴……"陈博涛醉眼蒙眬地道，"想这么多干吗？还是先圈牢吧。"

俩大老爷们儿走后又过了一会儿，许星洲放下书，去收拾碗筷。

餐桌上没什么东西，只有秦渡和陈博涛两个人喝的酒和吃剩的下酒菜。许星洲掂了掂酒瓶，里头还剩着一大半，倒是桌上的牛肉和炒蛋被吃得精光。

许星洲好奇地看了看盘子，发现好像连汤汁都被刮干净了……

他们这么饿吗？

可是他俩不是吃过晚饭了吗？难道陈博涛没吃？许星洲看着两个盘子，有点儿迷茫，刚将碗碟摞起来，秦渡就推门回来了。

许星洲笑眯眯地道："师兄——"

秦渡看了许星洲一眼，随口应了声，将雨伞上的水一抖，走进了客厅。

许星洲笑道："师兄，喝醉了没有哇？我给你煮了醒酒汤。"

灶上的醒酒汤微微冒着泡，秦渡没说话，只是目光深沉地看着她。

"师兄，牛肉是不是很好吃？"许星洲笑眯眯地道，"我看到你们都吃完了，好吃的话我下次还给你做！这是以前我奶奶教给我的配方……"

"是我吃完的。"秦渡道，而后随手将门关了。

许星洲一怔。

"陈博涛想吃，"秦渡将门咔嗒一声落了锁，"我没允许。"

许星洲微微一愣："哎？"

秦渡耍流氓般伸手道："来抱我。"

许星洲没反应过来，诧异地啊了一声，接着秦渡直接走了过来。

眼前的女孩穿着宽松的淡红色的 T 恤，瘦瘦小小的，对着秦渡仿佛从来没有半点儿防范意识，小腿又细又白……可是在秦渡走上前时，她似乎终于感受到了危险的来临，下意识地后退了一步。

秦渡嘲道："许星洲，你不是钻师兄的怀抱钻得很积极吗？"

许星洲嗫嚅着说："可是你看……看上去不对劲儿，是不是真的喝大了呀……"

秦渡一把捉住了许星洲，捏着她的脖颈儿，逼迫她仰起纤细的下巴。姑娘家几乎立刻就被吓到了，被秦渡捉着重重地吻了两下。

秦渡粗鲁地揉捏着她的细腰。

"先圈牢再说。"

秦渡被陈博涛说的那句话烧得不行——那句话令他充满征服欲。

是呀，自己怎么能不圈牢，难道以后要给他人做嫁衣？

他是要看着许星洲去找别的男人，还是看着她去勾搭别的女孩？这种问题都不需要他回答。

他的星洲太甜了，生得柔嫩又漂亮，偏偏还皮，尤其热爱投怀送抱。

秦渡搂住许星洲，问："师兄疼不疼你？"

许星洲有点儿害怕地、乖顺地点了点头。

"师兄不做到最后，"他在许星洲的唇上亲了亲，带着丝温柔道，"所以你乖点儿。"

许星洲一呆："真的？"

许星洲的眼睛里映着秦渡的面孔，那是副专心又柔情的模样。秦渡在那一刹那觉得心里软得一塌糊涂，简直想把许星洲按在怀里，不让她冒出头。

真的，他想，你这么漂亮，师兄怎么舍得现在碰你？

"可……可是……"许星洲红着面孔，不好意思地说，"师兄，不行就算了吧，我不勉强的。"

秦渡语塞。

尽管许星洲那话嚣张到了这个份儿上，秦渡还是没做到最后。

可是许星洲几乎以为自己要被弄死了。

"先圈牢再说。"

夜雨糊在窗户上，满室静谧。

温柔的小夜灯亮起，秦渡伸手摸了摸睡在旁边的许星洲的面颊。她的眼睫毛还湿漉漉的，带着些许被蹂躏出的泪水，秦渡忍不住，低下头在她的眼睛上亲了亲。

这样应该算圈牢了。秦渡想。

十九岁，其实这不是个多小的年纪。

秦渡十九岁的时候，也就是两年前，几乎已经自立。确切地说，他从十四五岁的时候就没再把自己当孩子看待过。

十九岁时秦渡周围的人中，踏实一些的人和自己的女友偷尝禁果，那些天生的浑球儿或是养了情人或是勾搭了什么主播，极少数人还和小明星暧昧不清……

秦渡是唯一的异类。

他连碰都没碰过。

秦渡十九岁时已经相当成熟并经济独立，和如今相差无几，按他自己的话说，就是个"恶臭的有钱的成年人"……

可是十九岁的许星洲在他的眼中是个干净的年轻的女孩。

他把 iPad 放下，关上灯，黑夜终于降临这个房间。被欺负了大半个晚上的许星洲在睡梦中感到了黑暗，也感应到了秦渡终于躺下，便乖乖地依偎进了秦渡的怀里。

秦渡哧地一笑，在许星洲的头发上摸了摸，问："不怕师兄欺负你了？"

许星洲摇了摇头，紧紧地抱住了他。秦渡亲昵地把她抱进怀里，在她的唇上温柔地一吻。许星洲微微睁开眼睛，确定身边的人是秦渡之后又把面孔埋在了他的颈间。

秦渡在那一刹那生出一种奇怪的感觉。

许星洲像是在害怕会把秦渡这个人弄丢一般。

她怎么会有这样的想法呢？秦渡奇怪地想。

六月的申城下起了细雨。

许星洲坐在敞亮的文科图书馆里，对面是程雁和她如山一样高的课本——李青青抱着书带着小马扎出去了，说是要去背两章新闻学。

程雁好奇地问："你昨晚没睡好？"

许星洲没回答，打了个哈欠，砰地栽在了书本里。

"他不是人。"许星洲趴在自己的课本里，困倦地说，"早上七点半就把我摇起来了，说再不复习就要挂科，我说我不想去，他就吓唬我说距离下一门考试还有四天。"

程雁说："他对你很宽容了，我叫你起床的话会告诉你还有七十六个小时。"

许星洲痛苦地将头砰地砸进书里，拿两张书页包住了自己的脑袋。

"秦学长今天没跟你一起来吗？"程雁问，"我今天怎么没见到他？"

许星洲发现十六开的课本包不住自己的脑袋，又去拽自己的书包，将脑袋塞进了书包里头，一边逃避世界，一边闷闷地道："他的公司有点儿事，今天白天不能折磨我了，他对我表达了最深切的慰问和如果我挂了应统他就会打断我的腿的决心，然后把我送来和你上自习。"

程雁由衷地叹道："你别说，他真是个好男人。"

许星洲气愤地大喊："他哪里好？！"

文科图书馆和理科图书馆不同，在自习室里交谈的人要多得多，许星洲仍然埋在书包里，甚至把拉链拉上了。

片刻后，在一片嘈杂声中，那在书包里的人闷闷地道："雁雁，我不开心。"

程雁一愣："嗯？"

程雁和许星洲撑着伞，在校园里走着。

许星洲扎了个简单的马尾辫，紧紧地跟着程雁的步伐。初夏的雨水连绵不断，法国梧桐叶落在地上，顺着流水卡在了下水道的边沿。

程雁突然道："洲洲，你在不开心什么？"

许星洲沉默了一会儿，而后看着自己的手说："雁雁，我从很久以前，早到我和他在一起之前，就觉得我和他不可能走到最后。"

程雁静静地听着。

"一开始我觉得我喜欢他这件事，显得我特别不自量力，"许星洲的眼眶微微发红，"我觉得秦师兄不可能看上我。他要什么样的人没有呢？"

她又伸手去接外面的雨水。

"后来我又觉得……"她眨了眨眼睛，"他对我不认真，逗弄我就像逗弄一个好玩的东西一样，我太害怕这样的事情了。"

"我那时觉得他只要对我认真就行了，两个人能不能走到最后无所谓。我告诉自己，我能接受分手，但是不能接受玩笑。"许星洲揉了揉眼眶，小声道，"就是，别把我随随便便丢下。"

程雁微微动容地唤道："星洲。"

"雁雁，我太害怕了，"许星洲哽咽着道，"我怕他对我不认真，更怕他发现我是个很糟糕的人之后就会开始糊弄我，想和我分手……你知道的，谈恋爱三个字能有多坚固呢？我害怕到，他和我表白，我第一反应都是拒绝。"

程雁低声说："嗯。"

"再后来我发现，"许星洲的眼眶通红，"他好像……真的很爱我呀！"

"我想逃离世界的时候，是秦师兄在满世界找我。因为我没法一个人睡觉，他发现后再也没关过卧室的门，也从此无论多晚、发生了什么，都会回来陪我。他把吃了安眠药的我背出宿舍，还陪我在医院里住着。大半夜里我嫌他脏……雁雁你知道他有多娇生惯养吗？他原来洗头都要维持四十摄氏度水温的，因为我嫌他，他就去公厕冲凉，就为了回来陪我睡觉。"

路边的剑兰指向天空，雨水沿着叶脉滑落。

许星洲说："可是我总觉得他和我是走不到最后的。"

"家庭……"她挠了挠头，又揉了揉通红的鼻尖，说，"还有现实。我总想问自己，他会愿意为了我争取吗？"

程雁动容地道："粥宝你不能这么想……"

她生怕许星洲又不开心，试图安慰，可是还没安慰完，许星洲就说："万一来个什么不得了的女配角就会完犊子。"

程雁一愣。

许星洲凝重地道："比如说生意伙伴哪什么的，或者他爸爸因为公司要倒闭了必须让他娶一个门当户对的女孩救场……如果这种事真的发生了，你的粥宝比有钱比不过人家，比家世更比不过，还人穷志短。别人给我两千万我就滚蛋了。"

程雁语塞。

许星洲想了想，又诚恳地说："我觉得我说高了，扪心自问，二十万我都滚。"

分针一动，一分钟后许星洲捂着被程雁揍的脑袋，泪花都要出来了……

程雁揉了揉手指，对着手指吹了口气，眯着眼睛望向许星洲。

"雁雁……"许星洲委屈地道，"我不是在故意欺骗你的感情啊！我是真的这么想的……雁雁，你要听我解释。"

程雁忍无可忍地又揍了许星洲一下："你有点儿出息行吗，二十万是什么垃圾数额？现在拆迁每个人头都八十五万，你男人连拆迁户都比不上？"

许星洲小声道："他真的不太值钱。"

程雁再度语塞。

"但是，"许星洲又说，"我毫不犹豫，不是因为二十万，而是因为他本人。"

"说实话，雁雁。"许星洲揉着自己被打疼的脑袋，嘀咕，"他如果和我提分手的话，我都不会挽留的，甚至连条件都不会和他谈……尽管我那么喜欢他。"

程雁不忍地道："你……"

许星洲自嘲地说："我觉得我没有资格。从家庭上也好，人格上也罢，"她叹了口气道，"我都没有解决的能力，也没有在这件事上争取的资本，怎么看都像是在自取其辱。"

程雁没有接话。

许星洲强行扣题："所以我今天心情不好。"

程雁想了一会儿，只觉得这个问题太难解决了。许星洲这种人别看平时飘得飞起，其实在思考现实问题时能吊打程雁十条街——程雁从小家庭幸福，而许星洲从小见惯人情冷暖，不说则已，平时也并不放在心上，但是一旦分析起来，心里那杆秤就不是程雁能左右的。

程雁突然道："许星洲。"

许星洲应了一声。

"你这问题，"程雁严谨地道，"我是解决不了了，但是我可以带你去看看未来。"

夏天细雨蒙蒙，步行街上的某奶茶店门口。

许星洲撑着伞，窒息地道："程雁，你的看未来就是指这个……"

程雁拿着塑料杯挥舞道："你喝呀！"

"喝……"许星洲简直要被气死了，"你！程雁！你就是和我过不去！"

这件事情是这样的。

十二点多时，程雁宣称要带许星洲看看未来，然后花了二十分钟宝贵的学习时间，步行，把许星洲带到了临近的商圈，接着在最近的一家奶茶店前停下，要了一杯六块钱的纯红茶，然后把里面的茶包亲手捅破了。

许星洲蒙了……

红茶是超大杯，七百毫升的那种，里头全是茶渣。程雁举着杯子说："你把它喝完，我会从剩下的茶叶渣子的形状来判断你的未来到底顺不顺。"

许星洲一时语塞，而后窒息般问："傻吗你？"

程雁威胁道："我连复习都不复习了，我的应统也要挂掉了呀！姐姐陪你出来窥探未来，还自掏腰包请你喝红茶，免费占卜——许星洲你到底喝不喝？"

和程雁做过的傻事已经很多了，许星洲以前还和程雁一起在喝醉了后调戏过警卫，抢过路边的小丑的红鼻子，霸占过嗷嗷哭的小孩子的秋千，此时喝杯满是茶渣的红茶还不在话下。

许星洲有点儿羞耻地问："只喝茶，留下渣子，对不对？"

程雁点头："对。"

许星洲便开始用吸管喝那杯红茶，一边被茶渣呛得咳嗽，一边在心里觉得自己智力有问题。

程雁还在一边指挥，让她一边喝，一边转杯子，增加随机性。

许星洲不想理她，但还是一边转杯子，一边喝完了七百毫升沉淀物飞扬的红茶。喝完之后，她冷静下来，觉得自己的智商真的有问题，她不像是个能考上大学的人。

程雁拿着那个糊满渣子的杯子乱转，一边研究，一边道："你看看！许星洲，这里好像有个壶，这渣子像个壶的形状……"

许星洲想：连程雁都考上了大学，自己能考上没什么奇怪的。

"我看到了壶，"程雁笃定地道，"粥宝，壶代表家庭。"

许星洲呆滞了。

"这是什么意思？"程雁莫名其妙地问，"你要当妈了？"

许星洲怒道："滚蛋。"

程雁最后看出了三样东西。

杯中的茶渣其实非常糊，但是她神神道道地、坚定地认为这就是那三样玩意儿：一个是代表家庭的壶，另一个是代表朋友的树枝，最后一个是一条类似绞刑架上的套索的玩意儿，代表试炼。

程雁看完之后终于冷静下来："是不是有点儿傻？"

许星洲道："知道就行了。"

两个人挫败地坐在一处。

过了会儿，程雁又拍了拍许星洲的肩膀道："你看，都是好东西，别操心有的没的。"

"说不定秦师兄就和你走到最后了呢？"程雁笑眯眯地道，"再说，你们还在一起呢，别总想着以后那些有的没的。"

许星洲也笑了起来，和程雁一起坐在购物广场的长凳上。

新开的购物广场定位明确。

申城这地方寸土寸金，商圈面向的群众不包括附近高校里的绝大多数学生——秦渡那种除外。这家购物中心的一楼占地宽阔，空间敞亮，一线大牌云集，面前的奢侈品店还在装修，隔壁的钟表店里的店员比顾客还多……

程雁给她打气："再说了，就算那种和秦渡门当户对的女配角出现，许星洲你就不能有点儿出息吗？！"

"我真的被你急死了……"程雁伸手戳许星洲的脑门，"二十万算什么呀，二十万？你男人就值二十万？"

一个漂亮的大姐姐拎着奢侈品店的大纸袋经过，踩着十厘米鞋跟的高跟鞋，嗒嗒地走得顾盼生辉。许星洲看到漂亮大姐姐的烈焰红唇，特别想上去搭讪……

好漂亮啊，许星洲羡慕地想，这才是御姐。

程雁大概只看到了钱，因为她顿时更急了，恨铁不成钢地道："至少得勒索个二百万吧？！"

"你家秦师兄什么人哪？"程雁不爽地道，"你也不看看他家里干吗的？你把他的大腿抱紧点儿，怎么不也能勒索个上百几千万的？几千上百万哪许星洲！一辈子富婆，一辈子都想干吗干吗！你这个没出息的，二十万？在申城连厕所都买不起……"

许星洲慢条斯理地道："雁雁。"

"嗯？"

许星洲安详地说："我不会讹诈人的。"

"二十万都算勒索，"许星洲祥和地竖起一根手指，说，"秦师兄真的不值钱。"

与此同时，秦渡趁着午休的空当出来买些东西。

他单手拿着自己的西装外套和两个小纸袋下楼，将刚刷过的黑卡装回钱包，又将钱包放进了西装的口袋，然后掏出车钥匙，准备回实习的公司。

那个小纸袋里装的是许星洲爱吃的莲雾，外加给许星洲买的小礼物——她要是应统能考到九十分礼物就是她的，考不到就得换别的方式偿还，秦渡想。

别的方式……

许星洲昨晚美得过了头，秦渡西装革履，一边回忆，一边微微扯松了领带，沿着自动扶梯走了出去。

他刚走出去两步，就看见许星洲和程雁坐在长凳上聊天，竖着根手指，不知在嘀咕什么。

"二十万……"他听见许星洲说话，断断续续的，"不值钱……"

真巧，秦渡的耳尖一红。

人生真是处处是偶遇。

"星洲？"秦渡简直觉得心都要化了，在许星洲的肩上一拍，"干吗呢？"

三个人回校的路上，外头雨水连绵，落在车窗上。

许星洲低头看着自己的手机，程雁与她一同坐在后排，秦渡坐在驾驶座上，副驾上放着两个手提纸袋。许星洲不知秦渡买了什么，但一看就知道价值不菲。

程雁轻轻地戳了一下许星洲："你师兄不比你刚刚看上的美女姐姐有钱多了？"

许星洲生怕这话被秦渡听见，使劲儿掐了程雁一下。她真是哪壶不开提哪壶！

好在秦渡没听见。他心情很好地开着车，漆黑的商务轿车驶过长长的街道。片刻后他带着笑意问："怎么不上自习，出来了？两个人都复习好了？"

程雁抢先道："没有，许星洲现在什么都不会，可是心情不太好，我带她出来占……"

程雁占卜的卜字还没说出口，就被许星洲拼命地捂住了嘴……程雁这是看不得朋友有健全的双腿吗？！她不是说了如果应统挂科秦渡会打断她的狗腿吗？！

秦渡眉峰一挑。

"星洲心情不好？"秦渡探究地从后视镜看着许星洲，"可是怎么我遇上你们的时候你们这么快乐呢？"

程雁想都不想地回："因为她觉得自己不劳而获，白赚了二十万，能在申城买个厕所。"

许星洲使劲儿掐着程雁的大腿，程雁嗷嗷叫着闭嘴了……

秦渡一边揉着太阳穴，一边问："不劳而获？"

许星洲张嘴就开始胡诌："我们两个人在想中了彩票之后的事。"

秦渡探究地问："这都能哄好？"

车驶进校区，法国梧桐遮天蔽日，车窗上粘了一片梧桐叶。程雁意有所指地道："没哄好呢，但是被钱麻痹了。"

秦渡叹了口气道："我猜也是。"

"许星洲，"秦渡看着许星洲的眼睛道，"我从来没见过比你更难哄的哭包。"

接着秦渡将车一停，说自己要下车去买点儿东西，冒着雨冲了出去。

许星洲听了那句话，耳根都红了。

秦渡显然是没有生气的，也没有任何不耐烦的意思，但是许星洲在那一刹那唯恐自己给他带来了麻烦，生怕秦渡觉得自己破事太多。

车里只剩许星洲和程雁两个人。程雁在一旁玩手机，大雨穿过高大的法国梧桐与她的防线，许星洲难受地拽住了自己的裙角。

"粥宝，"程雁突然道，"那几个茶叶的形状，我找人给你解读了一下。"

许星洲糊弄地嗯了一声。

程雁看着屏幕上的占卜结果道："一切你所担心的事情，都会顺利解决。"

许星洲微微地抬起头。

"你会收获家人，"程雁看着手机念道，"说不定还会有诺亚方舟上橄榄枝般的朋友。星洲，那些你所期许的、你所盼望的东西都会千里迢迢地赶来与你相见。"

许星洲的眼眶红了。她小声道："骗人的……骗人的吧。"

"这种东西信不得的，"许星洲带着丝哭腔道，"哪有这么简单呢，雁雁？狐狸说过，如果你要驯服一个人，就要冒着掉眼泪的风险……这还只是驯服而已，而你说的是我盼望了那么多年的东西。"

程雁声音沙哑地说："可是……说不定呢。"

许星洲嗫嚅着说："雁雁，我不敢相信。"

车窗外下着雨。

许星洲看着车窗外 F 大的梧桐，突然想起奶奶去世后，她一个人住在老家的小院落里，那时也是六月初的样子，她也是隔着层窗户看着外面的雨。

那时外头的铁窗锈着，花椒树被雨水洗得翠青，向日葵垂着头颅。

本来星洲的奶奶在老伴去世后是搬进了敞亮的楼房里的，可是在决定抚养小星洲后，发现小星洲的情绪太不稳定，唯恐她从楼上跳下去，又毅然搬回了那个安全而老旧的小胡同。

那时那个院落都荒废了。

在她的奶奶去世后，许星洲住了半年的院，深秋时才出来。客厅的角落的供桌上还摆着奶奶的遗像，许星洲抱着膝盖坐在老沙发上，踩着奶奶赶集买的富贵如意沙发套，在听到门铃后去开门。

那个时候个子还不太高的许星洲艰难地拽开院落的大铁门。

风雨潇潇，她的父亲的妻子撑着伞站在门前，提着两个饭盒，给她带来了他们新下的馄饨，并问了几个关于她的学习进度的问题。许星洲说正在复习，开学应该能跟上初三的进度，让他们不必担心。

那个女人笑了笑，说："那就好。"

那时十四岁的许星洲仰起头，看着那个女人。

那是许星洲名义上的养母，应该是个好母亲，头发朴素地在脑后扎起。她不施脂粉，四十多岁，面目和善。

她的养母没有半点儿童话故事中的后妈的刻薄，做事恰到好处，也从未坑害过许星洲，不曾因为亲生的孩子不如星洲争气而给她使绊子，相反，还因为星洲的优秀而竭尽所能地给予帮助。

养母还说："星洲，你真的是个聪明的好孩子。"

我是个好孩子，你也是个好人。

可是你不需要我。

我想拥有一个家人，能有一片可以使用的绿色花瓣，还想被人需要，可这实在是太难了。十四岁的许星洲关上门的时候想。接着她趿拉着人字拖穿过菜园里的泥泞的路，抱着两盒包好的荠菜馄饨，打开蛛网横生的防盗门，一个人缩在了沙发上。

"许星洲。"

有人的声音隔着重重山水和岁月传来。

那一刹那，十四岁的小星洲和十九岁的星洲合为一体，在秦渡的车后座上归并成同一个人。

许星洲一抬头，看见秦渡在车窗上敲了敲，示意她把车窗放下来。

高个学长的头发上都是雨珠，身子贴在窗外，轮廓朦朦胧胧的。许星洲感到迷茫，摇下车窗，下一秒怀里就被塞了一大团湿乎乎的东西。

那好像是个塑料袋，里头鼓鼓囊囊塞着纸盒和充氮气的袋子，许星洲将它抱在了怀里。

"师兄去给你买了点儿你喜欢吃的零食。"秦渡在许星洲的额头上一弹，"再不开心我就把你的腿打断。"

许星洲蒙了一下，在心里算了算自己到底有几条腿可以被打折，接着就被自天穹落下的雨滴砸了一下眼皮。

许星洲啊了一声，揉了揉眼睛。

秦渡又粗鲁地在自己弹过的地方搓了搓，将手里的另外一杯东西递进去。

"你上次说要吃的，"他将东西递完后道，"吃了开心一点儿。"

许星洲一呆，发现那是一杯关东煮，里头是黄金蟹粉包、菠菜蛋糕若干，还有北极翅、竹笋福袋和大根。

这些是秦渡第一次把她惹生气后，她在给"秦主席"的电话里宣称自己要吃并且骗了他的东西。

那时她对秦渡说的那些玩意儿此刻居然一样不少。

她抱着那一大袋零食和关东煮，听着秦渡打开了车门。

秦渡坐在驾驶座上，对许星洲道："零食可以分，糖不可以。糖是师兄给你买的，吃了开心一点儿。"

许星洲呆呆地看着秦渡。

秦渡说："看什么看？我送你们两个人去上自习——是文科图书馆对吧？"

许星洲还没回过神儿来，程雁应道："是的。"

"送完你们我的午休也该结束了……"秦渡搓了把自己湿漉漉的头发，边搓边道，"你们可别'摸鱼'了……好好复习吧。"

秦渡看了一眼许星洲，又道："许星洲，我可没骗你，你要是挂科我就把你的腿打折。"

许星洲笑了起来："嗯！"

"晚上八点，"秦渡说，"你如果还在自习室，和师兄说一声，师兄来接你。"

许星洲抱着零食袋，笑眯眯地点了点头。

那一瞬间，秦渡觉得灰暗的天穹之下、原野之间，有一颗星星。

而那星星穿过世界，落在了他的星洲的身上。

许星洲考完最后一门期末考试，外头艳阳高照，华言楼的楼梯口一片嘈杂，阶梯教室里洒满阳光。

李青青因为学号和许星洲只差一位数，所以考试时坐在她后面，此刻一边收拾包，一边问："粥宝，那道关于意见领袖的简答你写上了吗？"

许星洲激动地道："我昨晚刚刚看过，写上了！写上了！"

李青青还没来得及夸她，许星洲就激动得都要掉眼泪了："我觉得我这次考得特别好！"

李青青道："行行行……"

"特别好！我真的考得特别好！"许星洲几乎涕泗横流地重复，"你别看我请了半个学期的病假，但是你们的星洲哥哥就是世界上最棒的人！"

李青青敷衍至极："可以可以可以……"

许星洲大喊："感谢世界！"

李青青还没反应过来，许星洲就抓着自己的帆布小挎包嗒嗒嗒地跑上前去，给了任课老师一个拥抱……

李青青和程雁同时默然。

任课老师刚监考完，正在收卷子时突然被一个学生熊抱，当即被吓了一跳。许星洲却一溜烟跑了。

任课老师愣住。

程雁尴尬地道："粥宝大概是疯了吧。"

"她看上去倒是挺精神的……"程雁嘀咕，"我还担心她会被考试逼得抑郁症复发……"

李青青背上书包，犯了嘀咕："粥宝怕不是被逼得狂躁了？这不是没可能。"

程雁拿笔袋在李青青的头上一拍："您可说点儿好听的吧！"

许星洲显然没有被逼得狂躁，反而精神状态挺好，抗抑郁药到月底就能停了。她因为考完试此时特别开心，踩着高跟鞋下楼去找秦渡，却在西辅楼三楼的楼梯间先遇到了抱着高数 A 课本的数学系小学妹。

秦渡估计还没考完试呢，许星洲笑眯眯地想。

于是许星洲又和那群小学妹笑眯眯地点头致意。

许星洲这个人生就一身无关风花雪月的美感，脖颈儿既长又白。她笑起来明丽灿烂，实在有点儿犯规……

她一笑，人家大一的小学妹就面红耳赤——大一的小学妹哪见过这种妖孽呀？

其中一个胆大的小学妹小声地问："我们……认识你吗？"

"不认识。"许星洲笑眯眯地说，"不过不认识也没关系，以后我们就认识啦。学妹好哇，学姐是材料科学学院大二的蔡二……"

话音未落，她先被捏住了命运的后颈皮，被拖到了一边。

大一的小学妹集体呆住。

捏住这个材料学院的大二的学姐的命运的后颈皮的，是个男模般的数学系的直系学长。

他往那儿一站，简直气场爆棚。

秦渡刚考完试，用胳膊夹着大三的教材，背着单肩书包，伸手在许星洲的后颈上捏了捏，危险地眯起了眼睛。

许星洲捂着被敲疼的脑袋，疼得泪水都要出来了。

"你……"许星洲委屈地道，"你比上次更过分了！你上次还只是说我是个法学院的感情骗子，这次居然把我扭送保卫部……"

秦渡咔嗒捏了一下指节："你还想再来一下？"

许星洲立刻闭了嘴。

秦渡和许星洲坐到华言楼的门前，阳光灿烂，风吹过宽阔的草坪。

有的学生已经考完了试，拖着行李箱回家，许星洲看着他们笑了起来，坐在台阶旁的石台的边缘，像个孩子一样晃了晃腿。

阳光落在他们两个人的身上。过了会儿，秦渡后悔似的以指腹在许星洲的额头上被他敲红的地方轻轻地揉了揉。

许星洲摸了摸红红的额头，笑道："师兄。"

秦渡将眉毛一扬："嗯？"

"我总觉得，"许星洲笑眯眯地说，"你越来越有人味儿了。"

秦渡一怔。

许星洲笑道："以前我总觉得你什么都不放在心上。"

秦渡道："没有的事。"

"是吗……"许星洲迷茫地说，"可是我觉得你以前都不是很开心，现在倒是天天都很高兴的样子。"

秦渡没说话，任由金黄的光镀在他的身上。

"不知道是不是错觉，"许星洲笑眯了眼睛，"但是我总觉得师兄你开始变得像我了。"

许星洲说完那句话之后，他们都沉默下来。

夏天的风吹过草坪，花圃里的绣球摇曳，有教职工子女哈哈大笑着在绣球花丛中钻来钻去，其中一个小女孩穿过杂草，笑着捏起一只西瓜虫，放在了和她一起玩的小男孩的胳膊上。

小男孩发出一声撕心裂肺的惨叫，哭着去找家长了。

秦渡终于惬意地道："许星洲，你骂我。"

许星洲大惑不解。

"我哪里像你？"秦渡使着坏在许星洲的头上揉了揉，笑道，"师兄需要补习统计吗？考前哭着求押题的是谁？谁半夜连觉都不让师兄睡？"

秦渡本来只是想让许星洲脸红愧疚一下，不承想许星洲在那一瞬间脸就白了。

秦渡皱起眉头："什么事？"

许星洲发着抖道："今……今早班级群里好像有人说……说今天下午出统计成绩。"

秦渡难以置信地道："你真的怕成这样？"

许星洲捂着耳朵瑟瑟发抖，打死都不敢看，哆哆嗦嗦地道："没……没到九十分怎么办……我好久没考过九十分以上了……"

秦渡一边想着"难道你考不到九十分我还真打断你的腿不成吗？"，一边解锁了许星洲的手机，打开了教务处的网站。

许星洲挤出两滴鳄鱼的眼泪，可怜兮兮地道："师……师兄你看我对你毫无隐瞒……"

秦渡在许星洲的头上安抚地摸了摸："我帮你查。星洲，你的学号？"

许星洲哭着道："一一五三零零一三……"

秦渡一边输入学号，一边头痛地安抚："师兄又没打算真的揍你……唉……"

许星洲捂着耳朵继续装人间蒸发："呜呜呜我的 GPA……"

秦渡安抚道："GPA 低你也配得上师兄。"

他又问："密码？"

许星洲用手指塞着耳朵，但是显然这个动作毫无意义，因为她紧接着就呜呜咽咽地道："星洲哥哥宇宙第一帅的拼音加 1234。"

秦渡语塞。

教务处的登录密码她都设成这样了，秦渡特别好奇许星洲设的别的软件的登录密码都是什么⋯⋯

许星洲报完密码，立刻跑得离秦渡三米远，像是生怕听见成绩，又怕太远听不见。

秦渡懒得理许星洲，干脆利落地点了登录，进教务处查成绩了。

许星洲该出的成绩已经出了，新闻学概论被评为A，选修课的成绩基本都在B以上。显然她和教授们关系不错，加上确确实实是请病假，教授们没有计较许星洲近大半个学期的缺勤。

应用统计学许星洲考得最好，得了A，够了九十分的门槛。

秦渡花了足足五个夜晚给许星洲补习，看到成绩简直比自己捧丘成桐杯还高兴，觉得自己的补习真的卓有成效，连这么一块烂木头都被雕得有模有样⋯⋯他晚上奖励点儿什么好呢？

他还没想好，手机屏幕的上方就跳出了一个微信消息框。

消息来自许星洲的宿舍群。

"粥宝去找她的师兄了？这么一想，我们四个人中，最有希望过上富婆生活的其实是粥宝吧？"

秦渡不动声色。

上市公司的董事长的独子、世中集团最年轻的现任董事看到那句话，哧地笑出了声，觉得确实应该用物质勾一勾他的星洲了。他转过头看了一眼许星洲，见她还在逃避现实，偷偷地瞄着秦渡，等自己的成绩。

手里有这么好的资源，秦渡看着屏幕想，自己不如使使坏，把她惯坏算了。

一开始发消息的似乎是许星洲那个姓李的舍友。过了会儿，群里终于有其他人看见了消息，一个似乎是程雁的人说："做梦。"

"她还一夜暴富呢，"程雁在群里残酷地坦白，"许星洲女士跟我明说了，她如果被胁迫必须分手，对方只要开二十万就行。"

群里登时炸了。

李青青道："什么二十万？二十万这么点儿？许星洲你的脑子坏了吗？这点儿钱你在申城买个厕所够不够？"

程雁对许星洲这边发生了什么毫不知情，毫不避讳地在宿舍群里疯狂地嘲笑："你粥那天和我说她的师兄不值钱哈哈哈哈哈哈啊哈哈哈哈，你们品品！"

如果有人问秦渡"你觉得自己值多少钱"，秦渡会思考一会儿，把自己在国内的不动产、股票和海外资产全部加一下，然后说出一个九位数的天文数字……

如果那个人转而问秦渡"你觉得自己在许星洲的眼里值多少钱"，秦渡会说："我这么疼她，也就无价之宝吧。"

秦师兄，世中集团董事长的独子，成年后就是集团最年轻的董事。在他们那一圈人里，秦渡都是翘楚：他的家世数一数二，财力能力俱是顶尖的。

师兄宠许星洲宠得如珠如宝：许星洲只要来蹭蹭他，要星星秦渡就不给摘月亮，要仙女座师兄就不给摘猎夫座——他就是平时稍微抠了一点儿，带着种唱反调的意味。

然后许星洲说："不用多，给我二十万我就滚蛋。"

她的闺密看不下去，恨铁不成钢地让许星洲多要点儿，让她哪怕分手了也得当个富婆，结果许星洲说："不行，他不值钱，我多要算讹诈。二十万就是二十万，否则我良心不安。"

秦渡看着屏幕，内心毫无波澜地将未读消息点开。

那个聊天群确实是许星洲的宿舍群，名字起得极其不正经，但是这种不正经似乎不分男女——秦渡的那群朋友还给他们的小群起名叫"沿街要饭"呢。许星洲的宿舍群里消息刷屏的速度相当快，秦渡点了消息之后，许星洲决计是看不到她们讨论过什么了。

许星洲缩在一边，小小一团，委委屈屈地小声问："我到……到底考了多少分哪？"

秦渡将手机屏幕锁了，将手机递还给了她。

秦渡说："Ａ——过九十分了，算你命大。"

许星洲振臂欢呼！

"我看看——"许星洲笑眯眯地道，"哇！新闻学也有Ａ！我这个学期真的赚大发了……"

秦渡无语。

许星洲看到成绩就变成了快乐星球的来客，看天上地下都是粉红色的泡泡，拿着手机跑过来蹭了蹭师兄，眼睛弯弯："师兄师兄，你想要什么呀？小师妹都送给你。"

这句话带着点儿刻意的讨好，甜甜的，像一颗小小的星星糖。

你要什么我都给你。她用眼睛说。

秦渡低下头看这个恨不得趴在他的怀里不松手的姑娘。

许星洲的一头松软的黑发披在脑后，被以丝巾松松地束起，映着灿烂的暖阳——她眉眼弯弯，模样特别乖巧，适合亲吻。

不然自己就办了她算了，秦渡在那一瞬间发疯地想，许星洲天天勾引自己，整天住在他家里，没事还要用他的洗发水，洗完澡到处晃，哪个男人受得了？

华言楼外，许星洲甚至踮起脚，似乎要主动亲他。

她怎么能这么甜？

秦渡意乱情迷地用单手握住女孩的细腰，与他的星洲抵了额头又抵鼻尖。

那一刹那两个人温情脉脉，而正在他们要亲上的时候，许星洲突然推开了他。

秦渡愣住。

许星洲开开心心地低头摸手机，一边摸，一边说："刚刚想起来，我得告诉程雁我考了A……她当时还嘲笑我！说我肯定要完犊子，"认真地解释道，"可是我考了A！我一定要把她气得吃不下晚饭。"

秦渡舔了舔嘴唇，摸了摸自己的脖颈儿。

许星洲笑眯眯地看着手机道："师兄兄，我过会儿再亲你呀！"

"不用亲了，"秦渡慢条斯理地道，"师兄想好要什么了。"

许星洲一呆："咦？"

秦渡伸手，搓了搓手指，充满恶意地道："房租。"

许星洲特别开心："嗯嗯嗯没问题！"

"多少呀？"许星洲开心地抱着手机道，"我爸爸刚刚给我打钱来着，让我暑假出去玩，不要在学校闷着……"

"不多。"秦渡说，"一个月两万。"

许星洲蒙了："哈？什么？你说两什么？"

女孩子显然因为总住在大学宿舍里，没在外租过房子，不了解申城的行情——但是她就算再不了解，也能明白两万是个天文数字……

许星洲立刻可怜巴巴地问："师兄我是不是惹你生气了？"

秦渡想都不想地回："是。"

许星洲要哭了："呜呜哪里我改！我不是考得很好吗？！还是因为没亲你？"

"和考试没关系，"秦渡凉飕飕地说，"你自己用脑子好好想想吧。"

秦渡又道："房租两万，市场价一个月四万，按合租来算的，没多要你钱。"

许星洲语塞。

一个月收四万房租的到底是什么神仙房子？许星洲眼前一黑，但是心里勉强能理解那个房子巨贵无比。毕竟申城那是什么房价，秦渡住的又是哪个区的什么小区……

"暑期兼职。"资产阶级剥削者不爽地说，"还清之前给我搞明白师兄为什么生气。"

许星洲可怜巴巴地蹲在地上："呜呜……"

然后秦渡将她从地上一把拽了起来。

"去吃饭了，"秦渡不耐烦地说，"我好不容易订了个位子，再不去就没了。"

秦渡捏着女孩的手腕，用的力气相当大。许星洲被拽得嗷嗷叫，委屈巴巴地说："师兄你轻……轻一点儿……"

秦渡瞥了许星洲一眼。

"真的很疼，"许星洲伸出细细的小臂，又娇气又委屈地说，"师兄你看，都红了。"

她的小臂上还扣着那个闪耀的手镯，星星锁着月亮，在金黄的阳光下闪闪发光。

秦渡沉默。

那一截手臂犹如湖面上的荷，又白又嫩，半点儿红色都没有。

秦渡逼问般看着许星洲。

女孩子撇了撇嘴，又眨了眨眼睛，仿佛在佐证自己真的很疼。

秦渡叹了口气，在许星洲的手臂上轻轻地揉了揉。

"唉，行吧。"他说。

阳光灿烂，许星洲笑了起来，在自己的手腕上呼地一吹。

秦渡注意到，那个动作被她做得自然无比。她犹如在吹蒲公英一般，动作间带着种难言的稚气和童心。

她像一朵在炽热的阳光下盛开的、鲜活的太阳花。

然后秦渡伸手，松松地与许星洲十指交握，带着她走了。

许星洲总觉得今天的师兄有点儿怪怪的。

他好像憋着股气，总莫名其妙地打量自己——确切地说，秦渡从成绩出来之后就有哪里不太对劲儿，弹许星洲的脑袋时下手也有点儿重，更是明确说了"你惹我生气了"。

下午到底发生了什么？许星洲有点儿丈二和尚摸不着头脑。

秦渡预约了一家私房菜馆，开车过去就花了近一个半小时。

私房菜馆在河道边上，是一座几十年的江南民居，黑瓦白墙，外头刷的石灰都有些剥落了，白月季与霍山石斛掩映交错。老板与老板娘极其热情，一晚上只招待两个人。

小窗外落日江花红胜火，江南风景旧曾谙。

私房菜馆的红烧肉晶莹剔透，连皮都煨得柔嫩，甜而不腻，油爆虾嫩得出水儿，食客咬一口，红油和汁水就迸出，连炒的小青菜都甜脆鲜嫩。许星洲从来没有吃过这么好吃的菜……

"太……"许星洲小声道，"太好吃了吧。"

秦渡给许星洲夹了块清炒茭菰，闲散地道："之前老陈和肖然来吃过，都说特别好吃。师兄五月份的时候就打电话订了位子，结果现在才给我匀上一个。"

许星洲笑了起来，问："你居然还会等啊？"

秦渡这种人一看就使特权使惯了，要么拿钱砸人，要么拿名头压人——如果钱权解决不了，他绝不执着，何况这还只是一顿晚饭。

放在以前，许星洲怎么都不敢想，他居然会为了这么一个位子等一个多月。

秦渡面部的棱角在夕阳中柔和下来。

"你喜欢这种事。"他喝了口汤，说话时带着一丝几不可查的温柔，"你也确实挺喜欢的。"

许星洲在那一瞬间生出一种感觉，仿佛看见那个高高在上的、年轻的公爵终于走进了万千苦痛和凡人的世界。

他就这样前所未有地活了起来。

这是从什么时候开始的呢？许星洲茫然地想。

这过程极其潜移默化——秦渡的身上就这么偷偷多了一丝人情味儿。他之前虽然面上带着笑，却给人一种极其高高在上且对周围的一切不屑一顾的感觉。

如今他坐在对面，夕阳落在他的脸上，神情柔和得犹如春天里融化的冰川水。

秦渡夹起一块茭菰，放在米饭上，往里塞了塞，然后突然问："你暑假打算怎么办？"

"啊？"许星洲因为思绪被打断，先是愣了一下，接着道，"我托以前认识的一个姐姐帮我留了个区图书馆的暑期兼职，我也好学一下语言。"

秦渡道："也行。你别找太远的，师兄到时候去接你不太方便。"

许星洲笑道："师兄你还会来接我呀？"

秦渡没说话。

"因为图书馆的工作清闲嘛，我打算暑假好好学一下西班牙语。"许星洲笑眯眯地道，"以后说不定会用到，毕竟用得好像比英语还多呢。"

秦渡莞尔一笑："以后怎么用到？"

许星洲笑得眯起了眼睛："出去探索世界呀！拉丁美洲，再到东南亚，"她开心地说，"甚至北非，还有西班牙本土。应用这么广，简直有种横跨全世界的感觉！"

"不过师兄你放心，"许星洲甜甜地笑道，"我绝对不会因为师兄不会西班牙语就歧视你的！"

秦渡仿佛听到了什么他连想都没想过的事情，叼着筷子看着许星洲。

许星洲开心地看着他。

她笑道："我会好好学，争取给你当翻译，你放心。"

秦渡一时语塞，而后开口："师兄我……"

许星洲眨了眨眼睛，满怀期待地看着他。

"行，行吧。"秦渡忍着满腹的不爽和吐槽道，"你既然要好好学习，就记得去买教辅书。"

他们吃完从那家私房菜馆出来的时候，发现已经七点多了，夕阳沉入山岳。

夏夜古镇上的游客络绎不绝，河水向东而去，霍山石斛的黄蕊显露，红纸灯笼绵延向远方。

秦渡生气时也不难相处，而且现在好像不算太生气，只是"杠"——他"杠"得天上地下仅此一家，今日的代表作就是两万的房租。

许星洲也不介意，跟着秦渡在幽暗又人声鼎沸的长街上散步。

那实在是个非常适合谈情说爱的场景，红纸灯笼里的烛火暧昧温暖，小情侣一边笑，一边耳鬓厮磨，有女孩捧着红豆双皮奶喂给自己的男朋友。

许星洲正打算去买个蓝莓味的双皮奶效仿，看看能不能把男朋友哄好，可还没走几步就被蚊子叮了两个大包。

许星洲一边痛苦地挠小腿，一边艰难地、单腿蹦跶着跟上秦渡的脚步：

"哎呀……师兄你等等……"

秦渡又要被许星洲烦坏了，加上受到身价二十万的打击，不爽地逼问："许星洲，谁让你光腿的？"

许星洲委屈地盯着他，秦渡被看得特不自在，片刻后咳嗽了一声。

"师兄不是说你不能穿……"他痛苦地解释道，"唉，师兄不是那个意思……"

许星洲抽抽鼻子说："你这个'直男癌'。"

"直男癌"……许星洲太擅长蹬鼻子上脸了，是真的欠揍。

然而晚上，在天将黑不黑的时刻的水边，蚊子能多到令人发指，"直男癌"家的妞还特别柔嫩招蚊子，又怕痒，已经快把自己的小腿挠破了，白皙的小腿被她挠出了血点。

"直男癌"看得心疼坏了，只得去最近的小超市给她买止痒药膏和花露水……

他买完东西出来时，许星洲正蹲在门口招猫逗狗，用包里塞的小火腿肠逗弄小超市的主人养的胖狸花猫。狸花猫天生爱与人亲昵，躺平了任由许星洲摸大白肚皮。

秦渡极其不爽："许星洲，连猫你都不放过？"

许星洲一呆："咦？"

"杠精直男癌"把猫赶跑了，蹲在许星洲的身前，在自己的指头上挤了些许凝胶。

"腿伸出来。"他冷冷地说。

许星洲便扶着地伸出小腿。她的小腿又白又纤细，皮肤又嫩，蚊子包被她挠得破了皮。

秦渡便给她抹药。

路灯映着一截结实修长的小臂，他的指节上的文身张扬，他的动作却有种说不出的小心与笨拙。

"师兄，"许星洲小声道，"你身上到底文了什么呀？"

秦渡说："以后给你看。"

胸前的刺青代表着秦渡的张扬骄傲、落寞自卑，以及孤独又喧嚣的夜晚和迷茫走失的人生。

他不曾给别人看过的——除了你，你应该接受我的一切，秦渡想。

你应该爱现在的秦渡，也应该依赖那个被弃置于荒岛的、被困在黑夜中的他。

秦渡又低下头去，仔细地在那些红色的蚊子包处上药。

古镇上，温暖的夜风如杨柳一般拂过许星洲的脖颈儿，头发微微地贴在她出汗的脖子上。黑夜之中萤火虫掠过江面，胖狸花猫在路灯下舔着肉垫。

许星洲突然开口："师兄。"

秦渡挑起眉峰，望着许星洲。

许星洲笑眯眯地、像小芝麻糖一样说："师兄，我最喜欢你啦。"

秦渡哧地笑了。

"你就剩张嘴，"秦渡哧哧地笑着，伸手在许星洲的鼻尖上一拧，"嘚啵嘚啵的。许星洲，就你会说是吧？"

许星洲哈哈大笑，秦渡也不知道什么事让她这么开心。

算了，秦渡想，自己想理解是不可能的。但是矛盾终究不能过夜。

"许星洲。"他捏了捏许星洲的鼻尖，好脾气地问，"你再说一遍，师兄值多少钱？"

许星洲失声惨叫："唉？"

她都不知道自己是怎么完蛋的……走漏风声的肯定是程雁这个大嘴巴！程雁显然见不得朋友有一双健全的腿！

许星洲终于明白今天发生了什么，心想：怪不得秦渡说了我一天……

秦渡又问："我到底值多少钱？"

许星洲从震惊中回过神，诚实地说："既然你都知道了，我就不隐瞒你了。"

秦渡探究地看着她。许星洲斩钉截铁地说："我觉得你值二十万。"

秦渡难以置信地道："这个数字到底是怎么来的？你平时不是撒谎撒得很溜吗，为什么现在就不能说谎？"

许星洲眨眨眼睛："情侣之间不应该有隐瞒。"

这到底是什么话？秦渡对着许星洲的额头就是一个栗暴。

"人话鬼话你都说尽了？"秦渡严厉地道，"许星洲，你现在给我一个解释。"

许星洲似乎有点儿被秦渡吓到了。

其实秦渡本来只是想吓唬她一下。许星洲这个人有点儿皮，说起话来有点儿喜欢真假参半，如果不被震慑一下，不可能认真地回答秦渡的问题。

但是当他看到许星洲呆呆的眼神时就后悔了。

秦渡叹气："算……"

"算了"的"了"字都还没被说出来，许星洲就开了口。

"因为，"她有点儿认真地说，"物质上，我认为师兄就值二十万，金额多于二十万就属于讹诈。你又小气，又龟毛，脾气又坏，总喜欢欺负人，也就长得好看一点儿。我总觉得这个世界上只有我还要你了。别人给我二十万我就走人也是真的。"

秦渡失笑："我恐吓你一下，你还骂起来了？"

"可是在我的心里，"许星洲有点儿难过地道，"你不能用钱去衡量。"

她说完的瞬间，世界归位。

古镇里风声温柔，飞蛾穿过长街，游客络绎不绝。路的尽头传来卖芙蓉饼的店家的叫卖声和民谣歌手的路演歌声，男人声音沙哑地唱着最温柔的情歌。

秦渡无奈地叹了口气，在路灯下亲那个小浑蛋。

"师兄值钱多了，"秦渡亲她的眉眼，边亲边问，"你真的不晓得？"

许星洲摇了摇头，又点了点头。

"真的不晓得呀……"

"下次照着九位数要……"

秦渡又吻了上去。

那一瞬，夏天的风裹挟着成簇的石斛花穿过世界。

阳光落在许星洲的胳膊上，光线非常炽热。图书馆里窗明几净，许星洲被晒得打了个哈欠，跟着带她来的那个姐姐穿梭在区图书馆之中。

这个学姐还是许星洲在大一迎新的时候认识的。

那个时候还是两年前的九月，刚从火车站风尘仆仆地赶来这座国际化的大都市的许星洲还扎着朴素的马尾，周围的学生被家长带着穿过拥挤的人潮和志愿者去报到。

许星洲甚至连那些人说的话都听不懂。

新生来自五湖四海，家长在正门的四个大字前搂着孩子合影，大巴车载来一车车新生和他们的家长，孤零零的许星洲在门前捡到一个被踩得破破烂烂的本子。

那个本子小小的，牛皮纸的封面被踩得稀烂，惨不忍睹。

那时十七岁的许星洲将本子捡起来看了看。那是本线圈本，里头以圆珠笔潦草地写着大纲和诗句，画着极其有条理的思维导图，还有碎片般的关键台词，内容仿佛是个剧本的雏形。许星洲微微一愣，意识到这肯定是什么人的重要的东西，便将它夹在了臂弯中。

许星洲后来到了宿舍后便打了扉页上的电话，找到的失主就是这个学姐——柳丘。

柳丘学姐是戏剧社的，极其喜欢写剧本，专业是预防医学。预防算是 F 大的王牌专业之一，师资力量强大，学生就业容易且就业面极其广阔，可以考编，可以考研，出国也容易。她在大三时就去了医学院所在的校区，并且退掉了戏剧社。

课业太过繁忙，柳丘退了社团后在朋友圈里无奈地说："大家后会有期。"

评论的社员挽留不住，柳丘学姐就这么离开了社团。

而许星洲后来还断断续续地和她保持着联络。

她知道柳丘学姐大五时考编制，一次就考上了极其难考的传染病所。那里待遇好，工作体面，更重要的是她有了编制，她的家人很是以她为傲。

后来发生了什么许星洲不得而知，只知道半年后她辞职了，如今在区图书馆里当图书管理员。

柳丘学姐穿过社科书部时低声说道："星洲，你每天下午看看藏书室有没有遗漏的代书板……"

许星洲跟在她的身后小跑，一边跑，一边点头。柳丘学姐又道："如果有的话你就检查一下，是不是书没了，被带走了。还有就是你每个星期给借书快逾期的人打个电话，催他们还书。"

许星洲道："嗯！"

"工资不高，"柳丘学姐莞尔道，"胜在清闲，平时图书出借流程也简单。"

有人开了自习室的门，因为自习室里都是学习的人，她们压低了声音，从走廊里经过。

柳丘学姐又说："平时你可以离我远点儿，我不太喜欢挨着人，没什么事的话你可以去阅览室学你的西班牙语什么的。"

许星洲满口答应："好！"

她带来的小挎包里塞着新买的西语入门教材，柳丘学姐带她回了前台，在桌上点了点道："赵姐，我带她看完了。"

赵姐放下手机，抬起头看了许星洲一眼，道："看完了？"

许星洲开心地道："看完了。"

"工作不累，"赵姐淡淡地道，"所以你有时间做自己的事情。柳丘就在复习准备重新考研。我们图书管理员做的是最轻松的活儿了。"

许星洲笑着点了点头。

本来图书馆是不收暑期工的，但是碰巧一个人离职了，柳丘才顺势将许星洲塞了进来。

再说大学生暑期兼职去做点儿什么不好呢，哪怕去端盘子、去当收银员赚得都比当图书管理员多，但是许星洲觉得自己的运气好极了。这里离秦渡上班的地方又近，工作又清闲，她可以自学西班牙语，还可以享受空调。

明亮的灯光从屋顶落下，落地玻璃门外，骄阳似火。

来上自习的大人和孩子往来不绝，许星洲将自己的包放在借阅台上，刚放下就听到咚的一声巨响。

那是一个相当有分量的书包，里头不知道装了多少本书。

许星洲一震，觉得来人多半是个学习狂，怕不是个考研的——可她抬起头时，看见了一个长相伶俐而温柔的阿姨。

阿姨看不太出年龄，但是至少四十岁，笑起来有点儿像小孩，戴着一副金丝眼镜，个子不高。

鼻梁和秦渡的长得有点儿像，都笔直而锋利。

哇。许星洲一愣。

真不怪许星洲这么惊讶，因为一般这个年纪的人都不会学习了。

这个世界上喜欢学习的人本来就少得离谱了，连秦渡这种学神都认为学习属于义务劳动。只要成绩过得去，或者他能达到自己的目的，就绝不会在学习这件事上多花一点儿时间。何况这阿姨已经是个中年人了。

那个阿姨礼貌地还了书。许星洲看着那一摞书，不禁肃然起敬。

《人类学与认知挑战》《田野调查技术手册》《人类学导读》……每本都是近五百页、必须锁线装订的大部头，名字高深莫测，里头还夹着两本外文的 Anthropology（人类学）丛书。这些显然是她自己买的，打算带到阅览室来看的教材。

英语课上的那句话是怎么说的来着？许星洲满怀敬意地想，you are never too old to learn（活到老，学到老）。

这个阿姨好厉害呀！

午休时许星洲跟着柳丘去社科书库，将书籍归类。她刚入职，得由柳丘带着，而且归类归得非常缓慢。面对无数个架子，她一个个地找都找不清楚，更何况书排又多。许星洲困得打了个哈欠，将手里的《存在主义咖啡馆》塞进了书架。

正午明亮的阳光落在书架上，灰尘飞舞，犹如柳絮。

她看了一眼手机。程雁给她发了一条消息，问她第一天打工感觉怎么样。

许星洲回复："还挺好的，很轻松。"

然后许星洲抱着第二本书，眯着眼睛去瞄书架所在的地方。

这时她的手机又叮的一声。许星洲将手机拿出来一看，是秦渡发来的消息。

他问："吃饭没有？师兄下班了，带你去吃好吃的。"

许星洲将书抱在怀里，往地上一蹲，笑着回复："没吃，我还没下班。"

秦渡回："那师兄去图书馆前面等你，你抓紧时间。"

许星洲给他发了个企鹅的表情包，又去找书架了。

第二本书应该放的位置不太好找。那是本90年以前的线装书，封面摇摇欲坠，马上就要"离书出走"，书脊上的编号还是手写的，糊得一团糟。许星洲辨认了许久，才找到应该放在哪个书架。

许星洲抱着那本书穿过过道，然后又在那本书应该在的书架的前面遇到了那个戴眼镜的阿姨。

阿姨正在聚精会神地挑书。

她真的是在学习呀！许星洲特别想上去搭讪一把。阿姨长得也非常和善，穿着休闲，许星洲想问她是想去搞人类学方面的研究吗，又有点儿不好意思在人家全神贯注时打扰人家。

许星洲蹲下，将书塞了进去。

那个阿姨看到许星洲，微微一愣。

"小姑娘……"阿姨诧异地道，"你……"

许星洲抬起头。她将头发在脑后扎了起来，穿着牛仔裤和T恤，那模样一看就是个工作人员。

那个阿姨难以置信地看着许星洲，片刻后终于意识到自己的行为不太对劲儿，欲盖弥彰地将手里的一本书递给她，说："你……能帮我把这本书送回去吗？"

许星洲接过书，挠了挠后脑勺："哎？好的……"

过了一会儿，阿姨好像又有点儿不知所措地道："小姑娘，辛苦了……"

许星洲笑眯眯地说："不辛苦，为大众服务。"

然后许星洲笑了起来，踩着阳光，抱着那摞书钻到了另一个书架的后面。

程雁回家后似乎真的挺无聊的……

许星洲的手机上，程雁的消息接连不断。她似乎找了个辅导班的兼职，第一天就开始和许星洲吐槽小孩子又皮又笨，她怎么讲都讲不会。许星洲无法感同身受，因为图书管理员这个活儿实在太轻松又平静了。

怪不得 B 大那位图书管理员能读那么多书，拥有那么伟大浩瀚的思想……许星洲摸了摸自己的脑壳，又想起来李大钊和爱因斯坦好像也当过图书管理员。

这是个极其适合沉淀自己的岗位。

环境安静，人与图书为伴。

许星洲坐在借阅台前。梧桐在风中摇晃，斑驳的金光穿过树影落在她的西班牙语指南上。她轻轻地按了一下自己的圆珠笔。

柳丘学姐在一边复习，许星洲有点儿好奇地问："学姐，你在复习什么呀？"

柳丘一愣，接着将封面给许星洲看：《舞台与影响的变幻》。

许星洲问："这是……"

"考研用的书，"柳丘学姐不好意思地道，"我想今年去考戏文。"

许星洲一怔："跨考？"

柳丘学姐点了点头，又低头去复习了。

许星洲抬起头望向窗外，想起以前柳丘学姐在入职后，于深夜发的朋友圈。那个时候她大概十分无助，质问这个世界："我到底要怎么办？我还这么年轻。"

过了一段时间，柳丘学姐又发了一条朋友圈，说："我辞职了。"

再然后，她坐在了这里。

这大概就是活着吧，许星洲在午后的明晃晃的阳光中想。

"小姑娘，我借书。"

一个声音打断了许星洲的思绪。

阅览室有两个借阅台，许星洲这个是最偏的，可此时那一大摞书就放在许星洲的眼皮子底下。许星洲抬起头，发现来人还是上午与自己有过两面之缘的那个阿姨。

"好的！"许星洲温柔地笑道，"我们的借阅时间是……"

她一边说，一边将图书一本本地扫了码。这个阿姨来的频率似乎很高，借阅证上的贴膜都翘了起来，记录显示她还有两本书没还。

阿姨似乎有点儿紧张地打量着许星洲。

许星洲不晓得为什么，对她友好地笑了笑，把书理好，递给了她。

"学习辛苦了。"许星洲甜甜地道。

阿姨结结巴巴地道："嗯？嗯……好的。"

许星洲对这个阿姨特别有好感，觉得阿姨又聪明又温暖，而且长得和秦渡有点儿像，忍不住就更加友好。

她笑着挥挥手："阿姨，下次再见哟。"

这个阿姨探究地看着许星洲。

许星洲这才反应过来自己没将借书证还给她，赶紧将书的条形码录入数据库，把借阅证还给了这个"姚汝君"阿姨。

姚汝君。

阿姨连名字也好好听啊，许星洲开心地想，阿姨像是个书香世家的知识分子。

这个阿姨会拥有一个什么样的家庭呢？

许星洲想不透，但是又觉得这个问题和自己没什么关系，低下头戴上耳机，继续嘀嘀咕咕地念无数个基础字母。

过了一会儿，许星洲拧开水杯喝水，用余光瞥见那个姚阿姨正在楼梯口偷偷地瞄她……

许星洲差点儿被水呛死。

四点半图书馆闭馆，许星洲就可以下班了。

她和柳丘学姐道了别，背上包跑去 SIIZ 中心等秦渡，路上又想起自己没吃药，便去路边的便利店买了瓶矿泉水，把药灌了下去。

外头还挺热的，树影斑驳。

世中大厦——那个 SIIZ 中心，离区图书馆也不太远，不过就隔了一站公交车的距离，人步行就到了。许星洲跟着导航走，不过在烈日下走了十几分钟。

许星洲本以为那个中心就是栋平凡的写字楼，结果走到跟前才发现是个 H 形，分 A、B 栋的高耸入云的 Plaza（购物中心），建成不超过五年，足有四十多层。

这个外观设计也太张扬了吧，是师兄自己操刀的吗？许星洲忍不住腹诽。

SIIZ 中心在夏天下午四点多的阳光下熠熠生辉，许星洲感到心情有点儿复杂，擦了擦额上的汗水，背着包，推开了大门。

里头冷气特别足，非常凉快。

六月份的申城大概打算热死什么人。许星洲舒服地叹了口气，刚打算去找前台的小姐姐，下一秒就被门口的黑衣保安拦下了。

保安眯着眼睛道："小姑娘，不是职工不能进。"

许星洲道："我是来找人的。"

保安道："这可以，你来找什么人？"

许星洲想了一会儿，犹豫着回答道："今年……新入职的实习生？"

保安为难地说："这个……"

许星洲笑了起来："放心，我只是等他下班，在门口等等就好啦，不会打扰到你们工作的。外面太热了。"

保安失笑道："好……好吧。小姑娘，前台那里有水，自己去接着喝。"

"坐在沙发上等就行。"他又友好地说，"公司规定五点下班，希望你的男朋友在的部门没有加班。"

许星洲的手机微微一振。

她正在前台前的沙发上坐着复习今天背的单词，就看见秦渡发来的消息，他说："抬头。"

那时正是五点十分，阳光不再那么晒人，许星洲抬起头，正好看见秦渡从电梯口走出来。

那个青年穿着条藏青色的牛仔裤，鬓发蓬着，粗框眼镜还没被摘掉，身上有种极为闲散而锐利的年轻智慧之感，整个人性感得可怕。许星洲立刻将课本一收，接着就被秦渡稳稳地拽了起来。

"还学会等师兄下班了？"秦渡揉了揉许星洲，"过来亲一个。"

许星洲道："人这么多，你还学会当众索吻了？"

秦渡哧哧地笑了起来，说："也是，师兄太为老不尊了。"

然后他跟许星洲扣住手指，与部门的同事道别。

夕阳西下，秦渡将女孩细细的手指捏牢了，把她装着课本的包背在自己的肩上，两个人去车库找车。

"我还以为你会当上秦总呢，"许星洲在车库里笑着道，"师兄，你的同事都好好哇。"

秦渡漫不经心地找出车钥匙，车嘀嘀两声开了。他说："别看他们在你

- 419 -

面前人模人样的，背后嫉妒着呢。学数学的、学计算机的历来没有能在在校期间脱单的。"

许星洲哈哈大笑，问："那师兄你呢？"

秦渡不高兴地在许星洲的额头上啪地一弹。

"第一天上班怎么样？"秦渡弹完觉得心情舒畅了不少，开始关心起许星洲来，"有没有人欺负你？"

许星洲捂着脑袋，眼冒金星地道："还……还好……"

秦渡给许星洲开车门，让她钻进去，认真地道："有人欺负你你就告诉师兄。"

许星洲立刻炸毛了："就是你！就是你欺负……"

秦渡砰的一声将车门关了。

许星洲语塞。

她气得砰砰地拍副驾驶座那侧的窗。秦渡抛着钥匙坐到驾驶座上，然后把要揍他的许星洲推开了些许。

车内一股皮革的味道。秦渡摁着许星洲的脑袋，片刻后突然问："小师妹，你什么时候过生日？"

许星洲打打不过他，比不要脸的程度更比不过他，简直要气绝身亡。

"下……下下个周……"许星洲欲哭无泪地道，"你问这个干吗？师兄你居然不知道我的生日！你知不知道换一个人现在就要把你的脸挠花……"

"七月十二号。"秦渡说。

"七月十二号，"他隔着镜片看着许星洲，重复道，"阴历闰五月十九，二十岁生日，师兄记得。"

许星洲一呆。

秦渡将眼镜摘了，露出狭长而黑沉的双眼。

车里空间狭窄，车库里的光昏暗无比。青年在那种光线中以一种极具侵略性的、野兽般的眼神看着那个好像有点儿蒙的姑娘。

"师兄……"秦渡说着，漫不经心地揉了揉太阳穴，别开了视线。

绝不能吓着她，秦渡告诉自己。许星洲甚至比看上去还要柔弱，更容易受惊，尤其是在这一方面，他连半点儿危险的气息都不能让她嗅到。

"师兄只是想确认下。"秦渡耐心地、忍耐着说。

图书馆的工作真的非常清闲。

这个岗位总共就三个人，分别是柳丘学姐、许星洲和赵姐。其中赵姐年纪最大，家里拆迁了三套房子，身价千万，她在图书馆工作纯属玩票。而且她非常顾着下面的两个学生——没错，学生。

柳丘和许星洲在她的眼里都是高才生，确实如此，无论哪个地区能考上 F 大的都是省里前 1% 的好孩子。赵姐认为柳丘学姐怀才不遇，许星洲则是又甜又乖的小可爱，是个打暑期工都不忘学习的好孩子。

于是爱才的赵姐一人揽下了上午的所有工作，把柳丘学姐和许星洲全部端去了自习室，让她们好好学习。

自习室里几乎没有空位了，许星洲抱着自己的课本和笔记本，终于找到了一个空位坐下，一抬头，发现自己的旁边就坐着那个她很有好感的阿姨。那个阿姨正在戴着眼镜啃大部头，一边啃书，一边记着笔记。

这也太令人敬佩了。许星洲看得忍不住羞辱自己：你看人家多努力，许星洲你这条死鱼。

然后许星洲把西班牙语外加雅思的教材恭敬地捧了出来……

英语和西班牙语都属于日耳曼语系，许星洲天生学语言学得挺快，干脆想双管齐下：反正她不是为了出国，提升这两种语言都是玩票性质的。

她学累了西班牙语后就做了会儿剑桥五级，做题时遇到了个看不懂的阅读题，下意识地去咬笔尖，一边思索答案在哪里，一边思考自己晚上去吃什么这一世纪难题。她几乎是在发呆，接着就看到一根手指在正解处比画了一下。

那指甲圆润，伸出的手指上戴着一枚婚戒，十指不沾阳春水，却长着很薄的笔茧。

"这个地方被 paraphrase（改述）过，"那手指的主人用陌生又有点儿熟悉的声音和善地道，"不过词汇难，你看不懂非常正常。你查查，看看是不是？"

许星洲一呆，抬起了头。

那个姚阿姨温和地在她的剑五工具书上点了点，说："雅思是一门只要掌握了答题技巧就掌握了一大半的考试，小朋友，你显然还不会偷懒。"

姚汝君阿姨人特别好，给许星洲讲了会儿雅思的答题技巧，思维敏捷。她雅思考过 8.5 分的高分，虽然那是多年前的记录，但这不妨碍许星洲在与她的交谈中发现她真的是个极其优秀的人。

姚阿姨谈吐间极有涵养，乐于助人。人们形容"教书育人"时都说："要给别人一杯水，自己得有一缸水。"这个阿姨显然腹中的墨水都能划船。她随便讲解一下，就能令人有种醍醐灌顶之感，不仅如此，讲东西时还有种妈妈教孩子般的耐心。

她温柔地讲了几点答题技巧，讲完之后又回去啃自己的 500 页的专业书。许星洲在她的旁边看书，只觉得和阿姨在一起时连心情都非常平静，效率也变得特别高。

上午的阳光普照大地。

阅览室中冷气十足，阳光晒得人昏昏欲睡，余光里都是飞扬的光尘。许星洲打了个哈欠，阿姨坐在她的身边记笔记。

自习室里有孩子也有成年人，大多在认真地学习，当然其中也有趴在桌子上睡了的。许星洲打第二个哈欠时就知道自己不大行了，去自动贩卖机处买了两听咖啡，回来时给阿姨递了一听。

阿姨抬起头笑道："谢谢。"

"是我谢谢阿姨才对，"许星洲也开心地说，"您学习好认真哪！"

阿姨笑了笑，揉了揉额头道："我年轻的时候可不这样，都玩着学，现在觉得脑子有点儿不够用，只能靠认真弥补了。"

许星洲笑眯眯的，阿姨看着她，也笑了起来。

于是她们又坐在一起学习。

上午十点半时许星洲的手机微微一振，秦渡发来微信提醒她吃药。

许星洲已经给自己吃药这件事定了闹铃，可是连闹铃都没有秦师兄准时——他哪怕在跑现场，忙得要死，都记得在十点半的时候提醒许星洲该吃药了。

许星洲拧开水杯，找出小药盒，把药倒在手心里，娴熟地一口闷了下去。

阳光落在许星洲的眼中，她嫌晒一般闭上了眼睛。

西药苦涩，在嘴里化开时人一点儿都不好受。许星洲用水将药冲了下去，又拿起旁边的笔的时候，发现姚阿姨正在有点儿紧张地看着她。

许星洲吃药的量和旁人不同。她十几粒十几粒地吃，旁人一看就知她得的不是寻常的伤风感冒。

而常人会害怕生病的人，这本身就是一件极其正常的事情。

姚阿姨说："小姑娘，你……"

许星洲怕这个阿姨会害怕自己，因为许星洲真的非常喜欢她。和姚阿姨在一处时，许星洲有种令人难以置信的安心之感。

因此尽管她们萍水相逢，可许星洲仍想给她留下一个好印象。

"哎呀这个药……"许星洲嗫嚅着道，"阿姨我其实……"

姚阿姨轻声地问："小姑娘，你现在好些了吗？"

许星洲愣住了。

在图书馆明亮的光线中，姚阿姨望着许星洲。

她好像在看着一个应该被疼爱的得病的孩子，目光里满是关切。

许星洲在那一瞬间有点儿连话都说不清的感觉，结结巴巴地道："已经好……好很多了。"

"这些药其实……"她无措地说，"我都是当糖片吃的。它们可以缓解我的情绪，现在基本就是小糖片了。"

姚阿姨叹了口气，道："好了就好。"

然后她从随身背的书包中摸出盒水果硬糖，递给了许星洲。

"请你吃点儿糖，"姚阿姨温柔地笑道，"这是我平时带的，很好吃。我每次吃完心情都会变好。"

下午赵姐去整理入库的图书，便把许星洲和柳丘从阅览室叫了回来，让她们在借阅台值班。

明亮的光线又落了下来，许星洲在柳丘学姐的旁边，摊开了西班牙语的教材。

柳丘学姐毕竟公卫出身，又在传染病所待了大半年，职业病不是盖的。她坐下后做的第一件事就是用小抹布把借阅台擦了个遍……

许星洲想了一会儿，开口问："学姐，那个姚汝君阿姨是不是经常来呀？"

柳丘学姐愣了下道："是。不过她周末有时候不来，其他时候风雨无阻。那个阿姨人很好。你见过了吗？"

许星洲点点头。

"姚阿姨很厉害的，"柳丘学姐一边拿自己的书，一边道，"今年都四十多岁了，在准备考博。我之前有次很难受，不知道自己的决定对不对，还是她鼓励了我。"

许星洲突然极为好奇：那个姚汝君阿姨会有一个怎样的家庭？究竟怎样的家庭才能支撑起那样的女人？

那一定是她的后盾和软肋吧。

毕竟阿姨看上去那么温柔，有一种不谙世事的纯真，可是又能做出这样疯狂而赤诚的决定，仿佛一辈子都能追随自己想要的一切。

许星洲觉得有点儿羡慕，又低下头去复习。

她现在觉得自学小语种还是挺困难的。就算西班牙语和英语同为日耳曼语系，她的英语底子又相当不错，但是在学习西班牙语方面她只有个英语的底子，简直毫无进展。

许星洲一边头痛地纠结为什么西语的词性还要分阴阳，一边想起自己还夸下海口以后要给秦渡当翻译……她纠结着 personas（多人）和 gente（人们）的区别，看着课后习题发愁……

这都是什么？

可是不学会的话，她以后真的非常难办哪……厥词她都放出去了……

许星洲头痛地用红笔在语法上画了个圈，标了个星号，打算回去问西语系的熟人。她还没来得及看下一个知识点，一个大包书又咚的一下，掷地有声地落在了她的面前。

许星洲愣住。

包里的书大多还是大部头，里面却夹着一本言情小说。许星洲抬起头，看见来借书的人正是姚阿姨。

阿姨站在阳光下，脸红红的。她似乎有点儿羞涩，对许星洲几不可闻地打了个招呼。

许星洲笑眯眯地应了："阿姨好。"

姚阿姨的耳根仍然绯红。她忍俊不禁地道："小姑娘，你好哇。"

许星洲将眼睛笑成了小月牙儿，因为喜欢这个阿姨，所以语气特别甜。她拿着扫码器甜甜地说："今天我也挺开心的。阿姨今天也借了好多书哎，稍微等一下哟。"

姚阿姨今天借的书不算很多，只是厚。

许星洲将书一本本地扫了，突然听到姚阿姨说："小姑娘，你在学西班牙语吗？这个地方……复数的不定冠词在个数模糊的情况下通常是省略的。"

"比如这个 unos，"姚阿姨指着许星洲记的笔记，耐心地教她，"在你想表达我不知道想要几个西瓜时就可以不加。"

许星洲："呜……呜哇……"

她心里的敬佩之情都要溢出来了，眼睛里满是星星："阿姨你还会西班牙语！"

姚阿姨不好意思地道："还行吧，十几年前在剑桥读书的时候旁听过一两节课。"

姚阿姨居然是剑桥的学生……许星洲简直想把姚阿姨当成新的偶像。姚阿姨又低头看了看许星洲的教材，将许星洲标了三角形的地方提了提。

许星洲简直要拜倒在姚阿姨的石榴裙下了。

"阿姨你太厉害了!"许星洲眼睛亮晶晶地道,"我宣布我崇拜你!"

姚阿姨扑哧笑了出来。

"别崇拜我,"姚阿姨忍俊不禁地道,"我不厉害的,只会点儿皮毛。"

姚阿姨想了想,又温和地说:"阿姨是跟着自己的儿子学的,水平被儿子吊着打呢。"

"那个阿姨明明看上去那么年轻。"许星洲给程雁发微信,"我还以为她的儿子还很小呢,或者她也有可能是丁克。结果阿姨告诉我,她的儿子都快大学毕业了。"

程雁回道:"奔五的年纪,看上去跟奔四的一样。"

许星洲略一思索:"所以女人要好好保养。"

然后她将手机收了起来,蜷缩在沙发上。

晚上八点,秦渡在楼上换衣服,许星洲躺在沙发上刷购物软件,想看看二十岁生日那天给自己买点儿什么。

程雁发来微信:"粥宝,你看看这件衣服怎么样?"

许星洲觉得还行,一边把香薰灯加进购物车,一边回复:"这个土黄色不好看,玫红还行。"

程雁哦了一声,没了下文。

秦渡老早就买了香薰灯,但是这位直男许久没用,许星洲总觉得味道怪怪的。加上她对他买的那堆精油半点儿不感兴趣,便又往购物车里添了两三瓶清淡微辛的香氛精油。

许星洲将最后一瓶柠檬香茅精油加进购物车的时候,发现数量达到购物车的上限了。

她愣了愣。

这大概就是女大学生吧,许星洲犯了嘀咕。她一个月两千元的生活费,又想出去玩又想买衣服,想买又买不起的东西堆满了购物车,链接能放到失效……她什么时候才能工作?许星洲挠了挠头,就听到秦渡走下了楼梯。

他换了件宽松的短袖,仿佛要下楼扔个垃圾,对许星洲道:"师兄出趟门。"

许星洲趴在沙发上,笑眯眯地卖乖:"出门哪,师兄不带我吗?"

"带你干吗?"秦渡走上前来,戳戳许星洲说,"场合不对,师兄的朋友叫我,没人带女朋友。我都好几个月没和他们聚聚了,晚上回来得晚的话你就自己睡觉。"

许星洲有点儿憋屈。

秦渡又伸手在她的头上揉了揉道:"去的都是我从小玩到大的朋友。我白天没时间和他们聚,到了给你报平安。"

许星洲听他将话说到了这份儿上,就点了点头。

"嗯,"许星洲乖乖地说,"我晚上睡前也会跟你说的。"

秦渡俯下身,与许星洲亲昵地抵了抵鼻尖,温柔地道:"我家星洲好乖呀!"

许星洲眨了眨有点儿不舒服的眼睛,想亲秦师兄一下,但是秦渡似乎没有意识到这件事,接着就拎着外套站起了身。

他好像急着出门……

夏夜的风声萧索无比,客厅里只孤零零地亮着树枝灯。许星洲刚想下去送送师兄,就听见门口传来的咔嗒一声合门的声音。

秦渡走了。

师兄到底去做什么了呢?

许星洲告诉自己,他应该只是去看朋友了。

过了一会儿,许星洲觉得不开心,就从书包里翻出白天时姚阿姨送她的糖。糖果被白纸包着,包装上烫着金。她看不清里面的糖果是什么颜色,也看不出是什么味道。

许星洲觉得包装太好看了,不舍得破坏,又把那包糖放回了包里。

上午十点,阅览室窗明几净,阳光似流水沿着地砖淌过。

纸味和油墨味在空中弥散,落地玻璃窗外,仍是万里晴空。

梧桐枝叶间挤落阳光,犹如黑夜中的星星。许星洲坐在窗前的长桌旁,一边咬着笔尖,一边看小说,雅思和西班牙语的辅导书被堆在一旁。

"星洲?"一个温柔的声音问,"有人吗?"

许星洲微微一愣,回过头一看,发现姚阿姨这次抱着两本书站在她的身边。

许星洲简直被吓了一跳:"没人的……但是阿姨你是怎么知道……"

她记得她没有对姚阿姨介绍过自己,但是姚阿姨喊名字喊得特别自然,好像已经认识她很久了。况且她做的是暑期兼职,连名牌都没有,这名字姚阿姨是从哪里知道的呢?

姚阿姨难道认识我?许星洲奇怪地想,但是怎么回忆都无法在记忆中找出姚阿姨的影子。

毕竟姚汝君阿姨实在太有特点了，就算一句话不说，站在人群里都相当惹人注目。她不可能见过姚阿姨却不认识，更不可能认不出来。

因此这个阿姨知道她的名字实在太奇怪了。

然而姚阿姨指了指她的书上用油性笔写的"许星洲"三个大字，以及下头被加粗描了三遍的电话号码，温和地询问："这不是你的名字吗？"

许星洲语塞。

她的包里乱七八糟，条理为零。高中时她有自己的课桌还好，上大学后教室变成了流动教室，许星洲丢了好几次课本，每次都求爷爷告奶奶地在班级群求助，后来就养成了每拿到一本教材都要加粗写名字的习惯。

原来名字是从这里知道的。许星洲立刻道："啊，是我是我——阿姨好！"

姚阿姨落了座，温和地道："姚汝君。星洲你叫我姚阿姨就行。"

许星洲开心地点了点头，和姚阿姨坐在了一处。

那时许星洲其实已经和姚阿姨一起上了好几天的自习了。

姚阿姨也很喜欢这个阳光的女孩。许星洲每次出去买水、买点心都会给姚阿姨捎一份儿，姚阿姨喜欢喝美式咖啡，中午在外面吃完饭回来，还会给许星洲捎一杯饮料。

许星洲几乎每天中午都和秦渡一起吃饭，回来时就会看到桌上有一杯被细心地去了冰的红茶拿铁。

姚阿姨会趴在桌上睡午觉，平时学习效率也特别高，许星洲简直觉得她像另一个秦渡——不同之处在于秦渡的效率是极其有目的性的，姚阿姨却不然。

她来这里分明是为了考博士，可是复习时根本不会看任何必考专业书，甚至连习题都不做，就是每天啃不同种类的大部头，遇到认为重要的地方就记下笔记，有时还会带来一些她打印的近年的论文，一边聚精会神地看论文，一边啃许星洲买的小饼干。

许星洲感觉阿姨好像比她还能吃……

许星洲将小说夹上书签，放在边上，一摊开西班牙语就想起秦渡夜夜笙歌……

她心塞地想：明明我都要过生日了呀，秦渡估计新鲜劲儿过了，显然已经不打算把自己当牌出——男人真的都是骗子，女朋友泡到手就不管了！她不禁怀念起自己住院时和邓奶奶骂男人的盛况……

她简直无法复习，糟心哪！

许星洲挫败地叹了口气，拧开水杯，有点儿别扭地，打算在秦渡提醒自己之前就吃药。然而下一秒姚汝君阿姨就开了口："星洲，你的药应该是半个小时之后再吃。"

许星洲语塞。

姚阿姨提醒时甚至连头都没抬，仿佛记住她的服药时间只是再普通不过的一件事，接着又去忙自己的了。

秦渡也是这样的……

这两个人居然有点儿像。许星洲欲哭无泪地想起秦渡连着好几个晚上都一两点才回家，觉得自己简直像个弃妇。

天气这么好，许星洲叹了口气，好想和程雁一起去隔壁大学的食堂喝下午茶……

"星洲，"她那么想的同时，姚阿姨开口，温和地道，"心情不好的话，阿姨请你喝下午茶怎么样啊？"

第十一章　一个人的公主

"星洲，不吃吗？"姚阿姨温和地道，"我听说小姑娘都喜欢吃这种小蛋糕。"

许星洲本来以为姚阿姨说的请她喝下午茶顶多就是在周围买一杯奶茶，或者两个人一起去吃个华夫饼，结果姚阿姨居然真的十分认真地请她去了一家名字是法文的、装潢精致的江景餐厅。

这餐厅看上去挺贵的……

江水滔滔，湖面波光粼粼，渡船穿过江面，高楼被掩在薄薄的一层雾里。

许星洲道了谢，接过那个抹了黄油和果酱的司康饼。

"这个地方我经常来。"阿姨温和地笑道，"司康很正，下午茶里的红丝绒蛋糕也不错，你等会儿也尝尝。我老公在附近工作，我经常来找他。"

许星洲拿着司康饼笑道："感觉好好吃的样子呀！阿姨和叔叔一定挺幸福的。"

姚阿姨温和地道："也还行……过得去的家庭。"

许星洲笑眯眯地拍马屁："肯定不只是过得去呀！"

"阿姨你到现在都可以好好学习，"许星洲用纸巾捏着司康饼，开心地对姚阿姨说，"我说实话，你能做出这种决定一定是因为有很坚实的后盾，否则在二十岁出头的年纪就要面对很大的压力了。"

姚阿姨一愣："嗯？"

许星洲说："我觉得二十岁出头就是脱离家庭的年纪。"

"一个人二十岁出头就要考虑赚钱养家的事情，"许星洲说，"要知道学费是从哪里来的，自己管自己，以往由父母建立的壁垒被打破，自己得知道养活自己要多少钱……要明白和收煤气费、收水电费的人交流要隔着防盗门，变得有顾虑，如果被骗过，之后做任何选择时都开始变得谨小慎微，在意外界的眼光。"

姚阿姨点了点头。

许星洲莞尔道："所以您能做出这样疯狂的决定是因为您在这个时候，仍拥有家庭这个后盾。"

"是，"姚阿姨不好意思地挠了挠头，"我本身就很喜欢学一些杂七杂八的……刚结婚的时候他就很支持我，哪怕我想出国游学，他都没有说过半个不字。"

姚阿姨又说："星洲，你看样子比我的儿子还小，怎么好像经历过那些事情？"

许星洲想了想，说："阿姨，我从小父母就不在身边。"

她说着啃了一小口司康饼。葡萄干配着半坚实半柔软的、浸透黄油的面包，简直代表着幸福的味道。

"我父母离婚之后没有人要我，"许星洲平静而认真地道，"所以我在我的奶奶身边长大，两个人相依为命，我的奶奶非常爱我。但是在我读初中的时候，我的奶奶去世了。"

姚阿姨似乎愣住了。

许星洲在明亮的天光之中温和地笑道："我花了很长时间才走出来。"

"可是我还是走入了死胡同。我在很多人的帮助下学会了怎么读煤气表，学会了怎么洗衣服，明白一个人在一个地方生活到底要花多少钱……"许星洲望着远处的滔滔江水说。

"我不敢说我已经被现实蹂躏过。可是我知道，无论是我向往的未来，还是阿姨你正在前往的未来，"许星洲笑着叉了一块红丝绒蛋糕，"一个人想要到达都是需要跨越现实的壁垒的。"

她将红丝绒蛋糕放在自己的盘子里，说："但是阿姨，正是因为我们有这样的未来可以向往，生活才会这么美好。"

姚阿姨沉默了许久，道："你说得对。"然后她伸出手，温柔地在许星洲的额头上揉了揉。

江风吹过波光粼粼的长河，白鸽沿风飞过。餐桌上的百合花盛开，许星洲被风吹起了头发，额间是姚阿姨的温暖柔软的手掌，她的中指上的婚戒硌在女孩的发间。

许星洲有种朦胧的感觉：这件事曾经发生过。

可是许星洲还没来得及深思，姚阿姨就收回了手，温柔地笑道："快吃吧，阿姨觉得一个人心情不好的时候吃甜点最有效果了。"

阳光穿破云层，落在许星洲面前的蛋糕上。许星洲对着姚阿姨甜甜地一笑，用叉子叉了一小块蛋糕，放进了嘴里。

红丝绒蛋糕奶味香浓，入口即化。

许星洲刚想赞扬一下蛋糕，姚阿姨就开了口："星洲，"她一边切司康饼，一边揶揄道，"你别看我的老公很省心，可是这都是表面上的光鲜。"

许星洲道："哎？"

姚阿姨促狭地道："我还有个不省心的儿子呢。"

姚阿姨与许星洲聊了一下午的家常。

按她的话来说，她就是因为完全没有赚钱养家的压力，所以想干吗就干吗。

"我老公啊？他在他们公司的地位还挺高的，"姚阿姨笑道，"公司的经济状况也好，老板从来不拖欠工资。我家里条件还不错，他又挺宠我，阿姨想做什么都好说。"

许星洲闻言，羡慕之情溢于言表："阿姨你真的是人生赢家！我的男朋友就不行！他对我特别抠！"

姚阿姨促狭地道："啊——这样啊，男人抠可不行。"

她又严谨地说："回头阿姨就教你怎么对付男人，保证他对你服服帖帖。这都是有方法的。"

许星洲一时不知如何回话。

人家真的什么都会！十九岁的许星洲简直想把姚阿姨当成人生导师……

这也太厉害了吧！

"可是之前也有姐姐主动教我来着，结果我学了半天也学不会。"许星洲坦白完挠了挠头，又有点儿羡慕地问，"阿姨，能不能偷偷问一下，在申城得赚到多少钱才能随心所欲呀？"

姚阿姨思考了一会儿，给许星洲比画了一个数字……

许星洲语塞。

她看到数字感觉眼前冒圈圈："这……这都是几位数……"

姚阿姨喝了口咖啡，笃定地说："不难的。阿姨保证教会你。"

许星洲怎么想都觉得自己整不服秦渡。秦师兄蔫坏蔫坏的，而且总有种如果她不工作的话会以钢刀架颈逼她出去工作的意思……许星洲考虑了一会儿，又觉得秦渡的新鲜劲儿也过了，自己还是搞不过他。

于是她理智地说："算了，阿姨，我觉得我没有能和男朋友谈地位的条件。"

姚阿姨沉默了一会儿，难以理解地说："星洲？你……"

许星洲不忍心往下细说，又急忙转移话题道："阿姨，你为什么复习考博时从来不看必考书目哇？"

姚阿姨一愣："啊？"

"就是……"许星洲觉得自己转移话题转移得太明显了，有点儿不太好意思地挠了挠头，"就是，阿姨我觉得……考博的话，不是都有专业参考书目吗？参考书一般不会超过十本的。我就觉得你每天都在看一些和考试没有关系的书……"

姚阿姨笑道："嗯？我复习得没什么针对性是吗？"

许星洲肃然地点了点头。

"这个问题呢，"姚阿姨温柔地解释道，"是功利与否的问题。如果我去背必考书目的话，其实说背也就背下来了，想过考试也简单。"

许星洲道："对呀，我们考试也都是这样的……"

"不只是你们，所有人考试的时候都是这样的。"姚阿姨笑道，"为了考试成绩，大家去背重点，不在意到底有没有学会，只要成绩出来好看就好了。这是一件极具功利性的事情——阿姨复习也是很功利的，但是功利的点和你们不同。"

许星洲道："哎？"

"阿姨认为考上博之前复习的重点，"姚阿姨喝了口咖啡后道，"在于学会自己想学的东西。阿姨享受'学会'这件事，而不是'成绩'。就好像我们来这里吃下午茶，阿姨是为了让你高兴起来，而不是为了拍照发朋友圈。"

许星洲笑了起来，接了那句话："我明白了，就像我出去旅游，出去攀岩，是为了享受它本身的乐趣，而不是为了在谈话间多一项谈资。"

这才是一个人摒除了所有外在诱惑后，对知识和未知的最赤诚的追求。

许星洲太喜欢姚阿姨了。这个阿姨几乎有着许星洲崇拜的所有特质，温柔而知性，却又开得起玩笑，谈吐间颇有涵养，不谙世事却又通通透透，犹如历经一切的赤子。

姚阿姨看着许星洲的眼神也笑了起来，随手摘了自己的金边眼镜，揉了揉眉心。

"你怎么这么可爱呀？"姚阿姨开玩笑地在许星洲的头顶摸了摸，"阿姨都想把儿子丢掉了。"

许星洲觉得这个动作和秦渡的有点儿像，可是接着就告诉自己，这应该是自己的错觉。

世界哪能这么小呢？她哪能因为一个小动作就怀疑姚阿姨可能是秦师兄的亲戚呢？

何况许星洲想起秦渡的家庭还是挺害怕的……

她知道秦渡的妈妈曾经在自己发病时见过自己，而秦师兄从来没就那次见面表过态，只让她别多想，说其余的由他来负责。这句话的意思显然是他的妈妈对她不是很满意。

许星洲对自己的家庭和自己的精神状态其实还是感到自卑。

谁会拥有姚阿姨这样的家人呢？许星洲有点儿羡慕地想。

不如说谁到底能幸运至斯，拥有姚阿姨这样的家人呢？

她包容又温暖，智慧而柔情万丈，又能放手，令每个人自由。

那天下午，许星洲下班后背着自己的教材跑到 SHZ 中心等秦渡下班。轮班的三个保安大叔和前台的四五个小姐姐已经都认识她了。

许星洲这个小太阳跑到哪里都招人喜欢，前台的小姐姐甚至偷偷地把拿来招待来宾的芝麻小饼干塞给实习生的女朋友吃。

"大学生真好哇，"前台的一个小姐姐又给许星洲抓了两把水果硬糖，"天天来接男朋友下班，真羡慕你的男朋友。"

许星洲想起秦渡夜不归宿，道："可是男人都是大骗子。"

前台的小姐姐嘀嘀咕咕："话不能这么说。我觉得你的男朋友很好啦，长得好帅。"

许星洲纠结地思考片刻，诚实地说："是吧。我想了很久，要不是他长得帅，我也上不了他的贼船。"

前台的姐姐哈哈大笑，把那两把硬糖装进小纸袋里，塞给了许星洲。

许星洲道："姐姐，这么多糖！我会长蛀牙的……"

前台的姐姐说："你可以去分给幼儿园的小朋友……"

她还没说完，就眼尖地看见电梯口走出来一行人——那些人显然掌握着生杀大权，因为她立刻把许星洲往咨询台后一拨，想掩盖自己在上班时间和小姑娘聊天的事实。

许星洲感觉自己都快被前台的姐姐拽飞了，在咨询台后躲着，好奇地看着那行人。他们大多西装革履，为首的中年男人极为成熟有韵味，穿着剪裁合体的藏蓝色的衬衫，打着缃色的领带，棱角分明，领带夹上银光一闪。

许星洲小声地问："姐姐，那都是什么人哪？"

"世中的董事们。"前台的姐姐小声地说，"今天公司开董事会。会应该刚开完，现在秦董事长送他们出门……"

董事们！这是传说中的董事会！

许星洲立即好奇地探出头，没看清为首的秦董事究竟什么样，只看到他送那群人出去了。

大理石地板映着金色的夕阳，光线晃得许星洲眼花。她也不敢明目张胆地看秦董事……

万一秦渡的爸爸调查过自己怎么办？他如果一眼认出自己来场面岂不是非常尴尬……他会不会找人把自己轰出去？不对，自己应该不会被轰出去……

许星洲没什么嫁豪门的想法，但是特别怕收到两千万的支票……

她觉得自己和秦师兄谈恋爱真的太可怕了！她想起小时候看的一部偶像剧，理了理自己的长发，觉得自己被吓掉了几根头发。

前台的小姐姐又偷偷地告诉她："我之前听说我们公司最年轻的董事，也就是总裁他的亲儿子就在你们 F 大就读，长得还挺帅。"

许星洲说："我其实认识他，他平时挺抠门的……"

前台的小姐姐嘀嘀咕咕："他也抠门吗？那大概率是家族遗传……"

许星洲在背后抱怨了半天夜不归宿的秦师兄，终于觉得心理平衡了些，随后看了一眼表。

日薄西山，灯光在大理石地板上投出花纹，石英表的指针指向五点五十。秦渡下班还算准时，一般五点多就出来了。

前台的小姐姐一愣："你的男朋友今天怎么这么慢？这都快六点了。"

许星洲小声道："他难道加班……"

保安大叔似乎也觉得许星洲等的时间太久了，主动对许星洲道："小姑娘，老总走了，下班的人也走得差不多了。你想上去看看的话，我可以带你。"

现在已经六点十分，秦渡还是没回微信消息。许星洲只当他在加班，跟着保安上了秦渡办公的六楼。

保安叔叔还要巡视，只替许星洲刷了一下卡。许星洲推开秦渡所在的部门的办公区域的大门——里面开着空调，灯都关了。

整个部门的人似乎走得精光，光线颇暗。办公室里只有一处的灯还亮着，一个顶着鸡窝头的女孩踩着拖鞋在加班。

许星洲沉默片刻，拽着自己的小包，小心翼翼地问："是……是都下班了吗？"

那个女孩蹲在凳子上，一愣，而后答道："对，都走了。你来找人吗？"

"我……"许星洲不好意思地道，"我来找秦渡，今年新进来的实习生。我是他的女朋友，等他下班，结果没有等到。"

那女孩一努嘴说："小秦？他的办公桌在那里。他应该是下现场了，你等不到的，快回去吧。"

许星洲再次沉默。

那个女孩又转回去继续加班。许星洲听到自己的手机发出叮的一声，不知道谁发来了新的消息。

许星洲拿出手机，看到发消息的人是秦渡。

秦渡在微信上说："你今天别等。师兄今天在现场，等会儿几个哥们儿还约我出去喝一杯。许星洲你回家没有？"

许星洲那一瞬间有种说不出是难过还是酸楚的情绪，又强行压了下去，回复："还没有。"

秦渡秒回："要不要师兄去接？"

许星洲暂时将手机揣进了兜里。

她怀着一丝希冀，想看看他有没有为自己的二十岁生日准备什么东西。她觉得礼物应该会有的吧，毕竟生日就在几天之后。可能秦渡已经买好礼物了，只是藏着。

毕竟家里真的没有……许星洲有点儿羞愧地想起自己把家里翻了个底朝天，连半点儿痕迹都没找到。而秦渡最近两点一线，因此如果准备了礼物的话，礼物肯定就在办公室里。

她的生日只剩这么几天就到了，礼物秦渡应该已经买好了才对。

许星洲走到秦渡的办公桌前。这位世中集团最年轻的董事的地位和普通实习生无异，半点儿特殊待遇都没有，座位甚至靠着最闹腾的走廊。他的办公桌上有一个朴素的马克杯，以及他办公用的笔记本电脑，文书和档案用夹子按用途分门别类地夹在一起。

许星洲让他带来的虹之玉被摆在小架子上，看样子秦渡按时浇水了。上头贴着米黄色的便笺，便笺上写着 7 月 8 日的待办事项。秦渡一个个都打上了钩，代表事情全做完了。

这日毫无特殊之处。

许星洲抱着"我如果发现惊喜到时候也不会告诉他"的心理，悄悄地翻了翻他的办公桌，又看了看他的抽屉，可是一无所获。他的抽屉无一落锁，里面只有他午休用的颈枕和眼罩，还有两盒补充能量的牛奶巧克力。

许星洲觉得有点儿难过，掏出手机回复秦渡："不用接了吧。太麻烦，我自己打车回家。"

秦渡连客套都没有，立刻干脆地道："行，上车之后拍车牌号发我。"

许星洲看着那条消息，沉默了一会儿，叹了口气，喃喃自语："果然……也是骗子呀！"

然后她抱着自己的包坐在了秦渡的办公椅上。

天花板上是一片玫瑰色的光，写字楼的落地窗外客机轰鸣着掠过天穹。那些飞机将带来归家或是暂时停驻的人们。

许星洲看了一会儿，又想起秦渡欠自己的东西。

师兄应该都忘了吧？就算他记得，也会觉得只是小题大做。

许星洲呆呆地看着天花板上的玫瑰色暗淡下去，又小声地安慰自己：秦渡准备的生日惊喜说不定在别处……

接着她突然发现，秦渡桌上堆着的 A4 纸里似乎夹着一本薄薄的、五彩缤纷的东西。

许星洲一愣，在逐渐暗淡的光线中将那本书拿了出来。

那是一本五彩缤纷的童话书——《七色花》。

许星洲迷惑地一翻，发现这真的是她小时候看的童话故事：一个叫珍妮的女孩得到有魔力的七色花朵，去了南极又回家，最后治好了残疾的男孩的双腿。

他上班休息时就看这个？许星洲挠了挠头，有点儿好奇秦渡平时的精神世界，就把他的办公桌粗略地扫了一遍……

这一扫就不得了了。许星洲在他的书架上找到了《灰姑娘》《魔发奇缘》，甚至《美女与野兽》这类童话书。这些女孩子几乎人手一套的童话故事书居然在秦渡的书架上，许星洲那一瞬间有点儿怀疑人生。

他看这个干吗？

不过秦渡确实不是什么正经人……说不定他就是想看而已。

许星洲一头雾水，又把这堆莫名其妙的童话绘本原路塞了回去，接着就听到门吱呀一声开了。保安大叔探头进来道："小姑娘，找到没有？没找到就走吧。"

许星洲委屈地回答："没找到。他先下班溜了。"

保安大叔一摊手："没找到那就走吧？我带你下去。"

许星洲查了一下回家的路线。

申城的出租车收费真的很贵，起步价就十四，一千米两块四，等候时间还要按分钟算。大学生最好别满脑子想着坐出租车，还是要学会利用校门口的公共交通。许星洲虽然和秦渡说等会儿自己打车回家，但是一出门估算了一下距离，还是觉得坐公交合算多了。

保安大叔送她出了门。许星洲笑着和大叔挥了挥手，跑到了公交车站。

她抱着自己的包上了公交。

下班高峰期没过，公交上还有点儿挤。许星洲给放学的穿校服的小朋友让了个座，拽着吊环，掏出手机，才看见秦渡发的一长串微信消息。

秦渡问："上车没有？"

过了一会儿，他又发来一条："信号不好？"

过了没几分钟，他又发来了个问号。

他简直咄咄逼人，一看就是发号施令惯了的浑蛋。

许星洲叹了口气，回复他："上车了，七点半之前能到家。"

秦渡应该是守在手机边上，这次立刻回了条语音。

许星洲连上耳机，点开一听。秦渡那头的背景音相当嘈杂，仿佛不少人在说外语。他模模糊糊地说："到家和师兄说一声，我刚刚差点儿担心死了。今晚师兄回家估计也得一点之后，这里还在忙……"

然后语音戛然而止。

许星洲沉默。

今天师兄也是一点回家呀！

许星洲难受地将脑袋抵在了自己的胳膊上。夕阳从树缝间闪过，金黄的光线照着她的耳尖。

许星洲听着旁边的阿姨聊着孩子的教育问题。她们用申城话聊着辅导班。车上有人在给妻子打电话，有人在谈生意。

许星洲将包往前拽了拽，搂在了身前。

她一向是不过生日的。她的奶奶历来觉得生日没什么好过的，平时也就是煮个长寿面而已。许星洲有着并不幸福的童年，只在十岁的生日收到了奶奶准备的蛋糕和礼物。她的青少年时期也过得坎坷颠沛，奶奶走后，连唯一的长寿面都没了。

从十四岁到十九岁她都在家。她的生日就尴尬地处在暑假的正中间，她会收下礼物和同学们的祝福，可是连家都不愿意回。

明明生日应该是被全世界祝福的。

那不只是生她的人受难的日子。那对许星洲来说就是唯一。

她在二十年前的七月的那天来到了自己如此热爱的世上，尽管面对重重磨难，却不曾辜负过半分自己的人生。

师兄应该不会忘记吧？许星洲在公交车的报站声中想。毕竟人一辈子只有一次二十岁生日。

那是真正的成人礼。

那是和十九岁的分界线，代表许星洲开启和社会接触的二十岁，标志着许星洲不再是少年。

"给你的，杧果千层。"

静谧被打破的瞬间，姚阿姨正从书包里摸出小盒子递给许星洲。

许星洲昨晚睡得不太好，闻言先是一怔，而后看见了那个被装在保鲜盒里的小千层蛋糕。它做得极其精致，上头缀着奶油与薄荷叶，大块的杧果挤着奶油与薄千层。一块蛋糕仿佛就是人间美味。

"我家阿姨做的。"姚阿姨和善地道，"还有草莓的来着。我看着觉得不错，给你带了一盒。星洲你尝尝看？"

许星洲顶着淡淡的黑眼圈，乖乖地道了谢。

姚阿姨好玩地道："星洲，你昨晚没睡好？"

许星洲小声道："我昨晚等男朋友来着……没等到，一不小心睡着了。"

她以前是个熬夜大王，熬到三点都是常事，然而病情复发之后受药物影响，十一点多就要睡觉了，否则精神不济。可是她没有秦渡又睡不太好。

昨天晚上她差不多熬到了一点半，没等到秦渡，就在秦渡的床上睡了过去。

她早上八点还要上班，而工作狂秦渡早上七点就会把她叫起来。她困得哈欠连天，整个人都不好了。生日越临近，秦渡回家的时间越晚，许星洲不知道他晚上有没有出去勾搭别人。

许星洲昨晚还梦见秦渡在梦里嫌弃她，她对他表白他都没接受。最后他和一个身材很好的女明星交往了。

他那么有钱，和女明星交往不在话下……

许星洲因为晚上做噩梦加作息不规律，此时困得要命，打个了哈欠，收下了姚阿姨给她的小点心，乖乖地道了谢。

"星洲，我家阿姨做饭超好吃的。"姚阿姨笑道，"我挑阿姨的时候可挑了好久呢，她八大菜系都做得来。"

许星洲打着哈欠说："我家都没……哈呜……没有阿姨……"

她困得眼泪都出来了。

姚阿姨看了许星洲片刻，突然道："我看你这几天都不是很高兴，你的男朋友是不是惹你生气了？"

许星洲沉默片刻，挫败地、砰的一声栽进了课本里。

"是。"她不无委屈地道，"男人是一到夏天就收不住心吗？他春天的时候还好好的。昨天是他的哥们儿打电话告诉我他在外面被堵住了，前天是他的上司打电话说他有应酬，话说回来了，实习生能有什么应酬哇！今天一大早连他的师弟都来凑热闹了。"

姚阿姨饶有兴味地道："师弟？怎么说？"

许星洲道："他的师弟说他们课题组约了熬夜学习。数学系还有这种爱好？"

姚阿姨沉默片刻，认真地安慰道："有……好像有过的。我读本科的时候就和师弟约过。"

"阿姨，"许星洲受挫般摆摆手，"你撒谎的水平真的很差。"

姚阿姨语塞。

许星洲悻悻地道："男人都是大骗子。"

姚阿姨扑哧笑了起来，把杧果千层的盒子打开，舀了一勺喂给许星洲。许星洲简直像在被妈妈喂饭，看蛋糕被喂到嘴边，就乖乖咬了一口。

"好乖呀，"姚阿姨笑眯眯地说，"阿姨以前从来没想过要女儿，看到你这样的，突然觉得养女儿也不错。"

许星洲甜甜地道："阿姨这样的，一定也是好妈妈。"

姚阿姨笑眯眯地点点许星洲的鼻尖，说："是呀，星洲的小嘴好甜。"

许星洲闻言笑了起来。

今天总有些要下雨的模样。许星洲在昏暗的天光中揉了揉眼睛，说："他之前很疼我的。"

"疼你说不定是过去式了呢？星洲，阿姨家条件很好的，"姚阿姨有点儿促狭地说，"养的儿子坏是坏了点儿，但是挺优秀。他虽然毛病不少，但

439

是胜在像他爸，会疼人。星洲你要不然甩了你的男朋友，阿姨把自己的儿子介绍给你？"

许星洲不知如何回话。

姚汝君阿姨笑眯眯地道："年龄也合适。他长得可帅了，个子一米八多呢。"

许星洲揉了揉困出眼泪的眼睛。

姚阿姨笑道："阿姨想让你当女儿是没辙了，不争气，生不出来你这种女儿。要不然你来试试给阿姨当儿媳妇？"

许星洲哈哈大笑，只当姚阿姨是开玩笑的。

"我可不行，"许星洲笑着说，"阿姨，我配不上的。"

姚阿姨一愣，茫然地道："哪能配不上呢……"

许星洲在那一瞬间突然觉得姚阿姨似乎有些难过。

自己哪里配得上呢？许星洲简直觉得姚阿姨像别有用心。

姚阿姨看着许星洲，半天后伸手在她的头上摸了摸，说："可你是个好孩子。"

那天晚上，秦渡仍旧晚归。

外头淅淅沥沥地下着雨，雨水噼里啪啦地落在露台上，许星洲一个人窝在沙发上打游戏。秦渡的这所房子的装潢非常冷淡，近三百平方米的复式公寓此时只有许星洲一个人，空旷而冰冷。她裹着毯子都有些害怕。

许星洲惯常独处，应对这种场合非常有经验，将楼上楼下的所有的灯都打开，装作这房子里到处都有人，又钻回毯子里继续打游戏。

她放下手柄的那一瞬间，外头闪电破空而过。

她愣住。

闪电将她的头发丝都映亮了。许星洲之前从没在申城过过夏天，几乎没见过这种架势。

毕竟内陆雷雨不多，少见这种几乎能将天凿穿的惊雷。

打雷时人要谨慎用电。许星洲赶紧将整个房子里的灯关了，关掉餐厅的灯时，黑暗里又亮起一道闪电。雷声轰隆一声炸响，几乎是在她的耳朵边上爆开的。

许星洲小时候，奶奶告诉她雷声没什么可怕的，因为雷只会劈那些做了亏心事的人。

许星洲没做过亏心事，却还是蜷缩在毯子里一动不敢动，连电视都不敢开。她想给秦渡发微信消息说自己害怕，想让他早点儿回家，却不想让自己看上去像在查岗。

被查岗的话，秦师兄可能会觉得很没面子。

许星洲拽紧了毯子，自己消解情绪。

下一秒，她的手机在黑暗和暴雨声中亮起。

秦渡打来了电话。

许星洲感觉鼻尖都发着酸，抖着手指按了接听键。

门外传来咔嗒一声响，指纹锁嘀地解开了。

秦渡那天大概是因为外头下雨，回来得特别早。许星洲在黑夜中看了一眼手机，现在不过十一点半——前几天秦渡应该是两三点钟回来的。

灯全关着，满厅黑暗。

许星洲别扭扭地蜷缩在沙发的一角。那个位置非常凑巧，她的体格又小，风一吹窗帘就能把她挡得半点儿不剩。

秦渡进门长吁了口气，将门厅的灯开了。

光照亮眼皮，将皮下血管映得通透。许星洲偷偷地睁开眼睛瞄了一下。

他似乎淋了大半个晚上的雨，浑身湿透，回家做的第一件事就是将冲锋衣脱了，露出穿着背心的身体，胸肌、腹肌的线条十分性感。

秦师兄朝楼上张望了一下，估计以为许星洲已经睡了。接着他咳嗽了两声，脱下湿透的背心，露出结实的肌肉。

许星洲似乎看见了一点儿他的文身，可是背着光，只隐约看出那文身极为张扬。

她没出声。

他似乎累得不行，根本没意识到许星洲在后头偷偷地打量他，将背心随手一扔，进浴室冲澡去了。

这是整个课题组约着去学习了？课题组的组员约学习还要淋雨吗？而且他为什么要在这么热的天穿冲锋衣？

许星洲一头雾水，满腹的好奇心一发不可收拾。她在心里告诉自己秦渡说不定是去准备小惊喜了，便偷偷地拽着小毛毯去翻他脱下来的衣服。

秦渡脱下来的衣服还是热的，他好像在外头干体力活了。许星洲在他的冲锋衣的口袋里翻了翻，还是什么都没找到……

浴室里传来哗哗的水声。秦渡洗澡的速度特别快，许星洲生怕他快洗完了，立刻将他的衣服踹回了原处，抱着自己的毛毯缩回了沙发上。

秦渡洗澡确实很快，十分钟的工夫就洗完了，换了睡裤，哈欠连天地上了楼。

灯火昏暗，雨打芭蕉，盆栽七零八落。

雷电止歇，天地之间唯余茫茫落雨。

秦渡打了个哈欠，开了主卧的门。许星洲在窗帘后的沙发上蜷着，别扭地想：他估计连我没在床上都不知道呢……

新鲜劲儿都过了，谁会喜欢怀里抱着个人睡？

何况这是天天在外面玩，晚上宁可在外面喝酒淋雨都不回来的秦师兄……

许星洲决定要在自己把这件事想得太深之前睡觉。

这种事情自己想得太深没好处，她想。她要是想深了，病容易复发。

可是下一秒，主卧的门砰一声被撞开了，秦渡暴躁地冲了出来，在门口环顾一周，咔嗒的一声推开了侧卧的门。

他喊道："小师妹？"

许星洲听见他又将侧卧的灯打开，忍着火气问："又跑哪儿去了？"

许星洲沉默。

他进侧卧之后，连衣橱都咔嗒咔嗒连着响了五六声。他估计是发现床上没人，为了找人连衣橱都开了一遍……

秦渡在侧卧也没找到人，似乎急了。

许星洲在黑暗中听见他慌慌张张地下楼的声音。

许星洲躺的地方并不算很难找，只是沙发的角落，被窗帘遮了大半。秦渡下了楼，这次应该看见了她。

许星洲闭着眼睛装睡，下一秒听见秦师兄在连绵雨声中走了过来。

秦渡赤着脚走到沙发边上，拉开毯子与许星洲躺在一处，将装睡的女孩抱在了自己的怀里。

"怎么睡在沙发上了？"秦渡低声问，"会着凉的。"

他说着，将身下压着的游戏手柄拽了出来，连着他刚拿的车钥匙一起丢在了地毯上。

许星洲真的好感动。

可是情绪只持续了三秒钟，因为接着秦渡就在许星洲的脑袋上拍了拍，恶意地说："小师妹，你的智商是真的不够用？"

许星洲语塞。

秦渡又使劲儿捏了捏许星洲的鼻尖。许星洲被捏得眼泪都要出来了，又因为装睡不敢吭声。他恶毒地边捏边说："懂不懂师兄差点儿被你吓死了？"

许星洲疼得在心里嗷嗷叫，心想：你是傻子吗？！我才不懂！可是她还没腹诽完，又被吧唧一声弹了下脑袋。

秦渡是不是掐准了她现在不会反抗？

许星洲被弹得闭着眼睛都眼冒金星……

秦渡压在她的身上道："师兄看到你不在床上，第一反应是去摸车钥匙。你还不反省一下？还睡得这么香……"

自己确实太过分了。许星洲刚感到一丝愧疚，秦渡就恶意地说："前科一堆就算了，师兄费这么大劲儿，还救回来一个平胸。"

许星洲再度语塞。

秦渡果然还是不喜欢她呀！许星洲简直恼羞成怒。他就算不喜欢，至于人身攻击吗？！这世上没有买卖就没有伤害！

秦渡咄咄逼人："还睡？"

装睡的许星洲愤怒地心想：是可忍，孰不可忍？我不睡了，这就和你决一死战！

可是她还没来得及反击，秦渡就将脑袋埋进了她的颈窝之中。

在沉沉的黑暗之中，冲刷世界的大雨里，秦师兄的姿势甚至带着难以言说的温柔缱绻的意味和满腔的刻骨柔情。

"不对，还是睡吧。"秦师兄在许星洲的脖颈儿间微微地磨蹭了一下，声音沙哑地道，"小浑蛋好不容易才睡着……乖。"

接着，他落下一个温柔的晚安吻……

这个吻落在了女孩柔软的唇角上。

申城落雨不止，蝉鸣止歇，花朵垂下头颅，诗与岁月四散远方。

入梅的日子算不上好过，人走在外头只觉又潮又闷，就算图书馆里开着空调也总觉得很潮。

许星洲复习累了就去拿柳丘学姐的专业书翻着玩。中午时姚阿姨给她们两个年轻的姑娘每人买了一杯咖啡——柳丘学姐的是拿铁，许星洲的是沙冰。

此时许星洲的沙冰几乎都要化了，水流了一桌子。

柳丘学姐打了个哈欠，说："中午没吃饭，好饿呀……我等会儿去买点儿关东煮……"

许星洲立刻从包里翻出了装在保鲜盒里的手工曲奇，殷勤地递给了柳丘学姐。

柳丘学姐一愣："你从哪里变出来的？"

"是姚阿姨早上给我的蔓越莓饼干。"许星洲开心地道，"她说复习语言很累，让我多吃点儿。这是她家阿姨做的小甜品。"

柳丘学姐咂嘴："这个阿姨真的好宠你呀！"

然后她将东西搬来，与许星洲坐在一起啃蔓越莓饼干。

许星洲一边翻她的专业书，一边道："学姐，其实我一直不太明白，你都考上了那么好的编制，为什么还要辞职呢？"

"我之前听说……"许星洲认真地补充道，"你那个国家编是多少人挤破了头都想上的。"

柳丘学姐叹了口气："我的家人也不理解。"

"我的父母是普通的小市民，一辈子按部就班。"柳丘学姐说，"他们和我说起他们小时候最大的理想就是当工人，吃公家粮。所以我在高中时听了他们的，考了最踏实的预防。"

"说来也好笑……"柳丘学姐怅然地道，"我听了二十二年他们的话，最后在几乎完成他们的最后一个目标的时候临阵脱逃了。"

许星洲看着这个长发的学姐。她的眉眼素淡，其中却透出一丝许星洲从未见过的光芒。

柳丘学姐道："因为我觉得我还年轻。而年轻意味着有无限的可能性，"她拿过那本编导的教材漫不经心地翻了翻，"意味着不用走父母的路。我不想过一眼就能看到头的生活。"

她笑道："你只看到我辞职了，想去读戏文，可是我其实还和家里断了关系。我从家里的骄傲——一夜之间变成了全家唯一的疯子。

"可是我还是觉得这是值得的。"

柳丘说这句话时，茫然地看着远方昏暗的天穹。

"星洲，也许这世上的所有人都注定蝇营狗苟地活一辈子。"柳丘温柔地说，"可是每个苟且的偏旁都应该是由自己来写的。"

许星洲在那一瞬间眼眶都有点儿红了。

柳丘学姐结结巴巴地道："怎……怎么哭了？学姐不是故意说这么沉重的话题的……"

许星洲一边丢脸地擦着眼泪，一边结巴道："不是学姐你的错，啊我这该……该死的同理心……"

柳丘学姐道："哎呀……"

"我就是觉得……"许星洲一边擤鼻涕，一边丢脸地道，"能做出这种决定的学姐真的是非常勇敢的人。"

学姐真的好勇敢哪，许星洲想。

这世上所有坚强的灵魂都拥有用力地跳动的心脏，全力奔跑的年轻人都这么热烈而澎湃。

大雨唰唰地冲刷着大地。

三点多的时候赵姐回来了。

赵姐整理完入库的图书，收走了自己安排给柳丘和许星洲干的活儿——整理新订图书清单——然后命令这两位学生换个地方去学习，说剩下的她顶着。

许星洲那时候刚领完自己的快递，立刻遵命，颠颠地跑去找姚阿姨了。

姚阿姨在阅览室里时坐的位子并不固定，但是一定会给许星洲留一个位子。许星洲搂着自己的小包去找她。

姚阿姨看到许星洲，笑道："饮料好喝不好喝呀？阿姨绕了好远的路去给你买的。"

"好喝！阿姨对我真好！"许星洲甜甜地道，"我最喜欢阿姨了！"

姚阿姨笑得眉眼都弯成了月牙儿："嗯，阿姨也喜欢你！不过这小嘴儿怎么这么甜？"

千穿万穿，马屁不穿。许星洲狗腿地说："哪有，都是发自内心的。"

姚阿姨伸手摸了摸许星洲的脑壳儿。

许星洲真的太喜欢这个阿姨了，和她简直天生投缘，此刻忍不住在阿姨的手心蹭了蹭。

阿姨的手心暖暖的，许星洲想，她真的好温柔呀，有着能让人平静下来的力量。

下一秒许星洲的手机微微一振，收到了一条消息。

秦渡发来了微信消息。

屏幕上，秦渡厚颜无耻的消息赫然入目："下雨了，师兄没带伞。你今天来不来接我？"

许星洲语塞，心想：明明是你前几天放了我鸽子好吧？我才不去呢，给你脸了！公共交通起码不会放我鸽子。

许星洲叛逆地回复："自生自灭。"

秦渡简直称得上胡搅蛮缠："自生自灭？别人都有女朋友来送伞，楼下人山人海的都是别人的老婆、别人的女朋友。师兄没有。没有你懂不懂？

许星洲你还让师兄自生自灭，不觉得羞愧吗？"

许星洲语塞。这是哪里来的幼儿园大班的刺儿头？她登时感觉自己的头都大了一圈……

许星洲拗不过幼儿园的刺儿头，只得背上包，摸出自己的小雨伞。

姚阿姨一愣。

"星洲，你要走了？"她关切地问，"今天怎么这么早？"

许星洲尴尬地说："男朋友没带伞，我今天得去接他下班……"

"啊？"姚阿姨先是一愣，继而笑了起来。

许星洲莫名地、有些敏感地觉得姚阿姨的笑容里带了那么一点儿孩子般的、非常调皮的意思，仿佛她想搞什么事。

"一起走吧，星洲。"姚阿姨孩子气地说，"阿姨正好也去接老公下班。"

天空昏暗，夏日的雨水砸在路旁的咖啡店的玻璃上，行人撑着花花绿绿的伞，雨水敲击着伞面。

许星洲撑开自己的那把小伞，跟着姚阿姨走在街上。

"阿姨，"许星洲乖乖地喊道，"叔叔在哪里上班哪？"

姚阿姨笑着戳戳她："还在卖乖呢？"

许星洲依旧笑眯眯的。她出门时怕沾水，换了人字拖，踩在水里一踢，立时哗啦踢起一个大水花。

"SHZ中心。"姚阿姨温和地道，"阿姨习惯去那里等人。"

许星洲惊喜地道："哇！阿姨我们正好顺路！"

姚阿姨看着她，温柔地笑了起来，点了点头。

"我的男朋友也在那里工作。"许星洲甜甜地凑过去，"他是去实习的！真的好巧噢……叔叔也是世中集团的吗？"

姚阿姨和气地说："算是吧。他在那里……也算工作了很多年了。"

许星洲开心地道："我们好有缘分哪！"

"在上市之前，"姚阿姨怀念地道，"他就在那里了吧。在两个交易所上市的时候他都是在场的。"

许星洲微微一怔。

能看敲钟的那绝对是老职员了，许星洲想，而且能出席那种场合的绝对是管理层的人。他兴许还握有股份，怪不得家境富裕，能让妻子做出那么自由的决定……

"交易所的钟铛地一响，数字就亮起来……"姚阿姨伸出手去接外面的雨水，温柔地道，"那时候还是数字屏的年代呢。钟声铛地一响，股份就从一股三十六块钱开始变化，从白字变成红字……就好像亲手养大的孩子终于自立，走入了世界一样。"

她说那句话时带着种不加掩饰的骄傲，就好像那是她和她的丈夫亲眼看着长大的孩子。

许星洲在那个瞬间，心里有种难言的感动。

那是秦渡的父亲亲手缔造的王国。

可这光鲜的背后，在股民平时在交易所看到的红字绿字的背后，其实是无数的汗水和努力、岁月与付出以及家人无言的骄傲。

许星洲说："公司在某种意义上也是孩子呀！"

姚阿姨点点头，莞尔一笑，和许星洲加快了步伐。

许星洲突然有点儿好奇起姚阿姨的丈夫来。

叔叔会和秦渡认识吗？他们说不定真的认识呢。

敲钟仪式那样的场合，秦渡应该也出席了……公司的董事长的儿子与这种元老再不济也应该有一面之缘。这个世界居然能小到这种程度。

可是许星洲想起那是秦渡的父母的主场就觉得害怕。

她实在太自卑了。她从小就在人情世故中长大，心里明白自己这种人就算在最普通的人群里都是一方择偶的最次人选。

老舍在小说中曾说起择偶的天平："女方脸上有两颗芝麻，便要在男方的天平上加一副眼镜，近视眼配雀斑，看不清而又正好，可谓上等婚姻。"那许星洲呢？

她在精神病院住院两次，上头父母离异，下头却有弟弟有妹妹。哪怕她有学历和相貌，在相亲的天平上都是个极为可怕的、毫不占优势的存在。

她哪怕配普通人，对方的父母都未必会乐意。

何况秦渡出身于那种家庭。

许星洲怅然地叹了口气，跟着姚阿姨走在茫茫的雨水之中。

暮霭沉沉，白月季开得沉甸甸的，办公中心的石路上流水蜿蜒，空气中一股湿润的泥味儿。夏天的申城下了雨也闷闷的。

SIIZ 中心不远，两个人穿了三条街就到了。

许星洲在玻璃门前抖了抖伞，姚阿姨从书包里掏出个小塑料袋，让她把伞装进去，然后带着她推门而入。

SIIZ 大厦里冷气十足，许星洲刚才被淋湿了，这下被激得哆嗦了一下……

门口的保安大叔看到她俩先是微微一怔，第一反应是走了过来，下意识地鞠了个躬。

他为什么鞠躬？

许星洲满头问号地回了个礼："叔……叔叔好……"

保安大叔恭敬地道："夫人……"

他还没说完，姚阿姨立刻不动声色地举手示意他闭嘴。

保安大叔又道："您……"

"星洲，"姚阿姨温和而坚定地道，"我们在下面等一会儿吧。"

然后她又转向目瞪口呆的前台的小姐姐，温柔地问："小妹妹，能不能麻烦给我们两个人泡两杯茶？里面冷气太足，小姑娘好像有点儿冷。"

许星洲恰好打了个喷嚏："阿嚏——"

然后她抽了两张纸巾擦了擦鼻涕。

前台的小姐姐道："夫……"

姚阿姨看了看正在擦鼻涕的许星洲，指了指保安叔叔，又指了指前台的小姐姐，无声地、坚定不移地做了个给嘴巴拉上拉锁的动作。

保安大叔保持沉默。

前台的小姐姐立刻去泡茶了。

许星洲浑然不觉发生了什么，把擤鼻涕的纸丢进垃圾桶，还憋着个喷嚏，茫然地回头看向保安叔叔，说："我们在……在下面等等就好啦，叔叔辛苦了。"

"不……"保安大叔茫然地回答道，"不辛苦。"

许星洲裹上毯子的时候还在流鼻涕。

她打喷嚏打个没完，裹在小毯子里抽纸巾，面前是一杯伯爵红茶并两碟饼干。现在还没到下班时间，宽阔的前厅里人少得可怜。

"阿嚏……"许星洲揉了揉鼻子，"阿姨，叔叔今天应该不加班吧？"

姚阿姨看了看手机说："应该不加吧。他刚刚回了我消息，说五点左右就下来了。"

许星洲的鼻尖通红："那……那就行。我等会儿就坐男朋友的车回去啦，怕把阿姨留在这里你会很寂寞。"

"这不会，"姚阿姨饶有兴味地道，"他今天肯定下来得很积极。"

许星洲拍马屁的水平已臻化境："毕竟阿姨来了嘛！"

姚阿姨闻言环顾了一下四周，道："也许有这个原因，但是今天他下来得早的理由可不只有这个。"

许星洲道："哎？"

姚阿姨将手机往书包里一收，说："他来了，阿姨先走了。"

许星洲没戴眼镜，只看到远处的电梯口灯光明亮，A栋的某扇电梯门叮的一声开了，一个西装革履的中年男人走了出来。

许星洲看不太清，只见姚阿姨拽着自己的书包飞奔了过去。

"星洲，"姚阿姨笑道，"明天再见吧，阿姨还有点儿事。男朋友不来的话你就打电话给他。"

许星洲回以一笑："阿姨再见——"

她笑起来简直如同星星月亮，特别招人喜欢。姚阿姨跑了两步，又忍不住回来揉了揉她的脑袋。

许星洲特别喜欢被姚阿姨摸头。

这个阿姨有种和秦渡极为相似的气场，却又比秦渡柔和温暖得多，举手投足间都带着一种母亲般的包容与暖意，像是从石峰间涌出的澄澈的温泉。

如果这世上的母亲应该有一个统一的形象的话，应该就是这样的母亲了。许星洲想。

可是这是别人家的母亲，就算自己再喜欢她，她也是别人的家庭的一部分。许星洲告诉自己。

许星洲裹着毛毯揉了揉鼻尖，望着大厦外的倾盆大雨。

下一秒，她的手机叮的一声。

下班时间到，前厅瞬间嘈杂起来。她将手机拿起来一看，消息是秦渡发来的。

"你是不是看不见我？我真的要闹了。"

谁看不见你呀？

许星洲一愣，就被秦渡从后面抱住了。

秦渡隔着沙发紧紧地抱着许星洲，在她的脖颈儿处深深地一闻。许星洲被他的头发弄得痒痒的，忍不住哈哈笑了起来。

"师兄好几天没有被接了……"秦渡一边抱着许星洲揉，一边道，"特别空虚，心里特不舒服。你要是不来给我送伞我就要闹了。"

许星洲被他的一头鬈发弄得痒痒的，忍不住一边笑，一边推他："滚蛋！"

秦渡在许星洲的额头上一弹，说："瞅瞅，无情。"然后他把许星洲一把拽了起来。

天光暗淡，许星洲开心地说："你不是开车走吗，非得让我来送伞

449

干吗？"

秦渡道："我就要作，你管我？"然后他干脆又把许星洲抱在了怀里，使劲儿抵了抵鼻尖。

"晚上去哪里吃呢……"秦渡笑眯眯地问，"今天师兄做完了一件大事，你想吃什么？"

许星洲道："哎……"

她那一瞬间有点儿别扭，不知怎么说。她本来以为秦渡会安排一下，订好了饭店，带她顺路去看看的。

情节不都是这样安排的吗？

现在距离她的生日只有两天了呀！

虽说现在是暑假，她在这里的同学不太多，但是总归还是有的，秦渡要给她过生日的话至少应该提前请好，否则他们挤不出时间来。二十岁生日虽比不上标志着一个人成年的十八岁生日，可也有凑整的意思，不好糊弄。

可是秦渡除了曾经主动问过一次之外，就像是彻底忘了这件事。许星洲再也没在他的口中听到过半句与生日相关的话。

许星洲默然无语。

她想：秦师兄记性那么好，怎么可能会忘掉？他也许是打算在家里办呢？

于是她立刻不再多想。

只要有人记得就好了，许星洲想，哪怕礼物只是一块小蛋糕，或是一根丝带，只要能证明她在这个世上存在，有人爱她，这就够了。

于是她环住了秦渡的脖子，飞快地在他的唇角一亲，然后松手，在一旁装若无其事。

被抛弃的秦渡沉默片刻，不爽地伸手在许星洲的额头上啪地一弹。

"还皮吗？"秦渡眯着眼睛道，"还敢装不认识，是师兄给你脸了？"

然后他捏住了许星洲的手掌，将她的手指牢牢地握在了自己的手中。

许星洲不住地挣动："放开！是我给你脸了……"

但是秦渡的力气比她的大多了。他掰开许星洲的指头，不容抗拒地与她十指交握，把她扯到了自己的身边。

"朋友新开了家菜馆，"秦渡说，"师兄带你去蹭吃蹭喝。"

他又说："小师妹你好久没吃家乡菜了吧？吃过的都说还挺正的……"

许星洲回过头，突然在下班的人潮中看见姚阿姨和那个叔叔的影子。

许星洲一愣："哎……"

她没戴眼镜，距离那两个人又远，因此看不太分明，只看到那两个人躲在电梯口的发财树盆栽的后面，仿佛在嘀嘀咕咕地说着些什么，时不时还朝他们的方向指一指……

这两个人干吗呢？

片刻后，一群人从电梯口出来了，对着那对隐藏着自己身影的夫妻弯腰致意……

这是什么情况？她怎么更看不懂了？可她还没来得及问，就被秦渡一把拽跑了。

那家秦渡的朋友开的馆子很好吃。

菜的味道很正，掌勺的大厨应该和许星洲是老乡，只不过鱼不是正宗的，而是从长江下游捞上来的。那辣子放得一点儿也不糊弄，红油小米椒半点儿不偷工减料，味道没有半点儿被本帮菜改良的糖和酱味儿。就是这种匠人精神令秦师兄差点儿被辣死在桌前。

秦师兄嗜甜而重油，顶多能忍受一下鱼和薯片的摧残，正面挑战扈北菜，其实有点儿勉强……

其实许星洲也不算很能吃辣，但是好歹出身山城，那地方动物都能吃辣椒。她看着秦渡吃了两碗米饭，点的饮料愣是被他喝了个精光。

许星洲愣住。

秦渡恶狠狠地说："看什么看？"

许星洲无辜地道："那是我要的柠檬红……"

然而她还没说完，只听吸溜一声，秦渡就将冻柠茶喝得只剩冰和柠檬片儿了。

秦渡干掉了第三杯饮料，还是被辣得不行，说："冰的给我，你喝米酒不就行了吗？"

许星洲语塞。

"得亏你也不算很能吃辣，"秦渡伸手戳了戳许星洲的脑门，额角都是被辣出来的汗水，"都说两个人要过日子得吃到一起才行，你要是很能吃辣，咱们以后得分桌子……"

许星洲于心不忍地道："我不算能吃辣，可是师兄你好像已经快不行了……"

秦渡沉默良久，然后用筷子去挑战虎皮青椒："放屁，这点儿辣师兄还受不了不成？你少小看我了。"

许星洲腹诽：你哪有半点儿受得了的样子……

秦渡犹豫片刻，又失笑道："不过摊上也就摊上了，没辙。"

两个人吃过饭后，秦渡开车送许星洲回了家。

外头仍在下雨，秦渡将许星洲送到家里，将上班的行头脱了，换了背心。

许星洲一愣："师兄……"

"我出趟门，"秦渡将运动头带往头上一绑，漫不经心地道，"还是回来得晚，小师妹你早点儿睡。"

于是在许星洲生日的前一天，秦渡又一次晚归，可是她收到了姚阿姨送她的礼物。

姚阿姨显然是不差钱的人，不在乎两个人仅是萍水相逢，送许星洲的东西是一瓶香水：海调，闻起来自由又奔放。蔚蓝的液体搭配剔透的水晶瓶，犹如海岸线。

许星洲收到礼物时微微一愣。

姚阿姨笑道："提前祝你生日快乐，小姑娘。"

许星洲道："阿姨你怎么知……"

"你之前不是收了个快递吗？"姚阿姨笑道，"商家都把写着'祝你生日快乐'的贴纸贴在壳子的外面了。那是不是你给自己买的生日礼物？"

许星洲不好意思地挠了挠头。

"是……"她羞涩地说，"我以前经常这么买，这个店家奔放了一点儿。"

姚阿姨微微一愣，而后问："你经常……给自己买？"

"嗯。"许星洲点了点头道，"生日也好，其他什么节日也罢，我就是那种如果自己不给自己买礼物的话就没有礼物可以收的小白菜……"

她说到这里就有点儿脸红。

她怕把自己说得太可怜，而姚阿姨是个很有母性光辉的人。事实上她没觉得自己很可怜，只是有点儿羡慕别人罢了。

"不过我爸会记得给我发红包。"许星洲认真地道，"这和送我礼物没有两样，自己拿了钱给自己买也挺好的……不过我就是有时候会想，别人的生日会是什么样子的。"

姚阿姨没有回话。

许星洲笑了笑，说："阿姨，身边能有一群需要自己，而自己也需要他们的人，这是一件很幸运的事情。"

姚阿姨沉默了许久，声音沙哑地道："星洲，你也会有的。"

"会有的，"她保证似的道，"你这么好，是他们什么都不懂。"

许星洲收下了阿姨的祝福，温暖而礼貌地道谢："谢谢阿姨。"

程雁曾经也说过："那些你所期许的、你所盼望的东西都会千里迢迢地赶来与你相见。"

如果事情真的是这样就好了，许星洲想。

许星洲二十岁生日的那天早晨，以往的连绵阴雨被一扫而空，晴空万里。许星洲起来的时候秦渡已经起床了，打着哈欠，拿着杯黑咖啡和遥控器，边喝边调台。

"申城今日……"广播员字正腔圆地说，"是难得的好天气，市民朋友们……"

灿烂的阳光中，许星洲敏锐地注意到秦渡的胳膊上有一片血红的擦伤。

许星洲打着哈欠问："师兄，你的胳膊怎么了？"

秦渡烦躁地将头发朝后一抓："昨天晚上摔的……算了。"

许星洲好奇得要命……可是秦渡什么都没说，把咖啡和蛋吃完就拖着她去上班了。

今天就像每个普通的日子一样。

许星洲的十八岁生日也是在仲夏，恰好是高考结束的时候。

那时候她刚收到录取通知书，她的爸爸觉得家里出一个上 985 大学的孩子不容易，对她的成绩很是引以为傲，就在她过生日的那一天办了升学宴。

她的父亲送的礼物也恰到好处，就是高中生毕业两件套：新电脑与手机。这两件东西被他拿来当生日礼物刚刚好，冷淡又贵重，让他省得与这个自己并不亲近的女儿更进一步纠缠。

升学宴上全是父亲的亲戚与朋友。有的人还趁着热闹试图给许星洲灌酒，并没有人挡。

"老许呀，"父亲的朋友醉醺醺地说，"你看你这女儿，不用管都能出落得这么好——漂亮又有出息。瞅瞅，你怎么这么有福气呢？"

其他人闻言哈哈大笑。

他们将许星洲最感到难过的部分当成谈资，当成她的父亲骄傲的资本。

办升学宴的是市里相当不错的一家酒店，满桌的大鱼大肉。菜品丰盛至极，鱼肉嫩软少刺，鸭肉肥嫩多汁。

升学宴上也没有半点儿差错。

"喝点儿吧，"那个面目模糊的亲戚说，"喝点儿，都这么大的女孩了。"

她爸也笑着说："喝点儿吧，喝点儿吧，星洲你都是成年人了，不喝多不好意思呀！"许星洲便不情不愿地被灌了两杯白的，差点儿连家都回不去。宴会散场之后她爸喝得烂醉，许星洲只能自己打车回自己的家——奶奶曾经居住的小院。

就在回家的路上，她发现程雁和她高中时的几个朋友等在她家的院子的门口，一起凑钱给她买了个鲜奶油蛋糕。

许星洲醉得头疼，抱着自己刚收到的电脑和手机在家门口哭得稀里哗啦。

小院里的向日葵向着阳光，连花椒树都向着太阳。

到了许星洲十九岁的生日，便没人再给她策划了。可是她的父亲至少记得在她生日的时候给她发个红包。许星洲拿了钱和程雁两个人过了生日，在外头胡吃海喝一顿，又在 APP 上团了张三十八块钱的 KTV 券，唱到晚上七八点钟才回家。

一个人要驯服另一个人，要接受另一个人，不只是要付出眼泪的代价的。

一个人要爱上另一个人，必须将自己剖开，让自己与对方血脉相连，将自己最脆弱的内心置于法官的利刃之下。

其实生日没什么值得过得轰轰烈烈的，不过就是另一个阳光明媚的日子。许星洲对生日的期许就只停留在"如果我晚上能有一个蛋糕就好了"。

姚阿姨那天没来自习室，许星洲就和柳丘学姐坐在一处。柳丘学姐背书，许星洲则去啃《冰与火之歌》的原版小说。

许星洲看到冰火里卓戈·卡奥和龙妈的爱情，突然迷茫地问："学姐，你说男人能记住人的生日吗？"

柳丘学姐很认真地想了一会儿，回答："能吧。"

"就算男性的情商、智商堪忧，"柳丘学姐严谨地说，"但是身为灵长类，不应该不懂手机上还有日期提醒和闹钟这种东西。除非对方是草履虫或者阿米巴原虫，毕竟我们实验室养的猴子都会设闹钟。"

许星洲一僵。

柳丘学姐红了脸："不好意思我羞辱我的前任羞辱习惯了，语言有点儿粗俗……"

许星洲向往地说："不是的，你能不能多羞辱他两句？柳丘学姐，我许星洲实名请求你开通付费羞辱人业务，我没听够。"

柳丘学姐安慰道："总之你别担心，你的对象看上去还挺聪明的……"

她的话音还没落，许星洲的手机上就收到了一条消息。

在许星洲生日当天的中午，老浑蛋毫不脸红、半点儿羞耻都没有地问："我刚想起来呢。你生日要什么礼物？"

他还真的忘了许星洲今天过生日……

秦渡估计今天中午才想起来，弥补一般问她到底要什么生日礼物。许星洲想起姚阿姨都能细心地从快递的包装上看出她今天生日，而自己的男朋友根本没把这件事放在心上。

秦渡甚至火上浇油地补充了一句："太贵的不行。师兄的实习工资一个月才四千五，你掂量着来。"

许星洲语塞，那一瞬间怒从心头起，恶向胆边生。

"你真的是个坏蛋，"许星洲被阳光晒得头脑发昏，气呼呼地回了条语音消息，"我要什么礼物哇？"

她说那句话时其实还抱着一丝秦渡说不定准备了一点儿惊喜的希冀，因此将怒火熄了，尽量平静地说话。

否则如果她之后看到了惊喜，想起此刻发过火会有点儿尴尬。

秦渡却慢条斯理地说："这可不行。难得我家小师妹过次二十岁生日，师兄总不能连个礼物都不给你买吧。那可不像话了。"

许星洲气得脑仁疼，回了他一句："过个鬼。"

秦渡道："生气了？这样吧，别提我的实习工资，师兄给你张卡，你去随便刷……"

许星洲看到这句话，简直要被气死了。

她直接设置了消息免打扰，不管秦渡说什么都不理了，低头开始看西班牙语教材。

外头阳光明媚，申城出梅之后天空整个都不一样了。

蔚蓝的天空上雪白的大鸟穿过云层，路边法国梧桐青翠。许星洲看了一会儿，觉得眼睛有点儿酸。

秦渡似乎发了很多条消息，可是许星洲一条都没回。

她过了生气的劲儿之后就觉得有点儿难受，不想看秦渡发的任何一条消息，把手机倒扣在一边，该干吗干吗。那天上午来借书的人格外多，许星洲甚至连吃早饭的时间都没腾出来。

这世上谁不想被爱呢？谁不渴望温暖呢？

许星洲这一辈子最想要的就是一个温暖的港湾。

她不能说秦渡不爱她。

那些他送来的花朵、他出现在倾盆大雨中的瞬间、他在精神病院陪床的夜晚、他陪她做康复的日子、抱着病发的她的凌晨，都如北方闪烁着的启明星，无一不是他爱她的证明。

可是，他好像也不是那么爱她。许星洲眼眶发酸地想。

毕竟这世上每个人都是独立的个体，喜欢归根到底还是源于自我满足，亲情尚且能被割舍，这世上哪还会有什么忠贞的爱情？

许星洲又想：这世上哪有需要她的人呢？

某处可能会有，但是这个人绝不会是秦师兄。

普通人尚且不需要这个名为许星洲的累赘，何况秦渡？

喜欢和爱是不一样的。人可能会喜欢上一只小狗，却无法爱上它；人可能会爱上另一个人，可爱虚无缥缈。

那位年轻的公爵拥有全世界，万物为他俯首。他可能会爱上那只漂泊的凤尾绿咬鹃，却注定不会需要那只鸟儿。

所以他忘记了与自己的约定，忘记了在医院的下午他所承诺的回应。

午休时许星洲趴在桌上，图书馆空旷而冰凉，只有炽热明亮的一束阳光落在她的背上。

许星洲觉得空调吹出的风有一丝冷，迷迷糊糊地朝有阳光的地方靠了靠。

这个生日实在太平平无奇了，就像许星洲以往过的大多生日一样，毫无惊喜可言。她甚至和毫无求生欲的男朋友吵了一架。

许星洲在金红色的夕阳中收拾着东西，然后叮的一声收到了她的父亲发来的红包。

她沉默着。

红包上父亲例行公事地写着生日快乐，许星洲点开一看，红包里就是二百元钱。微信红包最多二百元，而二百元不多，许星洲自己发都不心疼。

她父亲说："生日快乐，吃点儿好的。"

许星洲想起她同父异母的妹妹的生日。

那个孩子好像是被当公主一样养大的，她的父亲和阿姨的朋友圈里几乎都是那个女孩的影子。那个女孩过个生日宴请了几乎所有朋友，在她自己挑的饭店里，备了一大桌的菜，还有一个三层的蛋糕，父母在一旁举着手机录像。

回头他们就发了朋友圈，下面全是亲朋好友的祝福。

小许星洲曾经羡慕那个妹妹的生日，羡慕到几乎不能自已。那个妹妹的生日在寒假，临近年关，家中也有人给她操持。

许星洲羡慕得多了，后来就没什么感觉了。

夕阳笼在二十岁的许星洲的身上。她看着那二百元钱，开心地和她的父亲说了一句谢谢。

这二百元钱也算是飞来横财……

许星洲搓了搓鼻尖，将手机丢进了小挎包里。

柳丘学姐正准备去阅览室继续复习——阅览室开放到十一点多，学习氛围也好。

"怎么了？"金黄的阳光笼在她的身上，柳丘学姐拽了拽书包带，好笑地问，"怎么突然笑起来了？"

许星洲认真地说："爸爸发了个红包。本来我打算一个人去吃人均三百元的日料的，结果现在可以吃人均五百元的了。"

柳丘学姐咂嘴："这么贵吗？"

许星洲笑道："难得过一次生日嘛——学姐好好学习哟。"

虽然大家都不放在心上，但是这是许星洲此生唯一的二十岁生日。

许星洲和柳丘学姐道了别，从图书馆的楼梯上嗒嗒地跑了下去。

傍晚五点，长街流金，令人沉醉。

那时夏至刚过没多久，申城晚上七点才会日落，日出却在五点。那段时间是一年中日长最长的日子。

许星洲今天是打定了主意不和秦渡一起过生日了——一个人多好哇！她想吃什么吃什么，想买什么买什么，和秦渡一起还要被他气。星洲过个生日招谁惹谁了？

许星洲从开了冷气的图书馆冲出去，刚出门，裙摆就被温暖的风吹了起来。

天际一轮红日，金光铺满长街。

许星洲觉得有点儿开心。风吹过她腿，她穿的红裙被吹得翻飞。她眯起眼睛望向远方，选定了一个方向——这个方向和秦渡上班的地方相反。

许星洲打算去那地方冒险，随便找家看上去合眼缘的日料店解决晚饭，并且打定了主意，晚上要去外滩装游客，让别人给自己拍游客照。

许星洲还没跑两步，就听到了后面传来气急败坏的声音。

"许星洲！"秦渡不高兴地道，"你是看不到师兄在这里等你是吧？"

许星洲头都不回地喊道："你走吧！我今晚不要你了！"

秦渡说："这由不得你。你今天一天没回我消息了，师兄忘了你生日你就这么生气？"

许星洲无语。

"所以打算丢下师兄一个人，"秦渡慢吞吞地甩着钥匙朝许星洲走来，一边走，一边慢慢地道，"自己当一个小可怜，自己去吃饭，回来之后还要和我闹别扭是吧？"

许星洲愤怒地道："我不是那种……"

她还没说完，就被秦渡生生打断了。

"不是闹别扭的人？"秦渡欠揍地说，"那小师妹你告诉我，你没闹别扭的话为什么说今晚不要我了？你闹了别扭，不想着和我解决，是等着师兄哄你？这还不是闹别扭？"

许星洲憋了半天，窒息般问："你……辩论赛？"

"嗯，省级。"秦渡漫不经心地将手搭在她的肩上道，"团体冠军吧，大一的时候跟着去混过一次。"

许星洲语塞。

秦渡拧着眉头说："上车，闹别扭做什么呢？师兄又不是故意忘了你生日的。第一次谈恋爱不能对师兄宽容一点儿吗？大家难道都第一次就能记得家里的小姑娘的生日？"

许星洲憋都要憋死了……

秦渡这个人此时简直如同一条泥鳅，一席话说完许星洲居然挑不出他半点儿不好——刑法尚且要求疑证从无，两个人谈恋爱难道就不能讲道理了吗？

许星洲只得忍着自己满腹的愤懑。

他就是没这么喜欢我。许星洲愤懑地想。

秦渡晃着车钥匙。只听嘀嘀两声，许星洲抬头一看，面前是一辆酒红色的超跑车漆反着光，奢华无比。

许星洲在夕阳中眯起眼睛艰难地辨认标志上的英文。

秦渡一边绅士地给她开了车门，一边毫不犹豫地杠她："文盲吗你？"

许星洲语塞。

无辜的她过生日都要被"杠"，准备今晚手刃了秦渡。

"你借的吧。"许星洲恶毒地说，"车库里没有。"

秦渡道："你的男人接你从来不借车，这车停在我爸妈家的车库里呀！咱们小区不让买三个以上的车位，要不然就炸了。"

许星洲再次语塞。

车里也没有礼物……许星洲偷偷地扫视了一小圈，就悻悻地抱着包坐在了副驾驶座上。

这车真的很惹眼，线条流畅，车身犹如南瓜马车，路边还有人指指点点的。许星洲好奇地朝外看，手指按在车窗上，秦渡在她的头上一拍，示意她拽自己的袖口。

许星洲强硬地道："我不拽。"

秦渡不太走心地哄道："说了不是故意忘了你的生日的，晚上师兄带你去玩好不好？"

许星洲的耳朵一动："去哪里？"

秦渡道："你等会儿就知道了。"

她等会儿就知道了？许星洲摸着自己手腕上的师兄送的小手镯，不搭理他……

秦渡提议："所以拽拽袖子？"

他不是不喜欢在开车的时候被拽袖子吗？！他说危险，第一次答应得还特别勉强，现在又发什么疯？许星洲连想都不想就拒绝："做你的八辈子美梦吧！"

秦渡憋气地继续开车去了。

超跑的底盘太低，随便一个加速度都带来窒息感，其中却又透着难言的爽快。许星洲想起她第一次被秦渡带去跑山的夜晚，也是这种速度，而那天晚上下着仿佛一辈子都不会停的大雨。

可那大雨终究还是停了。

七月初的街道上金光流淌，天空万里无云，晚上应该是星辰漫天。

许星洲一路上相当愤懑。

秦渡说要带她去玩，只说"你等会儿就知道了"，也没带她去吃饭，把过二十岁生日的小姑娘饿着，不提日料也不提韩料，就给她塞了一点儿他买的小饼干。

"别吃饱了。"秦渡说。

许星洲摸了摸自己扁扁的小肚子……

秦渡中途又以饼干为理由，非让她来扯自己的袖子，许星洲这才注意到秦渡今天居然穿得还挺好看的……

他本来就有着男模的身材，揉着额头漫不经心地开着车，许星洲差点儿就因为他长得帅而原谅了他。

秦渡突然问她有没有去过游乐园。

许星洲想了想，摇了摇头。

她从来不会自己去游乐园，也没人会陪她。程雁是个半点儿少女心都没有的人，对游乐园充满鄙意，而学校里的其他人也对这种有点儿孩子气的地方没兴趣。

秦渡点了点头，欣慰地道："你怎么这么好养活，那就那里了。"

好养活的许星洲大惑不解。

你才好养，你全家好养……她愤懑地腹诽。

跑车穿过停车场，在游乐园前停了下来。许星洲先是一愣，回头望向停车场，探究地望向秦渡，用眼神无声地问他：你不停在停车场吗？

秦渡厚颜无耻地道："许星洲，游乐园的停车费很贵的。"

我到底交往了个什么人物呀？！

许星洲一头雾水，跟着秦渡下了车。火烧云仿佛点燃了半边天空，空旷的城堡前空空荡荡，连个工作人员都没有，只有那辆酒红色的、带着点儿华丽的跑车。

许星洲在那个瞬间又冒出一个念头：这个场景有些眼熟。

辛德瑞拉就是坐着南瓜马车出现在王子举行舞会的城堡前的，长长的楼梯前一个守卫都没有。

许星洲奇怪地问："怎么没人哪？"

秦渡看了看腕上的手表，漫不经心地道："六点闭园，要不然人怎么可能这么少？"

许星洲一愣："哎？是吗……"

夜幕降临，道路的尽头是灯火之城。

许星洲之前一次都没来过，有点儿茫然地问："师兄，没人怎么办？"

"怎么连工作人员都没有？不应该有保安吗？"许星洲还挺害怕地问，"这里都关门了，都买不到票了……"

"都买不到票了？"秦渡一边反问，一边皱起眉头。

秦师兄长得非常英俊，半边面孔被笼在沉入地平线的红日的余晖之中，线条锐利犹如刀削的一般。

许星洲好奇地看着他，似乎觉得秦师兄会有什么新奇的想法，只听秦师兄厚颜无耻地说："逃票。"

许星洲无语。

这个生日也太随便了吧？！

许星洲简直要以为秦渡揭不开锅，但是看他开的那些车，又觉得把他的家底的零头抠抠也能养活秦家上下三代人……

　　话说他到底为什么这么抠？他如果是在和临床的小师妹交往……

　　许星洲立刻不再往下想。

　　难道她后面真的得和姚阿姨学学？

　　入口处的大钟指向下午七点，弯路上灯火通明，花圃里喇叭花盛开。

　　他们的身后一个人都没有，只有夜幕下停在门口的红跑车。

　　检票口也只映着暖黄的光，光线映着墨绿色的栅栏和闸机，夜风温暖。这里别说工作人员了，连保安都没有。

　　游乐园仿佛在等待什么人进入。

　　许星洲吓坏了："师兄，我觉得这样不太好……"

　　"逃票有什么不好的？"秦渡的脸皮厚得犹如城墙，"还没有什么人呢。"

　　许星洲一指上头的小红点儿："可是有监控。"

　　监控亮着个红灯，瞪着许星洲和她的师兄。

　　秦渡语塞，立刻男友力爆棚地捂住了许星洲的脸，安抚道："放心，师兄和市警察局的局长的儿子一起玩大的。"

　　所以我如果被抓进去他能把我捞出来吗？许星洲心想：你真的有病啊！

　　许星洲简直想揍他："那你逃什么票呀！我都不逃……"

　　她还没说完，秦渡就撑着检票栅栏一翻，稳稳落地，动作敏捷，毫不拖泥带水。许星洲一看就知道他翻惯了学校的墙。

　　然而许星洲其实也有点儿想试试逃票……

　　她觉得这特别刺激，便也跟着翻闸机。秦渡将她的腰一搂，把她牢牢地抱在了怀里，待她翻过闸机后将她放了下来。

　　偌大的园区里亮着昏暗的路灯，远处的城堡上映着粉紫色的霓虹灯光，花朵在夜风中摇曳。

　　路上空空旷旷的，逃完票的秦渡将许星洲的手握在手心里，带着她往前走。许星洲哈哈大笑，大声地嘲笑他："你真的是'抠门精'托生的吗？！"

　　秦渡一边拽着她往前走，一边无耻地道："那你不还是看上我了？"

　　许星洲承认："我的眼光真的有问题。"过了会儿她又说道，"师兄，你真的是个'抠门精'……"

　　"逃票不刺激吗？"柔和的灯光中，应该被保安抓走的秦渡使坏地揉揉许星洲的脑袋，问，"小师妹，这刺不刺激？嗯？"

许星洲说："良心谴责，不想再尝试，但我不后悔！这真的太刺激了……"

远处的城堡犹如乐园的地标，此刻被映得灯火通明，风呼地吹过。

许星洲终于反应过来："等等，秦渡？"

秦渡道："啊？"

"秦渡，你今天是不是骗了我？"许星洲难以置信地道，"游乐园没有夜场？"

秦师兄坏坏地一扬眉毛。

那一刹那，许星洲只听砰的一声巨响，寂静的夜空中炸开了一片火树银花。

许星洲呆住了。

那一刹那花火腾空而起，掠过湖面与城堡的塔尖，夜空被映得大亮，城堡之上旗帜飘扬。

河上传来女孩的悠扬的歌声，桥上的灯笼次第亮起，照亮他们应该去的目的地。

许星洲呆若木鸡。秦渡将她的手一扯，在漫天流星般的烟花里拉着她往前走。

"愣着干吗？"秦渡嘲笑道，"小心保安来抓你。"

许星洲道："师兄……"

"师兄什么师兄，"秦渡伸手在许星洲的头上揉了揉，"就是个烟花秀而已。"然后他拉着许星洲朝前跑。

他们在深夜中穿过拱桥，烟花在他们的头顶炸开，许星洲开心地大喊着这真的太美了——漫天的星辰与烟花，水中倒映着全世界。

秦渡拉着她跑到城堡前，那一刹那彩色的气球腾空而起，在夜空中闪烁，映着粉紫色的霓虹。

许星洲蹦了蹦，随手捉住一只，只见粉红色的气球上头印着"happy birthday my girl（生日快乐，我的女孩）"——她刚笑起来，就看到黑夜之中，城堡之前，她的那些同学在远处大笑着和她挥手。

许星洲难以置信。

秦渡随意地道："请来的。路费师兄出。"

许星洲不知道他是什么时候联系上的，都要感动坏了："师兄……"

秦渡便把她压在桥头，在昏暗之中低下头在她的唇角亲了亲。

仲夏夜，满树合欢花盛开。

花圃中的花映着突然亮起的灯火，城堡的门口挂着粉红色的波点的横幅，下面全是缤纷鲜嫩的花束。

那些花许星洲连认都认不全：龙沙宝石、白玫瑰、百合、万寿菊与太阳花扎成一大捧，簇拥着挤作一团，犹如通往城堡的红毯。

路上满是万寿菊与玫瑰的花瓣，风里纷纷扬扬的全是花朵与丝带。烟花悬于塔楼之尖，影影绰绰之间许星洲看见波点横幅上有一行大字："许星洲小勇者二十岁生日快乐"。

横幅上缀着藤月玫瑰与珍珠，镶着金边，气球飘向远方。

许星洲甚至看见了她非常眼熟的公主们。

她羞耻得脸都红了。

她都二十岁了，谁是"小"勇者呀？许星洲脸红地想，回头自己估计还会被程雁嘲笑……她非常羞耻地掐了掐秦渡的手。

秦渡没动一下，显然不打算和她计较。

"Ladies and gentlemen（女士们，先生们），"秦渡娴熟地拿过话筒，单手牵着许星洲对下面的人说道，"今晚的主角我带过来了，逃票过来的。"

下面的人哄堂大笑，秦渡摸了摸自己的耳朵，又哂笑道："安保不行，钻了个空子，希望工作人员下次改进。"

台下又是一阵哈哈大笑，全场的气氛温暖又融洽。

秦渡对这种讲话信手拈来，看上去游刃有余却认真。开完了玩笑，他伸手将许星洲拉上了台，高台上的明亮的灯光映得许星洲睁不开眼睛。

许星洲被秦渡拉着站在花与灯光里，触目所及是丝带与和平鸽。

"今天我们聚在这儿，"秦渡朗声道，"是因为我叫来了在座的所有人，可更是因为我们所认识的、所熟知的许星洲——我的勇者，今天就满二十岁了。"

许星洲那一瞬间脸红到了耳根。

秦渡生得极其英俊，而说那句"我的勇者"时甚至连眼都没眨一下，就这么坚定地望着许星洲。

"还被吓到了？"秦渡哂笑道，"做不来公主还是做不来勇者？"

许星洲的脸红得几乎熟透了，眼里都是流转的光。她看着台下，似乎看到了程雁，也似乎看到了学生会的部员。谭瑞瑞从怀里抱着的花里抽出一朵，向台上扔了过来。

秦渡突然拖了长腔："哦——"

许星洲道："秦……秦渡……"

"我明白了，"秦渡打断了她，故作深沉地道，"这位勇士，你是缺道具。"

许星洲刚想问我缺什么道具，秦渡就摸出一个金光闪闪的头冠，将它放在了许星洲的头发上。

许星洲愣怔。

"你是不是想问，"秦渡笑眯眯地问，"明明勇者的路线是迎娶公主当上国王，为什么师兄给你的不是国王的，而是公主的头冠哪？"

许星洲反应不及："为什……"

秦渡说："既然你诚心诚意地发问了，师兄就大发慈悲地告诉你，因为——小师妹，你是他们的勇者。"

璀璨的光中，灼灼的目光之下，音乐悠扬，花瓣散落于夜空，许星洲清晰地感到……秦渡亲了亲自己的额头。

"也是师兄一个人的公主。"他说。

许星洲的勇者病被暴露在天光之下，她从此无所遁形。

秦渡将游乐园都包了下来。

晚餐他们在城堡里解决。许星洲戴着公主的头冠，其实觉得有点儿羞耻。

程雁也被请来了，千里迢迢地坐了飞机赶来。来的人还有许星洲的同学、部员，以及秦渡认为的与她关系亲密的人，谭瑞瑞也赫然在列。除此之外，来的人还有少部分秦渡的朋友。

有一个人貌似是从国外回来的，看到许星洲就暧昧地微笑，跟她说："谢谢嫂子。"

许星洲还没搞明白他在说什么，他就被秦渡一脚踹走了。

许星洲从小就看迪士尼的动画，迪士尼是爱与梦的工厂。那些她只在动画片里看过的漂亮的公主穿着裙子，上来与过二十岁生日的"小朋友"拥抱。

许星洲笑个没完。

他们在城堡里的长桌处解决晚餐，许星洲在秦渡的身边吃了前菜，公主在远处笑着祝她生日快乐。

到处都是粉红色，连他们吃饭的时候都处处是惊喜。许星洲切开自己那份儿小烤鸡，里面好像有点儿什么，她打开一看，那是一份儿被扎在塑料纸里的小礼物。

秦渡在一侧脸不红心不跳地说："我可不知道这是什么。"

那场景太过浪漫。

满桌的花朵几乎放不下，天花板上悬着气球与彩带，藤萝花朵盛开。她的同学上来跟她说生日快乐，公主们与她拥抱，工作人员把扎着丝带的玩具塞在许星洲的怀里。

许星洲好几次都想拽住秦渡问他"你是不是照着五岁小女孩过生日的标准来给我过的生日"，却又怎么都问不出口。

因为自己真的没什么抵抗力。

秦渡拉着她的手，在偌大的园区里连队都不用排。许星洲跟着他去玩过山车，过山车穿过人造的瀑布与山川，她喊得嗓子都哑了。

下来的时候许星洲开心得满脸通红，抱着秦渡滚在台上。女孩头上的铂金头冠当啷坠地，又被头发丝缠着。她笑得几乎喘不过气，秦渡与她一起躺在地上，眯着眼睛看着昏黄的灯火，从他家星洲的头发里摘出绯红的花瓣。

许星洲躺在地上，甜甜地问："师兄，你这么多天晚上就去做这个了呀？"她的眼睛弯得犹如小月牙儿。

秦渡抱着他家星洲，声音沙哑地道："算是吧。"

"那你也不告诉我，"许星洲柔顺地蹭蹭他的脖颈儿，轻声道，"搞得小师妹好难过，还以为师兄忘了呢。"

秦渡说："忘了，这还能忘了？"

他蹭了蹭许星洲的额头，那动作带着安抚的意味。然后他把她稳稳地公主抱了起来。

许星洲活脱脱一个人来疯，"中二"地道："不许抱了！勇者从来都是去拯救世界的！"

"拯什么拯，"秦渡伸手在许星洲的头上一按，把她头上的小头冠扶正，恨铁不成钢地道，"什么破勇者，站都站不直。"

许星洲确实站不直。

她没坐过几次过山车，一是因为没人陪，二是因为她自己不主动。她只知道过山车刺激，却从来没坐过，从那个小矿山车上下来时就两腿打战……

秦渡丝毫不在意别人的眼光，仍然将许星洲抱着。许星洲红着脸缩在他的怀里，乖乖地问："师兄，我重不重啊？"

秦渡沉默着眯起眼睛看着许星洲，许星洲又眨了眨眼睛，这次好像还准备亲亲他。

秦渡移开视线，故意道："重。"

许星洲语塞，同时挫败地想：秦渡是不是天生不吃美人计呀？

秦渡还带着她玩了迷宫。

迷宫中，冬青树上缀满玻璃灯笼，连灯笼上都悬满了"Happy Birthday"的标语。秦渡执意抱着"很重的"小师妹，远处传来她的同学们的欢声笑语，许星洲还听见肖然坐过山车时的尖叫声。

"师兄，"风吹过横幅，令其猎猎作响，许星洲在夜风中抱着秦渡的脖子，甜甜地勾引他，"师兄，你今天是不是还没有说那句话呀？"

秦渡连理都没理。

"你总不理我。"许星洲有点儿埋怨地说，然后又带着点儿撒娇意味，蹭了蹭秦渡的脖颈儿。

秦渡投降似的说："过一会儿……"

然后他把许星洲摁在迷宫的墙上，温柔地亲吻她的唇。

那天夜里，处处都是花朵，是昏暗的万千灯火。

"摸一下，"秦师兄在吻的间隙低声地指示她，"摸一摸门框……"

许星洲一愣，踮起脚摸了摸，一个小小的、墨绿色包装的小礼物掉了下来。

许星洲都不知道秦渡到底准备了多久。

她曾经听秦渡当上主席以前的直系下级，如今的外联部部长谈过个人预约场地的问题。秦渡在迪士尼清了这一次场，至少两个月前预约的，加上场地的特殊性，许星洲都不敢想他到底费了多大功夫。

她摸到秦渡的胳膊时他下意识地抽了口气——他的胳膊上还带了伤。

秦渡带着她把能玩的都玩了个遍。

夜晚的游乐园有种难言的魅力，许星洲走在里面真的觉得自己有个皇位可以继承——城堡中灯火通明，金合欢怒放，歌声悠扬。

每个人都认识她，笑着和她说生日快乐。

白鸽腾空而起穿越夜空，天边一轮明月。连素不相识的人都在祝福她的二十岁生日。

那天晚上许星洲不再是那个看着父亲的朋友圈难过的女孩，不再是那个在生日当天被灌了酒醉醺醺地在家门前痛哭的高中生，不再是那个蜷缩在病床上等待夜幕降临的姑娘。

"20th birthday（20 岁生日）"的标语挂满枝头，全世界都仿佛她看过的童话世界。

近十点的时候秦渡将许星洲留在了河边，说自己要去上个厕所就离开了。

许星洲不疑有他，只当快结束了。河畔流水潺潺，拴着几条小船，那些漂亮的公主还没回家，一位公主看见许星洲，笑着过来用英语祝她生日快乐。

许星洲特别喜欢这位公主，在河边和她合了张照，又和她聊了半天自己的"勇者病"，公主被她逗得前仰后合。

许星洲的"中二病"远没好利索，一旦发作她还是满脑子勇者斗恶龙救公主。结果她没比画两下，自己头上戴的头冠就吧唧一声掉进了水里。

许星洲语塞，想都没想就一撩裙摆打算下水，却突然被她旁边的公主拉住了。

"No（不），"长发公主拉住许星洲，认真地说，"You shouldn't do this（你不要这样做）。"

许星洲顿了顿："But（但是）……"

然后她就看见那个穿着烟紫色的长裙的漂亮姐姐蹚水下去，将她掉进湖底的头冠捞了上来。

漂亮的姐姐将头冠在自己湿透的裙子上擦了擦，擦净了水，又将头冠端端正正地放回了许星洲的头上。

许星洲刚要道歉，就被打断了。

"小公主，"那位外国的公主温柔而生涩地用中文说，"夜晚还没有结束。"

然后她伸手拨了拨许星洲的头发，将她的碎发往后捋了捋。

秦渡回来时带着一根细细的黑色布带，蒙住了许星洲的眼睛。

许星洲使劲儿揉着布带，眼前一片漆黑，半点儿光都透不进来。她看不见东西，浑身上下便只剩了一张嘴："秦渡你是不是要做坏事？是不是看我今晚被你喂饱了？！你是准备把我丢进海里喂鲨鱼还是喂虎鲸……"

她还没说完就被秦渡一把推进了船里。

许星洲道："呜哇——你是不是图谋不轨？！"

秦渡不爽地、居高临下地道："许星洲你再开口，我就把你一脚踹进河里头。"

许星洲语塞。

这水浅，不可能让人有任何生命危险，顶多让人不太好过，因此许星洲丝毫不怀疑秦师兄一脚把自己踹进河里的可能性……

接着秦渡上了船。船在水里，他人又挺重，船体立刻一倾。

许星洲在昏暗中感受到水汽。她什么都看不见，只觉得秦渡凑过来吻了吻她，接着船桨一荡，船便划了出去。

许星洲不安地问："秦……秦渡……为什么要把眼睛蒙住哇？"

秦师兄说："你左看右看的，烦人。"

"我才没有！"许星洲委屈地道，"你就是想欺负我！你是不是准备找机会把我推进水里？"

秦渡没辙，又凑过去和她接吻，让她快点儿闭嘴。

船划过河面，暖风吹过女孩的发梢儿。

许星洲莫名地觉得周围似乎亮起来了一些。

那些亮光是河岸的灯吗？她迷茫地想。

他是安排了划船的活动吗，还是别的什么？他总不能想在船上和我……不行，这个不可以！这个太过激了！许星洲满脑子糨糊，接着便觉得船微微地颤了颤。

"许星洲，"秦渡突然朗声道，"师兄做错了。"

那一刹那，风吹过河畔。

许星洲微微一呆。

秦渡为什么突然道歉？

秦渡说话时极其认真，犹如在念一段刻在心底的话。

"我实话说，我吃醋，尽管知道我没有任何立场。"

"吃醋……"秦师兄的声音清晰地传来，"从很早以前就开始，从我第一次见你就开始……所以我一点儿也不喜欢林邵凡在你的身边晃悠。

"我丑陋到连你的朋友都嫉妒。"

晚风吹过河畔，许星洲感觉布料中间透出令人难以置信的光亮。

秦渡伸手在许星洲的唇上按了按，认真地说："和你看到的不同，师兄是一个很糟糕的人。"

"师兄贪婪、暴虐，时而自卑，时而自负，厌恶一切，"秦渡声音沙哑地说，"自己的人生都一塌糊涂。我每天都觉得明天就这么死去也无所谓，找不到生活的任何意义和乐趣。"

"可是从师兄第一次见你开始，从在酒吧见你的第一面开始，"秦渡说着，伸手去解许星洲脑后的绳结，"我就觉得你真好哇。你怎么能活得这么好看，怎么能这么澎湃又热烈？"

秦渡将绳结解开，一层层地解下黑布，许星洲感受到隐隐的光。

青年用温暖的手掌按着她的后脑勺，手指笨拙地插进她的发间。

"我无时无刻不在看你。"昏暗中，秦渡缓慢地说，"你活得太漂亮了，又认真又随意，童心未泯，永远年轻，像是个总会拥有星星的人。"

许星洲的眼眶都红了："师兄……"

她模糊地意识到了那是什么。

那是秦渡抢过她的手机后删掉的短信。

"许星洲，"许星洲听见秦渡声音沙哑地背诵，"师兄看到你就觉得有你的人生一定很好。"

"我什么都不会，连爱你的表现都会让你生气，让你哭，可是……"秦渡说，"可是师兄真的特别特别爱你。"

秦渡停顿了一下，又道："所以你原谅我吧。小师妹，你真的是我的人生中最亮的颜色。"

许星洲的眼前只剩最后一层布。她意识到，世间似乎真的灯火通明。

"这是我第一次爱人。你如果觉得这场表白令你不舒服的话，我就作为朋友陪在你的身边。一切我做不好的我都会学，我可以保证我学得很快。"

秦师兄扶着她的后脑勺，将最后一圈布条扯住，微微地转了个圈。

"师兄……"秦渡声音沙哑地道，"没有你，我好像有点儿不知道怎么活。"

他将最后一圈布条拉了下来。

世界灯火通明。

许星洲被亮光刺得几乎睁不开眼睛，而后在模模糊糊的视野中看见了腾空而起的、温柔而绚烂的孔明灯。

"我呀……"秦渡在飘浮的天灯下不好意思地道，"把你第一次弄哭的时候是这么给你发短信的。"

许星洲讷讷着说不出话，只想上去抱住秦师兄，连眼眶都红了。

秦渡晒道："我那时候真的这么想。"

"现在呢……"他笑了笑，伸出手轻轻地摸了摸许星洲的头发，"现在就不太一样了。"

许星洲在那个瞬间生出一种这世间所有的孔明灯应该就在此处了的感觉。

孔明灯犹如千万月亮，秦师兄的脸逆着光，可是许星洲能清晰地看见他深情的眼神。

许星洲微微一愣："师兄，现在……"

秦渡想都不想地道："现在师兄不可能让你做我的朋友。"

许星洲哈哈大笑起来，准备抱住秦渡，可是刚要去索要抱抱就被秦渡一手抵着额头推了回去。

"还有，"秦渡看着许星洲说，"师兄还没说完。"

许星洲眨了眨眼睛，额头红红的。

她将几乎沉入水底的灯捞起。那灯上写着字，是她的同学给她的祝福。

她将灯向上一抛。天灯飘向夜空，夜空被映得如同星空。

如果她乘坐飞船靠近宇宙之中的千万恒星，看到的大约也就是这种光景。许星洲模糊地想。

"现在我没了你，"秦渡哑着嗓子，"真的活不下去。"

许星洲在那一瞬间眼睛都睁大了。

秦渡说："程雁告诉我你有抑郁症，可能在寻死的时候，我就在问我自己这个问题——我问我自己，能不能承受没有许星洲的人生？"

"可是师兄还是找到你了。"他红着眼眶道，"找到你之后我就质问自己，为什么要思考这个问题呢？这多没有意义呀！我怎么可能让你离开我的人生半步？就算退一万步来说，师兄也不可能放任你去死。"

许星洲看着秦渡，眼眶发红，嘴唇颤抖。

"后来，"秦渡声音沙哑地说，"我抱着你冲下宿舍楼，外头下大雨，急救车冒着雨冲过来，他们给你吸氧，护士和医生在我的面前把你的生死当成最普通的事……"

"可是我那时候是这么想的，"他的眼眶通红，"如果许星洲没了的话，我也差不多死了。"

许星洲的眼神哀伤，眼泪滚了下来。

"你不知道师兄过的是怎样的生活。表面光鲜，"秦渡痛苦地说，"可是内里全烂着，质问和怀疑、自我厌恶每时每刻都存在。这不是任何人的问题，是我自己的问题，可是无人能懂，我也不想给任何人看。"

秦渡看着许星洲在一边抹泪大哭的模样。

她哭得太难受了，鼻尖通红，秦渡只觉得自己的一颗心都要裂开了。

而他就是要把这颗裂开的心脏毫无保留地捧给他的星洲看。

"可是你来了。"那个青年说。

那是世界的桥梁。她燃烧着却又伤痕累累地从星河的尽头跋涉而来。

秦渡难受地道："许星洲，师兄这辈子没对人动过情，唯独对你……唯独你。"

许星洲一边抹着眼泪，一边哭，而船上没有纸。

"你柔情万丈，"秦渡近乎剖开心脏般说，"是师兄在这么多年的人生中能见到的最美好的存在。"

许星洲拼命地擦了擦眼睛。

她看见秦渡靠了过来。

灯火如昼，河流倒映着千万的河灯，小舟漂向远方。

"你以前告诉师兄七色花，"秦渡按着桨，"红色的花瓣被女孩拿去修补碎裂的花瓶，黄色是女孩买的甜甜圈，橙色是她想要的满街的玩具，蓝色的花瓣被她用来飞往北极……

"你的那小药盒里什么颜色都有，可是唯独没有绿色。"

许星洲哭红了眼，泪水止不住地往外涌。

"后来师兄才知道，"秦师兄的粗糙的手指擦过她的眉眼，"绿色的花瓣代表家……而你没有。"

许星洲在那一瞬间觉得心脏都被攥住了。

秦渡用他的手捏住了许星洲的一颗心，她甚至无所遁形，只能泪眼蒙眬地望着她的师兄。

"所以……"漫天的灯火之中，秦渡缓慢而深情地道，"所以师兄想送你一片绿色的花瓣。"

我想给你一个家。

许星洲捂着嘴落泪，眼泪落得犹如珠串。

"不一定是现在……"秦渡红着眼眶说，"可是，师兄保证——你想要的，我都给你。"

许星洲堪堪忍着泪水。

她告诉自己千万不能哭得太难看，并且满脑子想的都是秦师兄肯定这辈子都不会再这样表白了，因此她不能用太丑的、满脸鼻涕的模样给自己留下惨痛的回忆。

许星洲哽咽着跟他抬杠："不，你才不想。"

你明明还欺负我。许星洲一边擦眼泪，一边别别扭扭地想。你还去勾搭临床的小师妹，对我抠门得要命，三句话不离"杠"我，我现在就要"杠"回去。

"你不想，"许星洲满脸通红地哭着说，"你如果今晚回去和我说你今天是骗我的，我就……"

秦渡声音沙哑地道："许星洲……我骗你做什么？师兄如果没了你，真的不知道要怎么活呀……"

他的眼眶红得几乎滴出血来："师兄真的……需要你呀！"

许星洲在那一瞬间以为自己听错了。

他是不是说了他需要许星洲——他是说了需要，是吗？

他是说了没有我就不知道怎么活下去了吗？

许星洲再也忍不住，丝毫不顾形象地号啕大哭。

这世上谁不想被爱？谁不想被所爱的人需要？

许星洲想起那些她蜷缩在床上的夜晚，那些她死活无法入睡，只能跑去空荡荡的奶奶的床上睡觉的深夜，想起那些落在向日葵上的金灿灿的光，想起她无数次走出校门时望着别人的父母来送饭时身旁的枯萎的藤蔓月季。

许星洲还想起自己空旷寂寥的一颗心。

"这世上哪会有人爱你？"那颗心重复而痛苦地对她说，"谁会需要你呢？"

不爱你的人世间遍地皆是，爱你的人人间无处可寻。

许星洲一直晓得荒野里的风声，见惯一个人走回家的道路上的夕阳，知道孤身住院的孤寂，更明白什么是无人需要的感觉。

她羡慕程雁在假期有家可回，羡慕李青青每周都要和父母打电话……她羡慕她的同父异母的妹妹，羡慕她的游乐园之行，羡慕她有人陪伴的生日。

有人爱我吗？有人需要我吗？十几岁的许星洲蜷缩在奶奶的床上想，汲取着上面的冰凉的温度。后来秦渡出现，在她难以入眠的夜晚将她牢牢地抱在了怀里，犹如极夜中亮起的阳光。

他真的是个坏蛋，以逗弄许星洲为乐，又抠，然而温暖得犹如极夜的阳光。许星洲依赖他，爱他，却无论如何都不敢把自己的心脏交付到他的手中。

他不会需要我的，许星洲想。

秦渡那样富有、锐利而喜新厌旧。他对一切都游刃有余。

许星洲曾经怕他怕得连他的表白都不敢接受。

可是，在她二十岁生日的这天夜晚……

这天晚上风声温柔，河流两畔绘着精美的壁画。漫天孔明灯腾飞入天穹，水面犹如一条绚烂的星河，上面倒影万千。

许星洲在星河之中，像个终于得到爱的孩子似的号啕大哭。

她看着秦渡就又开心又酸涩。船里也都是含着露珠的鲜花，许星洲哭得泪眼蒙眬地踩了一枝雏菊，雏菊的花枝便顺水漂向远处。

秦渡哭笑不得地道："你怎么回事呀？"

许星洲哽咽着，说不出个所以然来。

我该怎么告诉他呢？

你像我需要你一样也需要着我？

我该如何告诉他这满腔的情意，如何告诉他我也像你爱我一样爱着你？

许星洲不知道怎么告诉他，只能呜呜地哭。

那是几乎断气的哭法，而且毫无形象可言。女孩哭得满脸泪水，不住地流鼻涕，又不能用手擦……

她知道自己非常丢脸，过了一会儿扯起了自己的裙子。

秦渡沉默着。

孔明灯飞入云海，花枝从船中伸出来，阔叶百合垂入水中。

他们的小船靠岸，芦苇荡中隐没着一轮明月。

虫鸣月圆，夜色之中歌声悠扬，船停泊于码头时秦渡先下了船。

秦师兄的个子非常高，腿长就有一米二，他上岸只需要一跨。他上了岸后将小船一拉，张开胳膊，要把许星洲抱过来。

许星洲抽抽噎噎的，红肿着眼眶，伸手要秦渡抱抱。

秦渡扶正了许星洲的小头冠，然后将许星洲从船上以公主抱的姿势抱了下来。

"师兄……"许星洲被抱在秦渡的怀里，迷恋地在他的脖颈儿处蹭了蹭，"还要抱抱。"

秦渡嘲笑她："你是黏人精吗？师兄都抱了你一晚上了。"

许星洲笑了起来，点了点头，等着秦渡戳她的脑门。以往秦渡是肯定要啪的一声弹她一下的，可是这次她等了半天秦师兄都舍不得弹她。

许星洲一对他撒娇他就舍不得下手。

夜空萧索，秦渡抱着许星洲穿过树林和城堡——全城都是粉红色的横幅和气球，丝带缠绕枝头。随着他步伐稳健地走过，灰白色的鸽子扑棱棱地飞起。

"Happy Birthday"，那些横幅上写着。

那些粉嫩的横幅被挂在城堡上，拴在梢头，缠绕在护城盔甲的胳膊之间。冷硬的盔甲上还绑了粉红色的蝴蝶结，连缨子的颜色都变成了娇嫩的粉色。

许星洲这辈子都没做过这样的公主。

确切来说，她甚至没有过什么公主梦。

公主梦是那些被宠爱的女孩才会有的。这种奢侈的梦境要由父母在她们的床头读睡前故事，以爱与梦浇灌。许星洲从小只听过奶奶讲田螺姑娘和七仙女的故事，这种公主梦她只敢隔着书本幻想，却连做都没敢做过。

许星洲从来只把自己当成勇者。

世间勇者出身草莽，以与恶龙搏斗为宿命，没有宫殿，只有一腔热血和命中注定的、屠龙的远征。

可是公主这种存在，是会被娇惯、被呵护的。

秦渡低头看了看女孩子，漫不经心地道："冠冕快掉了，扶一下。"

许星洲笑了起来，把那个倒霉催的公主冠冕扶正。

"小师妹，今晚你是主角，万事都顺着你。"秦渡把许星洲往上抱了抱，散漫地道，"所以连擦鼻涕，你都是可以用师兄的袖子擦的。"

许星洲乖乖地抱住了秦渡的脖子。

他们走在夜里。

地球的阴影里长出开遍全城的花朵，系上飘扬的彩旗，许星洲头戴冠冕，手捧礼物和蛋糕，以及公主的合照。

在那一切的浪漫的正中心，最不解风情的人低声道："你在师兄的心尖上呢。"

她是他心尖上的人。

许星洲埋在他的脖颈儿处讷讷着不说话，鼻尖又红了。片刻后"小金豆"又涌了出来，挂在鼻尖上。

那个时候其实都快十二点了。

时间紧凑，许星洲玩了一个晚上，就算被秦渡抱着都没什么精神了，再加上回程足有三十四千米，就算有人把许星洲的腿打折，她都不想大半夜跋涉回家。

从游乐园回家，她总有种故事落幕的感觉。

秦渡也没打算让她回去，一早就安排好了住宿。许星洲推门而入的时候还看见谭瑞瑞下楼买饮料，秦渡显然把所有人的住宿都安排在了园区的酒店里。

秦渡的车还嚣张地停在园区的门口。就算秦渡也得遵守交通规则，否则明早他恐怕要和拖车的人打交道……于是他去外头找门童解决停车的事，把许星洲一个人放了进去。

许星洲笑眯眯地对谭瑞瑞挥了挥手。

谭瑞瑞也笑了笑，开心地道："粥宝，二十岁生日快乐。"

春风得意马蹄疾。许星洲的脸蛋都红扑扑的。她过生日，谭瑞瑞部长又相当宠爱自己大病初愈的副部长，上楼和她腻歪了一会儿。她们还没腻歪多久，自动门一转，秦渡迈着长腿跨入。

许星洲开心地笑了起来："师兄你回来啦！"

她看到他就开心，几乎是在摇小尾巴，而秦渡漫不经心地扫了谭瑞瑞一眼。

谭瑞瑞忍气吞声。

许星洲这次还真没撩妹。她只是喜欢谭瑞瑞而已，甚至有了点儿有妇之夫，不对，有夫之妇的自觉，开始学着洁身自好，这次终于没上去对着萌妹部长老婆长老婆短，不过就是叫了几声宝贝儿。

"宝贝星洲""宝贝瑞瑞""粥宝宝你好可爱呀来部长抱抱"……

他们这么搞的次数太多了。

酒店的大堂金碧辉煌，秦渡善良地道："谭部长，天不早了，你早点儿休息。"

谭瑞瑞语塞。

许星洲也笑着和她挥别，跑去找秦师兄，追在他的身后，跟着去坐电梯了。

许星洲谈起恋爱来简直是块小蜜糖，跑到秦渡的身边去按电梯。

接着，秦渡将许星洲的后颈皮一掐。

被掐住命运的后颈皮的许星洲也不懂反抗，而且对秦渡毫无防备，被喜欢的人捏着皮掐也不觉得疼，还甜甜地对他说："师兄，晚上我要睡在床里面呢。"

电梯呼呼地向上走，灯光柔和。许星洲笑眯眯的，被秦渡捏着后颈皮，对即将来临的暴风雨浑然不觉……

她确实生得讨人喜欢，嘴还甜。

秦渡眯着眼睛道："许星洲，什么，宝贝儿？"

许星洲一愣："哎？"

"亲亲谭部长？"秦渡将许星洲刚刚与谭瑞瑞说的黏糊的话一个字一个字地重复了一遍，"好久不见？想你想得睡不着觉？"

他搓了搓许星洲的后颈皮，许星洲大概终于被捏得有点儿疼了，用手去拍他的手掌。

许星洲一边拍，一边憋憋屈屈地说："师兄，松手嘛，我又不是故意的……"

秦渡哪里能听她说话，记仇都记了八百年了，小本本上全是许星洲撩过的妹子的名字。他使劲儿捏了捏，把许星洲捏得吱吱叫。

她的脖子白皙细嫩，好像还挺怕捏。秦渡凉飕飕地警告她："你再浪，师兄把你的腿打折。"

许星洲语塞。

"你是有夫之妇了懂不懂？"秦渡得寸进尺地拎起许星洲的后颈皮，危险地与她翻旧账，"你对得起人家吗，对得起我吗？你看师兄和别人亲亲抱抱求摸摸过？"

许星洲被师兄捏得后颈皮都红了，可怜巴巴地搓搓手道："师兄我只喜欢你……"

她此刻有点儿告饶的意思，特别柔弱可怜，甚至有点儿刻意卖萌的意味，以求秦渡不要打折自己的腿。然而这并没有什么用，电梯叮的一声到了楼层，秦渡将她拎小鸡似的拎了出去。

酒店的走廊里铺着厚厚的地毯，装潢还带着游乐园的特色，灯光使其犹如浪漫的古堡。秦渡对许星洲哀哀的求饶嗤之以鼻："你不是故意的？这是一次两次吗？许星洲你这水性杨花的女人。"

许星洲语塞。

秦渡捏归捏，其实不舍得把许星洲掐疼了。他在女孩白皙的脖颈儿上拍了拍，在掏出房卡的瞬间听女孩恶意地说："你好意思说我吗？"

秦渡不爽地将眉毛一挑，示意她说。

许星洲冷漠地道："师兄，你比我水性杨花多了好吧！"

秦渡听都没听过这种指控。

他们这个圈子里人人有钱有势，面对的诱惑多得很，因此他们中出不了什么冰清玉洁的好人，可是秦渡绝对是里头最干净的一个。

水性杨花这四个字和秦渡一点儿关系都没有……

许星洲说完那句话，秦渡都不放在心上，把房门刷开了。

秦渡订的套房在顶楼，附带一个屋顶花园，一架天文望远镜隐没在窗帘之后，沙发上都是绚烂的向日葵与黄玫瑰，满天星与干薰衣草落在长绒地毯上，房间浪漫犹如中世纪的古堡。

远处灯火万千，落地玻璃窗外星空绚烂。

在秦渡的观念里，许星洲说那句话纯属找碴儿，是在自己理亏的时候强词夺理。

秦渡危险地道："许星洲，你可别蹬鼻子上脸，你这属于跨级碰瓷。"

许星洲看上去好像有点儿难过。

他将外套随手一扔，恶狠狠地说："师兄没和别的小姑娘互相叫过老婆老公，你看看你，心里对自己的手机通讯录里有几个老婆几个媳妇没点儿数吗？大宝贝二宝贝都出来了，你还好意思说师兄水性杨花？"

许星洲仍然沉默着。

秦渡上前使劲儿地捏她的脸，许星洲呆呆地任他捏了两下，秦渡又开始捏着她的脸玩，边捏边道："实话告诉你，从小到大追师兄的没有一个加强连也得有四分之三个，我看上了谁？比你好看的，还有给我送巧克力的，你看看你，是我给你脸了……"

许星洲不甘示弱："那你呢？第一次见面的时候我可是从你的身边挖走了一群漂亮的大姐姐！一群！你好意思说我水性杨花吗？你一点儿也不尊重那群大姐姐，任由别人欺负！虽然很羞耻，但是我还是要说我那天晚上真的是个英雄……"

秦渡道："我那天晚上是被硬塞……"

许星洲继续道："那天晚上七八个有没有？我从来都尊重别人，要不然她们怎么都会喜欢我？说实话还有一个大姐姐一直想请我喝一小杯呢，我学业繁忙一直都没抽出时间！"

秦渡立刻炸了："许星洲你？谁敢请你？"

"但是就是如此而已，"许星洲并不回答，气鼓鼓地道，"我就是讨她们喜欢，谁不喜欢香香软软的可爱的女孩子呀？我也喜欢！叫老婆老公还都是单身的时候叫的呢，暗恋你的时候我就老老实实不敢撩妹了，专情得很！你倒好，吃着碗里的看着锅里的。"

秦渡听到暗恋两个字就嘴角上扬："啊？"

"小师妹，吃着碗里的看着锅里的是你吧？"秦渡故意想让许星洲多说两句她暗恋时的心路历程，道，"你连我的学妹都不放过，下次再让我看见我直接把你从教学楼赶出……"

许星洲想起茜茜在理科图书馆给的忠告，冷笑一声："这些话你想必不会和你的临床小师妹说了。"

秦渡疑惑。

"赶出去就赶出去啰。"许星洲故意又痛快地道，"反正你的临床的小师妹就和你在一个教学楼上课！可怜的新院女孩粥粥当然是被发配到另外的教学楼了，不仅要被发配，还要被赶出去。"

那一瞬间秦渡蒙了："什么临床……"

许星洲悲伤地道："可怜的新院小师妹怎么和师兄卖萌，怎么撒娇，师兄都不吃这套。"

秦渡道："我什么时候不吃你那套了？不是，许星洲你说清楚……"

"难受。"许星洲委屈地说，"师兄你确实不是吃着碗里的看着锅里的，你是准备砸了小师妹这只碗哪！"

这分明是在找事，可秦渡又能从许星洲那话里头听出几分委屈来。

那还真是有点儿委屈，不是装的。

秦师兄终于慌了。

他完全不记得临床的小师妹是谁。

他的记性确实不错，但是绝对没好到能让他记起来一件根本不存在的、好几个月以前的事。秦渡将认识的 F 大临床医学系的人都过了一遍，哪个都不可疑，和他也没有任何相交之处。

医学院历来独立于其他院系，自成一个独立的校区，学生又忙，和他们本部的学生都没什么交集……

许星洲成功地令秦渡吃瘪，坐在落地大玻璃窗前，蜷缩在抱枕堆里头，看着外面吹过的风。

时钟显示十一点四十分。

许星洲想起辛德瑞拉的魔法就是在十二点失效的，而她的仿佛被施了魔法一般的生日也来到了尾声。

"小师妹，"秦渡低声下气地道，"师兄怎么都想不起来临床医学系有什么人……"

许星洲扶着玻璃偷偷地笑了起来。

秦渡说："你以后撩妹的话……师兄只是吃醋，真的，"他窒息般说，"不是说你不好，就是不想听你叫她们宝贝儿，更不想听你叫老婆。师兄真的干干净净的，也不舍得把你赶出教学楼……"

秦渡说着看了一眼钟表。

那时已经十一点四十多分了。

沉沉的黑夜之中，许星洲仍然靠在玻璃上，专注地看着外面的星和月。

他试探着走了过去。

许星洲没回头，头上还戴着小冠冕，肩膀瘦削而纤细。秦渡怕自己真的把许星洲弄得生气了，而公主的生日的最后十分钟也应该是有魔法的。

他拍了拍许星洲的肩膀，没有半点儿面子地说："师兄错了。"

那一瞬间，他听见许星洲笑了起来。

夜空上繁星闪烁，犹如春夜的路灯下的绯红的合欢。

许星洲甜甜地道："临床小师妹的事情……我等以后再把你的腿打折。师兄抱抱。"

秦渡便坐下来，在抱枕堆里牢牢地抱着她。

许星洲似乎特别喜欢身体接触。

她在十九岁的最后几分钟里是和秦渡抱在一起的。远处的城堡仍亮着粉红的灯，仲夏夜风声温柔，屋顶的花园里的风信子在风中摇曳，紫罗兰在瓶中含苞欲放。

万籁俱寂，四周唯余盛夏的蝉鸣与风声。

秦渡带着许星洲折腾了一天，又对她的体能了如指掌，耐心地道："小师妹，去洗个澡，我们睡觉吧。"

如果许星洲明天还想玩的话，秦渡再陪她，两个人一天晚上玩完所有项目肯定是不可能的。秦渡晚上带小师妹玩的项目不算多，要考虑最低容纳人数，很多项目都得等明天再玩。许星洲似乎想去玩漂流，可是园方考虑到安全问题，在只有两个人的情况下不给开。

许星洲道："哇？！"

秦渡疑惑。

许星洲不知道理解了什么不得了的东西，喜极而泣："好！"

秦渡道："等……"

秦渡几乎是立刻理解了许星洲到底在想什么。

许星洲立刻欢欣雀跃地去洗澡了，秦渡将地上的花瓣捡起来，又打算发短信给图书馆那边请个临时假，刚将她的手机解锁就看到了二十多分钟前她和程雁发的消息。

微信上，程雁对她说："我赌五毛钱今晚你们会有情况。"

女孩子果然也会和闺密聊一切东西——这点还真是男女同源。他们那个群里的人至今还在嘲笑秦渡的处男身份……秦渡以指节揉了揉太阳穴。

秦师兄等的时间够久了，一晚还不算什么。

秦渡一边揉太阳穴，一边往下翻聊天记录，看见许星洲说："我都没想到今晚会有这种场合……感谢上天！"

程雁回："您感谢什么呀？"

许星洲说："你是个没有情趣的人，我不告诉你。"

秦渡有点儿好奇，又以两指抵着下巴，往下翻了一下，看到许星洲对程雁谆谆教导："雁宝，机会都是留给有准备的人的。"

许星洲洗完澡，看着镜子里的自己，给自己加油鼓劲儿。

自己看上的男人，跪着也要谈下去！许星洲加油呀！

然后精致女孩许星洲心机地在脖颈儿上和胸口处喷了点儿香水，只穿了件园区的长 T 恤就钻了出去。

窗外灯已经全关了，只剩漫天星辰，房间里唯有小夜灯亮着，秦师兄靠在那一堆抱枕里闭目养神。

昏暗中，秦师兄睁开眼睛，漫不经心地问："洗完了？"

许星洲紧张得手心出汗，道："算……算是吧……"

秦师兄点了点头："那先过来。"

许星洲赶紧跑了过去，和他并排坐下。

许星洲默然不语，而秦渡只是平静地望着远方。

你是不是有病啊许星洲，并排坐什么坐呀！你直接坐到他的怀里不就好了？！许星洲差点儿想把自己一柴刀劈死。这又不是春游！

这个场景怎么能这么尴尬……小说果然都是骗人的……

许星洲伸手拽了拽抱枕上的流苏，又轻轻地摸了摸秦师兄指节上的梵文文身，小声道："那……那我们是不是应该做点儿……少儿不宜的事情了？"

"许星洲。"秦渡声音沙哑地唤道，在回答之前屈起了右腿。

习习夜风拂过许星洲的黑发。秦渡师兄在隐藏什么东西，许星洲想。

温暖的夜灯之中，她尴尬得满脸通红，唯恐师兄从生理的角度嫌弃她平胸，讷讷地嗯了一声。

"许星洲，你现在还有机会反悔。"秦渡的声音沙哑而压抑，让人想起暴风雨来临时的海面，"我先说好，师兄可能会很过分，你估计受不了，所以师兄再给你一次反悔的机会。"

许星洲的耳尖都红透了。她摸了摸通红的面颊，轻轻地点了点头。

我怎么会反悔呢？许星洲酸涩地想，我那么喜欢你。

秦渡嗤笑了一声。

"这次是你说的。"他声音沙哑地道。

那一瞬间许星洲感到了一丝威胁的意味，本能地抬起头。

"师兄……"许星洲紧张地道,"怎……怎么了呀?"

话音还没落,秦渡就将上衣慢慢地扯了下来。

黑夜里,他扯衣服的动作极其性感,肌肉隆起、线条流畅、胸前大片的文身露出。

那文身极其性感而带着绝望的气息,走线黑细,图样乃是一具被细长的锁链重重拴住的羚羊的骷髅。

他说:"你迟早会看见。"

那些他不愿意令许星洲看见的文身、他自卑而自负的人生、他的勃勃野心、他的贪婪、他的颓废和从出生那刻起就不存在的激情与热烈、他的造物者给予他的恩赐之物……

那一切,他只留给了许星洲一人,令她目睹。

他可能暂时有所隐瞒,但是最终都将对她毫无保留。

"还……"秦渡把许星洲弄得不住地发抖,声音沙哑地道,"还跟人说师兄呢……"

那天晚上,许星洲到了后面是真的后悔。

秦渡简直是个畜生!许星洲还认床,一觉醒来时间不过六点多钟。一晚上她睡了不超过三个小时,起来时觉得浑身散架,简直怨气冲天。

更可恶的是,本来应该在身边躺着的秦渡不见了。

许星洲语塞。

第十二章　星辰下的英雄

清晨六点，窗外的天光洒在了雪白的床褥上。

酒店之中，大套间外面花枝烂漫，群雀啁啾。

一只小麻雀停在窗外，叽叽喳喳地叫个没完，似乎在晒清晨的第一缕阳光。许星洲被冷气吹得有点儿冷，本来想钻进师兄的怀里取暖，结果伸手一摸，身边只剩一个被人躺过的窝……

她立即醒了，艰难地坐起了身，揉了揉眼睛。

满室静谧，按小学三年级的作文课的说法就是"连一根针掉在地上的声音都清晰可闻"。许星洲觉得浑身酸痛得不行，刚起床还蒙着，但是一看秦渡不在就气不打一处来……

这才六点呢，人就没了！无情不过如此。

秦渡晚上还特别能折腾人，怎么折腾人的时候就知道黏着不放，起来就跑没了影儿？许星洲气得要命，坐在床上满脑子想的都是自己要和秦师兄同归于尽。她从把他扔进锅里炖成女巫汤考虑到把他切成鸭脖，正当在回忆鸭脖要怎么做的时候听到卧室门咔嗒响了一声，只见秦渡轻手轻脚地推开了卧室的门。

这很好，许星洲想。

从她起床到秦渡回来，时间共计十六分钟。

秦师兄光着膀子，肩膀上搭着条毛巾，胸肌结实。

秦渡看到许星洲就笑起来，一扬眉毛，眼角眉梢都是春风得意："小师妹，怎么不多睡会儿？"

许星洲无语。

"没有师兄睡不着？"秦渡笑着往床上一坐，床凹下去了一块儿，"师兄就是去洗了个脸，你这么想我？来抱抱。"

许星洲一点儿也不舒服，可还是乖乖地抱住了他的脖子。

"好乖呀！"秦渡坏坏地道，"让你抱就抱，师兄都这么欺负你了。"

秦渡直接把许星洲抱到了身上，故意亲了亲她的脖颈儿，重重地一吮。

许星洲的腰腿都有点儿碰不得，耳朵尖又极其敏感，被秦师兄满肚子坏水地一亲，她当即就要哭了，喃喃地道："干……干吗？……"

秦渡道："亲你。"

他又亲了一下耳朵尖，许星洲压抑不住地喘了一声——那喘息极其勾人。

秦渡漫不经心地道："还不是我家小师妹太想师兄，师兄怕你不开心，只好下手了。"

他的肌肉线条流畅，腹肌紧实，身材犹如模特的一般。胸前的刺青带着水珠，性感得可怕。

他把许星洲往床上一摁，接着又以膝盖一顶，不许小师妹扭腰躲，去床头拿避孕套。

"师兄喜欢你，"老浑蛋抵着许星洲的额角磨蹭，满怀柔情地道，"太喜欢了，来抱抱。"

那表白真的很感人，如果许星洲没有瞥见床头柜上的盒子的话都要被哄过去了——问题是许小师妹看见了包装盒。一盒是十只装，居然都快空了。

那一瞬间许星洲气得眼泪都要出来了。

秦渡语塞。

许星洲缩在床角，抱着自己的两条小腿，用手背擦眼泪，一抽一抽的。

"我……"秦渡痛苦地道，"师兄真的不知道那是什么，无论怎么样师兄先道歉。星洲，到底是谁告诉你的？"

大仇得报，许星洲抽噎着道："要你管，负心汉。"

秦渡都要昏过去了："师兄真的不知道呀！师兄对你的一颗心天地可鉴……"

许星洲抽抽噎噎地道："你真的是个垃圾，离我远一点儿。"

秦渡再次语塞。

许星洲哭得鼻涕一把泪一把的，秦渡给她递了抽纸，许星洲一边哭，一边接过来，把纸巾抽得一干二净，拿过来擤鼻涕。秦渡大早上就被质疑，还要给女朋友送纸，结果刚送完，许星洲又来了一句："你离我远点儿。"

老浑蛋只得到床边坐着，不敢离得太近。

"呜……"许星洲一边揉眼睛，一边掉"金豆子"，委屈得似乎马上就要哭昏过去了，"你别过来了，离我十米远！十米！少一厘米都不行！秦渡你是我见过的最坏的人！"

秦渡抬杠简直是本能，张口就是一句："你也就见过我一个。"

许星洲强词夺理："那你也是最坏的！"

秦渡道："哟嗬许星洲，还学着跟师兄抬杠了？你能遇到我这种好男人就知……"

许星洲哭得打了个嗝："你去找你的可爱的临床小师妹吧，她的身材肯定比你的女朋友好！"

早餐是服务员送上来的法式早餐，秦渡特意要了莲雾和香蕉船。

许星洲因为"临床小师妹"五个字大哭一场，哭到不住地打嗝，然而哭其实是因为自己的满腹的愤怒，和临床小师妹并无半点儿关系。

她此时正在平静地叉法式薄饼和上面的小樱桃。而秦师兄戳着煎蛋，无比憋屈……

临床小师妹这事绝对是真的，他想。

许星洲虽然鬼话连篇，但不是个会在这种事上撒谎的人。而且秦渡觉得她对这五个字积怨已久，说出"临床小师妹"五个字时带着一种发自内心的爽快。

秦渡道："星洲。"

许星洲捏着小薄饼，讶异地抬起了头。

"你说的那个小师妹……"秦渡一头雾水地道，"你知道些什么？我认识的人里没有一个和她对得上号的。"

许星洲觉得可丽饼特别好吃，心情都变好了，因此不介意和秦渡分享情报，认真地道："你跟她打电话特别温柔，比跟我打电话温柔多了，你每次打电话都要和我抬杠。"

秦渡把自己的盘子里的草莓奶油可丽饼叉给她吃，又把她不喜欢的烟熏培根戳进了自己的盘子里，一头雾水地啊了一声。

许星洲抱怨道："师兄你别觉得奇怪。你其实对我没有很温柔……"

秦渡显然没听到许星洲的鬼话，莫名其妙地发问："我对谁温柔过吗？"

许星洲完全无法反驳……

她感觉好生气。

清晨金光璀璨，许小浑蛋憋着气坐在对面，用叉子戳着可丽饼里的水蜜桃，脑袋上还翘着两根呆毛。秦渡看了会儿，将自己的盘子里的莲雾分了过去，又替许星洲在烤吐司上抹了覆盆子果酱。

"早上要多吃饭。"秦渡把面包递给她，散漫地道，"要不然你一会儿玩项目会不舒服。"

刀叉在阳光下闪着光，窗外金黄色的阳光铺展开来，万千光线映着桌上的卡萨布兰卡。

"可是……"许星洲突然开口。

秦渡将眉毛一挑，只听许星洲小声道："师兄……你明明对我就挺温柔的。"

秦渡想了会儿，中肯地说："也许。"

许星洲终于笑了起来。

秦渡便揉她的头发。许星洲乖乖地在他的手心里蹭了蹭脑袋，不仅蹭头发，还蹭了一下面孔，舒服得眼睛都眯了起来。

秦渡说："许星洲你是小狗吗？再蹭蹭，好可爱……"

许星洲就笑眯眯地又蹭了蹭他。

她的男朋友的手掌干燥温暖，骨节分明，手指在许星洲的头发上缠了缠。许星洲只觉动作十分温柔——秦师兄真的比以前温柔了许多。

他的身上开始有一种融入世间之感。

世间滚滚而过万千河流。庸碌与不庸碌的众生与他们的所爱所恨、他们的所思所想、他们百年后的一抔黄土与他们缔造的世界，带着人生的重量，被风雨席卷而来。

于是在漫长的风暴后，在风雨从来吹不到的、高不可攀的峭壁之上长出了第一枝迎春花。

清晨八点的太阳被融入了可丽饼的面皮中。

许星洲低着头看着自己碗里的草莓和甜奶油，两个人彼此沉默着，只能听见窗外的小麻雀的唧啾声。

打破寂静的是许星洲。

"师兄……"她声音沙哑地道，"你真……真的……没有我会活不下去吗？你那么需要我吗？"话里带着旁人难以察觉的酸涩和希冀。她唯恐秦渡说"我是骗你的,你别信这个",更怕秦渡语焉不详——那甚至关乎许星洲脚下的深渊,关乎下一次坠落。

如果有人需要我就好了,如果有人能爱我如生命就好了。那一刹那五岁的许星洲和十九岁的许星洲的声音重合。

许星洲无意识地捏紧小勺。

秦渡沉吟一阵,在吐司上抹了两刀草莓酱。

许星洲几乎是在等待审判——她甚至后悔问出这个问题,是太自信了吗,还是只是欠揍地想要求证?

然后她听见秦渡开口。

晨光熹微,他闲散地道:"不好意思,让你失望了,都是实话。"

许星洲在那一瞬间视野都模糊了。

"需要你也是,没你会死也是,"秦渡一边抹果酱,一边道,"你就别没事想着出去浪了。"

秦师兄用餐刀指了指对面的女孩。

那姿势极其嚣张,甚至带着点儿秦渡特有的、不尊重人的锐气,可是偏偏又特别挠许星洲的心窝。

"许星洲你记住,和师兄作天作地的时候,"他将餐刀放下,散漫地道,"什么理由都能用,就是不许说师兄不爱你。"

然后他把抹了半天果酱的吐司一卷,塞进了许星洲的嘴里。

他真的太能喂了。许星洲被塞得都吞不下,吃得特别撑,可是听到那句话,鼻尖都在发酸。

许星洲从小就在与恶龙搏斗。

那恶龙与深渊同本同源,都出现在她五岁那一年。恶龙是以万丈深渊为力量的源泉的,因而每当深渊将许星洲往下拉时,恶龙都会得到力量飞扑而上,将许星洲踩在脚下。

小许星洲只能将它压制着,任由深渊如同大嘴一般不停地开合。

许星洲痛苦地想:这种日子会有尽头吗?这种自己不被爱的日子。这种自己不被需要、单打独斗的人生。在她发病的无数个夜晚,许星洲有时会痛苦地想:如果有人需要我就好了,可是"需要"这两个字太过奢侈。

那些痛苦的字句在一万个夜晚发芽,生机勃勃地侵占全世界,犹如舶来的水葫芦。这一切只能由许星洲艰难地控制着,直到英雄一脚踩断树枝的那天,直到他给许星洲留着卧室门的那一夜。

英雄曾抱着伤痕累累的勇者穿过雨疏风骤的长夜,带着大病初愈的勇者跑过医院的太阳花花田。他曾搂着小勇者在夜里心疼得落泪，带着她走出阳光明媚的存档点。

然后他开了口："我没有你活不下去。"那个英雄说"我需要你"。

这世上其实没人知道：勇者是打不败恶龙的。

勇者与恶龙的斗争是宿命。然而勇者能将恶龙打伤打残，可是无法彻底地杀死它。因为勇者永远有心结，那心结被恶龙死死地掐住，因而恶龙生生不息。

"勇者是打不败恶龙的。"这是游戏设下的规则。

可是满腔爱意的英雄可以。

在漫长的深夜的尽头，深渊合拢的一刹那，被打败的恶龙也化成了不值一提的、连五个铜币都不值的齑粉。

于万丈晨曦之中，在恶龙曾经盘踞的古堡的吊桥前，英雄提着剑，大步地向他的勇者走来。

这天是个游玩的好天气，太阳光正好也不算太强。秦渡给许星洲请了假，又找了园区的导游，计划带着小浑蛋在乐园玩个遍。

秦渡从来没有遇到过许星洲这种要刺激不要命的人……

但他俩简直趣味相投，秦渡也特别喜欢惊险刺激的项目，两个人正好玩到一起去了。

不过许星洲喜欢的项目好像更危险一点儿。他俩坐过山车，许星洲玩到第五遍的时候才大发慈悲地一挥手，意思是：我决定去玩下一个项目了。

秦渡语塞。

急速下坠式跳楼机许星洲也玩了三遍，连秦渡都有点儿受不了了，许星洲坐完第三遍下来的时候还悻悻然……

"如果每次都能保持第一次的体验就好了，"许星洲道，"第三次一点儿都不刺激。"

秦渡只见和她一起坐跳楼机的一个男生扶着墙，哇啦一声吐了一袋子，由衷地道："厉害。"

U形过山车许星洲坐了三次，而水上漂流项目她坐了足足六次，最后觉得不能把新鲜感一次性全部磨灭才走人。

秦渡看了一眼导游，导游都不愿意跟许星洲一起玩项目……

许星洲玩完漂流项目，滔滔不绝地赞叹着："呜哇师兄这也太爽了吧！水上的速度与激情！原来游乐园是这么好玩的地方，我爱游乐园！这里真是爱与梦的工厂！这些项目比我以前玩的蹦极好玩多了……"

秦渡正在排队买网红火鸡腿，有点儿好笑地问："星洲，你这是第一次来游乐园？"

浑身湿透的许星洲快乐地点头。

她真的是第一次来游乐园，而且还有人陪，特别开心，笑得犹如金黄色的太阳花。

秦渡哧地笑了起来。

许星洲抱着他的胳膊，阳光使人昏昏欲睡，花车经过。

"小师妹。"

许星洲眨了眨眼睛。她正在啃冰激凌，头发梢上还都是水。

秦渡在她的脖颈儿上的吻痕处捏了捏。

秦渡买了俩巨大的火鸡腿，把其中一只递给许星洲，漫不经心地道："对了，经历了今天，你以后如果敢开师兄的任何一辆超跑，师兄都可能把你的狗腿打折。"

连驾照都没有的许星洲再次受到威胁，变得不再快乐："为什么？！"

"你猜。"秦渡说完就去咬了一口火鸡腿。

那天的结局是，前天折腾了大半夜，第二天玩了六次水上漂流，玩完还吃了冰激凌和火鸡的作死大拿许星洲回家就发起了高烧……

秦渡无语。

灯火熄灭，长夜中，许星洲蜷缩在被窝里，头发被汗打湿，一绺一绺的。

她烧起来就有点儿凶，秦渡量过，体温三十九摄氏度多。

第二天许星洲估计也不能上班了。

秦渡无声无息地起来，打算去卧室的外面给秦长洲打电话，问问自己要不要带许星洲去打个点滴，结果刚动作许星洲就拽他的袖子。

"别……"他的星洲烧得满面潮红，哀求似的拽着他的袖子道，"别走……师兄别走，别走。"

秦渡又心疼得不行。

谁走得了？谁又舍得走？秦渡只得和小浑蛋十指相扣，在卧室里把电话给秦长洲打了过去。

许星洲用额头蹭他的手掌。

她浑身滚烫，秦渡喂她吃的退烧药还没生效，眼角都烧红了。

好在秦长洲接电话接得很快。

秦渡握着许星洲的手指，轻轻地搓揉，感受着她滚烫的面颊蹭着自己的手背，焦急地道："那个……哥是你吧？我这里……"

秦长洲打断了他："你的礼貌呢？"

秦渡无语。

"我和你说过多少次，"秦长洲说，"哥的性格很温暾，你这样容易吓着哥哥，渡哥儿。"

秦渡急切地道："我这里挺……"

"温柔哇渡哥儿，你对你哥温柔一点儿，"秦长洲今晚显然心情不错，"你哥今晚很敏感，你不温柔我就挂你的电话。"

秦渡语塞，忍火气足足忍了五秒钟，方温柔地道："是这样的秦医生，我家星洲今晚发高烧，我找你咨询一下，到底要不要带她去医院挂个水……"

秦渡忍了又忍："呢？"

片刻后他挂了电话。

他的堂哥这人的电话须得温柔着接，也得温柔着打。秦渡对屈服于秦长洲的自己无比鄙夷，揉了揉眼睛，突然看到了自己的手机屏幕上新显示的一条消息。

那消息还挺长，是他的妈妈发来的。

满眼都是困出来的泪水，秦渡却仍能看见那条消息里有"星洲"二字。

秦渡有些疑惑。

他的妈妈知道许星洲的名字倒是不算奇怪，可是怎么会突然惦记上她呢？

他揉了揉眼睛，去看那条他的妈妈发来的消息。

秦渡躺下，把许星洲抱在怀里，打了个哈欠，将消息点开了。

夜风吹起纱帘，他的星洲蜷缩在他的怀里，眉眼还带着烧出的泪花。今夜犹如几个月前的夜晚，可是一切都不一样了。秦渡低下头在许星洲的额上亲了一下。

许星洲吃了药，终于开始退烧，额头上全是汗水。

秦渡安抚地摸了摸许星洲的后脑勺儿，去看那条消息。

姚汝君问："儿子，那个小姑娘现在怎么样了？"

秦渡一愣，不知道他妈怎么会突然问起许星洲的近况。他其实已经许久不曾和他妈说起许星洲了——除了上次他妈在医院给许星洲送了一次汤，秦渡后来只和她说过一次自己在陪床。

秦渡想了一会儿，回答道："我忘了和你说了。"

他打完那句话，纠结地想了很久……

他的妈妈确实是个讲道理的好人，但是秦渡不想贸然地让许星洲撞上枪口，也不想让自己的父母在这种尚不成熟的时机见到他的星洲。

再者他的妈妈对他确实一向放养，问出这种问题，应该不需要他回答得太细。

秦渡抱着许星洲想了一会儿，说："上个月出院了。"

他的妈妈沉默了片刻，又小心地问："出院的事我早就知道了，妈妈是说她现在怎么样了？"

秦渡说："挺好的，现在很正常。你上次见的时候她有点儿无法控制自己，现在已经恢复到令人很舒服的状态了。"

他想了想又道："抑郁症状已经控制了，她不会再寻死，每天都很开心，很阳光。她本来就是一个很阳光的女孩子，是那时候不太正常。"

秦妈妈说："妈妈明白。"

秦渡将许星洲又往自己的怀里揽了揽。

女孩湿漉漉的额头抵在他的脖颈儿处。秦渡回忆起春夜的那场瓢泼大雨。他抱回来湿淋淋的许星洲，她在床上毫无安全感地扯着被褥，泪水濡湿鬓发。

如今她已经不会再在夜里蜷缩成一团。

秦渡以眼皮试了试许星洲的体温，他的星洲难受地滚进了他的怀里。

"师兄……"许星洲迷糊地蹭着他，"师兄，头疼……"

他的星洲黏人得犹如一团红豆年糕。秦渡哄道："等会儿就不疼了，我已经喂你吃药了……"然后他低下头，温柔地在许星洲的额角抵了抵。

"睡吧，明早就不难受了……师兄在。"他说着，将许星洲轻轻地放在了枕头上，又展臂抱住了她。

许星洲迷迷糊糊地点了点头。

她依赖着秦渡，犹如云与风依赖着世界，又像是行星依偎着宇宙。

秦渡几乎想把她揉进自己的骨血之中。

接着他的手机屏幕一亮。

秦渡困倦地睁开眼睛，看到手机上还是他妈妈发来的微信消息。他抱着睡熟的许星洲，又揉了揉酸痛的眼睛，将消息点开了。

秦妈妈这次说："儿子……妈妈不是想问她的现状。我是想问她这两天怎么样，挺担心的，你回答了我就去睡觉。"

这个问题太具体，秦渡觉得有点儿奇怪，还是回道："这几天我带着她玩来着，结果她着凉了，现在感冒发烧。"

那头他的妈妈终于发来了一个安心的小熊的表情，说"好的"。

秦妈妈一向喜欢这套小熊的表情，到处用。秦渡压下了那点儿神奇的感觉，和他妈说了一声晚安，接着就抱着许星洲睡着了。

申城电闪雷鸣，大雨倾盆，其中仿佛还夹杂着冰雹。

中午时分天地暗得犹如傍晚的景象，长街上的梧桐七零八落，建筑隔不住倾盆大雨，噼里啪啦的声音穿透玻璃。

在电视上也好，在网络上也罢，这次名为"纳沙"的台风的登陆都被强调了无数次。东南沿海的第九次台风先后登陆其他两省，毗邻的申城像被捅漏了一片天，大雨铺天盖地，阑风伏雨。

许星洲望着窗外吸了口气，然后趴在长桌上。

柳丘学姐在一边翻书，突然道："申城就是这点让我很不习惯。"

许星洲道："嗯？"

"一到夏天……"柳丘学姐淡淡地道，"就这么下雨，每次下雨都像天漏了似的。我们那里从来不会有这么可怕的台风……冬天也没有暖气。他们这里习惯穿的珊瑚绒大棉裤，我们在老家都不会穿。第一年冬天我就差点儿交待在这里。"

许星洲倒吸了一口气："这么一说，其实我也挺不习惯的……"

柳丘学姐问："嗯？"

"饮食呀，习惯哪……"许星洲懒洋洋地道，"申城人吃得真的好甜。我大一军训时就想吃口辣的，结果每次去食堂打带红油的菜，都会上当受骗——你说，那些师傅凭什么把鱼香肉丝里的泡野山椒剔出来？"

柳丘学姐震惊地反问："应该有野山椒吗？"

许星洲语塞。

从预防学毕业的柳丘学姐懵懂无知："野山椒是不是那个……一个很大很粗长的……形状有点儿……就是像那个……"

许星洲的眼神里写着震惊："你都在想什么？"

柳丘学姐沉吟片刻后道："不是吗？打扰了。"

区图书馆外正下着这两名大学生在上大学之前从未见过的大雨。两个人对视了一会儿，又笑了起来。

"学姐，说白了，"许星洲看着窗外的暴雨开玩笑道，"我们就是有来无回的人，否则也不会选择这里。说实话，来这里上学的外地学生几乎没有人不想着留下。"

柳丘学姐也沉默着笑了笑，想了许久后道："我的话……填志愿来这里的时候，就是想着我不甘平庸吧。"

"我的话，填志愿的时候考虑的是两方面的因素。"许星洲笑道，"第一点是我想着这里比较有趣，是资本的世界、有钱人的天堂，生活缤纷多彩，一定有很多新鲜好玩的事情等我。"

她又笑道："第二点是因为这里离我的家远一些。我一直觉得我是没有家的，就算离家漂泊也没有人会觉得怅然若失，既然没有家，不如来一个自己完全陌生的地方算了。"

"所以我们忍受着距离，"柳丘学姐淡淡地道，"维系着自己与家庭之间的虚无缥缈的那根线，一个学期回去一次，甚至一年才回一趟家。"

柳丘学姐低声地说道："从申城火车站始发的二十三个小时又三十四分的绿皮火车、逼仄的上铺、我们永远不适应的天气和饮食……这一切都告诉我们，我们正在这世上寻求一个立足之处。"

许星洲道："嗯。"

柳丘学姐道："星洲，在这世上立足好难哪！"

许星洲的鼻尖一酸。

她们脚下的行星有着广阔的沙漠和草原，也有着植被稀疏的高地，有阳光普照的海岸……疆域辽阔无垠。

可是对人来说，"立足"是一件他们要学习一辈子的事情。

"活着也好难哪，"柳丘学姐低声道，"一个流浪的人实在过得太苦了……这条路就像没有出口一样，没人走过，只有我一个人用刀一下下地往前劈……我甚至不知道在前面等着我的到底是什么。我有时候累了甚至会告诉自己还能一了百了。"

许星洲揉了揉发红的眼睛。

"一了百了也许很轻松，星洲。"柳丘学姐说，"我如果一了百了了就不用考虑这么多了，只要闭上眼睛，我的困惑、我的痛苦就会化为齑粉，身后的一切都与我无关。"

许星洲的眼眶红了起来。

"可是，"柳丘学姐又干涩地道，"我又总觉得……"

许星洲开了口："又总觉得人间到处都是希望。"

柳丘学姐沉默了很久，然后沉重地嗯了一声。

于她们而言，这世界苦涩至极，像是泡在酒精中的苦瓜，不给她们留下生活的空间，令她们漂泊，令她们绝望，将她们逼至悬崖。

可是无数像柳丘和许星洲的人还是会在苦瓜罐子里说："你看还有可能性，还有希望，我还要拼命努力地活下去。"

人只要活着就拥有无数的可能，只要一息尚存就能尝试一切，因为面前还有千万条道路。这就好比平面上的一个黑点，只要它存在，就将有无数不同方向的直线经过它。

许星洲揉了揉通红的眼眶，对柳丘说："学姐，我们都是漂泊的星星。"

外头大雨瓢泼，柳丘不动声色地揉了揉鼻尖，望向窗外，只见闪电穿过云层，于半空中轰隆炸响。

豆大的雨点噼里啪啦地落在窗外，被风吹散。

以往区图书馆的自习室是能亮灯亮到夜里十一点的，今天下午三四点钟自习的人就陆陆续续地走了。他们撑起形形色色的伞，唯独柳丘学姐岿然不动。

她租的房子晚上很吵，条件不太好，她看不进书，因此今晚也会待到八九点钟。

自习室里满是众人离去时的噪声，姚阿姨换上今天中午刚买的人字拖，许星洲抱着一堆杂志穿过人群，将杂志归好类放到书架上。

在她的身后，姚阿姨关心地问："星洲，你今天怎么回家？"

许星洲刚要回答，姚阿姨就温和地提议："今天不太安全，阿姨的老公会来接，要不然我们顺路送你回家吧。"

许星洲莞尔道："不用啦阿姨，我的男朋友今天来接我。"

姚阿姨有点儿可惜地噢了一声……

"阿姨的老公来接来着，"姚阿姨惋惜地说，"星洲，你们还没见过吧？"

许星洲甜甜地道："我的男朋友让我别乱动，等会儿他下班来接我。"

她说话的时候甜甜的，谈到秦渡就开心，眉眼弯弯。

姚阿姨沉默片刻，有点儿坏坏地开口："每次我听见你有男朋友都觉得特别不高兴，星洲考虑一下我的儿子吗？我的儿子是糟心了点儿，但还是个挺靠谱挺帅气的青年噢。"

许星洲哈哈大笑。

"阿姨，"她笑得喘不过气，"对于这个问题你也太执着啦！要不然你什么时候把你的儿子弄来让我看看好了。不过我先说好，我的男朋友也很高很帅的。"

姚阿姨大笑起来："行啊！"

许星洲也笑，看着姚阿姨背上包走了，外面的雨声震耳欲聋。

许星洲接着把杂志整理完，看了一眼表，现在还没到下午四点半。

然后她用余光看见姚阿姨白天选定的桌子上静静地躺着一块表。那块表是姚阿姨用来看时间的，被她落在了桌上。

许星洲追出去的时候姚阿姨都已经在门口撑起了伞，准备走人了。

"阿姨！"许星洲大声地喊道，"阿姨你的表——"

雨声太大，姚阿姨似乎没听见她的呼喊声，许星洲拔腿追了上去。下雨天大理石湿滑，人跑起来得注意别摔倒，因此这事特别耗费体力。图书馆的门口铺来吸水的硬纸板都快被来往的人踩烂了。

许星洲好不容易追上姚阿姨，在她的肩上拍了拍，气喘吁吁地道："阿……阿姨……你的表落在桌子上了……"

"哎？"姚阿姨被吓了一跳，"谢谢你……"

许星洲把表递过去，接着才注意到姚阿姨旁边的那个伯伯。

许星洲叫他伯伯是因为当看到他之后叫不出叔叔两个字来。

叔叔这个称呼过于随意，而这个人浑身上下都散发着一股身居高位者的支配感，因此许星洲只叫得出"伯伯"二字。

那伯伯不说话时的气场极其特别。他伸手就有种岁月铸就的锐利感，却没有与年龄相称的肚腩，是个会保养健身的中年男人，脸上仿佛就写着"人到中年有家有口，事业有成人生赢家"十六个大字。

许星洲突然又隐隐约约地觉得这个伯伯长得和秦渡有点儿像，至少他俩的气质极其相似……是他们都是硬骨头的原因吗？两个人看起来都非常不好相处，好像开口就会训人。

然而这个看起来不好对付的伯伯在注意到许星洲后居然肉眼可见地变得极其热情。

"你就是星洲吧？"那个伯伯慈祥地道，"我听你阿姨经常提起你，她不好意思问，我就替她问了。"

许星洲道："咦？您说。"

"等过几年——"那个伯伯略一思索，"过两年好了，两年。那时候我们请你吃个饭吧。"

许星洲一蒙："哎？"

什么叫过几年？不对，什么叫过两年他们请我吃个饭？

这是什么邀请啊？什么邀请得提前两年发呀？许星洲还没搞懂发生了

什么，姚阿姨就掐了一把那个伯伯的后腰让他闭嘴。姚阿姨显然是个熟练工，掐的地方绝对非常要命，伯伯登时疼得龇牙咧嘴……

然而那个伯伯都被掐成那样了，还是不畏姚阿姨的强权，坚持道："你……你一定要来。"

许星洲都蒙了："哈？"

这伯伯明明看上去挺正常的呀……他没毛病吧？

大雨倾盆，街上的积水犹如河流。许星洲还没来得及对这个邀约做出属于成年人的、恰如其分的回应，救世主姚阿姨就直接将伞掼在了伯伯的脸上。

"没事，"姚阿姨温柔地道，"星洲你继续等男朋友吧。"

许星洲颤抖着道："好……好的！阿姨路上小……小心哟……"

姚阿姨刚走进雨里又折回来，紧张地解释："洲洲，放心……我们不是人贩子。"

许星洲就冲姚阿姨这一句话劝住了自己，没有报警。

秦渡下班的时间显然比那个伯伯的晚多了。

他来的时候都下班高峰期了，那条街本来就窄，行人放眼望去全是车灯，路况极其糟糕。

申城之夏与春天不同，干燥而炎热，台风频繁来袭，风几乎能将人的伞都吹跑了。许星洲在门口拎着包等着秦渡，结果没带伞的秦渡在街角喊了她好几声，她一声都没听见。

秦渡只得冒着雨跑了过来。

图书馆的门口人来人往，有女孩将伞一撑，将裙子攥在手里冲进了雨里。秦渡在许星洲的后背上一拍，许星洲愣了一下回过头。

"今天师兄早退了都来得这么晚。"她身后的秦渡不好意思地说，"我们走吧，要不然没有饭吃了。"

许星洲笑了起来。

见她的裙子已经被淋得湿透，秦渡蹲下身，把她的裙摆系了起来。

那时候天都黑了。路灯映着哗哗的大雨，青翠的梧桐被风拉扯着，毛茸茸的梧桐果卡在下水道口，被流水泡得大了一圈，道路被回家的人堵得水泄不通。

许星洲感叹道："路况也太差了吧。"

秦渡道："我爸走得比我早，现在还没到家……我们的情况估计更糟糕。"

许星洲笑着点了点头："嗯，我不着急回去啦。"

她穿着白天新买的人字拖，刚要冲进雨里就听到了一个清脆的童声在哗哗的雨声中响起。

"妈妈！"那个小女孩笑道，"你看雨下得这么大，我还没见过下得这么大的雨呢！"

许星洲看了过去。

那个小姑娘她今天见过，四五岁的年纪，穿着小背带裤和条纹小袜子，去拽了拽她妈妈的T恤，仿佛见到了什么神奇的事情，指向外头的风雨，还被灌了一嘴的风。

她的妈妈头痛地道："宝宝，我们的伞没有了，不知道被谁拿走了。车也打不到，我们要淋雨才能回家的。"

那小姑娘登时特别激动，简直像是中了大奖一般："我喜欢淋雨！我带你在路上踩水花好不好哇？"

"宝宝，这种水花不是我们平时踩的水花，淋这种雨我们会着凉的……"

"可是，这么大的雨呀！"小姑娘难过地说，"我还没淋过呢——妈妈，我们走吧，走吧，好不好？"

四五岁的孩子正处在对世界上的一切事物都感到神奇的时候。

许星洲小时候曾经眼巴巴地等待过夏天来临。因为夏天会下很大的雨，也会有适合观察满天繁星的好天气。大雨汇成的水流会淌过奶奶家门前的水沟，带着泥沙，小许星洲穿着小拖鞋踩进去，就像是一脚踩进了大江流，成了镇河的泥牛。

那是一个人对一切都满怀幻想的年纪。

孩子喜欢做大人失去兴趣的事情，对着一张纸、一根木棍就能玩一下午，拿了一张糖纸都能将其当成货币。孩子们在衣柜里搭建小卧室，在肩上系上床单和丝巾去当拯救世界的大侠。

这个孩子喜欢淋雨，相应地，这个新鲜而温柔的世界热爱孩子稚嫩有趣的灵魂。

可是大人不喜欢。

许星洲笑了笑，把自己的伞递了过去。

那个妈妈先是一愣，接着只见许星洲拽着秦渡，对那个小姑娘笑道："淋雨也不可以感冒呀！"

秦渡道："许星洲你别忘了，我们只有这一把伞……"

许星洲直接踩在了秦渡的脚上……

秦渡疼得龇牙咧嘴。许星洲对小女孩温柔地说："踩水多开心！但是淋雨可没有踩水那么舒服，你还是要打伞的。"

小女孩甜甜地道："谢谢姐姐！"

那个妈妈不好意思地道："小妹妹，我们不用的，你只有这一把……"

秦渡道："谢谢你这么善解人意，许星洲我们快……啊！你跟谁学的？"

"阿姨，你们用就好了，"许星洲掐完秦渡的后腰，"中二"地说，"毕竟保护孩子的爱与梦是我们成年人的义务嘛！"

一个半小时后，某收费停车场。

秦渡的车里亮着温暖的灯，外头的大雨简直兜头往下浇。秦渡皮笑肉不笑地对许星洲说了两个字："呵呵。"

许星洲憋屈地缩在副驾驶座，嗫嚅着道："师兄，淋雨也……也不是什么……"

秦渡道："淋雨没什么，伞给拥有爱与梦的小孩子就好了，至于你的男朋友则可以淋成落汤鸡。"

许星洲心虚地回答："我……我当时以为我们会开车回家……开车又不用淋雨，怎么能让四五岁的小姑娘淋雨呢？"

秦渡坐在车里，恶狠狠地捏了捏许星洲的脸，头发梢还湿着。她的脸软软嫩嫩的，还带着点儿雨水的湿气。

许星洲做了亏心事，连喊疼都不敢了。

"还学会掐后腰了，"秦渡恶劣地在许星洲的额头上啪地一弹，"师兄的后腰是你能随便掐的吗？"

许星洲连想都不想就回："是。"

秦渡语塞，片刻后恶狠狠地道："行，就算是这样，许星洲你知不知道地铁站在一千米之外？"

许星洲立刻大喊："我不知道！你这个缺乏同情心的人……"

这个地铁站相当偏僻，连广告牌都像过期了没被撤下来，可是人不少，硬纸壳被踩得黑乎乎的。

许星洲踏进来的时候连腿都往下淌水。

她揉了揉被弹红的额头，身上披着秦渡留在车上的外套。秦渡整个人都像是被从水里捞出来的一般，进来之后烦躁地捋了捋自己的头发。

"明天去剪头发……"秦渡被自己的一头卷毛烦得要命，"我还是推个寸头吧。"

许星洲想了一会儿，开心地说："好哇，师兄留板寸肯定也可帅了。"

秦渡看着许星洲，片刻后十分受用地哧了一声，然后就去买票了。

许星洲一开始还比较惊讶，因为按她的理解，秦渡这种人这辈子都没坐过公共交通——他出行时最次的选择也是出租车。结果他娴熟地带着许星洲跑到了自动售票机前。但是三秒钟后，许星洲就意识到……秦渡能走到这里只是因为识字而已。

毕竟自动售票机上亮着红字，不是文盲的人都认识。

秦渡戳了一下屏幕，求证似的问许星洲："就是这么点……点一下？"

许星洲语塞，觉得看不下去，替他戳了一下功能键。

"怎么这么多颜色？"秦渡震惊地道，"申城居然有这么多条地铁线？我们在哪一条？我们现在在哪里？这是……"

许星洲语塞，一种带幼稚儿童出门的悲凉感油然而生……

秦师兄道："我想一下，我们在……"

"F大那边是十号线。"秦渡笃定地判断道，"我们离十号线那么近，开车也就五千米多一点儿，那应该乘九号或者十一号，最多十三。"

许星洲开口："师兄，你知道地图上可以查吗？"

秦渡愣了愣："啊？"

许星洲说："而且我们在二号线。"

秦渡语塞，但因为丢了脸立时变得咄咄逼人："这不合理。这是基于什么定的二号线？差这么多？明明只有五千米的距离。许星洲你是不是骗我？"

许星洲无语，直接挤到他的身前将票买了。

两张单程票，共计六块钱。

许星洲买完票，收了找零，对秦渡说："是基于社会学和城市规划学定的二号线。由市中心所处的地区决定，地铁历来是从市中心的繁华地段向周围相对繁华的地区辐射的，我以为这是基本常识。师兄，你拿数赛金牌之前是不是被地理老师乱棍赶出去了？"

位于食物链顶端的秦师兄语塞。

许星洲道："坏蛋。"

"许星洲你……"

许星洲直接走了。那一刻她蓄积已久的仇恨终于得到了发泄……

接着她拿着票，拖着秦渡过了安检。秦渡一开始特别不满地铁站居然不提供盒子装他的个人所有物，并且拉开了他的包的拉链，要将自己的笔记本电脑拿出来——

许星洲一看就能看出来，这个人从出生到现在估计只过过机场的安检通道，走的还是 VIP 通道。

许星洲赶紧将他的笔记本电脑摁回去："不是机场，不用拿出来。"

秦渡感慨："地铁不行啊，安检太松了，容易发生恐怖袭击。"

下班高峰期时地铁上像是下饺子似的，雨天比平日还要挤，到处都是交通瘫痪后被迫乘地铁的人，他们两个人上了车后就被挤在门口，动弹不得。

秦渡非常不适应。别看平时抠得很，但他确实是个公子哥儿，可能小时候出行都是由司机接送的。

他这辈子估计都没被陌生人这么挤过，此时只是忍着不说，不舒服地躲避着。

秦师兄是真的从来没坐过地铁，并且真的十分冷漠。

他高高在上，缺乏同情心，无法对他人的苦难感同身受，漠然而古怪，此时挨着这样一群陌生人，这属于强人所难。

许星洲发现这件事的时候，又一次真切地意识到了那个事实：他们来自完全不一样的世界。

许星洲嗫嚅着道："师兄。"

地铁哐当哐当地向前行驶，外头的白灯一闪而过。秦师兄将她抵在门边，护在臂弯里，闻言抬起了头。

"师兄，让我在外面吧。"许星洲小声道，"你好像不太能和人挤，我倒是挺适应的……"

秦渡没说话，只漫不经心地扭过头，向远处看了一眼。

许星洲赶紧补充道："今天迫不得已，我也知道你好像不太喜欢挨着人，而且这个场合你绝对没来过，反正谁靠着别人都很腻歪，不如我替你挡着。"

秦师兄显然不打算回应许星洲的提议，因为他直接掏出了手机……

这场面许星洲见得多了。

她立刻熟练地给他灌甜甜的迷魂汤："而且师兄你虽然不喜欢挨着人，但是喜欢我嘛！"

"给你一个可以只靠着我的机会。"她笑得眉眼弯弯，"所以师兄我们换个位置好不好哇？"

许星洲连台阶都给他准备好了。

她是真的担心，怕秦渡被挤得不舒服。

被灌了迷魂汤的秦渡终于开了口："老实待着吧。"他说完还在许星洲的脸上捏了一把。

许星洲一愣："哎？"

她仰头看着秦渡。地铁里灯光交错，周围的人声嘈杂不堪，秦渡的头发还湿漉漉的。他低着头看着许星洲，片刻后大概是被她萌到了，便低下头和她蹭了蹭鼻尖，旁若无人。

许星洲的脸都红了……

"不就是坐个地铁吗？"秦渡伸手捏了捏许星洲的软软的鼻尖，揶揄道，"师兄会让你在外面？嗯？说了三件事说错了两件……"

许星洲被他调戏得面颊潮红："不……不要就算了……"

接着她听见了熟悉的音乐声。

确切地来说，她并不熟悉歌声本身，但是知道在地铁里响起的音乐代表什么。

地铁里历来有来乞讨的人。

在二号线通往机场的方向，尤其在出了市区之后，因为乘警减少，乞讨的人突然变得多了起来。他们暴露自己的残疾和病痛，放着凄惨的《二泉映月》，向车上的乘客抖着自己的小铁碗。

秦渡显然从来没见过这阵势，顿时愣住了。

那个人，许星洲只看了一眼都觉得胆战心惊。

来的是个重度烧伤的男人，说自己受的是工伤，疤是被浓硫酸兜头浇下留下的。他因为当时还穿着工服，所以侥幸留了条命。他原本是个重工的工人，一场下班后的事故致使了如今的窘境。他的抚恤金少得可怜，母亲又病重，于是此时他饱经风霜的妻子推着他的轮椅，祈求大家的怜悯。

许星洲默然。

晚上八点的二号线上，给钱的人并不多。

大家已经上了一天的班，同情心已经降到了一天中的冰点，大多数人冷眼旁观。

许星洲见过很多次乞丐，可是在这么长的车厢里，几乎只有小孩子问父母要了五块钱，放进了他们的小铁碗里。

"爸爸这次给你钱，是为了让你知道善良是什么。"在那个乞丐走后，那个父亲对孩子这样说。

"可是你要知道，乞丐和我们不同。他们的故事有很大的可能是假的，他们中也有很多人形成了专门的帮派，而且他们的生活很可能比爸爸这些辛勤劳动的人的都要优越……他们可能并不是真的可怜。"

那个孩子震惊了。

许星洲不知道那孩子以后还会不会同情乞丐。有很大一部分孩子可能从此就成了抱着胳膊睡在一边的人。

可是许星洲每次都是给钱的。

她每次买车票都留着零钱，在包里存着一小把钢镚儿，有一部分原因就是为了应对这样的场合。

许星洲无法旁观，哪怕这些可能是假的。

如果这些是假的，许星洲会觉得庆幸，因为世上又少了一个悲惨的故事；如果这些是真的，许星洲会认为自己的那点儿零钱也用在了好事上，他们会好好地活着。

秦渡说："这……"他受到了一点儿冲击，声音沙哑地道，"这也太……太……"

这就是人间的熔炉，痛苦而炽热。

在那个面目全非的男人和他的妻子来到他们的面前之后，许星洲将方才买票余的四枚钢镚儿摸了出来，刚打算递过去，秦渡就把自己的钱包摸了出来，点了五张现金。

"五百块？"秦渡征询般问，"应该差不多吧？"

许星洲一怔。

秦渡啧了一声道："再加一百块吧。"

然后他将六百元纸币一折，又把许星洲的手里的那四枚小钢镚儿拿来，一起放进了乞丐的碗里。

六百零四元，当啷一声落在了铁碗里。

那一瞬间，周围的人都用不可思议的眼神看着落汤鸡似的秦渡，仿佛他是个活体冤大头。

许星洲也呆住了。

那对夫妻不住地感谢秦渡，秦渡摆了摆手，示意不用谢了，又把被他护在门边的许星洲搂在了怀里。

许星洲闷在秦渡的怀里，笑了起来。

秦渡低声地对许星洲道："搁以前，师兄才不给，连看都不会看。一个个有手有脚有家庭的，不会工作吗？骗子那么多，我哪有工夫一个个去辨别，去同情？师兄根本不知道同情两个字怎么写。"

许星洲甜甜地道："嗯，我知道啦！那现在呢？"

秦渡哧哧地笑了起来。

他的眼里有一种温柔的光。

"现在呀……"秦渡带着一丝不自然地说，"就觉得……有点儿像你了，你看。"

许星洲立刻给自己脸上贴金："是星洲洲善良吗？"

秦渡别开眼睛，嘴硬道："你善良个鬼。怎么说，就是……觉得人也没那么讨厌了，活着也很……和以前不一样了，每天都有盼头。"

许星洲闻言微微地睁大了眼睛。

"这些人不仅变得不讨厌了……"秦渡低声地说，"而且我真的有点儿同情他们。"

他又道："他们是在骗人吗，还是不是？我还是不想辨别，可就是觉得他们很可怜。我开始像你。"

许星洲在那一瞬间连眼眶都红了。

秦渡自己大概都不知道，他眼里此时的光多么温柔。

许星洲揉了揉眼睛，说："我的师兄……是很好的人。"

"是很好、很好的人……"她带着鼻音重复了一遍，然后伸手抱住了秦渡的后背。

地铁在城市的地下当啷当啷地往前疾驰。

秦渡身上的衣服快干了。他比许星洲高一个头有余，肩宽而腰窄，胸膛宽阔且能令人感到温暖。

在此情此景下，他把怀里的许星洲的嘴捏成了小黄鸭嘴。

被捏住嘴唇的许星洲："咿？"

秦渡捏着许星洲的嘴坏坏地挤了挤，不许她说话，然后自己开口："许星洲，小嘴怎么这么甜？"

他又故意道："师兄没你拍马屁，这辈子怎么办？"

他们安静了一会儿，许星洲又学申城话说："阿拉（我）又不会走……"

她刚说完就明显地感觉秦渡连呼吸都粗了。

"星洲这么听话……"

他将许星洲抱在怀里，把她往怀里使劲儿地揉了揉，呼吸粗重。许星洲差点儿没喘过气来，听到秦渡在她的耳边用只有她能听见的沙哑的声音，蛊惑地对她说："那能全给我吗？"

秦渡的声音极其性感。他说话时，地铁还在报下一站，而周围的女孩在讲电话。秦渡讲完还故意在她的耳边亲了亲，简直催情。

许星洲在那一瞬间脸红到了耳根。她嗫嚅着要躲开，听见了地铁疾驰时的轰鸣，咔嗒声不绝于耳。

有人谈论着柴米油盐，有人在低声地聊着孩子的补习班……万千世界中的亿万人生在此处汇聚，又四散向远方。

而她的面前就是秦渡。

他站在这里，站在人间。

在路面上的交通近乎瘫痪时，地下的公共交通显然比一辆几百万的车靠谱多了。

他们开车时在路上堵了两个小时，不过走了不到一千米。当路况广播宣布前面车已经不能走了的时候，秦渡当机立断把车停在了附近的一个收费停车场，然后他们转了地铁。地铁就要快多了，他们在地铁上不过待了二十几分钟就到了站。

许星洲的热心肠令她失去了自己的那把小伞，秦渡又在地铁站买了两把一次性的。许星洲挑走了透明的那把伞，把粉红色的那把留给了秦渡。秦师兄没的挑选……

但那两把伞其实没什么用，他们从地铁站冒雨冲回了家，到的时候都已经被雨淋透。许星洲的头发糊在脸上，整个人犹如女鬼，秦渡也没好到哪儿去，整个人像是被从水缸里捞出来的鲤鱼一般。

两个人在门口看到对方的惨状，忍不住哈哈大笑。

秦渡笑完就板着脸，在许星洲的脑袋上啪地一敲："笑什么？"

许星洲止不住地笑："笑你。"

秦渡又敲了一下，说："欠打。"

许星洲揉了揉被敲痛的脑壳，又偷偷笑了起来。

她真的非常容易快乐。秦渡想。

秦渡其实不明白许星洲为什么这么高兴，为什么总是有这么多事情让她露出这样的笑容，可是他明白她的那种快乐正在侵占他。

他觉得心里都要被她填满了。

许星洲擦着头发嘀咕："师兄，你的房子里太黑了。"

她那时候刚刚洗完澡，秦渡将冰箱里张阿姨送来的菜热了，端上桌。女孩子穿着T恤和短裤，站在一片灯都映不亮的黑夜之中。

"都觉不出人味儿……"许星洲小声地说，"你怎么想着把它搞得这么黑的？"

秦渡漫不经心地道："是吧。师兄也觉得太黑了。"

"那时喜欢这种性冷淡的装修来着，"他认真地道，"师兄回头让你重新弄一个，你喜欢什么就弄什么。"

长夜中，雨水如同倾泻的银河，泼到世上的众生之间。

许星洲拉开了一点儿通往露台的玻璃门，钻了出去，在屋檐下避着雨。秦渡点了个他八百年前买的、落了灰的香薰蜡烛，因而她的身后灯火摇曳，阑珊又温柔。

她放空了自己，坐在屋檐下的小凳子上。

夏天总是很短，暑假总是在大雨声中悄然离去。

开学她就上大三了。

许星洲把脚伸出去，任由雨水打在自己的脚丫上。

人类考虑未来是本能。

大三和大二截然不同。大二时大家还都是学生心态，可到了大三会清晰地感受到周围的同学不过是自己的人生中的过客。他们短暂地在学校相遇，最终各怀抱负，有的学霸开始准备GRE（美国研究生入学考试）和材料，将拿到Top10大学的offer（录取通知），有的人将毕业工作……有些人会留下，也有人会回老家，中途也会有同学转专业离去。

程雁想和别人一起运营视频自媒体，李青青想入行吃一碗踏实的饭，谭瑞瑞部长正在两手抓地准备司法考试和研究生考试，肖然姐姐开学就要出国继续学小提琴，以后也许会在那里定居……

二十岁的每个人几乎都有他们的规划。

这就像字典里的"张华考上了北京大学，李萍进了中等技术学校，我在百货公司当售货员：我们都有光明的前途"一样。

可是许星洲没有任何雄心壮志。

许星洲想起秦渡家里的条件，想起霸道总裁文里那些"给你二十万，离开我的儿子"的事件，又想起网友反复提及的"门当户对有多重要"……

不！师兄是不可能放弃的！许星洲握住小拳头给自己打气。

虽然她感觉他只值二十万！

"干吗呢？"雨声哗哗的，秦渡在她的身后问。

许星洲想都不想就把脑海中的最后三个字说出来："二十万！"

秦渡语塞。

许星洲被敲得泪花都出来了，一直捂着额头。

秦渡拿出手机咔嗒一声解锁。

"师兄，虽然你只……只值二十万，"许星洲带着哭腔道，"可是在我的眼里你是无价之宝呀！你别做这种事了，我最喜欢师兄了。"

秦渡冷漠地道："你以为嘴甜一下我就会放过你？"

许星洲捂着额头，泪眼蒙眬地道："粥粥害……害怕。"

秦渡还是老模样，半点儿美人计都不吃，将摄像头对准了她。

许星洲真的要哭了："师兄有什么事情我们不能去床……床上解决吗？"

"手放下来，"秦渡恶狠狠地道，"许小师妹，皮了一天了，师兄的后腰也拧了，杠也杠了，今晚还让二十万的故事重出江湖？胆子不小嘛！"

许星洲结结巴巴地道："我……我们还是可以去床上……"

秦渡冷漠地重复："手放下来。"

许星洲红着眼眶，眼眶里满是硬挤出来的鳄鱼的眼泪。她乖乖地把遮在额头上的手放了下来。

"放心，师兄给你拍得好看点儿，"秦渡恶劣地道，"这个角度不错嘛——小师妹还真是挺漂亮的，怎么拍都挺好看。"

怎么拍都好看的许星洲此时都要哭了："呜呜……"

接着秦渡摆弄了一下手机，闪光灯一闪，伴随着咔嚓一声。

许星洲生得确实漂亮，拍照时也不怕闪光灯，皮肤在昏暗中被光映得白皙透亮，面颊潮红，眸光水润，整个人犹如穿过大海的水鸟——美色惑人，额头上的字除外。

那字真的太直白了，是许星洲刚刚被秦师兄死死地摁着写的字。许星洲被拍完照片，简直成了一只斗败的公鸡，用手揉了揉额头，发现字擦不掉。

秦师兄是用油性马克笔写的。

许星洲简直想和秦渡同归于尽……

秦渡浑然不觉许星洲周身散发出的杀气，跷着二郎腿，拿着那照片得意扬扬地发了条朋友圈，照片里的许星洲忍着没哭，额头上被他写了五个字："秦师兄所有"。

五个大字就这么赫然印在许星洲的额头上。

他到底为什么要发朋友圈哪呜呜呜？！而且他们的共同好友还特别多，头顶大字的许星洲越想越羞耻，简直觉得不能做人了。

外头的雨势小了些，许星洲赤脚踩在漆黑的木地板上，烦躁地用脚后跟砸木头，乒乒乓乓，活像只啄木鸟。

秦渡发完朋友圈，将手机一收。

"许星洲。"他的语气陡然正经起来，"你刚刚到底在想什么？"

许星洲闻言微微一愣。

雨滴噼里啪啦地砸着房檐，檐下盆栽中的橘子树都蔫巴巴的。茫茫大雨被客厅的小夜灯映着，许星洲和秦渡背着那温暖的光坐在露台上。

秦渡在许星洲的额头上搓了搓，以指腹搓他写的字。

"说说看，"秦渡专注地搓着许星洲的额头上的"秦"字，重复道，"你看上去不是在发呆，有心事，说出来吧，师兄看看能不能给你直接解决。"

许星洲道："嗯……"

她抬起头，秦渡探究地望着她。

他的确是一个很细心的人。许星洲想。

而她所想的这些是不应该对他有所隐瞒的。

"就是……"许星洲认真地说，"我思考了一下我的未来规划，觉得得给你道歉。"

秦渡一怔："哈？"

许星洲想了想，有点儿语无伦次地道："是这样的，我们专业的学生毕业的话无非就出国、考研、就业这三条路。前者和后者都不少。考研的无非就本校或者往上，就业的话就是记者呀、编辑呀……我的一个学姐在一家知名杂志社，没出过国，工作之后说话都和以前不太一样了……"

秦渡欲言又止地说："嗯，这些都是路子，没错的。你们院又一向活跃……"

他顿了顿，又道："星洲，你想做哪个？对师兄道歉做什么？"

许星洲说："我想做什么？我也……也许就业吧，道歉也是因为这个。"

秦渡搓掉了许星洲额头上的那个"秦"字，莫名其妙地问："不读了啊——所以你到底为什么道歉？"

"这是道歉的铺垫。不读了，毕竟条件摆在这里嘛！"许星洲被师兄搓得额头通红一片，小声道，"我爸爸显然也不太想让我继续读研了，出国更是不可能，出国更贵。"

秦渡笑道："师兄跟你一起出去读也行啊，星洲，想去哪里？师兄跟你去。"

许星洲也笑："不是，师兄，我是真的不想念啦。"

秦渡闻言就使劲儿地捏住了许星洲的腮帮。

"不想念了就不想念了呗，"秦渡眯起眼睛，"所以你道歉到底是为了什么？"

额头上写着"师兄所有"的许星洲被捏得话都说得含混不清了，小声地说："我就是……想问问师兄，是不是……就是……那个，未来规划……"

秦渡又捏了捏她的脸："嗯？直接说主题。"

许星洲的脸都要被秦师兄扯扁了，喊道："别捏！"

秦渡知道自己再捏可能就要把她捏疼了，这才松了手。

耳边传来哗啦哗啦的雨声，露台上还算凉快。

"是……是不是我得有个了不起一些的工作呀？"许星洲不住地揉脸，"这样会比较好一些……以后也会比较拿得出手……"

秦渡一愣。

许星洲脸红地补充道："不……不是说情侣要般配吗？我现在已经和师兄差很多了！感觉需要在工作上弥补一下，否则师兄好吃亏……然后我想到我的绩点什么的也有点儿发愁，以前有学长告诉我，你应聘有些职位的时候，绩点低于 3.3，HR（人事）直接刷简历……"

许星洲说得极其混乱而羞耻，但是中心思想明确，就是要给自己规划一个不让秦渡吃亏的未来。

秦渡皱起眉头："然后呢？"

许星洲愧疚地补充道："可是我的绩点现在只有 3.26。师兄，对不起。我会继续努力的。"

秦渡沉默不语。

天穹之下，闷雷滚过。

漆黑的夜里，女孩的脸都红透了。她有些讷讷地低下头，小夜灯映着她的耳垂，耳垂绯红得犹如春天的第一枝桃花。

"星洲……你刚刚就是想着这个？"秦渡憋着笑问，"想着是不是得找个好点儿的工作才配得上我？"

那一刹那沉闷的雷声穿过长夜，花园里落雨淅沥，女孩子踢了拖鞋，赤着两脚拍了拍地板，那模样极其幼稚。秦渡在那一瞬间甚至能从那姿势里看到小许星洲的影子。

许星洲自己也知道这个问题过于羞耻了。

她讷讷着不敢开口，自己也知道这是个不好回答的问题。它牵扯到无数现实的、琐碎的，甚至有时过于家长里短的现状。

但是她知道秦渡会回答她。

"对。"许星洲红着脸说，"就是这个意思。"

秦渡忍着笑道："行，你的疑问我知道了。那我问你一个问题，许星洲，你想做什么？"

许星洲一愣。

"就……"她慌张地解释道，"就是毕业就想工作嘛！继续读是不可能的了，我对专业也没有那么大的热情。我在图书馆遇到一个阿姨，她就很喜欢读书，我觉得我过不了她那种生活……"

在背着光的、几乎化不开的阴影中，秦渡却摇了摇头。

"师兄没问你想不想工作，"秦渡盯着许星洲的眼睛道，"师兄的意思是，星洲，你到底想做什么？"

许星洲茫然地张了张嘴。

"我知道你对你的专业不算太热衷。"秦渡低声道，"可是师兄想知道的不是你打算就业或者是做什么，而是想知道如果抛去为了我这点……"

那一刹那，沉重的大风刮过冲天的楼宇。

"许星洲，你原本想做的是什么？"

他在大风中专注地看着许星洲，这样说道。

许星洲脱口而出四个字："浪迹天涯。"

"哪里都会去，"她道，"只要能吃饱饭，我就不会在意自己到底赚多少钱，去旅行，去了解风土人情。如果不考虑师兄你的话，我应该会成为一个自由撰稿人。"

许星洲笑着说："一旦心血来潮，我就会说走就走，命中注定去漂泊，去流浪。我可能都不会有存款，但是会去无数地方，也会写很多不同的东西。"

我会写下我见到的极光、凛冽的寒风与雪原、天穹下自由的牛与羚羊——我的人生中将有雄鹰穿过火焰般的晚霞，温柔的星辰坠入村庄，海鸥流浪于阳光之下……一切都危险又迷人，犹如我。

我将写下它们，也写下我所遇到的一切。

许星洲会是穿了裙子的云。

许星洲笑了笑道："师兄，如果没有你的话……我会把我眼里的世界都走过一遍。"

秦渡怔怔地看着她。

"说实话，"许星洲揉了揉眼睛，鼻尖红红的，"师兄，这些规划我无论说给谁听，他们都会觉得我会英年早逝，或者穷得要死，然后在死后手稿被拍卖到千万的价格……"

她带着鼻音道："那个时候我毕竟孤家寡人，一人吃饱全家不饿，规划的时候根本不会想这么多。可是现在我不想让师兄担心，也不想配不上你……"

"就是说，"许星洲语无伦次地抹着眼睛道，"我……我就是……想问问……"

大雨滂沱，天河倾泻。

女孩子话也没说完，抹了两下眼睛，在躺椅上缩成了个球，肩膀发抖。

她在那一瞬间有些无法面对秦渡。

秦师兄分明对她那么好，甚至把她当作命来看，可是她心底的愿望居然是这样的。

那愿望差不多是一场通往灿烂之地的自毁。

许星洲预料到了流离失所，也计划了自己的浪迹天涯，尽管计划到了自己的八十岁，却没有半点儿强求的意思。

秦渡声音沙哑地开口："许星洲，你……"他停顿了一下，痛苦地道，"你还真是个王八蛋。"

糟了，她要挨骂！许星洲立刻怂了……

也对呀，自己不挨骂才怪呢……许星洲觉得秦师兄没有现在就打断自己的狗腿然后逼着自己下周洗所有的盆盆碗碗都已经算涵养有所提升了。

许星洲立刻慌张地道："师兄你听我讲！可是我现在……现在已经不这么想了！师兄你别打断我的腿！"说完她赶紧摁住了自己的膝盖。

秦渡语塞片刻，怒道："许星洲你闭会儿嘴能死吗？腿放下去！"

许星洲立刻哆哆嗦嗦地把嘴闭上了，过了会儿又乖乖地将两条腿放了下去，不情不愿地趿拉上了人字拖。

秦渡看了许星洲一眼，简直对她无话可说，半天后叹了口气。

"对于你这些乱七八糟的想法……"秦渡怅然地道，"师兄一点儿也不意外。"

许星洲眼巴巴地看着秦师兄……

秦渡说:"你刚刚问我是不是要有很好的工作才配得上我,我先回答你这个问题。"

许星洲把小腿挪开一点儿,认真地嗯了一声。

秦渡道:"答案是不需要。"

许星洲沉默片刻,化身"小白菜",哀戚地道:"哎?不需要吗?师兄是因为我们差太多了吗?师兄我们中间是不是有工作也没法弥补的鸿沟?需不需要小师妹和你暂时分手去做个总监然后再回来追你什么的……"

秦渡无语。

许星洲的话真的太多了,秦渡觉得这对话简直无法继续,拿了张小卡片啪啪地抽她的额头。许星洲被那张小卡片拍得眼睛都睁不开,哭唧唧地用胳膊去挡,额头上"师兄所有"四个字一晃一晃的。

她那小模样简直挠心,秦渡被萌得立时收了手,又在她的额头上揉了揉。

"知错就行。"他叹了口气说,"真的不需要。我不在意这个——你更不许和师兄分手。"

他想了想,又恶狠狠地说:"头上师兄写的四个字,你能不能记着点儿?"

"师兄所有"的许星洲摸了摸额头,哼了一声。

而秦渡说完那句话之后就变得极其沉默。

那时候都快十一点了,两个人坐在屋檐下赏雨。许星洲穿不住拖鞋,又伸脚丫去接雨——她下雨时要么用手接雨要么用脚接雨,总之就是无法做一个像秦渡那样没有多动症的、会思考的成年人。

秦渡似乎在思考什么,一开始并没有管她,直到过了会儿,风一吹,许星洲打了个大喷嚏。

秦渡回过神。

许星洲浑然不觉,打完喷嚏就开始逗自己玩,一脚踢飞了人字拖,人字拖被踢到露台的边缘。她似乎还打算自己去捡……

秦渡语塞片刻,漠然地道:"进去睡觉。"

许星洲就顶着额头上的四个黑字去浴室洗漱。

浴室之中,灯明晃晃地亮着。

许星洲低着头去看手机。开学时间已经不太远,而且学校要开第三次选课,可以说第三次选课是想选热门的课程的学生的最后一次机会。

她的舍友正在宿舍群里如火如荼地交流着下个学期的选课清单,程雁报了一串课名，许星洲看了一下，挑了几个公共政策学院的课，让程雁帮忙一起刷。

"以后"这简简单单的两个字突然变得前所未有地沉重。

可能是从一个人变成了两个人的缘故，连未来的重量都变得截然不同了。

孤家寡人的计划和两个人的计划是不一样的。许星洲觉得她不能在有了秦师兄的时候还做那么不负责任的选择，有了归属就应该选择安稳。

微博上曾经有一个人说："你不可以骂一个单身无牵挂的人，因为他会马上辞职。可是你可以随便骂一个有房贷、上有老下有小的人，因为无论怎么骂他，他都不会走。"

那些冒险——她想八十岁去月球蹦极，浪迹天涯，天南海北地游荡……她满脑子堆着疯狂的计划。而师兄在漫天的灯光中说"我没有你会死"。

"我没有你会死。"他酸涩地说。

"我需要你，我的星洲。"

许星洲看着镜中的自己，她的额头上写着"师兄所有"，整个人看上去特别蠢。

可是她不舍得伸手去擦。

许星洲直到那天晚上才明白秦渡说的那句话并非戏言。

他们其实频率很高，头次之后许星洲几乎每晚都会被摁着来几次，可是那天晚上的一切尤其要命。

他一开始甚至看上去很正常。

"是不是生给师兄玩的？"他居高临下地问，"嗯？"

许星洲还很生涩，被折磨得大哭不已，哭着说："是……是呀……啊……"

她到了后面连神志都不甚清明了。

窗户开着，卧室里进了些雨，床单和被子上晕开了大片水渍，甚至往下滴着水。许星洲的头发湿漉漉的，上面的水也不知是流进去的泪水还是汗，抑或只是雨水。

秦渡点了根烟，姿态极其烦躁。许星洲颤抖着拽着被子盖住自己，眼睫下全是泪水。

她像个被欺负的小姑娘。

秦渡坐在打开的窗边，看着窗外连绵的雨，还没抽两口烟，许星洲就咳嗽了起来。

他几乎要疯了，摁灭了刚燃的烟，起来给许星洲倒水，又细心地摸她的额头，看她有没有发烧。

许星洲一感受到秦渡的手掌就几乎整个人都想贴着他，轻声地说："师兄……"

秦渡在那一瞬间觉得自己已经离疯不远了。

许星洲真的是他的。

那一刻他的眼眶都红了——许星洲是他的。可是他的许星洲想做的是什么？她想要的是什么？秦渡拼了命地想将她护在羽翼下，令她免于风暴，免于疾苦。

可她心里想流浪，想往外冲，想活着。

她是注定要离去的候鸟。

秦渡看着许星洲，就这么看了很久。许星洲的眼睛里还都是被他弄出的泪花，可是她就这么带着全身心的依赖，专注地望着秦渡。

夜雨阵阵。

秦渡和许星洲对视。她泪眼蒙眬地凝视着他，一双杏眼里满是情意，犹如山涧之中的野百合。

片刻后秦渡痛苦地抽了口气，把自己床头的一张银行卡拿起来，对着窗外儿不可见的光看了看卡号，啪地甩给了许星洲。

许星洲愣怔。

他不待许星洲发声就道："我们资本家有个规矩，说支持的时候只是口头说说的话，从来都等于放屁——"秦渡声音沙哑地道，"支持得钱到位才行，这叫投资，也算参股。"

许星洲摸起那张银行卡，呆呆地点了点头，眼眶里还都是泪。

秦渡道："许星洲。"

他一叫名字，许星洲紧张得腰都绷直了。

"师兄想告诉你一件事情。"他说。

许星洲哽噎着点了点头。

她的嘴唇红红的，犹如春夜的玫瑰。

"师兄希望……"秦渡停顿了一下，又沙哑着声音说道，"你不要因为师兄而放弃自己喜欢的事情。"

黑夜中，许星洲傻傻地看着他。

秦渡沉默片刻，将指间夹的烟头扔了，又戳了戳许星洲手中的卡片，道："别误会。这只代表师兄支持你出去而已，叫给你的天使轮投资。"

许星洲语塞。

秦渡耐心地道："而投资者是有资本跟你谈条件的，用你这种好歹签过几份儿合同的大学生能听懂的话来讲的话，你是合同中的乙方，我是合同的甲方。"

合同甲乙……许星洲终于不害怕了，捏着银行卡，用沙哑的嗓音想谈条件："什……什么条件哪？"

"条件？很简单。条件只有一条。你想出去玩的时候……你居然还想去那些不太安稳的地方？算我头一次认识你许星洲，你是真的有能耐。"秦渡眯起眼睛，使劲儿地捏了捏许星洲的脸。

"投资者跟你一起去，这不过分吧？"秦渡说。

那一刹那夏夜的长风挟着雨吹了进来，湿透的窗帘哗啦作响，漫天的雨犹如自天穹坠落的繁星，秦渡恨得牙痒痒，使劲儿地捏着许星洲的脸。

"不……不过分，"许星洲又被捏得口齿不清，"师兄别慌，我带你。"

秦渡又用力地捏了一把，许星洲被师兄捏得有点儿痛，眼睛里还噙着泪。可是当她看到秦渡的脸，又露出了一点儿困惑又难过的目光。

秦师兄一怔："嗯？有什么问题？"

许星洲难过地说："嗯？没什么——师兄到时候我带你飞！"

她停了一会儿，又扳着银行卡心塞地问："不对，我还是有问题。这种问题是不能过夜的。师兄……这张卡是什么卡呀？"

原来她要问的是这个问题。

秦渡漫不经心道："工资卡，实习的那张，一个月五千块，扣了税五千一百八十二块三毛六，多了没了。"

许星洲语塞片刻，气鼓鼓地道："我还以为是什么呢！姓秦的你果然还是小气鬼！我就知道你不会给太多的！可是你明明那么有钱！"

秦渡欠揍地道："对，所以你还是得靠自己，师兄就这些投资，你爱要不要。"

许星洲顿觉无语，而后发自内心地说："师兄，你果然还是你。"

秦渡从鼻子里哼了一声。

许星洲认命地长吁口气，说："不过这的确也不是我想的最差的样子。"

秦渡一愣："哈？"

"我一开始还以为是什么呢，"许星洲庆幸地抚了抚胸口道，"我还以为师兄你要加时，吓死我了。这不是加时费就行。"

她得意扬扬地道："大哥，许星洲不做黑的。"

秦渡语塞。

八月中旬，盛夏，许星洲抽了一个周六出来，陪着柳丘学姐清空了她的家。

柳丘学姐住得非常偏远。

她毕业之后离开F大，在疾控中心上班，拿着近万的月薪，不至于拮据，因此租的第一所房子就在疾控中心的旁边。

可是她只做了半年就辞职了，转而去图书馆工作。图书馆的工作清闲，工资相当低，显然支撑不起每个月近三千的房租。

因此柳丘只得换了个租房。许星洲以前只知道学姐上下班要坐一个多小时的地铁，可是这是她第一次看到学姐究竟住在什么样的地方。

柳丘学姐站在昏暗的小出租屋中，不好意思地让开了门。

楼上有对夫妻在大声地吵架，一束阳光从铁格窗透进，整栋鸽子楼闷热得如同蒸笼。

小出租屋逼仄而潮湿，没有开空调，墙板湿乎乎的，浸满了聚积数年的潮气。那甚至都不是墙，只是一块复合板。即将被主人丢弃的东西堆得到处都是。

许星洲在那一瞬间甚至想起了笼屋。

柳丘学姐对许星洲笑道："反正学姐带不走了，你有什么想要的就拿吧。"

许星洲问："学姐，是八月二十号的火车吗？"

柳丘学姐点了点头，伸手一摸窗帘，说："嗯，去了再找房子。"

许星洲点了点头。柳丘又莞尔道："说起来，居然有一个学妹要买我当年考编时的笔记……我还以为这种东西都卖不出去了呢。"

许星洲酸楚地点了点头。

"这里的一切……"柳丘学姐淡淡地道，"都是我在这五年里慢慢地攒下来的。"

那是名为岁月的重量。

许星洲帮柳丘学姐打包好了行李。

柳丘要带走的东西并不多。她毕竟只是去认真地备考，随身携带的无非一些衣服，外加一些文具和专业书。因为一部分冬装体积庞大，所以柳丘暂时托许星洲将它们收了起来，让许星洲等冬天的时候再给她寄去。

至于一些多余的、她带不走的小东西，柳丘就尽着许星洲挑，让她拿去玩。

许星洲挑了个骷髅头笔筒、一堆杂书，最后还拿走了柳丘学姐在人生中唯一一次成功地从抓娃娃机里抓出来的小兔玩偶……

"刚入学的时候我豪情万丈，"柳丘学姐怅然地道，"我告诉自己，要成为一个能让父母骄傲的人。星洲，你知道的——我们入学的时候都有锐气，也有一些梦想。可是在入学后……见识过更多的可能性之后，我开始后悔。"

许星洲怅然地嗯了一声。

柳丘学姐自嘲般一笑："星洲，你知道我付出了什么吗？"

许星洲抬起头来看着她。

柳丘学姐道："我和我的父母大吵一架。"

"我的父母哭天抢地，扬言要和我断绝关系……"她道，"我的父亲说我丢脸，说如果我辞职去重考的话就当没有养过我这女儿。我妈诅咒我将一事无成，说我的脑中满是空想。"

柳丘学姐认真地说："可是星洲，我不这么想。"

"那些他们觉得是空想的我的想法——"她望着窗户说，"我却觉得它们和我的那些老旧的想法截然不同。它们意味着我的新生，意味着我自己的选择。我将为了它拼命。因为它，我在此时此刻年轻地活着。"

柳丘学姐的长相寡淡，许星洲有时候甚至记不起她的脸。她就是这么平凡，像宇宙间千万繁星中最朴素的那一颗，毫无特殊之处。

可是在她说话的那一刻，许星洲觉得柳丘学姐的灵魂犹如一颗爆炸的超新星。

许星洲又忍不住想哭，小声地问："我以后是不是就见不到你了呀，学姐？"

柳丘学姐想了会儿，眼眶红红地道："也不是啦。"

"以后你去 B 市还会再见到我的，"她声音沙哑道，"到时候我请你吃烤鸭。我说不定以后也会回来。"

许星洲带着鼻音嗯了一声，又认真地揉了揉眼眶。

接着柳丘学姐捏着小兔子玩偶的粉红色的耳朵，一边拧，一边表演"猛男落泪"："呜呜我真的好舍不得！兔兔都怪妈妈不争气……"

许星洲宽慰她："以后还会有的，学姐你放心。世界上有这么多抓娃娃机，而且有这么多抓娃娃的机会，我们总会抓到的，对吧？"

“你说得对。”柳丘学姐用兔兔的粉红色的小耳朵擦着眼眶道，“毕竟人生这么长。”

八月盛夏，柳丘学姐背着行囊，离开了她生活了近六年的城市。

她买了十六个小时的绿皮火车去北京上编导专业课。

人生能有几个六年呢？

柳丘学姐曾经说她来上学时就是走的申城火车站，那个站似乎是全申城唯一一个还能走 K 字头和 T 字头的火车的站点了。那个站犹如迷宫，广场宽阔，却奇形怪状，连相连的地铁站都长了一副和人过不去的嘴脸。

戏剧化的是，柳丘离开这座城市也是从这个火车站走的。

许星洲后来总是想起柳丘学姐在安检通道前最后向外看的那个充满酸楚和希望的眼神。

她们都曾拿着录取通知书，背着一袋袋的行李，拖着大拉杆箱，在某一年的九月二日的骄阳下寻找在新生群里被反复提及的、位于北广场的接站大巴。那些来自外地的孩子几乎没有不渴望能在这座城市留下，然后拥有一个家的。

二十四岁的柳丘学姐在来到申城的六年后背着行囊离开。

许星洲为她难受了许久，却又无法不因她的勇气和选择感动。

二十岁的许星洲趴在桌上，抽了抽鼻子，用手指擦了擦眼眶。

赵姐关心地问：“小柳走了，你就这么难过？”

许星洲抽了张纸巾，擦了擦鼻涕，说：“嗯……嗯……我受了学姐这么多的照顾，最后却一点儿忙也帮不上……”

“而……而且……”她抽着鼻子道，“我的假期社会调研写歪了，调研方法和统计方法都有问题。我的男朋友昨天晚上随便瞄了两眼就给我指出来好长一串毛病！我现在又得彻底推翻重来，暑假只有七天了……”

赵姐同情地道：“真惨，我的儿子也还没写社会实践报告，现在在家补作业。”

许星洲想着秦渡指出的问题，充满希望地问：“赵姐你的儿子今年……”

赵姐说：“小学二年级。”

许星洲语塞。

下午的图书馆里阳光明媚至极，许星洲郁闷地坐在一堆扎马尾、戴头箍的小学生中间，做着自己的暑假作业。

高中老师说，大学里没有暑假作业，那都是假的。

她高中时期的所有朋友如今没有半个是有空闲的，要么在写社会实践报告，要么在做社会调研，或者就被迫出去实习做志愿者充实简历，总之愉快的暑假完全不可能存在……

她的朋友中最凄惨的当数读师范的几位，在师范就读生中，最惨的当数一位男生——他从高中时写字就相当丑，于是不出所料地挂了大学的粉笔书法课，接着就顺理成章地喜提六本字帖外加一份儿社会实践报告作为暑假作业，左手补考，右手作业。

如今他在同学群里疯狂地求购大家写完的字帖。

许星洲想起学姐的离去，又想起秦师兄，对着电脑屏幕叹了口气……

"星洲？"旁边的姚阿姨关心地问，"怎么了？你一下午都唉声叹气的。"

许星洲一愣，没精神地道："哎？啊……没什么……"

姚阿姨十分坚持："有什么不好解决的问题？和阿姨说说看。"

许星洲挫败地摇了摇头。

这已经是老问题了。

这些令她唉声叹气的东西甚至在她发病的时候就存在。她在无数个夜晚意识到自己与师兄的不般配、他们之间的鸿沟，以及那些铭刻在她的骨子里的对一个家的渴望，还有对"不般配"一事的近乎逼人逃避的恐惧。

她害怕得要命，却又不能对任何人提起。

她不知道该如何对别人说，也惧怕别人的嘲笑，"门当户对"与"豪门联姻"这两个概念一直存在于她的认知中。更可怕的是这些东西并非杜撰，而是真实存在的。

许星洲望向姚阿姨。

姚阿姨看上去至少已经四十岁了。她是一个天真善良的人，却又活得极其通透。许星洲对这个年纪的人有着极其明确的认知——四五十岁的人已经非常现实了，何况姚阿姨天天想着"勾搭"自己做她的儿媳妇，总之不可能看好自己和秦师兄。

但是姚阿姨说："星洲，我们也算认识一个暑假了呀！"

"哎？"

"我们都认识一个暑假了呀！"姚阿姨俏皮地眨了眨眼睛，"阿姨是什么人你还不知道吗？所以星洲，阿姨请你喝杯咖啡。我们去聊聊好不好？"

许星洲觉得自己大概疯了。

咖啡店里被磨碎的咖啡豆的香气扑鼻，阳光透过落地橱窗洒进来。现在分明是下午时分，人却不太多，姚阿姨笑着和熟识的店员点了点头。

许星洲挠了挠头，腼腆地说道："阿姨，不让你破费啦，我自己买就好。"

姚阿姨说："大学生能有多少钱……"

"可是我现在有工作了嘛！"许星洲笑道，"阿姨，还是我请你吧，你都请我这么多次了。"

姚阿姨就不再推辞。

许星洲点了一杯红茶拿铁和一杯美式咖啡，两个人在窗边落座。

姚阿姨抿了一口美式咖啡，莞尔道："星洲，你居然还知道我的口味？"

"嗯？加糖去冰多水嘛——"许星洲笑了起来，"阿姨，不是我吹，我讨朋友欢心就是靠我的细心！没有人会不为细心的我沦陷！"

姚阿姨笑得花枝乱颤，说："行吧，行——来，说说看，你一下午都在叹些什么气？"

许星洲沉默了一会儿。

要不然她装作是作业的问题算了？许星洲在那一瞬间产生一个大胆的想法，接着就听到了姚阿姨的声音。

"除了作业。"姚阿姨冷酷地说。

许星洲语塞。

"如果你和我说你的暑假作业的话就是在糊弄我，"姚阿姨漠然地说，"请我喝咖啡就是为了消除糊弄我的愧疚。这种招数我五岁的时候就用过了。"

许星洲再次语塞。

这是哪里来的秦渡的精神挚友？！许星洲简直惊呆了，觉得两个人分析时的脑回路都一模一样……

许星洲只得道："呜好吧……"

"是……是这样的，"许星洲愧疚而痛苦地道，"阿姨，我……确实是我男朋友的原因，我以前没有提过他的……嗯，他的家庭。"

对面的姚阿姨一怔。

"是……是这样的……"许星洲羞愧得耳朵都红了，"他家其实特别有钱……"

她说完观察了一下姚阿姨的表情——姚阿姨似乎愣住了。

她似乎不太理解。许星洲想。

毕竟大多数人对"有钱"二字的概念和她的是一样的，而家里有一个那种规模的上市公司的人显然就站在另一个维度了。有钱人分两种，一种是只需要对自己和少数人负责的普通的有钱人，另一种是需要对成千上万的员工和社会负责的企业家，秦渡的家人显然属于后者。

"非常……非常有钱，"许星洲认真道，"具体有钱到什么地步，我其实也不了解。我的师兄……就是我的男朋友，曾经告诉我，他家的公司在他读初中的时候上市了。他曾经和我开过玩笑，让我要分手费的时候朝着九位数要。"

姚阿姨深深地看着她："嗯。"

许星洲端起装着红茶拿铁的杯子摸了摸，塑料杯身外凝了一层凉凉的水雾。

"而他本人，"许星洲挠了挠头，"虽然我经常吐槽他，骂他是个老浑蛋，可是他真的很优秀，是我们学校的学生会会长，学习和为人都无可挑剔，玩玩得来，学习也比其他人都强，履历当得起'辉煌'两个字。"

姚阿姨点了点头，示意许星洲继续说。

许星洲坐在阳光里，又稍稍停顿了一下。她的头发被扎在脑后，脖颈儿细长，眼睫毛垂着，手指搓揉着柔软的杯子。

"可是我，"许星洲低声道，"姚阿姨，我和路人甲没有两样。"

她挠了挠头，自嘲般说："不对，也许我还不如他们呢。"

"我从小就没有家。"许星洲垂下了脑袋，低声道，"我的爸妈离婚了，没有人要我。从小就有小孩嘲笑我是没人要的野孩子，说是因为我不听话爸妈才离婚的。只有奶奶是爱我的，可是她在我初中时就去世了。"

"我的精神状况一直不健康，"许星洲嗫嚅着道，"抑郁症重度发作过三次，最长的一次住院住了半年，最近的一次是今年五月份，我一旦发作就满脑子都想着去死……"

姚阿姨怔怔地看着她。

许星洲莞尔道："阿姨，是不是很神奇？其实我自己有时候都不理解……为什么我明明这么喜欢这个世界，自认为我挺活泼也挺开朗的，"她声音沙哑地道，"可是受了死亡的诅咒。"

姚阿姨酸楚地唤道："星洲……"

许星洲又挠了挠头，笑着说："不过这些都不重要啦。"

"还是说回我的师兄好了，"她笑道，"他对'师兄'这个称呼可执着了，说是很有亲密的感觉——我不理解，但是叫得挺顺口的。"

"我的师兄和我不一样。他出生在一个很和睦很温暖的家庭里，父母非常爱他。"许星洲说着喝了一口红茶拿铁，笑道，"是不是很奇怪？明明是面对那么多诱惑的家庭啊……所以我真的觉得他的父母应该会是非常美好的人。"

姚阿姨嗯了一声。

"而我从小到大最想要的就是那样的家庭。"许星洲叉起一小块三明治，低声道，"可是我也知道他的父母没有任何理由喜欢我。"

姚阿姨难受地道："星洲……"

许星洲自嘲地说："我这种人就算被放到我们当地的媒婆堆里都是要招嫌弃的。"

姚阿姨似乎忍了一下，而后拿着咖啡杯说："星洲，你怎么会担心这个呢？你的男朋友那么爱你，我要是你根本不会操心。"

许星洲笑了起来："阿姨，你和我的好朋友想法一致呀！我家雁雁也说你的男朋友爱你不就好了吗？"她笑得眉眼弯弯地道，"她说只要男朋友站在我这边就不会有问题，他既然说了，肯定是会把家里那边顶住的。我的男朋友确实是这么说的，让我别担心，他家那边的事他会搞定。"

姚阿姨放松地道："嗯……这不就行了吗？"

"长辈晚辈的关系就是这样的，"姚阿姨调皮地笑道，"只要男人能争气，那么所有问题就都不是问题啦！我的老公就很争气。"

许星洲却说："不是的。"

姚阿姨一愣。

"我怕他从此和他的家人有隔阂。"许星洲轻轻地捏住了自己的虎口，"那毕竟是我从小就想要的家庭，我不愿意……"

"就算我没有办法拥有，"她说，"我也不愿意破坏它。"

那一刹那灿烂的阳光笼罩着那个女孩。

窗外的行人与车匆匆而来攘攘而往，白色的大鸟穿过城市的上空，遮阳伞上流云如川。

姚阿姨怔怔地看着她。

面前的女孩几乎不以任何伤口示人，坦诚而干净，甚至从未细想过这个对她这么好的阿姨究竟是谁。

姚汝君第一次见到许星洲还是在五月份。

那时这个女孩以一种无助而绝望的姿态蜷缩在床上，而她的儿子站在门口。姚汝君对这个女孩的第一印象不过是她长得很漂亮，可是总是在哭。这是抑郁症发作了。

一个这么年轻的女孩怎么能在这个举目无亲的城市经历这种事？姚汝君觉得她可怜，抚摸着那姑娘的额头，于是许星洲奇迹般睡了下去。

姚汝君直觉认为，她其实会很喜欢这个姑娘。

可是她再喜欢也不行，那时的姚汝君这样想。

她毕竟是母亲，母亲总是负责想东想西。

如果秦渡只是受了蛊惑呢？

他们的家庭条件终究不太一样，如果这女孩居心叵测呢？那是她的从小到大尖锐到与人交心都困难的儿子，对这个出身平凡甚至低微的女孩、这个连自己的情绪都无法控制的姑娘露出了死心塌地的神情——这个姑娘的身上会有什么令儿子如此着迷的东西吗？五月份的姚汝君这样询问自己。

他们想谈恋爱就随意吧，但是"家庭"这两个字太奢侈了。

姚汝君不愿意干涉，也不愿意接纳她。

尽管如此，姚汝君还是能从她的身上觉出一丝特别之处。

那一丝温柔的情绪的一端牵着姚汝君的手指，另一头则细细地拴在许星洲的指尖上——那个蜷缩在床上的、犹如被裹在襁褓中于凛冬被丢弃在大宅门前的孩子。

因此姚汝君很担心，和侄子打听她的现况。因此姚汝君亲手熬了鸡汤送到医院，希望许星洲能快点儿好起来。

我会有接纳她的想法吗？暮春时节在厨房熬着鸡汤的姚汝君还不知道。

盛夏，店外热浪滚滚。

店里头冷气十足，有阿姨在带小孩，此时吵得要命——那个小孩蓦地发出一声撕心裂肺的、表达快意的尖叫，唤回了姚汝君的思绪。

她只是走了一会儿神，许星洲现在居然已经笑眯眯的了。

姚汝君看着对面的许星洲，歉疚地道："抱歉，阿姨刚刚发呆来着……星洲，你说到哪儿了？"

许星洲立刻将眼睛弯成了两个小月牙儿。

她真的讨人喜欢。

姚汝君经过两个月的相处，如今已经毫不怀疑许星洲自称的"妇女之友"的身份。

"原来在发呆呀！"许星洲甜甜地道，"阿姨我刚刚在吐槽我的师兄来着，真的是同人不同命，人比人气死人。阿姨你想想，他有钱学习好，家庭又和睦……"

"我真的，"小姑娘的眉眼柔和，"最羡慕的就是他的家庭了。"

姚汝君酸涩地嗯了一声。

璀璨的天光融进了姚汝君的美式咖啡中。

对面的坐在阳光中的女孩拽着只别了花花绿绿的徽章的帆布小包，手上以中性笔画了几颗带光环的行星，这像小学生会做的幼稚的事情。

前几天她好像还贴青蛙的贴纸来着……姚汝君哭笑不得地想。

"说实话，阿姨你们家那样的，我也羡慕得要命。"许星洲又轻声道，"可是这种东西强求不来。"

"我的运气已经很好了，"她开朗地笑道，"哪能什么便宜都被我占掉？如果我的男朋友的父母不喜欢我的话我就乖一点儿，还不喜欢的话就再乖一点儿……"

许星洲还没说完，姚汝君就颤抖着开了口："你会有的，星洲，"她看着许星洲，几乎是一字一顿地保证道，"你会有的。"

家庭、遮风挡雨的屋檐、避风的港湾、万里夕阳与归家的路、家人与爱……这些都是她在无数个夜里哭着祈求的一切。

开学的那天，天空淅淅沥沥地飘着雨，路上堵得水泄不通。

许星洲坐在副驾驶座上缩成一团，翻着手机，脑袋抵在车窗玻璃上。学生会的群在临近开学时又热闹了起来，现在一个部长和一个副部长在因为派迎新车的问题吵架。

秦渡也被堵得烦躁，不高兴地问："许星洲，你不能不回学校住吗？"

许星洲啃着师兄囤在车上的星星糖说："这个……这个很困难哪！我肯定是要搬回宿舍的，不可能二十四小时和你黏在一起……"

"师兄都说了，"秦渡威胁似的道，"你要是有课，无论什么时候师兄都开车接送，都准备给你当专职司机了，而且早上还准备早饭……"

"可是师兄，不是每个人都有你的意志力，"许星洲说，"早上八点上课，会选择在五点起床。"

秦渡语塞。

许星洲看着他控诉："再说了，睡眠可能还不太够。"

"这问题好解决的。"秦渡厚颜无耻地开口，"你早上有课的话，师兄保证只搞一次。"

许星洲无语。

秦渡也太不要脸了！许星洲气得忍不住用星星糖砸他……

秦师兄此时被开学大军堵在路上，还要被准备跑路的小师妹用星星糖砸脑壳，同时有了动机和机会，便直接把许星洲摁进了副驾驶座。

"回宿舍可以。"秦渡道，"但宿舍不是你的家，你的家在师兄那儿。明白了没有？"

许星洲认真地点头，脸微微一红："嗯！"

过了一会儿，许星洲又忍不住和他抬杠："师兄你的占有欲我明白了，那我问你一个问题，如果学校有'宿舍是我家'为标语的宿舍文化节怎么办？"

"文化节是好东西，但是吧，"秦渡欠揍地说，"许星洲，你只要参与，我就让你知道我有多小心眼。"

九月骄阳似火，许星洲夹着电脑冲出教学楼时热得满头大汗。

这哪里有半点儿秋天的模样？许星洲抹了抹额头上的汗水，艰难地扯着电脑线往外走。楼梯上人来人往，有刚上完国关课的留学生用法语讨论着什么。

"我说真的，"一个女生边走边道，"我发现论文真的是第一生产力！从我提前写毕业论文以来我已经把我们宿舍打扫三遍了……"

另一个女生说："我从写 review（报告）以来已经把农业频道的《致富经》看了一百多期了！我发现养猪这件事很有意思……"

许星洲目送着那两个研究生按电梯上楼，估计她们是上去找导师的，然后就听她的电脑的电源线啪的一声掉在了地上。

程雁在外头喊道："赶紧！这节课的 pre 是你做！"

来上课的人络绎不绝，许星洲扯了扯掉在地上的电源线，喊道："我知道啦——"

然后她赶紧抱着电脑冲了出去。

外头晒得人要爆炸。程雁啪地撑开遮阳伞，说："粥宝，一眨眼我们就是大三的老黄瓜了。"

许星洲笑道："嗯，我们马上还要当腌黄瓜呢。今年看这模样估计忙得很。"

两个人走在炽热的阳光下，地面犹如铁板，许星洲穿着皮鞋都感受到了地表温度，立时倒抽了一口冷气。

"太热了，"她痛苦地道，"怎么可以这么热……"

程雁大方地说："午饭我请你喝柠檬水。"

许星洲的眼睛一亮。

程雁又莞尔道："你家师兄呢？"

许星洲眼睛里的小星星立刻没了。她叹了口气，抱着电脑加快了步伐。

祸不单行，教室里的空调居然坏了。

老师只得大开着门，开着窗，窗外蝉鸣不断。

在社科院系里新闻学院算男生很多的院了——男生多意味着他们稳定地发着臭。许星洲顶着酷暑做完了小组展示，讲了一通当前热门的中非关系，又分析了一点儿当地经济和产业链的适配程度，下台之后就昏昏沉沉地熬到了下课。

程雁推了推她道："下课了。"

许星洲揉了揉眼睛："嗯？嗯……"然后她站起来收拾包。

大三的课程半点儿不轻松，甚至花样百出，许星洲上了几个星期的课就觉得很疲惫，后悔暑假没能出去玩。

李青青好奇地问："你的男朋友呢？跑了吗？"

许星洲点了点头。

"这几天是不会见到他了。"她不爽地掐着自己的小挎包，像是在拧什么人的脖子，说，"他们数院在大四有个 field research（田野调查），他这几天不在学校。"

估计是天气太热，事事又不太顺，男朋友还去进行田野调查的缘故，许星洲看起来情绪好像有点儿低落……

李青青忍不住摸了摸许星洲的肩膀。

她刚想安抚两句，就看到许星洲握住拳头喊道："今天我听说本部的食堂里有凉粉了！青宝，我去去就回！"

学校的一切，实在乏善可陈。

许星洲的轨迹无非上课下课，周末去开个学生会例会而已。学期初学校设了试听课，窗外有愣是被迫跑到了南区参加军训的倒霉蛋，他们在声嘶力竭地喊着口号。

许星洲在周五下午没有课，但秦渡不在学校，她没法拉他出去玩，就躺在宿舍里发呆。

312 宿舍的天花板上悬着灯管，下午的阳光金黄璀璨，蝉声悠长。

她们居住的老校舍少说也有三十年历史了，许星洲挂床帘的绳子上被她绑了几只鹅黄色的卡通鸡，此时它们呆呆地转着圈圈。许星洲想起自己大一时被晒成一颗煤球，在十一假期即将开始的那一天笨拙地把床帘挂了上去。

那年军训即将结束的时候，十八岁的许星洲交上军训心得，当天下午就买了一班绿皮火车，背了个双肩包，揣着五百元现金、银行卡和身份证，只身一人无声无息地跑去了西南角。

那里的雪山绵延千里，江水浩荡。

山水一色，飞鸟掠过如镜的湖面，女人的嘴唇上涂着口脂，面颊红如晚霞。她们敲着皮鼓，手上的银饰铮然作响。

十八岁的许星洲笑着在湖边抚摸松鼠的肚皮，用刚胁迫客栈老板学来的半吊子方言告诉那些姑娘"你很漂亮""你很美"——那时她在湖边拍照，离开的时候弄丢了自己的身份证，差点儿连学校都回不去。

许星洲直接从床上爬了起来。

她这次去哪儿？国外花费少一点儿的地方？

她十八岁的时候确实穷，确切地来说十八岁的不穷的人反而不多。她那时候浑身上下只有两千多元钱，怀揣两千多元人民币的小穷光蛋能跑到西南角就已经是了不得的壮举了，可现在就不一样了。

暑期的收入和学期初的虚假繁荣令二十岁的许星洲膨胀……她看了一会儿机票，认为 N 国还是去得起的。

那里人烟稀少，又正是冬天，绝对一点儿都不热，她应该可以看到非常美的星空。

许星洲的旅游计划做得极其熟练，毕竟她搞攻略的次数太多了。她搜了三四个攻略一综合，半天就整合出一份儿五天六夜的计划。她做完计划之后，觉得计划实在太完美了，不把秦渡拽着一起走简直对不起这份儿攻略。

她刚打开手机就看到秦渡发来的微信消息。

秦渡问："星洲，在宿舍吗？"

许星洲笑了起来，打字回复："不告诉你，你猜猜看，猜中了也没有奖励。"

秦渡回："是我给你脸了？"

他那语气极其恶劣……

然而架不住秦渡和许星洲的头像是情侣头像——他们的头像分别是一只傻企鹅和另一只更傻的企鹅，此时秦渡的话连半点儿威慑力都没有。

"傻企鹅"蹬鼻子上脸，立刻道："猜不中我就不和你回家了！"

"更傻的那只企鹅"半天没回消息，而后说："下楼。我在你的宿舍楼底下，我们一起吃晚饭。"过了会儿秦渡又补充道，"带上手机充电器，我的手机快没电了。"

许星洲挠了挠头，把插头拔了下来。

现在已经快四点了，太阳显出一丝玫瑰色，暖洋洋地晒着许星洲的粉红色的床帘。

许星洲将床帘一拉，与对床上正在敷面膜蹬腿的程雁四目相对。

程雁沉默着。

许星洲笑道："雁宝！我去吃饭啦！"

程雁好笑地说："行吧，我本来还打算问你晚上要不要一起订外卖……算了，你和你家师兄玩得开心一点儿。"

许星洲开心地应了，将充电器捏在手里，和程雁道别，然后快乐地跑下了楼。

宿舍楼的向阳面对着整个校区。有学小语种的女孩背靠在阳台上，举着 TOPIK（韩语能力考试）的教材准备十月份的考试，发音生涩，一只手转着圆珠笔。

太阳温柔地覆上许星洲的睫毛。

这个世界真好。

许星洲笑着和认识的、不认识的人问好，又被他们报以微笑。当她穿过一楼长长的走廊时，瞅见秦渡正站在花丛里，仰头看着四栋的三楼的阳台。远处的篮球场上传来喝彩，他就回头去看。

他看上去就像任何一个在宿舍楼下等待女朋友的大学生。

被他等待的女孩嘀的一声刷了卡，跑了出去。

校舍间的阳光金灿灿的，年轻的女孩笑着喊道："师兄——"

空气仍然闷热，可是他们已经能看出来这将是个有火烧云的好天气。

秦渡将手机收了，使劲儿地拧了拧小师妹的软软的鼻尖。

许星洲被拧得吱吱叫，鼻音都出来了。她痛苦地道："疼……疼疼……不许捏了！"

"师兄，"她被拧急了，手忙脚乱地去拽秦渡的手，"你怎么会知道我在……在宿舍呀？"

秦渡漫不经心地道："还能在哪儿？"然后他又对着许星洲的红红的鼻尖弹了弹，恶劣地道："晚饭去哪儿吃？"

许星洲小声地说："师兄,在回答你的这个问题之前,我问你,你知不知道最近的国际局势是交流与互融?"

秦渡一愣,示意许星洲继续说。

"交流,"许星洲严肃地说,"互融、文化交汇。这就像我国对待他国的同胞一样,我们主动地走出去,又要把新的东西迎进来。师兄,我们现在面对着一个文化交流的机会,而我想和你一起去尝试一下。"

秦渡严肃了起来:"什么东西?"

许星洲比他更严肃:"为学者当海纳百川,博学笃志,更当紧跟时代潮流,不怯交流,不畏路远!我们应该发扬艰苦奋斗的精神,坚持对外开放,加强校际交往,而我们的面前就有这么一个千载难逢的机会!"

秦渡似乎根本没反应过来许星洲在说什么……

"总结一下,就是最近我们和隔壁的T大联合举办食堂文化交流节,T大的学生的脑子坏了,他们被老师忽悠傻了,跟我们交换了俩食堂师傅。"

秦渡疑惑:"所……"

许星洲打断了他,快乐地拍了拍他的肩膀:"所以我们现在有网红红烧大排吃了!"

秦渡无语。

许星洲也太能扯了吧?!秦渡对着许星洲的额头就是一巴掌……

秦渡拍完都没解恨,又捏着许星洲的后颈,不爽地问:"哪个食堂?"

许星洲甜甜地,又有点儿狗腿地笑了起来,答道:"回答师兄,红烧大排在蛋苑。"

秦渡看着许星洲。许星洲在阳光下眨了眨眼睛,又可怜巴巴地搓了搓手。她身后的白花开成一团,秦渡扑哧笑了出来。怒火无影无踪,他哪能发出半点儿脾气呀?

秦渡忍笑道:"小师妹,你们新闻学院的都这么能说吗?"

许星洲扬扬自得:"不然呢,你以为我'文综小霸王'的称号是白来的吗?"

秦师兄又扑哧笑了出来,继而紧紧地扣住了他的星洲的手指。

阳光落在他们交握的十指之上,犹如岁月镀上的光影。

接着他们一起去许星洲所说的那个食堂。

路上有两个男孩骑着一辆自行车;篮球场上的少年拍着球,在金黄的夕阳中三步上篮;有老教授下了班,歪歪扭扭地向前骑着自行车,车兜里装着保温杯和经济思想史的教材,车把手上还挂着个菜篮子。

秦渡看了会儿，有点儿动心地道："看上去买菜挺好玩的，回头师兄也去试试。"

许星洲道："那我也去！"

秦渡扑哧笑了起来，把许星洲的头发揉了揉。

食堂里的人非常多。

毕竟T大的红烧大排的名头太响了，四点多窗口前就排了长队。秦师兄让许星洲先去窗边等着，自己拿了饭卡去排队。如今他居然也挺习惯来食堂吃饭，也知道哪个窗口的菜相对好吃。

许星洲看着他的背影，又想起她在酒吧第一次见到秦师兄的样子。

当时她大放厥词"只要你能找到我，约个时间，我一定让你好好地出这一口恶气"，觉得他绝对是个不学无术的"富二代"——他当时身上连一点儿学生的气息都没有。

现在的秦渡看上去居然挺像个大学生。

许星洲觉得很好玩，忍不住笑了起来，觉得师兄的身上多了一股青涩的味道，接着就看到秦渡拿着餐盘和在队伍最前面的人交涉片刻，从钱包里掏了钱，买走了那个人的大排。

许星洲无语。

这位大学生连半点儿时间都不肯浪费，掏钱也不手软，又拿了筷子，把别人买的那盘大排一端，去别的窗口刷了一大堆菜，端了回来。

许星洲难以置信："你居然在学校的食堂花钱插队？"

秦渡脸不红心不跳地说："插队？许星洲，这叫花钱购买服务。花钱插队是侵犯后面来的人的权益的事。我会被骂的。"

"但是，"秦渡把筷子递给许星洲，散漫地道，"花钱买别人刚买下的大排，这叫作'买二手'。我买下他一开始买的那份儿，然后让他再买自己的。毕竟很多人都会找室友代打饭，两件事明明都指向同一个结果，可是这样一来后面排队的人从情感上接受度就会高得多——小师妹学着点儿。"

这不还是插队吗？！插队都要搞心理骗术，这个人怎么回事……

秦渡说着说着自己笑了起来，伸手在许星洲的头上轻轻地揉了揉。

"好好吃饭吧，小师妹。"他温和地道，"大排挺不错，以后再带你吃。"

曾经的秦渡尖锐冰冷，犹如冬夜的一轮巨月。

刚认识他时，许星洲其实不止一次感受到他身上透出的痛苦。他应该是痛苦于自己的存在、自己唾手可得的一切，厌恶"秦渡"二字与生俱来的优秀和扭曲，又厌恶连自己都厌恶的自己。

许星洲甚至冥冥地有过一丝感觉：秦师兄以前根本无所谓活着，更无所谓死去。

那想法并非不能理解。

毕竟许星洲所能想之中到的一切几乎都在秦渡的舒适区之中：地位、金钱和物质，而他又极其聪明。

以前的他想过死，却也无所谓去死，眼里进不去半个人。他麻痹而痛苦地活着。

可是秦渡如今坐在食堂里，看着许星洲，也看着往来的众生，没有半点儿厌世的模样，甚至满怀热情地把第四块大排堆在了许星洲的餐盘上。

"多吃点儿，"他热情洋溢地说，"大排很贵的。"

许星洲的餐盘被塞得快堆不下了……

远处有人冲他喊了一声师兄好，秦渡对他们点了点头，示意自己在和女朋友一起吃饭。

他以前不可能做这种事。

他会不会……我是说万一的万一，许星洲有点儿期待地想，秦师兄会不会也有一点点喜欢起"活着"这件事了呢？

太阳没下山时，外面仍然挺热的。

红日染云霞，阳光与体表一个温度，军训的新生的口号声响彻天穹。秦师兄牵着许星洲的手穿过校园，木槿花开得沉甸甸的，他们就走在金光之中。

许星洲偷偷地看了看秦渡，他正散漫地往前走，也不知道要去哪里。

他们的身旁有人笑着骑着自行车路过法国梧桐，金黄色的光落在他们的身上。架着眼镜的脱发的博士生行色匆匆地拎着泡沫箱跑过去，应该是忙着去做实验，教学楼的门口有老师夹着公文包靠在墙上，像是等待着什么人。

众生庸碌平凡，却温暖至极。

那些都是平凡幸福的生活。

秦渡突然拉了拉许星洲的手，指了指远处的夕阳下的草坪。

"星洲，"秦师兄饶有兴味地说，"你看。"

许星洲一愣，只见远处的草坪被映得金黄，万寿菊绽于炎热的早秋。

一个老奶奶站在草坪上，穿着一条紫罗兰色的连衣裙，发丝雪白，烫得卷卷的，一手拎着个小包。她的老伴儿估计刚下课，还拿着教材，也穿得挺潮。

老爷爷一手挽着她，接着两个人就这么旁若无人地在夕阳中接了个吻。

许星洲觉得耳根发红，笑了起来。

"以前我经常会看到的。"她笑眯眯地对师兄说，"咱们学校的老教授和他们的妻子大多可恩爱了。这个教授我以前还去蹭过他的课，他是教西方哲学史的……"

秦渡突然开了口："我以前连想都没想过……"他停顿了一下，又道，"我老了会是什么样子。"

许星洲一愣。斜阳没入层积云，她几乎被夕阳照耀得睁不开眼。

"兴许我二十岁就死了，也兴许能活到四五十岁。"万丈金光镀在秦渡的眉眼上，他自嘲般道，"师兄连自己能活多久都不关心。"

许星洲在那一瞬间愣住了。

秦渡见状使劲儿地捏了捏许星洲的脸。

"现在呢，师兄觉得，"秦师兄惬意地将眼睛眯成一条缝，"师兄老了的话估计要比那个老教授帅一些。"

许星洲扑哧笑了出来。秦师兄确实长得非常帅，她看了一会儿就觉得他应该没有骗人，至少没有骗她。

热风扑面而来。

浪子的手掌中流淌过暖阳般的血液，肌肉搏动着如山岳。

许星洲在夕阳中紧紧地握住她的身边的秦渡的手。

我先不要提带他出去玩了吧，许星洲告诉自己，就让他继续享受一下人生里的这点儿乐趣。

我过几周——不，几周有点儿太长了——就过几天再说，让他在当下好好地过一下这些平凡的、诗一般的日常。

反正两个人出国玩的攻略许星洲已经做好了，秦渡又跑不掉。不行的话，她还可以等到南半球的春天呀！师兄好不容易将自己与世界系了起来，现在不急于去冒险。

最后一丝余晖沉入大地，云层撕扯，露出最后的玫瑰色。

许星洲开开心心地钩着秦渡的手指晃了晃。

那一对年迈的夫妻已经走了，他们便跑去了停车场。秦渡发动了车子，车外夜幕降临，校区中亮起暖黄色的路灯。许星洲突然想起自己在学校第一次见到秦渡的那一天。

那天似乎是一个下着大雨的，再普通不过的春日的周末。

车窗外的霓虹灯映着黑夜的天穹，申城的天空上连北极星都瞅不见。秦渡突然笑了起来。

他坏坏地笑着问："小师妹，你猜猜看……今天下午师兄找你，是要做什么？"

许星洲一愣，毫无新意地答道："吃……吃晚饭吗？"

秦渡伸手，在许星洲的额头上啪地一弹，接着把一个小的文件袋丢给了她。

许星洲一头雾水地将那个文件袋的拉链拉开。接着秦渡拧开了车里的灯，车灯映亮了两本护照和两张身份证。

许星洲的护照失踪快半年了，她大一的时候去办了之后就不知塞在了哪个角落里。秦渡的护照则明显皱得多，显然被用了一些时日了，上头还包了张皮儿，皮上贴着一张写着字的黄色的便笺：

"申城 T2——N 国国际 I

20：35 - 次日 12：05

航班 NZ289"

许星洲大吃一惊。

秦渡眨了眨眼睛，揶揄地问："嗯？怎么说？"

许星洲在那一瞬间连头发丝都炸了。

那时他们还在校园里。

无数的同学从剑兰与芙蓉树后穿行而过，或高或矮或胖或瘦，笑着或是哭着，焦虑着或是放松着。

微电子楼的实验室里啪地亮起了灯。

他在这个无比平凡的周五的傍晚，这样宣布："去冒险吗？师兄和你一起疯一次。"

地上的太阳是八分钟前的太阳，现阶段为勾陈一的北极星是四百年前的北极星。

距离银河最近的仙女星系与这颗行星相隔二百五十四万光年。

在这亿万行星中，广袤无垠的地球上，生灵拥有当前的生命即代表了亿万分之一的概率，代表着数十亿年前的生命螺旋的拎合。而这无上的幸运给予每个"我"的存在的时间不过百年。

许星洲趴在秦渡的肩上，因为两张机票哭得抽抽搭搭的……

傍晚的马路被堵得水泄不通。秦渡一边忍着笑给小师妹擦眼泪，一边瞄了一眼手表——那是晚上八点三十五分的飞机，如今已经六点三十七分了，而他们连中环都还没挤出去。

"还哭？"秦渡敲敲许星洲的脑袋道，"是师兄不爱你吗？下车，坐地铁。"

许星洲抽抽噎噎地嗯了一声……

秦渡明知道许星洲是对坐地铁嗯了一声的，可还是使劲儿地捏了下她的鼻尖，嚣张地道："别胡说，师兄最喜欢你了。"

他喜欢到无以复加，喜欢到甚至接受了"生而为人"的一切苦难。

他生而为人，无尽的折磨与生俱来。

我们脆弱敏感，天性向死，恐惧贫穷与疾病，害怕别人的目光且抑郁自卑，易怒暴躁，因此数千年前潘多拉魔盒放出了一切令我们经历生老病死的诅咒。

可是"生"这件事也是一生只有一次的馈赠。

所以我愿你去经历所有，愿你去历尽千帆，去冒险，去世界的尽头嘶声呐喊，去宇宙航行。

人毕竟只活一世。

番外一　仲冬远行

十二月末，F大。

下午四点半，二教门口的枯枝残叶被风吹过。

那是个天仿佛又要下雨的冬日的下午。

天穹昏昏沉沉的，只有一点儿可有可无的阳光，太阳转瞬就被乌云吹没了。

许星洲坐在华言楼的门口的回廊旁，围着厚厚的羊毛围巾，被风一吹，立刻就打了个哆嗦……

申城的冬天其实和她的故乡的冬天差得不太多，都挺反人类的。许星洲捧着杯热奶茶，挠了挠手指，总觉得复习期间能生出三个冻疮来。

"大众传播理论……"许星洲蜷缩成一团，拿着课本一边对着热奶茶哈气，一边背诵，"循环模式强调了社会的互动性……"

一阵妖风吹过，把正在背书的许星洲冻成了一只鹌鹑……

她已经裹得里三层外三层了，可还是抵不过申城的湿冷，背了半天又把手指埋进围巾里，可还是没什么暖意。许星洲抬头望向东辅楼，然后弯着眉眼笑了起来。

秦渡还在考试，不知道她还在这儿等着。

他们到了大四，笔试已经不多了，教务处排考试时也比较照顾他们，将"水课"都放在考研之前考，而将重要的专业课程的期末考都放在元旦之后，给考研的学生留出复习时间。

秦师兄现在应该就在考"水课"。

许星洲正在外头被冻得哆哆嗦嗦地等着他呢，两个学生就从许星洲的面前走了过去。

风里依稀传来他们的交谈声。

"超哥，我买了一月十五号回家的票……"

另一个人说："沿海就是好。我还在抢，学校一月二十号放假，票太难抢了，我现在还在宿舍里挂着抢票插件呢……"

许星洲微微地愣住了。

她那时坐在露天的大台阶旁，看着面前的 A4 纸上打印出的黑字，枯黄的梧桐叶儿打着旋滚过她的脚边。天空上云影变幻，那一小撮 A4 纸被乌云和其后的阳光映出了无数分散而暗淡的条带。

许星洲已经一整年没回"家"所在的那个城市了。

她将那里说成"家"也不太合适——她每次回去都住在奶奶留给她的老房子里头，就像后来出院之后独居。

她鲜少和父母打交道：母亲那边自不必提，许星洲根本连与之来往都不愿意，而父亲那边也没热络到哪儿去——一年到头三百六十五天，只有在年三十那天，许星洲会去父亲家吃一顿年夜饭，然后当天晚上睡在那里。

仅此而已。

关系要多生分有多生分。

那荷花盛开的小城或许是程雁的家，也或许是她的大部分高中同学的家，所以他们积极地订票。可是对许星洲而言，那只是她的奶奶的坟墓所在的地方。

许星洲叹了口气。

她总还是要回家过年的，一年到头都不回去的话实在太不像话了。

她如果不回父亲那边的话，风言风语传出去估计会很难听：忘恩负义、不孝长女……就算先不提父亲那边，她也想回去看看奶奶，亲手给奶奶拢拢坟茔。

她总不能老让程雁代劳。

那两个学生说说笑笑地进了东辅楼。许星洲的手指被冻得通红，捏着写着重点的小册子，刚要翻开，她就看到了楼梯口的秦渡的身影。

他迈开长腿下楼，单肩背着书包，早上穿的黑夹克在玻璃门后一晃。

许星洲一愣。

秦渡九月从国外回来后就去换了个发型。

他推了个利落的背头，染了灰色，这发型极其考验颜值和身材。许星洲和他一起挑发型的时候几乎以为他疯了，以为他在旅游时被外国人的发型冲昏了头脑，认为他这次一定会栽跟头，没想到秦渡理出来居然帅得不行。

直男一旦美起来真的没有女孩子什么事了。许星洲想。

秦师兄将玻璃门一推，许星洲立刻戏精上身，抱着自己的重点小册子，一下子躲到了花坛后面，动作极其熟练……

秦渡刚考完试，估计还没缓过来，没看见从旁边的花坛后伸出的一只被冻得通红的手，那只手把遗漏的那本教材咻地拽了进去。

秦渡在门口站着，随意地一靠，翻出了手机。

半分钟后，许星洲的手机里咻地来了条消息。

秦渡顶着傻傻的兔子头像道："师兄考完了。你在哪儿？我去接你。"

许星洲看了一下周围的环境。她躲在花坛后的女贞树的后头，又被回廊圈着，常绿的灌木郁郁葱葱地遮着人。她顶着傻熊的头像答道："我被城堡的荆棘掩护着，在邪恶的巫师们的巢穴深处！无畏的勇士呵，解开我的谜语，来做我的值得尊敬的宿敌吧！"

秦渡连思考都没有就问："华言楼，哪儿？"

这男人怎么回事？！许星洲觉得自己简直被看透了……

她刚打算再瞎编两句干扰一下秦师兄的思维，秦渡直接一个电话打了过来。许星洲的手机铃声当当地一响，暴露了方位，接着她三秒钟之内就被秦师兄捏住了命运的后颈皮。

被捏住后颈皮的许星洲可怜巴巴地道："师……师兄……"

秦渡感慨："和'小学生'谈恋爱真累呀！"

然后他把这位"小学生"从树后拽了出来，把她带来的教材和小册子往自己的书包里一塞，攥住了她被冻得通红的手。

天穹阴暗，是一副要下冬雨的模样。

秦渡搓了搓她的手指就觉得不对，心想：这也太凉了，遂拧着眉头问："在这里等了多久？"

许星洲讨好地说："半……半个多小时！我在这里等师兄来着！"

秦渡在许星洲的脖颈儿后使劲儿地一捏，许星洲立刻尿了。

"这个天，你在这儿等我？"秦师兄凉飕飕地斥道，"你不会在宿舍或者图书馆等吗？"

接着他把自己围的围巾摘下来给许星洲围了两圈，又伸手使劲儿地搓了搓她的脸。女孩子的脸凉凉的，被秦师兄三两下搓得又暖又红。

他们上车的时候天已经彻底阴了。

冬天天本来就黑得早，加上这天是阴天，此时天几乎无异于黑夜，车都被东北风吹得咕咚作响。许星洲抱着秦渡的双肩包，秦渡将暖气开大了点儿，把许星洲的手指拽过去，让她在风口取暖。

许星洲问："师兄，考得怎么样啊？"

秦渡漫不经心地道："一般吧，出成绩再看。"

许星洲听到"一般"二字，忍不住多看了秦渡两眼。

这两个字实在太熟悉了——哪个受完义务教育的人没听过学神的假惺惺的"考得一般"呢？

但是许星洲确实不处在能反抗他的境地……

秦师兄前几天刚刚随手摸了本许星洲的二专课本微观经济学，自己在书房翻了一个下午，然后不顾许星洲的反抗，把她摁着从头讲到了尾。

起因是秦师兄不想复习自己的专业课，也不想看任何 chart（图表）和 review，想换换脑子。

许星洲当时堪堪忍住了咬他的冲动。

秦渡漫不经心地问道："星洲，你寒假打算怎么安排？"

许星洲一愣："哎？"

"打算回家过年？"秦渡一边倒车，一边看着后视镜问，"回去的话，回去多久？"

许星洲诚实地说："还……没想好，毕竟票不急着买。"

秦渡笑了笑，又问："你以前都是怎么过的？"

车轻巧地驶过校区的主干道，路旁的梧桐在风中簌簌作响，冷雨淅淅沥沥地落下。

学校的大门口的雕像在冬雨中沉默地屹立，许星洲忽地想起蒋捷的那句"壮年听雨客舟中，江阔云低、断雁叫西风"来。

"客舟"。

这两个字令许星洲想起过年就一阵难受。

许星洲小声地答道："以前奶奶在的时候还是挺好的，我们在年三十下午去我爸爸家，我可能受我爸的托付和那个妹妹聊一下学习。毕竟我学习还是可以的嘛！吃完年夜饭，奶奶和阿姨随便包几个饺子，我就看春晚。晚上奶奶再带我回家，让我给爷爷的照片磕个头，然后睡觉……"

"后来……"许星洲有点儿难过地说，"后来奶奶没有了之后，我就自己一个人去我爸爸家了。"

秦渡冷漠地问："你那个爸爸？"

许星洲嗯了一声，将脑袋无意识地在车玻璃上磕了磕。

秦渡实在不喜欢她的父亲，对着她的时候连"叔叔"都不乐意叫。

许星洲曾经问过他为什么。

秦渡说他的印象太深了：明明许星洲的父亲乘飞机来申城不过两个小时，坐高铁也不过六个小时，秦渡甚至托程雁专门问过许星洲的父亲要不要来看一看，可是长女住院一个多月，做父亲的人连面都没有露一下。

秦师兄连仇都记了。

秦渡难以置信："你这么多年过得这么惨哪？"

许星洲困惑地道："惨吗？我每年还有点儿压岁钱——虽然那些亲戚朋友都愿意给我的那个妹妹多一些的红包，对我就意思意思地给一点儿……"

许星洲窒息般道："我好惨哪？"

她震惊于自己这么多年怎么能这么麻木不觉，抱紧了秦渡的书包，接着又看了看秦师兄。

秦师兄深深地拧着眉头，一看就是因为她这几句话憋了一肚子火……

许星洲急忙道："师兄你别急！你看我根本不往心里去的！他们也不欺负我，还会给我钱，顶多就是不把我当家里人嘛……我也不在意这个，反正那又不是我的家。"

秦渡差点儿被说服，沉默了好一会儿才不爽地开口："许星洲，你回去干什么？"

许星洲一愣："哎？"

"那种年过个什么呀，"秦渡冷冷地道，"你回去做什么？当小白菜？"

许星洲道："哪有那么惨？是回去当花椰菜的，很有营养，但是谁都不乐意吃……"

前面的红灯亮起，车被迫停下，秦渡终于腾出手来，在许星洲的脑瓜上使劲儿地一戳。

"还花椰菜呢，"秦渡凶神恶煞地道，"他们把你当花椰菜看，师兄把你当花椰菜看过？"

许星洲的脸噌地红了。她欲哭无泪地道："那……那怎么办？还有别的办法吗？我又没有别的家可以回去，其实也没有很糟……"

糟糕的"糟"字还没被说出来，秦渡就冷冷地道："今年过年你不准回去了。"

许星洲面颊潮红，嗫嚅着道："可……可是……"

可是我还是得回去看看奶奶呀……许星洲羞耻地想。再说了，她过年不回她爸家，亲戚可能要指指点点吧？这样的话她爸的脸上可能不会很好看……

"过成这样回什么呀，"秦渡愤怒地道，"师兄在这儿宠你，你倒好，回去当地里黄的小白菜？"

许星洲的脸又一红。她刚想反驳自己不是小白菜是花椰菜就听到了秦渡的下一句话。

"你今年跟师兄过。"

他这样宣布。

"你今年跟师兄过。"

许星洲听了那句话，都要吓死了。

冬夜路灯次第亮起，秦渡坐在驾驶座上开着车。他似乎根本不觉得这件事吓人——仿佛许星洲跟他回家过年这件事真的再普通不过。

但是许星洲真的非常害怕……

她捏着自己膝盖上的两团围巾，手心不住地出汗。秦渡似乎也意识到她有点儿害怕，莞尔道："不用紧张。师兄的父母都是很好的人。"

许星洲语塞。

那是你的爸妈，你肯定会这么想啊！

可是许星洲还是挺害怕他们的。

许星洲初中时看过《货币战争》。那本书其实分析性和前瞻性都一般，但是仍然给她留下了难以磨灭的印象。她印象最深的就是里头用极其冷酷的笔触写出来的洛克菲勒家族和罗斯柴尔德家族的历史，以及这两个资本帝国世家近乎冰冷的机械化的膨胀之路。

在这种家庭里，牺牲和联姻对于直系继承人来说几乎是理所应当的。

秦渡又接着宽慰道："我爸的脾气可能稍微臭一点儿……但是我妈人还是很好的，我的爷爷奶奶外公外婆也都挺和善。我回头和他们提一嘴，你今年过年就跟我家一起过了。"

许星洲一听"爷爷奶奶外公外婆"八个字，眼前又是一黑。

敢情他们还是一大家子一起过年呢？

许星洲吓得不行："师兄算了，我……我还是……"

我还是回我爸家去过吧——她还没说完，就听了秦渡的下一句话："咱俩在一起也快一年了，"秦渡揉了揉额角，"和我爸妈还在一个城市……我总把你当宝贝藏着掖着也不是事，你跟着师兄去见见家长，嗯？"

许星洲那天晚上连自己最喜欢的粉蒸肉都没吃下第三块。

她满脑子都是怎么办才好？……

我该怎么去见他的父母？许星洲心里门儿清，晓得或早或晚要面对这件事，可她实在太害怕了。

她一会儿担心自己遇上可怕的小姑子，一会儿又担心遇上干练的婆婆，还怕被长辈的长辈嫌弃。如果自己被嫌弃该怎么办？这些问题其实已经断断续续地折磨了许星洲半年多，她也问过秦渡，秦渡只是说"我的父母人都很好"。

而且他还说"这半年他们都没有过多地过问，只问过几次你的身体情况怎么样，不会难为你"。这是原话。

许星洲听完那些消息，当天紧张得午饭都没吃下去……

她其实还是有点儿焦虑，秦渡也觉出来了不对劲儿，把饿得肚子咕咕叫的许星洲说了一顿，从此以后再也没和她提过他家里的那些事。

许星洲看不下去书，干脆去看偶像剧了。

老版和新版的剧情还不太一样。老版的男主角给女主角一张黑卡随便刷，还扬言要给女主角买城堡。二十年过去，男主角家估计炒股炒破产了，新版的男主角寒酸得不行，只会给新版女主角充游戏币买手机。不过看玛丽苏剧就要看最天雷滚滚的，许星洲绝不退而求其次，看得津津有味……

说实话，要不是男演员够帅，许星洲看不下去这个剧——旧版特别雷，她快进着，花了不到半个小时就看到男主角的妈妈出场。

男主角的妈妈浓妆艳抹，头发梳得跟她的儿子一模一样。她对女主角的妈妈轻蔑地说："你们家怎么这么小？呵，平民。给你两千万，离开我的儿子。"

许星洲语塞。

她坐在书桌前，台灯亮着光。

她刚准备倒回去重看，手机就被啪的一下摁在了桌面上。

秦渡漫不经心地问："死到临头还看电视剧？图什么？"

许星洲无语。

我当然是想从当代影视剧中管中窥豹般汲取养分，认真地观摩学习去拜见豪门婆婆的一百种姿势了。许星洲想。但是她稍一观察秦师兄的表情就觉得这话说出来，自己十有八九躲不过被他骂一顿的命运。

许星洲立刻撒谎："因为我复习完了！"

秦渡拉了把椅子坐下，狐疑地扫了她一眼。

许星洲镇定地道："我做证，是真的。"

秦渡无语。

他不是为了看许星洲的复习进度来的，在许星洲的脑袋上轻轻地一摸，认真地道："有没有什么想问的？师兄今年是真的想带你回去过年的。"

许星洲愣了一下，心想：该来的真的逃不过呀……

"咱们早点儿见家长。"秦师兄认真地说，"师兄保证，谁欺负你，师兄一定替你欺负回去。你今年过年就留在这儿吧。"

许星洲感觉手心出汗，片刻后难堪地说："师兄……你……你和我讲讲叔叔阿姨吧，我其实对他们了解得不多。"

"我……看情况……"她紧张地闭了闭眼睛，又结结巴巴地道，"我看情况，和你回……回去。"

冬夜寒冷萧索，风吹得窗户咕咚作响，冷雨沾了满窗。

书房里面暖黄的台灯亮着，秦渡给许星洲倒了杯葡萄汁，许星洲捧着凉凉的玻璃杯，坐在他的身侧。

秦渡想了想，决定先从爸爸开始说起。

"师兄的爸爸人有点儿严肃……倒是不凶。他们这一辈统共三个孩子，我的大姑姑、二姑姑和我爸。大姑姑走得早，走的时候才二十多岁。二姑姑就是秦长洲的妈妈，我爸是家里的老幺，年纪最小。"

许星洲睁大了眼睛。

"我爸十几岁的时候离家出走。"秦渡认真地道，"他没读大学，白手起家，在底层摸爬滚打这么多年，吃过很多苦。"

秦渡笑道："所以他比较强硬，不过也很能开玩笑，总体来说不可怕。"

叔叔真的不可怕吗？！许星洲想起暑假时在 SIIZ 中心看到的那个伯伯，有点儿紧张地去拽师兄的手……

秦渡莞尔道："可能他原本可怕吧，我不晓得。反正横竖有我妈在，他不会脾气太坏的。"

"师兄的妈妈呢，是爸爸的发小……两个人是青梅竹马来着。"他笑着说。

他叙述时的语气特别轻松，仿佛那是个经年累月的童话。被他的情绪带动着，许星洲的紧张感都缓解了不少。

"她从小学习就特别好，和你就不太一样。"秦渡揶揄地说，"我的爷爷奶奶家有很多藏书，还有很多孤本，她就经常来借，一来二去，跟秦家的小哥看对眼了。"

许星洲扑哧笑了出来。

秦渡成功地逗乐了许星洲，又凑过去亲了亲她。

"我妈，"他亲完，认真地道，"被我爸惯着，读了一辈子书。"

秦渡嘴里的他的妈妈和姚阿姨有几分相似之处。

两个人都极其聪明，对人温柔有礼，非常喜欢新鲜的事物。

姚阿姨的学习热情就非常高。她用的简直是一种"人活一辈子不把好玩的东西都学一遍的话等于白活"的学法。秦渡说他的妈妈就是个很有激情的人，广泛地学，却不为名也不为利，而且最近还在继续学习深造……

许星洲听完，终于不再那么紧张。

她考试结束的时间比秦渡的要早得多，新闻学院一月十号就能考完最后一门考试，数学院则要等到十八号，他们差着七天。许星洲和秦渡商量了一下，决定一月十一号回老家，一月十六号再回来。

秦渡笑着问："嗯，行。年就在师兄这儿过了？"

许星洲支支吾吾地嗯了一声。

自己先凑合看看吧。她想。

许星洲和程雁一起收拾了行李。

程雁回家的积极性是很高的，她打算一考完试就回家。秦渡一开始想给许星洲订机票，可是这提议被许星洲否决了，她和程雁一起买了两张邻座的动车学生票。

程雁吃惊地问："你这次就打算回去给奶奶上个坟而已？不在家过年了？"

许星洲笑眯眯地点了点头："嗯，今年就不去我爸家了，过年的时候跟秦师兄去见家长。"

程雁沉默片刻，发自内心地道："粥宝，如果你被嫌弃了，可以随时打电话来找雁姐姐痛哭。"

许星洲觉得不爽，然而无从反驳。

那天早上天还没亮，秦渡就开车把她们送到了火车站。

他帮许星洲和程雁拎了行李，又对许星洲耳提面命了一番，让她在车上好好地睡一觉，必须吃阿姨给她带的午饭，不到万不得已不许乱碰动车上的难吃的盒饭，到站要立刻给他打电话。

从申城到她们老家，车程足足要七个小时——列车将途经多地，最终抵达河流沿岸的那个小城。

冬阳和煦，沿途荒凉，一片冬日的景色。

车厢里吵吵嚷嚷。程雁因为个子高，行李又多，所以坐在二等座有点儿施展不开的意思，极其不自在地问："粥宝，你真的打算去见家长了？"

许星洲愣了愣答道："也……也许吧。"

"见家长倒不是什么大事，"程雁道，"你们都到年纪了。你看咱班上那个谁，去年不就已经去和女朋友的家长吃过饭了？问题是，咱们周围的人都没有经验。"

她将话锋一转："许星洲，你知道见家长要注意什么吗？"

许星洲从不看宅斗小说，也不刷论坛，只喜欢看微博上的搞笑段子，对这种男女之间相处的、涉及当地风俗的高级知识一无所知。

她想了很久，回答时颇为痛苦："我不晓得。"

程雁同情地看了看许星洲："你还是去问问吧，别去了婆婆家犯错。"

许星洲立刻又开始焦虑。

"你不是有个网友……"程雁茫然地道，"她和她的男朋友在一起蛮多年的了吗？你问问她。她应该有经验。"

这问题确实现实。

许星洲的妈妈那边她倚仗不上，认识的人年纪又都与她相仿。她认识的有对象的年轻人不太多，有性生活的更少，其中进行到见家长一步的更是少之又少。

所幸许星洲认识一个女孩子——一个目前很火的作者，笔名关山月。她和许星洲同龄，已经差不多和男朋友谈婚论嫁了。

许星洲和这个作者是在微博上认识的。许星洲那时候沉迷一部动漫，而那个作者就是圈子里的镇圈之宝。关山月那年也就十六岁，上高一，画得就已经相当厉害了，属于绝对的天赋型画手。

后来关山月果然在十七岁那年就得了一个很大的奖项。

从此她一飞冲天，如今已经是个小网红了。

许星洲非常爱她，发自内心地、变着花样地赞美她，真情实意地夸她是神仙画画，如此没几天就和她认识了。

关于她们的相识，许星洲不赘述。

总之她们认识四五年了，关山月是二十岁的许星洲所认识的唯一一个能知道这个问题的答案的熟人……

动车掠过平原。许星洲瑟瑟发抖地给关山月发微信，问："我过年的时候要去见秦师兄的家长了，有什么要注意的吗？"

列车呼地穿过山洞，信号时有时无，手机上过了许久才出现关山月的回复。

关山月说："恭喜！不过我不晓得呀！我那时候和他的家人的见面完全是灾难性的……那时候我家老沈都还不是我家的，而且我的年纪也不大，十七岁那年，什么都谈不上正式。"

许星洲的脑袋当即炸了。

"而且呀，"关山月认真地解释，"去见男朋友的家人这种事，每个地方的风俗都不一样的。有些地方女生要收到婆婆的红包才行，有些地方要送东西，有的地方东西要买得贵重，有的地方就只需要伴手礼，粥宝你要好好地了解当地的风俗才行。"

许星洲愣住。

关山月说得很对，许星洲陷入沉默，接着翻出与本地人谭瑞瑞的对话框，看了许久。

谭瑞瑞部长估计也不知道吧……

二十岁出头的人几乎都不了解如此高端的知识，许星洲对这件事心里门儿清——何况秦师兄的家庭实在非同凡响。

许星洲对着手机屏幕看了半天，觉得自己应该抽空去找姚阿姨问问。

火车在中午时途经一个站，足足停了十二分钟。

然后那辆列车在铁轨上颠簸了一个多小时后，到了她们的家所在的小城。

许星洲下车时先是被一阵妖风吹得打了一个哆嗦。天空湛蓝，寒风凛冽，她穿了条呢子裙，裹了鹅黄的大衣，衣摆在风中猎猎作响，扑面而来的是连打底裤都遮不住的寒气。

在乘务人员吹哨子的声音和寒风之中，程雁莞尔道："你一年没回来了吧？"

许星洲茫然地嗯了一声。

"回来就好好地休息一下，"程雁问，"有地方睡吗？"

许星洲拽了拽小小的拉杆箱，低声道："睡我自己家。"

程雁沉默片刻，有点儿不赞同地道："不好吧？你都走一年了，那地方都是灰尘，能睡吗？不然你和你爸说说，先去他家凑合几天？反正又不在他家过年。"

"我才不去别人家讨人家嫌呢，"许星洲将拉杆箱一拽，对程雁说，

"我那个妹妹看到我就将脸拉得老长。我在她家睡一个星期？除非我不想过了。"

然后她又对程雁道："我宁可在我自己家烤电热扇。那好歹也是自己的。"

对呀，那总归是自己的。

许星洲时隔一年终于去给奶奶上了一次坟，上完坟又和她的爸爸一家吃了一顿晚饭。

结果，她在饭桌上被自己那个同父异母的妹妹表达了一通极其直白的讨厌。

许星洲被讨厌的理由很简单。她的这个妹妹也就十几岁，被自己的父母娇生惯养着，被宠着供着、护着捧着，要什么有什么，一切为她让路。而许星洲这个孩子，在她的父亲和那个阿姨的嘴里都属于"别人家的孩子"——她学习好、漂亮，一向省心。

许星洲在她的爸爸家从不多说话，只安静地坐着吃饭，有时候顺着两个长辈聊一下学校的事。

她的爸爸在饭桌上问："星洲，下学期就要实习了吧？"

许星洲点了点头。阿姨又活跃气氛般说："老公你看，星洲就是省心，升学实习这些事你都不用操心的。瞅瞅我们单位那个老张的女儿，实习都得她爸出面给她找。我们星洲就从来不麻烦长辈。"

"星洲今晚住下吧？"那个阿姨殷勤地说，"也好带动下你妹妹。小春期末考试考得不太好，还有很多需要向你学习的东……"

阿姨还没说完，她的妹妹许春生就清清脆脆地开了口："妈妈，你让我学什么？学姐姐生病吗？"

许星洲愣了愣。

"姐姐的学习确实比我好多啦，"小女孩甚至有点儿恶毒地、脆生生地说，"可是姐姐总生病，总去住院。妈妈，你总不能让我去学这个吧？"

许星洲看了她一眼。

这个小女孩其实和许星洲长得不太像，只有少许的几个地方能供旁人看出她和许星洲的血缘关系。

接着许春生又恶毒地问："再说了，她把我传染了的话怎么办哪？"

那一瞬间，饭桌上的气氛都僵了。

估计没人能想到小孩子能说出这种话，连许星洲都愣了一下。她的父亲似乎马上就要发火，许星洲却温和地笑道："首先，抑郁症不传染。"然后她把盘子里唯一的那条鸡腿夹进了自己的碗里，和善地对许春生说，"其次，长得好看的人连抑郁症发作都能遇到英雄去拯救噢。"

许星洲从爸爸家出来的时候，月朗星稀，路灯昏暗。她孤零零地走在街上，觉得老家实在太令人难受了。

这地方对她来说毫无归属感可言。

小城的冬夜里，寒风凛凛。街上没什么人，朔风一吹，许星洲难受得几乎想立刻回自己家，蜷缩在床上睡一大觉。

结果她还没走几步路，手机铃就响了……

来电话的是秦师兄。

许星洲在那一瞬间就想哭。她被冻得哆哆嗦嗦，按了半天接听键都没有反应，手指通红冰凉，最后锁屏还是用脸碰开的。

秦渡问："回家了？"

许星洲忍着鼻音，难受地嗯了一声。

"在……"她抽了抽鼻子道，"在回家的路上了，不远，我打不到车，现在走回去。"

秦渡在那头沉默了片刻，问："你是不是受委屈了？"

许星洲觉得眼泪都要出来了，哆哆嗦嗦地嗯了一声。

秦渡立时就控制不住自己的脾气，愤怒地道："师兄是让你回去当小白菜的？饭吃饱没有？饿的话现在就去吃！"

许星洲的泪水在那一瞬间夺眶而出。

天际一轮圆月。

她走在街上，穿过熟悉的小巷和胡同。昏暗的长街上地砖碎裂，梧桐树下漏出点点黄光。

许星洲小时候曾经在这些小巷里奔跑穿行，脚底生风，脸上还贴了因和别人打架受伤贴上的创可贴。那时她会问奶奶要零花钱，去小卖部买戒指糖和无花果干，去推车的老奶奶处买一大捧翠绿肥嫩的莲蓬。

如今那些小卖部紧闭着店门，卖莲蓬的老奶奶已经不见了多年，许星洲甚至不知道她是不是尚在人世。这条街上只剩一个长大的许星洲蹒跚着往前走。

电话里秦渡简直要被气炸了，又心疼得不行，不舍得对他家姑娘发脾气，忍耐着道："你什么时候回来？"

许星洲带着哭腔道："师……师兄……"

她知道她一用这种模样和秦师兄哭,秦师兄就能被她哭得肝胆俱裂,可是她还是忍不住。

在这荒凉的世上,在孤独地行走时,人其实是能做到刀枪不入的。

就像亿年的冰床,又似万年不融的积雪。它们沉默而坚持,亘古地映着没有半丝暖意的阳光。

可是一旦有人用满怀柔情一腔心尖血浇上坚冰,坚冰就会受热,融下泪来。

这里不是家。

许星洲哭着道:"明……明天……我明天就回家。"

秦渡声音沙哑地回答:"师兄给你买票。"

她走回家的一路上,秦渡一直在哄她。

许星洲是个天生的哭包,不哭则已,一哭就没完,而且别人越哄她哭得越厉害。她哭得连鼻尖都生疼,连前路都模糊了。

她到了奶奶家的小院的前面,掏出了钥匙。门口枯萎的枝头上挂着风干的柿子,许星洲一边揉着眼睛,一边打开了大铁门。

"到了?"秦师兄大约是听到了铁门合拢的声音,在电话里低声地问。

院子在冬天里显出一派荒凉之色,许星洲擦了擦眼睛,哭着嗯了一声。

在许星洲小的时候,这荒芜的院落曾是她的城堡。

十几年前,这里的楼顶爬着青翠的丝瓜藤,向日葵生长,深紫色的肥嫩的茄子垂在地上,枯黄的竹竿上攀着毛茸茸的小黄瓜,小许星洲浑身是泥地、多动症一般往缸里钻。

接着,那个小泥猴子会被奶奶用鸡毛掸子虎虎生风地赶出来。

十几年后,长大的许星洲回到了她的城堡,秦渡说:"今晚不挂电话,就这么睡。"

许星洲带着哭腔,哆嗦着嗯了一声。

她推开屋门,里面黑漆漆的,到处都是灰,连墙角的蛛网都脏兮兮的。

屋里甚至比外面还冷,许星洲开了灯,白炽灯嗡嗡地跳了跳,不情不愿地亮起。

秦渡说:"小师妹,等你回来,师兄带你去买东西,今晚不准再哭了……"

师兄现在就学会带人买东西了……许星洲破涕为笑,拧开电热扇,在沙发上蜷成一团。

过了会儿,她又把冻得通红的手指伸过去取暖。

"师兄就是因为考试没跟你一起回去，"秦师兄声音沙哑地道，"反正没有下次了。"

许星洲揉了揉眼眶，连上了耳机。

"师兄，"她拽着麦克风，还带着点儿鼻音地开口，"你等一下哟，我发几条微信，有几个问题我觉得必须问了。"

秦渡问："啊？"

许星洲诚实地道："也不是什么特别的问题，主要是关于见家长要注意什么吧，我怕我见叔叔阿姨的时候紧张到吐出来……"

秦渡沉默片刻，叹了口气："我说了师兄家里没那么可怕……也行，尽量找个靠谱点儿的人。有点儿建议也好。"

于是许星洲笑了起来，笑出了鼻涕泡。

她愣住。

这也太丢脸了吧，她怎么每次哭完都能笑出鼻涕泡？得亏师兄不在旁边。他要是在旁边，自己怕是要被嘲笑死……

许星洲立刻装作无事发生，抽了两张纸，把鼻涕泡擦了。

"靠谱的，肯定靠谱。"她一边擦鼻涕，一边对着电话道，"是我暑假的时候认识的一个阿姨，涵养很好，特别温柔。她不会害我的，平安夜那天还请我吃小蛋糕来着。"

然后许星洲点开了"姚汝君阿姨"的名片。

许星洲和姚阿姨在五天前就聊过一次天，因此这样贸然地去找姚阿姨问这种问题算不上很突兀……

她们的聊天频率其实已经非常高了，许星洲学期中时就和姚阿姨约过数次咖啡。姚阿姨专门带她去喝了江景下午茶，五天前给她转了篇发在公众号上的文章《感染流感》，并且贴心地提醒她多加衣服，不要感冒。

姚阿姨对许星洲甚至带着点儿父母般的柔情。

许星洲以前刷微博时见过无数人吐槽"父母总是给我转一些乱七八糟的文章怎么办？"，并且截图了许多他们与父母的聊天记录。那都是他们的父母发来的删前速看系列的文章，还有一部分是枪手写的心灵鸡汤。

这些心灵鸡汤，许星洲大一时就写过。

外系的学姐托她代过笔，一篇的稿酬是二十五元。

许星洲那时想买 Kindle，于是写了许多篇，其中两篇的阅读量还相当高。可是她写了那么多篇，从来没有收到过任何人发来的心灵鸡汤。

如果有人能给我发就好了，那时的许星洲想。

可是从来都没有人给她发过。

许星洲从来没有在聊天软件上加过她的妈妈，和爸爸的交集几乎只剩每个月的寒暄和生活费的转账记录。许星洲总是看着别人吐槽，看着别人产生共鸣，直到认识了姚阿姨。

姚阿姨对待她时有种令人难以置信的温柔，从此有了人给她发公众号的文章。

许星洲蜷缩在年岁可能比自己还大的沙发上，听风呼哧呼哧地吹着窗户，抽了抽鼻子。秦渡应该是去洗澡了，耳机里传来哗哗的水声——手机应该就被放在浴室的洗脸台上。

他既然说了要和许星洲通着话睡觉，就不会让她听不到他那头的声音。

许星洲搓了搓凉凉的手指，给姚阿姨发微信。

"阿姨晚上好哇。"许星洲发过去。

她又在输入框里输入："我今年寒假要去见男朋友的家长了，可是对这件事一无所知……"

许星洲还没发送，想起姚阿姨总想撮合自己和她的儿子，甚至上次去喝下午茶时都"贼心不死"。这要是让秦渡知道，以他的小肚鸡肠，他极有可能打电话去和姚阿姨吵一架。

许星洲立刻将大半条消息删了。

她重新编辑了一条情真意切的消息："我家师兄今年过年要带我回去见家长，可是我完全不知道见家长要做什么。阿姨，你有什么建议吗？"

她点击发送，松了口气，放下了手机。

秦渡那头遥遥地传来他的声音："你今晚早点儿睡呀，明天的票是早上七点的。"

许星洲兴高采烈地嗯了一声。

那时候都晚上十点多了，姚阿姨的作息又相当规律，许星洲以为她早睡了，怎么都没想到她几乎秒回了一个表情包。

姚阿姨问："跟……跟他回家过年？"

许星洲挠了挠头："是呀！师兄是申城本地人嘛，我就想来问问阿姨……"

姚阿姨那头安静了许久……

许星洲担心姚阿姨不晓得自己为什么找她，补充道："因为阿姨你可能比较明白本地风俗，而且师兄的妈妈好像和阿姨您挺像的，我想参考一下……"

姚阿姨突然说："带个人就行了。"

许星洲的头上冒出个问号……

什么叫"带个人就行了"？许星洲有点儿蒙，又看到姚阿姨补救般发来消息："我们没什么本地风俗，你完全不用怕，直接来就行。"

她"来"就行？许星洲感觉有点儿奇怪。

姚阿姨纠正："去就行。"

原来姚阿姨是打错了字。许星洲叹了口气，说："什么都……不需要注意吗？"

"不需要，"姚阿姨笃定地说，"你觉得空手来不好的话带一束花就可以，风信子和康乃馨，还觉得不好意思的话提点儿可爱的伴手礼就行。"

她空手"来"，不是"去"？这是第二次口误了吧？

许星洲毕竟是文学系的，对汉字极其敏锐，立刻就发现了盲点。

姚阿姨立刻纠正："空手去。"

许星洲本来是打算一月十六号回申城的，计划在老家待个把星期，见见同学，见见老师，参加次同学聚会，连回程的票都买好了。

结果老家和秦渡那边的对比过于惨烈，她十三号早上就回了申城。

她上火车时心中甚至没有半分对家的留恋。

许星洲意识到这座名为老家的城只剩奶奶的坟茔和童年的残影还拴在自己的脚踝上，其他的部分和自己并无瓜葛。

父亲也好，母亲也罢，还有血缘上的妹妹……这些都和她没有半分关系。

许星洲坐在露台旁的沙发上，裹在羊毛毯子里，捧着刚磨的、热腾腾的美式咖啡，想起奶奶曾和幼时的自己说的话："拿筷子不要拿筷子根。"

小许星洲刚学会拿筷子的时候，总喜欢捏着筷子的最高处。奶奶就很不高兴，说筷子拿得高的人嫁得远。奶奶也说过希望许星洲长大以后不要离开家——许星洲的奶奶无比慈祥，却也总带着一种老旧而封建的观念。

小许星洲当时嗤之以鼻。

谁能想到，奶奶居然一语成谶。

许星洲叹了口气，站起身来，摸了大衣套上，对楼上喊道："师兄！"

秦渡在楼上的书房里遥遥地应了一声。

"师兄，"许星洲把毛毯叠好放在一侧，大喊，"我想出门买东西——"

你来给我当钱包，许星洲想，我要穷死了……

毕竟我买什么都无所谓，照着女大学生的标准活得很开心，但不可能用这种标准去糊弄你的爸妈呀……

然而秦渡说："你自己去吧，师兄忙着呢。"

许星洲一时语塞，但还试图挣扎一下，强行拉师兄去当 ATM 机，然而秦渡估计因为明天要考试，直接把书房的门关上了。

他是不是以为我很有钱？！

许星洲真的好生气……

姚汝君收到许星洲的求助的时候，正在家里对着乌龟嘟嘟喝下午茶。

秦渡的爸爸对猫和狗的毛过敏，他的信念就是他们夫妻除了儿子不养别的活的玩意儿。姚阿姨又挺怕无毛猫，因此在家里养了一只名字和自己的儿子的名字极其相近的乌龟。

姚汝君坐在阳光房里，沐浴着温暖的阳光，身边就是盛开的百合。她刚往伯爵红茶里加了两块方糖，就看到了手机亮起。

"阿姨，"宇宙第一红粥粥发来微信，"阿姨你有空吗？我现在要给男朋友的父母买点儿礼物……"

姚汝君愣了愣。

姚阿姨开着车出现在购物中心的时候，许星洲已经捧着奶茶等了她好久。

天很冷，冬季傍晚的东北风如刀割一般。小姑娘穿了件鹅黄色的茧形大衣，冻得有点儿哆哆嗦嗦的，一头长发披在耳后，衬得面颊白皙，如同栀子花。她站在路边的冬青之间，轻轻地跺了跺脚，看上去完全就是个大学生。

她果然在这种地儿。

姚汝君叹了口气——自己要是不来，她还指不定会买什么呢。

姚汝君出现在这里其实就是怕许星洲太害怕了，乱买东西。

人是不能做亏心事的。姚汝君捂着小马甲皮了半年，装作一个普普通通的阿姨，结果到了星洲要来见自己的时候是真的挺害怕的，因为星洲对"秦渡的妈妈"这个身份一无所知。

姚汝君连良心都受到了谴责。

可是马甲不能现在掉。

她温和地问："星洲，在这里等什么呀？怎么不进去？"

许星洲羞涩地说："不……不太好意思……"

"不太好意思"几乎可以被翻译为"她没进去过"——许星洲怎么看怎么是个大学生，根本不是这些品牌的目标消费群体。

"有什么不好意思的？"姚阿姨温柔地说，"走了。"

进了店之后，许星洲总觉得姚阿姨似乎经常来这儿。

那些训练有素的导购姐姐似乎和姚阿姨还挺熟，不住地向她推荐 2018 春夏新品包。她全部婉言谢绝，甚至谢绝了店员的陪同，陪许星洲看要买什么伴手礼。

许星洲和秦渡在一起，消费观倒是从来没被改变。

她的消费观相当健康，许星洲乐得如此，秦渡也不干预她。两个人交往之后最大的不同就是许星洲从月末就想撞墙的贫苦女大学生变成了一个每个月都有保障的人——虽然这份儿保障她几乎不用。

他俩花钱的时候其实有点儿混着来，不分彼此。秦师兄平时装作抠得要命，可是和许星洲出门时其实经常给她买杂七杂八的玩意儿，刷卡时丝毫不眨眼，完全不心疼钱。可是有一点很奇妙——他们完全没有金钱往来。

硬要说的话，两个人之间涉及金钱的只有暑假时秦渡给她的那张他的实习工资卡。

许星洲作为一个小天使，完全不介意，向来有钱就花，没钱拉倒，从不强求。她月末就不去驿站拿快递，月初就疯狂地收快递，过得挺滋润，直到今天。

姚阿姨苦口婆心地打消了许星洲给"那个阿姨"买包的念头，也打消了许星洲给"那个叔叔"买东西的想法……许星洲最后就给秦渡的妈妈挑了一个小巧可爱的钱包，又给秦渡的爸爸挑了些东西。

店员道："谢谢惠顾，一万五千八百元。"

这也太贵了吧！平凡女孩许星洲特别想冲回家，把秦渡痛扁一顿。

你至少跟出来替我刷卡呀浑蛋！一万五八百元是能从天上掉的吗？！

姚阿姨明显地感觉到旁边的小姑娘的气场弱了八度……

不会吧？姚阿姨惊恐地想：儿子难道还在克扣这个小姑娘？他确实在一开始的时候抠得很，那些光辉事迹就差在这群老阿姨的嘴里传开了。许星洲这小姑娘给他转账两千多元然后拉黑他两次的故事简直是 2017 年度陈家那小子酒后最爱讲的笑话……

她的儿子总不能到了现在还抠成这样吧？

小姑娘毫不迟疑地对店员说："等一下噢，我先打个电话。"她说着就掏出了手机。

姚阿姨想到小姑娘转了账才拉黑自己的儿子，还这么搞了两次，此时再一看这个小姑娘就觉得心疼，忍不住对店员开口："你们直接记我账……"

"上"字还没被说出来，姚阿姨就听见小姑娘的电话被接通，自己的儿子在那头嗯了一声。

这感觉实在太奇妙了，姚阿姨想，我就在不知道婆婆的身份的小儿媳妇的旁边听她和儿子打电话。姚汝君阿姨忍不住品了品这种快感，又忍不住偷偷地去听他们小两口的通话。

秦渡这浑蛋是真的没给小姑娘钱吗？

儿子没给钱的话，我是时候回去敲打一下老秦了。姚阿姨想。这人都怎么教儿子的呀？一家人从老到小都这么抠门，这家门还怎么让人进噢？

"师兄，"许星洲甜甜地道，"我现在在外面买东西。"

电话里，秦渡的声音清晰地传来："怎么了？没带卡，还是买得太多回不来了？"

"带啦！我就是和你说一声……"许星洲挠了挠头，有点儿不好意思地说，"就是说一声，师兄你暑假给我的那张卡，我之前从来没用过，里面应该还有一万五千元吧？"

一万五千元。

那一瞬间，电话的那头安静了。

连姚阿姨都陷入了这种令人窒息的沉默。

许星洲甜甜地对着话筒道："嗯！有就好啦！师兄这张卡我刷一下哟！"

接着她挂了电话，然后从钱包里摸出一张姚阿姨非常熟悉的卡，礼貌地递给了店员。

许星洲回家的时候已经挺晚的了。

冬天天黑得早，姚阿姨和许星洲在外面开开心心地吃了一顿韩餐，又开车把她送到楼下。许星洲推开家门的时候，秦渡正在沙发上坐着，盯着电脑屏幕沉思。

许星洲笑道："师兄，我回来啦。"

她的脚被冻得冰凉，手也像冰块儿。于是她蹬掉鞋子，把大衣一甩，忙不迭地跑到沙发上，钻进了师兄的怀里。

她的身上太凉了，秦渡被刺得一个激灵。

外面的确湿冷，许星洲的耳尖发梢都冰凉如雪，像小冰棍。秦渡摸着都心疼，就把她的手拽到自己的肚子上暖着。

许星洲讨好地说："师兄的腹肌真的好摸呀！"然后她还故意摁着揉了揉。

女孩子的十指纤细，生得像水嫩嫩的小葱，这一摸简直要了秦师兄的命。秦渡简直受不了，集中了一下注意力，声音沙哑地问："那张卡你没用过？"

许星洲确实没刷过那张卡。

秦渡那张银行卡在许星洲的包里打了一个多学期的滚——许星洲连钱包都没有，钱哪手机呀都是乱放的，那张卡与薄荷糖、中性笔厮混了一个学期，饱受虐待，卡边都花了。

许星洲认真地道："没有用过。"

"那是我入的股……"秦渡被摸得声音沙哑，"你居然连里头有多少钱都没看过？我真的……你……你别摸了。"

许星洲笑着问："钱很多吗？"

问归问，可她似乎根本不在意答案，又甜甜地凑过去亲他。

客厅里昏暗温暖，秦渡被女孩子亲得受不住，接着就感受到她的手慢慢地往下滑，凉凉的，带着外面的寒气。

秦渡倒抽一口冷气。

"许星洲——"他的声音都哑了，"你干什么呢？"

许星洲感慨道："真的，我一摸就有反应唉……"

秦渡的眼珠都红了。

许星洲居然还浑然不觉，继续轻轻地摸着。

"今天我看到别人说，"她认真地道，"男人对自己喜欢的人……"

秦渡简直要疯了："许星洲你……"

女孩子只穿着宽松的针织毛衣，缩在秦渡的怀里，细腰还被他扣着，盈盈一握，姿态简直不能更勾人。

小浑蛋同情地道："好可怜哟，师兄还要考试。"

秦渡二十岁的时候，有一天夜里和他的那群纨绔朋友在酒吧喝多了，聊起了婚姻和伴侣。

那个场合中没有女性朋友，于是一帮大老爷们儿口无遮拦——有人说男人找女朋友一定要找身材好的，有人说他要找把自己当天供着的小媳妇，有人说相伴我不晓得，玩够了再说，我最近看上了一个主播……

同行的一个年纪大一些的混血儿说："我想找个看上我的人，而非我的钱的。"

大家都笑了，说他偶像剧看多了，疯了。

你的身份地位摆在那里，如影随形，已经算你的魅力的一部分，怎么能被剥离？

是呀，物质怎么能被剥离？

可是秦渡在与他们对视的时候都能感觉到在座的每个人都希望能有个人爱上"自己"这个人，而非他们在账单上的签名代表的一切。

谁不想被爱呢？

秦渡朦朦胧胧地想起那个灯红酒绿的晚上——

他的星洲就在他的身下发抖。

朔风凛冽。

"叫师兄，"在客厅的灯光中，秦渡温柔地骗她，"叫师兄，师兄什么都给你买。"

女孩被逼到极致，就胡乱地喊他的名字，只喊秦渡两个字，被秦渡又捏住了下巴。她哭着说自己最喜欢他了，什么都不要。

你什么都不要是吧？

可是师兄想把世界给你呀！

许星洲被他折腾得受不了，难以忍受地哭了好几次。秦师兄的花样多得可怕，许星洲到了后面几乎只会哭了。

最后秦渡随意地搭了条浴巾，许星洲乖乖地缩在他的怀里，坐在沙发上陪他复习。

灯光昏暗，她的手机上叮咚来了一条微信消息。许星洲累得手都抬不起来了，好不容易解了锁，发现新消息是姚阿姨发来的公众号上的文章：《脏脏包批判》。

姚阿姨连看的文章都与众不同……

一般年轻人是不会读长辈发的公众号文章的，可是许星洲会读。她打了个哈欠，趴在秦师兄的怀里认真地读了。

这篇文章讲的是脏脏包热潮引申出的消费主义陷阱和消费主义的符号价值，以及其带来的误区。文章比较长，讲得极其通透，尤其是关于符号价值的定义的部分，堪称精妙绝伦。

许星洲看得津津有味，觉得能筛选出这种有意思的文章的姚阿姨令人敬佩，很羡慕能拥有这种母亲的人。

如果她是我的妈妈就好了，许星洲想。

许星洲看完，正准备和姚阿姨讨论一下文中所说的 wants（想要）和 needs（需要）的界限在何处，就看到姚阿姨发来的几张图片。

姚阿姨问："星洲，好看吗？"

那是几张包包的实拍。

姚阿姨应该在逛街，拍的包包款式的颜色都是春夏流行的马卡龙色，特别青春，包上还带着小徽章和小绣花。许星洲一看就觉得包好漂亮啊，姚阿姨连审美都这么棒！

她蹭了蹭师兄，回复姚阿姨："漂亮！好看！但是是不是有一点儿太青春了……"

毕竟这些包的款式又青春又俏皮，可姚阿姨不小了，明显是走知性温婉风的。

姚阿姨和善地回复："不是我背啦，这种款式是给可爱的小姑娘的。"

许星洲笑了起来。

秦渡伸手摸了摸她的脑袋，问："怎么了？"

许星洲笑眯眯地摇摇头示意没什么，接着看见秦渡的手机一亮。

她说："师兄，来消息啦。"

她说着把手机拿了过来。手机屏幕因为重力感应一亮，她清晰地看见发来消息的人是"姆妈"，这在申城话里是妈妈的意思。

屏幕上赫然是一行字："姆妈"给您分享了一个链接。

"又发公众号文章给我。"秦渡看了一眼，莫名其妙地道，"发公众号上的文章是家长的通病吗？我又不看，她发得倒是挺勤的。"

许星洲一听就知道是怎么回事，问："是……是妈妈吗？"

秦渡咻地笑了起来，在许星洲的发旋上亲了亲，温柔地说："嗯，师兄的妈妈。粥粥，帮师兄给她回个晚安？"

秦渡说完，许星洲微微一愣。

"不……"她小声道，"不了吧，我还是有点儿紧张。"

她似乎还是不太敢和阿姨打照面。

许星洲生怕自己让秦渡的妈妈建立起太好的印象，最后又发现她不喜欢自己——这样的事情对许星洲的打击应该是巨大的，因此她目前还不敢和这个阿姨有任何沟通。

她认为，对秦渡的家庭成员的一切印象的建立都应该在他们正式见面之后。

秦渡明白这一点，因此不去强求。

可是他真的觉得许星洲不应该担心……

他几乎就没有操心过见父母这件事。一来他的确已经经济独立。他高中的时候还是刷爸爸的信用卡副卡的，可是从成年开始就能经济自立，自己决定自己的将来了。

他们这一辈人大多如此，尤其是有能力的人，都是自己去闯的。

二来秦渡有足够的自信，能顶住指向许星洲的一切外来的压力。

经济独立的人向来不受制于父母，而秦渡的父母又开明，不会干涉他的决定。

硬要说的话，他的妈妈一开始的确和秦渡谈过许星洲的事，不太赞同他们在一起，认为这个女孩不适合他，可之后也对自己的儿子表达了应有的尊重，不曾干涉半分。更奇怪的是，从暑假开始，他的妈妈甚至没有表露过抵触许星洲的情绪。

去年暑假似乎是个奇怪的节点。

秦渡不明白半年前的暑假期间究竟发生了什么，总之暑假之后他的妈妈甚至主动地提过让那个小姑娘来家里吃个饭。

秦渡当时以"有点儿早"为理由，拒绝了妈妈的邀请。

夜深风骤，秦渡把许星洲往怀里揽了揽，示意她靠在自己的胸口睡。

许星洲哼唧了一声，抱住了他的脖子。

秦渡考完试的那天下午，校园里都快空了。

学校照顾他们大四的毕业生，把最重要的科目放在了最后。一月十八号那天阳光灿烂，冬阳映着校园里无尽的光秃的树枝。

许星洲就这么坐在太阳之下等待秦渡。

秦渡是和他的同学一起考完出来的。在一群穿着格子衬衫和羽绒服的理工男之中，许星洲一眼就看到了他：他套着件冲锋衣，穿了双联名球鞋——这是他前几天刚收的。秦渡如今看起来简直是一群朴实的理科男中的唯一的帅哥，犹如混进去的男模。

"秦渡，"他的一个同学笑道，"这就是你的女朋友？"

许星洲笑道："学长们好哇。"

秦渡嗯了一声，许星洲立刻抱着自己的小包，跑过去抱住了秦渡的胳膊。

"这个学妹真是只闻其名不见其人哪！"另一个人笑着说，"我还记得我们大一的时候打过赌，就赌渡哥这种人能不能在大学里脱单——别看他帅，可绝对是个'注孤生'。"

秦渡嗤笑一声，接着伸手揉了揉许星洲的头。许星洲对着秦渡的同学笑道："那还真是巧了呀！我的室友也打过这种赌，就赌我能不能在大学里脱单。"

许星洲生得好看，笑起来简直能把人的心都笑化了，说起话也甜得像小糕点一样，那群理工男都呆了一呆。

在这群人"你撒谎吧"的目光中，秦渡漫不经心地又摸了摸女孩子的后脑勺。

"别看了，"秦渡一边摸，一边道，"她是你们情敌那一挂的。"

众理工男愣住。

接着秦渡把许星洲一捞，提溜小鸡一般提溜走了。

秦渡结束期末考的那天晚上，他们两个人就已经不在国内。

K国的街头寒风凛冽，灯火万千。

来来往往的人大声地说话，连路边的灯箱都明亮而特别。

每个国家似乎都有其刻在骨子里的文化符号，明明两地都是现代化都市，甚至相隔不算很远，却总是能在街头巷尾的细节处体现出不同。K国山地崎岖，远处的山上有无数亮着灯的棚户。

许星洲裹着大衣，手里握着杯热咖啡。秦渡拉着许星洲的手指，穿行在深夜的街道上。

"后天呢，我们坐高速列车去馥山，"秦渡笑道，"先在馥山玩上两天，然后去北道看雪。这个行程怎么样？你有想去的地方要提前一天说，当天和师兄讲的话师兄就揍你。"

许星洲捧着咖啡，扑哧笑了起来。

异国街头灯红酒绿，周围的人说着许星洲几乎没听过的语言——她几乎没怎么看过这个国家的电视剧，此时听他们说话只觉得哇啦哇啦的，认为他们说话时声音特别大，个个中气十足。

秦渡看了看地图。

K国地形不比山城好多少，处处是上下坡，如果说山城需要8D地图，那K国至少需要4D——酒店极其难找。

许星洲说："夜市我已经逛够了，那我们的酒店……"

她还没问完，秦渡就伸手拦住了一个行人去问路了。

许星洲只听见了疑似 hotel（酒店）的发音，以及意思似乎是"方向"的词。她在那一瞬间感觉脊背发凉，直勾勾地望向秦渡。

他问问题的样子极其平淡，发音似乎也挺标准，那个行人指了个方向，又打开 APP 给秦师兄指了一下路，最后秦渡对他点头表示感谢。

路灯洒落在街头，投下一片橘黄色的暖光。秦渡漫不经心地一指，说："那边。"

许星洲吓了一跳。

"我真的没想到你居然会这个。"她说，"而且居然能随时拿来用……"

"不应该会吗？"秦渡得意地道，"说实话这是我学过的最简单的语言，里面几乎就没几个自己的单词，要么是汉字的引申，要么是外来语，更过分的是它还是表音文字，我一天就能学会全部发音，会了发音就能懂 60%的词语的含义。"

许星洲一时语塞。

"师兄小时候学的东西多了。"秦渡漫不经心地道，"我妈在国外读书的时候我连法语都学了个七七八八。这如果不是第一简单的语言，我都不知道什么才是。"

许星洲愣了愣："哎？"

秦渡点了点头，把她拽进了酒店。

许星洲走神地想：说起来，姚阿姨和秦渡的妈妈是校友吗？

但她那晚无暇思考这个巧合。

酒店的浴室豪华宽敞，秦渡以手指挑起许星洲的下巴，示意她抬头。

"师兄……"许星洲张着嫣红湿润的嘴唇，"啊……啊师兄慢……慢……"

她让自己慢点儿？

"小师妹，"秦渡道，"师兄想继续，行吗？"

许星洲被他逼得意识都模糊了，哭着、痉挛着嗯了一声。

外面刮着大风，两个人身处异国他乡。

酒店的套房里一片狼藉，许星洲的衣服被丢得到处都是，满屋都是她崩溃的、甜腻的哀求。

那声音沙哑、柔软而细嫩，几乎令人血脉偾张。

那个男人哑着声音，用极其性感的声线逼问："你已经坏了。许星洲，你说，你怎么这么爱我？"

她声音沙哑地尖叫。

那模样真的极其惹人怜惜。许星洲生得纤秀而细嫩，天生招人疼爱，哀求的样子谁都抵不住，然而她摊上的是一个性感的恶棍。

"你是不是，"秦师兄把许星洲拽起来，"许星洲，你是不是命中注定要遇见师兄，嗯？"

许星洲仰起细白的脖子声音沙哑地哭叫，回过头，发着抖索吻。

这姑娘从头发梢儿到脚尖都是他的所有物。

他的星洲是这么柔嫩的一朵花。而这朵花从头到尾都属于他秦渡，任由他征服，任由他亲吻揉捏，与他就是天造地设的。

秦师兄带小师妹出来玩不只是因为考完了试。

他其实是怕许星洲在家里东想西想搞得自己不高兴，因此准备带她出来玩到年关再回国，在旅游的余韵里去见他的父母。她似乎真的挺怕见家长，秦渡不知怎么劝她，能说的都说过了，可还是不太管用。

可是他也知道她为什么会这么焦虑。

这个对自己洒脱至极的许星洲其实一直为自己的家庭和自己的精神状态自卑着。

秦渡怎么都劝不服，毕竟这都是沉疴。因此他只能把她带出来，让她开开心心地先玩上个把周，别想家里的那些事情。

第二天，天气晴朗。

早上八点，秦渡站在便利店的门口等待许星洲。许星洲在里面买了小零食跑了出来，在建筑的阴影中对着秦渡开心地一笑。

秦渡插着兜，莞尔道："走吧，去看那个什么……宫？"

许星洲把热热的咖啡郑重地、用递情书的姿势递给了他。

秦渡将手从兜里拿出来，接了咖啡。

许星洲立刻开开心心地把手伸进了秦渡空空的兜里……

这也太甜了吧？！连秦渡这种老妖怪都有点儿荡漾。许星洲给人灌迷魂汤的实力实在不一般，怪不得连一票女孩子都对她死心塌地。

秦渡心想：还好她从来不对除我以外的男人撒娇。

远处天空湛蓝，映着青翠的山峰。

此地的山大多处于老年，被家族私有，鲜少有国内的山岳的那种险峻之势，大多低矮好攀，生长着大片的松树和经年垒起的许愿石。

他们沿着长街和影子向下走，许星洲低着头翻自己的手机。

她的耳垂上还留着秦渡亲吻吮舔出的红点，发丝后面精致的小耳坠晃来晃去，小耳朵又圆又粉，可爱得不像话。

秦渡从来都没想过，两个人刚认识的时候的那个许星洲、他一见钟情再见倾心的许星洲，谈起恋爱来居然这么甜，还这样会撒娇。

这小姑娘是怎么被他拐回家的呀？秦渡简直想笑，凑过去看许星洲的屏幕。

她似乎在看朋友圈，手指被冻得有点儿红。

"师兄，"许星洲看着屏幕，突然道，"我有个同父异母的妹妹，她今天又发朋友圈了，好像是放假了，去旅游了。"

秦渡刚用单手开了那罐热咖啡，喝了一口，瞥着许星洲，示意她说。

许星洲望向异国的蓝天："她不喜欢我。"

她的那个妹妹——许春生完全是被惯大的。

许春生讨厌那个事事都比自己强的姐姐，小时候讨厌姐姐独占奶奶，长大了讨厌那个漂亮而灿烂的许星洲。

许春生想去哪里几乎只用说一声，她的父亲也好母亲也好就会同意，继而全家出行。然后许春生对许星洲这个姐姐关闭了一整年的朋友圈就会再度打开。

那些缤纷炫目的照片里，全是许春生和父母、和风景的模样。

她总是有人陪伴，可是许星洲恰恰与她相反，去哪里都是孤身一人。

"说来很丢脸，"许星洲轻声地说，"其实我以前还羡慕她呢……"

许星洲羡慕妹妹总是和父母出去旅游，羡慕妹妹有爱她的人，而自己没有。

秦师兄捏住了他的星洲的手指，他的手指修长而温暖，牢牢地将许星洲的凉凉的小手握在了自己的手里。她的手上还有一点儿笔茧，指尖被冻得通红。

秦渡不爽地道："有什么好羡慕的？"他说话时还有点儿恨铁不成钢的味道。

许星洲看着他，半天后笑了起来，说："是吧？现在想起来……真是不可思议呀！"

从申城来一趟 K 国实在太方便了。

从申城机场出发坐飞机，抵达 K 国国际机场——这班航班连两个小时都不需要，甚至比他们去许星洲的老家还快。他们在 K 国玩了两三天，许星洲在海边玩过了头，还差点儿被浪花冲跑了，被秦渡一顿削。

而他们从 K 国去 J 国似乎更加方便。

J 国的北道的冬天十分寒冷。

他们运气很好，去的前一天北道刚刚下完雪。

北道这座城市历来以雪闻名，许星洲作为一个南方人几乎从来没见过雪。因此她在飞机上看到新下的、松软的满城大雪就开始拽着秦渡的胳膊尖叫。

秦渡只得使劲儿地摁着她。

许星洲一出来旅游就格外可爱，跟着秦渡跑前跑后。秦渡怕她冷，把她裹成了一团，许星洲就穿着雪地靴抱着他的胳膊，黏他黏得像一块牛皮糖。

日暮时分，漫天大雪纷飞，继而温柔地覆盖了山川。

秦渡靠在飘窗上望向窗外，拿着喝空的茶盅，看着手机上乱七八糟的微信消息。那上面是他的父亲对于"什么时候回国"的询问。

片刻后他听见身后的小被子里，许星洲难受地哼唧了一声。

"秦……"许星洲难受地道，"秦渡你过来……"

秦渡一愣，从飘窗上下去了。

许星洲毕竟是个女孩，体能比秦渡差得多。秦渡一来运动量一向不少，二来本身体能不错，可许星洲显然不是。她连着玩了一周多，显然有点儿累过了头。

秦渡今天都没和她一起出门玩，只让她在酒店好好地睡一觉——现在她刚刚睡完午觉。秦渡在榻榻米上盘腿坐下，许星洲就乖乖地去抱他的腰。

"不舒服，"许星洲抱着秦渡的腰，难受地对他说，"做噩梦了……"

那时天黑了，只有山上的雪白得发光。

秦渡低声道："什么噩梦？"

许星洲哭得眼睫上都是泪水，难受地摇了摇头，说："怕……怕过年……"

她还是怕。

秦渡听到那话的一瞬间心都发痛。

他刚想和许星洲保证绝不会有问题，就算有，师兄也会替你解决，就看到许星洲发着抖，在他的面前主动地拉开了自己的浴衣的腰带："师兄。"

她身上穿的桃粉色的浴衣下是一片白皙剔透的皮肤，锁骨下是一截令人血脉偾张的曲线。

"师兄，你看看我嘛！"许星洲说话时，眼里甚至全是柔情。

黑夜中一灯如豆，女孩几乎熟透，发出濒死的、碎裂的呻吟。

秦渡对女人的每一分了解，有一部分来自许星洲。

许星洲平时皮得不行，此时却乖得不可思议。秦渡也知道她想要什么。

"敢勾引师兄……"秦渡恶狠狠地道，"许星洲，你真的完了。"

许星洲那天晚上靠着秦渡沉沉地睡去。

秦渡就抱着她，看着窗外，漫不经心地亲吻她的发丝。

和室内一盏灯火如豆，庭院中落雪沉沉，百年古松绵延于银装素裹的山岳。

这世上也许再没什么更能令人沉沉入睡的了。他们两个人年纪轻轻，在这事上契合得一塌糊涂。许星洲缩在秦渡的胸口，舒展着眉眼，似乎在做一个极其美好的梦。

秦渡看着她就心里发软。

他把许星洲抱在怀中，让女孩的面颊靠着他宽阔的胸膛，温暖的气息萦绕，秦渡在那一瞬间觉得许星洲已经是他的妻子了。

妻子。

这两个字几乎是头一次作为一个具体的概念出现在秦渡的脑海中。

他在此之前只想过要把许星洲圈牢一辈子，而圈牢一辈子就意味着结婚。他爱许星洲如爱他的眼珠，可这是头一次真切地意识到"妻子"意味着什么。

那意味着一生、他的责任与爱，意味着他对她的保护与两个人并肩携手，意味着百年与身后。

静夜雪落无声，那个男人在黑夜中近乎虔诚地亲吻许星洲的柔软的唇角，犹如在亲吻他的宝物。

离开北道后，他们在静都足足玩了四天，几乎把能逛的地方都逛了个遍。

他们跑过火红的鸟居，许星洲在那里买了御守，又把祈愿的狐狸绘马留在了那里，她用油性笔在绘马的正面画了一只眯眼笑的小狐狸，在反面用半吊子的当地语言写了愿望。

秦渡也把写了自己的愿望的绘马挂在了神社之中。

秦渡问过她究竟许了什么愿望，许星洲打死都不告诉他。他们也不太清楚这个是不是和生日愿望一样，一旦说出来就不应验了。

于是两个人谁都没告诉谁。

旅游确实是一件令人快乐且放松的事情，然而许星洲最害怕的年关终究还是来了。

许星洲在回国的航班上就有点儿焦虑。

她也不表现在外，只是坐在秦渡的身侧，呆呆地看着机舱外的对流云。秦渡觉得她似乎安静得过头，就摸了摸她的手指，发现她的手指凉得可怕，手心里全是汗。

秦渡将自己的耳机塞到她的耳朵里，又把她搂过来亲了亲额头。

"不会有事的，师兄保证。"秦渡低声道，"师兄什么时候在保证过后骗过你吗？"

许星洲溺水一般捉住了秦渡的手臂。

许星洲捉着他，甚至有点儿颤抖地说："师兄我怕的不是这个……"

秦渡微微一愣。许星洲痛苦地道："我……我当然知道师兄会护着我了，可是真的挺怕你和叔叔阿姨的关系变差……他们那么喜欢你。"

"师兄，"许星洲抽了抽鼻子，"我怕的是这个。"

秦渡用推车推着少许行李和他们在免税店买的东西。

他们在免税店买得太多，光刷卡就刷了小几十万，从护肤品买到珠宝，秦渡一个人拿不了，连许星洲都提着他买的那对情侣表朝国际到达口走。

"我们会被骂败家的吧，"许星洲拎着表谴责他，"师兄你太能买了。"

秦渡用鼻子哼了一声。

许星洲难以理解："我作为一个女人都理解不了你买的那块金表和你上周三戴的那块表有什么外观上的不同，是多了根指针？"

"多指针？"秦渡嘲道，"你告诉我手表能有几根指针？"

许星洲语塞。

秦渡恶劣地戳了戳她的额头："是表盘的纹理不一样，免税店买的这块是贝珠面的，那块就是纯银网纹。你懂什么？许星洲，连这个都看不出来，劝你不要给女人丢脸了。"

许星洲忍气吞声地腹诽：这辈子都不会有人区分出你那两块表的表盘的。但是她又想起他那三十七双同款不同色的鞋——他大概只是为了快乐吧。

机场到达口喧嚣不已。

秦渡去转盘处找到了自己的行李箱，拎了下来，又接过许星洲拎的纸袋子。

他和许星洲在一起时是不让许星洲拎重物的，哪怕那只是两个表盒。

许星洲还没来得及感动，就听到了秦渡的声音。

"我爸刚刚给我发了微信，"他看着手机道，"他和我妈来接我们了，说是带我们直接回……嗯，回我们家那个宅子。"

许星洲在那一瞬间真真切切地体会了一把天打五雷轰，申城机场里众人的声音都变得缥缈至极，秦渡握住了她的手。许星洲只觉手心里一片冷汗，只能隐约听见秦渡的声音——

"别紧张……"

"我爸还挺想见见你的……"

"你这么讨人喜欢……"

到达口的大理石地板映着暖暖的冬日天光。

秦渡说的那些话，许星洲似乎听到了，也似乎没听到，总之满脑子都是"完了"两个字。

她完了！许星洲的眼泪儿乎都要流下来。这堪称猝不及防迅雷不及掩耳之势人间不值得……我现在就要去寻找时光机……

"啊。"秦渡牢牢地握住想要逃离地球的许星洲的手指，温暖的体温从他的指尖传来。

他指向到达口的一对夫妻的身影，温和地道："他们在那儿呢。"

许星洲在那一瞬间僵住了。

到达口外的确有一对夫妻的身影。他们还挺靠前，举着为了接机写的A4纸，与更多的来接机的人挤在一处，分不出彼此。

许星洲先是看了看秦渡推着的那一堆行李。推车上满满当当的都是行李箱、他们从免税店扫来的东西，她的第一反应是：我和他真的看起来就不靠谱，一对败家玩意儿。

为首的那位败家玩意儿说："不用紧张。"然后他稳稳地握住了许星洲的手。

那一刹那，秦师兄的体温从他的手心温暖地传了过来。

那犹如茫茫人世中唯一的灯火，又似广袤的宇宙里明亮的太空港，坚定又温暖地覆盖了她。

许星洲的思绪被收回。在那一瞬间她突然觉得自己被填满了。

我不应该害怕，她想，毕竟见他们这件事已成定局。而这世上，无论发生什么，秦师兄都不会松开我的手。

何况是这个年轻的公爵带着她穿过了那么长的迷雾，把凤尾绿咬鹃从深渊之下背了上来。

是他给了许星洲向日葵与夜空中的烟花，给了她诗歌与宇宙，给了她一个名为"需要"、名为"归属"的港湾。

是秦渡给了许星洲一个爱她的英雄。

所以许星洲与他一样，永不会松开此时握着的手。

许星洲差点儿就被自己感动了，但是接着就意识到自己不过是见男朋友的父母，内心戏多到有点儿像神经病……而见父母这件事她终究是逃不脱的，且感情说白了还是两个人间的，秦渡的人生是属于他自己的，任何长辈都不会替他生活。

而那个秦渡选择了许星洲。

那一刹那许星洲终于解开了心结。

她和秦渡交握着双手，走向黑压压的人群。

周围嘈杂而混乱，到达口处密密麻麻地挤着人。他们一个个都背着天光，面孔模糊不清，可是许星洲能看见那些人的身后就是蔚蓝的冬日晴空。

伸头一刀缩头一刀，无论对面是什么人，自己先礼貌一点儿，说一声叔叔好阿姨好总是没错的！

许星洲给自己打了一下气，心想：如果对面是姚阿姨那样温柔的人就好了。

不如说，对面如果是姚阿姨就好了……她好想和姚阿姨约一次下午茶呀……

许星洲想姚阿姨想得要命。

秦师兄说："爸，妈。"他抬起手挥了挥。

许星洲的面颊微微地发红，秦渡则把她拽得很紧。他们背着光，许星洲仍看不清对面的叔叔阿姨的面孔，便紧张又充满希冀地道："叔……叔叔阿姨好，"她礼貌地一弯腰，抬起头说，"初次见面，我是许……"

许星洲在抬起头的瞬间就卡壳了。

秦渡清楚地知道许星洲挺怕这次见面的，可是见他的父母这事她终究是躲不过的。他不可能让她一辈子不见他的爸妈，更不舍得她一个人回老家过年。

许星洲在飞机上时就相当焦虑，手指冰凉冰凉的。他说他的父母来接他们的机时她的额头上都冒了冷汗，捏他的手的力气极大，连指节都发着青。

到达口闪耀着万丈金光，许星洲看到那两个人，当场"石化"。

秦渡的妈妈——姚汝君还戴着近视眼镜和善地问："来啦？这两个星期玩得怎么样？"

秦渡没打算让许星洲开口，极其有担当地答道："还行吧。"

然而姚汝君毫不客气地对秦渡道："我没问你。"

秦渡一时语塞。

然后她又和善地问："星洲，玩得怎么样？"

焦虑的许星洲哆哆嗦嗦地嗫嚅着说："阿……阿姨……"

秦渡愣住了。

"之前和你推荐的那家荞麦面店，你们去吃了没有呀？"姚汝君笑着说，"那家店超好吃，我还一直惦记着呢。"

旁边那个许星洲眼熟的叔叔道："惦记就去吃。"叔叔停了停，又笑道："星洲，欢迎回国。"

许星洲在回去的车上都有点儿蒙蒙的。

这辆车她还见过。秦渡以前开过，说是他爸新买的，连车牌号都是同一串。

而那个她暑假时就见过的、非得请她吃顿饭的姚阿姨的老公在驾驶座上开车，姚阿姨本人坐在副驾驶座上用眼镜布擦拭眼镜，擦完眼镜后对着阳光端详了一下，又把眼镜戴了回去。

秦渡玩味地看着许星洲，许星洲瑟瑟发抖地抱着自己的小挎包，不安地缩成了一小团。

片刻后，秦渡用鞋尖蹭了蹭她的脚踝。那动作极其暧昧而隐蔽，又带着一丝难以言说的意味。

许星洲蒙蒙地看着前座的姚阿姨，耳根都红了。

她似乎想问什么，却又不知从何开口。

秦渡看了一会儿，判断许星洲应该是受惊过度不知从何问起，只得自己开口来问："妈，你没打算解释？"

姚汝君开心地问："解释什么？"

"有什么好解释的，妈妈就觉得星洲很可爱嘛，"她道，"对人又真诚，特别讨周围的人喜欢。星洲，对不对呀？"

秦渡托着下巴问："暑假？"

姚阿姨痛快地点头："忘年交。"

这两个人都成忘年交了……秦渡求证似的望向显然什么都知道的自己的爸爸，只见秦爸爸开着车憋着笑嗯了一声。

秦渡又望向显然失魂落魄的许星洲，她呆呆地点了点头——忘年交被坐实。

秦渡不赞同地道："你们怎么能坏成这样？"

"她吓到了好吧。"秦渡伸手捋了捋被吓坏的许星洲的头发，不高兴地道，"你们就不能早点儿告诉她？她前几天怕见你们怕到睡不着，我天天晚上都得陪她熬到两点钟。"

车从高架桥底下穿过，许星洲呆呆地蹭蹭秦渡的手掌。

秦渡摸上了瘾，又忍不住去捏她的耳朵——她的耳朵红得几乎能滴出血来，热热软软的，耳根后还有个嫩红的草莓一样的印记。

姚阿姨愧疚地说："那也没办法的嘛——捂马甲是需要技巧的，你突然告诉我要带洲洲来家里过年，我总不能跑去跟洲洲说，其实我就是你的男朋友的妈妈吧？"

秦渡郁闷地道："你别说了。你就是想玩，我爸还惯着你……"

许星洲看着窗外，震惊尚未退去。

这任谁都没法接受哇！

但是仔细一想，姚阿姨的身上又处处都是蛛丝马迹：她的老公的工作地点、她和师兄有点儿像的面容……寻常家庭无法支持这个年纪的阿姨读博。世中上市时，叔叔在场敲钟，并将其形容为"孩子"。秦渡幼年时和妈妈一起在国外待着，姚阿姨和秦渡的妈妈同校……暑假时，她的儿子也在上大四。

她还一直坚持要把自己的"坏是坏了点儿，但是很帅，很有能力"的儿子介绍给我！

她介绍什么啊？！这儿子早就已经快把我吃光了……

许星洲的脸都红透了。

秦渡似乎还在为许星洲据理力争，许星洲蒙蒙的，将脑袋磕在了车玻璃上。

"星洲这种女孩子！"她听见姚阿姨说，"就是越了解越喜欢，妈妈就真的很喜欢嘛！"

姚阿姨又说："星洲特别可爱，还会和妈妈吐槽你，每次妈妈要把自己的儿子许配给她，她都自己师兄长自己师兄短，说你虽然是坏蛋但是她可喜欢你了，所以对不起阿姨你的儿子这么好一定会有可爱的女孩子喜欢他的。"

秦渡将眉毛凶悍地一挑："许星洲？"

那个浑蛋被他捏着的耳根都红透了。

"说我什么坏话呢？"秦渡慢条斯理地道，"说来我听听？"

许星洲语塞。

姚阿姨又说："星洲？房间给你收拾好啦，阿姨家客房很多。你先住几天，我家的习俗是未婚不能住一个房间，不过你可以去渡哥儿房间玩，他欢迎你的。"

秦渡怒道："欢迎个……"

姚阿姨和善地问："还敢说脏话？"

秦师兄立刻闭嘴了。

确实，如果秦渡的妈妈是姚阿姨的话，是能够养育出秦师兄这种人的。

他聪明、嚣张却不张扬，优秀而懂得尊重他人。

许星洲感到面颊微微地发红，看着车辆驶进市区。市区已经颇有年味，购物中心外挂着火红的春节大促横幅和气球，路边的店里响彻《恭喜发财》的魔性的歌声。

车上开着暖气，姚阿姨调皮地道："星洲，阿姨也不是有坏心思啦，就是觉得你可爱，想和你做朋友。"

许星洲的面颊通红。

"我……我也喜欢阿姨。"她耳根发红地说，"可是，您为什么不早点儿告诉我呢？"

秦渡估计又觉得她出门乱交朋友，还来一句"喜欢阿姨"。哪怕这句话她是对自己的妈妈说的也不行，秦师兄吃醋地使劲儿捏她的手。

姚阿姨莞尔道："我暑假头回见你的时候还挺好奇那是不是你本人的呢，还在图书馆观察了你很久。"

被捏着手掌的许星洲喊道："这个我记得！我当时还想这个阿姨怎么总偷偷地看我……"

"再后来，"姚阿姨笑眯眯地告诉她，"阿姨就不想告诉你了。"

许星洲语塞。

开车的秦叔叔稳声道："你阿姨玩心重，星洲你别往心里去。"然后他又想了想，说，"她不告诉你的原因是，她认为你如果知道她是未来婆婆的话，就没法跟她这么交心了。"

许星洲结结巴巴地道："好……好像确实是这样……"

事实好像确实是这样的。

许星洲怎么想都觉得，她如果在暑假时就知道姚阿姨是秦师兄的妈妈的话会相当保守拘谨。

她会无法那么坦诚地对阿姨讲述自己的家庭，会焦虑不安，甚至一开始时会非常害怕姚阿姨，更不可能跟她吐槽她的儿子……

许星洲的耳根都红透了。她突然想起自己把姚阿姨当树洞讲的那些有的没的东西，又是怕见家长又是觉得门不当户不对，没事还要骂一下自己的男朋友是个年纪大不单纯还倔强的老浑蛋……不对，她们明明是聚在一起吐槽自己的老公或男朋友……

这都是什么事啊！

老浑蛋玩味地道："妈，你还没回答我呢，她说我什么坏话？"

姚阿姨微微一僵。

秦爸爸握着方向盘，载着一家人驶过十字路口，突然冒出一句："嗯？说说看，我也想听听。"

秦渡一早就说过他家离他们两个人住的地方不是很远，但是一个月顶多回去两次。

许星洲推开门，走进了位于秦家的二楼的尽头的客房。

这是许星洲第一次来他们家。

姚阿姨给她准备的客房宽敞明亮，床上铺好了橘黄色的柔软的床单被褥，枕头被古龙水喷过，桌上的花瓶里还插着新鲜的山灯子与太阳花。

落地窗外就是一片草坪。那草坪应该刚被修剪过，青翠欲滴，还没冒出新茬儿，上面停着一辆自行车。

后院里有个阳光房，里头雾气朦胧的，生长着一些芭蕉呀月季之类的花，大泳池上覆着银色的布。

她探头向外看去，落地窗外树木葱郁，夕阳绚烂。

许星洲将自己的小包放了下来，伸手摸了摸床，一屁股坐了下来。

门外传来姚阿姨的声音。

她温柔地说："星洲，我们晚上六点开饭噢，你不要忘了下来吃饭。"

许星洲急忙应了，接着就钻进了被子里。

连被子里都是阳光的味道……

许星洲颠簸了一路，一闻到这个味道就迷糊了。她朦朦胧胧地察觉有人推门走了进来，但没回头看，接着就感觉床一沉，有人坐在了床边。

从体重和身形来看，来人除了秦渡不会是别人了。

许星洲卖乖地喊他："师兄。"

秦渡伸手撩开她的头发，忍着笑问："小师妹，我妈怎么这么喜欢你呀？"

许星洲笑眯眯地道："应该是我太讨人喜欢了吧。"

她还真是大言不惭。

秦渡屈指在她的脑袋上啪地一弹，训斥道："你连师兄的妈妈都不放过。"

许星洲埋在被子里，甜甜地笑了起来。

那简直是个毫无负担的笑法，仿佛连最后一件需要她操心的事情都消失得一干二净了。秦渡也被感染得忍不住想笑，往床上一躺，把似乎犯困想睡觉的小师妹往怀里一圈。

于是许星洲揉了揉眼睛，安心地在他的胸口蹭了蹭。

他的星洲实在太会撒娇了，秦师兄被蹭得心都又酥又软，像一块黏黏软软的小糖糕，被他的星洲捏在手心里，揉得服服帖帖。

夕阳西沉，在冬日的余晖里秦师兄在她的唇上吻了吻。

橘黄色的鸭绒被柔软地触着女孩的面颊，女孩子迷迷糊糊地蹭了蹭，听着窸窸窣窣的声音。

这真好哇，许星洲想。

许星洲趿拉着棉拖鞋下楼的时候，秦渡已经回他自己的房间换衣服了。

姚阿姨显然非常懂得当今年轻人是怎么回事……

因为她将自己的儿子和未来的儿媳妇安排在了两个不同的、分别位于二楼走廊的两个尽头的房间，中间还隔着桌牌室和家庭影院。许星洲偷偷地瞄了一眼，觉得真的很远。

她下了楼，找了一会儿餐厅在哪里。

秦师兄家一楼的装修非常简约，木地板干净光滑。木柜上的花瓶花纹精致、配色特别，里面插着新鲜的卡萨布兰卡和白玫瑰，金红的夕阳在墙上映了满墙的花枝。

餐厅里，姚阿姨在面前摆了一盘羊羹和热红茶，闲散地坐在餐桌前看书，看到许星洲来了，笑着和她打了声招呼。

许星洲的面颊又是一红。

"星洲，"姚阿姨温柔地道，"坐吧，快开饭了。"

许星洲不好意思地嗯了一声。姚阿姨拉开自己旁边的凳子，示意许星洲坐在自己的身旁，又切了一小块羊羹，用叉子一叉，喂给她吃。

许星洲根本不会拒绝自己喜欢的阿姨，于是特别乖地咬了一口。

姚阿姨开心地道："好乖哟。"

那顿晚饭，餐桌上几乎都是许星洲和秦渡爱吃的东西。

秦渡爱吃腌笃鲜和扣三丝，许星洲爱吃本帮红烧肉和油爆河虾，除此之外桌上还有一些做得虽不算正宗却也非常好吃的本帮菜，都是姚阿姨迁就许星洲的口味准备的。

秦叔叔说，这些菜都是厨子和阿姨临时学的。

秦叔叔看上去不苟言笑，但是也会对笑话露出笑容来，看样子应该在外挺杀伐果断，但是在家里话不多，有时候还会说出很无厘头的话来。

他觉得一家人没有必要整那种弯弯绕绕的话术，所以会邀请许星洲两年后来自家做客。

秦叔叔长得和秦师兄特别像，年轻时应该也生得不错，两个人一看就是父子。他不算温柔，却是个极其令人尊敬的长辈。

许星洲和秦渡坐在一处，餐厅的灯光柔和地落了下来，餐桌上铺着绣花的吉卜赛粗麻桌布。许星洲接过秦叔叔给她盛的汤时感到了一丝恍惚。

秦叔叔一边熟练地拆螃蟹，一边问："星洲，我听你阿姨说，你是被奶奶带大的？"

许星洲说："是，我的父母离婚之后我就是跟着奶奶生活的。"

秦叔叔叹了口气，摇了摇头。

"什么爸妈，"秦叔叔剥下蟹壳，怅然地道，"我和你阿姨吵架吵得凶的时候也没想过这么对待自己的孩子。"

然后秦叔叔将拆出的蟹肉极其自然地放进了姚阿姨的小盘子里。

秦师兄也给许星洲拆过螃蟹。

他拆螃蟹的技巧显然师承其父，连朝许星洲碗里放蟹肉的动作都是和他爸爸一样的。

秦叔叔抽了纸擦手，命令道："儿子，给星洲夹点儿菜。我手上都是油，夹不了。你看她瘦成这样。"

许星洲呆了一下。

人间灯火柔暖，餐厅旁的落地玻璃窗外山河远阔。

这是许星洲十数年不曾感受过的温暖。

她想起曾经在爸爸家里吃的年夜饭——她从老家回来前的那顿晚餐。她想起自己以出去吹一下风为理由，在阳台上听着春晚的小品声，在寒风中偷偷地抹眼泪。这人间没有她的家，没有她的归属，甚至她的奶奶都随风而去。

她和人间的纽带只剩自己活着这件事。

许星洲告诉自己"我不需要家庭""我没有拥有家庭的资本"，所以只要精彩绝伦地活着便可。她反复地这样告诉自己。

可是当"家庭"这个概念带着一丝朦胧的暖意出现在许星洲的碗里时，

孤独的许星洲溃不成军。

许星洲吃得饱饱的，换了睡衣，钻进了自己的卧室的软软的被窝里。

她敞着窗帘，趴在床上看落地窗外的路灯，远处有车驶来，北风呼呼作响。

说起来，姚阿姨的体形有点儿圆滚滚的。

她的骨架很小，个子也不高，只有一米六，体重却有一百二，眉目和蔼又知性。许星洲之前只当姚阿姨天生珠圆玉润，可是当在老秦家吃过一顿饭之后就觉得姚阿姨身上令她苦恼的肉也许是后天原因……

许星洲摸着自己被撑得圆滚滚的肚皮，觉得秦叔叔喂饭的能力有点儿可怕。

台灯的光线暖黄，许星洲蜷在光里，看到自己的手机屏幕一亮。

秦渡发来消息说："欠打。"

许星洲在枕头上蹭了蹭："呜哇师兄又要打我啦！"

秦渡顶着傻企鹅的头像，回复道："回房间之后给师兄请安会不会？说声师兄么么哒会不会？这都不会，你不是欠打是什么？"

是了，秦师兄的房间在走廊的另一头，两个人今晚注定要分房睡了。

许星洲抱紧小被子，还真的有点儿想他。

秦渡说："让你和我分房睡，亏我妈想得出来。"

许星洲躺在床上，笑眯眯地给他发消息："那你去和阿姨据理力争嘛，说粥粥离了你睡不着觉，一定要抱着睡才行。"

老浑蛋厚颜无耻地道："你去行吗？师兄脸皮薄。"

许星洲憋了半天，不知道回这个脸皮厚得赛城墙的老浑蛋什么好……

那时候都快十二点了，姚阿姨和秦叔叔已经睡着，许星洲索性不回这位老浑蛋，爬起来，准备关灯睡觉。

她刚准备关灯，就听到了门外传来的、极其细微而有节奏的敲门声。

"嗯？"许星洲莫名其妙，打开房门一看，秦渡打着哈欠站在外头。

许星洲一头雾水地问："师兄你是来做……"

秦渡立刻捂住她的嘴，嘘了一声示意她闭嘴，又敏锐地观察了下四周，把她拖了进去，咔嗒一声关了门。

这人干吗呢？！

许星洲拽下他捂住自己的嘴的手，难以理解地道："你做贼吗？这么鬼鬼祟祟……"

秦渡眯着眼睛道："你当师兄是什么人呢？"

窗外传来汽车驶过长街的声音。

秦渡恶劣地、带着一丝痞气开口："师兄明明是来偷情的。"

他说得极其理所当然，又抱着许星洲嘘了一声让她安静点儿，还啪嗒一声给门落了锁。

许星洲当场就因他的厚颜无耻的程度震惊了。她早知道他不要脸，谁知道他能不要脸到这程度哇！

外面的天是黑的，室内的台灯的光如水流淌一地，那个来偷情的坏蛋抱着许星洲亲了亲，他的吻像星星般落在唇角。然后他抱着她躺在了床上。

许星洲躺在秦渡的臂弯里，笑得都快喘不上气了，低声道："师兄你还真来偷情啊？"

"那还用说，"秦渡把许星洲压在床里，声音沙哑地道，"师兄骗你做什么？"

那张床像绽放的太阳花一般，橘黄的床单有一种春日般的热烈。

他的星洲的头发黑如星空，面孔却白得如同从天空掠过的云，身体年轻而鲜活。

这个房间以前的布局不是这样的，床在墙边，秦渡想，它以前就是个普通的客房而已，没有花，平平无奇。可是他的妈妈因为许星洲过年来住几天，专门将房间的布局都改变了。

许星洲喜欢看天，看太阳，喜欢大落地窗。他的妈妈便为了她将床推到了窗边，在花瓶里插了太阳花与山灯子，连枕头都给她用香薰了。

连他都没有这个待遇。

秦渡笑了起，伏在许星洲的身上亲她。许星洲躺在被子上，面颊绯红得犹如春日的晚霞。

"还回去过年吗？"秦渡坏坏地把她的手拉到心口，用两手捏着，道，"师兄家好不好？嗯？好不好？"

许星洲脸红地道："好。"

秦渡就低头吻她。

他一路吻了下去。他亲吻许星洲的面颊和脖子，温柔地亲吻她的锁骨和指节，动作极其轻柔，以至于许星洲都被他搞得痒得不行，咯咯笑了起来。

"安静，"秦师兄冷酷地摁住她，"我们在偷情呢。"

许星洲将眼睛笑成了小月牙儿。

她的一双黑白分明的眼睛中，漾出了犹如银河的光点。

"师兄，"许星洲仰卧在床上，随手一指落地窗外，开心地笑道，"你看，冬天的星星。"

秦渡抬头，看见了属于冬夜的漫天繁星。

那天晚上，许星洲哀求般握住了秦渡的手掌。

她已经敏感到战栗，痉挛般去撑着落地玻璃窗，细白的手指在玻璃上留下几道痕迹。

"不许出声，"秦渡捂着她的嘴，把她的哭声捂着，声音性感而沙哑，"被发现了怎么办？嗯？"

许星洲带着哭腔，死死地咬着嘴唇，泪眼蒙眬。

她的力气远不及秦师兄的大，因此整个人被秦渡轻松地按着，绯红的眼角尽是泪水。

"嗯？"秦渡声音沙哑而动情地问，"小师妹，被发现了你打算怎么办？"

这个卧室隔壁的隔壁就是秦渡的父母的卧室，许星洲被他们来偷情的儿子摁在床上，捂住了嘴，眼泪被生生逼出了眼眶。

秦渡还是抱着许星洲睡了一觉。

他俩睡觉时谁都离不开谁：秦渡抱不到许星洲就心里不安稳，许星洲碰不到秦渡就难以入睡。她就算被秦渡"蹂躏"得腰都直不起来了，还是会钻进他的怀里睡觉。

那怀抱是等待她停泊的港湾。

早上五点，秦师兄的闹铃嗡嗡地响起，他烦躁地揉了揉眼睛，起了床。

那时候天都还没亮，许星洲听见簌簌的声音就迷迷糊糊地揉了揉双眼，看见秦渡的脖子和脊背上还有她夜里挠的红痕，肌肉隆起。他活得规律而健康，一周去三次健身房的习惯已经保持了七年，身材犹如一尊健美的雕塑。

"醒了？"来偷情顺便抱着许星洲睡的秦师兄困倦地道，"还早，师兄回自己的卧室。"

许星洲模糊地嗯了一声，蹭过去，在熹微的朝阳之中抱住了他的腰。

一月份的、五点五十七分的晨光映红了许星洲的眼皮。

上大学之后许星洲已经鲜少见到冬日五点的朝阳了，毕竟脱离了地狱一般的高三，在大学不需要这么早起。许星洲属于有些小聪明的那种学生，学生时代成绩位于中上游，思维活络。她玩着学也能考得不错，可饶是如此都在高三脱了一层皮。

许星洲想起自己当时为了离开自己的老家，高三时在寒风刺骨的清晨五点捧着一块五一小杯的蛋花米酒，在教学楼的过道里哆哆嗦嗦地背自己的地理笔记。远处的楼房低矮，那时候天还没有亮，她只能看见油菜地里的一线即将亮起的天光。

那时天地间寂寥无比。

我要好好背下这些东西，那时的许星洲被冻得鼻尖通红，瑟瑟地发着抖，这样告诉自己。

我什么都没有，只有手头这些笔记和书本能让我走到更远的地方，能让我在我有限的人生中得到更多的机会，能令我彻底地告别自己的故乡。

它能让我活得够本。

她对着空无一人的油菜田喃喃自语。

那是一个没有家的高三女孩的、最充满希望的自白。

于是清晨的金色的浅淡的阳光落在许星洲的线装本里，照进许星洲的地理课本和笔袋，她裹成个球，搓着自己的手指，一边咳嗽，一边反复背自己的笔记和错题。

那时的天光就与现在的无二。

已经大三的许星洲觉得特别难受，可是接着又感觉到秦师兄温柔地亲了亲自己的额头，说："睡吧。"

他们老秦家确实有挂牌敲钟过的家底，一到年关，求着他们办事的人一长串。那天是周末，秦爸爸没去公司，在家里待着，来送礼的人络绎不绝。

阳光明媚。秦渡回家之后放松了不少，此时应该在自己的房间里打游戏，许星洲就和姚阿姨一起待在她的阳光房里。姚阿姨的阳光房应该是她的城堡、私人领域一样的存在，许星洲被她带进来时都惊了一下。

玻璃房连着一个小温室，遮阴的那面墙上钉了一个巨大的书架，上头有姚阿姨近期去图书馆借阅的课本和一些小说，还有满满一格的她的笔记。

许星洲拿下来看了看，发现那个掉皮的绿色硬皮本上写着"88级数学，姚汝君"。字迹秀丽端正，比现在生涩得多，这应是姚阿姨本科时的笔记本。

许星洲由衷地道："呜哇……"

姚阿姨笑了笑，在长桌上摊开书复习。爬山虎缠绕攀爬在玻璃上，在冬日的阳光下投出暖洋洋的树影。许星洲站在书架旁翻开那笔记本一看，发现内容居然是数理统计。

许星洲瞬间想起上个学期期末时秦渡给自己补习应统的模样……

这家人的脑子都太好了吧！深感平凡的许星洲感到一丝心塞。

那整整一格书架上都是姚阿姨攒了近三十年的笔记和研究手册，从她本科学的数学再到后来又拿了Ph.D的机械与应用物理的笔记，再到如今她正在筹备考博的人类学。笔记本的扉页上的名字也从"姚汝君"逐渐变成"Joan Yao"。

许星洲好奇地翻看姚阿姨本科时的笔记，姚阿姨莞尔道："渡哥儿比我悟性高多了。"

许星洲一愣，回过头看了过去。

"渡哥儿比阿姨的悟性好多了。"姚阿姨看着许星洲，笑着说，"他真的很聪明，非常聪明——无论我给他讲什么，他都一点就通。小时候他的姥爷特别疼他，就因为他的那股古怪的聪明劲儿。"

许星洲抱着阿姨的笔记，微微一呆。

姚阿姨又笑道："但是他的心思从来不在学习上，可惜了。"

许星洲也笑了起来，重新和姚阿姨坐在一处。

灿烂的光线洒了下来。

那阳光房完全就是姚阿姨的自习室，从爬山虎的缝隙中落下无尽的阳光，落地玻璃外的草坪绵延铺展。秦渡从外面经过，接着探头进来看了看，看到许星洲后道："晚上不许黏我妈了，跟师兄一起出去吃饭。"

许星洲开心地嗯了一声。

然后秦渡得意地拿着两罐啤酒走了。

许星洲开心地说："看不出来，秦师兄好喜欢护着妈妈呀！"

姚阿姨低着头看书，好笑地道："护我？星洲，他那是花喜鹊尾巴长，看不惯你在家里不黏他，过来敲打你的。"

许星洲一愣："哎？什么花喜鹊？"

姚阿姨忍笑道："儿歌，我们小时候唱的，下一句是'娶了媳妇忘了娘'。"

许星洲忍不住开玩笑地问："那不是挺生气的吗？会后悔吗？"

姚阿姨摇了摇头，说："没什么好后悔的，儿子嘛，反正也贴心不到哪儿去。"

姚阿姨开心地道："阿姨还说过想要你这样的儿媳妇呢。"

许星洲想起曾经那些羞耻的交谈，真的觉得姚阿姨果然是秦师兄的妈妈，连那点儿恶劣都如出一辙……

"没有这种女儿，"姚阿姨伸手揉了揉许星洲的脑袋，"有这种儿媳妇也好嘛！"

"这是稳赚不赔的买卖，"姚阿姨笑眯眯地说，"阿姨后悔什么呀？"

许星洲的脸都红了。她忍不住在姚阿姨的手心蹭了蹭——姚阿姨的手心像师兄的一样温暖。

"再说了，阿姨以前不是和你承诺过吗？"姚阿姨笑道，"你以前和我聊过，说你特别想要你师兄那样的家庭。所以阿姨那时候不是保证了吗，说你以后也会拥有一个那样温馨的家。"

许星洲已经许久没体会过这么纯粹的年味儿了。

她上一次有这种感觉还是在她奶奶在世时的那个初一的冬天。那年她和奶奶一起推着自行车赶年集，买挂画。奶奶那年买了一幅"年年有余"图、一幅俩胖娃娃的年画儿，挂在门前，又买了一大堆瓜果点心当年货，还给小小的许星洲买了草莓和圣女果穿的糖葫芦。

那年鞭炮连天，麻将声中奶奶赢了钱，哈哈大笑。

许星洲觉得在秦渡家过年还挺有意思的，秦叔叔会亲手挂灯笼、写对联。他们家明明是一栋相当漂亮的性冷淡北欧风的三层小别墅，但到了过年的时候秦叔叔就会写毛笔字，然后将火红的格格不入的对联贴在实木门外。

秦叔叔在家张罗着在房间的门上挂福字，姚阿姨嫌每扇房门都贴的话太土了，两个人便突然开始吵架。许星洲叼着酸奶袋出门找饼干吃的时候，正好听见秦叔叔在餐厅里据理力争："姚汝君你知道写这个是我过年唯一的爱好吗？你就这么不尊重我……"

姚阿姨怒气冲天："你写这么多年写成这样就已经够不思进取的了，还到处乱贴！你和那往人脸上盖章的文物鉴赏家有什么区别？我精心装修的房子，你疯狂贴福字，咋不往我的脸上贴喜洋洋……"

"贴福字怎么了？"秦爸爸毫不愧疚，"贴福字有错吗？这是美好的对新年的祝愿！"

姚阿姨道："福字是没错，可是丑陋有错……"

长辈吵起架吵得那叫一个虎虎生风、气势如虹，许星洲大气不敢出，咬着被吸空的酸奶袋就打算缩回去，被秦渡在肩上一拍。

"他俩经常吵。"秦渡拍了拍许星洲的肩膀，见怪不怪地道，"小师妹，你是出门找吃的？"

许星洲一愣："哎？嗯，有点儿饿。"

秦渡一笑，捏着许星洲的脖颈儿，把她拽进了自己的房间。

残阳斜照，从半拉开的窗帘缝中透了进来。

许星洲坐在秦渡的桌前，有点儿好奇地打量着这间他自幼居住的卧室。

这是许星洲第一次进秦渡居住了十多年的房间。

房间的颜色是黑灰色系，秦渡显然刚睡过午觉，被子在床上堆成一团。到处都是他的味道，打开的衣柜后挂着他高中时的校服外套。

灰窗帘后贴着一大排他从小到大得的奖状：班级校级市级三好学生、优秀班干部、团支书……火红的奖状大多褪了色。

许星洲吃惊地看着被他藏在窗帘后的荣誉之墙："哇……"

许星洲从小到大，哪怕一个这种荣誉都没拿过。

程雁倒是被评过市级三好学生，林邵凡则被评过一次省级的，但许星洲只在高二时拿过一次校级的荣誉。而在这之前，连小学的三好学生奖状都没她的份儿。

主要是许星洲从小到大在学校就皮得要命，要是老师评她当三好学生，群众不服……

秦渡甚至有个透明的玻璃柜专门摆他的奖杯、奖牌。那柜子被阳光一照就反出一片夺目的金光。许星洲凑过去看了看，那柜子里全是他的各类荣誉：他和奥林匹克与丘成桐的奖杯的合影，初中的航模比赛与区中学生运动会田径金牌……许星洲感觉眼皮一跳，发现秦师兄除了 CMO（中国数学奥林匹克）金牌外，居然还有个全国高中物理竞赛的二等奖获奖证书。

除去这些金光闪闪的赛事荣誉，柜子里还有他上大学之后的一长串的国奖证书、校级奖学金证书、奖金证书……

我的天哪！许星洲特别想撬了锁，摸摸那一串奖杯，顺便把她的指印留得到处都是。

秦渡端着个零食盘子，拎着一瓶果汁进来时正好看见许星洲抱着膝盖蹲在柜子前，用仇恨的眼神盯着他的柜子里的那一长串躺在黑丝绒上的荣誉金牌……

秦渡看了她一会儿，乍一出声："许星洲。"

许星洲没听见他进来，吓得差点儿一蹦三尺高。

秦渡眯着眼睛看着许星洲。许星洲生怕自己那点儿见不得人的、想把他的奖牌摸得跟厕所抹布一样的腌臜心思被他发现，后背登时沁出一层冷汗。

那场景的确挺可怕的。

夕阳红得如火，秦师兄看着许星洲，片刻后嘲弄地开口："怎么样，比你那高中同学的多吧？"

许星洲一时语塞，接着就被小心眼借题发挥了。

她爱玩归爱玩，但和林邵凡半点儿关系都没有过，连接受他的心思都没有半点儿，小心眼的这位倒好，隔了半年都要把林邵凡拖出来鞭尸。问题是她做错了什么？林邵凡又做错了什么？

林邵凡已经够惨了，苦苦暗恋三年先不说，许星洲拒绝他拒绝得非常不留情面也先不提，人家不就是来参加了个挑战杯吗？秦渡这心眼也太小了。

按秦渡的话说，林邵凡就是贼心不死。

"我看他那天晚上还给你发微信消息。"

许星洲有口难辩："是他组织的同学聚会呀！寒假的同学聚会！"

秦渡直接驳斥她："他不能让程雁转告你？他就是贼心不死，你居然还去参加了。许星洲，你给我在朋友圈多发几张师兄的照片。"

许星洲无语。

秦渡眯着眼道："几斤几两，心里没点儿数。"

他真的就是来借题发挥的！

这位秦师兄就是在宣告自己的所有权。男人这种生物很奇怪，越优秀领地意识越强，再加上秦师兄遇上许星洲后心眼尤其小，针尖儿麦芒儿似的。他简直疯了。

"记清楚，"秦渡咔吧一下掰开那块饼干，"师兄比他有钱，比他优秀。他凭什么和师兄争？嗯？你说说看？"

许星洲无语片刻，恶毒地说："凭他是个正常人？"

秦渡怒道："许星洲你……"

"林邵凡还从来没谈过对象呢，"许星洲故意说，"师兄你呢？你对你以前谈的那俩女朋友比对我大方太多的事我从肖然姐的嘴里听过，从陈博涛的嘴里听过，还从路人甲、路人乙的嘴里听过。师兄你能找出我这么对你的例子吗？"

秦师兄眯起眼睛。

"师兄对你不舍得花钱？"秦渡眯眼，"嗯？连那两个女的你都要搬出来？"

他怎么看上去还振振有词的，仿佛占尽了世间的道理？！再这样下去自己就要被他欺辱了，还有可能会被钉上耻辱柱！

许星洲立刻喊道："你告诉我！临床小师妹是谁！"

她一提临床小师妹就委屈："你对她……她这么温柔……呜呜，对我就这么坏，看我不顺眼……你还给她买猪扒包吃……"

秦渡语塞。

许星洲一提猪扒包眼睛都红了，坐在秦渡的床上揉了揉眼睛，带着哭腔说："你还把我的那份儿猪扒包抢走了。"

许星洲抽抽噎噎地说："别人不要了你才给我，还要把我的那份儿抢走……呜呜，最后还是雁雁看我可怜，和我一起吃的。"

秦渡感到一阵窒息。

许星洲抱住自己的膝盖，揉了揉眼睛，难过地说："可……可是我……我也想吃猪扒包哇。"

秦渡连许星洲红一下眼眶都受不了。

"师兄没有……"秦渡心疼地道，"什么事呀……根本没有的事。根本就没有什么临床小师妹，我从头到尾就只有你……"

那时候太阳都要下山了，许星洲听都不听，委委屈屈地抽噎起来。

"你说我的时候想过自己没有？"许星洲哭着往秦渡的被子里钻，钻进去又骂他，"想找我清算林那谁你先把临床小师妹的事给我说清楚！绝对有临床小师妹这么个人！秦渡你这个垃圾，只准州官放火，不许百姓点灯！"

"等和他吵架的时候你再和他吵这个小师妹的问题。"茜茜去年这样建议。

这建议令讲道理的许星洲终于在情侣吵架时赢了一次。她此时简直想给张博的女朋友茜茜送一面绣着"妙手回春"的锦旗……

那句话是怎么说的来着？

女人的眼泪从来都是武器。

许星洲缩在秦渡的床上，盖着他的被子，任凭秦渡怎么求饶都当没听见。

那时候天也黑了，许星洲出了一口恶气，简直大仇得报。秦师兄嚣张了太久，这下自己就算不知道临床小师妹是谁也能睡一个好觉了。

秦渡窒息般道："师兄真的不知道……"

许星洲斩钉截铁地道："渣男。"

秦渡求饶："还有没有线索？你再提示一下，求你。"

许星洲抽噎："我去 BBS 上发帖挂你。"

接着，屋门吱呀一声开了。

姚阿姨推门而入。

刚刚在楼下和秦叔叔吵架的姚阿姨已经恢复了温柔，和善地来叫他们吃饭："吃饭啦，刚刚阿姨亲手给你们做了好吃的，快下来吃——咦？"

房间内的情形太奇怪了：许星洲蜷在被子里，大黑天的，灯也没开，秦渡似乎在哄人。

姚阿姨惊讶地问："哎哟，你们也吵架了？"

秦师兄手足无措："对……对的吧……"

"吵架也要吃饭。"姚阿姨严厉地道，"不许饿着。渡渡你下楼和嘟嘟待在一起。有客人，你去陪，粥粥妈妈来哄。"

秦渡求饶似的看了还缩在床上的许星洲一眼……

许星洲显然不打算现在原谅他，使劲儿地拧了他一把，示意他快离开。

"今晚有客人。"姚阿姨让开门，对被拧了还被嫌弃的秦渡道，"长洲来了，刚刚还在问你在哪儿呢。"

许星洲揉着哭红的眼睛下楼的时候其实心里并不真的委屈，不仅不委屈，还有一种扭曲的快感。

秦渡真的怕她哭，她一哭他就心疼得不行。但是她只要不哭，哪怕生气到揍他，他都不会退让到这个地步。要不是她借机发作这一场，刚刚那场争吵大概率会以老浑蛋的胜利告终。

秦渡在饭厅憋憋屈屈的，给许星洲留了个位子。秦长洲也留下吃饭，温和儒雅。姚阿姨说秦长洲是来送他的爸爸腌的腊肉的。

许星洲说："秦师兄好。"

秦渡放松地吁了口气，扬了扬眉毛，刚准备把许星洲拉到自己的身边坐下，就听到秦长洲含笑道："嗯，你好，好久不见。"

许星洲说："师兄好久不见。"

秦渡瞬间语塞。

许星洲揉了揉红红的眼睛，坐在了姚阿姨的旁边，离秦渡很远的地方。

许星洲往那位子上一坐，秦渡整个人都不好了。秦长洲就坐在她的对面。

片刻后阿姨把菜盛了上来，许星洲吃饭时连一眼都不往秦渡那里看，就安安静静地夹着桌子上的笋丝红烧肉和清炒青菜，自己剥小河虾。

秦爸爸和姚阿姨倒是有说有笑的，浑然没了下午时要把天吵翻的模样。

见他俩间的气氛显然不对，秦长洲忍不住道："你们两个怎么了？"

已经从许星洲的嘴里听来了全过程的姚阿姨说："他俩下午吵了一架，因为渡渡的前女友，还有一个什么临床医学系的小师妹。"

秦渡无语。

秦长洲赞叹道："了不起呀，我们学院的学妹都有春天了！医学部的骄傲！"他说完又好奇地问，"渡哥儿，让小师妹这么吃醋的到底是哪一级的哪个班的谁？"

许星洲夹了一棵绿油油的青菜，放进了自己的碗里，戳了戳米饭，没说话。

秦渡说："不晓得。"

许星洲啪叽一声把碗里的青菜叉了出去。

她吃饭不快，尤其在饭桌上有虾的时候。

她挺喜欢吃河鲜海鲜，但是由于手拙剥虾剥得非常慢，而且不肯糊弄地连皮带虾一起吃。因此大家都吃完要走了，许星洲还在桌前艰难地与那一盘酱爆河虾搏斗。

吃完饭姚阿姨走了，秦叔叔也走了，连秦长洲都离开了饭桌。只有秦渡吃完饭，放下了碗，还留在桌前。

许星洲也不理他恳求的目光，继续徒手剥虾。

她满手都是红红的甜甜的酱汁，糊得看不清拿的是肉还是皮。她被虾头上的尖角戳了一下指头，受到了惊吓，嗷的一声喊了出来。

秦渡立刻抓住机会，说："师兄剥，你吃。"

许星洲拒绝："不用……"

秦师兄却直接坐了过来，开始下手。

他剥虾子剥得非常快，剥完之后将雪白鲜嫩的虾肉在盘子里蘸一下酱汁，塞进了许星洲的嘴里。

许星洲被喂得措手不及，差点儿连他的手指都吃了下去。

"什么临床小师妹，真的没有过，"秦渡一边剥，一边认真地说，"剥虾也只给你剥，螃蟹也只给你拆了，连那天的猪扒包也是师兄专门排队去给你买的……师兄不会疼人，但是只有你，真的只有你。"

许星洲显然很受用，面颊微微地泛红。

秦渡逮住机会又剥了只虾，熟练地喂给她，解释道："抢你的猪扒包是因为粥粥太可爱了，后来给你的那些东西还是师兄亲自去买的呢。那个临床小师妹是我编出来骗你的……"

她本来就耳根子软，又喜欢秦渡，因为灯光温暖，虾又好吃，几乎立刻就被说服了。

"可是你还说……"许星洲咬着虾仁儿，记仇地道，"可是，你还说她叫师兄叫得特别软。"

秦渡忍笑道："还真是这个小师妹呀？"

许星洲语塞。

"这个小师妹真的是师兄骗你的。"秦渡给许星洲剥着虾，忍俊不禁地道，"那时候你不是不叫我师兄吗？我忍不住就整了这么个人刺你，然后你第一次叫我师兄，我还记得。"

好像事实就是这样的……她连这个小师妹的姓名都不知道，而且秦渡确实是一个不正经的坏蛋……

那那一通电话又该怎么解释？

许星洲机警地问："那你平时和医学院那边的人没什么联系？"

秦渡说："哈？不认识……啊……他们学院的人我就不认识几个，女的就更少了。"

他骗人。那通电话是怎么回事？

许星洲说："那师兄你还是继续想吧。"

二月初的冬夜，寒风凛冽地刮着窗户。

许星洲和姚阿姨在客厅的沙发里坐着，她还抽了小花绳给姚阿姨编头发。

秦渡吃完饭就摸了摸许星洲的头，披上了外套出门。许星洲一开始还问了一下自己要不要跟着，秦渡直言不用，说外面太冷，他不是出去玩的，让她在家好好地待着，不要感冒。

外头又开始噼里啪啦地放鞭炮，年味十足。

今天都已经小年了，秦叔叔在沙发上躺着看新闻。

姚阿姨道："星洲，你们那里过年有什么习俗？"

许星洲笑道："没什么特别的，就是穿新衣服，拜年，不过会打很多局麻将。"

姚阿姨笑着问："每年你能赢多少钱？"

许星洲说："运气好的话二百多？不好的话赔过三百多块。我们都不打太多的，打多了伤感情，就打个一块五块的，最多十块钱……"

姚阿姨还没来得及回话，就听到门铃叮咚响了一声。

秦叔叔啪的一声关了电视，说："哦，是胡安雄来了。"

许星洲微微一愣，姚阿姨就对她解释道："胡安雄是公司的原材合作对象，快过年了，现在来送礼的。等会儿他如果看你的话，你喊声伯伯好就行了。"

许星洲知道自己如今的身份有点儿尴尬，确实不好介绍，要介绍的话也只能不尴不尬地说一句"我是秦渡的女朋友"。姚阿姨的安排是最恰到好处的。她正思考着，远处的玄关门便一动。大约是对方要巴结的缘故，秦叔叔也不去迎，张阿姨将人迎了进来。

接着许星洲就愣住了。

来的第一个人是个年纪不小、有点儿谢顶发胖、顶着啤酒肚的中年男人，手里拎着不少东西，许星洲不认识；第二个男人年轻，许星洲却记得清清楚楚。

那个人的个子算不得很高，面目阴沉模糊。

在春天的那个秦渡带她去飙车的雨夜，就是这个人靠在他的跑车上说："老秦带来的那个妞蛮漂亮，不知道砸了多少钱呢。"

许星洲对他，包括自己当时顶回去的样子印象深刻。

她怎么能忘记呢？那可是一个给自己打上价签的人。

"那小丫头漂亮倒是真的漂亮，但是漂亮有什么用？我们这群人想找漂亮的哪里没有？"他说。接着风雨中就传来一阵哄堂大笑。

许星洲僵了一下，直直地看着那个胡家的儿子。

姚阿姨敏锐地问许星洲："怎么了？"

也是，许星洲想，他们这种家庭肯定会有私交的。否则那个人怎么会对秦师兄了如指掌，如果只是同在一个俱乐部，哪能了解到这个地步？一看他们之前就是认识的。

那一瞬间许星洲说不出是什么感觉，对着姚阿姨摇了摇头，示意没事。

"秦总，"那个中年人笑着寒暄道，"过年好哇。"

秦爸爸笑了笑，问："怎么今天小胡也来了？"

胡安雄赔笑道："犬子不懂事，今年年中时把秦公子得罪了，当爸爸的带过来，给秦公子赔礼道个歉，这种事总不好拖过了年。"

许星洲好奇地看了那个人一眼。

他看上去特别不服，却又不得不忍着。这人是典型的纨绔子弟，此时居然要来给秦渡道歉，服才有鬼呢。

虽然不知道他是为什么来道歉，但是许星洲莫名觉得暗爽。

老秦总嗯了一声，中肯地说："小辈的事我们不好插手。"

秦长洲靠在窗边，看好戏似的道："姊，他五月份的时候把胡家那小子揍了一顿。"

姚阿姨问："渡渡怎么打人？胡家这个做了什么？"

秦长洲意味深长地看了一眼许星洲的后脑勺，道："大概只有当事人晓得了吧。"

小胡——胡瀚在秦家看到许星洲的瞬间，表情扭曲了一下。

那个女孩和这家的夫人坐在一起。

她垂着眉眼，撩起一头黑长的头发，露出天鹅般的脖颈儿，手腕上还戴着一个金光闪闪的小手环，价值不菲。她在临近过年时出现在秦家。

这个女孩真了不起呀，胡瀚想，连他们秦家的高枝都攀得这么轻松。

他冷笑一声。

那一刹那被秦渡捉着衣领揍的疼痛仿佛又浮现在脸上。人说打人不打脸，骂人不揭短，那位秦公子那天早上却拳拳照着脸抢。

这仇都该记在哪儿呢？

复仇的机会说来就来。

那个女孩去厨房给自己倒果汁，正拿着玻璃杯回去的时候，被逼出现在当场，也不太愿意道歉的胡瀚刚从外面抽了三根闷烟回来。

那女孩抬头看了胡瀚一眼，似乎直接把他当成空气了，连招呼都不想和他打。

他记仇是不可能记在秦渡身上的，那样徒增烦恼。那他还能记在谁的身上呢？这个女孩显然是最合适的人选。何况秦渡秦公子当前不在家。

"这个歉，你必须道——"他的爸爸在来之前拎着他的耳朵说，"我管你做错了什么，管你是不是在大早上被秦渡摁在公司门口砸到鼻骨骨裂，这个歉你必须道到他满意为止。"

这个小妞当时也挺硬气的，趁着秦渡不在，逮着他一顿辱骂。

可是这是秦渡的家，这应该也是这小妞第一次来过年。她还得想方设法地讨好公公婆婆呢，以她的心机，不会把这件事闹大。

胡瀚冷笑道："这就上位成功了？"

许星洲抬起眼睛看了他一眼，冷冷地反问："怎么，你这么上位过？"

胡瀚语塞。

许星洲拿着杯子要走，胡瀚却不能让她就这么离开——揍总不能白挨吧？

他嘲笑道："戳了痛脚了是吧——你们这些女人什么样子，我早八百年就领教过了，给钱就笑，廉价得很。"

"秦渡是没见过女的吗？"他低声地嘲讽，"居然能让你这种人进家门。"

许星洲眯起了眼睛。

"攀高枝，飞上枝头，成功上位。"

许星洲在那一瞬间甚至都找不出话反驳这个人，毕竟任谁看她拿的都是剧本，何况豪门恩怨本就是千百年的大热门。

只有局中人知道许星洲并不是这样的。

许星洲拿着杯子，反唇相讥："我进谁的门关你什么事？对着我意难平个没完了？是在 F 大找不到漂亮妞？"

她又说："这才正常，这世界上人总比禽兽多。而且我奉劝你一句话，你不要脸就自己安静，别以为所有人都跟你一样。"

胡瀚暴怒道："你还装'白莲花'？"

许星洲牙尖嘴利："腌臜货色说谁呢？"

许星洲的老家民风彪悍，当地人连买菜讲价都能讲出凶悍无匹的气势。加上她的奶奶从不让她吃这种亏，许星洲平时脾气好不骂人，但是一旦骂起人来，大约能骂退十个废物二世祖。

远处的大门咔嗒响了一声，有人回来了。

但是许星洲气得耳朵里的血管都在砰砰作响，根本没往心里去。

"腌臜货色？说我呢？"胡瀚怒道，"大早上起来秦渡把我堵在公司门口打，是你出的上不得台面的主意吧？"

许星洲吃了一惊："别什么屎盆子都往我的头上扣，谁知道你是不是……"

胡瀚说："你等着就是，秦渡他能给你当一辈子的靠山？"

"我在别处认识的朋友多得很，"他压低了声音警告许星洲，"以我的人脉，找人弄个大学生还不简单？你不是还没根没基的？连愿意给你出头的爹娘都没有吧？你死了都没人知道。"

许星洲在那一瞬间气得头发都要竖起来了。

她站在厨房到露台的走廊中，灯光昏暗，手里拿着凉冰冰的橙汁，那是她刚从厨房倒来的。她有点儿渴，刚刚去厨房倒了一点儿果汁，而姚阿姨还在客厅的一角等着她。

她想把果汁泼在胡瀚的脸上。

胡瀚似乎知道许星洲想做什么，嘲讽道："泼啊？！"

"泼啊，"他得意地说，"你不是很厉害吗，不是还撺掇着秦渡来打我吗？把我打到鼻骨骨裂的吗？你泼泼看。"

许星洲气得手都在发抖，直直地看着他。

"泼泼看哪！"胡瀚挑衅道，"橙汁，照着脸来——泼完看看老秦总怎么说？秦渡先不提，他现在对你发着疯呢，且看看秦太太怎么说？"

他几乎掐准了许星洲不会动手，嘴碎地罗列着可能出现的后果，嘲笑她。

许星洲真的特别想泼下去。

如果我是孤家寡人的话兴许就这么干了。她想。

问题是她可以肩负起自己的后果，可不能为此毁了别人的。孤家寡人胜在一人吃饱全家不饿，不用顾及他人的利益，只消自己承担自己的后果即可。可是她不觉得自己能替秦叔叔、姚阿姨，甚至秦渡去承担泼这一杯橙汁的代价。

电视剧里拍间谍时总会拍他们受制的家人。

许星洲气得脑子里嗡嗡作响。

接着，她又听见了胡瀚的下一句话——

"想泼我，你当你是谁？"昏暗中，他轻蔑地道。

许星洲在心里不住地劝自己，说粥宝这次就别和他计较了，泼他干吗呢？

这人都被秦师兄不明原因地揍过了，还揍到了鼻骨骨裂，甚至失败到把这个堂而皇之地拿出来说，仿佛那是什么天大的委屈——面对这样一个幼稚的废物，我还是别浪费手里这杯无辜的果汁了。

许星洲将那杯果汁一端，刚准备憋着气离开，突然被一只熟悉的温暖的手掌攥住了手腕。

秦渡攥着许星洲的手，将橙汁哗啦泼了胡瀚一头。

秦渡那时候连外套都还没脱，厚重的羊绒大衣上还有冬夜的冰冷的气息，手里提着个许星洲似乎挺熟悉的袋子。他握着许星洲的手泼完，还将许星洲手上沾的橙汁擦了擦。

许星洲惊呆了："师……师兄……"

秦渡瞥了一眼被橙汁兜头淋了的胡瀚，微微一勾嘴角，文质彬彬地开口："你说她不够资格，那我够不够？"

秦师兄说话的样子极其文雅，特别不像他。许星洲一时间都觉得秦师兄被换了个芯儿……

秦渡转向对面被浇得睁不开眼的胡瀚："胡瀚，你还真不记打呀！"

秦师兄盯着胡瀚。许星洲说不出他究竟是种什么神色，却觉得他有种极度狠厉的、豹子般的意味。

那是一种秦渡独有的暴戾与尖锐。

秦渡将带回来的那个袋子往旁边一放，对被泼了满头果汁的胡瀚道："你对她说了什么，对我再说一遍。"

秦渡光是个子就比胡瀚高不少。

他其实年纪比胡瀚要小两三岁，但是在这个是人都分三六九等的世上，胡瀚何止得让他三分？两个人关系最好的时候胡瀚都不敢叫他小秦，只敢跟着别人秦哥秦哥地叫。

胡瀚哪里敢讲？他一言不发。

秦渡嗤笑一声道："你刚刚不是挺能说的吗？现在哑火了？"

被淋了一头果汁的胡瀚道："这是误会，秦哥，我没说什么。"

许星洲无语。

"没说什么？"秦渡眯起眼睛，"许星洲，你给我复述一遍。"

许星洲呆呆地道："算……算了吧……对叔叔阿姨不太好。"

她真的不想惹事。

况且这个人真是一副谁和他计较就会掉价的模样，甚至对自己说的话都毫无担当。他和秦渡同样是二世祖，怎么差距比人和狗还要大呢？

秦渡冷笑一声。

胡瀚立刻解释道："真没什么，小口角而已。"

"了不起呀，鼻骨骨裂也能不长记性。"

秦渡哧的一声笑了，松开许星洲的手腕。

灯光半明半暗。胡瀚大约觉得秦渡把话说到了这份儿上，许星洲看上去也不是个打算追究的模样，便立时要溜。

可是秦师兄往前迈了一步，拽着他的衣领，把他堵住了。

胡瀚发怒地大声道："你干什么……"

"许星洲，"秦渡扯着胡瀚的衣领道，"他说了什么，你跟我说一遍。从四月份那天晚上开始到刚刚，他侮辱你的每一句话，只要你想得起来……"

秦渡盯着胡瀚的眼睛，话却是对着许星洲说的："只要你想得起来，就告诉师兄。"

厨房的门前光线暗淡，许星洲在那一瞬间泪水都要出来了。

秦师兄异常坚决，显然不打算将胡瀚完好无损地放出家门了。而对许星洲而言，秦师兄都给她这样撑腰了，她还不告状就是傻子。

她刚准备一五一十地告诉秦渡呢，就听到了一点儿特别的声音。

大概是他们这头闹腾的声音太大，秦叔叔皱着眉头，探头进来问："怎么了？"

秦渡也不避讳自己的父亲，抓着胡瀚，将他往墙角一掼——那动作许星洲曾在街头巷角见过。她在那一瞬间意识到秦渡的确如肖然所说，曾经混过，而且打人非常非常狠。

"秦渡？"秦叔叔皱起眉头斥道，"做什么呢？！"

姚阿姨听见了骚乱声也出现了。

接着所有人齐聚一堂，连胡瀚的父亲都来了。他一来便极度吃惊，喊道："胡瀚！你做什么？！"

秦渡将胡瀚一松，扫了一眼在场的所有人，冷冷地道："胡叔，我至今尊称你一声胡叔，因为晓得你做事清楚，可是你的儿子来我家大放厥词要怎么说？"

胡瀚的父亲登时汗如雨下。

"混账玩意儿……"胡瀚的父亲颤抖地说，"秦公子，真是对不住，我儿子……"

秦渡冷冷地开口："胡瀚为人如何，且先不提这个，毕竟账要从头算起。"

然后他极其桀骜地、当着所有的长辈的面唤道："许星洲。"

走廊狭窄而昏暗，秦爸爸、姚阿姨，甚至那个原材合作对象都看了过来。

这到底是个什么情况？许星洲紧张到颤抖："我……"

她立刻想：我不能给秦家惹事。

如今这件事已经闹到了长辈的面前。他们愿意接受自己已经很不容易了，能接受一个这样的许星洲已经做出了极大的退让。她不能因为自己而让他们家蒙受损失。

许星洲一直是这样的人。她计划去死时都想着不能给别人带来困扰，为了莫须有的"凶宅"二字能徒步爬下三十层的高楼，临走前认为自己欠了秦渡的人情，在手机的背面写上解锁码和支付密码，把它留在原先放安眠药的抽屉中。

许星洲颤抖着道："师……师兄，算了吧。"

秦师兄眯起眼睛望向她。

"算了吧，"许星洲难受地忍着眼泪道，"师兄算……算了，也没什么大事……"

秦渡痛快地道："行，这锅我也不能让你背。许星洲你不敢说我来说。"

"上位成功了是吧？"他漫不经心地道，"以胡瀚你的人脉搞死个外地来的大学生确实很简单，问题是你胁迫了谁？你说谁上位成功？"

那一瞬间许星洲感受到了一种来自真正的成熟的上位者的压迫感——秦渡的父亲脸色一沉。许星洲几乎很难把自己之前见到的那个会因为毛笔字而和姚阿姨据理力争、对她和蔼可亲甚至有点儿脑筋短路的秦叔叔与现在的他联系在一起。

那是属于摸爬滚打着在泥泞里开拓出他现今有的一切的，老秦总的威压。

老秦总说："胡瀚，你解释下。"

胡瀚的父亲汗流浃背地道："我家儿子年纪小，不懂事……"

"年纪不小了。"姚阿姨慢条斯理地开口，"按理说一个孩子三岁就该知道尊重别人，五岁就该知道有些话不能乱说，七岁就要对自己说过的话负责任，十六岁就拥有完全的刑事责任能力……你多大了？"

"我没有替别人教育孩子的意思，"姚阿姨的话里带着软刀子，"但是麻烦你明白一件事，我家的事情容不得旁人来指手画脚，我家的人更容不得旁人侮辱。"

姚阿姨说话时还带着一丝笑意，可是那一分温柔的笑意寒凉彻骨，冰凌似的。

虽然她这话说得温文尔雅，但其实仔细想来极其绝。软刀子杀人向来不流血，可是姚汝君字字意指胡瀚家教不行，愧为成年人，更是把这件事归为自己的家务事，把许星洲划进了自己的保护圈。

说话的艺术大抵如此，许多话不必说透，但是刀仍能捅。

胡瀚的父亲满头大汗："我们哪……哪有这个意思呢？"

他又斥道："胡瀚！"

"不是说要来给秦渡道歉吗？"老秦总眯着眼睛，发话道，"道了歉就走吧，不早了。"

那就是明明白白的、连半点儿情面都不留的逐客令。

胡瀚就算是傻子也知道自己捅了大娄子，看着站在阴影里的许星洲，大气都不敢出一声。许星洲的鼻尖发红，人却似乎被他的一句"是不是上位成功"说得不敢去拽秦渡的衣角。

胡瀚被橙汁搞得满脸黏稠，狼狈不堪，也不敢再作妖，对秦渡低声道："秦少，那时候是我……"

秦渡却打断了他，漫不经心地反问："你道歉的对象是我？"

胡瀚语塞。

"你诬蔑了谁，"秦渡眯着眼睛说，"就对谁道歉。"

"我这辈子没对许星洲说过那种话，"秦渡慢条斯理地说，"从一开始就没有过，而且以后也不会有。"

秦渡伸手摸了摸许星洲的头。

"对她道歉。"他声音沙哑地说。

许星洲的眼眶都红了。

那天夜里海岸之上海鸥扑棱飞起，跑车呼啸着穿过盘山公路。许星洲想起秦师兄温柔粗糙的指尖、被狂风吹走的小恐龙伞、在大雨倾盆的宿舍楼前的告别、在床上无声地听着雨声到黎明的时刻、风里的平凡烟火……

我们不是一个阶层的人，那时的许星洲想。

可是那天晚上曾经倚靠在跑车上，用高高在上的、鄙夷的语气评价她的另一个阶层的人此刻几乎卑微地对她道歉。

"对……对不起。"那个人说。

这是那个暴风席卷而过的春夜的句号。

许星洲其实也不总是个呛口辣椒。确切地来说，她大多数时候不吃亏，可唯独过年回去时总是非常善于忍耐。那是她一年来难得的与父亲共处的时间，她会被妹妹明着暗着攻击，可那时候总是忍着。

她选择忍耐一是因为她和同父异母的妹妹整整差了七岁，计较的话会非常掉价；二是因为妹妹真的很受宠爱，她怕和妹妹起了争执的话来年更受排挤。她还在上学，在经济方面无法独立，离不得父亲，总是想着自己的生活费，因此教育自己，让自己忽略这件事，令自己安静地忍着。

胡瀚和他的父亲离开秦家后，许星洲坐在桌边，红着耳朵看向庭院。

秦渡说要和许星洲聊一聊，于是姚阿姨和秦叔叔把餐厅的空间留给了他们，回了客厅。

结果说要聊聊天的秦渡从许星洲的手中抽走了空空的玻璃杯离开了，也不知道去了哪里。

秦师兄不在，许星洲便一个人坐着发呆，过了会儿突然想起什么，伸手扒了扒秦师兄买回来的那袋东西。那袋东西摸上去还热热的，是一个个软软的小纸球。许星洲揉了揉羞得红红的耳朵尖，从袋子里摸出了一只……热腾腾的猪扒包。

许星洲呆了一下，第一时间居然都没反应过来秦渡买这东西是要做什么。紧接着秦渡就从厨房回来，将一杯冰橙汁放在了她的面前。

"师兄出去排了好久的队，怕是得有半个多小时吧，把你心心念念的、意难平的猪扒包买回来了。"他往许星洲的对面一坐，眯着眼睛说，"泼了你的那杯果汁也给你倒来了，嗯？许星洲你怎么说？"

许星洲扑哧笑了起来。

她还没笑完，秦渡就拆了一个猪扒包，极度不爽地递到了她的嘴边。许星洲被逼着，啊呜咬了一口。

"嗯……师兄你真的好幼稚呀！"许星洲又被逼着咬了一口，口齿不清地说，"我就是嘴上说说，你居然真的会大晚上去买猪扒包。"

她真的太欠揍了。

秦渡道："嘴上说说？嘴上说说记我一年的仇？许星洲你还不是更幼稚？一个根本不存在的什么鬼临床的惦记了整整一年——你——"

然后他恨铁不成钢地在许星洲的脑袋上啪地一弹。

秦渡眯起狭长的眼睛，低声道："你是不是以为没人给你撑腰？"

许星洲一呆。

"被欺负了还不敢说出来？"秦渡咄咄逼人，"别说师兄我了，就说我爸妈。他们两个不向着你，向着谁？许星洲以后你还敢受了委屈之后跟师兄讲别跟那些人计较——你当师兄不舍得治你了？"

许星洲红着脸，又被秦师兄啪地拍了一下后脑勺，立时捂住了自己的脑袋。

寒风呼呼作响，枝丫撕扯着夜空。

室内暖气蒸腾，许星洲趿拉着棉拖鞋，愧疚地低着头。她的头发梢的后头露出一小点儿红霞似的耳朵尖，灯光昏沉，她便看起来格外甜。

秦渡叹了口气……

"师兄都做到这份儿上了，说吧，"秦师兄把手里的猪扒包递给许星洲，难得认真地道，"临床小师妹到底是什么？师兄怎么想都想不到，你倒是每次都说得像煞有介事。"

许星洲呆呆地道："嗯……"

事到如今，她真的不说不行了。

外头寒风凛冽，秦渡去排队买了这么一大袋猪扒包，回来之后表现得还这么帅，许星洲怎么想都觉得自己继续瞒着他太过分了。更何况她自己也挺想知道当时秦渡接的电话到底是什么人的。

她又啃了一口热乎乎的猪扒包，嘀咕："猪扒包。"

秦渡痛快地回复："师兄骗你的。"

许星洲憋屈地说："叫师兄的时候带着弯儿，声音像女明星？"

"说过了，"秦渡痛痛快快地说，"这是师兄编出来的。师兄为自己的莽撞自罚三杯，但是你要是因为这两件事记恨了师兄一年，师兄就得记你两年的仇。"

许星洲气到要哭："可你从来没解释过！"

秦渡眯着眼睛反问："那你问过师兄没？"

许星洲立时理亏，大声道："好！这个姑且不提，可你还去给她送材料！我见到了的，亲眼！四月底，学术报告厅门口，周六！我那天从福利院回来的时候看得清清楚楚，你接她的电话时温柔得不行！"

秦渡蒙了："哈？"

"对着许星洲就口口声声要挂她的电话，要拉黑她，不通过粥粥的好友申请，哦对你还删过我的好友……"许星洲快哭了，"哪怕到了现在你接我的电话时都不温柔！对着人家小师妹就又宠溺又温柔还无奈，你自己看看你跟我的聊天记录都是什么！师兄你是不是我的仇人……"

秦渡难以置信地说："许星洲你刚刚说什么？"

许星洲忍不住拿猪扒包砸他，一边砸，一边道："去年四月底学术报告厅一楼 CD8T 细胞功能衰竭和疟疾重症化感染的讲座！我当时还想和你打招呼结果你直接上楼了！打电话那么温柔！说吧，是哪个小妖精？！你居然还问我说了什么？"

"我只是问你刚刚说什么……"秦师兄无奈地道，"不过这个讲座我记得。"

许星洲怒气冲冲，从桌子上抓了一把勺子指向秦渡。

"说清楚，"许星洲咄咄逼人地用"刀"架住秦渡的脖子，"究竟是哪个小妖精？！居然劳烦你去给她送材料！话说回来了，你都没给你的正牌女朋友送过！"

秦师兄被勺子架在脖子上，憋笑道："这个学期师兄给你送过不下二十次你的书包、课本、身份证了吧？这讲座送材料的事情师兄没法抵赖，师兄就是去了。你话都说到这份儿上了，临床小师妹这个锅，师兄不能不背。"

"师兄不能不背"，此话一出，许星洲的眼眶立时就红了。

她揉着通红的眼眶，悲伤地说："我就知道，可是好可怜！可怜我一直一厢情愿地以为你是干干净净的师兄……"

她话还没说完就被秦渡打断了。

"但是，""不干不净"的秦师兄叹了口气，"你吃醋之前怎么也不看看那天的学术报告是谁做的呀？"

秦渡教育小师妹："你下次吃醋之前记得看一下官网的学术报告记录，有报告人的学历和研修成果，而且最显眼的地方肯定有名字。"

许星洲语塞。

"我哥要是知道你这么描述他，"秦师兄幸灾乐祸地说，"他会披着马甲将你挂上 BBS。"

秦渡带着许星洲出来时，许星洲满脸通红。

客厅里灯火通明，秦叔叔在懒洋洋地看电视上播放的往年春晚小品集锦。秦长洲已经走了——许星洲暂时没法面对这位秦大师兄，他走了真的是一件好事。

秦渡春风得意，拉着许星洲软软的小手捏了捏，喊了声："妈，我们谈完了。"

许星洲嗫嚅着道："叔……叔叔阿姨，对不起，我给你们添麻烦了。"

秦叔叔一愣，抬起头望向许星洲，说："星洲，你道歉做什么？"

"星洲，"他皱着眉头问，"你在家受了这种委屈，叔叔还没道歉，你为什么会来向我们道歉？"

姚阿姨低声道："以后阿姨保证，不会再有了。"

"可是受了委屈要说。"她声音沙哑地道，"要自己站出来告诉我们'我很不舒服'。星洲，家人从来不应该是你行事的掣肘——家人是后盾。"

许星洲曾经在很多个除夕夜偷偷躲在父亲家的阳台上，抽噎得鼻尖通红。

外面鞭炮震天响，可许星洲还是能听见她的妹妹许春生在身后嘲笑她的、将她当作局外人的声音。"姐姐学习好又怎么样啊，"那个稚嫩的声音说，"你们不要再让我和她学了，她又不是我们家的，爸爸你总夸她做什么呢？"

于是许星洲的爸爸会安慰自己的小女儿："没有没有，我家春生是最好的，可是爸爸还希望你更好，好到姐姐比不上。"

那时年幼的许星洲总是憋着满眼的泪水，想冲进去质问自己的父亲：你既然不爱我，为什么要生下我呢？

可是她没有这么做。她死死地忍住了，并且每年都会忍住。

无他，因为十几岁的许星洲会想起自己的生活费，想起自己下个学期还要参加的补习班，那都是钱。她还会想起来年的家长信，想起过年的和气，想起牵制她的一切。

二十岁的、长大成人的许星洲想起姚阿姨对胡瀚说的那一句"我家的人更容不得旁人侮辱"，突然之间泪水就要流下来了。

在许星洲还不知道姚阿姨就是师兄的妈妈时，姚阿姨曾经对她说："你这么好，你想要的都会有的。"那时许星洲认为姚阿姨只不过是说场面话，只不过是在安慰她，她只是回以一笑。

可是如今秦渡就在身边，握着她的手。

隔壁的院子里大概有孩子在放鞭炮，"蹿天猴"发出咻——啪的声音，小孩子脆生生的笑声紧接着响起。

姚阿姨对许星洲有点儿调皮地笑了起来，示意她坐在自己的身边。

那一刹那窗外灯火通明，烟花轰然炸响，喧嚣异常，隔壁的院子里的小孩被突然炸响的烟花搞得哈哈大笑。

姚阿姨从茶几下摸出一个大纸袋，说："那天逛街的时候阿姨给你买了一点儿东西，就是你在微信上说挺好看的……"

连姚阿姨的声音都淹没在了烟花炸响声之中。

声音被淹没了，可还有温度。

姚阿姨伸手揉了揉许星洲的头发，那温暖的气息与秦师兄极度相似。那温度从指尖传来，犹如春日的温柔的阳光，又像是站在阳台上的许星洲所羡慕过的、温暖灿烂的万家灯火。

这一定会是个很好、很好的年。

许星洲被姚阿姨揉脑袋时，拼命地忍着眼泪，这样想。

番外二　星河渡舟

几年前秦渡的那群朋友曾在酒后开过一次玩笑。

他们大多数人认为，在座的几乎所有人都会步入婚姻的殿堂，可秦渡这辈子是不可能结婚的。第一是因为他的家人显然不会强求秦渡结婚，第二是因为他浑身上下带着一股孤家寡人的味儿，第三是因为秦渡明言他讨厌婚姻这种束缚。

他们开这玩笑时，秦渡刚用三句话把搭讪的人气走了，可见这玩笑其实带着一丝寓言的性质。

他确实认为婚姻无聊，觉得这种东西就是社会的无效契约，是凭着人的社会性和缺乏安全感的特质而合理化的社会共识，是人为了满足私欲而设立的、本身带不来情感支持也带不来进步的存在。他不否认自己的父母的婚姻的幸福，可是认为"婚姻毫无意义"。

陈博涛的观点则稍微温和一点儿："秦渡如果有能看对眼的人，是能和对方过一辈子的。"

那时候比现在年轻得多，却已经成为浑蛋的秦渡嗤之以鼻。

他不理解周围为什么会有无数的人前仆后继地想要结婚，连后来遇到了许星洲之后都没有"婚姻是必需品"的想法。他认为他是要和许星洲过一辈子的，可是结婚与否似乎没这么重要。

这其实是一种属于蔑视世俗者的狂妄——秦渡的那帮朋友都觉得秦渡是个浑蛋，并且建议他去跟自己爱如眼珠的女朋友发表一下这番言论。

结果他们没想到的是，许星洲比秦渡还认可"婚姻无用论"。

许星洲特别不受拘束，这种拘束包括"世俗"，更包括"婚姻"二字。她当即就和秦渡表示我们以后再说，过好当前最重要了，证这种东西不过就是个形式，比起两本缺乏意义的红本本，我还是更喜欢和师兄到处去玩。

秦渡得意地转述的时候还有点儿喜上眉梢的意思。

那时陈博涛冷静地问他："这不是渣男宣言吗？"

"对呀，"另一个人也道，"我年少无知的时候对我的前前前女友就这么说过，后来我俩就分了。"

"不仅是渣男宣言吧？！"有人怀疑地道，"你的女朋友居然能将话说到这份儿上，我怀疑她想渣你。"

秦渡当时还有点儿不屑，认为这些人就是嫉妒。

毕竟一个人能找到这样一个从心灵契合到肉体的人实在太不容易了。她像是存在这世上的、他的半身。

可是他们谈恋爱一周年时秦渡就有点儿不爽了。

秦渡从小玩到大的那一帮人也好，他的高中、大学同学也罢，其中不少人居然都有点儿毕业就结婚的意思。可是许星洲好像真的不紧不慢的——秦渡带她出席过两次他的朋友的婚礼，其中还包括秦长洲的，许星洲和新娘子闹着认识了，可是回来之后居然连半点儿羡慕的意思都没有，极其坦然。

秦渡无语。

晴空万里，白鸽扑棱起飞，触目所及处处是雪白或鲜红的玫瑰与其他花束。秦渡西装革履地站在太阳底下，身边的许星洲遇到了熟人，立刻丢下他跑了。

这是秦渡的一个朋友的婚礼现场。

秦渡的这个朋友挺宠老婆，婚礼举办地是他自己在申城近郊的一处度假别墅。他下了很大的本，也花了很多功夫：处处是鲜花和扑棱而起的白鸽，满是资产阶级的腐臭的气息。新娘穿着三米长的、专人设计的大摆婚纱，在人们的簇拥中快乐地笑着。

结果许星洲遥遥地跑去和一个姑娘打招呼，还和那个姑娘激动地抱在一起。

秦渡看着那俩姑娘，摸着自己的袖扣，陷入长久的沉默。

陈博涛凑过来问："两年了。你感觉自己被渣了没有？"

秦渡说："你滚吧。"

陈博涛就滚了。

秦渡凝视了一会儿许星洲这个翻脸无情的浑蛋的方向：她还和自己的那个朋友黏黏糊糊的。她的那个朋友长得也挺漂亮，乍一看居然有些云蒸雾绕的美感，一看就是个矜持又冷淡的姑娘。

秦渡不再去看。因为他一看就知道他和带有这种气质的人的气场极其不合，两个人可能会留下血海深仇。

接着他和一个很熟悉的后辈视线相撞。

他好几年没见这个后辈了。这个后辈还是他大二那年去 P 大参加丘成桐杯时认识的，在 P 大学经管，比他小一届，开朗帅气，与他一起打过几场篮球，成绩也不错，人缘极好。

如果那后辈不是在休学创业的话，今年也应该毕业了。

那后辈也一愣，对着秦师兄点了点头，在初夏炽热的阳光中端着杯子走了过来。

秦渡点了点头道："沈泽。"

那叫沈泽的后辈也笑着打招呼："秦师兄。"

阳光倾泻，树影在风中摇摆。

申城那天天气不错，《婚礼进行曲》不绝地响着，小提琴手倚靠在回廊上拉着曲子，远处的鲜花穹顶反着万丈金光。

许星洲在一边小声地回复着她的毕设导师。

今年是她的毕业年。

这世界也太小了吧。秦渡莫名其妙地想。

许星洲和那个叫顾关山的女孩认识了许多年，而顾关山又正好是秦渡的旧识——沈泽的那个只闻其名不见其人的女朋友。秦渡怎么想都觉得这太过巧合了。

许星洲只和顾关山叙了一会儿旧，又各自有事散开了。许星洲毕竟是来参加朋友的婚礼的，顾关山更是只是来走个过场——她对申城的景点非常有兴趣，来申城甚至根本不是为了参加婚礼，是为了来老弄堂采风。

那场婚礼真的极其精致。

然而许星洲全程没有什么太大的反应，面对她的那个朋友的反应都比对婚礼本身的要大。她似乎对婚礼没有任何兴趣，只是因为这是必要的社交才出现在此处。

秦渡想起陈博涛问"两年了，你感觉被渣没有"时的样子，一时觉得自己几乎被世界抛弃，忍不住捏了捏许星洲的后颈……

许星洲猫在人家精心布置的婚礼现场偷偷地改论文，被捏了捏，呆呆地道："咦，师兄？"

秦渡恨铁不成钢地问："小师妹你都要毕业了呀？啊？你对我没点儿什么想法吗？"

"有的呀！"许星洲笑得甜甜的，像花火大会上的脆甜的苹果糖，说，"师兄我工作都找好啦，特别好玩的那种！毕业答辩结束之后就入职！"

我没问你这个。秦渡有口难言。

有个小孩在附近摆弄着从座位边垂到地上的白玫瑰，用手搓着玫瑰的新鲜的花瓣。

秦渡突然想起沈泽几小时前和他说的话。

"秦师兄，你问我结婚的事？你问错人了，真的问错人了。我这两年结不到婚的，就算求她，她也不可能同意。"

那时《婚礼进行曲》当当当地悠然响起，许星洲和沈泽的女朋友头对头地坐在一处，应该是在一起画画。

许星洲天生讨人喜欢，拿着铅笔模仿那个姑娘，还要那姑娘握着她的手教她。那两个人看起来极其和谐甜蜜，秦渡几乎立刻意识到许星洲是在撩妹，还在撩他的师弟的女朋友。

"现在的女孩子哪有想结婚的？"沈泽字字血泪地说，"简直一个比一个渣，睡完就走，翻脸无情，绝不认人。"

秦渡沉默着。

沈泽看了一会儿，又道："秦师兄，你管管你家那位行吗？"

"勾搭别人的女朋友勾搭到我师弟的头上来，"秦渡一边找车，一边对许星洲发泄自己的一腔恶意，"还皮，许星洲你等着被浸猪笼吧。"

许星洲拽着小包反驳："我乐意！我家关山太太就是喜欢我！可是没有奸情的我们是不会被浸猪笼的！"

秦渡眯眼道："等着，师兄第一个推你进猪笼子里去。"

然后他把许星洲的小包拎了过来，给她开了车门，让她上车。

他们两个人打架归打架，受猪笼威胁归受威胁，但一码归一码。许星洲乖乖地钻进了车里，秦渡从另一侧车门上去，本来准备发动车子，抬起眼睛时却突然看见许星洲坐在副驾驶座上，看着他笑得眉眼弯弯。

那眼神里满满的都是柔软甜蜜的、水蜜桃般的喜欢。

秦渡愣了愣。

许星洲笑眯眯地说："可是粥粥和师兄有奸情嘛！我想和师兄一起浸

猪笼。"

奸情个鬼呀。

秦渡面红耳赤地说："我惯的你。"

然后秦师兄使劲儿地捏了捏许星洲的脸，本想让她安静一下，却又被她凑过来啾啾地亲了亲面颊。

"毕……毕业答辩是什么时候？定下了吗？"秦师兄耳根通红地问，"有空闲的话师兄带你去国外玩两天……"

许星洲笑道："嗯！刚刚终稿交上去啦，PPT也准备好了！答辩在十五号，入职在六月十八号，还有蛮长的空闲时间。"

秦渡嗯了一声，发动了车子。

他毕业后换了一辆新车，本科时为了低调开大众系的车，可是工作了就不再需要避嫌。车上被许星洲塞了几个有点儿恶心又有点儿萌的小颈部靠枕，他此时脑袋后面的那个颈部靠枕就是个撅着屁股的桃子。

他还抗议过，为什么许星洲选的这些卡通形象都这么丑？他强烈要求换成别的形象，否则这些东西传出去他的名声往哪儿搁？

但是这位爷的抗议全部被许小师妹无情无耻无理取闹地打了回来。

于是这辆车上，别说许星洲专属的副驾驶座了，连驾驶座上都被耻辱地塞了个大红色的傻企鹅的坐垫……

"师兄，"许星洲抱着自己的书包小声道，"可我不想去国外。"

秦渡靠着桃子颈部靠枕，揉了揉自己的耳朵，漫不经心地说："不想出国就换个地方，或者想去吃哪家好吃的也行。师兄这两天项目刚收尾，有几天假，能带你出去玩。"

许星洲犹豫了一下："嗯……"

"这……这个，师兄，"她终于鼓起勇气开口，"你能陪我回去一趟吗？"

秦渡在那一刹那微微地一怔。

金黄的夕阳落在许星洲的小腿上。女孩的手腕细长，不离身的镯子下毛毛虫般的痕迹半点儿不消，在那光线下扭曲而模糊。

"就是，"许星洲尴尬地说道，"师兄你不想去也没关系。可我得回去处理一下那边的事，得回去见见我爸他们，还……"

我还得趁着现在有空给奶奶上坟。

许星洲终究没有说后一句话，毕竟那是忌讳，兴许秦渡不愿意去呢？

然后她又郑重其事地问："师兄，你能陪我回一趟老家吗？"

大多数即将大学毕业的、外地的大四学生都会趁交上了毕业论文终稿却还没开始答辩的时候回一趟家。

大城市的那些学生更是如此。他们选择留在大城市工作，而且即将告别学生的身份，从此没有寒暑假，也不会再有能翘课回家的空隙。他们将在这怪物般膨胀的城市中努力地扎下根来，试图在这里买房，在这里组建家庭。

他们和那片养大他们的土地密不可分，可是隔着千万里的距离，与那片土地间只剩一条血缘的纽带，并注定永远离开。

许星洲也是要回老家的，但显然是这些人里的例外。

她回去最主要的是因为那里是她的故乡，她在那里生活了十多年，还留有不少摊子在那儿。其次她觉得应该回去见见自己的父亲。

毕竟是他出钱供自己上的大学，就算血缘稀薄，养育之恩不深，她也应该让他知道自己毕业了。

毕竟面子工程还是要做的。

六月初的高架桥上骄阳似火，秦叔叔的助理秘书给他们当了一次司机。他们周围的车川流不息，秦渡将手搭在许星洲的不大不小的书包上，许星洲发着呆往外看。

她真的很喜欢观察车窗外的一切。

秦渡曾经很不解，因为他认为自己比外头的行人好看多了，于是问过一次为什么。许星洲想了一会儿，很认真地告诉他，因为外面很好玩。

秦渡当时还不晓得为什么，后来许星洲就专门拉着他讲了一次。她指着路边的大树说这棵树很适合做小树屋，那个大妈拎着的无纺布包里装着漫画，那个初中生居然还在用"时代的眼泪" iTouch（苹果多媒体播放设备）……

总之许星洲给每个人都安排了一场戏，难怪这么喜欢朝外看。这总算是消除了秦渡的好奇心。

汽车在高架桥上轰鸣，去往申城火车站的路途坎坷。秦渡摸了摸那个书包问："这包里有什么？"

许星洲想了想道："主要是阿姨让我们在动车上吃的东西。"

阿姨。

许星洲总是这么称呼他的妈妈。这个小浑蛋每个周末都会和他一起去他家吃饭，这习惯已经坚持了两年，而两年都过去了，她还是坚持地叫他的妈妈"阿姨"，叫他的爸爸"叔叔"。

但是他的妈妈还是宠她宠到不行，恨不能每次逛街都给她买包。

秦渡想到这里，突然有点儿好奇如果他一直搞不定许星洲的话他的妈妈会不会直接让许星洲到他家来给他当妹妹……

秦渡摸了摸自己发麻的后脖颈儿，拉开她的书包拉链，里面果真整整齐齐地排着六七个小食盒。

食盒里装着小饼干以及切得漂漂亮亮的水果，还有新腌烤的叉烧和小章鱼香肠以及沙拉，保温杯里装着家政阿姨熬得碎烂的银耳羹与冰镇葡萄汁……花花绿绿，五彩缤纷，一应俱全。

秦渡语塞。

许星洲笑眯眯地说："还有草莓盒子，阿姨给我打包的！不过我会分给师兄吃的哟。"

秦渡眯着眼说："胖了，回去跟我去健身房。"

许星洲愣了一下。

秦渡故意道："昨天晚上我看你的小肚子都出来了。"

许星洲直到检票上车的时候都沉浸在秦渡的那句"你的小肚子都出来了"里，深感震惊，无法自拔。

她一开始觉得她问归问，但秦师兄是不会愿意和她回去的。

一来秦师兄难得有假期——他们公司里近期破事很多，年中汇报的节点也快到了，他得做总结做汇报，前段时间忙到夜里十二点多才能回家，累得不行。二来秦渡对她的父亲的厌恶有时甚至有点儿不加掩饰。

他至今认为，如果那对夫妻对许星洲有半分属于父母的责任感，也不会令自己的女儿在那样年幼的时候落下这样的心病。他将许星洲那年几乎不受控地发病的原因尽数归结于她的那对父母。事实也的确如此，因此他甚至不会隐藏自己对这两个人的厌恶。

而如果他们回崀北的话，他必然至少要和许星洲的父亲吃顿饭。

秦师兄极其讨厌无用社交，尤其是和他没有好感的人。

许星洲完全理解秦渡不愿意和她回去的理由，也特别说了一下自己只打算回去三天，处理一下老家那边的摊子就回来。但是她没想到的是他只考虑了两秒钟就同意了。接着他买好了回去的动车票，还把行程拉长到了七天。

骄阳照万里，申城火车站的月台上人挤着人。六月初火车站里其实还算不得挤，连高考的学生都没被放出来——高考假期快开始了。

车厢里嘈嘈杂杂，还有拽着妈妈的手的小孩。

秦渡将行李箱放到架子上，又把那个装满了吃的东西的书包放在了自己那侧。许星洲喜欢靠窗，于是占了窗边的位子。

列车发动时，阳光都晃动了一下。

车厢里还是有点儿闹，小孩子在阳光下跑来跑去，银铃般笑着。

流线型的动车沿着铁轨滑了出去，许星洲那一瞬间觉得此情此景和四年前别无二致。

很多人都很讨厌在车厢里无法安静的小孩，可是许星洲是个例外。

这世上的每个人与生俱来的新奇感都会随着他们对世界的了解的加深而消退，可是赤诚的孩子对一切都是会感到新奇的：旅行、列车、在成年人看来平平无奇的走廊，以及穿着高跟皮鞋推销动车模型的乘务员、拿着黑色的塑料袋收垃圾的乘务阿姨。

那些对这些孩子而言无异于一场全新的冒险。

许星洲非常喜欢他们。

列车员来检票，秦渡将身份证和车票递了出去，许星洲也发着呆，从自己的包里翻出了学生证。

她的学生证的封皮通红，上面印着 F 大的校徽。毕竟她还没有毕业，院里还没有将证件收回去，上头已经盖了将近四年的注册章。

乘务员见状一愣："商务座没有学生票，您不用出示证件的。"

许星洲呆呆地道："哎……哎？好的……"

秦渡给许星洲叉了一块切好的桃子，逗着她："怎么了？怎么心不在焉的？"

许星洲似乎都不知道发生了什么，也不知道秦渡是在问她，看着窗外张开嘴，将桃子乖乖地吃了。

秦渡笑着捏了捏她道："还真在发呆呀！"

许星洲仍看着外面阳光下的原野，片刻后说："师兄，这和我来的时候好像啊！"

秦渡第一时间都没反应过来她在说什么，但是接着就明白过来。

许星洲指的是她来上大学的那年夏天。

那年晚夏她千里迢迢地拖着行李箱，揣着录取通知书，孤身一人踏上动车，从此背井离乡，并打算如无必要再也不回去。

从申城到许星洲的家乡，高铁要足足开七小时。

那几天申城晴空万里，可是列车在路过陵城时天就开始转阴。

许星洲说她那年来的时候，隔壁坐了一个去陵城上学的小姐姐，那个小姐姐已经大三了，念药科，告诉了她一句关于陵城的传说。

秦渡就很配合地问她那个关于陵城的传说是什么。

许星洲想了想道："陵城人都知道，没有一只鸭子游得过秦河。"

行吧，秦渡想。

虽然他觉得崀北人没任何资格嘲笑陵城人吃鸭子吃得多——陵城人也就吃吃鸭肉鸭血，一只鸭子落到陵城人的手里兴许还能留下骨头，落进许星洲的手里可能只剩一堆鸭毛。

秦渡看着窗外，突然意识到他旁边的许星洲曾经距离他那么遥远。

许星洲仍然年轻漂亮，还带着抹不去的朝气和快乐，开心地望着窗外，外面下着雨。

她来上大学的那年不过十七岁。

十七岁的她对未来的规划明确却又模糊。她知道自己必须远离家乡，要考得很好才能有自由的资本，可是秦渡知道，那自由的资本她可以在F大得到，也可以在A大、B大、C大获得，而这一切对当时的她来说并无不同。

他们中间曾经相隔一千多千米、上千万人。

这该是何等巧合，许星洲出现在他的身侧。

秦渡的心中一震。

许星洲在四年前的九月份，那个和夏天无异的秋老虎天里只身一人离开了家乡。

四年前她去火车站的那天，老家下着倾盆大雨，江河涨水，排水系统瘫痪，马路都被淹了。十七岁的许星洲一大早自己打车去火车站，那个司机大叔极其暴躁，一路都在埋怨她为什么有这么多行李，行李这么多别人都不能拼车了——他们那地方的规矩就是你去火车站得接受路上人的拼车要求，司机非要多收十块钱。

许星洲觉得有点儿尴尬。

那个大叔应该也不喜欢下雨天开车，一遇上堵车就暴躁地摁着喇叭。车快到站时许星洲才很脸红地说她是去大学报到的。

司机当时愣了一下，问："为什么不是你的父母送你？"

"他们忙。"许星洲的脸色更红，"而且太早了，我不好麻烦他们。"

那司机咋舌，最后死活没多收那十块钱，还将车停在路边，亲手帮许星洲将她的行李提到了火车站的检票口。临走时他还欲言又止地提醒这个学生妹，在外面一切小心，因为扒手很多，要将书包时时背在胸前。

于是许星洲在那个司机叔叔的帮助下，在那灾难一样的雨天拖着大箱的行李坐上了向东的列车。

一路都是乌压压的雨。

扈北都要淹了，乌云滚滚，庐城的雨小了些，在陵城雨水嘟地停止，天阴了。然后许星洲在走出申城火车站时迎接了蔚蓝的天空。

火车站外的广场上，四年前的许星洲按着新生群的指引找到了来迎新的学长学姐。

这次非常戏剧化的是，天气居然是反过来的。

秦渡在许星洲的旁边懒洋洋地玩了会儿游戏，又把笔记本电脑拿出来和许星洲一起看他下载好的电影。外头的天从万里无云变阴，过了会儿雨水噼里啪啦地糊在了窗户上。

那电影特别无聊，属于情怀之作，许星洲一看到下雨就准备悄悄地远离电影，接着就被秦师兄捏着后脖颈儿揪了回来。

被捏住命运的后颈的许星洲沉默了。

秦渡眯着眼睛道："师兄还没有外头的雨好看？"

师兄怎么突然又开始了？！许星洲直打哆嗦："可……可是电影无聊……"

秦渡更不快地道："就算加上无聊的电影，师兄还没有外头的雨好看？"

许星洲憋闷地屈服于秦渡的淫威："没有，你最好看了。"

他们到站的时候已经是夜里八点多了。

外面大雨倾盆，雨点敲击着月台上的铁穹顶，奏出一片音乐。

秦渡一向不让许星洲拎行李，一个人拉着行李箱、背着书包，许星洲就替他拿着证件检票出站。

许星洲往闸机里面塞票，突然非常正经地道："师兄，我得坦白一件事。"

秦渡一怔："嗯？"他眯起眼睛。

许星洲郑重其事地说："对不起，没人来接，我们得自己打车回去。"

这有什么好道歉的？秦渡一头雾水。

许星洲立刻解释道："我告诉了我爸我回来的时间，但是他不会来接——他就没来接过，不是因为你才不来。等会儿我就带你回我和奶奶以前住的家。"

秦渡扑哧笑了，示意许星洲拉住自己的手，从书包里摸出伞，撑在了他们两个人的头上。

"嗯。"他在雨声中忍笑道,"师兄也没指望他来接。"然后秦师兄促狭地咬许星洲的耳朵,问,"你有师兄的爸妈和师兄接还不满足吗?"

秦渡老早就知道许星洲是自己住在外面的。

她在本地有两所房子。一所是楼房,一所是在镇上的老院子,后者恐怕有近四十年的历史了——其实楼房也不年轻,建得非常早,还是她的爷爷在世时买了给他们老两口住的,说是老了也想享清福。

后来她的爷爷过世,她的奶奶接了小星洲回家之后生怕小星洲住楼房不安全,怕她想不开跳下去,索性搬回了镇上,住回了尘土飞扬的小胡同里。

她的奶奶弥留之际,生怕自己的孙女无依无靠,怕她受欺负,便将那两所房子都留给了她。

而许星洲怀念奶奶,就一直住在她从小长大的小院子里。

秦渡晚上抱着许星洲有一搭没一搭地聊天时,有时会聊到童年。每当那时她总会用非常喜悦的语气描述那个院子——院子里有向日葵、绿油油的石榴树和酸菜坛后的小菜地,她的奶奶在厨房里烧大锅,噼里啪啦地、变戏法般炸出新鲜的萝卜丸子。

廊下有靠椅。他的星洲的亲奶奶喜欢靠在躺椅上听收音机,唱戏,还喜欢叫"夕阳红麻将团"来陪她一起搓麻将,有时候还会很为老不尊地带上自己的小孙女帮自己作弊。

许星洲每每描述那个院子和她的奶奶时都令秦渡想起某种金灿灿的、不容碰触的宝物。

那一定是个很好的地方吧,秦渡想,那一定是个室外乐园,否则怎么能让他的星洲念念不忘这么多年?

雨夜漆黑,大雨倾盆。

秦渡在出租车里坐着,懒洋洋地听着车里的深夜广播。许星洲坐在他的旁边,眼睛像小星星,向往地看着她阔别一年半的家乡。秦渡看了她一会儿,握住了她的手。

整个城市都有点儿破旧,泥水四溅,秦渡甚至觉得从天上落下来的雨水是脏的。

出租车被泥水溅了一屁股,像个大花脸,车里有一股浓烈的烟味,勉强开了点儿空调,但是一点儿也不凉爽。

秦渡这辈子都没坐过让他这么难受的车。

出租车在干道上停下，便不肯往里走了。

司机说车进去了不好转弯出来，下雨天还容易出事故，死活不肯开进去。许星洲便道了谢，付钱，背上了包。

她家倒是离下车的地方不远。

周围的小食店已经关了门，只剩破破的灯箱在雨夜挨淋，上头蓝底黄字地印着"山城小面"和"热干面"几个字。那是家面店，兼做炸货。不远处还有家店是做卤味的，没关门，依稀地亮着昏暗的荧光灯。

许星洲的家有扇锈迹斑斑的红色的大铁门，上头落着重锁，贴着去年许星洲贴的对联。那对联如今残破不堪，颜色都掉成了白色，一派荒凉之景。

许星洲莞尔道："以前有人想租，说是门面房，我怕他们把我奶奶留下的格局改了就没同意。"

秦渡撑着伞呃嘴："这也太破了，你跟着师兄吃香的喝辣的不好吗？少回来吧，也太遭罪了。"

许星洲就哈哈笑了起来。

她笑得太甜了。秦师兄将伞一倾，隔绝一切视线，低下头示意许星洲快吻他。

许星洲就乖乖地踮起脚，仰头亲了一小口。

秦渡餍足地说："嗯，这么喜欢师兄啊？"

他还趁着天黑，在锈迹斑斑的铁门前拍了拍她的屁股。

许星洲炸毛了："干吗？！"

秦渡忽然想起一茬儿：小许星洲知道二十一岁的自己会在家门前被自己的师兄揩油吗？

他眯起眼睛。

许星洲天生缺乏对危险的感知能力，此时也浑然不觉自己的师兄突然冒出的一肚子坏水，还傻不拉几地觉得师兄是又在展示性格缺陷……

她终于找到了大门锁的钥匙，用手机打着光，将钥匙塞进了尘封了近一年半的锁。

在这雨疏风骤的深夜里，那把大锁咔嗒一响，接着许星洲用力地一推。

那生锈的大门吱嘎一声开了。

雨水淅淅沥沥，长街静谧，连经过的车辆都无。

许星洲吱呀一声推开了那扇生锈的大门。

大门的轮轴已经锈了，发出了奇怪而走调的轰鸣声，附近不知哪家养的狗突然开始狂吠。许星洲被呛了一下，开始咳嗽，秦渡先看见了那个许星洲从小长大的地方。

和他想象的不同，那院子暗暗的，非常狭窄，房子也是旧的。

院墙裂了数道缝隙，雨水渗了进去。那些花草该枯萎的枯萎，该干死的干死，只有那几棵花椒树生长得自由奔放。

许星洲所叙述过的陶坛子脏得一塌糊涂，上头仍留有贴过福字的痕迹，但那已经成了发黄皱巴的一张纸。

许星洲摸索着开了院里的灯，笑着说："我那个阿姨几个月前应该来收拾过一次。屋里应该还能住人，条件肯定比我住院的时候要好得多……"

秦渡没回答，发怔地看着灯上的蛛网。

许星洲又去开了屋门。秦渡站在院里左右环顾，只看得见茫茫雨夜和屋里啪地亮起的灯火。那时还不到晚上九点，城市尚未入眠，可是废墟不曾醒来。

秦渡心想：这就是许星洲童年时所在的地方吗？

是，她所描述的童年就在此处。

秦渡跟着许星洲进了屋。

这个秦渡从未来过的城市当前雨疏风骤。这栋房子是典型的自建楼房，确实是她爷爷辈的东西，墙皮剥落，墙上还贴着 2014 年的褪色的挂历。

秦渡一进去就觉得有一种他极其熟悉却又陌生的气息。屋子倒真的不算脏，许星洲的那个阿姨确实来打扫过房子。处处蒙着各种布，隔绝着灰尘，许星洲熟练地将沙发上蒙的布掀了。

"师兄你先坐一下，"许星洲温和地笑道，"我去给你找拖鞋。"

秦师兄手足无措地嗯了一声，在那张沙发上坐了下来。

这里夏天很潮，加之外面大雨倾盆，她家这独门独院的老房子透着一股发甜的霉味儿。这家的孙女将窗户推开，霎时间雨与泥的味道如山海般涌了进来。

沙发是很老的沙发了。

他们上上一辈人有一种岁月铭刻在他们骨子中的节俭，连秦渡的爷爷奶奶都不例外。这沙发还是圆木把手，清漆剥落，秦渡好奇地摸了摸，发觉那是几个蛮力划出的、歪歪扭扭的字，中间有一个大爱心，爱心里还贴着一张颇有岁月感的贴纸。

那字秦渡极其熟悉。

许星洲写字是很有特点的，运笔凌厉，有种刀劈斧凿的味道。她写竖时收笔的时候总会一勾，这个笔画极其有辨识度。秦渡没想到她的这个小习惯居然是她从小就带着的。

灯罩里落了灰，便暗暗的，像是一座栖息了蝴蝶的坟墓。

许星洲拎着双用水冲过的粉红色的拖鞋回来，看到秦渡在研究沙发扶手上的那几个字，扑哧一笑说："我小学的时候用圆规划的，那时候电视上天天放《犬夜叉》，我鬼迷心窍。"

秦渡犹豫着道："铁碎牙……"

他想问铁碎牙不是刀吗，许星洲你从那时候就开始好这个了？

他还没问就看见许星洲笑眯眯地把拖鞋往地上一扔，说："那边是我的房间哟！师兄，我宣布今晚我们就睡在那里啦。"

秦渡没幻想过许星洲的房间是什么样子。

他进来一看，觉得许星洲的房间也不算很新。

毕竟那是她住了十多年的地方，据说原先是用她的父母的婚房改的，少说也有二十年。可是如今一点儿痕迹都没了。秦渡知道那是婚房也是因为许星洲告诉了他——当然，这里如今已经是闺房了。闺房的小主人敏捷地忙里忙外，跑去外面接水。

台灯昏暗地亮着，秦渡伸手摸了摸她的写字桌。

那写字桌的历史也颇为悠久。写字桌上面还隔着层厚玻璃，厚厚一层灰，秦渡用手一抹，女孩子生嫩的笔迹露了出来："2012年愿望，中考690分。加油丫！"

是了，那个年代确实流行将"呀"写成"丫"。

这要是别人写的，秦渡会觉得这人真羞耻爱跟风，可这是许星洲的笔迹，秦师兄就很没骨气地觉得她好萌。

他又擦了擦那块脏玻璃，看见下面都是许星洲留下的笔迹。

那个秦渡没见过的小星洲写了无数张便利贴："买遥远的理想乡复刻""2011叽叽的定制印刷购买计划""三菱的0.5黑不好用！毁我考试！以后坚决不买了！""数学考不到120分许星洲就铁锹铲自己"……

那时候，小星洲还郑重其事地在下头用红笔画了个指纹。

秦渡看得面红耳赤，认为自己无论在哪个时期遇到许星洲估计都在劫难逃。

她应该考到120分了吧，秦师兄又红着耳朵推测，看她也没被自己用铁锹铲过。

秦渡想着，又捞了湿抹布把桌子擦了，去窥视她的过去。

许星洲真的很喜欢在玻璃下面夹阶段性的便利贴。

这张老旧的桌子被她用无数张粉红蓝绿的便利贴贴成了花一样，发绿的玻璃后，从便利贴里涌出了海啸一般的生机。

"中考结束要和雁雁出去玩！"

"一定要做完暑假新发的物理习题，学不会许星洲就自己把自己腌成酱菜。"

"Ukulele（尤克里里）——"

对了，许星洲确实会弹尤克里里。秦渡想。

过去的许星洲还写道："物理真的好难，从解题步骤求解是不可能求出来的！"

"要做一个善良的，甚至会因为善良而上当受骗的人。"

那些东西乱七八糟的，可是秦渡忍不住用手指摩挲那玻璃，像是摩挲他缺席的属于许星洲的岁月。那时的她是只孤独而热烈地生活在世间的、年幼的飞鸟。

"决定了！以后就买这颗星星！"

秦渡看见 2009 年的小许星洲在一张白纸上写："这颗星星像是会说话一般。"

十二岁的小粥粥不明所以地在纸上点了一堆黑点儿，在其中画了最亮的一颗星，并且把它命名为"大猩星"。

秦渡扑哧笑了起来，接着擦掉了笔筒压着的那块玻璃上的浮灰。

那张字条上的却不是许星洲的笔迹。

字迹歪歪扭扭，飘浮凌乱，应是病危的人写的。不能说话的人用最好涂色的铅笔在白纸上写下一行字："要高兴起来，洲洲。"

秦渡的眼眶在那一刹那红了。

这房间里曾有稚嫩的穿花裙子的小女孩满身泥巴地滚进来，有扎着苹果辫的小星洲在桌前认认真真地写作业，有穿着黑蓝白三色校服的女孩偷偷在抽屉里藏漫画。这地方有她的泪水，有她的亲情，有她无望而又处处是希望的人生。

那时候秦渡颠沛流离，浑浑噩噩，与这个女孩相隔万里。

可是如今许星洲笑眯眯地钻了进来。

她从后面抱住秦师兄，环住他的腰，手湿漉漉的，细白的手指钩着。她甜甜地道："洗脸吗秦大少爷？小童养媳刚刚把水烧好！您还可以泡泡脚。服务态度可好啦。"

秦渡觉得心都要化了。

他将许星洲的手摁着，在自己的衣服上擦了擦，心想：自己看上去像个废物，明天怎么都得学着烧开水才行……

可是他又想：许星洲在家十指不沾阳春水，钟点工不来的话饭都是由他做。有时候他忙完公司的事还要帮她参考她的 pre，她只负责在旁边呐喊助威并且往菜里偷偷扔辣椒，现在自己让她伺候一下怎么了？！

这有错吗？这没有半点儿错呀！

"行，"特别想被伺候一次的秦渡痛快地道，"你把水给我端来。"

他于是大爷般往椅子上一坐，看许星洲端着小盆钻了进来。外面雨声淅淅沥沥，秦渡脱了鞋和袜子泡脚，许星洲托着腮笑眯眯地看着他。

雨水落进来些许，秦渡眯着眼睛："嗯？"

许星洲笑得眼睛弯成小月牙儿，道："秦大少爷，回童养媳家委屈吗？"

秦渡警告道："看不起师兄，你等着吧。"

许星洲就哈哈大笑，把湿漉漉的手在他的身上擦了擦，跑了。

秦渡认为许星洲真的可爱过头，而且二十年如一日。他计划明天逼许星洲找出她的老照片，非得看看这个小浑蛋小时候是什么样才行——脸上有肉肉吗？或者她干脆是小包子脸？小许星洲笑起来也像块蜜糖吗？

他正想着，许星洲又捏着个夹煤的铁夹子乐颠颠地来了。

"师兄，"她开心地说，"我给你看个东西噢。"

秦师兄一头雾水："拿这个做什么？"

然后许星洲一松夹子。

一只滚圆的、快成了精的蟑螂啪叽一声掉在了秦渡的鞋边。

"本地特产。"许星洲用夹子戳了戳蟑螂，带着无尽的快乐扒拉它，道，"你看，它还会飞。"

秦渡这辈子没见过这种阵仗——他的家里怎么可能有蟑螂？物种还是这种美洲大蠊，肥得成精，丝毫不怕人，足有他的大拇指般大，看上去像是蟑螂的曾爷爷。而许星洲还脑子坏掉一般把这只蟑螂丢在了他的脚边。

然后许星洲又恶作剧地一戳。

那蟑螂登时如雄鹰般腾空而起！

"啊啊啊——"秦渡踢翻了洗脚水，撕心裂肺地惨叫道，"许星洲你完了！"

地头蛇和外来人员根本不处于同一个阶层。

"轻……轻点儿……"小地头蛇带着哭腔哀求道,"师兄……"

秦渡说:"话真多。"然后他抽了条小毛巾将许星洲的嘴塞住了。

许星洲捉住绑着自己的手腕的皮带,咬着毛巾哭出了声。

秦渡不知做了什么。昏暗中,许星洲被绑在床头,咬着毛巾压抑着哭叫。

"你想过自己会在从小睡到大的床上被师兄这么对待吗?"

那视觉效果恐怕没有几个男人抵御得了。

这房间里处处是他的爱人留下的痕迹:小小的许星洲贴在床头的无数张课程表,贴在墙头的海报,内容涉及动画、游戏甚至乐队。床单是粉红格的。

而那个在这里生长,如今早已长大成人的女孩,在这个落雨的夜里完完全全地属于他。

这行为怎么都带着些至此这个女孩只为他所有的意味。

于是秦渡低下头,在这个雨夜、这间老旧的卧室里,虔诚地、重重地亲吻她的额头。

许星洲早上起来时腰真的挺疼的。

秦师兄平时已经很坏了,很喜欢用把她逼到极致的方法来宣示自己的所有权,但是在这个环境下几乎发了疯,格外狠。他极尽亲昵地、温柔地吻她的耳朵,却几乎把她活活吞了进去。

窗外雷声轰鸣,乌云压城,倾盆大雨落下。

许星洲靠在窗边,看着湿漉漉的青翠的花椒枝探了进来,在啃秦师兄买回来的三鲜豆皮。那是她早上把他踢下床去买的,街头王姐家的。她自己往里面倒了点儿酱油和炒油辣子。

秦师兄买了碗鸭汤面,已经吃完了,此时开着手机热点和下属开视频会议。

"嗯,"秦渡以两指抵着下巴道,"行,那下周二上午十点前把计划书给我,尤其要把近五年的市场调研做仔细。还有告诉 Richard 和 Kristin 做好新人教育,今年我们部门的新人就由他们两个人负责。"

"我在女朋友的家里,"他过了会儿又对下属道,"昨天回的——没网,有事给我发 E-mail,我晚上看。"

许星洲一边用小勺子戳着豆皮,一边看着雨水发呆。

花椒枝叶上的雨滴啪地落在她的裙子上,她望着窗外,接着思绪被猛地拉了回来。

"这是你的奶奶的房间？"秦渡指了指一扇房门问。

许星洲回过头看了看，嗯了一声。

"是，"她发着呆道，"对了师兄，下午我们要去我的爸爸家吃个饭……"

秦渡都没听完就把那扇门打开了。

雨滴噼啪敲着屋瓦。

许星洲的奶奶的房间暗暗的，拉着厚厚的蓝窗帘，东西上都落了灰，却十分整洁，有股甜丝丝的霉味儿。

被褥已经被撤了，床头柜上却仍摆着一个红塑料电话和一本电话簿，按钮晶莹剔透，只是落了一层薄薄的灰尘。床尾有两口大红木箱，上头的福字没有褪色。

许星洲笑着道："那两口箱子还是我奶奶陪嫁过来的。"

秦渡怔怔地道："嗯。"

"说起来，"许星洲看着那口箱子笑了起来，"师兄，我小时候经常和奶奶躲猫猫呢，"她笑眯眯地背着手说，"那时候我特别喜欢钻箱子，奶奶经常吓唬我要把我锁在里面沉河，但是每次把我从箱子里面搜出来时都会和我一起笑。我又笑又叫的，特别吵。"

"嗯。"

"我很小的时候，"许星洲说，"我爸离婚没多久，我也不抑郁，愿意和人说话。我爸来看奶奶，我那时候太小，不懂察言观色，总吵着闹着要跟他回家。"

秦渡怔怔地看着床头柜上的那副老花镜。

那老花镜上落着一层薄灰，火红的镜架是许星洲最爱穿的裙子的颜色。它就这么躺在床头柜上，仿佛它的主人从来不曾离开过。

秦渡只知道许星洲怀念她的奶奶，却不知道这么多年她都将她的奶奶的房间保持原状。

桌上摆着褪了色的高血压药的药盒、过期近五年的硝酸甘油含片，还有其他秦渡能叫出来名字或叫不出名字的药盒，桌旁放着厚厚的一沓老人订的养生报纸、落了灰的高血压计。

许星洲眼眶发酸地道："我爸拗不过我，就会把我接回去住两天，过几天再由奶奶把我接回来。"

"回来的路上我哭着说不想走，"她眼眶微红地道，"说想要爸爸，不想要奶奶。"

"小时候不懂事。"雨声淅淅沥沥，许星洲揉了揉眼眶，自言自语般道，

"那时候我应该让奶奶非常难过吧。"

这院子几乎是个废墟。

曾经丰茂的菜地如今荒凉得野草足有半人高，不复许星洲所讲述的灿烂之景；她曾经拿来玩过家家、爬着玩的酱菜坛子已经被冻裂了。处处都是那个年幼的、笑容灿烂的、在深夜中哭泣的许星洲的生活痕迹。

却处处物是人非。

而许星洲站在最物是人非的房间里用全身心去怀念那个不会回来的亲人。

秦渡的眼眶在那一刹那一红。

人们该如何去形容这样的过去？

过去也许是旧诗篇、顺水漂走的玫瑰花苞，也许是打开的潘多拉之盒、蔓延世间的黑色的飓风。

许星洲有无比幸福的童年，有无忧无虑的伊甸园、爱她如爱自己的眼珠的亲人，也有弃之如敝屣的过客。

许星洲一个人坐在奶奶的房间里，安静地擦拭奶奶的桌子和红漆床头。

窗外落雨连绵，潮气顺着大开的窗户漫了进来。

许星洲擦完那些浮灰，又无意识地把奶奶的老花镜擦了一遍，擦奶奶几十年前带来的嫁妆奁，擦衣柜的门把手，将地上的虫子的尸体和灰疙瘩扫得干干净净，又打开了那两口红木箱子。

里面装着一床厚厚的棉褥子和床单、毛毯——小星洲曾经无数次偷偷地钻奶奶的床，把自己裹进有一股奶奶的气味的毛毯之中。

"香吗？"奶奶好笑地问，"不都是老婆子的臭气吗？"

小星洲那时若有所思地点了点头，说："不好闻，可是粥粥喜欢。"

"粥粥喜欢。"她说。

奶奶走后，许星洲再不舍得碰那床散发着奶奶的气味的床褥，将它团了起来，装进奶奶嫁进老许家时带来的两口红木箱子里头，像是在封存一种名为温情的罐头，生怕气味溢出半点儿。

她通过气味怀念奶奶，通过不改变的布局怀念这世上最爱自己的那位老人。

二十一岁的许星洲低下头去闻那一箱床褥，满眼泪水。

许星洲去闻那一床她蹭过无数次的属于奶奶的床褥和陪伴了奶奶数十年的放嫁妆的箱子。奶奶晾晒被子时她将被子当作迷宫穿来穿去，奶奶在上面呕出过血，救护车将奶奶拉走之后这床被褥陪伴着许星洲。

里面只剩一股很淡的霉味。

许星洲的泪水止不住地往外涌。

她听见秦师兄在忙里忙外，不知忙些什么；她听见自己的泪水啪嗒啪嗒地落在缎面的褥子上，可是没有人会被唤醒——世间没有灵魂留存。

她一个人闷声大哭，痉挛地按着被褥，抱着火红的毯子哭得肝肠寸断。

这世界好残酷哇。许星洲捂着胸口想。

老天怎么能把奶奶从我的身边夺走呢？她绝望地想。

可是她没有别的办法，人老了是会离开的，就像中元节流入江海的灯笼，终将离我们远去。

奶奶的身体总是断断续续地出着毛病。她没有看到我带秦师兄回来，秦师兄也没能吃到我奶奶最拿手的粽子和炸货。

这已经成了定局。

许星洲拼命地抹了抹眼泪。

我不能哭了，出去的时候眼眶通红的话师兄会担心。许星洲告诉自己。别看他平时好像什么都不在乎，看上去像茅坑里的石头，但是其实一看自己眼眶红肿就会难受，甚至会旁敲侧击地问他是不是哪里疏忽了。

她擦了擦泪水，又告诉自己，下午还要去爸爸家吃饭，一定要骄傲地走进去。

我不是玻璃做的，也不是水做的。我活在当下，又不是活在过去。

然后许星洲又揉了揉鼻尖，对着衣橱上的镜子检查了一下，确定自己看上去不像哭过，才推开门走了出去。

秦渡居然不在客厅。

可是客厅的茶几上留着半块抹布，灰尘被擦得干干净净。

灯管也被擦过了，电视柜上蒙的老布被撤了下来，老花瓶和里面装饰的塑料花被水冲过，花水淋淋地耷拉着脑袋。许星洲小时候买的贝壳标本露出本身的雪白的颜色，相框灰蒙蒙的玻璃上泛着一层水光。

许星洲呆了一下，接着就听见秦渡在院子里喊她。

"你家怎么连雨衣都没有……"秦渡特别生气地吼道，"淋死了，出来给师兄打伞！"

许星洲心里犯着嘀咕，赶紧去找了伞冲了出去，接着看见秦师兄将裤腿挽得老高，踩着双粉红的凉拖，被雨水淋得湿透。他站在杂草足有半人高的菜地里，艰难地撸着袖子拔草。

秦渡狼狈地道："我这辈子没拔过这种东西，这草也太结实了吧……过来给师兄撑伞，淋死了。"

他没有拔过草。

确切地来说，这位从小种种光环加身的大少爷可能连碰都没碰过这种坚韧的杂草。许星洲看见他拔过的地方又袒露出了她所熟悉的、泥泞的黄土地。

"你别碰这种东西，"秦渡说，"不准上手！陪师兄站着就行。"

过了会儿他又说："有我这么惯你的吗？"

雨水敲击着那把伞的伞面。秦渡龇牙咧嘴地站在小菜地里，将拔出的草往身后一扔，长而杂乱的草堆了一摞。

这片小菜地开始向她记忆中的样子靠拢，灰尘褪去，杂草消失。

属于她的乐园的冰山一角渐渐地显露。

"师兄，"许星洲撑着伞，带着哭腔重复道，"师兄……"

秦渡低声道："淋到了，伞往自己那边打一打。"

秦师兄一上午都在大扫除，出了一身汗，还淋了雨。

但是太阳能热水器的管子堵了，许星洲就算会变戏法也变不出热水给他洗头洗澡，他整个人简直都要炸了。下午他们还要去许星洲的爸爸家吃饭，他马马虎虎地洗了个头，就遵着约定的时间和许星洲往她的爸爸的家的方向去。

出租车上，许星洲提醒他："师兄，虽然我不归他管，但是你一定要礼貌……"

秦渡莫名其妙地道："我为什么会对你爸不礼貌？我不喜欢他和我会给他留下好印象不冲突，你放心吧。"

许星洲挠了挠头："哎呀我也说不清楚……"

"虽然我爸也挺一言难尽的，但是你要忍的不是他，"许星洲艰难地解释，"是……我那个妹妹……"

秦渡奇怪地看了许星洲一眼。许星洲也不知怎么描述自己这个叫许春生的、同父异母的姐妹。

她要让秦师兄别和这个十三四岁的小孩计较吗？这劝告也太看不起人了，秦师兄不先把她的皮剥了才怪……

许星洲不想被剥皮，立刻道："不，没事，当我没说。"

秦渡无语。

天蓝色的出租车驶过满城的黑风铁雨。

她爸住的地段显然要繁华一些。他们打出租车过去的话会路过一些商业街。这些购物中心比不得作为金融中心的申城，却也算得上车水马龙。

秦渡看了会儿，一挥手，示意出租车停下。

"师兄下去买点儿东西，"秦渡稳稳地道，"我们不空手去。你先去小区门口找个避雨的地方等着，等师兄会合……我很快的，最多十五分钟。"

确实，他们空手去也太不像话了。

虽然关系疏远，但他们要去见的毕竟是许星洲的爸爸——秦师兄确实很懂人情往来。

许星洲便嗯了一声，示意他不用担心，然后把自己的小星星伞从车窗递给他，让师兄别淋着。

出租车司机笑道："小姑娘，你的男朋友蛮帅，你的眼光很高哇。"

许星洲哈哈大笑。

出租车司机将她载到了梧桐小区的门口。

她的父亲住的小区不远，门口的法国梧桐低矮，在凄风苦雨中飘摇，楼房却高端不少。上次来这儿还是一年半以前，许星洲从包里摸了另一把伞，结清车费，结果看到包里的一张有点儿皱的 A4 纸。

她看了那张 A4 纸一会儿，把它郑重而谨慎地塞进了自己的挎包的深处。

"小姑娘，路上小心，"司机笑道，"这雨可不小，小心路滑。"

许星洲甜甜地笑道："师傅您也是！祝您今天顺顺利利哟。"

司机师傅笑着对她点了点头致意。

然后许星洲冒着雨跑进了小区的门房里。

她把伞收了起来，把自己被淋湿的裙角拽了起来，跺了跺脚，又把头发往后一捋，刚准备登记客人来访的清单就看到了一个意想不到的人。

许春生在门房的门后冷冷地看着她。

许星洲愣了愣。

"你来了，"许春生说，"姐姐。"

许星洲眯起眼睛道："你在这儿等我？"

许春生道："要不是他们派我来，我来等你做什么？心里有点儿数吧。"

雨自天穹而落，飘飘洒洒。

小区门口的梧桐飘摇，路人行色匆匆地撑着伞穿过长街，汽车碾过时泥水四溅，梧桐小区的门房前一片泥泞。

许春生刷卡开了小区的门，丝毫不掩饰轻蔑地看着门外的许星洲，开了口："那个在申城收留你的、你的同居对象呢？"

许星洲立刻眯起了眼睛。

许春生说这话时没有隐藏半点儿敌意，眼神阴暗地盯着她。那句话不疼不痒的，是小市民议论家长里短时惯爱说的，带着质疑许星洲不检点的意思，可是出自许星洲仅有十三四岁的妹妹的口中。

十三四岁。

十三四岁的人在二十多岁的人看来可能是个小孩子，但是其实这个年纪已经不小了。这个年纪的孩子已经懂得攻击别人，也懂得最基本的羞辱手段。

初中生已经开始具备成人的恶意了。

许星洲不与她计较，漠然地道："那叫男朋友。"

许春生短促地、讥讽地笑了一声，将小区的门拉开。许星洲撑着伞走了进来，说："他还在后面。我在这里等他，你随意。"

许星洲收了伞，在门房避雨，可许春生也没走。

于是她们两个人站在同一个屋檐下，任由雨溅得到处都是。

她的这个妹妹肩负着在这里把许星洲和那个叫"秦渡"的人迎回家的任务，迎不到的话回家是要挨骂的。

姐妹二人一言不发。

许星洲其实不介意打破僵局，但一直不太理解自己的妹妹为什么会对自己有这么深的敌意。明明她们从小没在一起长大，别的姐妹关系不好可能是因为朝夕相处性格不合，但到了许春生这里，她的敌意来得毫无根据，甚至像是与生俱来的。

而许星洲怎么想也没想出来自己做过什么会得罪这个孩子的事情。

许春生看了她一会儿，道："你这种行为本质就是倒贴。"

许星洲愣了一下。

"我以前就听他们聊过了，"许春生阴毒地道，"你和那个男的婚前同居，好几个假期都不回家，街坊邻居都议论呢。"

许星洲沉默着。

她的妹妹又带着幼稚的恶意，得寸进尺地道："那个男的怎么样？你也不和家里说，老许家的脸都被你丢尽了。"

许星洲揉了揉眉心，头痛地说："到底谁丢老许家的脸，还是过个十年再看吧。"

许星洲四两拨千斤，将挑事的言论顶了回去。

说实话许星洲不爱吵架，更不想把自己有限的生命浪费在无限的糟心事上。毕竟喜欢她的人多了去了，她犯得着跟一个她一年到头见不到的小丫头计较吗？她真的犯不上。

许春生极其不服。许星洲跺了跺脚，将鞋跟的水抖了，接着就清晰地听见了她的妹妹的一声嗤笑："谁知道你这种脑筋不正常的会找个什么样的。"

一切恶意都是有迹可循的。

许星洲在那一瞬间感到胃一疼，几乎能想到许春生的父母在家都是怎么议论她的。她的爸爸可能还会惦记着血肉亲情嘴下留情，不至于将她说得太过不堪，可那个阿姨呢？

当然以许星洲对那个阿姨的了解，她未必会说得这么坏。但是许星洲从许春生的态度就能窥到他们对这件事的态度。

你这种脑筋有问题的会找什么样的……

他们可能会没在家里说过吗？

许星洲盯着许春生看了一会儿，意识到她所等待的标准的剧本是什么。以许春生的敌意，她期待的就是秦渡连普通人都不如。许星洲差点儿就想不吃饭走人，可是理智上又知道这饭自己不能不吃。她正纠结着，突然听见来自身后的秦渡的呼喊。

"星洲！"

说曹操曹操到。那个"什么样的"浑蛋来了。

许星洲因为鞋子里进了水，不适地跺了跺脚，回过头一看。

秦渡冒雨涉水而来，身材结实修长，是个行走的衣架子。他穿了条国潮禅风阔腿裤，显得正经而帅气，看上去腿长一米八。他真的去买了不少东西，大包小包地将一干酒和礼盒装的东西拎了过来。

在他们回来之前，秦渡曾经认真地和许星洲沟通过这个问题。

秦渡说："你爸家的面子我肯定会给，师兄对你没有半分保留，可是对你的爸爸家的人不行。如果你的爸爸把你亲手养育成人，付出了感情，师兄怎么对待他们都应该，但问题是你的父母除了付你的学费，根本就是害了你一辈子。所以师兄会做面子工程，可对他们掏心掏肺是不可能的。"

许星洲说："我知道。"

因此秦师兄来的时候拎的东西都是现买的。

秦师兄本质上还是没把这件事放在心上，否则应该早就买好了，从申城拎到这里来，而不是在来之前的二十分钟之内就把东西全部买完。

他大步跑了过来后随手捋了一下湿淋淋的鬓发，抬头，看见了许春生。

他能看出来这个小姑娘是许星洲的妹妹。

尽管同父异母，姐妹二人还是有些相似的。但许春生有些发胖，青春期还爆了痘，眼角吊着。这气质令秦渡不舒服，认为星洲的妹妹生了张心思不纯的面孔。

那女孩看着秦渡的眼神中流露出一丝惊愕。

秦渡道："你就是春生？星洲经常和我说起你。"

然后他对许春生恰到好处地点了点头，便转过去示意许星洲也拎两个礼品盒。许春生愕然地看看许星洲又看看秦渡，半天终于不情不愿地嗯了一声，带着一丝儿不可查的羞赧说"你好"。

茫茫大雨中，秦渡没看她，揉着自己的头发，看着许星洲嗯了一声。

许星洲推开父亲家的家门的时候再三告诉自己不能在饭桌上和妹妹抬杠。毕竟以后她们不会有什么见面的机会，以后无论发生什么她都不可能回这座城市定居了，在这里留下点儿最后的好印象就够了。父亲虽然对自己不好，却也不会害自己，何况主动地组了这场饭局，不会轻慢他们。

秦师兄放下了大半的礼物，那个阿姨直呼"你怎么这么客气"。

许星洲看了他一会儿，有点儿惊讶于秦师兄的社交能力。这个外表吊儿郎当的青年居然这么会给人留下好印象。不过这也难怪，许星洲想，如果没有这样的社交能力，他怎么能跑得这么远呢？

他甚至会主动去帮厨，被那阿姨拒绝后就留在餐桌前，和许星洲的父亲天南海北地聊天。

许星洲的父亲抖了抖烟灰问："小秦，你家里是做什么的？"

秦师兄礼貌地笑道："做点儿小生意，和建材商打交道，别的不说，温饱是够了。"

许星洲走着神想：原来秦师兄一直持着人有钱就可以为所欲为的态度来着……第一次见他这么谦虚……

秦师兄毕竟是从那样的家庭出来的人，有开阔的眼界，又能言善道，将许父哄得笑逐颜开。

餐厅里居然是一派其乐融融的景象，有粥有饭，有有血缘关系的亲人，她的爱人与他们笑着交谈，有弥漫在窗户上的烟雾，有人在厨房里忙进忙出……可是这里不是她的家。

她的家不在这里。

十年前她的家在那个老院子之中，一个老人把自己的孙女迎回了家；十年后她的家在千里之外，如今还在组建中。

许星洲发着呆看着窗外的落雨，不时地应和两句父亲的提问，心思全然不在即将开始的饭局上。

许春生坐在她的旁边，突然道："看不出来，你的运气还挺好。"

许星洲连头都不回地说："你的作业是不是很少？"

"你和他是什么时候开始的？"许春生仍然不依不饶，带着一种不甘心的意味问，"你大二发病的那次？你是靠装病找的男朋友吗？"

许星洲冷漠地道："你是靠胎盘变人才能说话的吗？"

许星洲平时只是懒得回嘴，但回嘴时其实相当毒辣，说完之后就低头开始玩手机，片刻后突然听见她的父亲的哈哈大笑声。

"是呀！"许父笑着对秦渡说道，"你别说，我家就星洲最听话，最不用管！可她的妹妹就不行……"

许星洲听了那句话微微地一愣，下意识地往许春生的方向看了一眼。

她同父异母的妹妹咬住嘴唇，阴沉地盯着窗外。

"星洲是跟着她的奶奶长大的，"饭桌上菜香蒸腾，许父一边夹菜，一边对秦渡道，"从小就乖，不用我们操心。你看她的妹妹，上个初中择校就花了我们五万块，进去之后，嘻，学习比她的姐姐差远了。"

秦渡笑着点头。

许星洲闷头去夹四季豆。而秦师兄几乎没怎么动筷，就逮着唯一一盘不辣的炒汉菜和土豆炖牛腩夹。许星洲来之前就说过秦渡很少吃辣，可是显然他们没把这件事放在心上。

"星洲上小学初中都是就近上。"许父又一边吃饭，一边说，"是真的省心，从来没有闹出过什么事。老二倒是需要我们天天往那里跑。"

玻璃上淌着无尽的、瀑布般的雨。

事实才不是这样呢。我小学的时候经常和人打架，许星洲想，有人骂我是野孩子，有人说我没人要，还有男孩子喜欢欺负漂亮的女孩，但我从不受欺负。我在小学就拉帮结派当山大王，最坏的一次把那个骂我的男孩用数学书的棱角打得头都破了，鲜血直流。

可是每次都是奶奶来学校。奶奶也不会去找你告状，因此我在你的眼里当然很听话。

"上高中也是，"许父又说，"左邻右舍哪家孩子不得上补习班？星洲就自己闷头学。他们那年高考难，全校统共八个过了六百五十分的，星洲就是其中一个。"

事实也不是这样的。许星洲夹着粉蒸肉茫然地想，我不是聪明人，那年报了数学补习，从一轮复习报到二轮，可是你已经忘了。

秦渡笑道："很不容易了。"

"星洲初中生病归生病，功课可是一点儿都没落下，她妈妈那边指望不上，全靠我给她找关系。"

不是的，我落下过功课，在十四岁刚回到初三的课堂时。那时我因病耽误了一年，就算在家自学都赶不上进度，还是那时的新同桌程雁将我捞了出来。她手把手地教我，将自己的课堂笔记借给我让我抄，在无数节自习课上压低声音给我讲题，才把我拖进我后来的高中。

你什么都不知道，甚至什么都不记得。

许父差不多将自己印象中的大女儿讲了一遍，然而其实没什么好讲，又喜气洋洋地说："今年毕业了是吧，星洲？"

许星洲微微地一愣，说："是，再有两个多星期就是毕业典礼了。"

许父问："毕业证有了没有？"

"还没拿来，"许星洲平静地说，"得毕业典礼才发。"

大概是见许星洲完全没注意这场对话，许父便不高兴地道："那也得出了。你怎么不带回来？我出钱供你上了大学，到头连你的毕业证都看不到？"

许星洲看了一眼秦渡，秦渡默不作声。

"算了，"许星洲的爸爸说，"今天这种日子我不和你说这个。"

"不如意是不如意了一些，不过也没什么。虽然这孩子没在我的身边长大，"许星洲又看着自己的父亲翕动着嘴唇，听见他的声音带着无数的岁月的隔阂与一无所知的自大在自己的耳边炸响，"可是挺坚强独立的。"

这是夸奖，带着冰冷味道的、毫无感情的夸奖。

毕竟你根本没见过我躲在故去的奶奶的床上蜷缩着睡着的夜晚。许星洲的心里的那个小人说。

你不明白我一个人存活于世的艰辛、我对亲情的渴望与情绪的失控。你根本没有出现过，因此没有立场去评价我。那个小人无声地呐喊。

可是，那又怎么样呢？她难道要在时隔十多年后将旧账一一翻开，然后闹得大家都不愉快吗？再说这些事情已经过去了，十年后应该被掩埋在风沙下了。

许星洲闷不作声，低下头去夹炒好的蒜薹肉。

饭桌上的气氛稍微有些不愉快。

许星洲因为心里不服，不去捧她爸的哏，气氛一时都僵了，秦渡也一句话都没说。于是许父说完那句话之后餐桌上一片寂静，只剩那阿姨伸筷子去夹汉菜的声音。

窗外落雨不绝，汉菜的火红的汁水啪嗒掉在桌布上，像一块扎眼的血迹。

沉默如水般流淌。片刻后许父冰冷地哼了一声，道："许星洲，好歹也是你爹把你养大的。"

这句话确实没有错。

毕竟他出了钱。

可是许星洲还是忍不住觉得委屈，说了声："是吗？"

这句话就捅了马蜂窝。

许父勃然大怒："什么意思？你以为没有你爸你能有今天？"

许星洲愣了一下。

许春生说："对呀，爸爸一直在夸你，你怎么这么不识好歹呀？"

"姐，如果不是因为你还有我们这个家，"她怨毒地道，"别说补习班了，你连能不能上学都成问题，还谈什么考上那样好的大学，遇上这个来家里吃饭的哥哥？你也太过分了吧。"

见饭桌上的气氛僵成这样，许星洲便准备低头随便认个错，让这件事过去，回家再和秦师兄一起开骂。

她懂事后就没再在这种场合回过嘴。

别人家是一块铁板，外来人非得去踢这块铁板做什么？这世上也不是手心手背都是肉的。

心中有什么委屈，自己消化一下就算了。

可是接着她就听见了秦师兄的声音。

"这话怎么说的呀？"他冷漠地说，"父母养育孩子，怎么还成了给孩子脸了呢？"

气氛又僵了一下。

秦师兄却一点儿没有惹事的自觉，望着许父道："不仅这点我不懂，你说的其他话的有些地方我也不太明白。譬如吧，我就没觉得星洲坚强独立。"

"她的坚强独立是外在的。"秦师兄笑着夹了一筷子鱼，一边夹，一边道，"可是她对熟悉的人可是很会撒娇的。在医院的时候她晚上睡不着，根本离不开人，非得抱着什么东西睡不成。"

"她的那只熊，奶奶给买的，叫小黑。"秦师兄垂下眼睑，自顾自地一边夹菜，一边道，"她抱着睡了快十年了，至今离不得，抱不到就睡不着。"

"怎么到您这儿就成……"秦渡抬起眼睛，吊着眼梢，似乎忍着满腔的怒气，道，"就成这孩子虽然没在身边长大可坚强独立了呢？"

一瞬间饭桌上鸦雀无声，许星洲甚至能听见空调嗡嗡运行的声音。

话音落下，秦师兄看了看周围安静的人，嗤笑了一声，将夹的菜放进了许星洲的饭碗里。

外面的雨没有半点儿变小的意思，仍瓢泼般下着。

黄昏时天色昏暗，倾盆大雨之下，地上聚的水洼汇为水潭。

秦渡啪地撑开伞，将许星洲罩在伞下，带着她朝小区外走。那把伞还是她两年前给秦渡的那把小星星伞，是女款，可秦师兄用它简直用上了瘾，走到哪儿都带着，从国内背到国外，像带着他的宠儿，总揣在行李箱或者背包的一角。

秦渡拎着个不起眼的小袋子，得意地道："看到没？他们一句话都说不出来。"

许星洲笑得脸都红了。

"我以前一直以为我就已经很不吃嘴上的亏了，"许星洲憋着笑说，"没想到你比我还狠！我估摸一两年内他们是不愿意我回来了。"

秦渡说："还一两年呢，你看那个家里除了你爸之外谁还想让你来？"

许星洲语塞。

"就连你爹，"秦渡使劲儿戳了戳许星洲的脑袋，"也不太喜欢你回去。"

许星洲的笑容逐渐消失。她摸了摸头悻悻地道："我又不是不知道。"

"知道就行。你的那个妹妹嫉妒你，"秦渡不爽地说，"你爸爸对你冷漠，你那个什么蔡阿姨把你当成家里的定时炸弹……这种家怎么待？怪不得你跑这么远来上大学呢。"

秦师兄观察起人来也太敏锐了吧。许星洲想。

一顿饭的工夫，他就给她的爸爸家的三个人都拍了张 MRI（核磁共振成像）。

许星洲摸了摸头，笑道："不过他们也没有苛待我。"

秦渡叹了口气，揉了揉许星洲的头发，说："是呀！"

他不知在想什么，眼里映着连绵的落雨，还映着一片梧桐，看上去有种难言的灰败苍凉之感。

许星洲不知为什么他会露出这样的眼神。她只是感到秦师兄用力地握住了她的手指，犹如溺水之人抱紧水中的浮木。

秦渡突然道："对了，那张毕业证，师兄不是托关系给你拿出来复印了吗？"

许星洲笑了起来，从自己的小包里拿出一张折叠得方方正正的A4纸。

"我还当丢了呢。"秦师兄奇怪地说，"这不是还在吗，你爸要看你怎么不给？"

许星洲哈哈大笑。

"复印了不是给他看的啦。"她笑得眉眼弯弯地问他，"师兄，过几天陪我走个地方好不好哇？"

秦师兄一直没有说话。

他显得心事重重，可是许星洲知道他是会去的——哪怕他连她要去哪里都不知道，可还是会跟着她去目的地。

沉沉的雨幕下，许星洲伸出手，试探性地接了一滴雨。

她身旁的秦师兄拎着个不起眼的包。和他拎去她家的礼物不同，那个小包挺普通的，许星洲感到一丝好奇，忍不住问："这是什么呀？"

秦渡嗯了一声，笑道："回家就知道了。"

狂风大作，卷起万千水花，天黑得犹如墨水。许星洲的裙子被吹得飞了起来，她按住裙子，大概觉得风吹得很舒服，就顶着风哈哈大笑。

秦渡听了笑声，突然道："你不如给师兄讲点儿事情。"

许星洲被灌了满嘴风，人来疯似的大喊："讲什么——"

"讲点儿你以前的事。"

秦渡拎着那袋东西说："学龄前也好，小学也好，初中也好，高中也罢……认识你师兄以前的所有事情。"

许星洲愣住了。

"只要你能想起来，"他声音沙哑地说，"我都想听听看。"

既然他想听，那我就都说给他听吧，反正没事做。她虽然不明白秦渡为什么会提出这样的要求，可还是这样想。

于是在他们回家的路上，许星洲便讲她在区片小学里如何欺男霸女——她和许春生不同，是依照区片入学的，因此同级部的人几乎都知道她家的那点儿事，就算不知道的过几天也都会知道了。

一开始学校里有嘴碎的人说许星洲是没人要的小毛孩，后来又有小孩编派许星洲，说是因为许星洲太调皮捣蛋她的父母才会离婚。再后来好事的人挖掘出许星洲的妈，于是所有人都知道许星洲的妈是个出轨的"烂货"。

这些话听上去很过分，可是说实话，小星洲没吃过哪怕一次亏。

许星洲小时候也实在是个小浑蛋，拉帮结派、武力威胁，样样无师自通，而且很有点儿"三岁看大七岁看老"的意思……

七八岁的小星洲靠自己的美色和慷慨以及莫名其妙的男友力拉拢了自己的小团体，为她们伸张"今天我又被谁谁谁扯了刚扎好的辫子""谁谁谁说我丑"一类的冤屈……后来她还收小弟，谁敢欺负她她就打谁，乃远近闻名、响当当的一粒刺儿头。奶奶频繁地去学校报到。

她横到什么程度呢？她小学时候的绰号就叫"粥粥山大王"……

尽管如此，许星洲对那时候的自己的评价还是"人善被人欺，马善被人骑"……

"好在那时候没有那部漫画，"许星洲一边开门，一边说，"否则搞不好我的绰号就不是'粥粥山大王'这么了不起的名字了。他们可能要叫我'肉山大魔王'。"

秦渡哧地笑出了声。

烛火昏黄，大雨滂沱，蒲公英被雨点钉在石砖上。

许星洲推开院门的时候，秦师兄正在昏黄的灯光下卖力地擦着窗玻璃。

院子不再那么荒芜：菜地里的杂草被秦师兄拔净了，窗户擦了一半。但防盗门上还蒙着一层灰，她得用水盆接了水去冲。

这里居然依稀有一些她童年时的样子了。许星洲想。

她喊道："师兄，我买饭来了！"

秦师兄嗯了一声，将手套摘了扔在一边，抹了抹脸上的灰，进屋吃饭。

外头天已经黑了。

这种小镇的天黑得格外早。镇上的人还是保留着日出而作，日落而息的作息，犬吠柴门。

他们两个人已经在许星洲的父亲家吃过了一顿，因此此时许星洲只是在附近的店随便买了两碗炸酱面了事。不过她加了两颗茶叶蛋，还特意撸了一根豆棍。

许星洲将两个小纸碗放在了桌上。

秦渡去洗手，许星洲自己坐在桌前，夹起了一筷子油亮的粗面。

这家店她吃了许多年。

扈北是个缺不得面的地方。十年前炸酱面三元一碗，奶奶不舒服时不做饭，小星洲就会去街头的"王姐面馆"买一碗面垫肚子。有时候她会加点儿豆棍，有时候加根肠，有时候加茶叶蛋，不变的是一定要加上一大筷子醋腌白萝卜。店主王阿姨还会给她加一大勺醋汤。

奶奶去世时全市的炸酱面都已经四元了。

许星洲出院后去王阿姨那里吃东西，王阿姨的小女儿送了她一大把自己画的优惠券，让星洲姐姐以后来免费吃面。上面还有初中肄业的王阿姨写得歪歪扭扭的"确认"二字。

券真的有一大把，许星洲断断续续地用到了初三毕业。

后来她高考时炸酱面已经涨到了四块五，如今已经六块钱了。

许星洲去买面的时候，王阿姨看到她，愣了一下。

王阿姨把面下进锅里，好奇地问："怎么，这次不是一个人来买面了？"

"师兄，放在以前的话，"许星洲拌了拌面条里的醋汁，在朦胧的灯火中问，"你会想到你有一天会陪我吃这种东西吗？"

两个人在这样的老房子里吃六块钱一碗的面。

秦渡看了许星洲一眼，莫名其妙地说："师兄跟着你吃的东西多了，还差这一样？"

大雨冲刷一切，许星洲在那雨声中哈哈大笑。

"回头看看师兄带回来的那个小袋子，"他不轻不重地在许星洲的额头上戳了一下，"东西都是给你买的，我猜你最近就想吃这个。"

许星洲放下筷子，笑眯眯地将额头凑了过去，眉眼弯弯地道："师兄，知道你戳一下不过瘾，本王特别开恩，允许你再弹一下额头。"

老浑蛋头一次见上赶着找打的，立刻满足了许星洲的这种要求，在她的额头上使劲儿地弹了一下，活像验西瓜。

许星洲的眼泪都要出来了："嗷——"

秦渡弹完那一下心满意足——打这个小浑蛋他是万万舍不得的，可是她又总令人恨得牙痒痒，自己只有弹额头才能解气。

然后在灯火的昏暗处，电视柜上的花瓶后，秦渡眼尖地看见了一张照片。

秦渡指了一下，问："那是你的奶奶？"

许星洲疼得龇牙咧嘴地回过头，看到那张照片，模糊地嗯了一声。

秦师兄所说的那个袋子里居然都是怀旧的零食，有西瓜泡泡糖、无花果干、可以当卷尺扯着吃的大大卷和跳跳糖，还有真空封装的辣子鸡和水煮鱼……许星洲拆开那包麻辣味的水煮鱼的时候真的回想起了一点儿小时候的味道。

秦师兄热得一身汗，但不让许星洲帮，甚至不许她碰抹布，自己踩在梯子上用抹布擦灯泡。

许星洲想起以前宿舍夜谈，大家天南海北地扯。她们说起川城的男人炮耳朵，耳根子软，家暴率高的家庭里都是女揍男，又说起北方的男人大男子主义，说起有些地方重男轻女，最后说起了申城的男人。

"申城的男人哪，"那时候李青青摸着下巴道，"好像都有点儿抠吧。虽然抠，可是特别勤快疼老婆。我在申城感到最惊讶的一点就是菜市场好多大叔哇，买菜做饭这种活儿好像都被他们包了。"

当时许星洲觉得李青青是在胡诌，现在想来，李青青的总结至少适用于秦师兄……

申城男人秦渡愤怒地道："许星洲你怎么这就吃上了？我还在这里扫灰，你不怕吃一嘴泥巴吗？"

许星洲优哉游哉地捏着水煮鱼片说："不怕——师兄，都九点多了你还在大扫除！你在我爸爸家可没有这么勤快。"

秦渡立刻大怒："能一样？那里是你家吗？！"

"滚进去玩手机。"秦渡怼她，"别在这里碍事。"

许小师妹大笑，抱着零食和手机逃了。

秦渡自己一个人站在那老旧的客厅里，借着昏暗的灯光将抹布拧干。

被从抹布里拧出来的水都是黑的。这房子已经四五年没被彻底地打扫过，废墟一般，没有半点儿人气。可是谁都知道，这里曾经有一位老人和她的孙女，它们在这里相依为命地生活。

这里怎么会没有人气呢？

这里分明到处都是她们的味道，就算被灰尘掩埋，他也能看出当时的温柔与和煦。

秦渡将沙发拖出来扫沙发底时，在沙发后看见了小星洲在墙上乱涂乱画的太阳和房子。他擦电视的时候在电视机下找到了小星洲四十分的数学卷，卷子还是奥数班的，鸡兔同笼的题错得全是叉——小学时的许星洲厚颜无耻地把这张卷子叠了又叠，藏进了电视机下。

她太可爱了吧。秦渡看着那张卷子憋着笑想。

如果他那时候就认识许星洲的话该多好，就算对小浑蛋没什么实际的好处，但是至少不会放任这小女孩做奥数题时十道题错六道。他非得给她补到全对不可。

他的星洲那时究竟是什么样的呢？

秦渡望向被摆在墙角的老人的相片。

那是许星洲从来没有撤过的灵位，遗像是她的奶奶为数不多的照片之一。

秦渡放下那张卷子，擦干净相框，直视那个老人慈祥的面孔。

那天夜里淅淅沥沥地下着雨，灯光昏暗，乡下的老房子里特有的节能灯将老旧的相框映得影影绰绰。

秦渡看着那张老照片——照片上的老人眉目慈祥又悍然，与许星洲极其相似。

其实许星洲长得应该更像爸爸，可是不知为什么秦渡就是觉得星洲和她的爸爸长得不像。尽管他们的五官相似，可是他就是觉得他的星洲像河又像风，像河渡口聚起的一捧灵气，没有半分她的父亲的模样。

秦渡只当他的星洲基因突变，毕竟全家居然没有一个与她相像的。可是当他看到这位老人时，甚至不用许星洲说都能发现这是许星洲的亲人。

秦渡在一刹那觉得眼眶发红，不知在想什么，急匆匆地拿着抹布走了。

他那天晚上大扫除到近十点，洗完澡推门进去的时候许星洲已经换了家居短裤和小吊带，在台灯的光里穿着一身清新的鹅黄色，趴在自己的床上晃着腿，用 iPad 玩游戏。

而且她估计闲着无聊，将他买的零食吃光了。

秦渡道："不准吃。"

许星洲笑眯眯地喊他："师兄——"

秦渡不爽地说："毕业论文交上了？就这么玩？"

许星洲听过后并不往心里去，笑眯眯地要他抱抱。秦渡酸得像打翻了五斤老陈醋，想斥小浑蛋两句，更想和她吵一架，结果许星洲乖乖地蹭到了他的怀里。

许星洲拍他的马屁："师兄最勤劳啦。"

秦渡吧唧一声弹了下她的脑袋，低下头就和她接吻，一边亲，一边熟门熟路地将女孩推倒在床上。

许星洲被推到床上，一呆："哎？今……今晚师兄你不累吗？"

"还行。"秦渡说完，又低下头与她接吻。

许星洲呆呆的，被秦师兄按着揉捏腰肢，在昏暗的灯光中被反复摩挲，发出轻轻的呜咽声。

外面传来噼啪的雨声，大雨敲击着屋顶的黑瓦，犹如儿时的夜雨。秦渡那天晚上极其温柔。

这房间里都是她的气息。

这是许星洲生长的地方。渗入雨水的窗台上摆着装着弹珠的荷叶盘、她从小到大的课程表、头发被扎得奇奇怪怪的娃娃，书架上摆着教辅书……秦渡把许星洲抱起时，许星洲朦朦胧胧地生出一种她好像已经被秦渡彻底地占据的感觉。

"师兄没了你可怎么办……"秦渡一边亲，一边说，"嗯？粥粥。"

许星洲被欺负得昏昏沉沉的，将衣摆咬在嘴里忍着不喊，过了一会儿发出近乎崩溃的抽噎。秦渡从后面抱着她温柔地亲吻。

雨打青瓦叮叮作响，喘息夹杂其中，极其温柔，令人想起荷叶接天万里江河、春花秋月百年之后，还有阴雨润风和仅存在于人间的耳鬓厮磨。

一个多小时后，夜里十二点多，秦师兄餍足地摸了摸盒子，嚣张地道："东西带少了，我明天再去买。"

他出了一身的汗，抱着许星洲不松手，惬意地眯着眼睛。许星洲连体婴似的被他抱在怀里，听到这句话气得牙痒痒："我们回来才几天？你带的还是五个一盒的。"

秦渡在她的脖颈儿处亲了亲，含混不清地道："嗯，我家小师妹捡到宝了，不用谢师兄了。"

我捡到宝？！他真是厚颜无耻，在床上还这么坏，就算今晚温柔也不能改变已经存在了两年多的事实！这迷魂汤我是不会喝的！

许星洲完全没有想夸他的心思……

秦渡安静了一会儿，又说："乖，师兄出去抽根烟。"

许星洲一愣："事后烟？就是那种……"

她还没说完，就被秦渡使劲儿地捏了一下。

"别瞎讲，"秦师兄的嗓音沙哑，"师兄是不想呛着你。"

接着许星洲听见他走了出去，又听见屋门被打开。

他熟练地合上那扇老旧的防盗门，就像每天晚上奶奶披着衣服出去照顾炉灶一般。许星洲的奶奶在无数个夜晚里这么做，照顾着添了蜂窝煤的炉子，也给她的星洲留下了无数个静谧的夜晚。

这声音自己多久没听到了呢？

这房子里终于又有了除了她的声音以外的人声。许星洲抱着自己的枕头，忍不住就想落下泪来。

可是师兄到底在想什么呢？

许星洲将自己的枕头抱在怀里，趿拉上拖鞋，出去偷偷地看了一眼。

无边的落雨之中，秦渡立在黑沉沉的滴水屋檐下。烟头的火光在风中明明灭灭。

狂风大作，他捏着香烟，以手挡风，犹如一座石雕般望着远方，不知在想些什么，目光沉沉的。

他其实已经许久不抽烟了。

许星洲知道秦师兄并没有很重的烟瘾，抽烟的习惯是他十五岁那年染上的，像他的其他的坏习惯一样不成瘾。只有在极其烦躁或者亢奋的时候他才会摸出香烟。他抽烟只是意味着自己极其烦躁，需要尼古丁来镇定，并不意味着他想抽。

确切地来说，从许星洲和他在一起之后他几乎就没再动过烟盒。

可是此时秦师兄看上去心事重重。烟雾飘散，火光亮了又暗。

长夜漫漫，雨声淅沥。许星洲在那一瞬间意识到秦师兄看上去带着点儿说不出的绝望的意味。

第二天早上外头仍下着大雨，许星洲摸了秦师兄的手机看了看天气预报，发现未来的四天都不可能有晴天。室外闷雷滚滚，雨已经连着下了四五天，地热不够用，气温只有二十多摄氏度。

这地方的六月如果出了太阳的话能将人晒得中暑，然而只要这阴雨一起头，就能令气温降到初春乍暖还寒的时候。

秦渡结束了大扫除时许星洲已经换上了衣服。

秦渡问："做什么？"

许星洲一边找伞，一边道："我出去买点儿东西……"

"师兄陪你。"

秦渡说完就擦了擦手，撑开了许星洲的伞。

许星洲一开始还想推辞一下，因为觉得不好因为这种事麻烦秦渡。这些事一向都是由她经手的，她觉得不好假手他人。可是拒绝的话到了嘴边，她看到秦渡后又将话咽了回去。

于是他们锁了门，撑着伞往外走。

路上一片泥泞。许星洲跳着往前走，突然冒出了这么一句话："其实算算日子，过了不少天了。"

"嗯？"

许星洲说："我奶奶的忌日。"

秦渡微微一愣。

许星洲在伞下笑了笑道："那时候也就是五月份吧。我记得很清楚，那年我十三岁，还在准备期中考试，做那种综合练习题，因式分解呀什么的……奶奶其实一直有老人病，高血压呀、萎缩性胃炎之类的……"

"那天晚上，"她酸涩地道，"也下着这种雨。我突然听见奶奶的房间好像打翻了什么东西。"

秦渡干涩地嗯了一声。

"我冲过去一看，奶奶在吐血。"

许星洲声音沙哑地说："我都没想过人居然有这么多血可以吐，比我在电视剧里面看到的还要夸张。我小时候看电视剧的时候总是很奇怪人为什么喝了毒药一定要吐出血来，还是一道血，才会毒发身亡……我一边大哭，一边大叫，把所有邻居都引了过来。他们把我的奶奶送到医院，我以为医生会有办法，可是没有。"

"五天。"许星洲笑了笑，"只五天，我的奶奶就在 ICU（重症加强护理病房）里去了。临走前她又醒了半个多小时，特别清醒，连氧气管都不要。我那时还以为她会好，拼命地陪她说话，说我这次考了班里第一，没有给她丢脸，还说我这次和老天打了赌，如果我考第一就让奶奶快点儿出院。"

秦师兄低着头没有说话。

"但是奶奶说，"许星洲揉了揉眼眶，"以后没有奶奶也不可以想着死，让我上了大学还要记得回来看她，要我好好儿地活。"

许星洲望着远方道："史铁生以前在《秋天的怀念》里写，他的妈妈和他说'咱们娘俩儿好好地活'，后来大口大口地呕血，被拉上三轮车，史铁生自己就这么看着，没想到这就是永远的诀别。"

《秋天的怀念》出自史铁生的《我与地坛》。那是他高一时的语文课本中的内容。

秦渡还记得自己在学《我与地坛》的那节语文课上在桌洞里玩游戏。那天似乎也下着小雨，初春雨润如酥，下课后他的周围聚了一圈同学，十七岁的秦渡叉开腿坐着，漫不经心而又没心没肺地享受着所有人的眼光。

许星洲自嘲地道："我学那篇课文的时候，下课去操场上发了很久的呆，就觉得特别难受，像心里唯一爱我的那个人又被剜出来了一样。"

秦渡走在路上，手心都出了汗。

许星洲想了想，握住了他的手。

她的奶奶家其实不算太偏，他们步行就能走到连锁超市。他们的城市的基建并不好，满地泥泞，排水不畅，秦渡和许星洲都走了满腿的泥。

许星洲笑道："奶奶以前骂我是泥腿子，没想到师兄你也是。"

秦渡吧唧一声弹了一下她的脑袋，没说话。

他显然兴致缺缺，似乎总有心事，也不知道是什么。

尽管如此，该做的事情他又总做得滴水不漏。秦渡推着车，和许星洲一起去买生活必需品。她买了袋面粉，买了酵母，又买了咸鸭蛋、五花肉、酱油、干箬叶和糯米，秦渡一直在发呆。

而正当许星洲对着购物清单准备去买藕和红糖的时候，见到了一个她意想不到的人。

许星洲拿起红糖包，突然听到身后的一个熟悉的声音。

"星洲……"那声音试探般道，"是你吗？"

许星洲一愣之下回头，看见了一个熟悉又陌生的青年。

他仍然挺高的，却褪去了大男孩的青涩，如今的穿着带着股成熟的意味，右手拿了一包挂面，正往购物筐里放。

许星洲不确定地眯起眼睛："林……"

"林邵凡，"他笑着扬了扬手中的挂面，道，"星洲，好久不见。"

是了，这人是林邵凡。

许星洲终于想了起来。

"好久不见，"她笑道，"最近怎么样啊？"

这城市小，许星洲在这里遇见熟人并不是什么神奇的事情。而且她知道林邵凡的家离自己家很近。

他变了很多，许星洲想。

林邵凡原先是个很腼腆的人，带着点儿学霸特有的、生涩的骄傲。但是他的大学生活终于将他磨炼了出来——如今他看上去帅气温和又游刃有余，也不再轻易地脸红了。

林邵凡笑着说："快毕业了，回家待一段时间，然后出国读研。"

毕竟两个人是老同学，许星洲也许久没与他联系，因此好奇心满满。她眨着眼睛，认真地问："出国？去哪里？"

林邵凡温和地一笑："申请了 MBA（工商管理硕士），八月就去 M 国了——星洲，你呢？"

许星洲笑眯眯地拍马屁道："我不读书，就去工作啦……老林你要好好干哪，我以前就觉得咱们老八班这么多人里，只有你是个经天纬地的栋梁。"

林邵凡不好意思地挠了挠头，耳根又是一红。

那场尴尬的表白似乎已经被他们遗忘在脑后。

许星洲和他随便聊了聊学业和工作，他们就像两个最普通的老同学一般交谈。林邵凡即将出国深造，许星洲则将步入职场，生活轨迹截然不同。两个人聊了几句自己的未来，又聊了两句别的同学。

林邵凡突然道："说起来，咱们班上那个李桦业，不是都结婚了吗？"

"是呀，"许星洲皱眉头，"他和他的老婆今年三月份就结婚了，所有人都没能去，差不多都在上学。是闪婚吧？"

林邵凡笑了笑："是的吧。说起来我一直以为你会和你当时那个师兄交往……"

许星洲一怔："哎？"

林邵凡又求证似的问："就你那个学数学的、和我们一起吃过饭的师兄。他和你表白过了吧？"

许星洲呆了："哈？"

林邵凡怎么会知道哇？许星洲一听都蒙了。秦师兄那时候都成那样了，林邵凡是从哪里得知的？

许星洲本人那时一度认为秦渡特别讨厌自己，自己在他的眼里就是一截萝卜，连雌性生物都算不上。

林邵凡的头上好似冒出一串问号："没有吗？奇怪……也就是过了两年我才敢说，那时候他特别敌视我，感觉像是要把你摁在他的碗里护着似的，要说的话有点儿像那种护食的边牧……"

许星洲笑了笑："哈……哈哈是吗？……"

"是呀！"林邵凡无奈地道，"反正就是这样了。"接着他突然道，"星洲，他们都有对象了，那你呢？"

许星洲又蒙了："哎？"

"你呢，星洲？"林邵凡温和地重复了一遍，"现在有男朋友了没有？"

许星洲立刻想拔腿逃跑，这问题就是别有居心的问题中的 No.1（第一）！林邵凡也太深情了吧！虽然以这世界上的男性的共性，他应该是处于感情空窗期才会对学生时代暗恋过的女孩子提出这种尴尬的问题……

成年人的爱情不都是这样吗？但是这个问题还是很尴尬……她还是装傻没听出第二层意思好了……

许星洲斩钉截铁地道："有了。"

男朋友虽然现在有点儿心不在焉，但怎么着都是男朋友，而且我真的很爱他。

林邵凡的神色微微一黯。

"交往很久了吗？"他有点儿恨地问，"你们学校的，还是实习认识的？我看你在朋友圈好像没怎么提起过，是最近刚刚开始？"

许星洲被一连串的问题砸得有点儿蒙："挺……久的了……"

林邵凡手里的挂面嘎吱一响。

许星洲快刀斩乱麻："感情稳定！挺长久的了，见过父母！我这次回来就是为了带他见长辈！"

这完全就是一剂猛药。

林邵凡嘎吱嘎吱地捏着挂面道："你那时候告诉我你有心理疾病，说很严重，我其实后面又想过很多次……挺后悔的，我觉得我当时表现得太差劲儿了，你就是你，和你有什么心理疾病有什么关系？不过关于你这段感情我有一点儿劝告，你要谨慎地对待带他回来见家长这件事。

"我以前问过我学医的同学，他们说抑郁症患者很容易把伸出援手的人当成自己的心理和情感的唯一寄托，无条件地信任他们，哪怕他们不爱自己也会把自己全部交付……"

他还没说完，微微地一顿。

许星洲打了个哈哈："哪有这么复杂，喜欢就是喜欢，不喜欢的人付出再多，我也不可能把自己交出去对不……"

后一个"对"字还没说出来，她就被从后边捏住了。这熟悉的触感。

林邵凡愣住了。

那个学数学的师兄推着推车出现在货架的后面，眯着眼睛，捏着许星洲的后颈一揉。

然后这条边牧慢条斯理地、矜持地、字正腔圆地开口，呼唤这个在他的嘴里当了三年"林什么来着 / 木什么来着 / 什么烧什么 / 鬼知道他叫什么""完全是个路人 / 谁 care（在意）"的、许星洲的高中同学："林邵凡。"

他笑了起来，问："干啥呢？"

灯光打在货架上，超市里响着小朋友找妈妈的广播，岁月流淌，三个人齐聚一堂。

秦渡说完，把许星洲往自己的身后一拽，又把她手里的红糖丢进车里，眯着眼睛望向林邵凡。

林邵凡没有回话。

许星洲被捏得挺疼，小声道："你这不是记得他的名字吗，怎么老跟我说记不得他是谁？"

连她都差点儿没想起来林邵凡的全名，怎么秦师兄一见面就喊出来了？

秦渡被许星洲揭穿也不脸红，脸皮厚得很，堪比城墙。

接着他松了手，抱着胳膊，散漫地看着林邵凡。

林邵凡怔怔地问："这……这是你的男朋友？"

许星洲点了点头，嗯了一声，认真地道："就是那个……和我们一起吃过饭的师兄。"

他就是那个对你敌意很重的、像护食的边牧一样的师兄。

"我们之前见过，"林邵凡似乎惊了，愣愣地伸出手，"就是那年去参加小挑的时候，我还记得您。秦师兄您好。"

秦渡哼了一声，还算礼貌地和他握了握手。

许星洲明显地感到秦师兄与林邵凡握手的瞬间气场全开。

他是个从小在人上人里打滚长大的精英，对上林邵凡这种初出茅庐的学生仔还要下意识地压迫对方——许星洲觉得秦师兄简直像个小孩子。

林邵凡手足无措。

秦渡握完手又从货架上拿了两包红糖，也不看许星洲，只道："什么情感寄托不寄托的我不知道，但是我觉得我还是有点儿发言权的。"

糟了，他听见了！

许星洲暗暗地叫苦，立刻就知道自己今天恐怕会完蛋……像秦渡这种记仇像吃饭的人，她恐怕要在回去的路上哄一路的"小学生"。

她真是遇人不淑……

许星洲正想着，听见秦师兄说："我不知道我是不是她的情感寄托，但知道，喜欢一个人，人人都能做到。"

秦渡漫不经心地将红糖丢进购物车。

"可是想拥有一个人，没有那么简单，是要付出一切的。"他说。

一个人想拥有另一个人，这不是你站在那里，告诉她"我很喜欢你"就可以的。

你想"驯服"一只无法栖息的飞鸟，需要带着最诚挚的爱恋与最认真的喜欢，需要全身心地付出，需要经历沉重的岁月，需要耐心和温情，需要剖出自己的心，才能令飞鸟栖息于枝头。

在这世上，一个人想拥有一个名牌包要攒钱，想出去踏遍山河要认真地工作……我们愿意为了这些美好或是能令自己快乐的东西付出时间和精力——那么无价的"人"呢？

秦渡说，你想拥有一个人，要把自己也交付出去，要付出一切。

大雨落下，沿江雾气弥漫，渡船在烟雨中穿行。

许星洲撑着伞，罩在秦渡的头上，两个人彳亍穿过漫长的泥泞的小巷。

许星洲说："这个购物中心还是在我高一那年开的，刚开的时候我和雁雁来玩过！那是我第一次吃那种很贵的冰激凌，那年出了一种新的什么鬼芝士培根咸冰激凌，我不顾雁雁的劝告买了一个……"

秦渡还没等许星洲说完，就从鼻子里发自内心地轻蔑地哼了一声。

许星洲笑道："那杯冰激凌特别难吃！我至今都记得呢。"

秦渡没有半点儿好气，一巴掌糊在了许星洲的后脑勺上，把她拍得趔趄了一下，眼冒金星。

师兄果然要人哄。

许星洲可怜地揉了揉冒金星的眼睛，服软地说道："师兄兄，不生气啦。"

这姑娘生了副招人疼的模样，此时眨着一双蕴含着万千情意的眼，是个其他女人见了都想疼的美人——她自己清楚地知道这一点，而且这美人计就是她拿来当武器的。

秦渡眯起了眼睛。许星洲笑出一对小卧蚕，对他眨了眨眼睛，甜得犹如一个裹了粉的红豆圆子。

哪怕是女孩子，怕是都敌不过这种小模样。

但是秦师兄接着就将伞抢走，让许星洲滚去淋雨。

"师兄！师兄——"许星洲告饶，"哎呀我错了——不敢了！"

秦渡这才把伞罩回她的头上……

许星洲的头发丝上全是小水珠。她心塞地想：他怎么就是不吃自己的美人计呢……明明那些不够爱我的人都吃这一套的，但是秦师兄就无动于衷。

许星洲知道他疼自己，却又有点儿得寸进尺地想让秦师兄也因为自己卖乖而服个软。

别人的男朋友不都是这样的吗？许星洲想，偏偏秦师兄就是不吃这一套。

她笑眯眯地开口："师兄……"

沿河的柳树飘摇于风雨中，田埂间接天莲叶无穷碧。许星洲刚说完就意识到秦师兄在走神。

她愣了一下，心想：他到底在想什么呢？

许星洲很少把奶奶的祭品假手他人。

她的奶奶过世快十年了，她上坟上了也快十年了。其他人上坟兴许就是随便做点儿东西了事，除非遇到逢年过节的场合，可许星洲近十年来从来不曾糊弄过。

呼呼的风刮着院里的茶碗粗的枇杷树，青黄色的枇杷挂于枝头，雨水滴落。

檐下，许星洲套了她高中时的校服，擦着额头上的汗水，坐在小马扎上包粽子。

她买的箬叶是真空装的干箬叶，得被放在水里泡过才能用来包粽子。糯米被泡在汤碗里，生抽料酒与花生油被混合在一处，老陶盆里腌着去皮的五花肉。

许星洲听着雨声，想起奶奶在世的时候，想起自己的过去。

她的外曾祖母，也就是奶奶的娘，是嘉市人。而他们这地方的人就算去打工也少有会去南边的，因此十里八乡其实没几个能接受肉粽的人，可是她的奶奶就喜欢吃。

许星洲小学时每次放端午假，奶奶都会对她挤挤眼睛，让她去隔壁的阿姨家卖萌借点儿糯米或者箬叶回来。

然后小星洲就会和奶奶头对头坐着，一起包粽子。

许星洲包过许多粽子，但是包得一直不太好看。她包的粽子有个五角的、六个角的、扎不上口的，唯独没有四角尖尖的。这种笨手笨脚的特质一直持续到现在，因此她至今包不出多好看的粽子。

她将糯米拌了一点儿白糖和盐，用勺子搅了搅，捏了两片箬叶，以箬叶圈出个小漏斗，然后把糯米与腌制的去皮五花肉盛进去，捏上了口。

满锅都是奇形怪状的小粽子，就像形状各异的星星。

许星洲擦了擦额头上的汗水，雨落在丝瓜藤上，发出啪嗒一声。

接着她听见秦渡道："我刚刚看了一下，你蒸的包子好了。"

她呆呆地嗯了一声。

许星洲看着碗里的白花花的糯米，突然想起那个五一假期。那次她也是买了粽子，让程雁带了回来，又让程雁帮忙送到了奶奶的坟前。

那年的初夏，天好像也是这样下着雨。

那年秦师兄把刚买完粽子的自己送回宿舍，那年林邵凡在江畔表白，那个雨天秦师兄把自己堵在 ATM 机区前……

那年在桃树影中，在路灯下，许星洲撕心裂肺又无声地大哭。

那是十九岁的许星洲所经历的春天。

许星洲望着雨，鼻尖一红。

奶奶走时她只有十四岁，对感情几乎一无所知，尽情地做着班里的土霸王。奶奶没能见到她的小星洲长大成人，也没能见到她的星洲因为爱上一个人在雨中大哭。

奶奶如果见到的话，又会怎么说呢？

许星洲满眼的泪。

可是下一秒，她还没来得及酝酿更多的情绪就被秦师兄用力地拍了拍脑袋。

"自生自灭去吧，"秦渡恶毒地评价，"这是什么，粽子？许星洲你管这叫粽子还是叫手里剑哪？"

然后他又在许星洲的后脑勺上啪啪地弹了两下泄愤，一边弹，一边对她进行人身攻击："许星洲你包得这么丑，我要是奶奶，就到你的梦里用粽子打死你。"

许星洲带着哭腔道："奶奶她……她才舍不得呢……"

"奶奶的粽子，"秦渡将毛巾往她的头上一扔，道，"师兄包就行了。"

许星洲接着就意识到了秦渡是如何称呼奶奶的。

那是个有别于"你爸"和"你那个妈"的称呼。秦师兄在她的父亲家时称呼她的父亲也不过是叫一声"叔叔"，可是对着已经过世的她的奶奶，没有加任何修饰词，叫的是清清楚楚的"奶奶"二字。

那意味着什么？许星洲没有细想，可耳根都在发红。

许星洲和秦渡足足忙活了一下午加一晚上才把上坟要带去的祭品准备好。

他们准备了各类瓜果和炖肉、许星洲和奶奶承诺过的粽子，还有酒水和点心。她的奶奶在胃没出问题前总喜欢在饭桌上小酌两杯，于是许星洲去沽了奶奶生前最喜欢的老酒。

许星洲回这一趟老家其实最想做的事情就是给她的奶奶上坟。

秦渡提着餐盒跟着许星洲，看她将门锁上。

沿街氤氲的尽是雨雾，老桑树垂下头颅，月季沉重地在雨中绽开花苞。

"我小时候煤气中毒过好多次。"许星洲把钥匙装进秦渡的兜里，一边装，一边说，"师兄你应该没中过吧？晚上烧蜂窝煤取暖的话，如果通风有问题，人就会煤气中毒。奶奶特别敏锐，总是会把我从里面抱出来……

"我会因为这个不写作业……因为会头疼，就有光明正大的偷懒的理由了。老师打电话过来，我就让奶奶告诉她我煤气中毒了。"

秦渡哧地笑出了声——那都是属于她的过去，那个小星洲的故事。

而那个小星洲和这个在他的旁边走着的小师妹完全共享一个灵魂，可以说是"三岁见大，五岁见老"。

长大了的小师妹走在他的身畔。她沿着她从小走到大的道路向前。

秦渡在那一瞬间思绪都模糊了一下。

他仿佛看见了那个在没有他的岁月中孤独又璀璨的许星洲。

那段岁月中的她又是什么样的呢？

那由无数偶然拼凑而成的这场相遇如果不曾发生，她又该是什么模样？

许星洲仍在讲话。

"我小学的时候班级组织春游，我的奶奶给了我十块钱巨款，我一出门就给掉了……"

秦渡听见她满是笑意的声音。

"奶奶去世之后，她们那帮老婆婆斗地主打麻将三缺一，就叫我这个孙女去顶替，结果打了三次牌之后发现打不过我，我赚得盆满钵满。后来她们投票，把我投一边儿去了……"

秦渡哧地一笑。

"打斗地主这个就是算数先不说了，"许星洲俏皮地道，"她们这群老太太出老千都比不过我。"

秦渡——他们圈中公认的老千之王——饶有兴味地开口："回头跟师兄试试？"

许星洲哪里知道秦渡比自己还垃圾，开心地笑道："好哇！我不会欺负师兄的！"

秦师兄意味深长地嗯了一声，道："拜托了。"

他们便向前走。

视野的尽头江水滔滔，如今下雨的时间长了，河水如碎石般飞溅。

镇上仍有人种田包地，加之有山有水风水不错，而且不兴火葬，便保留了各家的祖坟。老许家的坟地就在这儿。

江上落起倾盆大雨，沟渠之中荷花亭亭，荷叶青翠欲滴。

云雾缭绕，低矮的长草的坟茔在雨中冒出个头。

那坟应该有半年多没有修葺了，上头长满了低矮的野草，坟头不高，立了一座平凡的碑。

"王翠兰之墓"五个字在氤氲的雾气中变得模糊不清。

这就是许星洲的奶奶的坟墓。秦渡想。

那老人埋身于此，棺椁在地里沉睡，而她爱如珍宝的血脉千里迢迢地回来看她。

风雨飘摇，基本不会有人在这样的天气出来上坟，更遑论这是农历五月，前不着清明后不着中元的——偌大的一片山头，只有许星洲和秦渡二人。

许星洲咳嗽了两声，在坟前蹲下，除了奶奶坟头的杂草，然后才将祭品依次摆开。秦渡站着给她撑伞，雨点噼里啪啦地敲击着伞面。

许星洲撩起裙子跪在了坟前，坟前的草扎着她的膝盖。她以手指轻轻地抚摸碑上的文字，带着笑意开口："奶奶。"

她甜甜地说："奶奶，粥粥回来了。"

"上次回来，我告诉你我有对象啦，"许星洲笑着道，"十九岁找了个对象，没给你丢脸吧？我说真的，他人真的很好，就是事多了一点儿……可我是什么人哪！我花了两年时间，把那个对象拐回来了。"

被拐回来的秦师兄扑哧一笑，蹲下身，和许星洲一起望向那座墓。

风呼地吹过。

许星洲被淋了一身的雨，咳嗽了一声，对着墓碑笑道："还有，奶奶，我大学毕业啦。雁雁这次不和我一起了，不过我们工作的地方还是很近……

"对，我工作也找好了，不用你操心给我张罗了。

"这个月十五号毕业答辩……"

许星洲一边说，一边拿了打火机烧纸钱，纸钱焚烧时烟熏火燎，呛得不行。

她红着眼眶，深呼吸了一口气，从包里摸出一张A4纸。

"我想办法提前给你拿来了。"许星洲揉了揉眼睛，展开了那张纸。那张纸经过数日的搓揉已经皱皱巴巴地起了毛边，可是被展开的瞬间，"毕业证书"四个大字依旧清晰可见。

许星洲拿打火机，将那张她爸爸要她都没给他看的毕业证复印件和纸钱一起，咔嚓一声点了。

灰烬簌簌地落在那个老人的坟前。

许星洲拼命地揉了揉通红的眼睛，笑道："以后可能不能经常来看你了，奶奶。"

毕竟，她不能活在坟前。

她再爱她的奶奶也不能整日在这个城市守着。许星洲感觉心里难受得要命，几乎觉得这是诀别。

我以后应该还会回来的，她想，可是那到底是什么时候连自己都不知道了。

许星洲揉着红红的眼皮道："所以也给你看看。"

"这个人，就这个。"她把秦渡往坟前拽了拽，像是觉得奶奶的坟头就有个小猫眼，秦师兄站偏了一点儿奶奶就会看不到他似的。

然而秦师兄将腰板挺得直直的，特别难拽。许星洲一边暴力地拽他，一边对着坟头喊道："奶奶，这个是我的男朋友！名字叫秦渡，年龄比我大两岁，是我人生中第一个男朋友！人很坏，不值钱，爱好是吃飞醋，特长是弹人脑袋……希望他不是最后一……"

那句"希望他不是最后一个"的"个"字还没说完，许星洲就被秦师兄极其不爽地拽住了耳朵。

许星洲被拽得脑袋都要飞了……

秦渡捏着她的耳朵，眯着眼睛说："对着奶奶胡说很快乐？你以为你刚刚差点儿哭了，师兄就不会因为你这几句话记你的仇了是吧？"

许星洲疼得眼泪都要出来了，可怜巴巴地道："哎？我没……没说什么呀……"

秦师兄显然不觉得这是"没什么"。他恶狠狠地拽着许星洲的耳朵扭了扭，小浑蛋疼得嗷了一声。

"师兄……"许星洲被拽住耳朵，简直活脱脱一只可怜虫，"师兄，我不该说你不……不值钱？"

秦渡危险地眯起了眼睛，也不说什么，将手一松。许星洲立刻捂住了自己被师兄捏得绯红的耳朵，想：师兄可比女孩子难哄多了。

可是她毕竟是妇女之友，而且已经长时间地和这位"小学生"交往，于是小心地准备顺毛捋捋心情不好的师兄。

她刚准备开口就愣在了当场。

在许星洲的身旁，秦师兄跪在草丛中，顶着瓢泼大雨，对着奶奶的坟茔和滚滚江水，无声地、重重地磕了三个头。

他为什么会磕头呢？许星洲被秦渡捏着脖子提起来的时候就这样想。

他们一路冒着雨走回去。

秦渡撑着伞，那把小星星伞接着连绵的雨，水珠顺着伞骨滴落，许星洲伸手摸了摸，手腕上的星星扣月亮的手镯反射着昏昏的天光。

他们路过镇口时，看见在蒙蒙细雨中，一个老太太披着蓑衣斗笠，推着辆满是莲蓬的三轮车。

秦渡去买了一大把。

许星洲看着他拎着一大袋莲蓬冒雨回来时，突然意识到……她和师兄的故事很大一部分发生在下雨的日子里。

他们相遇的那个夜晚，申城就刚下完雨。

许星洲带着那群女孩从酒吧跑出来时，满街都是倒映着路灯和月亮的水洼。

她那天晚上只喝了一小杯莫吉托，却感觉酒意上了头，一时分不清哪个是月亮，哪个是路灯……每个光环都是月亮也说不定。

许星洲曾经在四月的某个下午跑去理科教学楼参加学生会例会，那天风雨如晦，学姐们在楼下提起一个名为秦渡的学生会传奇。

他们曾在无数个雨天相遇，也在千万回归大地的水滴之中吵架。许星洲想起高架桥上的落雨与蔚蓝的海洋、被风吹起的雨伞、细碎的枯草和惨白的灯盏……秦渡这个人讨厌至极，却又温柔得令人难以置信。

许星洲定了定神，说："师兄……"

秦师兄曾经把她从桃树的阴影后抱出来，曾经抱着她在深夜入睡。

许星洲总以为他会走，可是白驹过隙，时光荏苒，他再也没有离开。

那个传说中的秦渡师兄此时就站在许星洲出生长大的城市，站在她曾经扯着风筝线奔跑过的、背着书包和弹珠经过的街口，拎着束翠绿的莲蓬，看着她笑了一下，神态纯粹至极，心情很好。他此刻没有半点儿心事，犹如握花前来的王子。

被他驯服的许星洲想到这个就感觉耳根发红，小声地问："师兄，你刚刚为什么磕头？"

雨落在伞上，许星洲清晰地听见秦渡哧地笑了一声。

许星洲在那一瞬间又觉得羞耻，觉得师兄也许只是为了表达尊敬，这个问题问得不太对，她还不如问他晚上吃什么呢……

可是她听见秦渡开口道："师兄前几天一直在想一个问题。"

秦渡慢条斯理地说："可是怎么想都没有答案，怎么想都觉得痛苦，我告诉自己这是钻牛角尖，可又没法停止……直到跪在奶奶的坟前，师兄才想明白。"

雨声淅沥，他们沿着街朝家里走，许星洲愣愣地开口："可是……"

"小师妹，"秦渡饶有兴味地道，"可是什么？"

许星洲忙摇了摇头："没什么！"

然后她去掏秦渡的口袋，摸她放进秦师兄的口袋里的正门的钥匙，正摸着呢，突然被秦渡抱在了怀里。

"既然都和奶奶保证了……"那个坏蛋师兄把脸埋在许星洲的肩膀上，笑着蹭了蹭，揶揄道，"都保证了嘛，抱一下也没什么了。"

许星洲简直不知道他在说什么："哎？"

这是什么意思？他做了什么保证？许星洲蒙了。

秦渡将许星洲摁在她家的那扇大门上，环着她束着红裙的小细腰，亲昵地亲亲她的耳朵："粥粥，师兄抱着，好是不好？"

许星洲感到头晕："哎……哎？"

这是什么意思？他想干什么呀？

秦渡并不回答，只是又去亲许星洲的耳朵，甚至使坏地咬着她的耳垂，轻轻地一扯。

那是个亲密无间的动作，带着难言的意味。许星洲的耳朵特别怕碰，一碰全身就要发红，刹那间眼里雾蒙蒙的。她听见秦渡在耳边使坏地重复道："嗯？小师妹，师兄抱着，好是不好？"

许小师妹不堪奴役，瑟瑟发抖，只得点头："好……"

"好就行。"秦渡说，接着又满眼笑意地问她，"师兄也觉得好，所以想抱一辈子，小师妹你乐意不乐意？"

许星洲看见茫茫的大雨笼罩天地，看见了沟渠里的荷花，看见熟悉的街上的熟悉的水洼。而在她所生长的小镇上，在那一瞬间吹过了她感受过的、世间最温柔的风。

"师兄已经和阿奶保证了。"那个在坟前磕了三个头的人笑眯眯地说，"师兄保证一辈子对粥粥好，一辈子疼她，尽量不当小学生，晚上睡觉的时候就算吵架也不关门……还有别家能开出更好的条件吗？"

许星洲的眼眶通红。

秦渡使坏地拧住了许星洲的鼻尖，道："没有。你可想清楚。想清楚了，就和师兄签张卖身契……"

"你一辈子就是师兄的了。"那个浑蛋说。

"师兄在这么多的偶然里头好不容易才遇见你，"他说，"与其纠结这么多偶然，纠结你是经历了什么才能出现在师兄的面前，不如把你摁住。"

"放你走是不可能的，"他笑着道，"这辈子都不可能放你走的。"

许星洲的一颗心几乎都要胀开了，几乎每个角落都被这个坏蛋捏住揉搓，感觉疼痛温暖，犹如伤口在结痂痊愈。

这世上不会有更好的求婚了，也不会有更好的人了。

许星洲放声大哭。

许星洲的前二十年人生就是一个深渊。

她被父母抛弃，唯一疼爱她的老人离世……她孤身一人踟蹰不前，犹如在沙漠中孤独跋涉的行者。她经历过无数个蜷缩着入眠的夜晚，胳膊上伤痕累累，人生的角落里都是空空的安眠药的盒子。她甚至数次挣扎着试图离开。

"是呀，她经历了这些，怎么热爱世界呢？"有人说。

可是这世上有程雁的笔记本和上面的温度，有她们相依偎入睡的夜晚，有她们的每一通电话和短信，有王阿姨的面和鸡蛋，有谭瑞瑞和李青青，还有温暖的夕阳和沉甸甸的月季花。

这世界给了孤独的行者这些温暖的人，而这些人就已经足够支撑她继续独行。

可是这世界又给了她秦渡。

这世界待我们或许残酷无情，然而不可否认的是，处处又有温暖的花。

他有星河万里。

她有渡舟。

"你不是要毕业了吗？"秦渡趾高气扬地道，"毕业结婚的情侣这么多，师兄求婚有什么不对？"

他连这种时候都不会哄一下，她这是找了个什么人哪？！许星洲蹲在沙发上，气得号啕大哭……

许星洲回过神儿来，觉得秦渡完全是个垃圾，甚至毫无诚意。因此她不仅要哭，还要一边哭，一边找他的事，从最近发生的"你有心事还不说"讲到"你两年前居然还抢我的伞"，甚至把丁点儿大的事都拿出来鞭尸了一遍。尽管如此，秦渡仍然无动于衷，良心丝毫不痛。

许星洲瞄着秦渡的表情，试图从他的脸上找到半分愧疚，一边掉"金豆子"，一边哭唧唧地道："呜呜呜我才不要答应……秦渡你这个浑蛋，你那年在酒吧叫了这么多漂亮的大姐姐陪你喝酒……"

秦渡眯起眼睛："胡话怎么这么多？答应个求婚很难吗？"

"你居然还胁迫我！你这种人真是垃圾！"许星洲发泄着，"烂人，求婚求成人贩子就算了，你连第一次见我的时候都不纯粹！漂亮的大姐姐这件事也不解释一下？"

秦渡恼羞成怒："有什么好解释的？你觉得我问心有愧？我那天晚上给你……"

许星洲挤着鳄鱼的眼泪问："那天晚上？给我？"

"那天晚上……"秦渡差点儿咬着舌头，说，"那天晚上你抢我的人，师兄都没要你的狗命，这不够证明师兄爱你吗？"

许星洲眯起眼睛，打量了他一下，道："条子是你递的。"

秦渡道："胡扯。"

"是你给我买的酒对不对，那杯莫吉托？"许星洲好奇地问，"你是不是在酒吧搭讪我的那个男的？"

秦渡说："有病治病，师兄出门擦缸去了。"

番外三　故事前夜

"行吧。"

江面上大雨滂沱，疾风骤雨席卷天地而来。

2014 年的雨落在窗台上，秦渡漫不经心地望向雨幕之外，一手拈着烟，一手拿着电话。

十八岁的秦渡以单手叩着阳台的雕花石柱，懒洋洋地对着电话道："博涛，回头再说吧。我现在想一个人静一会儿。"

电话被挂断的瞬间，雨声唰地迫近。

秦渡吊儿郎当地沿着走廊走回去，在走廊的尽头以肩膀吱呀一声顶开了他的专属包间的门。

这家私人酒吧是秦渡名下的产业，位于黄金地段。他上大学后下午没课便喜欢开车来这里喝个小酒，一切装潢都是以他的爱好为准的。

十八岁的秦渡喜欢那些看上去廉价而热辣的东西：霓虹灯管和喷漆涂鸦、女人曼妙的曲线和嘻哈音乐……他接手了这家酒吧后就将其装修成了自己喜欢的风格——他的爷爷在他十七岁时将这个寸土寸金的江畔酒吧买下送给了自己的孙子。

而秦少爷根本不差这点儿经营酒吧的钱，因此这会所从不对外营业，只招待一部分他自己的朋友。

秦渡一进门就觉得屋里的味道不对。

空气里有一股说不出的血腥味儿，仿佛下雨时的公路上的味道。秦渡拧起眉头，警惕地走向背对着他的沙发。

那沙发上传来窸窸窣窣的声音。

秦渡从旁边拎了个酒瓶，接着就看见了在沙发上躺着的人。

那是一个年轻的、他素未谋面的姑娘。

那姑娘身材细瘦匀称，穿着 T 恤长裤，一头长发被束在脑后，发间满是泥泞，血丝和着汗。她捂着嘴咳嗽，犹如风箱一般。

她似乎感应到了什么，转过头望向秦渡。

那是张溅了泥点、被划了几道血痕的面孔。她的眼睛长得非常漂亮，有种让人难以拒绝的热烈的感觉。

秦渡在那一瞬间觉得心脏几乎都漏跳了一拍，直到她看到秦渡后微微地呆了一下，然后不确定地喊道："师兄？"

秦渡立刻回神，心想：师兄是什么？

那个姑娘见到秦渡后整个人都呆呆的，掐了自己一把，又没大没小地想上来掐秦渡一把——秦渡一点儿也不喜欢被陌生人碰，立刻后退三步。

那姑娘怔住了。

"你是谁？"十八岁的秦渡忽略了那一瞬间的心动，冷冷地道，"别碰我，碰我我就让你吃牢饭。"

"所以你是说……"

2014 年 10 月 14 日，外头下着瓢泼大雨，纸醉金迷的酒吧之中，十八岁的秦渡将两只脚跷在酒桌上晃，不耐烦地敲了敲桌子，望向对面的女孩。

"你是说，六年之后我和你订婚了，"秦渡眯起狭长的双眼，道，"而且在和你同居？"

十八岁的秦渡和二十几岁的他截然不同，有着锐利桀骜的眼神，帅气十足，还有种许星洲从未见过的不驯之感。他将两条长腿搭在酒桌上晃着，看着满桌的烟头和空酒杯，却丝毫不显颓靡。

许星洲坐在沙发上揉了揉车祸发生时被撞击得生疼的后背，吃惊地望向这酒吧。

酒吧里面的音乐震耳欲聋，墙上的霓虹灯七拐八扭地摆出个女人的形状，光怪陆离。许星洲甚至眼尖地看到墙上贴着的巨型的挂画，一时之间目光都被吸引了过去。

二十二岁的许星洲对秦渡道："可以这么说吧，我在跟一个纪录片项目的时候出了车祸，越野车在雨林里翻了。我本来以为自己要完蛋，结果不知道为什么一睁眼就到了这里……"

秦渡无语。

许星洲在影影绰绰的灯光中认真地解释："我猜当时我差点儿就死了，车祸还挺严重的，我昏迷之前……"

她忽然哽了哽："你……你用这种眼神看我干吗？"

秦渡审视了她两秒钟就下了判断。

他嘲笑道："去你的吧，当我傻呢？诈骗犯。"

秦渡把酒吧的经理拽过来理论。他坚定地认为许星洲是在拍社会实验视频——按他的话说，他在这里消费不是为了被路人当猴拍的，视频还可能被上传到网上。他还羞辱了许星洲一番，说她这个剧本很失败。

许星洲自己一咂摸，其实也觉得秦渡不能信这个。

不知哪里跑出来的一个人跟你说六年之后我和你订婚了，而且就是你六年后的未婚妻，别说秦师兄了，连街边的流浪汉都不能信这个。而且秦渡——他们这一拨有钱人——戒心极强。

他不可能相信自己的。

她一下子回到六年前已经极其超自然了，还一下子出现在尚不认识自己的秦师兄的面前，刺激简直加倍。

酒吧的经理不住地给秦公子赔罪，又立刻调来监控检查没有会所卡的许星洲是如何出现的，但是结论是每个可能的入口都没有她的出入记录，甚至在她出现在包间里之前的那段时间，包间门口都没有她的身影。

这姑娘仿佛是从虚空中出现的一般。

这简直奇了怪了。

许星洲感觉浑身疼痛，又被提溜着盘查一番，脑袋都昏了。她对酒吧的经理道："能放我走了吗？"

年轻的秦渡瞥了她一眼。

面前的女孩要什么证件没什么证件，勉强报了个身份证号，竟然还是未成年，比秦渡足足小了两岁。她穿着满是泥与碎叶残枝的 T 恤，狼狈不堪，正在用纸巾擦拭额头上的血污，看上去倒真像刚出了一场车祸。

秦渡搞不懂这女孩子想做什么。

酒吧的经理歉疚地搓着手道："秦公子……您看，这小姑娘也没有来申的记录……"

秦渡不说话，只沉着张脸。

这个女孩子咳嗽了两声，又抽了张桌上的纸巾，堪堪地止住了从手臂上细长的伤口处流出的血。

这两位主角谁都不搭理谁，酒吧的经理感觉头都要大了，茫然地道："少爷，我给这小姑娘叫辆车，让她自己哪儿来的回哪儿去？"

许星洲按着胳膊上的伤口，想了想道："行，给我叫辆车，我自己想办法就行了。"

她身上还有点儿现金——出国时，她带了两千 M 金和一些硬通货以备不时之需，一部分换了零钱以供日常花销，剩下的 M 金是傍身的。这世道上人只要有钱就没什么不可以做的，许星洲毕业后跟了不少纪录片剧组，见过的奇葩事多了去了，有着丰富的经历，想在申城找个落脚处，这并不是难事。

秦渡冷漠地扫了她一眼，对经理道："你能把她送哪儿去？"

酒吧经理心想：我哪里知道送哪儿去？总之别让她在您老人家眼前晃就对了，何况这个小姑娘看上去也没在讹您，管人家去哪儿做什么？

许星洲硬着头皮道："我去找个地方落脚吧。"

许星洲也不知道自己还能不能回去，更不知道这个时空中的自己怎么样了，但是这些事情都应该等她解决完了基本的需求之后再去思考。

秦渡冷冷地道："三无人员去哪里找身份证？你能住哪儿，桥洞吗？"

许星洲心想：我也不是没住过，毕业之后我的人生经历可丰富了……但是她对上秦渡带刀子的眼神的瞬间就把那句话咽了回去。

秦渡慢吞吞地移开目光，说："我带她走。"

酒吧的经理犹豫着道："秦少爷，这不妥吧……"

"有什么不妥？"秦渡漠然地道，"这人来得蹊跷。这女的的事我不希望在外面听到半个字。这事由我来处理。"

许星洲缩在副驾驶座上。

车里开着冷气，她闷着声咳嗽了两下。这车她之前见过几次，喷了暗蓝色的亮漆，长了个赛车的样子——只是她见到它时它就已经失宠，在老秦家的车库里落了灰，后来秦渡搬家给处理了。

没想到它在这里，自己居然还会再见它一面。许星洲想。

车外哗哗地下着雨，天简直像漏了一般。许星洲偷偷地打量了一下十八岁的秦渡，只觉得十八岁的他也挺有魅力的……十八岁的他比二十多岁的他少了几分成熟与性感，取而代之的是几分不服输的执拗。

秦渡以手指烦躁地敲了敲方向盘，问："喂，你叫许星洲？"

许星洲正靠在车窗上，看着川流不息的窗外，呆呆地嗯了一声。

此时正值下班高峰期，车被堵在高架路上。秦渡看了许星洲一眼，漠不关心地道："没听过。"

许星洲搓搓手指，疲惫地道："因为你现在还不认识我。在这个时候我还没入学呢。"

秦渡看了许星洲一眼。

许星洲道："你是F大2014级的，我是2015级……唉我也说不清楚，就连我入学之后我们也不是立刻认识的……"

秦渡狐疑地眯起了眼睛。

这表情许星洲极其熟悉，是秦渡怀疑某件事的真实性时的神色，最近一次出现在上上周，在她出去应酬喝醉酒回来，撒谎说自己是被领导灌的，而不是自己馋酒的时候。

许星洲想起那天晚上就脊背发麻。秦渡这人太坏了，如果怀疑这件事的真实性就会把人往死里整。

可是现在他怀疑我我该怎么办？许星洲除了自己本人之外没有其他证据。他们两个人在一起那么久，但是以现在这个情况，十八岁的秦渡信她才怪……

许星洲叹了口气道："Never mind（没关系）……这些话你当个笑话听就好了。师兄你现在不认识我，我也没有用这件事胁迫你的想法，更没打算坑你……"

秦渡伸展了一下十指，道："不是这个问题，小姐。"

许星洲咳嗽了一声，抬眼望向六年前的秦渡。

刚成年的秦渡用文着文身、戴着戒指的指头在方向盘上叩了叩，带着十万分的嘲弄开了口："你的身材也太一般了吧？几年后的我居然能接受这种发育不良型的？"

许星洲无语。

来自二十几岁的秦师兄的那些嘲笑原来是真心的吗？！她果然还是被嫌弃了……许星洲气得想拧断六年后的秦师兄的脖子……

十八岁的秦渡火上浇油："你有十六岁吗？没有吧？"

许星洲语塞。

"长得倒是……"年轻的秦渡玩味地道，"还算标致吧，但是看上去也太脏了，你是从哪个旮旯里钻出来的小垃圾？"

许星洲揉了揉脸上的泥巴。

"你叫什么来着，"年轻的秦渡故意问，"徐什么粥？"

听秦渡连姓都念错了，许星洲沉默了一会儿，不得不再次自报大名："许星洲，星辰的星，芳草萋萋鹦鹉洲的洲。"

雨水哗啦啦地砸在车的顶棚上。

年轻的秦渡踩了一脚油门，打开雨刮器刮了下玻璃，接着不无恶意地说："行，徐星洲就徐星洲吧。"

是许不是徐，许星洲想。

秦渡是故意的，许星洲太了解他了，他在表达自己对这个故事，甚至许星洲这个人的蔑视。

许星洲只听他说："六年后我就这眼光？我不信。"

许星洲洗了一把脸，抬起头看向镜中的自己。

这是她这几年里最熟悉的浴室，至少在他们搬家之前是。镜子旁都是秦渡的男性护肤品，镜子上贴着鹅黄色的便利贴。十八岁的秦渡的字也不太好看，却带着一股凌厉之感。

许星洲眯起眼睛辨认了一下，发现那应该是他的作业 due（到期）的时间。

这不奇怪，许星洲想，他一向是个很认真的人。

她的脸上的细细的口子还在流血。她身上的伤口都不太深，但是血一直在流，伤口愈合得极其缓慢。她奇怪地摸了摸那道口子，感觉好像不太痛，似乎连感官都变得迟钝了不少。

许星洲其实还挺怕疼的，但是如今觉得伤口麻麻的，用手摸都不痛。

她觉得奇怪，就靠近了镜子，贴着脸去看。

伤口处毫无异状。

她的额角还有最近因为水土不服长的红色的小痘痘，眉毛新修过，还残留着她从酒店出门时随手画的线条。

秦渡在外面喊道："在我的浴室里做什么呢？"

许星洲一愣，意识到自己在里面待的时间确实有些长，便立刻找了毛巾擦了擦脸，走出了浴室。

阴雨坠落，十月的申城犹如青山漫起一层雾。

这是许星洲和秦渡同居了近三年的那所复式公寓，装修以黑色的大理石和透明质感的无机玻璃为主，看上去有种昂贵的冷淡的质感。许星洲有些怀念地摸了摸浴室门口的白花瓶——这花瓶前年被秦师兄失手摔了，如今她却还能在这里再见一面。

而花瓶的后面，十八岁的秦师兄坐在吧台前，开着电脑，手边放着杯黑咖啡。他看到许星洲出来，非常冷漠地移开了视线……

许星洲沉默着。

秦渡有一搭没一搭地点着触摸板，过了会儿漠然地道："不说实话就滚出我家，说实话的话我给你匀一间客房。"

你活该被我骗这么多次，许星洲腹诽。

许星洲骗他："我是做节目的，跑社会新闻的第一线记者了解一下。"

秦渡终于抬起眼皮，正眼看了许星洲一眼……

许星洲满嘴跑火车的功力从她毕业之后就日益见长，毕竟记者在外头跑节目必备胡诌八扯的能力，何况她跟的还是纪录片。她本科初遇秦渡时是故意诓他的，但是如果正经满嘴跑起火车来还是有点儿欺骗性的。

"我之前在调查……"许星洲眯起眼睛回忆 2014 年的大事记，很有诚意地骗他，"在调查一个很大的社会事件。这件事牵扯到外地的一些企业和不少既得利益者，也触及了他们目前的根本利益。现在他们来找我一个小撰稿人寻仇，买凶追杀我！呜呜呜！我没地方可躲，当时还在被追杀呢，只好躲进你的酒吧了。"

秦渡沉默片刻，眯起眼睛："哪家公司因为一个没登出来的刊买凶杀人？你当我家里没开过公司？徐星洲——你还骗我呢？"

许星洲语塞。

十八岁的秦渡最终还是没追究许星洲究竟是谁。

他对许星洲睁一只眼闭一只眼，不去追究她的真实身份，但是坚持不叫对她的名字，而且把客房锁了，让她在沙发上睡觉。

如果说许星洲在和秦渡交往的这几年中认识到了什么的话，就是这个人太浑蛋了，还幼稚。她没想到他十八岁的时候比二十四岁的时候浑蛋多了。

许星洲倒是不介意，毕竟这是自己谈的男朋友，她跪着也得谈下去。

何况这是十八岁的秦渡——

许星洲想起以前在微博上看的一篇漫画，里面有一个女孩，拿着爱人的信物遇见了一个权势滔天的人，她的爱人年幼时于那人有恩，那人便问："有什么我能给你的吗？黄金百两，权势滔天？"

那女孩想了想，犹豫着问："他十五六岁时可爱吗？"

那权势滔天的男人隔着重重纱帘拊掌大笑道："小女子！我与你说黄金百两，你却问我他年少时的模样！"

黄金百两抵不过少时模样。

许星洲看着自己的手指，想到这里笑了起来。

秋雨断续地落在光洁的平台和遮阳伞上。

十八岁的秦渡就这么坐在吧台边，喝着黑咖啡做作业。许星洲则遥遥地坐在沙发上看一本天文学类的杂志。

杂志由铜版纸印刷，在这种天气里摸起来凉凉的，许星洲摸了摸，觉得这确实不像个梦。

秦渡突然开口道："你比我大吧？"

许星洲笑道："严格来说，我已经二十二岁了。"

秦渡懒洋洋地喝了口咖啡道："那你想都不用想了，我不和比我大的女人谈恋爱。"

许星洲恨不得掐断他的脖子，憋着股气："我说我要和你谈了吗？"

十八岁的秦渡抬眼看了一眼许星洲，说："是你上来就告诉我你是我未来的未婚妻，上赶着贴上来的——我客观地评价一下也不行？"

许星洲道："行吧。"然后她低下头去翻书。

秦师兄曾经是对我一见钟情的——许星洲面对着这个她全然陌生的、年轻的秦师兄想。他后来也羞耻地说起过那晚失败的搭讪，说起过他在无数个深夜的迷失。许星洲不会怀疑六年后他的深情，可是一切的浪漫也许只是个发生在那晚的巧合。

如果换一个地方，换一个时空，他还会像那样爱我吗？

许星洲以前从来没有想过这个问题。

可是这问题此时就这么血淋淋地摆在她的面前。

许星洲的心里酸酸的，像一朵在酒里泡发的干花。它以为自己是新鲜的，却在离开酒的那一瞬间发现其下的虚假。许星洲摸了摸胸口，突然不知道该如何面对秦渡，无论是二十四岁还是十八岁的他。

这大概是一场梦吧。

许星洲摸了摸自己的中指上的戒指，安慰自己：这种超现实的事应该是一场她躺在医院的床上做的噩梦罢了。

十八岁的秦渡看也不看她，自顾自地上楼，进了主卧。

夜深了，许星洲一个人坐在客厅里，听着外面的落雨。

她给自己磨了杯咖啡，然后又无聊地玩了一会儿游戏。十八岁的秦渡不在家——他出去玩了，方位不明。

秦师兄曾经说过，他以前的夜生活相当丰富。

他的夜生活还真是挺丰富的……许星洲叹了口气……

这一天发生的事情实在太难以置信了，她先是回到了六年前，而且正好出现在十八岁的秦师兄的面前，接着发现十八岁的秦渡对自己冷嘲热讽，现在还出去开 party（派对）——鬼知道那是什么 party 呀！

许星洲想着想着就开始磨牙，突然摸了摸自己的胸，然后放下手，在心里骂了句脏话。

她不爽地抽了张纸，擦了擦自己额头上的血。血还是细细的一条，止不住，伤口却好像没什么大问题。

我还能回去吗？许星洲望着窗外的夜景，忽然这样想。

这窗外的夜景她很熟悉，秦渡所居住的地方她也很熟悉——她知道几年后他们在各地的合照将被摆在她手边的小圆桌上，可是如今只有秦渡看过的书孤零零地躺在那上头。

许星洲将那本书拿了起来，发现那是一本叫作《老虎的金黄》的诗集，诗集的一页的角被折了起来。而那一页又被钢笔划过，纸都破了。

她于是拼起了那一页，在微弱的光中仔细地辨认那是什么。

　　那片黄金中有如许的孤独。
　　众多的夜晚，那月亮不是先人亚当望见的月亮。
　　在漫长的岁月里守夜的人们已用古老的悲哀将他填满。
　　可是，看她，她是你的明镜。

那诗歌无比孤独。

许星洲的共情能力强。她读来只觉那诗歌描述的犹如寸草不生的荒漠，又像是于茫茫黑夜中彳亍独行的行者，连鼻尖都酸了一下。

这一页怎么被划了？

那 party 开在秦渡的一个朋友的家里。

他的那个朋友刚去 C 国留学，仅一个月就开着车出了车祸，幸好命大，人只断了条腿，他妈哭天喊地地要他休学，回国养腿。然后她的儿子就打着石膏，在自己的 mansion（宅第）里头开彻夜 party。

秦渡叼着马克笔，拿着油漆笔，在他的朋友的右腿的石膏上写下"东西"两个字。

他的朋友动弹不得，说："秦渡！"

秦渡将油漆笔扔出去，远处的一个模特接了，以红唇亲吻秦渡叼过的地方。

秦渡不看她，嘲讽朋友道："你没凉在国外就不错了兄弟。"然后他点了根烟。秦渡捏着烟时很有种颓废之感，眯着眼睛吸了一口，缓缓地吐出烟雾。雪白的烟雾弥散开来，像是罩在他和世界之间的一层薄膜。

秦渡觉得酒气上头，伸手在烟雾中一抓，却什么都没抓住。

灯光落在他的眼皮上。音乐震耳欲聋。2014 年流行的 RNB（节奏布鲁斯）之中仍有世纪初的 Beats（鼓点），而且经过时间的锤炼，百听不厌。霓虹灯之中人影摇晃，视野中的裸露的皮肤总比布料要多。他的朋友笑着问："老秦，Booze（酒宴）和 Cigar（雪茄），你还是老两样？"

秦渡疲倦地道："老两样。老徐你去调情吧，记得让她们抬你上去。"

他的朋友喷了他，然后搂了模特，推着轮椅走了。

十八岁的秦渡就这么迷茫地望向落地窗外的城市。

此时已经过了十二点，申城仍亮着星星点点的灯，写字楼上、路边上……这个国际化的大都市不存在深夜，无数人将看到凌晨四点的 CBD（中央商务区），看到在深夜中仍然明亮的地标建筑。

十八岁的陈博涛拿着杯香槟走了过来，面前是茫茫的夜色。

"老毛病？"陈博涛笑着问。

秦渡晃了晃酒杯，嗤笑了一声："我有那么空虚吗？"

陈博涛说："你一喝酒就这样，现在嘴硬什么，上次喝醉了……"

秦渡道："打住。"

他喝了一口酒，嘲讽道："喝醉了谁都脑子有病，你哥我要什么没有？觉得活着痛苦也轮不着我来说不是吗？"

陈博涛想了会儿，没说话。

在一片沉默之中，秦渡忽然道："我家里的沙发上现在睡了个女人。"

陈博涛一惊："嗯？"

"年龄比我大两岁吧，"秦渡抿了口酒，"今天捡到的时候她浑身是伤，不知道的还以为出了车祸，长得挺漂亮的……"

陈博涛道："你空窗几年，可以考虑发展一下。"

秦渡惋惜地说："不是我好的那一口。"

"如果那小姑娘的身材好一些，以那姿色，她追我追个一年半载的，"他惬意地眯起眼睛，"也许我会考虑满足一下。"

陈博涛道："你傻吧，嫌弃人家还把人家捡回去？"

十八岁的秦渡调整了个姿势，舒服地长吁了口气："毕竟我不是每天都能捡到人的。"

陈博涛由衷地道："你快乐就行。"

以往 party 结束后，秦渡都会住在对方的家里，毕竟夜深时走动不太方便。况且只要参加派对，他都是要喝酒的。

可是这天晚上他在派对临近结束时突然想回家，就叫了司机，让司机开车将他载了回去。

客厅里黑咕隆咚的，外面淅淅沥沥地下着细雨。

秦渡只觉得屋里有一股香醇的味道，那味道犹如还没有散尽的咖啡的香气——那个姑娘可能晚上自己磨了杯咖啡喝。他吁了口气，将风衣脱了挂在门口，望向沙发的方向。

那女孩没被允许睡客房，只能睡在客厅，这是秦渡给这种满嘴跑火车的小骗子穿小鞋的方式。客厅倒不算很冷，但是肯定不如客卧舒服。

好在临走前秦渡大发慈悲地抽了床毯子给她，所以此时漆黑的皮沙发上有一团裹着毯子的身影，而深灰色的毯子下露出了截细细的脚踝。

那脚踝白皙又细嫩。

十八岁的少年秦渡有心想去看看那素昧平生的骗子的睡相，而且看着她那裸露的脚踝也不顺眼，觉得这是在等待着凉。但是他又不乐意让自己显得这么温情，于是纠结了片刻，索性没管，让那女孩自生自灭。

秦渡走进了浴室。

浴室里的灯光啪地亮起，黑色的大理石地板反着光。秦渡脱了上衣准备淋浴，疲惫地揉了揉眼眶，接着余光看见了一条搭在水池旁的毛巾。

那条毛巾本身不奇怪，令它变得显眼的是上头鲜红的血迹。

这应该是那个女孩用过的，秦渡想。他拿起来端详了一下：毛巾干燥，是先前被她用来擦过脸的那条，可是上头的血鲜红得像是刚从伤口里流出来的。

那姑娘是受了伤的，秦渡拿着毛巾迟钝地想，自己明天该带她好好地包扎一下。

可是这血……时间过去了这么久，血该凝固了，再不济也该变成铁锈色的血斑。

年轻的秦渡打了个哈欠，拧开水龙头，将毛巾放在水流下一冲。

那一瞬间，上面的血溶进水里，毛巾上一点儿颜色都不剩。

秦渡愣怔。

毛巾白得像是被漂过一般，上头不再有半点儿血色。

秦渡以为自己眼花了，又把毛巾重新翻过来看了一遍，但是那上头真真切切的半点儿颜色都不剩，连血褪色后的橘黄色都没有。

毛巾干干净净，像是一朵不曾存在的云，又像是一位残忍的、连纪念品都不会留下的过客。

许星洲做了个很疼的梦。

这件事很奇怪，因为人在梦里是不会痛的，在睡眠时神经突触的敏感性都被降到了最低。许星洲做噩梦时曾被电锯杀人狂追着砍，在地上滚得浑身是血，但也没觉得疼痛，可是这个梦的确是疼的。

在梦中许星洲疼得仿佛刚被车碾过，那是一种迟钝而很持久的疼法。可她又完全动弹不得，手被扣着。梦里还有极其淡的消毒水味，她的眼前有一片模糊的光。

"Enfermera（护士）……"有个模糊的声音遥远地道，"ella está despierta（她醒了）……"

许星洲只觉得那像是某种古老的语言，朦胧间只觉得熟悉，却听不懂。她像漂浮在一片海洋之中，又像迷失在了时间里——她觉得疼痛而茫然。

然后她感到她的手被人牢牢地握住了。

握住她的手的那双手温暖得如同炉火一般，带着遥远的水雾与风，像是落雨的春夜中的火。

许星洲听见那双手的主人道："星洲。"

"星洲。"他说。

许星洲听到了，就在那片朦胧的光中，用尽全力想要回握他。

她在梦中也知道那是秦师兄，但是并不能感知到他在做什么，也不知道自己身处何方，只明白她想回握，而秦师兄需要她。

许星洲听不清，却知道那声音里透出的是肝胆俱裂般的悲伤。

许星洲被秦师兄口中的那断断续续的"星洲"弄得心中无比酸涩。梦里的光和疼痛仿佛刻入骨髓，于是眼角湿润起来。

"星洲……"秦师兄的声音遥远无比，透着深入骨髓的酸涩，"我的星洲。"

然而下一秒，同一个声音在许星洲的耳边炸响："徐星洲！"

这个声音的主人极其坏，是故意要把许星洲吵醒。

许星洲睁开眼睛时，眼眶湿润。

映入眼帘的是她非常熟悉的天花板——几年前，她晚上等秦师兄回家时经常打着打着游戏就会在这片天花板下睡着，可是总是醒在师兄的怀里。秦师兄回来得很晚，但是总记得睡觉是要抱着星洲睡的。

许星洲恍惚了一下，疼痛如潮水般散去，浑身只剩一股麻木感。

年轻的秦渡居高临下地站在沙发前，恶毒地说："都六点十五了你还不起？"

然后他把自己肩膀上的毛巾啪的一声扔在了许星洲的脸上。

许星洲由衷地想：我这就剁掉你的头。

她因为起床气没散，有气无力地嗯了一声。

秦渡又嘲讽这位"徐小姐"："早上连起都起不来，六点十五还赖床，你就这种意志力，拿着 loser（败者）剧本，我看上你？别逗了。"

许星洲困得要命，连瞪都懒得瞪眼前的人。

她起来穿衣服。

她穿着衣服，突然想起之前秦渡会在她穿衣服的时候凑过来亲她。冬天时毛衣会起静电，秦师兄在卧室扣着她的手亲她的嘴唇，早晨没有刮胡子，嘴角还有些许胡楂。他还会使坏般蹭一蹭，她被他逗得不住地笑。

现在呢？

许星洲把 T 恤扯下来，望向熟悉的客厅。十八岁的秦渡早就不在家里了——他已经出去晨练了，桌上留着冷的水煮蛋和吐司。

晨跑这个习惯倒是万年不变，许星洲想。

许星洲那天整日在街上游荡。

十八岁的秦渡倒没赶她出门，许星洲是自己走的。

流落于熟悉的街头的许星洲没剩多少钱，没带手机，想买个东西简直得想尽千方百计。不过二十四岁的秦渡办事的确周到，他给许星洲塞的现金在这种时候终于派上了用场。

许星洲看着钱就想赌气，想干脆不回去了。十八岁的秦渡一点儿也不讨喜，还是二十四岁的他好。可是二十四岁的他不在这里。

如果自己回去还要受十八岁的恶棍欺负——许星洲坐在街头，觉得自己像个无家可归的难民。

周围人来人往，许星洲就坐在那里，像十九岁的自己，裹着新买的风衣和毛衣。江风阵阵，乌云压城。

许星洲又觉得自己没有家了。

二十四岁的秦渡爱许星洲。他们含着牙膏的泡沫接吻，晚上一起出去遛弯，不定时会吵架。许星洲会拍着桌子骂他，老浑蛋则会顶嘴，过一会儿后悔了，就趾高气扬地回来认怂，把小师妹叼回自己的被窝。

这是二十四岁的秦渡。可是，那十八岁的他呢？

许星洲咬着嘴唇低下头去，眼眶发红。下午江风狂作，她的手在口袋里紧握成拳。

她知道，她会回去，去抱住二十四岁的男朋友。

这是一个根植在她心里的念头——她出现在这里是不对的。她总会回归，但是在这之前呢？

许星洲不想和十八岁的秦渡有什么接触了。

他又是嫌她身材不好，又是嫌她的意志力不坚定，觉得她配不上他，连姓都叫错了，那态度欠揍得仿佛他在家里有个王位要继承。能在六点十五起床陪他晨跑的身材绝佳的徐氏女性才配得上他高贵的血统。

许星洲盯着江面，半天由衷地道："傻。"

"看不上我有本事别追我呀！"她在风中恶毒地自言自语，"六年后到底谁离了谁没法活？反正不是我呀！"

大江咆哮，大雨即将倾盆。面对许星洲恶毒的言语，天地间没人回应。

许小师妹终于讨了个没趣，把手慢吞吞地插回了口袋里。

她不太饿，也不需要吃饭。

这是她如今异于常人的证明。

许星洲起身，沿着江岸徘徊。

秦渡的家离公司很近，许星洲摸过去看了一眼——那个她熟悉的保安大叔比她记忆里的年轻许多，手持警棍站在门前。

许星洲在大四时经常来这里等秦渡下班。

秦渡那时已经毕业了，虽然是大集团的继承者，但也没少加班，许星洲有时就坐在这个厅里剪视频，连秋招的 resume（简历）她都是在这里写完的。秦渡不喜欢许星洲在这儿等他，因为这儿吵吵嚷嚷，人来人往。他总让小师妹先回去，但是在看到小师妹后还是会挠着头笑起来。

许星洲遥遥地站着看了看，又看了看自己的手，觉得手上仿佛还残留着秦渡的手掌的温度。

那时天已经很黑了，许星洲买的风衣也被雨打了个湿透。她虽不觉得冷，但还是不喜欢带雨的风，将衣服裹了裹，打算去找个能住的民宿或者青旅——这些地方查身份证查得松一些。

许星洲走在雨里，突然觉得好笑。

正在紧张地进行一轮复习的、远在故地的小星洲会知道成年的星洲在申城无家可归吗？

她肯定不知道。

许星洲想到十六岁的小星洲，又自觉出了一口恶气——十八岁的秦渡的确不是个东西，所以活该小星洲总对着林邵凡问问题。

这个时空的小星洲还不属于秦渡。

许星洲想着想着就低着头笑了起来，沿着江边走，在昏暗的雨夜里朝着霓虹灯的方向前进。她没有手机，也没有身份，只有刚换的外汇，一头长发披在脑后。

所有民宿都不收她。

毕竟在雨夜里出现的许星洲看上去太可疑了，嘴再甜都没用。许星洲承诺她不是坏人，但是怎么看怎么像女终结者。

许星洲被好言相劝地请出民宿后，在街上茫然地站了一会儿。

雨水已经把她淋透了。

最后一个老奶奶给了许星洲一把伞，让她不必还，只是不要淋雨，早点儿回去找自己的家人。

家人是一样她在未来将会拥有，但是如今没有的东西。

那时不过晚上七点，时间过得非常慢。许星洲啪地撑开了伞，那把伞的伞骨坏了，扭曲变形，但能挡雨。

她长吁一口气，转了一圈，累得肩膀都垮了，正准备去下一家碰碰运气，突然被一只手捉住，转了一个圈。

许星洲在那一瞬间吓了一跳，以为那人是来抢钱的。

她回过头一看。

雨夜里，十八岁的秦渡喘着粗气，逼问道："你去哪儿了？"

许星洲说："啊？"

"不给你添麻烦了。"她解释道，"我今晚自己……"

"那你说一声再走有什么难的？"十八岁的秦渡死死地捏着她的肩膀，咄咄逼人地道，"你就这么没礼貌？你昨晚吃我的喝我的，今早一句话不说就走人了？"他的眼睛里仿佛有火在烧。

许星洲一头雾水："我留字条了，而且知道这样不好……"

十八岁的秦渡立刻打断，并且强硬地胡搅蛮缠："那你跟我道别了吗？我让你走了？你这么没礼貌就别装自己二十四岁行吗？"

许星洲一下子就被秦师兄的逻辑搞得头昏脑涨，想骂他都不知道从哪个点开始……而秦渡骂完许星洲，占领了道德和道理的双重高地，便居高临下地刻薄起来："今晚你想流落街头是吧？"

许星洲不愿意跟秦师兄这烂人一样，诚实地道："我还没找到住的地儿。"

大雨中，十八岁的秦渡装出纠结的样子想了一会儿，有点儿嫌弃地道："那你出去住什么？跟我回家。"那姿态显得特别欲盖弥彰。

他是开车来的。

许星洲被淋得湿透，咳嗽个没完，似乎还发烧了。她不晓得秦渡为什么会出现在这个地方，但是他一打开后座的门，她就钻了进去。

后座上有好几个纸袋，许星洲累得手都抬不起来，秦渡在外头把她的伞收了，坐上了驾驶座。

许星洲迷迷糊糊地道："你开车很好。"

秦渡尖锐地道："拍我马屁做什么？你这种说什么都像在说谎的人跟我说啥都没用。"

许星洲扑哧笑了起来，模模糊糊地道："这也不是我第一次当骗子了。"

秦渡非常不屑地哼了一声。

"你一开始准备的剧本是什么？"他硬气地问道，"和我讲讲，我回去也许给你弄点儿姜汤。"

许星洲烧得迷迷糊糊的，道："我会告诉你我们原定十一月份订婚。"

十八岁的秦渡点评："挺有创意——然后呢？"

"还会告诉你，"许星洲趴着，哧哧地笑了起来，"你老喜欢和我吵架，非常坏，但是每次认怂的都是你……"

十八岁的秦渡停顿了许久，恶毒地说："胡扯，我从来不认怂。"

许星洲早就知道秦渡会回这句话——她和老浑蛋交往久了便看淡了，不再和他争辩。她只觉得浑身烧得发软，眼泪都烧出来了。她隐隐约约地看到光，又想起二十四岁的他很爱和自己吵架，但是从来都不会认真地吵。他这个人口是心非，但是非常、非常爱她。

许星洲缩在后座，突然想起秦渡第一次送她去 studio（工作室）上班时沉默了一整路。

她想起她跟组拍摄的这一组纪录片。

她差不多跟组拍摄了两年，从毕业之后到现在。这两年的时间里她至少有九个月的时间不在家，秦师兄没事时就会跟着她跑。他不喜欢她做这份儿工作，觉得这份儿工作太危险，随时会失去她。

可是他没有阻止。

他只是忍受。

许星洲把脸藏在光怪陆离的灯光里，极力地不让自己发出抽泣的声音，泪水都掉在了座椅上。

我现在比他大，许星洲一边流眼泪，一边告诉自己，因此我作为一个成熟的女性，在他的面前哭是丢脸的。但是他如果发现不了的话，那我就算没有哭过……所以我不能哭出声音。

黑夜里，暴雨敲打着车窗和车顶。许星洲先前被淋得湿透，身上还盖着十八岁的秦渡带着嫌弃给她的外套。

在雨声之中，一声几不可闻的抽泣声在车厢中响起。

秦渡愣了愣，回头看了一眼，一声不吭地打开了暖风。

许星洲哭得让人的心肝都要碎了，手指扯着他的外套。

她一边哭，一边数着路灯。她走过许多次这条路，知道在前面右转就能回到她的家里。那条路的尽头满是藤月玫瑰，二十一岁的秦渡曾经给她折过很多次。

车往右转——橘黄色的路灯的影子中，十八岁的秦渡突然开口："你哭什么？"

他其实在极力地掩饰着什么。

许星洲哭蒙了，并不能分辨出那话里的、十八岁的他拼命地遮掩着的柔软易伤的情绪。

车往前开，许星洲哽咽着回答他的问题："我想我的男朋友了。"

因为他那样温柔。

暴雨、狂风穿过长夜。

许星洲烧得厉害，一个人歪歪扭扭地坐在沙发上，发梢都在往下滴水。

小秦渡在回家的路上沉默了很久，方才又一声不吭地出去了。

许星洲昏昏沉沉地坐着，望着茶几上怒放的百合。她不再哭，只想着二十四岁的秦渡，眼周的红渐渐地消退。他曾经在这里抱着她一起读书，在距离如今很多年之后。

秦渡表面上从来都很坏，而且对上小师妹时动不动就会变成小学生，但其实是个会疼人的男人。

他会给许星洲熬老鸡汤，会在下班后陪她一起看电视剧和电影，有时甚至只是将脑袋和她靠在一起看星星。周末时他们经常一起出去吃饭，秦渡总是紧紧地扣着女孩子的手。

那是许星洲毕业前的事情了。许星洲却还觉得自己的手心残留着秦渡的温度，他像是正握着她的指尖，以指头细细地揉搓一般。

可是许星洲知道，如果她抬起头，秦渡就会装没事人，好像捏她的手指的人不是他似的。

许星洲想到这个，扑哧一声笑了出来。

秦渡求婚时还承诺尽量不让自己像小学生呢。

打断了她的思绪的是门口传来的咔嗒一声。十八岁的秦渡开门回家，把手里拎着的塑料袋扔到了茶几上，伞上全是水。

许星洲疑惑。

"吃。"小秦渡冷漠地说，"一次一片。"

许星洲吸了吸鼻涕，嗯了一声。

于是她就穿着被丢过来的、属于十八岁的秦渡的衣服，抱着温暖的马克杯，烧得浑浑噩噩地坐在沙发上。

秦渡把药丢给她后就拿着电脑，背对着她，到吧台去打游戏了。

许星洲烧得脸都红红的，蜷缩在小毯子里，看见他在玩 LOL（英雄联盟）。

2014 年是属于英雄联盟的一年。你走进网吧瞧一瞧，里面几乎没有打别的游戏的人。许星洲想起这一年她高三，明明处于这么要紧的一年，班上的男生还是会翻墙出去打 LOL，其中甚至包括林邵凡。

这群傻子后来有一次半夜翻墙去网吧时被教导主任抓了，教导主任将他们摁在墙边一通臭骂。第二天别的学生在上课时，连林邵凡都在苦哈哈地写检讨。

一眨眼这么多年过去了。

三年后，许星洲朦朦胧胧地回忆，二十一岁的秦渡好像就不太爱玩这种 MOBA（多人在线战术竞技游戏）类的游戏了。她知道他玩游戏应该也蛮厉害的，可是他平时就陪朋友或者她打打联机游戏。

她也不知道秦渡玩英雄联盟玩得怎么样，十八岁的时候玩游戏时有没有网恋过……

想到网恋二字，又想到十八岁的秦渡对自己的冷脸，许星洲发自内心地酸了一下。

秦渡忽然漠然地道："你说的话是真的？"

许星洲一愣。

"什么六年后，"年轻许多的秦渡盯着屏幕，目不转睛地说，"什么和我订婚——都是真的？"

许星洲想了想，还是轻轻地嗯了一声。

秦渡咻了一声，也不知是不是信了。

许星洲有点儿难过地蜷缩进了小毛毯里面。

二十四岁的师兄还是坏，但是真的很会疼人。

她生病的话他会搬进卧室办公——她生病时一向磨人，他有时甚至会让她靠在自己的怀里，抱着她，过一会儿还会蹭蹭她的发旋，像摸小猫一样，直到他扛不住药效昏昏睡去。

许星洲钻进毛毯，想象那是二十四岁的秦渡穿着家居服的毛茸茸的胸膛。

然后她听见毛毯外的秦渡开了口。

"六年后的我……"他慢吞吞地问，"和我现在有什么不一样的？"

许星洲一愣，然后听秦渡合上笔记本电脑的声音。

许星洲从毛毯的缝里露出个脑袋，看见十八岁的秦渡好像在朝这个方向走过来，模糊又不痛不痒地道："他比你高点儿。"

年轻的他不爽地说："我现在一米八三。"

许星洲闷闷地道："你后来又长了两三厘米。"

她在心里想：你们差太多了。

如果他们相遇得早一些的话，许星洲难过地想，应该只会成为陌生人吧。

许星洲听见轰隆隆的狂风，还有秦渡越来越近的脚步声。他们已经交往了很久，朝夕相处，她对他的脚步声如此熟悉，一听就知道那是她的师兄——步伐确实是他的，可是这个人好像又不是他。

然后许星洲的小毛毯被秦渡扯起了一角。

许星洲立刻死死地拽住，不让他把毛毯扯掉，想着他的冷漠、他的漠不关心……

十八岁的秦渡愣了愣。

他又拽了拽，语气里透着难言的烦躁："许星洲，我看看你发烧了没。你让我看看。"

许星洲闷闷地说："烧了，吃了退烧药。"

秦渡执着地道："去房间睡，我让阿姨把客房整理出来了。"

许星洲仍然拼命地扯着自己的毛毯，顽强地道："我累了，这里就可以。"

秦渡烦躁地揉了揉头发。

他看着缩成一团、占据着他家的沙发的许星洲是非常不爽的，可是又拿她毫无办法。

外面风雨交加，空旷的客厅极冷，秦渡又拽了一次，发现许星洲是在和他对抗。她在毛毯里一动不动，不面对他，甚至看他都不乐意。

秦渡无语，又使劲儿地一拽，这下许星洲死命地将毛毯扯了回去。

再看不出来这姑娘在生气，他就是傻子了。

年轻的秦渡从来没受过这种气，愤怒地道："行，行！你在我家睡还给我看起脸色来了……在沙发上睡吧，想怎么睡怎么睡，我把客房锁上！"

许星洲带着鼻音干脆地说："好，你锁吧。"

秦渡二话没说，将手里的东西往她的毛毯上一摔，头也不回地走了。

客厅里的熟悉的灯光透过毛毯照进来，她想起他们在这里拥抱，在这里接吻——师兄在这里跪着，低头与她亲昵地磨蹭额头。

下一秒，灯啪的一声被关了，回忆被强行掐断。

许星洲被留在黑暗里，难过地一滴滴地落着泪。她的眼泪落到柔软的沙发上，那是他们在未来将坐在上面拥抱的沙发，可是在这里，除了她，没人知道这件事。

毛毯外，熟悉的脚步没有停顿半分。秦渡踩着一级一级的楼梯，径直走了上去。

许星洲又做了个梦。

梦里暗暗的，很温暖，有一股药味，还有百合花的香气。有人握着她的手指，将额头抵在她的指节上，喃喃地跟她说着些什么。

"许星洲，"那人声音沙哑地开口，"我真想打断你的腿……"

许星洲只想哭。

她知道那是谁，却想不起他的名字。

在浓得化不开的黑暗中，许星洲听见一声缥缈遥远的开门声。在更遥远的地方一个女人问："Mr.Qin，is the patient all right？（秦先生，病人没事吧？）"

那个要打断她的腿的人捏着她的手指说："She's fine，but she still got a fever（她还好，但是仍在发烧）……"

"There was a severe bruise on her head（她的头上有严重的擦伤）……"那个遥远的女声说，"CT showed nothing but we can't be sure about it，so we need you to keep your eye on her, but you shouldn't worry that much, I'm sure your fiancée will be fine（CT 什么都没显示，但我们不能确定，所以需要你盯着她，但是你不必过于担心，我相信你的未婚妻会好的）……"

接着门被关上了，那女人为他们留下了满室温暖。病房里黑漆漆的，但是充盈着百合花香。

那个人又捏了捏许星洲的手指——许星洲感受到他的手指上有一个硬硬的环，那个粗糙又坚实的环抵着她的手心。

"回去我得关你两个月再说，"他以指环在她的爱情线上磨蹭，"可是，粥粥，你叫一声师兄，师兄就原谅你……"

那语气，酸楚得近乎崩溃。

她知道这是谁。许星洲的泪水几乎立刻涌了出来。

二十四岁的秦渡撑着床头亲吻她。

百合花上的水珠滴在她的枕头上，师兄的唇干裂扎人。

可是许星洲连指头都挪动不了——意识从另一个世界急切地拉扯着她，吝啬得甚至不允许她结束与秦师兄的这个吻。

夜里十一点，此刻距离他上楼仅仅过了二十分钟。

十八岁的秦渡从楼上走了下来，按开了餐厅的灯。那个女孩子还蜷缩着，睡在沙发的一角。

他一看就觉得烦躁。

客厅真的有点儿冷，他甚至想把那个正在生病的姑娘弄醒拖进客房。她在客厅睡是打算让谁觉得他在虐待她？从来没人敢给他脸色看，这还是在他的家里。

明天我得让她道歉，秦渡愤怒地想。

他找了许星洲一下午加半个晚上，她吃的药还是他冒雨去买的——附近的大药店都关门了，他不得不驱车去两千米开外的药房。风太大了打不住伞，他淋了半身的雨，只为了给她买感冒药。

年轻的秦渡把毯子上他摔上去的湿毛巾拿开，发现她已经睡了。

许星洲睡得并不安稳，面孔烧得发红，眼睫毛湿漉漉的。她像是哭着睡着的一般。秦渡仔细地审视了一会儿，发觉许星洲看上去比他还嫩，像被娇惯了很久，处处都干干净净、温温柔柔，左手的中指上还有一枚细细的铂金订婚戒指。

秦渡愣了愣。

十八岁的秦渡已经足够小心眼，想都没想就捏着戒指往下撸……

这是哪个野男人送的？他酸不拉几地想，我不管来历，有些东西被我看上了，那必然是我的。

但是那戒指纹丝不动，秦渡撸了两下，发现许星洲好像觉得疼，戴订婚戒指的手指微微地发着抖。

秦渡几乎缴械投降一般，第一反应是迅速去摸她的脑袋。

你别醒，他告饶般想，你别醒……别醒，我只是要把你抱去客房。

然而他一摸，许星洲居然真的平复了下来，仿佛感知到了熟悉的气息，非常顺从地朝他的方向蹭了蹭。

但是接着秦渡就意识到了哪里不对劲儿——许星洲的额头摸不出温度。

她烧得满脸通红，呼吸急促，额头上的伤口都没结痂，整个人看上去颇为可怜。可是秦渡摸不出她的体温。

秦渡又伸手去探她的鼻息。

他摸不到。

秦渡悚然一惊，把那姑娘抱在怀里，又换了手背去试，却还是只感觉到冷空气碰触他的汗毛。

许星洲躺在他的怀里，躺在他家的客厅的沙发上，孱弱又温柔地蜷缩着，对秦渡而言触手可及。

她分明那么难过，病得泪水都流出来了。

可活在 2014 年的秦渡摸不到她的体温，触不到她的呼吸。

次日许星洲醒来时感觉眼角疼痛，仿佛流了一整夜的泪水，眼角被盐水蜇得生疼。

她睁开眼睛的一瞬间有一丝恍惚。

她的抑郁症最后一次发作是在她大二的那一年。那年她被秦渡从雨里捡了回来，睁开眼睛时看到的就是这一片天花板。

她眨了眨眼睛，从床上爬了起来。

她那时烧得不太严重了，意识到自己睡在客房里。客房这地方她已经很久没来睡过了。

一来他们已经搬了家，二来她和秦师兄正式交往后就总和他睡在主卧里了。

二十二岁的许星洲发了会儿怔，碰了碰自己的指节，那里居然也都是伤口，全数破了皮，伤口是她从车上滚下来时划的。

这是不是有点儿恍如隔世？许星洲有点儿茫然地想。

然后她趿拉上拖鞋下了楼。

十八岁的秦渡坐在餐桌旁，拿着本唐娜·塔特写的《金翅雀》，用余光瞥到许星洲从楼梯上走了下来。她穿着双毛茸茸的拖鞋，露出缠着两圈绷带的脚踝。

他不自然地咳嗽了一声，抬起头看向那个女孩。

这个姑娘今年二十二岁，比他大四岁，已经大学毕业了。

可是秦渡总没来由地觉得她好像比自己小不少，连睡醒了觉，有点儿生涩地面对着他的模样都透着股青涩的感觉，颇为勾人。

十八岁的秦渡不自然地别开了视线，冷漠地道："吃饭。"

那个姑娘咳嗽了一声："我不饿。"

秦渡嘲讽："不饿就不吃？分不清轻重缓急？"

许星洲顿了一下，艰难地解释道："我一直没吃，但是一直不饿……"

十八岁的秦渡说："你不是三岁的小孩了吧？"

这是一句轻飘飘的秦师兄式的话。

许星洲白长了四岁，连遇上十八岁的师兄都无话可说，一时之间连怎么反抗都忘了。毕竟秦渡说的话很有道理，她不吃饭就不能吃药。她至今已经三天没吃饭了，连三岁的小孩都知道这不行。

十八岁的秦渡漫不经心地开口："今早都是清淡的。"

许星洲便不再拒绝，坐下喝粥。

虾仁晶亮，她喝下第一口粥时就意识到这是秦渡经常去买的那家粥铺的——那次她抑郁症发作时，尚未与她确立关系的秦师兄就是买的那家店的粥。秦渡从自己家开车到这家粥铺就要半个小时，排队花的时间更长。

秦渡靠在饭桌旁，翻了一页书，却没有看字，以余光打量着那姑娘。

那姑娘留着一头黑发，此时身上套着套客房的睡衣，满是伤口的指节上套着个刺眼的铂金戒指。他家没有女式睡衣，许星洲细白的脚踝从过长被卷起的裤腿下露出，肩膀薄薄的，整个人看上去瘦而羸弱。

她的上一任是怎么喂自己的未婚妻——呸，女朋友的？

十八岁的秦渡在心里对着这姑娘横挑鼻子竖挑眼，总觉得这小瘦身板是受了虐待。

许星洲吃饭的样子很乖。她埋着头，像某种小动物，还挺招人疼的。

片刻后，她不自然地说："你……你看我吃饭……干吗？"

秦渡愣了愣，不自然地咳嗽了一声，别过了头。

这真的会是他未来的未婚妻吗？秦渡看着趴在茶几旁看纪录片的许星洲，问自己。

这太超出他的理解范围了，也超出了他对世界的认知。他怎么想都觉得还是把对方当成骗子好些。她说自己是从未来来的人，这也太假了，根本没有科学依据。

可是秦渡不能否认这叫许星洲的姑娘面对他时的无欲无求，不能无视她无意识中流露出的、对他的依赖，更不能否认——

十八岁的秦渡立刻甩甩头。

还没看完的《金翅雀》被摆在一旁，他看着面前摆着电脑，不再观察那个他看不透的女孩。

她的体温。

四个字穿过他的脑海，年轻的秦渡无意识地痉挛了一下，又朝许星洲看去。

许星洲吃了感冒药，脸色微微地泛着点儿不太健康的红色。她正托着腮帮，凝视着电视屏幕，头发干干净净地披在脑后。秦渡从自己的角度能看见女孩纤长的微垂的睫毛，那睫毛犹如春雨中的含羞草。

你有病啊！秦渡羞耻地别过头，搓了搓发红的脸……

但是他又控制不住地想：她真的好可爱呀……

她就算是骗子又怎么了，撞进他的手里就认栽吧。

十八岁的秦渡问："你从哪儿毕业的来着？"

许星洲道："咳咳……咳，我是你下一级的。"

秦渡在触摸板上点了点，散漫地道："我今年大一。"

"2……2015级的。"那姑娘憋着咳嗽，憋得眼圈都红红的，答道，"没骗你，这次是真的。"

十八岁的秦渡饶有兴味地问："这次是真的？以前还有假的不成？"

许星洲想起来什么似的，沉默了许久，眼圈红红地嗫嚅着道："有……有吧。"

"有空和我讲讲。"秦渡忍着笑道，"不舒服的话我送你去医院？"

那姑娘摇了摇头说："就是胃难受……应该过会儿就好了。"

秦渡嗯了一声。

温暖的阳光洒了进来，外面是湛蓝的晴空。

秦渡摸出耳机戴上。那姑娘怕冷似的围着毯子，巴掌大的面孔藏在厚毯子里。

许星洲突然道："我骗过你很多次。"

十八岁的秦渡挑了挑眉毛："嗯？"

"不是这个你，"许星洲笑道，"是另一个。我骗过你我的身份，也骗过你我不喜欢你。当然我也骗你说我喜欢你，还告诉过你我不会寻死。"

秦渡沉默着。

许星洲趴在阳光里温暖地笑道："后果就是这么多年我都不能穿黄裙子，明明我穿黄裙子很好看的。"

"你听听就行了，"她放松地道，"搞不好我说的这些也都是骗你的。"

秦渡不屑道："一听就不是我。谁敢这么骗我试试，我打断她的腿。"

许星洲扑哧笑出了声。

片刻后，她有点儿难受地道："我真的胃不舒服。"

年轻的秦渡皱起眉头："怎么了？"

许星洲摇了摇头，蜷缩进了毛毯里。

秦渡只当女孩许久没吃饭，今早猛地进食，有些胃疼挛，只消缓缓就好了。客厅的地毯上蜷缩着一个小小的"蚕蛹"，秦渡能看到她的毛茸茸的脑袋。那地方从来没出现过这么一个人，但是这个小骗子的出现填补了那个空缺。

她突然问："你……你的理想型是什么样的？"

十八岁的秦渡随口道："身材好的。"

那个小"蚕蛹"笑得发抖。

"除……除了身材呢？"她笑得喘不上气，"总得有点儿别的吧？"

十八岁的秦渡用两指推着下巴："我就喜欢那种，有什么问题？"

"蚕蛹"快笑死了，一边笑，一边咳嗽，几乎喘不过气。

秦渡一听到这笑声就不太爽……

"择偶标准的第一条，不给我添麻烦，"这位年仅十八岁的直男不虞地眯起双眼，进行死亡发言，"别让我操心。还有，黏人得分场合，最好是端庄贤惠的大家闺秀。"

他又十分认真地想了想："像你这种……"

像你这种，这位先生别扭地想，当时我吐槽你的那句话，你可以当没听见……

然而这位先生还没说完，许星洲就把自己的头蒙上了。

她怎么这就生气了？十八岁的秦渡喝着咖啡，头痛地想……这是真未婚妻呀？她这就受不了了？他瞥了一眼那个小"蚕蛹"，又觉得真的可爱，看她生气都觉得萌得不行。

女朋友。

秦渡想到这三个字都觉得心里痒得慌，像是有嫩芽将破土而出。

但是我不能哄。十八岁的秦渡告诫自己。

她什么都不是，还在这儿拿乔，分明是来招人厌的。

天只晴了一小会儿。接着风云涌动，乌云被大风吹至城市的上方。

那个姓许的小骗子蜷缩在沙发上，像一个小小的球，纪录片仍在电视上播着，可是她连头都缩进了毯子里，根本没在看。秦渡自电脑屏幕前抬起头，看见那个毛毯卷成的"蚕蛹"正在颤抖。

他忍了忍，没忍住，问："不舒服？"

蜷缩在毯子里的女孩虚弱地说："我……我胃痛……"

秦渡愣了愣，将电脑啪地合上，道："穿衣服，我带你去医院。"

"不……"许星洲难受地道，"不用了。"

秦渡闻言觉得你有病吧。他心想：这骗子总归是栽在自己手里的，生杀予夺权都在自己手头，她好像连能去的地方都没有，自己强行将她拖去医院算了。

可是他刚动，许星洲就呜了一声，在毛毯里面难受地抽了下。

秦渡愣住了。

她这是怎么了？

许星洲掀开毛毯，难受地捂着嘴，眼眶通红。

"呜……"许星洲发着抖捂住嘴，"哕……"

十八岁的秦渡从来没有过任何此类的经验，难以理解地说："我没给你吃什么东西吧……"

许星洲连泪花都泛了出来："呜……哕……"

"你怎么回事？"秦渡皱起眉头，"你吃坏了什么？"

他的话音甚至没落下，许星洲突然捂着嘴，哕的一声吐了出来。

秦渡一慌，要去拿纸，可是刚转头，余光瞥见了许星洲吐出来的东西。

她上午吃进去的所有东西居然一点儿没消化，只带着一点儿咀嚼过的痕迹，就这么清清楚楚地落在地上。

而许星洲烧得脸都红了，泪花往外滚。她难受得浑身发抖，片刻后咳嗽了两声，连吃进去的药片都被吐了出来。

而消化液在被她吐出的那一刻消散得无影无踪，仿佛从来没在这世上出现过。

半融的药片湿淋淋地滚落在地，转瞬变得干燥坚硬——水分转瞬间消散得一干二净。那个姑娘呕吐完之后奄奄一息，蜷缩在毛毯之中，面颊烧得通红。

"你……"十八岁的秦渡看着地上的药片，还有她呕出来的、几乎原封不动的饭菜，发着抖道，"你怎么……"

许星洲抬起头，以湿淋淋的眼睛望向面前的故人。

女孩子的鼻尖都是红的，额角破着皮。她张开鲜红湿润的唇，难受地说："对……对不起。"

"对不起，"许星洲虚弱而木讷地看着他，说，"对不起，我一会儿给你收拾……"她难受地喘了一下气，又道，"收拾干净。"

窗外滚过沉闷的雷。

秦渡看着面前这个狼狈又纤瘦的女孩，脑子里嗡嗡的，几乎所有的信息都一口气炸裂开来：她在包间里忽然出现，第一次见面时就叫出他的名字，无家可归，眼神难过又饱含爱意……深夜里他没能探到她的鼻息。

毛巾上的血迹融进水里，消散得毫无痕迹。

我和你订婚了吗？

有个声音仿佛从另一个时空模糊地嗯了一声。

许星洲因为精力不济，又昏睡了过去。

她总觉得自己像是快被抽干了——她从来到这个时空的那天到现在，清醒的时间一天比一天少，无论睡多久都无法恢复精力。她在这个时空里不需要进食，睡眠也和平常不一样。她像一块只能放电却无法充电的电池。

许星洲清楚地知道，她昏睡时并不是在补充精力，更像是设备没电之前进入休眠状态，但是又会做一个很模糊又漫长的梦。

那个梦很温柔。

许星洲醒来时记不得梦中具体发生了什么事，却记得一点儿很温柔的片段——她隐约地记得晕开的光中的百合花的影子，以及摩挲着她的手的、温暖干燥的手指。

那是梦吗？我在另一个时空怎么样了呢？

许星洲只记得那一场车祸，在此之后的一切概不记得。她不知道自己在那边有没有得到妥善的救治、秦师兄有没有飞来，更不知道自己的身体究竟在何方，是不是已经不在人世？

另一个时空的自己应该活着吧，许星洲模糊地想，可是她自己也不确定。

如果我已经死了，如今出现在这里是为了跟年少的、还不认识我的、对我如此冷淡的师兄告别吗？

许星洲朦朦胧胧的，脑子犹如被撕扯一般，心中却又有一丝说不出的沮丧。

我一直以为师兄对我是一见钟情的。她想。

他在酒吧给我点酒的那一夜、玻璃杯里的莫吉托、申城下着雨的傍晚……理科教学楼外的暴雨，以及他从来没有丢过的我的雨伞……订婚后我一直有个念头：如果我们在别处相遇也还是会走到一起——我一直是这样想的。

但是十八岁的他以冷漠与怒火对待我。

如果我早几年遇到他，也许故事就不是这样了吧……

许星洲的眼前有一团模糊的光影，她辨认出那是床头的百合花，消毒水的味道淡淡的。许星洲感到手指被用力地握住，一股温暖的力量被传递过来。

"粥粥。"一个沙哑的嗓音道，"许星洲。"

许星洲辨认出那是秦师兄的声音，知道是他在握着自己的手指，拼尽全力地试图回握。那一刹那她觉得自己的骨骼都在嗡鸣，钻心的疼痛从手指处传来。

我在，许星洲几乎在用那动作呐喊，我在的，师兄你别用这种语气叫我。

可是她连一根指头都动不了。

她只能听，只能模糊地看，无法支配自己的躯体，哪怕是末端。她拼尽全力想握他一下，可是动作终究化为高烧中的一下疼痛的抽搐。

不，不。我不想这样的。

许星洲难受至极，眼泪一滴滴地滚进鬓角。

"许星洲。"声音仿佛有两个，近乎绝望地穿透光与暗。

光影合拢。百合的影子与消毒水的味道逐渐淡去。许星洲只觉自己马上要沉入新的黑暗，难受得几乎快喘不过气来。

她几乎用尽了全身的气力，手指用力地一握，握紧的却是另一双手掌。

下一秒，雷声轰然炸响。

许星洲仓皇地睁开烧得绯红的眼睛，看见熟悉的天花板，难受地喘息，目光移向自己的右手：十八岁的秦渡用力地握着女孩子的指头。

"醒了？"年少的秦师兄的声音几乎是哑的，赤红的眼睛看向许星洲，"你昏了一下午加一晚上。"

许星洲难得连话都说不出来，不住地抽着气。

"药全吐了。"秦渡双目赤红地看着她，"饭也没吃，吃进去前什么样吐出来时什么样。"

许星洲的眼睛里全是眼泪。她喘息道："说……说了我不饿……"

"人怎么能不吃饭？"十八岁的秦渡眯起眼睛，"还活着就要吃饭。你连这点儿道理都不懂？"

许星洲道："我也不……不知道我是不是还算活着……"

秦渡霎时间安静了。

那一瞬间房间里静得可怕，许星洲细瘦的手指被年少的秦渡用力地握在手心里。刻了字的订婚戒指卡在她的手上，硌着人，两个人直直地对视。

"你不知道？"十八岁的秦渡危险地眯起狭长的眼睛，"你知道什么？"

许星洲的泪水往鬓发里滚："不比你多。"

"我不知道我是怎么回事。"许星洲躺在客卧的床上，疲惫地闭上眼睛，泪水涌了出来，"我不知道我为什么在这里，不知道我为什么不用吃饭……不晓得我为什么会把药吐出来，更不知道伤口怎么这么久还没好……"

窗外大雨倾盆，秦渡死死地握着她的手。

"我说过的大多数话都是真的。"

许星洲的声音酸楚至极。她对面前的这个尚不认识她的、刚上大学的秦师兄说："我说我出了车祸，记忆只到我在树林里滚了几滚。我的头发里全是枯枝败叶就是证明。我说我没有身份证，身上只有一点儿现金……我说我不知道我怎么会出现在你这儿，一点儿也不饿，其实也不需要睡觉……我自己都不知道我是活着还是已经死了。"

许星洲闭着眼，因发烧而嗓音沙哑。她痛苦地道："其他的事情你听……听过，就当忘了吧。"

许星洲不愿自作多情，宁可不告诉他，宁可他忘了。

年少的他过于冷淡尖锐，许星洲生怕他得知自己将来会和她在一起，甚至会觉得面前的自己恶心。

许星洲紧闭着眼睛，泪水却如同断了线的珠子一般往外涌。她试图将自己的手指从十八岁的秦师兄的手里抽出，可是秦渡死死地攥着。

"忘了什么？"年轻的秦渡将许星洲的纤细而破了皮的手拉向自己，声音沙哑，"忘了你告诉我我们订婚了，还是忘了你告诉我，我们交往了很多年？"

许星洲呆住了，睁开蒙眬的眼睛望向秦渡。十八岁的秦师兄将许星洲往枕头上一压，手指在她的订婚戒指上揉捏，似乎想扯下来。

"从今天开始，"他嘶哑地、双目赤红着说，"许星洲，你哪里也不准去。"

许星洲一觉睡醒又睁开眼睛时已是深夜。

2014 年的初秋，申城的雨水连绵不绝。

许星洲看着熟悉的天花板，一时甚至有些恍惚。

她的觉多到了一种病态的地步。她的精神过于不济，灵魂好似并不属于这个躯壳，可又像是正在被逐渐抽离。另外，她的梦却越来越清晰。

那带着百合花香气的、温柔的梦境。

许星洲模糊地记起梦中的种种：落在额头上的亲吻，缓慢地滴进血管中的、被捧在手中温暖过的药物，还有在耳边温柔又酸楚地呢喃的爱人。

那金灿灿的一切都在呼唤着她，仿佛在说你离开了太久，该回来了。

可是我怎么回去呢？

躺在床上的许星洲艰难地眨了下眼睛。

窗外昏暗一片，她支配这具身体的能力缓慢地回笼，连五感也变得清晰。窗外的一切让她感到熟悉深刻，然后她终于察觉到她的床边有一个隆起。

许星洲艰难地转过头，看向床畔，发现那是一个人。

那是秦渡。

十八岁的秦渡趴在床边睡着了，一条胳膊压着被子，微卷的头发乱糟糟的，掩着眼睛。许星洲只觉心中泛起无限柔情，伸出手去，在黑夜里轻轻地抚摸年少的爱人的头发。

我居然还会看到师兄年纪比我小的样子，许星洲没憋住笑，偷偷地揪了揪他的鬈发，那头头发和二十四岁的师兄的头发摸起来是一种质感。她又摸了摸，觉得还是十八岁的秦渡的发质好。毕竟十八岁的秦师兄还没放开去折腾自己那头鬈发，头发还没经历漂染和锡纸烫等一系列"酷刑"，摸着十分顺滑。

可是无论她怎么摸，这个脑袋都是秦渡的。人的确是很难改变的，许星洲摸着小秦渡的头发想。

他就是秦师兄，与二十四岁的师兄所描述的分毫不差。可是……

许星洲微微一顿，凝视着黑暗中的一点。

一个细若蚊蚋的声音在她的脑海中说："可是如果重来，我们两个人之间还会不会有故事？"

而下一秒，秦渡的声音带着困倦和烦躁响起："你拽我的头发干什么？"

许星洲干笑三声："哈……哈哈师……你的头发好卷哪，我就摸摸。"

"师什么？"十八岁的秦渡半梦半醒，模糊地道，"你睡了这么久饿不饿？我给你叫……"

下一秒，秦渡惶然地睁开眼。

那双年轻的眼混沌、布满血丝，怆然地望向蜷缩在他的床上的许星洲。

他的话音戛然而止，犹如被切开的半个柠檬。

次日。

"这几天总是下雨。"许星洲站在露台前感慨道，"从我来了之后就一直在下呀！"

秦渡坐在桌前，头都不抬地道："别想着出门。"

许星洲闻言笑了起来，抱着抱枕坐在落地玻璃窗前，问："你是要软禁我吗？"

十八岁的秦渡答之以缄默。

许星洲抱着雪白的沙发抱枕看雨，半晌道："我不明白。"

秦渡嗯了一声，示意她说。

许星洲咳嗽了两声，笑了起来，道："你就这么相信我了吗？相信的话，更应该明白，我的离开是拦不住的，连我自己都没法控制。"

十八岁的秦渡没回答她，抿了口咖啡，看着虚空中的一点道："我也不明白。"

许星洲抬起头看向他。

女孩子的头发刚洗过，半干不干着披在脑后。她穿着秦渡过去穿的家居服，手臂上满是没能愈合的血道子，头发蓬乱，眉眼稚气未脱。她像个刚闯完祸的小孩。

"你的……"秦渡的声音沙哑，"你的未婚夫。"

"嗯？"

"许星洲，像你这种生性捉摸不定、自由散漫的人，"那介于少年与青年之间的人拧着眉头道，"他怎么没把你锁在家里？"

许星洲认真地想了想，然后道："我觉得你肯定也想过吧，把我关家里。"

许星洲托着腮，严谨地道："毕竟你这几个月动不动就说要把我的腿打折，绝对是有认真的成分，加上出了这种事，如果我回去……可能真的会有一条腿升天。"

秦渡沉默地听着。

许星洲咳嗽了两声，闷闷地说："我真的不想拄拐棍。"

秦渡道："那你……"

"然而，"许星洲笑了起来，"这是我的天性。我看到下雨了就想出去走走跑跑，从学校回宿舍的路上都能演完一部独角戏，想认识许多人，向往无数素不相识的风。我总觉得一生太短，能去的地方太少，这些你从一开始就知道。"

小秦渡闻言哧地笑了出来。

十八岁和二十四岁的差别是很小的，许星洲看着面前的小师兄，心软软的，像刚出锅的热包子。

她温暖地一笑，总结道："所以你肯定想过，但还是为我的天性让步了。"

然后许小师妹摸了摸自己连着好几天一滴水都没进的肚皮，难过地诉苦："师兄，我想吃外面的包子。"

半个小时后，室外。

天地间大雨倾盆，将梧桐叶洗得泛绿，人行道上水声哗然。

门铃叮咚一响，秦渡站在便利店的门口，一只手将伞举在许星洲的头顶，另一只手揭开包子的油纸皮，蒸汽溢出来，令人想起河面上的雾气，以及笼屉里刚蒸出的桂花糕。

许小师妹被拖出来时发梢未干，看着那热包子愧疚地道："你买这个做什么呀，我就是说说而已，现在什么东西都吃不了的……"

十八岁的秦渡像煞有介事地点头，冷不丁地道："这个看起来挺好吃的吧？"

许星洲一呆："是……是呀？"

"挺好吃就对了。"秦渡道。

"嗯？"

"谁买给你吃？"然后他对许星洲恶劣地道，"我打算吃给你看。"

秦渡看着许星洲，咬了一口包子。

许星洲无语。

下一秒十八岁的秦渡施施然一笑，指着旁边的奶茶店问许星洲："想不想喝奶茶呀？"

傍晚，楼里的大理石映射着灯光，垃圾桶上有几个尚未被清理的烟头。许星洲拎着半杯奶茶跟在秦渡的身后跑了两步，看见垃圾桶，以长虹贯日之势冲上去将奶茶掼进垃圾桶，发出砰的一声巨响。

小……年轻版的秦师兄漫不经心地道："不就是杯奶茶？"

许星洲看看他，又看看他大包小包地提在手里的麻辣小龙虾、裹酱甜甜圈、炸鸡、烧烤，眉开眼笑地哦了一声。

电梯间里，秦渡又忽而赞许道："不过身体恢复了不少哇，诈骗犯，又跑又跳又三步上篮。"

小诈骗犯笑眯眯地道："是呢，托您的福呢。"

许星洲笑得眼睛弯成两弯小月牙儿，直接将这场居心险恶的对话终结了。

两个人坐着电梯上楼，电梯叮咚一响，到了。秦渡将房门打开，许星洲立刻将人字拖一蹬，跑到客厅的角落看书去了。

秦渡并不拦。

两个人就这么处在同一个空间里，不闻不问，生分而尴尬。然而秦渡浑然不觉，去厨房倒了杯热水，坐在电脑前开始做作业。

他抬起头，看见那女孩坐在沙发下，破皮的手肘上缠了两道没什么用的绷带，一团朦胧的天光笼罩在她的发丝之上，神秘、脆弱而不确定。秦渡无法用任何方式去解释她的出现与存在。

她似绽放于春日的蒲公英，又似翱翔于天际的飞鸟，无从捕捉，无法束缚。

秦渡看了半分钟，将视线移回屏幕上，疲惫地揉了揉眼皮。

许星洲合上书，揉了揉眼睛，发现天都有些黑了。

她没看进去几个字，看书的时候满脑子都是"难道换了个时间认识另外一个我，秦师兄就不喜欢我了吗？这虚伪的爱情"……这作得不行的想法在脑子里好似扎了根，许星洲看一会儿书就忍不住偷偷地瞄一眼年少的负心汉。

年少的负心汉还道貌岸然地戴着眼镜，表情模糊不清。

虽然他没说过什么听得过去的情话，两个人也已经到了谈婚论嫁的阶段了，许星洲以前也没怎么考虑过这个问题……但是问题真的被放到面前，她还是心里发酸。

如果我能回去的话，许星洲憋着气想，能回去的话一定要找机会敲打他出出气。

如果我能回去的话。

许星洲觉得自己又缓慢地发起了烧，连指节都酸痛难当，仿佛两个时空中的她又一次连接成功，那端的病痛和酸楚全部被同步到这儿了。

她爬起来，摇摇晃晃地去楼上拿毯子，路过门口时踩到了什么，低头一看才发现是那堆吃的。秦渡将它们买回来后就没再动过，此时冰饮里的冰全化了，麻辣小龙虾的油汁顺着塑料袋向下流。

许星洲的脑子不甚清明。她踢了踢地上的袋子，模糊地问："你买了这么多东西不吃吗？"

年少的秦渡过了一会儿才问："你怎么了？"

许星洲感觉耳朵里嗡嗡作响，却还能扶着墙撑住往前走，上楼的时候恰好路过秦渡的身边。这么多年前他还在上大一的基础课，餐桌上摊着课本，那作业她也做过。

饭厅里昏暗一团，只有秦渡的电脑屏幕亮着。

许星洲的声音都变得模糊不清："我有点儿累，去睡一觉。"

"哦。"他说。

许星洲用余光突然看见他的双目泛着红。

可是下一秒秦渡就转过去了，轮廓不太分明。

那许是错觉，是被屏幕映的吧。许星洲想。

许星洲依旧做梦了。只是梦长了，而且变得屈辱，她甚至在梦里生出了这辈子都不想生病住院了的想法，觉得没有比住院更没尊严的事了，尤其自己还处于深度昏迷状态。

许星洲的意识模模糊糊地回笼时，护士恰好在进行一次护理操作。

许星洲没法支配自己的身体，被一群护士姐姐摆弄过来摆弄过去，难受得都快哭了，秦渡偏偏还不走。还在背负诈骗犯的骂名的许星洲简直想找时光机让人生重来一次。

2014年，许星洲醒来的时候已是黄昏，天光暗淡泛红。

头顶的天花板熟悉而陌生，床头亮着盏台灯。许星洲觉得浑身的劲儿还没回来，艰难地转过头去看，看见旁边的桌上摆着三四本书，秦师兄正在拿着笔做批注。

哦对，许星洲模糊地想，这个师兄年纪小，她还不熟识。

十八岁的秦渡转过头来，平淡地道："醒了？"

许星洲模糊地嗯了一声。

"醒了就跟我下去买饭。"年少的秦渡的声音微微沙哑，"你不用吃饭，但是我得吃，饿得很。"

许星洲大感不解。

下一秒秦渡将眉头一拧："去不去？"

"哎，"许星洲觉得头上仿佛冒出一串问号，迷惑地道，"去……去吧……"

她换上衣服，跟着年少的师兄去楼下买饭，出门时看见垃圾桶里堆着那天买的、她吃不到嘴里的麻辣小龙虾。那些吃食他似乎连一根指头都没碰过。

秦渡一路上都没怎么说话，只去便利店随便买了些吃的，便在夕阳里折返。

许星洲挠了挠头："说……说起来你真是大一就出来住了呀！"

秦渡漫不经心地刷了下公寓的门卡，道："我高考结束就出来住了，在家住不惯，和爸妈住在一起有门禁。"

"也是，"许星洲挠了挠头，"我刚认识你的时候你就挺爱玩，现在经常蹦迪吧？"

秦渡拉着许星洲的衣袖将她拽进电梯："你问这个做什么，打算回头算账？他没跟你说过？"

许星洲看着他按了楼层键。如火的夕阳穿过宽广辽阔的大厅，落在他们两个人的裤腿上，将二人的影子拉得很长很长。

许星洲想了想，还是没敢说出"你就是他"这四个字，生怕把面前这尊大佛得罪了。谁也不知道秦渡是不是后来转了性决定好好谈恋爱，更没人知道十八岁的秦渡的心理活动究竟如何。

许星洲偷偷地瞟了他一眼，答道："嗯，没说过。"

其实他说过的。秦师兄对粥粥相当透明，对于自己的过往，哪怕只是听她偶尔问起，也总是会认真地回答。但是许星洲想：问本人的话的机会常有，套十八岁的本尊的话的机会不常有。

十八岁的本尊安静了许久。

他个儿高，许星洲只有踮脚才能看清他的表情，只听他恶劣地道："我一个星期去六天，三天蹦迪两天喝酒还有一天聚餐，剩的那一天赶作业，都这频率了他都不告诉你？你还和他订婚？"

许星洲语塞片刻，充满好奇地说："师兄你就这么爱拆台吗？'杠精'体质是天生的吗？"

秦渡又将眉头一拧："'杠精'是什么？"

"'杠精'就是……"许星洲看了眼他拿的手机——2014 年——纠结地道，"'杠精'这个词好像是 2017 年出现的，形容一个人单杠成精，热爱抬……"

她揉了揉眉心，痛苦地道："不对呀，我给你解释这个干啥……"

秦渡发自内心地轻蔑地哼了一声。

电梯平稳地上升，气流从门缝中涌入。

"不过，"许星洲甜甜地一笑，"既然你都这么说了……"

那个女孩揉捏着自己伤痕累累的指节上的订婚戒指。那戒指上不可避免地有些血污，却仍然明亮。

许星洲微笑着问年少的秦师兄："你是不是在劝我取消婚约？"

十八岁的秦渡的耳根都在泛红。过了许久，他终于艰涩地说："这……就算了。"

许星洲笑了起来，结果牵到了伤口，登时倒抽一口凉气。

她看秦渡似乎有心事，便没有再没话找话了，只是专注地盯着镜子上的一只小虫看，仿佛准备用眼神将它看穿。

电梯叮的一声到了楼层。门打开，一地如水的金光洒落。

许星洲跟着秦渡进了门，将门合拢。秦渡提着自己的饭，忽而想起什么似的，从旁边的鞋柜上摸起一张卡和一枚穿了绳的钥匙，递给旁边的女孩。

"钥匙，"他散漫地道，"拿着。"

许星洲微微地一愣："给我这个做什么？我也不知道什么时候就会……"

我也不知道什么时候就会回去了。

那一瞬间她听见小秦渡深吸了一口气，吐出后声音都有些不一样。

"先……"秦渡停顿了下，声音里有微不可察的颤抖，"先拿着。"

许星洲接过那串钥匙和门卡，怔怔地看着面前的师兄。

夕阳里，那年还年少的秦渡看了她一眼，一言不发地提着饭回了餐厅。

许星洲那天晚上就在客厅里玩游戏。

她本身玩游戏就没啥天分，在那些堆积如山的游戏光碟中随便地挑了一个最幼稚的封面，然后快乐地将光碟塞进了 PS4 里面。秦渡则在餐厅扎了根，在那里阅读一本神秘的数学系通识读物。

那本书几年后的许星洲在这家里四处探险时还见过一次，从第三章开始就变得仿佛天书，她看得脑仁都要萎缩了。

保送……许星洲一边按手柄，一边憋闷地想，秦师兄这个不用高考的人当然没见过人生疾苦……

然后她用余光瞥见茶几上压着的一张课程表。

许星洲吃惊地看了眼时间，又看了眼课程表，确定这是今晚的课，怔怔地道："你今晚有课吧？"

秦渡连头都不抬，漠然地道："不去。"

许星洲道："这……这就翘课了？"

秦渡哦了一声便不再回应，又低头去看书。许星洲呆呆地看了一眼这个她熟悉到了极点也陌生到了极点的爱人。

这个人好像一直在压抑着什么。许星洲想。

可是他又不会明说。

许星洲那天晚上休息时很正常，像是对那一侧的护士的操作产生了抵抗心理，不想再经历深度昏迷患者会经历的痛楚，尤其还是在秦师兄的围观下。

那简直是人生的耻辱柱。

但是与之相对的是她醒来之后没什么力气，连下楼都有些气虚。

这像是最后的气力即将被用尽的模样，许星洲想。

她下楼后发现早上应该有课的秦渡又没出门。他坐在沙发上百无聊赖地玩手机，见到她下来了便随意地点头问好，在沙发上给她让了个位置。

那天天阴沉沉的，风声很大。

"吃了吗？"许星洲往沙发上一坐，友好地问，"早饭。"

年少的师兄抬起头，答道："都九点了还不吃早饭吗？"

得到答案的许星洲仍觉气力不足，抱着沙发垫子，恹恹地蜷缩在沙发的一角上。

窗外风声急促，呼呼作响。侧卧的女孩的肩胛骨瘦削美好，茸茸的头发披在脑后，犹如一条漆黑蜿蜒的河流。

哪怕在漫长的静谧中，十八岁的秦渡都觉出了猫抓般的酥痒。

他忽然问："你说说我和你是怎么认识的？"

女孩子呆了呆，用毛茸茸的脑袋在沙发上蹭了蹭，带着鼻音道："不好吧，说了的话会有蝴蝶效应，说不定我们就不会认识了。"

"人都掉我店里了，有什么蝴蝶效应不效应的？"秦渡将手机锁屏，漫不经心地道，"说就是。"

许星洲一愣，似乎被说服了，而后咳嗽了一下，认真地道："大二我磨着雁雁一起去泡吧，你好像那时候坐得离我不是很远。"

"泡吧？"十八岁的秦渡饶有兴味地道，"你干了什么我感兴趣的事？跟电视剧里一样抄了杯子泼我一头？据我对自己的了解，谁对我做这种事那他第二天头都得……"

头都得飞。

许星洲闭了闭眼，凛然地道："我抢了你的人。"

秦渡一时语塞。

"人家真的挺不愿意的，"许星洲解释道，"我在旁边都听不下去，而且寻思着反正你寻仇寻不到我的头上来……加上酒精上头，我拽着那个小姐姐就跑了。"

她观察了一下秦渡的表情，谨慎地说："顺便说一下那个小姐姐去年……我那边的去年，回老家结婚了，我一直和她有联系。"

许星洲心虚地总结道："就……就是这样。"

年少的秦渡面无表情了许久，忽而冷笑一声："就是这样？你只是抢了我的人？姓许的，诈骗犯，你到底干了什么？"

姓许的诈骗犯委屈巴巴地道："我哪里就成诈骗犯啦，又没有骗你……"

"你现在说清楚。"

"咦？"

十八岁的秦渡咬牙切齿地道："你和那女的联系了多久——你连她回老家结婚了都知道，我早觉得……"

许星洲将毯子一裹，缩到了他看不到的地方。

秦渡蹬了毯子一脚，许星洲又往远处爬了爬。

"真是不理解，"秦渡挑别地说，"你要什么没什么，我光以为你生性散漫，没想到还要加个水性杨花，四处留情，而且内心戏丰富，你回宿舍的路上都能演出独角戏……"

许星洲无语。

"你和我想的差太多了，"秦渡嘲讽道，"我怎么会喜欢这种人，嗯？"

许星洲蜷在毯子里，憋闷地说："我打死你。"

女孩的声音清亮，还带着点儿撒娇似的鼻音，惹得人心里像被小花小草抓挠过一样，哪怕骂人的话都甜得很。

年少的秦渡嗤笑一声，用脚不轻不重地踢了下她，惹得许星洲爬得更远了。然后他回去看书。

天光变幻，外头转瞬起了风，风声呼呼作响。

时近中午，秦渡的手机发出一声嗡鸣。他拿起来一看，是申城市政发来短信，提醒市民台风即将来临。

十月中旬了还有台风，单从这点上来讲东南沿海真的称不上快乐，不过秦渡从小长在这地儿，对申城极有信心，便把手机一放，起身，将地上的白毯子轻轻地扯了扯。

"走，"年少的秦渡扯着毯子莞尔道，"陪我下去买饭吃，要来台风了，我囤点儿吃的。"

秦渡轻手轻脚地一扯裹住许星洲的厚重的毯子，眼角都是笑意。

而下一秒，毯子柔柔地垮塌了下去，露出下面的物事。

她的毛毯下只剩一只圆滚滚的抱枕。

许星洲消失得无影无踪，仿佛从来没有出现过。

许星洲迷糊地睁开眼睛。

接着她愣了下，因为天已经黑得彻彻底底，外面风雨交加。

雷声阵阵，雨水从客厅与露台之间的大玻璃上哗哗地往下淌，汇聚成泛光的河流。

现在仍是 2014 年。可是刚刚这里究竟发生了什么事？怎么时间突然就从上午变成了晚上？许星洲的上一段记忆还停留在白天。但她再一睁开眼，天居然就黑了。

记忆像是断了层，又像是在那段时间里她根本就没有存在过。

许星洲感觉浑身像散了架一般酸痛，艰难地动了动手指，光是这样，眼泪都在不受控制地往下流。

下一秒，她被一双胳膊牢牢地搂在了怀里。

被抱住的许星洲含着泪水，短促含混地叫了一声。

女孩子的声音并不明晰，像是连发声的功能都暂时被剥夺了。而年少的秦渡用力地揽着她的腰肢，发着抖，按住她的后脑勺，将她整个人摁进自己的怀里。

"怎……怎……"许星洲艰难地抬起头，口齿不清地问，"怎么……了？"

他没说话。屋里没有开灯，混沌一片。

但是许星洲听见了年少的秦师兄如风箱般粗重痛苦的喘息。他喘着粗气，按着她的腰，重重地将她往自己的怀里按。

"怎么了呀？"许星洲的声音清晰了些。

他仍然没回答。

可是许星洲模糊地感知到，一股深深的绝望与哽在喉头的痛苦缠绕在她的年轻的爱人的身畔。

"没事的。"许星洲哽咽着说，抬手抱住年少的秦渡。

秦渡粗重地呼吸，按住她的后颈，将脸埋进她的颈窝。

"没……没事的。"女孩子轻声又难过地重复，"怎么……"

秦渡粗重地问："你去哪儿了？"他的声音几乎滴着血。

"我哪里也没……"许星洲几乎被压得喘不过气来，"哪儿也没去……"

秦渡捏着她纤细的手腕，死死地将她按在了地上。因为他和这个女孩的力量悬殊，所以他制服她是一件轻而易举的事情，况且她没有反抗。

十八岁的秦渡睁着泛起血丝的眼，盯着许星洲，粗哑地问道："你是不是去找他？"

雨夜朦胧，秦渡只看见女孩鲜红的唇微微地动了动，声音模糊，在雨声中几不可闻。

"你是不是，"他顿了一下，觉得自己像块快碎裂的冰，亟须有人以手抚平，可是那个人即将成为永捉不住的春风。谁能捉住来无影去无踪的风？

"你是不是去找他了——"十八岁的秦渡的眼睛都红了，"你说呀？你不是订婚了吗，许星洲？你是不是去找你那个未婚夫了？"

女孩又模糊地说了什么，漂亮的眉眼微微地一颤。

秦渡觉得自己快疯了。

为什么是我？他想，为什么你偏偏挑中了我？

没人明白吗？曾被家养的狮子无法回归草原，一个人体会过温暖便不会再愿意体会寒冬，被填补的空缺再度被挖空就变为亘古的空洞。

"你走了我怎么办？"秦渡几乎崩溃了，说，"你去找他，我呢？我怎么办？"

"我自己过？"青年几欲呕血，用力地捏着许星洲的细瘦的腕子，"我又有哪点不如他，他叫你粥粥？他凭什么……"

躺在地上的许星洲的嘴唇鲜红，微微地动了动。

"你……他。"

大雨倾盆，露台上的十八岁的秦渡笑了一声，将许星洲压得更紧了些，玩弄般揉捏着她纤长的手腕，轻蔑地道："听不清，他怎么你了？"

"你就是他。"许星洲的眼里都是水光。她在冲刷天地的暴雨里看着十八岁的秦渡，哽咽着重复道："他就是你呀，师兄。"

话音落后，时间过了不知多久。

秦渡撑在她的身上，有力的双手握着她的手腕，眉目在阴影里看不分明……但是一颗水滴啪嗒坠落，砸在了女孩的锁骨处，慢慢地凉了下去。

长夜中灯火斑驳，如春风化雨。

许星洲有一种强烈的预感，自己即将被拉扯回自己应在的时空，只不过这件事尚未发生。

第二天秦渡臭着脸与她寸步不离，保守估计翘了五节大课。

客厅里，十八岁的秦渡强硬地将许星洲的脑袋靠在自己的肩膀上。许星洲没什么力气，无法反抗，冰凉柔软的躯体被裹在被子里，像个小虾米。

他倒没什么进一步的动作，正如将来的他任许星洲怎么勾引都不动弹，非得等到二十岁生日时才把小师妹吃干抹净。

秦师兄并不激动，不像昨晚那样失控了，只是抱着没法动弹、软绵绵的许星洲揉揉捏捏，断断续续地问点儿和她有关的事。她慢吞吞地一一作答。

"我是 2015 年入学的，"许星洲小声地告诉他，"讨厌数学和物理所以学文，新院 1503 班。"

十八岁的秦渡哦了一声，安抚地揉揉她的后脑勺，问："怎么来的申城？坐飞机还是火车？"

许星洲不满地道："申城火车站来的，你要组团来打我吗？"

年少的秦师兄哦了一声："去迎新。"

前宣传部部长许星洲冷笑一声："我信你个鬼，前会长都知道你迎新那天感冒发烧拉肚子肠胃炎甚至智齿疼，整个部的人都以为你要病死了。你怎么不再往请假条上写个痛经凑齐大学生的假条上必备的六种疾病呢？"

下一秒她被使劲儿地拍了拍脑袋，疼得嗷了一声。

"谁病死？没见过比你欠揍的，"秦师兄冷冷地道，"疼你个头。"

许星洲欲哭无泪，又感到秦渡揉了揉她的后脑勺，揉完又捏着她的后颈捏了捏，连惯有动作都是一样的。

然后他看着许星洲澄澈的眼睛，又不受控制地凑过去，轻轻地磨蹭女孩子微微破皮的额头。

"怎么是个话这么多的？"他喃喃地道，"我的眼光可真差……"

许星洲皱了皱细细的眉毛，发现事情并不简单："我又罪加一等了？"

秦渡立刻威胁似的拍她一下。她委屈巴巴地乖乖地闭了嘴。

淡薄的阳光从云层中洒落，流淌在她的毛毯上。秦渡轻轻地揉揉她的后脑勺，像是在摸某种柔软顺从的毛茸茸的小动物，还可以轻易地把小动物摸得发出呼噜呼噜的声音。

"再……再揉我要睡了，"许星洲迷迷糊糊地蹭蹭他，"本来靠着你就容易睡觉……"

十八岁的秦渡立即拍了她两下："不准睡，给我醒着，谁允许你睡觉了？"

许星洲语塞。

"你怎么这么磨人？那我不睡了。"她软绵绵的，声音里全是倦意，"师兄你真的不去上课啦？"

秦渡沉默了许久，答道："不去了。"

许星洲意识到了什么，酸涩地闭上了眼睛。

"不过我告诉了你这么多，"她低声道，"会有什么改变吗，还是会引起蝴蝶效应？"

秦渡静了半晌，声音沙哑地回答："不知道。"

日光逐渐暗淡，被云层遮掩，风声轰然作响，遥远得犹如凤仙花下的雷鸣。

"我和你，"他忽然涩然地开口问，"幸福吗？"

许星洲一愣，想抬起头去看秦渡，却被按着脑袋动弹不得。

"我们也会吵架的，"女孩答道，"有时候我会被你生生气哭。你有时也对我发脾气，比如我这次离开之前你就冲我发了一大通脾气，连我上飞机之前都发了微信消息骂我，说我抛夫弃子，是个人渣，要把我的小黑宰了喂嘟嘟——小黑是我的熊。"

十八岁的秦渡问："嘟嘟？"

许星洲避而不答，总结："总之不欢而散。"

"毕竟两个人住在一起有摩擦是难免的，"许星洲认真地说，"我们两个人都有很强的个性，也都不是爱妥协的人……但是，确实很幸福。"

"和师兄你斗嘴也很开心，"她的眼眶微微地发红，"和你一起下楼散步也很开心，一起去上课听讲座也很高兴，早早爬起来给你做早饭、一起去逛超市也是，出去旅游，平时早上还会很幼稚地一起挤洗手台，用胳膊肘挤来挤去……"

秦渡微微地颤抖着吐了一口气。

许星洲道："你告诉我你原来是没想过结婚的。"

"因为你觉得没意思，"她的眼眶发红，"婚姻是社会无效契约，是因为人具备社会性和缺乏安全感的特质而存在的、本身毫无意义的非情感约定，百分之九十以上的人缔结婚姻都是因为对世俗的目光的妥协……我也是。"

秦渡沉默着。

"除此之外，我还觉得我是个拖累，"许星洲道，"我生性自由，却又畏人，不愿意成为他人的负担，不愿意被审视，不想被挑拣。我本质上是自卑而恐婚的。"

她停顿了许久，依靠在年少的师兄的肩膀上，声音沙哑地开口："可是当我们在一起，体会过幸福之后，"她吃力地举起纤细的、破了皮的右手，展示上面的一枚指环，"我们自愿戴上了这枚戒指。"

那指环上镶着一圈小小的钻石，在俗世中成为凡人指间的星辰日月。

许星洲看着钻石，粲然一笑，释然地道："当然，在当下，制造这枚戒指的原石可能都没被挖出来吧。"

年少的秦渡痛苦得不住地喘息，连眼眶都是红的。

"那一定，"十八岁的少年笑了起来，痛苦而酸涩地道，"十分幸福吧。"

那一定是佳期如梦，柔情似水。

许星洲感到鼻尖发酸，答道："嗯。"

事实的确如此。

许星洲将戴着戒指的手收回。

雨水一滴两滴地落在了玻璃窗上，许星洲在心里感慨着这地方的秋天真不是人能适应的。而正是在那一瞬间她的指尖缓慢地发麻，双臂的力气被尽数抽走。

那种无力并非来自肌肉，而是来自躯体本身，像河流干涸，露出河床。

下一秒许星洲模糊地看见从自己的指尖散出点点荧光，光芒转瞬又碎裂开来。

她悚然一惊，第二点荧光自发梢飞起。

由许星洲的一部分构成的荧光飞起摇晃，如在风中飞扬的燃烧着的草秆，在昏暗的空间里消失殆尽。

十八岁的秦渡僵住了。

"你……"他的声音几乎都变了调，"你突然……"

许星洲惊慌失措："我……我也不知道……"

第三第四点荧光飘起，周围的一切重归黑暗。

"别……"秦渡仓皇地伸手去抓许星洲的一部分，然而光点并无实体，苍白地穿过他的手掌，被黑夜吞没。那一瞬间他觉得自己要碎裂开来，仿佛被填补的空缺又被连血带肉地挖空，整颗心脏鲜血淋漓地暴露在冬夜里，又一次。

冰冷的黑暗本不足为惧。可他见过了燃烧于水中的、燎原的山火。

这残忍至极。

许星洲抬起手按住他的肩膀，声音沙哑地道："别……别哭……"

她为十八岁的秦渡擦拭泪水，可举起手才发现手掌已经只剩一片光，连触碰他都做不到。

"你别哭哇，"许星洲哽咽着道，"师兄你别哭，我还没……没见过……你……"

我哭了？秦渡想。下一秒他就察觉到女孩抬起了头，用额头磨蹭他的面颊，细长的发丝蹭着冰冷的水，给他擦眼泪。与往常不同，她的额头是温热的——她像一个真实存在的人。

"别哭了，"许星洲的泪水吧嗒吧嗒地往下掉，声音虚幻而真实，"我还在……在的呀！"

秦渡的心里响起一声春雷，地动山摇。

"这里也有我，2014年，在故事开始的前夜。"许星洲抽噎着道，"我在这个当下也好好地活着，拼命地活着，摆脱泥泞，再难过、再辛苦也没放弃。你如果见到我就会明白……我总……总会来。"

十八岁的秦渡红着双眼，徒劳地去抓那些由许星洲构成的光点："许……"

她的周身飞绕的荧光爆出夺目的光亮，整个人犹如一枝绽放的迎春花。

"我会来找你。"许星洲说着，泪眼蒙眬地抬起胳膊，用变得透明模糊的面颊蹭着年少的师兄的鬓发。她身上的光点如花般绽放，在绝对空间中形成一个吸积盘般的旋涡。

秦渡几乎发了狂，都不知道自己在说些什么。这个女孩是真实的，也是虚假的，是汇聚成河的生命，也是消散的灰烬。

"太……"他徒劳地攒着光点，如揽着一朵花，痉挛般抽着气道，"两年太久了，为什么……"

"你早点儿来，"秦渡的泪水砸在地上，"早……早点儿——好吗？"

话音未落，他的胳膊重重地撞上胸口。

花朵消散无踪，怀里空无一物，绝对的黑暗化为一片落雨的黄昏。

十八岁的秦渡的耳边只剩台风来临前的轰然的风声，毯子整齐地叠在沙发上，水痕、有人居住过的痕迹全部消失不见——如那个人从未出现过。

年少的秦渡茫然地抬头，发现自己跪在客厅里。

他维持那个姿势很久很久，然后无意识地摸了下脸，脸上干涩，却有些紧绷。

秦渡久久地沉默着。

他站起来去洗了把脸，看着镜中的自己，完全不明白今天自己为什么翘了课。

我有什么大事要做吗？他纳了闷儿，没有哇，我难道睡过了头？

十八岁的秦渡看着眼里的血丝，将其归因为自己通宵打了游戏，拿起手机，发现外联部部长通知今天有部门例会，要求外联部干事一概不许缺席。

秦渡评价这个行为："有病。"然后他拎起车钥匙出门了。

十八岁的他离开后，身后的客厅空旷寂寥。

露台的门没关严，一本还没合拢的书躺在地上，像被谁落在了那里，被大风吹得哗啦作响，即将被大雨淋透。

许星洲茫然地看着天花板。正午时分灿烂的阳光洒满病房，医院里弥漫着一股消毒水味儿，床边的百合花早已被换成了金黄的向日葵，宽大的叶子毛茸茸的，看起来十分好摸。

我回来了呀！她模糊地想，接着挣扎着爬起来一点儿。她一动就浑身酸痛，几乎像被大吊车碾过，每处关节都像拆迁。

"呜，"许星洲动第二下后就开始娇气地抽抽搭搭，"护……护士姐姐……"

但是单人病房里没有护士。许星洲感到孤独，挣扎着去按铃，抬起头的瞬间和秦师兄四目相对。

秦渡穿着宽大的卫衣和牛仔裤，靠在一张橘黄色的沙发上，长腿跷起，腿上放着电脑，一只手摩挲着鼻梁。他从屏幕后抬起眼，面色极度不善地盯着病床上刚醒的许小师妹。

姓许的在那一瞬间就知道大祸临头。

"师……师兄……"许星洲瑟瑟发抖地拽了拽被子，"我……"

秦渡冷冷地道："一起来就叫护士姐姐？"

"不是的呀，"许星洲语塞片刻，狗腿地道，"我是觉得你可能不在。师兄你不是很忙吗？而且……"

"我会不在？"秦渡嗤笑一声，把电脑搁在沙发上，走过来问，"你说说看，我为什么不在？"

许星洲语塞。

"轻度脑震荡昏迷十天，"秦渡嘲讽道，"我第二天接到通知飞过来，然后在这儿睡了九天，办公、睡觉、吃喝拉撒没离开超过一百米。许星洲你一睡睡十天还是个人？新来的小护士是个直肠子，问我是不是家暴你，导致你醒着装睡你知道不？"

秦渡居高临下地盯着许星洲，几乎将她看得想钻进床底。而后他冷漠地道："有哪里不舒服吗？我帮你叫医生看看。"

许星洲揉了揉眼睛，可怜巴巴地回答："关节好酸……师兄我好像骨折了。"

秦渡冷笑一声："浑身的骨头一点儿事都没有。你的同事个个伤得比你重，就你伤得最轻——那哭唧唧的小模样给我收了，有用？谁都救不了你。"

然后他愤怒地戳了戳许星洲的额头，凶狠地道："师兄是你的专业陪床？"

"不是，都是我的错，请您原谅我，"许星洲含着泪道，"别杀小黑，求你。"

"我出国前把你的小黑吊在阳台上了，就用绳子这么捆着。"秦渡恶毒地比画了一下，"我叫我妈把它带回家挖空肚子里的棉花给嘟嘟做窝，反正都要冬天了，嘟嘟进去冬眠。"

"别呀呜呜呜！"许小师妹毫无尊严地抱住秦渡的腰哀求。

秦渡冷笑一声，意思是小黑的命运已决，按了床头的铃叫医生，然后娴熟地以手背试了下她的体温，想让她躺回去。

而下一秒这个小浑蛋捏住了他试体温的手，以柔嫩的脸颊温顺而脆弱地蹭了蹭他的手掌。

"师兄。"

阳光金黄，向日葵上仍带着露珠。异国他乡的病房里，她的声音小心又酸涩。

"抱抱。"她好像快哭了。

秦渡的心中春雷轰隆，万物萌发。他叹了口气，闭上眼睛，俯身抱住了她。

"以……以后不乱跑了，"女孩带着哭腔说，"再也不让你难受了。"

那 是 新 年 的 第 一 天 。

终于到了。

是啊。

许星洲

秦渡

我们来了灵姻寺，

起因十分简单。

也就是姚阿姨

是师兄他妈

昨晚——

不太想去，阿姨。
我和师兄决定明天
睡一整天的……

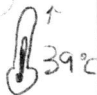

必须去。

总之就是 这么回事。

两张！
谢谢！

就这么来了。

来前还吵了一架。

早上出门前秦师兄嫌
"算姻缘"幼稚，

在早餐桌上嫌弃
秦叔叔和阿姨。

我当时拿饭去了，
所以没听见他到底是怎么嫌弃的，

但回来的时候，
正好听见了一句

我不去！ 振聋发聩的

这种东西要是有用，那我怎么没跟 *** 天荒地老？

满脸写着 高兴。
※***初恋女友

见不得
我们腻歪
那你俩

"师兄。"

"嗯？"

"你滚蛋吧！"

灵姻寺

小师妹，灵姻寺要算姻缘得情侣手拉手，把你的手给我。

我不。给爷滚蛋！

我一路都没怎么和师兄讲话。

我们走进殿里，想要抽一签，

却见到了一个"大师"。

那个"大师"非常酷炫，

一副得道高僧的样子。

一张嘴却是——

但 是 ——

反正来都来了……

但是还没等我开口，

算了！

师兄就说了这句话。

**给我和她
抽一签吧。**

毕竟这才新年第一天，女朋友就难搞得很，作得要命。

认识就这鬼样还记仇

什么鬼话 别信。

没有
的事。

我自幼大度

记仇记了一本书
（四舍五入五十万字）

真的！

总之我们俩
因为乱七八糟的
前女友搞得
很不愉快。

那都是多少年以
前了，再说我对
她是真心的，

所以我就想来
抽个签看看，
我们俩的感情
究竟会如何。

然后，

他抽了一根签。

就它了。

五十，扫码。

说是爱人之间的纠结也好，

老实说，虽然这种东西不可信，

总之……

说是想听到未来的准信也好……

我还是——

挺期待这个结果的。

上吉

对，
上吉，

是说你们两个人感情会很好，家庭和睦兴旺，白头偕老，小有波折……但的确是千里挑一的好姻缘。

小有波折？
比如什么样的？

波折啊。
充满自信
从解签来看，应该是什么前任问题吧——
你们是不是有个人有个挺难忘的前任的？注意那个人，后面的都不是事儿了。
信我，不是江湖骗子

出山门后
……
……

师兄？
……？

· 18 ·

但是小师妹，
你要信我一件事。

你……

在我所见到的一切里，

在呼啸的风声中，

他说——

你是唯一。

·20·

怎么突然……?

但是……